KB056252

소파 방정환과 근대 아동문학

지은이 염희경(廉喜瓊, Yeom Hee-kyung)

1970년 안양에서 태어났다. 서강대학교 국어국문학과를 졸업한 뒤, 연세대학교 대학원에서 「1930년대 후반기 현덕 소설 연구」로 석사학위를, 2007년 인하대학교 국어국문학과 대학원에서 「소파 방정환 연구」로 박사학위를 받았다. 인하대학교의 BK21 동아시아 한국학 교육/연구 및 네트워크 사업단 박사후연구원과 인문과학연구소 연구교수를 지냈다. 현재 인하대학교와 춘천교육대학교에서 글쓰기와 아동문학을 강의하고 있다. 공저로 『동화의 형성과 구조』와 『문학 속의 인천, 인천의 문학』을 냈고, 「현대 동화의 과제, 옛이야기의 창조적 변용」, 「일제 강점기 번역 번안 동화 앤솔러지의 탄생과 번역의 상상력」(1)·(2) 등의 논문이 있다.

소파 방정환과 근대 아동문학

© 염희경, 2014

1판 1쇄 인쇄_2014년 12월 20일
1판 1쇄 발행_2014년 12월 30일

지은이_염희경
펴낸이_양정섭
펴낸곳_도서출판 경진
등　록_제2010-000004호
블로그_http://kyungjinmunhwa.tistory.com
이메일_mykorea01@naver.com

공급처_(주)글로벌콘텐츠출판그룹
대표_홍정표
편집_김현열 노경민 김다솜 **디자인**_김미미 최서윤 **기획·마케팅**_이용기 **경영지원**_안선영
주소_서울특별시 강동구 천중로 196 정일빌딩 401호
전화_02-488-3280
팩스_02-488-3281
홈페이지_www.gcbook.co.kr

값 32,000원
ISBN 978-89-5996-427-7 93810

※ 이 책은 본사와 저자의 허락 없이는 내용의 일부 또는 전체를 무단 전재나 복제, 광전자 매체 수록 등을 금합니다.
※ 잘못된 책은 구입처에서 바꾸어 드립니다.
※ 이 도서의 국립중앙도서관 출판예정도서목록(CIP)은 서지정보유통지원시스템 홈페이지(http://seoji.nl.go.kr)와 국가자료공동목록시스템(http://www.nl.go.kr/kolisnet)에서 이용하실 수 있습니다. (CIP제어번호 : CIP2014036946)

소파 방정환과 근대 아동문학

Bang Jeong-hwan and Korean modern children's literature

염희경 지음

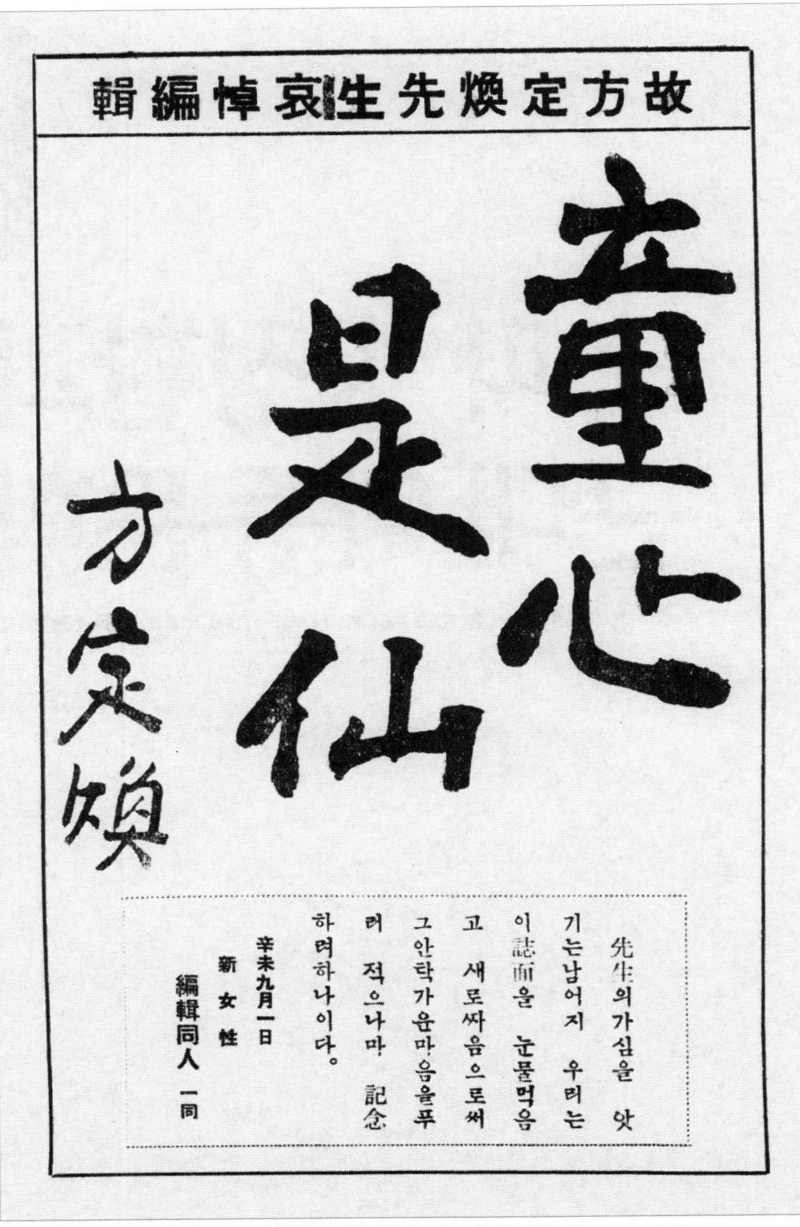

故方定煥先生哀悼編輯

童心是仙

方定煥

先生의가심을 앗
기는남어지 우리는
이誌面을 눈물먹음
고 새로싸음으로써
그안탁가운마음을푸
러 적으나마 記念
하려하나이다。

辛未九月一日
新女性
編輯同人 一同

방정환 추도 특집호 화보: 『신여성』 1931년 9월호(케포이북스 제공)

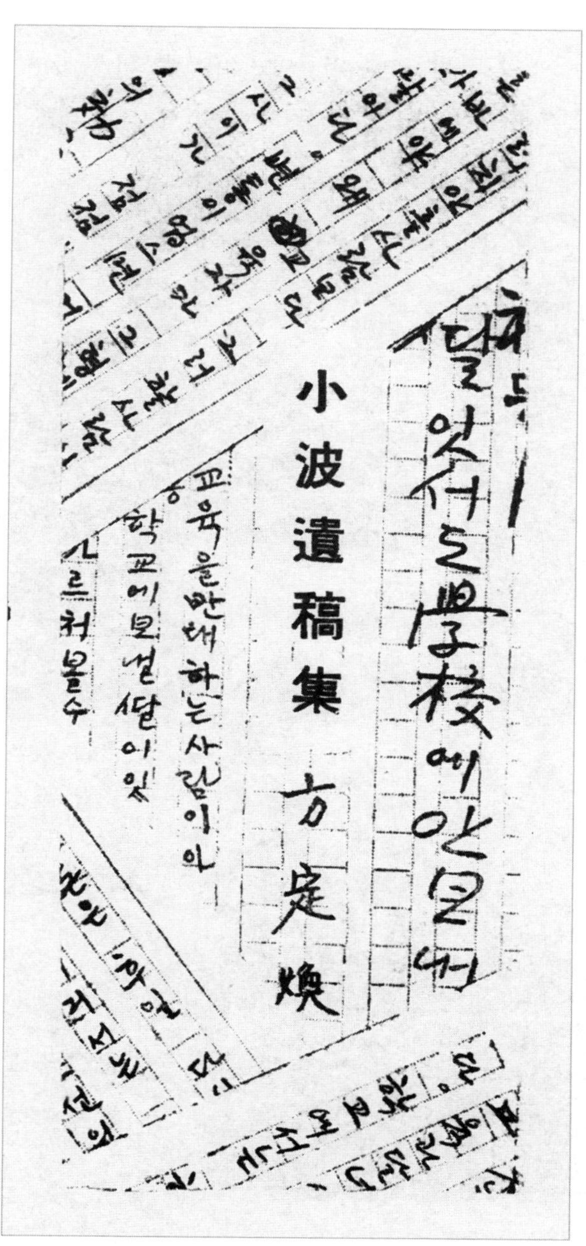

방정환 추도 특집호 화보: 『신여성』 1931년 9월호(케포이북스 제공)

小波의 알범에서

故小波先生의寫眞帖에서：：(上右)東京時代의小波(上左)少年時代의小波(中)天道敎少年會創立當時의小波(下)巡廻童話를할때의小波(水原에서)左端은鄭淳哲氏。

방정환 추도 특집호 화보: 『신여성』 1931년 9월호(케포이북스 제공)

小波의알범에서

(上右)三年前洗劍亭에서小波(亭上、曺在浩(左)崔瑨淳(右)三氏와小波의長男云容君과長女榮[illegible]와세크넘한때의紀念寫眞(上左)死前의小波(入院一個月前)(下右)東京에서눈작난치든小波(下左)二年前漢江나갓다가鄭淳哲氏와。

방정환 추도 특집호 화보: 『신여성』 1931년 9월호(케포이북스 제공)

1917년 무렵의 방정환(『신여성』 1931년 9월호, 케포이북스 제공)

안석주의 방정환 캐리커처
(『별건곤』 1927년 2월호)

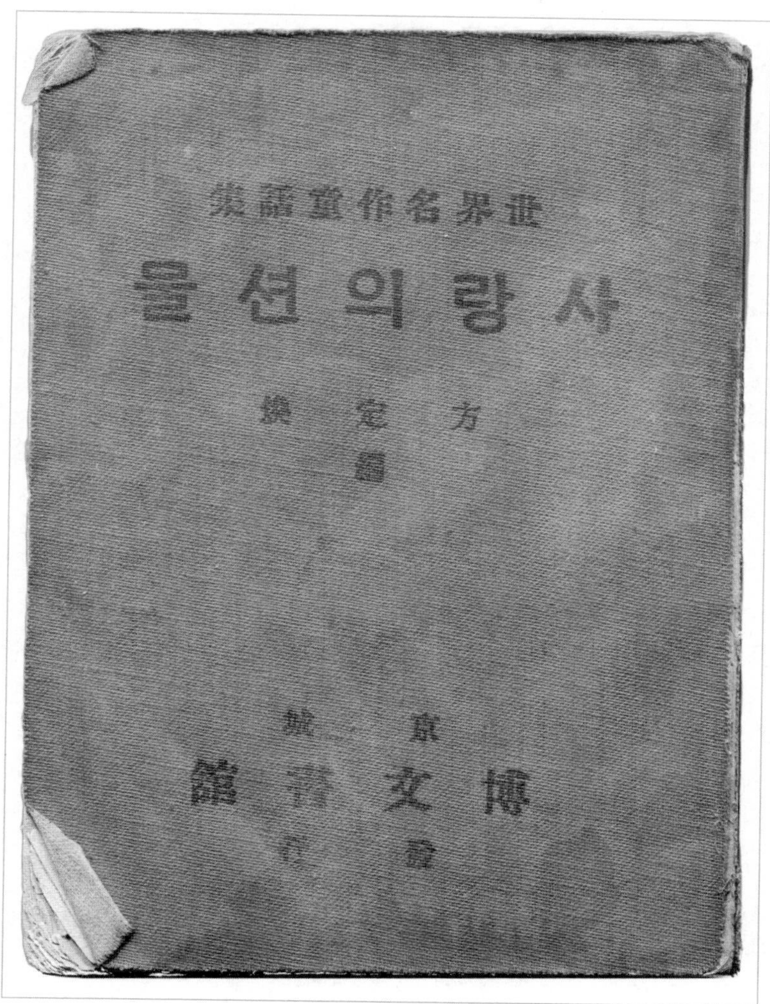

『사랑의 선물』, 개벽사, 1928(11판)(한국현대문학관 소장)

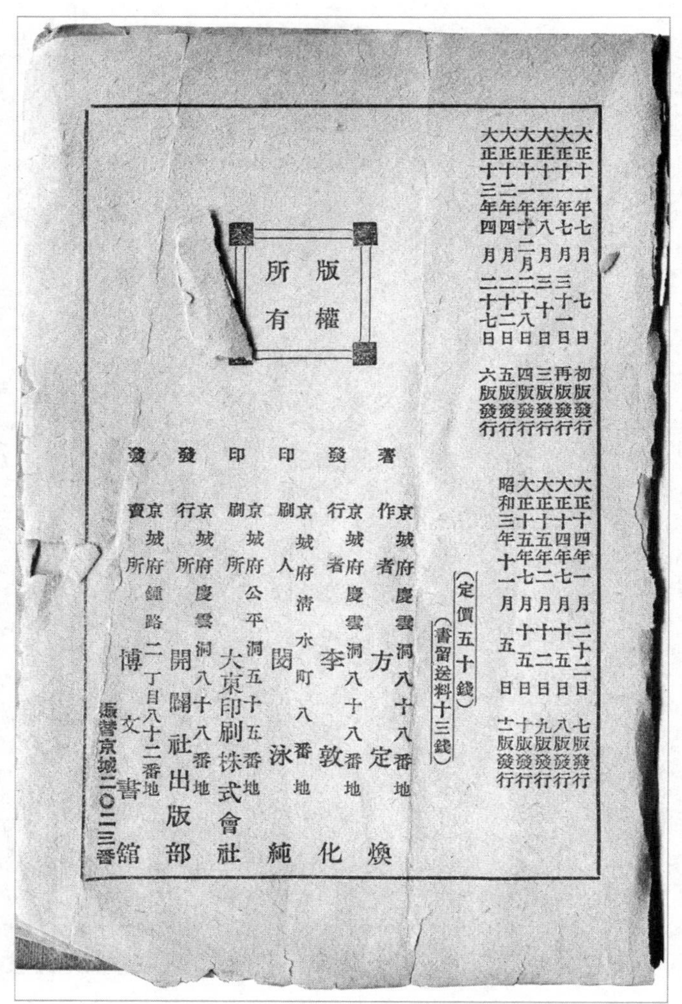

大正十一年七月七日 初版發行
大正十一年七月三十一日 再版發行
大正十一年八月十日 三版發行
大正十一年十二月二十八日 四版發行
大正十二年四月二十二日 五版發行
大正十三年四月二十七日 六版發行

大正十四年一月二十二日 七版發行
大正十四年七月十五日 八版發行
大正十五年二月十二日 九版發行
大正十五年七月十五日 十版發行
昭和三年十一月五日 十一版發行

(定價五十錢)
(書留送料十三錢)

版權所有

著作者 京城府慶雲洞八十八番地 方定煥
發行者 京城府慶雲洞八十八番地 李敦化
印刷人 京城府淸水町八番地 閔泳純
印刷所 京城府公平洞五十五番地 大東印刷株式會社
發行所 京城府慶雲洞八十八番地 開闢社出版部
發賣所 京城府鍾路二丁目八十二番地 博文書館
振替京城二〇二三番

『사랑의 선물』 11판 판권장(한국현대문학관 소장)

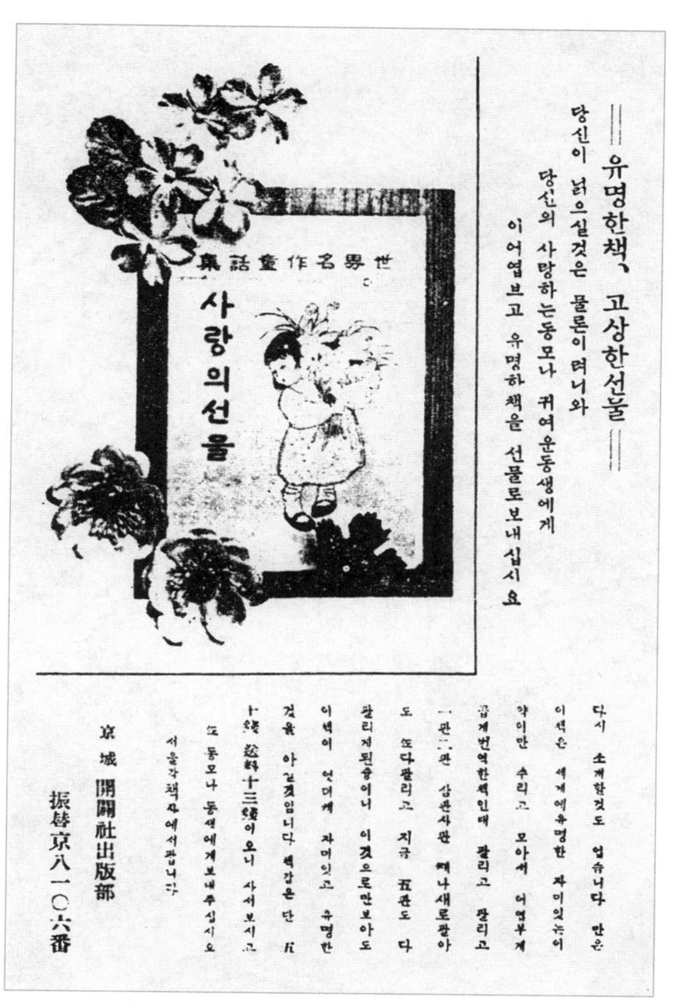

『사랑의 선물』 광고 (『어린이』 1925년 4월호)

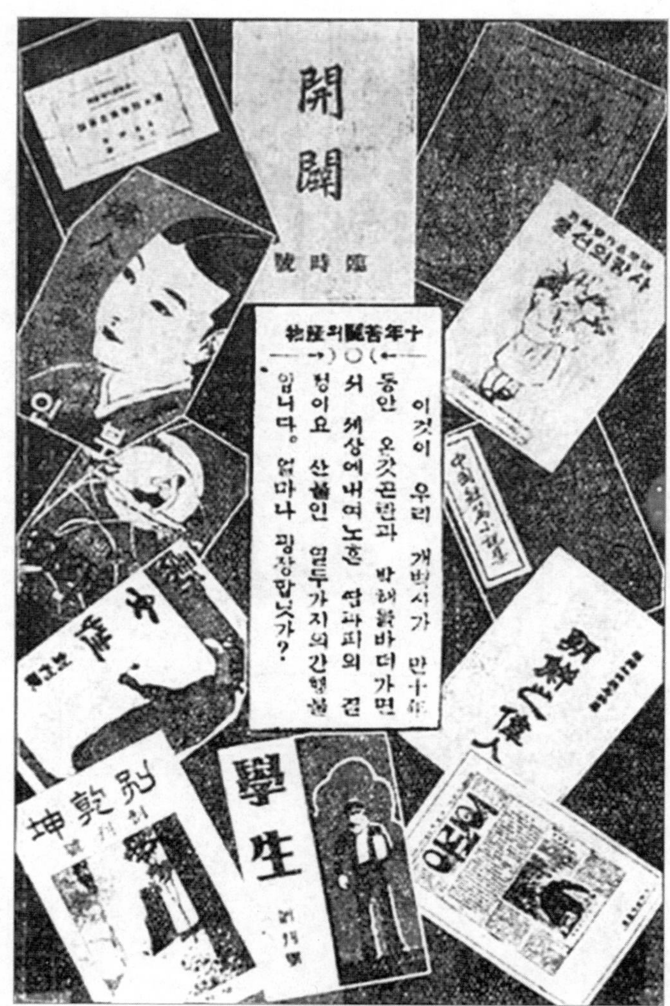

개벽사 발행 잡지와 단행본(『어린이』 1930년 7월호)

『개벽』 폐간 당시 1926년 8월(독립기념관 소장)

개벽사 전경과 『어린이』 편집인 시계 방향으로 방정환, 이정호, 최영주, 윤석중(『어린이』 1934년 1월호)

책을 내면서

첫 책을 내며, 초심을 다시 새긴다

나와 아동문학의 만남에는 세 사람이 존재한다. 첫 만남의 주인공은 석사논문의 대상이었던 현덕이었다. 작가 현덕과 그가 창조해 낸 동화 속의 생기 넘치는 노마가 아니었다면, 나는 한국문학사에서 아동문학이 괄호 쳐져 있다는 사실에 별다른 의문을 제기하지 않았을 것이다. 근대 문학의 뛰어난 성취임에도 오랜 세월 묻혀 있던 현덕의 동화를 통해 근대 문학사를 온전히 쓰기 위해서라도 근대 아동문학의 유산을 발굴·복원해야 한다는 사실을 어렴풋이 알게 되었다. 그러나 그때만 해도 내게 노마의 세계는 근대 문학에서 새롭게 발견한 영역 그 이상은 아니었다.

석사논문을 준비하며 현덕의 자료를 이리저리 찾던 때에 현덕 동화를 발굴한 원종찬 선생님을 만났다. 그때의 인연으로 논문을 제출할 무렵에 창립된 겨레아동문학연구회에 참여하면서 나는 한국 근대 아동문학을 제대로 접할 기회를 얻었다. 원종찬 선생님은 내가 한국 아동문학을 본격적으로 연구할 수 있도록 이끌어 준 분으로, 나와 아동문학의 두 번째 만남의 주인공이다. 1990년대 후반만 해도 아동문학 연구와 비평이 그리 활발했던 시기가 아니었고, 근대소설 연구에서 근대 아동문학 연구로의 전환은 학문적 전향에 가까운 도전이었다.

나와 아동문학의 세 번째 만남의 주인공은 이 책의 주된 연구 대상인 방정환이다. 아동문학 공부를 시작하는 자리에서 첫 단추부터 제대로 꿰어 보자는 생각에 들여다 본 방정환은 넓고도 깊었으나 연구의 상황은 뜻밖이었다. 초보자의 눈에도 '한국 근대 아동문학의 선구자'라는 명성에 견줄 때 방정환 연구는 그리 견실하게 이루어졌다고 보기 어려웠다. 그 당시 방정환을 둘러싼 담론들에 의문이 제기될 때 기존의 연구들은 명쾌한 해답을 주지 못했다. 연구의 기초라 할 일차 자료에 대한 비실증적 접근과 불명확한 정리, 기존의 권위 있는 연구자의 해석과 평가를 답습하고 실증 자료의 오류까지도 되풀이하며 재생산하는 한국 아동문학 연구의 문제점은 방정환 연구에서 극명하게 노출되었다. 더욱이 방정환은 여느 근대 아동문학가들보다도 논란의 중심에 놓여 있는 문제적 인물이다. 남북한 분단 체제에서 제도권 아동문단의 진영 논리에 갇혀 우상화와 배제의 일방적 논리로 재단된 방정환 담론이 우세했다.

이 책은 내가 아동문학을 공부하기 시작한 때부터 지금까지 내 공부의 발자취를 담아낸 것이다. 2007년에 제출한 박사학위 논문인 「소파 방정환 연구」를 수정 보완하여 1부를 구성했으며, 방정환과 근대 아동문학의 주변을 살핀 관련 서평과 논문들을 2부로 구성했다. 학위 논문 제출 이후 후속 연구 과정에서 발굴한 자료와 기존 연보를 보완한 작품 연보를 〈부록〉에 실었다.

이 책의 1부는 방정환에 대해 내가 그리는 전체적 윤곽이다. 방정환의 생애를 재구하고 그의 사상과 문학관, 아동관을 살피고, 근대 아동문학 형성기에 아동문학의 각 장르를 개척한 방정환의 다채로운 면모를 고찰했다. 특히 생애에서는 방정환의 출생지인 야주개의 '봉상시(奉常寺)'와 시천교 내 '소년입지회'의 실체를 통해 방정환 집안의 성격을 새롭게 조명했고, 청년 시절 『신청년』과 『녹성』, 『신여자』의 잡지 활동을 주목하였다. 최초의 영화 잡지인 『녹성』에 대한 조명은 방정환 문학에서의 대중성을 규명하는 데에 중요한 시사점을 준다. 또한 방정환은 이 시기에 『신여자』의 편집 고문으로도 활동했는데, 『신여자』 창간호의 권두언은 이 무렵 방정환이 쓴 수필의 영향이 드러나는 글로, 청년운동가로서의 활동과 호 '소파(小波)'의 상관성을 해명할 수 있는 자료이기도 하다. 이런 연유에서 나는 『신여자』 창간호의 권두언을 방정환의 글로 추정하였다. 특히 청년 시절 사회주의자들과의 적극적인 교류와 문학적·사상적 영향을 밝혀 개벽을 주도한 천도교 신파 그룹의 성격을 재조명한 성과를 얻었다.

3장에서는 방정환의 사상을 고찰하였다. 방정환의 소년운동은 잘 알려진 것처럼 천도교청년회의 부문운동의 일환으로 전개된 운동이었던 만큼 천도교청년회의 정치사상을 중심으로 청년운동가 방정환의 사상을 조명하였다. 동학사상을 근대적으로 개혁하고자 한 천도교는 세계 사조로서의 '개조주의'를 수용하여 정신·민족·사회 개벽이라는 3대 개벽 사상으로 변용시켰다. 또한 이 장에서는 방정환의 아동관과 문학관을 고찰하였다. '계급주의 아동문학'과 대립했던 '동심천사주의'로 알려져 온 기존의 아동관을 인내천 사상과 일본의 동심주의 사상의 접목으로 보았다. 이것은 방정환의 문학 사상의 핵심을 낭만적 지향만으로 논의할 수 없는 강한 현실주의적 성향을 드러내는 과정과 맞물린다. 이 부분에서 방정환의 민중문학관을 살피면서 카프의 계급문학과의 변별점도 고찰하였다.

4장에서는 방정환의 아동문학을 번역, 옛이야기 재화(再話), 창작 등 장르별로 고찰하였다. '문화운동가' '소년운동가'라는 명성에 가려 상대적으로 소홀히 다루어졌던, '아동문학가'로서의 방정환의 다방면의 활동과 성과를 구체적으로 살폈다. 먼저 '우리 입맛에 맞게 우리 정서에 맞게' 외국의 동화를 소개한 것으로 평가되어 온 번역·번안동화집 『사랑의 선물』의 작품을 원작과 중역본 텍스트, 방정환의 번역본을 비교 고찰하여 민족주의 서사가 강화되었음을 규명했다. 이러한 번역은 민족 국가의 부재 상황에서 어린이들에게 '네이션'을 상상하는 기초가 되었다. 또한 그의 번역과 번안은 우화와 옛이야기 재화, 그리고 미담·실화류가 주류였던 당시 풍토에서 한국 근대 '동화'의 상을 재구성하는 데에 기여했다. 전래동화와 동화극도 근대 아동문학의 주요 장르로 이 시기 방정환에 의해 개척되었는데, 동시대와 후대의 재화와 비교하여 방정환 문학의 독자성과 우수성이 드러난다. 창작 부분에서는 방정환이 명확한 장르 의식을 기반으로 '동화'와 '소년소설(아동소설)'을 개척했음을 고찰하였다. 특히 방정환의 '동화'는 서구나 일본의 동화처럼 시적·상징적 산문으로서의 특질보다는 이야기성이 두드러진 서술 구조를 취한다. 고난 극복의 소년상이 주로 형상화된 '소년소설', 그 가운데 아동탐정소설에서는 민족주의와 현실주의적 지향을 강하게 드러내고 있다. 이러한 특징은 한국 근대 아동문학이 강한 현실성과 계몽성에 기반하고 있다는 사실을 보여주는 것으로, 한국 아동문학의 특수성이자 건강성이다.

학위 논문을 제출하고 나서 쉽고 편하게 읽을 수 있는 대중서로 고쳐 펴낼 생각이었는데, 차일피일 미루다 보니 너무 오랜 시간이 흘렀다. 단행본으로 내는 만큼 부족한 부분을 충실히 보완해야 했지만, 문장을 약간 다듬고 후속 연구를 통해 확인된 오류만을 수정 보완하는 정도에 그쳤다. 특히 방정환 연구의 현황을 살핀 부분에서 학위 논문 제출 후 현재까지의 연구 성과를 폭넓게 반영하지 못했다. 논문 제출 이후 오랜 시간이 흘러 그 사이 제출된 연구 성과들도 적지 않지만 논문이 지닌 애초의 의의와 논지를 흐트러뜨릴 수 있어 이 부분을 거의 손대지 않았다. 다루지 못한 시기를 포함해 최근까지의 연구 성과에 대한 비판적 검토는 별도의 논문으로 정리할 계획이다.

2부에 수록한 논문 「한국 근대아동문단 형성의 '제도'-『어린이』를 중심으로」는 1920년대 아동문단을 "저급한" 습작기문단이라고 평가했던 기존 연구를 재고하면서, 『어린이』와 소년회, 색동회가 아동문단의 본격적 형성을 가능케 한 '제도'로 작동했던 양상을 고찰하였다. 특히 소년회는 소년운동·문화운동의 중심 세력으로서 문화·예술을 주체적으로 창조·향유할 수 있는 인적 자원인 '어린이'를 확보하고, 그들만의 독자적 공간을 창출한 조직이었다. 이 연구에서 미처 다루지 못한 계급주의 아동문학 잡지와 단체 활동 등도 아동문단의 형성과 분화라는 관점에서 집중적인 조명이 필요한 과제이다.

「방정환의 초기 번역소설과 동화 연구-새로 찾은 필명 작품을 중심으로」와 「새로 찾은 방정환 자료, 풀어야 할 과제들」은 방정환의 필명과 관련된 후속 논문이다. 「방정환의 초기 번역소설과 동화 연구」에서 『동명』에 등장하는 필명 '포영(泡影)'과 일본의 옛이야기 모모타로를 계급주의 시각으로 번안한 「XX귀의 정벌」의 번안가인 '서몽(曙夢)'을 방정환의 필명으로 추정하였는데, 최근 연구에서 '포영'이 현진건의 필명일 가능성이 새롭게 제기되었다. 「새로 찾은 방정환 자료, 풀어야 할 과제들」에서도 『신여자』에 등장하는 필명 '양우촌(梁雨村)'과 '월계(月桂)'를 방정환의 필명으로 추가했는데, 이에 대해서도 학계의 구체적 검증이 요구된다. 방정환의 필명은 최근까지도 논쟁이 지속되는 만큼 두 논문은 적지 않은 논란거리를 안고 있다. 그럼에도 이 두 논문을 단행본에 수록한 것은 방정환의 필명 검토 작업은 다른 근대문인들의 필명 확정 과정과도 연동하여 논의를 확장할 필요가 있기 때문이다. 한국문학뿐 아니라 타 학문 분야와의 협업과 소통을 통해 근대인들의 다수의 미확정 필명을 적극적으로 교차 조명할 필요가 있다. 구체적 자료의 보완과 실증을 토대로 한 진전된 연구 성과가 제출되기를 기대한다. 〈부록〉에 실은 방정환 작품 연보도 지금까지의 연구 성과가 도달한 결과물로, 지속적으로 수정 보완해야 할 과제임을 밝힌다.

이 단행본에서 다룬 연구의 성과와 한계, 과제들이 학계의 생산적인 대화를 통해 보완되기를 기대한다. 개인적으로는 근대 아동문학 형성기의 번역과 전래동화, 계급주의 아동문학 분야에 관심을 기울여 방정환 연구의 미진한 지점을 보완하고 근대 아동문학의 다채로운 지형을 심화·확장할 수 있는 연구로 나아갈 계획이다.

첫 책을 내면서 감사드려야 할 분들이 참 많다는 것을 새삼 깨달았다. 여러 학교를 거치면서 많은 선생님들께 은혜를 입었다. 연세대학교의 이선영 선생님과 인하대학교의 최인학 선생님은 늘 인자하게 품어 주셨고 열정적이고 실천적인 학자의 모습을 지금껏 몸소 보여주시는 은사(恩師)이시다. 지도교수이신 최원식 선생님은 문학과 세계를 보는 도전적이고 입체적인 구상들로 늘 새로운 자극을 던져주셨고, 방정환 연구의 중요성과 의의를 거듭 일깨워 주셨다. 연구자로나 생활인으로나 부끄럽지 않은 제자로 살아가는 것만이 은혜에 보답하는 길임을 명심하고자 한다. 학위 논문의 심사 과정에서 조언을 해주신 홍정선 교수님, 한기형 교수님, 배봉기 교수님께도 감사드린다. 늦었지만 조금은 다듬어진 이 책으로 다시 인사드릴 수 있어 기쁘다. 원종찬 선생님과 겨레아동문학연구회 회원들은 아동문학 연구자로서의 나를 있게 해 준 분들이다. 아동문학 연구와 비평에서 늘 앞선 성과를 보여주시는 원종찬 선생님은 내 연구의 나침반이다. 그 안에 갇히지 않고 분발함으로써 아동문학 연구와 비평의 장을 넓고 깊게 하는 데에 작은 힘이나마 보태야 한다는 막중한 책임을 느낀다. 이재복 선생님은 내 연구의 조언자이자 비판자이시다. 선생님의 앞선 연구와 비판이 없었다면 나의 방정환 연구는 지금보다 훨씬 더 부족한 점이 많았을 것이다. 돌아보면 연구뿐 아니라 삶에서도 중요한 고비가 있었다. 길을 잃고 힘든 시기를 보냈던 내게 손을 내밀어 주셨던 춘천교육대학교의 김상욱 선생님, 조은숙 선생님, 김환희 선생님. 당신들께서 내게 얼마나 큰 힘이 되어주셨는지 아마 모르실 터이다. 깊이 감사드린다. 아동문학을 공부하면서 만났던 분들, 인하대학교의 선후배와 동학들, 특히 시련의 시기를 함께 통과해 준 후배 송수연에게도 미안함과 고마움을 전한다. 대학원 아동문학 강의에서 열정적이고 날카로운 질의와 토론을 해 준 춘천교육대학교의 아동문학교육학과 대학원생들과 인하대학교, 서울여자대학교의 대학원생들에게도 고마움을 전한다. 어려운 출판 상황에서 흔쾌히 책을 내 주신 도서출판 경진의 양정섭 대표님과 고생하신 편집자 선생님들께도 감사드린다. 학위 논문 이후 방정환 후속 연구를 지속할 수 있도록 지원을 해 주셨던 한국방정환재단의 이상경 이사장님께도 감사드린다.

마지막으로 가족들에게 사랑과 감사를 전한다. 언제나 믿고 응원해 주시는 나의 든든한 버팀목 엄마, 아이들과 가정에 충실하지 못한 나의 빈자리를 넉넉히 채워주시는 헌신적인 어머니와 아버님, 밝고 씩씩하게 자라는 사랑스런 두 아이 규언과 세언, 내 인생과 학문의 길동무인 사랑하는 남편 박진영 박사. 이들 사랑하는 가족들이야말로 내 삶의 원동력이다. 부족함이 많은 딸을 늘 자랑스러워 하셨던, 지금은 하늘숲에서 소나무로 살아 계신 존경하는 나의 아빠께 이 책을 바친다. 아동문학 연구자로 첫 발을 내딛을 때의 초심을 늘 간직하며 정진할 것을 약속드린다.

2014년 가을에

염희경

목차

|제2부| 방정환과 근대 아동문학의 자리

일러두기

이 책의 제1부는 저자의 박사논문을 다듬어 펴낸 것으로, 아래 논문을 수정하거나 보완하여 재편성하였다. 제2부는 박사논문에 포함하지 않은 그 밖의 서평과 논문을 수정·보완한 것으로 출처는 다음과 같다.

1. 제1부 3장 2절: 「소파 방정환과 사회주의」, 『아침햇살』 22호, 도서출판 아침햇살, 2000년 여름호.
2. 제1부 4장 1절: 「방정환 번안동화의 아동문학사적인 의의」, 『아침햇살』 17호, 도서출판 아침햇살, 1999년 봄호; 「'네이션'을 상상한 번역 동화: 방정환의 『사랑의 선물』에 대하여(1)」, 『동화와번역』 13집, 건국대 동화와번역연구소, 2007.6; 「민족주의의 내면화와 '전래동화'의 모델 찾기: 방정환의 『사랑의 선물』에 대하여(2)」, 『한국학연구』 16집, 인하대 한국학연구소, 2007.5.
3. 제1부 4장 2절: 「한국 근대 동화극의 초석: 방정환의 동화극 두 편」, 『어린이문학』 34권, 한국어린이문학협의회, 2001.8; 「전래동화, 근대 아동문학으로 편입된 옛이야기」, 『창비어린이』 4호, 창비, 2004년 봄호.
4. 제1부 4장 3절: 「금시계 개작으로 본 방정환의 문학적 변모」, 『창비어린이』 2호, 창비, 2003년 가을호.
5. 제2부 「방정환 연구의 새로운 출발점: 이상금 『사랑의 선물』」, 『창비어린이』 11호, 창비, 2005년 겨울호.
6. 제2부 「한국아동문학사를 재구성하는 도전적 밑그림: 원종찬 『아동문학과 비평정신』」, 『창작과비평』 111호, 창작과비평사, 2001년 봄호.
7. 제2부 「한국 근대아동문단 형성의 '제도': 『어린이』를 중심으로」, 『동화와번역』 11집, 건국대 동화와번역연구소, 2006.6.
8. 제2부 「방정환의 초기 번역소설과 동화 연구: 새로 찾은 필명 작품을 중심으로」, 『동화와번역』 15집, 건국대 동화와번역연구소, 2008.6.
9. 제2부 「새로 찾은 방정환 자료, 풀어야 할 과제들」, 『아동청소년문학연구』 10호, 한국아동청소년문학학회, 2012.6.

제1부

방정환의 삶과 문학의 재인식

1장 | 한국 아동문학의 문제적 범주, 방정환

1. 새롭게 읽는 방정환

소파(小波) 방정환(方定煥, 1899~1931)은 한국 근대 아동문학의 선구자, 아동문화운동가, 아동교육가, 소년운동가, 언론·출판인, 천도교 청년운동가, 동화구연가, 민족운동가 등 실로 다양한 수식어를 거느린 인물이다. 그러나 그 명성에 비해 방정환 연구는 그리 견실하게 이루어지지 않은 형편이다.

이재철은 "그(방정환: 인용자 주)를 떠나서 한국의 아동문화, 아동문학의 출발을 이야기할 수 없을 정도이다. 그의 정신은 우리 아동문화운동의 근본 성격일 수밖에 없으며 그의 아동문학관의 공과 과는 그 자체가 우리 아동문학의 한계이자 극복의 과제이기 때문이다. 따라서 방정환에 대한 연구는 곧 근대적인 우리나라 아동문화 또는 아동문학을 이해하는 데에 핵심이 될 수 있을 것"[1]이라고 평가하였다. 또한 원종찬도

1) 이재철, 「아동문화의 개화와 아동문학의 씨를 뿌린 선구자」, 이재철 편, 『한국현대아동문학작가작품론』, 집문당, 1997, 29쪽.

“20세기 한국 아동문학은 방정환에 대한 주석달기라고 해도 거의 틀리지 않을 터인데, 이는 방정환에서 비롯한 한국 근대 아동문학의 논리가 지금까지 동일한 패러다임으로 이어져오고 있음을 말해 준다. 방정환은 한국 근대 아동문학의 기본 성격을 규명하는 주요 열쇠이자, 패러다임의 전환기라 일컬어지는 현 시기 문제범주의 하나”[2)]라고 평가한 바 있다. 방정환을 바라보는 두 연구자의 관점은 다르지만 근대 아동문학사에서 방정환이 차지하는 문학사적 위상을 평가하는 부분은 거의 일치한다고 볼 수 있다.

이 연구에서는 방정환의 생애와 사상, 문학 세계를 재조명하고자 하였다. 첫째, 그동안 알려지지 않았던 부분들을 보완하여 생애를 재구성하였다. 이 과정에서 그의 집안의 성향이 친왕실적이었으며 한 때는 동학의 분파로 친일 단체였던 일진회(一進會)에 흡수된 시천교(侍天敎)를 신봉했고, 방정환의 어린 시절 ‘소년입지회(少年立志會)’ 활동도 시천교 내의 소년회 활동이었을 가능성이 높다는 사실을 새롭게 조명하였다. 또한 방정환이 1920년대에 천도교의 잡지 출판 사업을 본격적으로 전개하기 이전에 ‘경성청년구락부’의 활동으로 『신청년』과 『녹성』 등 문예 잡지 발간을 통해 일찍이 문화운동을 펼쳤던 부분을 보완하였다.

둘째, 방정환의 문학과 사상을 ‘동심천사주의’와 ‘우파 민족주의’로 논의했던 기존 통념을 보정(補正)하였다. 방정환의 ‘동심천사주의’는 근대에 이르러 아동이 발견되는 과정에서 역사적으로 요청되었던 어린이 예찬의 적극적 표현이다. 이것은 강한 현실성을 지닌 것으로 천도교의 ‘인내천주의’로부터 연원한 ‘어린이=인내천(人乃天)의 사도(使徒)’라는 관점에서의 ‘동심천사주의’다. 또한 방정환이 일본 유학 당시 사회주의로부터 지대한 영향을 받았음을 교류 관계와 활동, 번역

2) 원종찬, 「한일아동문학의 기원과 성격 비교: 방정환과 한국 근대 아동문학의 본질」, 『한국학연구』 11집, 인하대학교 한국학연구소, 2000; 원종찬, 『아동문학과 비평정신』, 창작과비평사, 2001, 49쪽.

과 창작 활동을 통해 살펴보았다. 이 시기의 사상적 경향성은 동시대의 일본 유학생들 대부분이 경험했던 청년 시절의 일시적 사상 편력이라 볼 수도 있을 것이다. 그러나 동학의 반제·반봉건사상을 근대적으로 재해석하고자 했던 천도교의 개벽 사상·절대평등사상과 어우러져 방정환에게서 '천도교사회주의'의 면모를 띠고 있다는 점을 주목할 필요가 있다. 이처럼 방정환의 '동심천사주의'에 대한 새로운 해석과 방정환과 사회주의의 관련성은 그의 사상을 민족주의와 계급주의에 대한 이분법적 도식으로 평가했던 기존의 논의를 비판적으로 재검토할 수 있는 핵심 키워드이다.

셋째, 방정환을 규정하는 다양한 제 관점 가운데 '아동문화운동가'의 일부로 치부되어 온 '아동문학가 방정환'을 구체적으로 조명하고자 하였다. 방정환은 근대 아동문학 형성기에 문화운동가로서 여러 장르를 소개하는 차원에서 활동했기 때문에 순수 창작은 별로 없다고 평가되어 왔다. 따라서 '아동문학가로서의 방정환'에 대한 조명은 상대적으로 부진하였다. 그러나 근대 아동문학의 제 장르들은 방정환에 의해 개척되었으며 이후 아동문학, 특히 현재의 아동문학에 강력한 영향을 끼치고 있다. 방정환의 아동문학을 구체적으로 고찰하는 것은 방정환 문학에 대한 조명인 동시에 한국 아동문학 형성의 기원을 탐색하는 일이기도 하다. 이 연구를 통해 방정환의 일련의 작업들이 한국 근대 아동문학의 하위 장르를 형성하는 데에 기여했음을 밝히고, 방정환 문학의 성격이 한국 아동문학의 기본 성격을 규정하는 원천으로 자리 잡고 있음을 구체적으로 고찰할 것이다. 나아가 그의 문학과 사상이 식민지 근대주의에 갇힌 것이 아니라 근대에 대한 비판적 성찰을 담지하고 있었다는 점도 살필 것이다. 방정환과 그의 시대가 던지는 문제 지점들을 적극적으로 사유하는 것은 현 단계 한국 아동문학의 과제와 전망을 모색하는 데에도 주요한 시사점을 제공할 것이다.

2. 기존의 방정환 읽기 방식

지금까지 이루어진 방정환 연구는 방정환과 교류했던 사람들의 회고담이나 일화 등 방정환에 대한 일차 자료를 제공하는 글들과 아동교육사상사 연구, 소년운동사 연구, 아동문학계의 연구와 그 한 갈래로서의 근대 아동문학 형성사의 연구, 근대 문학 형성 과정을 중심으로 한 일반문학계의 연구, 그리고 평전 등으로 나누어 볼 수 있다.

방정환과 교류했던 사람들의 회고담이나 일화 등은 방정환에 대한 일차 자료를 제공한다는 데에 의미가 있다. 이 글들은 본격적인 방정환 연구라 볼 수는 없지만 방정환의 삶과 문학, 활동을 재구하는 데에 중요한 기초 자료이다. 그러나 불확실한 기억에 기초한 회고와 특정 부분에 대한 과장과 미화가 섞여 있어 여타의 실증 자료들과 엄밀히 대조하여 사실 여부를 확정해야 한다. 이 글들의 대체적인 요점은 어린이를 향한 방정환의 정성과 사랑으로 요약되며, 동화구연가로서 탁월한 재능을 보였던 점, 3·1운동 당시 ≪조선독립신문≫을 발행했던 때의 일화, 아동문화운동가·소년운동가로서의 면모를 부각하고 있다.[3] 이 가운데 이원수의 「소파와 아동문학」은 방정환 문학에 대한

3) 방정환 추도호였던 『어린이』 9권 7호(1931.8)에는 다음과 같은 글들이 실렸다. 이정호, 「오호! 방정환 선생님」, 「파란 많던 방정환 선생의 일생」; 윤석중, 「영원히 남기고 가신 잊지 못할 두 가지 교훈」; 진장섭, 「눈(雪)과 소파」; 차상찬, 「감옥에서 동화」; 최영주, 「순검과 소파」; 정홍교, 「시간과 소파」; 김영팔, 「방송과 소파」; 유광렬, 「『낙화(落花)』와 소파」; 김을한, 「거북님과 소파」. 그 밖의 글들은 이태준, 「평안할 지어다」, 『별건곤』, 1931.8; 마해송, 「책머리에」, 『소파전집』, 박문서관, 1940; 최영주, 「소파 방정환 선생의 약력」, 『소파전집』, 박문서관, 1940; 최병화, 「작고한 아동작가군상」, 『아동문화』 1집, 동지사아동원, 1948; 이태운, 「소파 선생과 三·一운동」, 『사랑의 선물』, 문원사, 1962; 윤석중, 「소파 선생의 문학」, 『방정환 아동문학 독본』, 을유문화사, 1962; 윤석중, 「아동문학의 선구 소파 선생」, 『현대문학』, 현대문학사, 1963.1; 이원수, 「방정환: 어린이 가슴에 사랑의 선물을」, 『한국의 인간상』 3권, 신구문화사, 1965.4.20; 윤극영, 「人間 小波像」, 『어린이를 위한 마음』(소파아동문학전집 별권), 삼도사, 1965; 유광렬, 「小波와 나」, 『어린이를 위한 마음』(소파아동문학전집 별권), 삼도사, 1965; 이원수, 「小波와 兒童文學」, 『어린이를 위한 마음』(소파아동문학전집 별권), 삼도사, 1965; 방운용, 「아버님의 걸어가신 길」, 『어린이를 위한 마음』(소파아동문학전집 별권), 삼도사, 1965; 윤석중, 「방정환」, 『한국 근대 인물 백인선』(『신동아』 부록), 동아일보사, 1970.1; 유광렬, 「소파 방정환론」, 『새교육』, 대한교육연합회, 1972.10; 유광렬, 「방정환」, 『월간중앙』, 중앙일보사, 1973.1; 유광렬, 「나의 이력서」, ≪한국일보≫,

본격 연구가 이루어지지 않은 초창기에 방정환 문학의 감상주의를 현실주의적 관점에서 평가한 데에 의의가 있다. 이상의 논의들이 추모의 성격이 강한 긍정적 측면에서의 접근이라면 계급주의 문학가들에 의한 평가는 계급주의 문학의 절대적 우위를 드러내고자 하는 전략화의 과정에서 방정환 문학을 '동심천사주의', '눈물주의' 등으로 강력히 비판하였다.[4] 이러한 견해는 분단 이후 문단의 양 진영을 형성, 구축하는 이데올로기로 재구성되면서 방정환 문학을 이분법적으로 고정화하는 평가의 시초로 자리 잡았다. 따라서 방정환에 대한 지나친 우상화와 폄하라는 극단의 편향에 대해 역사주의적 시각을 견지하며 방정환의 삶과 문학을 재조명할 필요성이 제기된다.

본격적인 방정환 연구의 한 축을 형성하는 논의는 교육학계의 연구이다.[5] 특히 안경식은 방정환이 아동 고유의 세계, 즉 본성적 측면을 이해했으며 아동의 선천적 잠재력뿐 아니라 후천적 환경의 중요성을 인식하여 일제의 억압과 봉건 윤리의 압박으로부터 해방을 실현하기 위해 문화운동과 소년운동을 펼쳤다는 점을 구체적으로 규명하였다. 이를 통해 듀이 교육론이 들어오기 이전에 아동 중심 교육 철학을 다방면에서 실천한 인물로 방정환을 재평가함으로써 방정환의 아동교육론의 현대적 의의를 조명하였다. 그런데 그는 방정환이 아동문학에 관여한 것은 소년운동의 일환이지 아동문학 그 자체가

1974.3.16; 조풍연, 「소파 방정환의 추억」, 『신인간』, 1981.7.

4) 홍은성, 「소년잡지에 대하야」 3, ≪중외일보≫, 1929.4.15; 신고송, 「현실도피를 배격함: 양군의 인식 오류를 적발」, ≪조선일보≫, 1930.2.13~14; 신고송, 「동심의 계급성」, ≪중외일보≫, 1930.3.7~9; 송완순, 「조선아동문학시론」, 『신세대』 2호, 1946.5; 송완순, 「아동문학의 천사주의」, 『아동문화』 1집, 1948.11; 송영, 「해방 전의 조선 아동문학」, 『조선문학』, 1956.8(이선영·김병민·김재용 편, 『현대문학 비평자료집: 이북편』 8권, 태학사, 1994 참조).

5) 안경식, 「소파 방정환의 아동교육운동과 사상에 관한 연구」, 『신인간』, 1987.5~6; 안경식, 『소파 방정환의 아동교육운동과 사상』, 학지사, 1994; 차호일, 「방정환의 아동교육관 연구」, 한국교원대학교 석사논문, 1989; 차호일, 『소파 방정환의 아동교육 사상』, 이서원, 1997; 임재택·조채영, 『소파 방정환의 유아 교육 사상』, 양서원, 2000; 김형태, 「『어린이』지에 나타난 방정환의 아동교육사상연구」, 한국교원대학교 석사논문, 2002; 송준석, 「소파 방정환의 아동 존중 교육 사상의 실천에 관한 연구」, 『한국교육사학』 18집, 한국교육학회 교육사연구회, 1996.

일차적 관심이 아니었다고 보면서 소파를 아동문학가로 볼 경우, 창작성의 면에서 낮은 평가를 받을 수밖에 없으며 부르주아 문학, 동심지상주의 문학, 천사주의 문학이라는 기존의 평가도 교정하기 어렵다고 지적하였다. 소년운동의 관점을 배제한 채 방정환의 아동문학을 평가하는 것은 분명한 오류이지만 다양한 장르에 걸친 대표 작품의 성과만을 보더라도 방정환의 아동문학은 독보적이었다는 점에서 이러한 평가는 재고가 필요하다. 안경식의 연구 이후 방정환의 아동 중심 교육 사상에 대한 연구는 방정환 관련 석·박사학위 논문의 1/3 정도를 차지하는 분야로 동일 내용의 반복적 재생산에 머물러 있다는 문제를 안고 있다.

한편 방정환의 아동 중심 교육의 사상적 배경으로 동학의 아동관을 조명한 연구도 방정환의 아동 교육 사상의 근원을 이해하는 데에 주요한 참고가 된다.[6] 교육학계의 연구 가운데 오오타케 키요미(大竹聖美)의 「근대 한일 아동문화 교육 관계사 연구」는 아동문학의 관점에서 볼 때 더욱 주목할 만한 연구이다.[7] 이 연구는 객관적 자료의 발굴과 소개로, 식민지 시기 양국 문화 교류의 양상을 전체적으로 조망할 수 있는 토대를 마련하였다. 일차 자료의 수집과 정리의 의의가 큰 연구 성과이지만, 양국의 아동문화 교류에서 드러나는 '차이와 반복'을 입체화하는 데에까지는 깊이 있게 논증되지 못했다는 아쉬움이 남는다. 식민 본국과 피식민지였던 일본과 한국의 문화 양상을 단순히 문화 교류 차원에서 비교하는 것만으로는 불충분하다. 초기 연구의 문제이기도 하지만 한국 아동문학·문화 연구는 이식론과 내재적 발전론을 동시에 극복하는 쌍방향의 시각에서 조명될 필요가 있다.

---

6) 송준석, 「동학의 평등교육 사상에 관한 연구」, 고려대학교 박사논문, 1994; 백혜리, 「조선시대 성리학, 실학, 동학의 아동관 연구」, 이화여대학교 박사논문, 1997; 정혜정, 「동학·천도교의 교육 사상과 실천의 역사적 의의」, 동국대학교 박사논문, 2001.

7) 오오타케 키요미(大竹聖美), 「근대 한일 아동문화 교육 관계사 연구(1895~1945)」, 연세대학교 박사논문, 2002.

역사학계에서는 방정환의 소년운동 활동에 주목했는데, 소년운동사를 체계적으로 정리한 김정의의 연구가 대표적이다.[8] 그는 동학의 소년 보호 사상을 소년운동의 기초를 조성한 것으로 보고 종합 잡지 『개벽』을 중심으로 펼쳐진 소년관, 소년운동론을 체계적으로 정리하여 이전의 부분적인 소년운동 논의를 상당히 진전시켰다. 또한 천도교소년회를 중심으로 한 소년회 운동과 『어린이』지와 방정환의 소년운동, 어린이날의 전개 과정, 그리고 이후의 소년운동의 노선 갈등 등의 사항을 실증적 자료를 토대로 정리하여 당시의 소년운동사를 조망할 수 있는 길잡이 역할을 한다. 그런데 이 연구에서는 방정환 중심의 소년운동협회와 오월회의 분열을 복합적인 관점에서 분석하지는 못하였다. 김정의는 오월회의 강령이 "사회주의 이념을 외견상 완곡하게 표현"했다고 보면서 결과적으로 두 단체의 대립을 민족주의 진영과 사회주의 진영의 대립으로 파악하였다. 방정환과 소년운동을 고찰하는 여타의 연구들은 대체로 김정의의 이 구도에 근거를 두고 논의를 진행한다. 논의의 핵심은 이러한 분열과 갈등의 근본 원인이 무엇인지를 면밀하게 해석해 내는 일이다. 즉, 그것이 표면상의 갈등인지 이면의 정치 사상적 차이로부터 필연적으로 발생한 것인지, 만일 그렇다면 그 정치사상을 기존의 평가처럼 '우파 민족주의'와 '사회주의'의 대립으로 해석할 수 있는지, 또는 소년운동 조직의 주도권 싸움에서 비롯된 것인지 등을 따져 보아야 한다. 통설과 달리 소년운동에서의 분열이 드러난다고 평가되는 이 시기에도 방정환은 여전히 사회주의적 경향성을 보이고 있다는 점에서 양 단체의 분열과 갈등 양상을 좀 더 섬세하게 조명할 필요가 있다.

방정환 연구의 또 다른 축으로는 아동문학계의 연구를 들 수 있다. 이 분야의 본격적 연구는 김상련·신상철·이재철·이상현의 초기 연구와[9] 1990년대 후반에 들어 한동안 정체되어 있던 방정환 연구에

8) 김정의, 『한국소년운동사』, 민족문화사, 1992.

9) 김상련, 「소파 연구: 『어린이』지를 중심으로」, 동아대학교 석사논문, 1971; 신상철, 「소파

새로운 활기를 불어넣은 연구들이 주목된다. 특히 근대 아동문학사에서의 방정환의 위상과 관련하여 우파 민족주의자로서 방정환의 사상적 한계를 집중 조명하고 있는 이재복과 방정환 문학의 본질을 계몽주의, 낭만주의, 현실주의로 보고 있는 원종찬의 일련의 논쟁이 주목된다.[10] 이재복과 원종찬이 방정환의 문학과 사상에 대해 큰 틀에서 논의를 전개하고 있다면, 『어린이』지를 중심으로 한 특정 장르나 방정환 문학의 양상 연구,[11] 그리고 개별 장르론(번역 동화, 동화극, 수필, 전래동화, 탐정소설)에 이르는 구체적 연구도 2000년대에 들어서면서 한층 진전되었다.[12] 특히 최근의 연구 가운데 방정환 번역 동화에 대한 일차 자료와 중역본 텍스트의 확인 작업은 단순히 작가·작품 연구의 기초를 다진다는 차원뿐 아니라 방정환 문학의 핵심을 해

방정환 연구: 『어린이』지를 중심으로」, 명지대학교 석사논문, 1976; 이재철, 『한국현대아동문학사』, 일지사, 1978; 이상현, 「소파 방정환 연구: 소년운동의 새로운 해석과 작품의 재평가를 중심으로」, 연세대학교 석사논문, 1981.

10) 이재복, 「밥 대신 꽃을 선택한 낭만주의자」, 『우리 동화 바로 읽기』, 한길사, 1995; 이재복, 「새로 만나는 방정환 문학: 암곡소파 문학과 견주어 보기」, 『어린이문학』, 한국어린이문학협의회, 1999.5~6; 이재복, 『우리 동화 이야기』, 우리교육, 2004; 원종찬, 「한국 아동문학이 창조한 주인공: 근대 아동문학사 연구의 반성」, 『창작과비평』, 창작과비평사, 1999년 봄호; 원종찬, 「'한일 아동문학의 기원에 관한 비교 연구'를 위하여」, 『어린이문학』, 한국어린이문학협의회, 1999.11~12; 원종찬, 「'방정환'과 방정환」, 『문학과 교육』, 문학과교육연구회, 2001년 여름호.

11) 이정석, 「『어린이』지에 나타난 아동문학 양상 연구」, 전남대학교 석사논문, 1993; 정경자, 「소파 방정환 문학연구」, 성균관대학교 석사논문, 1997; 김은천, 「『어린이』지 게재 전래동화연구」, 홍익대학교 석사논문, 2003; 오세란, 「『어린이』지 번역 동화 연구」, 충남대학교 석사논문, 2007; 한혜영, 「『어린이』지 우화 연구」, 인하대학교 석사논문, 2009; 전송배, 「아동잡지 『어린이』와 『赤い鳥』 동요의 비교와 『어린이』 동요의 전개 양상」, 중앙대학교 박사논문, 2011.

12) 이정원, 「소파 방정환 수필 연구: 『어린이찬미』에 나타난 아동관을 중심으로」, 인천교육대학교 석사논문, 1998; 심명숙, 「다시 쓰는 방정환 동요 연보」, 『아침햇살』, 도서출판 아침햇살, 1998년 가을호; 김중철, 「어린이극의 형성 과정」, 『동화읽는어른』, 어린이도서연구회, 1999.5; 옛이야기분과(어린이도서연구회), 「방정환 이야기의 맛과 힘」, 『동화읽는어른』, 1999.5; 염희경, 「방정환 번안 동화의 아동문학사적인 의의」, 『아침햇살』, 도서출판 아침햇살, 1999년 봄호; 염희경, 「한국 근대 동화극의 초석: 방정환의 동화극 두 편」, 『어린이문학』, 한국어린이문학협의회, 2001.8; 염희경, 「전래동화, 근대 아동문학으로 편입된 옛이야기」, 『창비어린이』, 창비, 2004년 봄호; 강난주, 「소파 방정환 동화의 특성 연구」, 건양대학교 석사논문, 2003; 이정현, 「方定煥の兒童文學における飜譯童話をめぐって: 『オリニ』誌と『サランエソンムル(愛の贈り物)』を中心に」, 大阪大學大學院 言語文化研究科 碩士論文, 2004.

명하는 데에 필수적이기에 의미 있는 성과이다.13) 그러나 개별 장르론의 경우 여전히 시론에 그치고 있으며 기존의 작품 연보와 장르 분류를 그대로 따르는 등의 문제들이 나타난다.

1990년대 후반에 들어서면서 방정환 연구는 이전과는 질적으로 다른 급격한 변화의 양상을 보이기 시작했다. '아동' 자체가 근대적 산물이라는 관점을 수용한 연구들이 진행되면서 근대 아동문학의 형성을 둘러싸고 아동문학 연구도 새로운 국면에 접어들었다. 이를 대표하는 연구는 박숙경·권복연·김화선·조은숙·원종찬의 논문이다.14) 한국 근대 아동문학의 형성과 관련된 이들 연구는 아동에 대한 관념이 고정적인 것이 아니라 시기와 지역에 따라 상대적이라는 점, 자본주의 경제 체제와 가족 제도의 변화, 학제를 통한 근대의 산물이라는 점을 전제로 하고 있다. 또한 아동문학의 개념과 범주 역시 성인과 대별되는 아동의 인지적, 심리적 대비를 통한 특수성의 문학으로 아동문학이 제도화되는 과정임을 공유하면서 이 시기 아동문학의 형성 과정을 근대 문학의 형성이라는 전체 구도 속에서 고찰하고 있다.15) 이 분야의 연구는 방정환에 대한 집중 조명은 아니지만 한국 근대 아동문학의 본격적 형성을 가능케 한 『어린이』를 중심으로 한 아동

---

13) 李姃炫, 「方定煥の兒童文學における飜譯童話をめぐって: 『オリニ』誌と『サランエソンムル(愛の贈り物)』を中心に」, 大阪大學大學院 言語文化硏究科 碩士論文, 2004; 이정현, 「方定煥飜譯童話と『金の船』」, 『일본문화연구』 22집, 동아시아일본학회, 2007.4.

14) 박숙경, 「한국 근대 창작동화 형성 과정 연구」, 인하대학교 석사논문, 1999; 권복연, 「근대 아동문학 형성 과정 연구: 1910~1920년대 초를 중심으로」, 연세대학교 석사논문, 1999; 김화선, 「한국 근대 아동문학의 형성 과정 연구」, 충남대학교 박사논문, 2002; 조은숙, 「한국 아동문학의 형성 과정 연구」, 고려대학교 박사논문, 2005(조은숙, 『한국 아동문학의 형성』, 소명출판, 2009); 원종찬, 「한국아동문학 형성 과정 연구: 『소년』에서 『어린이』로」, 『동북아문화연구』 15집, 동북아시아문화학회, 2008.6.

15) 조은숙은 아동문학 형성기 연구가 '아동' 개념 및 표상 연구, 아동을 둘러싼 육아론과 교육론 중심의 담론 연구, 학교·소년회 등 미성년 관리 조직의 제도 연구, 근대 인쇄 매체를 대상으로 한 매체와 독자, 커뮤니케이션에 대한 연구 등 타 분과의 연구 성과를 흡수하면서 여러 방법을 결합하여 식민지기 근대 아동과 문학이 구성되는 역동적 과정을 전체적으로 조명하고자 한다고 보고 논의의 쟁점과 이후의 과제를 제시하였다(조은숙, 「'아동'의 발견이라는 화두와 아동문학 연구의 새로운 지형」, 『아동청소년문학연구』 창간호, 한국아동청소년문학학회, 2007.12 참조).

담론의 변화를 주목하고 있다는 점에서 방정환 연구에도 중요한 시사점을 준다.

일반문학계와 타 인접 학문의 잡지 중심의 매체 연구는 방정환 연구에 새로운 전기를 마련하였다. 특히 아동문학과 일반문학의 오랜 단절적 연구 풍토를 지양할 수 있는 계기가 자연스럽게 조성되었다. 유광렬의 회고로만 전해지던 '경성청년구락부'와 그 기관지라 알려졌던 『신청년』지가 발굴되면서 이 잡지의 성격이 당시의 동인잡지들과의 변별 속에서 재조명되었다. 더욱이 최근 근대 문학의 형성과 제도화 과정, 특히 문학 '장'의 형성과 매체의 관련성 논의에서 방정환은 1920년대 가장 활발했던 출판 기획자로 주목받고 있다.[16] 매체 관련 연구로는 『신청년』 연구, 『개벽』 연구, 『어린이』 연구, 독서문화사의 맥락에서 1920년대 베스트셀러였던 『사랑의 선물』에 관한 연구가 주목된다.[17] 이러한 연구들로 방정환을 좀 더 총체적으로 조명할 수 있는 시각이 확대되었다. 특히 한기형과 최수일의 『개벽』 관련 연구는 이 논문에서 방정환의 사상을 구명하는 데에도 중요한 시사점을 제공해 주었다.

한편 일반문학계의 방정환 연구에서 드러나는 문제점은 근대에 발

---

16) 박헌호는 식민지 조선에서 근대 미디어가 '사회'라는 추상적 개념의 물질적 현시로서 동일한 시공간 속에 개별자들을 묶어줄 수 있는 물질적 기초로 작동했다고 보고 이와 관련해 방정환을 주목한다. 즉, 방정환이 다양한 잡지의 기획, 출판자로서 매체의 발간을 통해 추상적 전체로 존재했던 민족을 특정 기준에 따라 구체적으로 분할하는 효과를 가졌다고 보면서 이를 통해 과거의 신분계급과는 다른 성별과 계층, 직업, 사회적 위상 등에 의해 분할되는 '또 하나의 사회'라는 감각이 창출될 수 있었다고 평가한다. 방정환의 출판활동이 근대적 '사회'의 형성과 분할, 그리고 균질화에 기여한 의미에 대해서 새롭게 검토되어야 한다고 지적하고 있다(박헌호, 「식민지 조선에서 작가가 된다는 것」, 『상허학보』 17집, 상허학회, 2006.6, 119쪽 참조).

17) 오영근, 「『개벽』에 관한 서지적 연구」, 청주대학교 도서관학과 석사논문, 1994; 이요섭, 「천도교의 잡지간행에 관한 연구: 『개벽』을 중심으로」, 중앙대학교 신문방송학과 석사논문, 1994; 이기훈, 「1920년대 '어린이'의 형성과 동화」, 『역사문제연구』 8호, 역사문제연구소, 2002; 최수일, 「1920년대 문학과 『개벽』의 위상」, 성균관대학교 박사논문, 2002; 한기형, 「근대잡지 『신청년』과 경성청년구락부: 『신청년』 연구 (1)」, 『서지학보』 26호, 한국서지학회, 2002.12; 한기형, 「근대 초기 한국인의 동아시아 인식: 『청춘』과 『개벽』의 자료를 중심으로」, 『대동문화연구』 50집, 성균관대학교 대동문화원구원, 2005.6; 한기형, 「『개벽』의 종교적 이상주의와 근대 문학의 사상화」, 『상허학보』 17집, 상허학회, 2006.6.

견된 '어린이'가 근대 주체를 형성하기 위한 가장 효율적인 훈육과 내면화의 대상이라는 사회학계의 탈근대 담론과 1920년대 문화운동을 체제 내적 개량주의 운동으로 파악하는 역사학계의 연구를 토대로 방정환의 아동문화운동과 소년운동을 식민지 규율을 내면화하는 '신민'의 형성이라는 점에서 논의를 전개한다는 것이다.[18] 일례로 최명표는 「문화운동과 식민담론의 상관관계」에서 근대 주체로 탄생한 '어린이'와 근대 주체의 신체와 규율을 훈련하는 장으로서의 '학교' 공간을 주목한 뒤 방정환의 어린이운동과 동화 장르의 선택을 식민 담론의 침윤으로 평가하였다.[19] 때문에 방정환의 소년운동과 아동문학이 식민 권력과의 상관관계 속에서 합법 공간 내에서의 비타협적, 비합법적 운동성이 간과된 채 일면적으로 평가되는 문제점을 드러내고 있다. 이처럼 근대의 어린이 발견이라는 사회학적 관점에서 방정환의 활동을 조명할 경우 최근 학계의 탈근대 관점의 부각으로 근대주의의 한계 중심으로 재단되는 논의들이 적지 않다. 방정환의 아동문학과 소년운동이 서구, 또는 일본의 근대주의로서의 동심

18) 최명표, 「문화운동과 식민 담론의 상관관계」, 『한국언어문학』 52집, 한국언어문학회, 2004; 박지영, 「방정환의 '천사동심주의'의 본질: 잡지 『어린이』를 중심으로」, 『대동문화연구』 50집, 대동문화연구원, 2005.6; 박현수, 「근대적 작가의 탄생과 독서 경험: 방정환을 중심으로」, 『근대적 작가의 탄생과 존재양태』, 성균관대학교 동아시아학술원 학술발표회, 2004; 박현수, 「잡지 미디어로서 『어린이』의 성격과 의미」, 『대동문화연구』 50집, 대동문화연구원, 2005.6; 박현수, 「산드룡, 재투성이王妃, 그리고 신데렐라: 한국 근대 번역 동화의 정전 형성과 그 의미」, 『상허학보』 16집, 상허학회, 2006.2.

19) "방정환 등 일군의 어린이 문화운동가들은 '소년'의 지시 대상을 축소시키고 정치적 요소를 제거하였다. 『소년』지의 대상 연령을 하향하고, 『어린이』지의 편집 방침을 비정치적 내용으로 국한하였다. (…중략…) 일제의 문화 통치라는 정치 상황에서 방정환은 일제의 지배 담론과 충돌하지 않으면서 어린이들의 '식민지적 소외'를 감소할 수 있는 방안을 동화 장르에서 모색하였다. (…중략…) 이러한 문화적 사실을 고려하면, 동화를 선택한 방정환의 의도가 드러난다. 그는 일제와의 직접적 충동을 예방하면서 자신의 운동 목표를 달성하기 위한 수단으로 동화의 장르적 속성에 주목하였다. 곧 <u>그의 동화 선택과 어린이 문화운동의 탈정치성은 상관관계를 맺고 있는 것</u>이다. 일찍이 문화운동의 정치적 조건을 배제한 그는 현실 세계의 식민지적 조건이 거세된 동화를 통해 어린이의 '순진무구함'을 보호하고자 노력했다. (…중략…) 동화에 내재된 낭만주의적 속성은 완강한 식민주의의 대항 담론으로 가능하기에는 역부족이었다. 왜냐하면 '낭만주의가 식민지적 침략주의와 불가분의 관계'이기 때문이다."(최명표, 위의 글, 547~557쪽; 최명표, 『아동문학의 옛길과 새길 사이에서』, 청동거울, 2007, 20~34쪽)

의 발견과 밀접히 조응하는 한편 일정 정도 거리를 두었던 지점들이 좀 더 포착되어야 할 것이다. 이에 대해서는 관련 분야의 연구 성과들의 진전으로 심층적으로 논의가 보완·확장되어야 할 것이다.

한국 아동문학사의 역사적 성격에 대한 재평가, 구체적인 작품론, 방정환의 도쿄 재류 시기에 대한 연구,[20] 2000년대 초에 발굴된 『신청년』을 중심으로 한 논의 등은 그 이전까지 알려진 방정환의 생애를 재구성할 것을 요구하고 있다. 이러한 상황을 반영하듯 2000년대 초중반에 방정환 평전 두 권이 발행되어 방정환 연구의 기초를 보완했다. 처음 나온 방정환 평전인 민윤식의 『청년아, 너희가 시대를 아느냐』(중앙M&B, 2003)는 족보를 확인하여 가계를 밝힌 부분이나 미동보통학교 재학 시절의 학적부, 신준려(申俊勵)와의 연애 등 그동안 자세히 알려지지 않았던 사실을 보완한 공적이 있다. 그러나 부정확한 부분들과 확대 해석이 산재해 있어 평전으로서의 가치를 떨어뜨리고 있다. 한편 아동문학과 소년운동사에 대한 폭넓은 이해와 성실한 조사를 바탕으로 새롭게 써진 이상금의 『사랑의 선물』(한림출판사, 2005)은 기존의 작가 연보의 오류를 보완하고 방정환의 '동심주의'의 성격을 인내천 사상과 일본 동요동화 운동의 '동심주의'의 접목으로 평가하였고 방정환 사상의 핵심인 천도교 사상을 일목요연하게 정리한 것도 특장이다. 그러나 천도교의 분화 과정이나 계급주의 문학과의 갈등을 기존의 소년운동사의 관점, 즉 좌우 대립의 관점에서 보고 있어 방정환의 문학 사상을 좌파와는 대척의 자리에서 평가하고 있는 문제점이 드러난다. 그밖에 정확한 필명 확인을 거치지 않아 작품 확정에 오류가 드러나기도 한다. 여전히 수정·보완해야 할 사항이 적지 않지만 이를 토대로 후속 연구의 진전과 더불어 새로운 평전을 마련할 수 있는 발판을 마련했다는 데에 의의가 있다.

한편, 2000년대 중후반을 거쳐 방정환의 문학 가운데에서도 탐정

20) 방정환의 도쿄 재류 시기에 대해서는 나카무라 오사무(仲村修)의 「方定煥研究序論: 東京時代を中心に」, 『青丘學術論集』 14, 東京: 韓国文化振興財団, 1999.4.

소설(모험소설)이 집중적으로 논의되는 양상을 보여주었다.[21] 이 무렵 문화 연구, 대중문학, 추리 탐정문학에 대한 관심의 확장과 2000년대 중후반 이후 현대 아동문학의 소재와 상상력의 확장이라는 비평적 관심이 촉발된 것과도 연동된 현상이라 볼 수 있다. 방정환의 탐정소설에 대한 일련의 연구는 방정환 문학에 대한 본격적이고 집중적인 연구를 보여준 사례이며, 근대 아동문학 연구와 현 단계 아동문학의 과제와 전망이라는 비평적 관점이 맞물린 지점으로, 학술 연구와 비평이 조우하는 실천적 양상을 띤다는 점에서 주목할 만하다. 하지만 방정환의 탐정소설에 대한 초창기 연구 성과에서 그리 진전된 새로운 분석과 해석으로 나아가지 못하고 있다. 이후 시기의 다른 작가의 탐정소설과 비교 분석하여 연구 대상을 확장함으로써 방정환 탐정소설의 특성이 선명하게 드러나기는 했지만 방정환의 탐정소설만을 놓고 볼 때는 유사 논의가 되풀이되는 양상을 띤다. 특히 장르별 작품론은 당시의 장르 형성 논의, 나아가 아동문학이 제도화되는 과정에 대한 담론과 연동되면서 그 특질이 조명되는 방향으로 확대 보완되어야 할 것이다.

이상에서 살펴본 것처럼 방정환 연구는 1990년대 후반을 기점으로 상당히 진전되었다. 특히 아동문학 분야뿐 아니라 방정환과 그 시대를 조명하는 인접 학문의 연구들이 활발히 진행되면서 한층 입체적인 재구가 가능해졌다. 특히 현 시점에서 방정환의 생애와 활동, 문학은 궁극적으로 근대에 대한 비판적 성찰의 관점에서 재조명되

21) 이선해, 「방정환 동화의 창작방법 연구: 탐정소설을 중심으로」, 한남대학교 석사논문, 2006; 염희경, 「탐정소설, '아동문학' 속으로의 귀환」, 『어린이와 문학』 30권, 월간 어린이와 문학, 2008.1; 박미혜 정리, 「탐정소설로 시대를 헤쳐 가는 소년상을 꿈꾼다(토론회 녹취문)」, 『어린이와 문학』 31권, 월간 어린이와 문학, 2008.2; 최애순, 「방정환의 탐정소설 연구」, 『우리어문연구』 30호, 우리어문학회, 2008.2; 정혜영, 「소년 탐정소설의 두 가지 존재양상」, 『한국현대문학연구』 27호, 한국현대문학회, 2009.4; 이충일, 「한국 아동 추리소설에 대한 반성적 고찰」, 『어린이책 이야기』 6호, 아동문학이론과 창작회, 2009; 조은숙, 「탐정소설, 소년과 모험을 떠나다」, 『우리어문연구』 38호, 우리어문학회, 2010.9; 송수연, 「식민지시기 소년탐정소설과 '모험'의 상관 관계」, 『아동청소년문학연구』 8호, 한국아동청소년문학학회, 2011.6.

어야 하는 과제를 안고 있다. 그럼에도 여전히 탈근대 담론 중심으로 논의가 진행되면서 정작 방정환의 생애와 사상, 문학의 구체적 실상이 제대로 조명되지도 못한 채 근대 아동문학의 한계와 문제점을 드러내는 방식으로 논의가 확대 재생산되는 경향이 없지 않다. 따라서 이 연구에서는 방정환의 생애에서 괄호 쳐져 있거나 부정확하게 알려진 사실들을 수정 보완하고 그의 문학과 사상의 핵심을 일차적으로 규명하고자 한다. 무엇보다도 구체적인 작품 분석을 통해 방정환의 아동문학이 지닌 문학사적 위치를 온당하게 자리매김하고자 한다.

3. 연구 부진 요인과 연구 방향

이상에서 지금껏 방정환이 어떻게 읽혀 왔는지, 최근의 연구 경향은 어떠한지를 대략 검토하면서 그 성과와 문제를 짚어보았다. 2000년대 이후 방정환 연구가 부쩍 활기를 띠고 있지만 근본적으로 방정환 연구가 부진했던 요인들을 점검하고 이를 극복하는 과정에서 이 연구의 방향을 제시하고자 한다.

방정환은 익명 또는 다수의 필명으로 다양한 지면에 작품을 발표했기 때문에 자료 접근에서부터 심각한 난관에 부딪힌다.[22] 제대로

22) 윤석중의 회고에 따라 방정환의 필명으로 "몽견초, 몽견인(몽중인의 오식으로 추정됨), 삼산인, 소파, 잔물, 북극성, 쌍S, 서삼득, 허삼봉" 등이 논의되어 왔다(윤석중, 「해설」, 『방정환 아동문학 독본』, 을유문화사, 1962, 4쪽). 특히 윤석중의 증언으로 오랫동안 허삼봉(허문일, 허일)은 방정환의 필명으로 간주되어 방정환 전집에 수록되어 왔다. 그런데 최원식과 심명숙의 연구로 허삼봉(허문일, 허일)은 별도의 인물임이 밝혀졌다(최원식, 「농민문학을 위하여」, 『한국문학의 현 단계』 III, 창작과비평사, 1984; 최원식, 『생산적 대화를 위하여』, 창작과비평사, 1999, 146쪽; 심명숙, 「다시 쓰는 방정환 동요 연보」, 『아침햇살』, 도서출판 아침햇살, 1998년 여름호). 그밖에 방정환의 필명으로는 '운정(雲庭), 운정거사, 김운정(金雲汀), 은파리, 목성(牧星생, ㅁㅅ생), 소파생, SP생, CW생, 노덧물, 몽중인(夢中人), 성서인(城西人), ㅈㅎ생, ㅅㅎ생, 깔깔박사, 길동무, 파영(波影, 김파영, 파영생), 금파리' 등이 제시되었다. 이 가운데 'CW생'은 천원 오천석의 필명일 가능성이 있으며 '노덧물'은 노산 이은상의 필명임을 확인하였고, '김운정'은 1920년대의 대표적인 극작가이다. '금파리'는 방정

된 방정환 연구를 위해서는 근대 작가들의 필명 확인 작업이 좀 더 실증적으로 이루어져야 한다. 더욱이 근대 자료들에 대한 실증적 기초 조사 작업의 부실도 방정환 연구의 오랜 정체를 부추겨 왔는데, 이에 대해서도 보완이 필요하다.

방정환 연구 부진의 또 다른 요인으로는 분과별 연구의 단절성을 지적할 수 있다. 분야별 연구의 특성상 초점을 어디에 두느냐에 따라 방정환의 다양한 면모가 가려지거나 부차적으로 취급되고 있다. 따라서 인접 학문의 연구 성과가 충분히 공유되면서 방정환의 상(像)을 입체적으로 재구성하는 것으로 나아가야 한다.

방정환 연구를 더디게 하는 또 다른 요인은 대중문학·대중문화 연구가 초보적이라는 것이다. 대중문학은 통속문학이자 주변부 문학으로 열등하게 취급되기 때문에 연극, 영화, 탐정소설 분야에서의 방정환의 일련의 작업들은 2000년대 중반까지는 거의 논의조차 되지 못했다. 이 연구에서는 거의 알려지지 않은 이 분야의 활동을 검토하고 대중문예에 대한 방정환의 관심과 활동이 그의 문학 사상을 해명하는 중요한 열쇠임을 밝히고자 한다. 나아가 이 분야에서의 활동은 그가 이후 아동문화운동을 펼치고 아동문학의 제 장르를 개척하는 데에 적극적인 원천으로 작용했다는 점도 주목할 필요가 있다. 특히 방정환이 근대 문학의 본격적 형성기에 창작보다는 외국의 영화, 소설, 아동문학 번역에 주력했다는 점에서 이 시기의 번역 작업이 한국 근대 문학의 형성에 지대한 영향을 끼쳤다는 사실도 재조명할 것이다.

앞에서 살핀 요인들이 분야별 연구의 부진에서 비롯된 것이라면 방정환 연구를 더욱 부실하게 했던 근본 요인은 남북한의 이념 대립과 갈등이라는 상황 아래에서 방정환에 대한 강력한 통념이 지속적

환 사후에만 등장하는 필명으로 다른 사람이 방정환의 '은파리'의 명성을 빌어 풍자기를 쓴 것으로 추정된다. 이밖에 '일기자, 편집인'으로 발표한 글도 있으나 이는 잡지나 신문에서 흔히 사용되던 필명이므로 방정환의 필명과 다른 이의 필명을 글과 수록 잡지를 검토하여 분별하여야 한다. 방정환의 필명에 대해서는 앞으로도 지속적인 연구가 요구된다.

으로 재생산되어 왔다는 점을 들 수 있다. 잘 알다시피 방정환에 대한 비판은 카프(KAPF)의 영향 아래 있던 『별나라』로부터 시작되었다. 박세영(朴世永)과 송영(宋影)을 필두로 한 『별나라』는 방정환과 『어린이』를 '동심천사주의'(童心天使主義)라고 비판하면서 '동심의 계급성' 이란 표어를 내걸고 등장했다. 그들은 아동문학의 이념을 '민족'에서 '계급'으로 새롭게 조정하려 했던 것이다. 그러나 조정기의 이러한 대립적 인식은 특수한 전략적 구도의 산물로, 거기서 비롯된 주의·주장은 실상과 적지 않은 거리를 노정하게 마련이다. 더욱이 실상과 다른 이 같은 견해는 그릇된 고정 관념을 재생산한다.

이로부터 파생된 방정환에 대한 뿌리 깊은 고정 관념의 하나로 '민족주의자 방정환'이라는 상을 제기할 수 있다. 방정환은 민족주의자임에 틀림없지만, 방정환 앞에 붙는 이 '민족주의'라는 수식어는 너무나 강력하고 지배적이어서 '방정환과 사회주의'라는 논제 자체를 낯설게 만든다. 더욱이 아동문학계에서는 이 둘의 관계를 무관한 것으로, 심지어는 적대적인 것으로까지 규정하는 시각이 널리 통용되어 왔다. 이러한 시각은 방정환의 실상을 객관적으로 조명하는 데에 걸림돌이 되며 한국 근대 아동문학사를 제대로 쓰는 데에도 강력한 편견으로 작용한다. 이를테면 한국아동문학사의 대표적 연구 성과라 할 만한 이재철의 『한국 현대아동문학사』(일지사, 1978)와 이재복의 『우리 동화 바로 읽기』(한길사, 1995)는 이러한 일반 통념을 더욱 확고하게 만들었다. 이재철은 저서에서 "『어린이』지와 그 민족주의적 경향', '『별나라』의 투쟁적 계급주의적 경향"이라는 설명 방식으로 방정환을 사회주의에 대립한 민족주의자로, 또한 방정환 문학의 특성을 '동심천사주의'로 파악하였다. 한편 이재복은 현실을 떠난 어린이라는 카프의 방정환 비판을 그대로 수용하여 방정환의 문학을 '눈물주의', '영웅주의', '동심천사주의'라고 비판하였다. 이처럼 두 논자는 서로 다른 관점에 기반을 두고 있으면서도 카프 계열의 방정환 비판[23)]을 그대로 수용함으로써 방정환을 사회주의와 대립한 좁은 의미의 민족주의에 가두어 본다는 점에서는 동일하다.

이처럼 '순수파'와 '사회파'가 날카롭게 대립해 왔던 남한 아동문단에서 방정환은 독립운동가, 민족주의자, 동심천사주의자라는 우파적 숭배의 대상으로 끊임없이 호출되어 왔다. 한편 우상화되어 있는 방정환을 비판적으로 재조명하고자 하는 관점에서 방정환이 일제 식민 체제 내의 합법적 테두리에서 활동했던 천도교 신파의 중심인물이었다는 점을 들어 그를 '우파 민족주의자'로 규정하기도 하였다.24) 이러한 맥락에서 방정환의 문학과 사상은 '계급주의 아동문학'과 적대적인 '동심천사주의'로, 사회주의와 적대적인 우파 민족주의로 규정되어 왔다. 그런 점에서 방정환이 한국 근대 아동문학의 기원을 세우는 자리에 있었기 때문에 계몽주의와 낭만주의뿐만 아니라 민족과 계급 문제를 동시에 고민한 현실주의에도 뿌리를 두고 있다고 평가한 원종찬의 논의는 1990년대 후반까지 지속되어 온 기존의 이분법적 도식을 벗어나 방정환을 새롭게 자리매김한 첫 출발의 의미를 지닌다.25)

이상에서 살핀 연구 부진의 요인을 점검하고 극복해 가는 과정에서 방정환에 대한 기초 연구는 좀 더 충실해질 것이다. 이 연구에서는 이 점을 염두에 두고 다음과 같은 방법으로 연구를 수행하고자 한다.

---

23) 홍은성, 「소년잡지에 대하야」 3, ≪중외일보≫, 1929.4.15; 신고송, 「현실도피를 배격함: 양군의 인식 오류를 적발」, ≪조선일보≫, 1930.2.13~14; 신고송, 「동심의 계급성」, ≪중외일보≫, 1930.3.7~9; 송완순, 「조선아동문학시론」, 『신세대』 2호, 1946.5; 송완순, 「아동문학의 천사주의」, 『아동문학』 1집, 1948.11; 송영, 「해방 전의 조선 아동문학」, 『조선문학』, 1956.8 (이선영·김병인·김재용 편, 『현대문학 비평자료집: 이북편』 8권, 태학사, 1994).

24) 이에 대한 대표적 연구는 이재복과 권순긍의 논의를 들 수 있다(이재복, 앞의 책, 2004; 권순긍, 「현실주의 동화론과 삶의 동화운동」, 『역사와 문학적 진실』, 살림터, 1997). 한편, 박찬승은 천도교 신파를 '민족주의 우파'로, 천도교 구파를 '민족주의 좌파'로 본다. '민족주의 우파'는 상층 부르주아지인 대자본가계급, 지주 계급이 지배하는 자본주의 체제를 지향하며 이들은 1920년대 초반의 문화적, 경제적 실력양성운동의 좌절을 겪으면서 정치적 실력양성운동인 자치운동에 참여하는 타협적 민족주의자라고 한다. 한편 '민족주의 좌파'는 소부르주아적인 계급적 기반에 있는 중소자본가, 소부르주아 중심의 자본주의 체제를 지향한다. 이들은 자치운동에 적극 반대하고 신간회 결성을 주도한 비타협적 민족주의자라고 보고 있다(박찬승, 「항일 운동기 부르주아 민족주의 세력의 신국가 건설 구상」, 『대동문화연구』 27집, 대동문화연구원, 1992, 63쪽 참조).

25) 원종찬, 「한국 아동문학이 창조한 주인공: 근대 아동문학사 연구의 반성」, 『창작과비평』 103호, 창작과비평사, 1999년 봄호 참조.

먼저 방정환이 출생해서 활동했던 당시의 사회와 역사적 상황 및 천도교청년회 신파의 활동을 중점적으로 고찰하고 있는 역사학계의 연구 성과를 바탕으로 방정환의 생애를 재구성하고 당대의 정치 구도 속에서 그의 위상을 살필 것이다. 이는 방정환 사상의 형성 과정과 사상의 핵심을 해명하기 위한 단초이자 작품 세계를 규명하기 위한 기초 작업이다.

둘째, 이 연구에서는 회고에 따른 방정환의 필명에 의존하지 않고 자료를 실증적으로 검토하여 방정환의 필명으로 알려져 있는 작품들을 최대한 확인하고 연구를 수행하고자 한다.[26] 필명 확인 과정에서 필자는 기존 연구에서의 오류를 시정할 수 있었다. 즉, 허삼봉(허문일, 허일), 김운정, CW생, 노덧물은 방정환이 필명이 아님을 확인하였고, 『보성』에 등장하는 '쉿파리'와 『녹성』의 탐정소설 필자인 '복면귀'는 방정환의 필명일 가능성이 상당히 높다고 보았다.

실증주의적 방법으로 확정한 텍스트를 대상으로 작품이 사회 현실과 맺는 관계, 작품 수록 지면(매체)의 특성을 고려한 작가의 의도와 작품의 효과, 아동문학의 장르적 특성 등을 고려하여 작품을 분석하였다. 특히 외국 동화 번역의 경우 원본과 일본어 중역본과의 텍스트 비교를 통해 방정환 번역의 '차이와 반복'을 입체적으로 조명하였다.[27] 근대의 번역이 식민화의 채널로, 또는 탈식민화의 채널로 이중적으로 작동했다는 점에서 방정환의 번역 문학을 심층적으로 해명해야 할 필요성이 제기된다. 이 과정에서 국내 작가들의 동시대 또는 후대의 문학과 비교·고찰함으로써 방정환 문학의 독자성과 문학사적 의미가 규명될 것이다.

---

26) 이 책의 제1부 1장의 각주 22), 2장의 각주 39), 46), 60), 3장의 각주 47), 62), 88), 89), 95), 112), 114), 4장의 각주 96), 121), 179) 참조할 것.

27) '차이와 반복'은 하정일의 글에서 따온 말이다. 하정일은 한국 근대 문학은 서구가 창안한 새로운 유형의 Literature라는 이름의 '문학'이 제도화되는 과정이었지만, 그것은 제국주의 담론을 흉내 내기 또는 되받아 쓰기가 아니라 '차이 있는 반복'의 과정이었다고 평가한 바 있다(하정일, 『한국 근대문학의 형성과 문학 장의 재발견』, 민족문학사연구소 기초학문연구단, 소명출판, 2004, 3~8쪽).

2장 | 방정환의 생애

1. '봉상시'와 '소년입지회'

방정환은 1899년 11월 9일(광무(光武) 3년, 음력 기해년(己亥年) 10월 7일) 서울 야주개(夜珠峴: 지금의 당주동)에서 어물전과 미곡상을 경영하던 방한용(方漢龍)의 아들 방경수(方慶洙)의 장남으로 태어났다. 본적은 경성부(京城府) 견지동(堅志洞) 118번지이고, 족보에 따르면 온양(溫陽) 방씨(方氏) 판서공파(判書公派) 36대손이다. 어머니는 손 씨로 병약하여 늘 누워 있었다. 방정환이 태어났을 때 집안은 야주개에서도 큰 상인 집안으로, 4대가 함께 사는 대가족이었다.[1]

1) 족보에는 남자 형제로 덕환(德煥), 순환(順煥, 1916년 생), 그리고 여자 형제로 춘자(春子, 1905년 생)가 기록되어 있다. 그런데 민윤식은 족보를 검토하면서 방정환이 2남 2녀 가운데 장남이고, 둘째가 덕환, 장녀 순환, 그리고 막내 여동생 춘자라고 밝혔다(민윤식, 『청년아, 너희가 시대를 아느냐』, 중앙M&B, 2003, 22쪽). 민윤식은 순환을 장녀라고 했는데, 족보에 '子'로 표기(여동생 춘자의 경우 '女'로 표기)되어 있을 뿐 아니라 일반적으로 돌림자는 동성(同性)에 쓴다고 볼 때 방정환과 같은 돌림자인 '煥'을 쓴 순환은 남자형제일 것으로 추정된다. 한편 순환은 방정환이 어릴 때부터 병약하여 늘 누워있었다는 생모가 돌아가시기 1년 전에 태어났다는 점이나 그가 장남 방정환과 무려 17세의 나이 차이가 나는 점은

지금까지 방정환 집안의 성향에 대해서는 알려진 바가 거의 없다. 그런데 당시 야주개에 있던 협률사(協律社)는 방정환 집안의 성격을 좀 더 구체적으로 살필 수 있는 중요한 단서를 제공한다.

> 협률사는 야주현(夜珠峴)에 있던 봉상시(奉常寺)에 설치된 것이었다. 주지하다시피 봉상시라는 것은 궁중의 혼상제례의 종묘사직의 춘추향제 때 수용품을 진배하던 곳으로 상인들과도 밀접한 관계를 맺고 있었던 관청이다. 이러한 희대(戱臺)가 고종의 칙허를 얻어 봉상시 건물 일부를 터서 만들어졌고, 이를 관장하는 부서로서 협률사를 궁내부에 둔 것이다. 그러니까 궁중의 희대를 관장하기 위해 설치한 협률사의 역할은 국가를 위한다는 명목으로 주로 연예 쪽을 관장하는 임시부서 겸 극장이 된 것이다. 그 점에서 협률사는 극장 이름과 부서 이름이 합쳐진 용어였던 것이다. (강조는 인용자)[2]

협률사가 설치된 야주개는 방정환의 집안이 망하기 전까지 살았던 곳이다. 앞에서 밝혔듯 당시 방정환의 집안은 미곡상과 어물전을 경영했는데, 봉상시가 '궁중의 혼상제례의 종묘사직의 춘추향제 때 수용품을 진배하던 곳으로 상인들과 밀접한 관계를 맺고 있던 관청'이었다는 사실은 주목을 요한다. 방정환의 장남 방운용은 방정환이 "집

쉽게 이해하기 어렵다. 1970년대까지 온양 방씨 족보는 두 번 제작되었는데, 그때까지는 방정환 일가 기록이 누락되었다가 1970년대 이후 증보판을 발행할 때 비로소 족보에 방정환 일가가 등재되었다고 한다. 이 족보에는 방정환의 장남 방운용이 본래는 1918년생인데 1916년 생으로 기록되어 있다. 게다가 방정환의 수필에 자주 등장하는 두 살 위 누이의 존재도 누락되어 있는 등 정확성에 의문이 간다. 필자는 방정환이 생모 슬하의 유일한 아들이었고, 덕환과 순환은 방정환의 새어머니 오애기(吳愛其)의 후생일 가능성이 높다고 본다. 그런데 이상금의 『사랑의 선물』에 따르면 새어머니 슬하에는 딸만 셋이 있었다고 하는데 그 근거로 제시한 사항은 없다(이상금, 『사랑의 선물』, 한림출판사, 2005, 247쪽). 한편, 최영주는 「소파 방정환 선생의 약력」에서 "손아래로 남동생 하나(후일 요절)와 여동생 다섯이 있어 學校를 나오자 뜻을 다시하여 某處의 심부름군 노릇을 하며 獨學의 決心을 굳게 하였"(최영주, 앞의 글, 1940, 2~3쪽)다고 밝힌 바 있다.

2) 유민영, 『한국근대연극사』, 단국대학교출판부, 1996, 34~35쪽.
특별한 언급이 없는 한 이 책의 인용문에서 강조는 인용자가 한 것이다. 이하 '인용자 강조' 표시는 생략한다.

안에서 장삿일로 부리는 수십 명의 하인과, 대궐에서 자주 찾아오는 내시들을 놀려 주기를 좋아했"다고 밝힌 바 있다.[3] 당시 방정환의 집안이 야주개에서도 꽤 알려진 상인 집안이었으니 봉상시와 밀접한 관련을 맺고 있었을 것으로 추정된다.[4]

방정환은 5세(1903)부터 7세(1905)까지 한문에 조예가 깊던 할아버지의 지도로 천자문을 읽었다. 그는 1905년, 두 살 위인 삼촌이 신식학교에 다니는 것이 부러워 보성소학교(普成小學校)에 따라갔다가 김중환(金重煥) 교장의 눈에 띄어 강제로 머리를 깎이고, 전교생 중 가장 어린 나이로 보성소학교 유치반에 들어갔다. 보성소학교는 한말 친러파의 거두이자 고종 황제의 최측근이었던 내장원경(內臟院卿) 이용익(李容翊)이 1905년에 세운 사립학교다.[5] 그러니 삼촌과 방정환은 신설학교인 보성소학교와 그 학교 유치반의 1회 입학생인 것이다.

1919년 3·1운동을 기점으로 초등교육에 대한 조선인의 인식은 극적으로 변화하였다. 식민 지배에 대한 저항으로 학교에 대한 거부감이 표출되던 1910년대를 지나 3·1운동을 계기로 실력을 양성하는 것이 민족을 위하는 길이라는 명분 아래 학교 교육이 적극 장려되었다. 이러한 배경에서 당시 사립학교는 민족운동의 일환으로 인식되어 선호되기도 했다.[6] 하지만 방정환과 삼촌이 보성소학교에 입학한 때는 이 시기보다도 거의 15년 정도 앞선 시기로, 학교 교육보다는 서당

---

3) 방운용, 「어린이를 위한 한평생」, 방정환, 『사랑의 선물』 I, 신구미디어, 1992, 237쪽.

4) 한편 협률사에서는 흥행을 염두에 두고 1903년 영국에서 들어와 유행하기 시작한 활동사진을 상연했다. 그런데 영화 상영 중 전기 파열로 불상사가 생겨 1904년에는 폐관을 하여 1906년 초에 재개관했다. 당시 ≪황성신문≫(1906.4.13)에서는 "每夕이면 協律社로 一公園地로 認做함으로 其至 夜學校 學徒들의 數爻가 減少"했다는 보도를 하고 있는데, 개화기 연극 관객층의 주류는 성인층보다는 학생층(초중등학생)이 더 많았음을 짐작할 수 있다(유민영, 앞의 책, 37~38, 70쪽 참조). 이러한 사실을 볼 때 방정환은 광무대에서 처음 활동사진과 환등을 보았다고 밝혔지만, 1906년 무렵 집 근처의 협률사를 중심으로 대중적으로 흥행되던 문예물, 연희 등 당시의 연예 분위기를 몸으로 느끼며 자랐을 것으로 보인다.

5) 이용익에 대해서는 「이용익의 백만원이 사느냐 죽느냐」, 『삼천리』, 1936.4; 조기준, 「한국기업가사연구」, 조기준 외, 『일제하의 민족생활사』, 현음사, 1982; 조익순·이원창, 『고종황제의 충신 이용익의 재평가』, 해남, 2002 참조.

6) 오성철, 『식민지 초등교육의 형성』, 교육과학사, 2000, 31~32쪽 참조.

교육이 선호되던 때였다. 더욱이 서당은 조선인에 의해 자발적으로 설립·운영된 초등교육 기관으로 1910년대에는 보통학교를 능가하는 초등교육 기관으로 팽창하는 추세였다.[7)]

이러한 시대적 상황을 고려할 때 한자에 조예가 깊었던 할아버지 밑에서 일찍이 천자문을 배웠던 방정환과 그의 삼촌이 당시에 선호되었던 서당 교육 대신 사립학교 교육을 받았다는 사실은 무척 흥미롭다. 추측컨대 방정환의 집안은 서구 열강의 개방 압력에 직면해 서구식 근대 교육을 적극 수용하여 초등 교육 중심의 국민 교육 체제를 제도적으로 형성하고자 했던 대한제국 정부의 갑오개혁(甲午改革)에 동조적이었으리라 짐작된다.[8)] 여기에는 당대의 시대적 추이를 읽어낸 상인 집안 특유의 시대감각이 작용했던 것으로 보인다. 게다가 미천한 집안 출신으로 보부상으로 또 금광꾼으로 살았던 이용익이 구한말 정계의 세도가로 출세하여 세운 보성소학교였으니 그야말로 그 시대의 신화였을 것이다. 비록 이 시기에 이용익은 일제로부터 견제를 받는 인물이었지만 그 위력은 여전히 대단했을 터이다. 더욱이 1905년 을사늑약의 체결 전후 각종 사립학교 수가 현저히 증가했던 시대 상황에서 왕실의 최측근이자 친러파였던 이용익이 세운 사립학교라는 점은 더더욱 조선인들의 민족의식을 자극했을 것이다. 이러한 정황들을 볼 때 러일 전쟁에서 일본이 승리했던 역사적 상황에서 친러파 이용익이 세운 보성소학교를 택한 방정환 집안은 친왕실적인 성향의 집안이었으리라 추측된다.[9)]

방정환은 태어나서 9세(1907)가 될 때까지 경제적으로 풍족한 집안에서 개구쟁이로 자랐다. 특히 9세 때 '동네 아이들을 모아 홑이불로

---

7) 위의 책, 7쪽.

8) 당시 보성소학교는 신 서당식 군대식 교육을 하던 때였으니 집안의 실권을 쥐고 있던 할아버지가 이 학교의 교육을 그리 문제 삼지 않았을 것이다. 유치반에서는 천자문을, 반년급에서는 계몽편을, 초등과 1년급에서는 『동몽선습』을 가르쳤다고 한다.

9) 이러한 사실은 그의 집안이 일찍부터 천도교와 관련이 깊었다고 보는 연구들의 문제점을 재고할 필요가 있음을 시사한다. 이 책의 제1부 2장 각주 23) 참조.

휘장을 치고 경대 주변을 분장실로 쓰는 등 연극 흉내를 곧잘 내었다'는 일화는 잘 알려져 있다.[10] 실제로 방정환은 어린 시절 처음 활동사진과 환등을 구경했던 때의 일화를 밝히기도 했는데, 동대문의 광무대(光武臺)에서 처음으로 활동사진을 보았다고 회고하기도 했다.[11]

광무대의 설립 시기와 운영 상황을 고려할 때[12] 방정환이 활동사진과 환등을 본 시기는 1907년 5월에서 1908년 9월 사이쯤으로 추정된다. 방정환의 집안이 1907년 망했으니 광무대에서의 구경은 집안이 망하기 전의 시기로 좁혀진다. 이렇게 보면 방정환의 집안은 1907년 중반 또는 후반에 망한 것으로 추정되고 방정환은 꽤 이른 어린 시기에 처음 활동사진과 환등을 보았을 것이다. 사진 환등회의 관람을 통해 당시의 청년과 소년들이 과학 문명의 경이이자 완제품 근대를 경험할 수 있었다는 점에서 어린 시절 방정환의 이 경험은 이후 청년운동과 아동문화운동을 펼치는 데에도 강렬한 작용을 했을 것이다.[13] 동시에 어린 시절 경험한 환등 대회에서의 변사의 이야기체 구술 등도 어린 방정환이 연극 흉내를 내고 놀면서 이후 동화구연가

10) 방운용, 「아버님의 걸어가신 길」, 256쪽; 이재철, 「소파 방정환 연보」, 방운용 편, 『소파선생 이야기』(방정환문학전집 제10권), 문음사, 1981, 124쪽.

11) 방정환은 「民衆娛樂 活動寫眞이약이」라는 글에서 활동사진을 한 번도 못 본 채 말로만 듣던 사람들은 '사진이 나와 논다'고 하던데 어떤 것인지 궁금해 했고, 또 활동사진을 보여주기 전 아무런 설명도 없이 보여준 환등을 보고는 '나와 논다더니 밤낮 그대로 섰기만 한다'고 이상하게 생각하는 사람도 있었다고 한다. 이때 어떤 사람이 아는 체하며 '저 허연 것은 눈이 와서 쌓인 것이고 추워서 얼어 죽은 사람'이라고 말했는데 모두들 정말인 줄 알았다는 우스운 일화를 소개하였다(波影: 방정환의 필명), 「民衆娛樂 活動寫眞이약이」, 『별건곤』, 1926.12).

12) "광무대는 영화상영장으로 사용되던 동대문활동사진소가 새롭게 개편되면서 한미전기회사의 임원이던 이상필(李相弼), 곽한승(郭漢承), 곽한영(郭漢永) 세 사람이 공동으로 1907년 5월부터 운영하기 시작한 극장이다. 동대문 활동사진소의 운영자가 이들로 바뀌면서 명칭이 광무대로 바뀌었기 때문에 기존 시설의 개편이라고 할 수 있다. 동대문 활동사진소는 영화만을 상영했는데 광무대로 바뀐 이후에는 영화와 함께 전통연희나 환등 등을 함께 공연하는 종합공연장으로서의 모습을 보였다. 그러다 1908년 9월부터 운영권이 한국인 흥행사 박승필(朴承弼)에게 넘어간 이후에는 판소리나 창극 등을 전문으로 공연하는 구극(舊劇) 전용극장으로 운영형태를 바꾸었다."(조희문, 「초창기 한국영화사 연구: 영화의 전래와 수용(1896~1923)」, 중앙대학교 박사논문, 1992, 98쪽)

13) 유선영, 「초기 영화의 문화적 수용과 관객성」, 『언론과 사회』 12권 1호, 성곡언론문화재단, 2003년 겨울호, 9~13쪽 참조.

로서의 면모를 자연스레 갖추어가는 데에 영향을 끼쳤을 것이다. 방정환의 동화구연이나 옛이야기 재화에서의 구연체를 우리 전래의 옛이야기를 듣고 자란 경험에서 비롯된 것으로만 일면적으로 논의하는 것은 재고의 여지가 있다.

풍족한 집안에서의 개구쟁이 시절도 1907년(9세) 집안의 몰락으로 막을 내린다. 이때부터 방정환은 밥 굶고 쌀 꾸러 다니기, 전당포 다니기, 한 겨울에 물 긷기 등 어린 나이로는 견디기 어려운 불행한 생활을 경험하게 된다. 방정환의 「나의 어릴때 이약이」(『어린이』, 1928.3~5)에는 "아홉살될때에 무엇때문에 엇더케망하엿는지모르나 별안간에 그큰집에서 쫏겨나듯나와서"(39쪽)라고 기록되어 있고, 방운용의 「아버님의 걸어가신 길」(『어린이를 위하는 마음』, 삼도사, 1965)에는 "열살 때 작은할아버지가 사업에 실패한 빚 때문에 온 집안은 몇 채의 큰집과 많은 물건들을 빚장이에게 빼앗"(257쪽)겼다고 기록되어 있다. 기존의 연보에서는 방운용의 이 회고를 근거로 증조부 또는 종조부의 사업 실패로 생가가 파산하여 도정궁 밑 사직골의 조그만 초가집으로 이사했다고 정리하고 있다. 하지만 앞에서 방정환 집안과 봉상시의 밀접한 관련성을 언급했던 바, 1907년 봉상시가 폐지되면서 왕실에 물품 납입이 끊긴 것도 적지 않은 영향을 주었을 것이다. 더욱이 일본이 1905년 식민지 지배 체제를 구축하기 위해 시행한 화폐정리 사업으로 또다시 불어 닥친 전황(錢荒)도 화폐유통의 저조와 물가의 폭락으로 상거래를 위축시킨 경제상황을 초래했으니 상인집안인 방정환 집안에 적잖은 타격을 주었을 것이다.[14] 게다가 이 시기 일본인 상인들의 대거 진출도 간과할 수 없다. 이처럼 왕실의 몰락과 일본 식민지배 체제의 본격적 대두는 방정환 집안의 몰락을 가져온 시대적 배경이었다. 이런 상황에서 집안 어른의 사업 실패는 결정적인 타격을 가했던 것이다. 그런 점에서 친왕실적인 방정환 집안의 성

14) 일제에 의한 화폐 개혁과 그 영향에 관해서는 조기준의 『한국경제사』, 일신사, 1962 참조.

향은 자연스레 반일적 성향을 띨 수밖에 없었을 것으로 보인다. 그렇지만 방정환의 아버지 방경수가 일진회에 흡수된 시천교를 신봉했던 사실을 보면 일제 식민 지배 체제에 대한 인식은 상대적으로 불철저했던 것으로 평가된다.

방정환은 1908년(10세) 가난하지만 총명한 그의 재질을 눈여겨보던 어느 미술가로부터 환등기 한 대를 선물 받았다.[15] 그때부터 방정환은 동네 아이들을 모아 놓고 환등기를 비춰 보이면서 무성 영화의 변사 흉내를 내며 환등 대회를 열었다. 방정환은 「나의 어릴째 이약이」에서 사직동에서 보성소학교까지 어렵게 학교를 다니던 때의 일화도 소개했는데 이때는 1907년 집안이 망한 뒤의 몇 달로 추정된다.[16] 그런데 그가 동네에서 환등대회를 했다는 1908년에는 학교를 다니지 못했던 것으로 보인다. 방정환이 이때 학교를 다녔다면 보성소학교의 2년급, 적어도 1년급을 다녔을 텐데 그가 다음 해(1909)에 매동 보통학교 1학년으로 입학했을 리 없기 때문이다.[17] 따라서 이 시기 방정환은 계속 학교를 다니며 공부를 할 수 있을지 없을지 모르는 가난한 처지에서 동네 아이들과 어울리며 선물로 받은 환등기를 갖고 상상의 세계 속에서 적잖은 위안을 받았을 터이다.

방정환이 이 시기에 경험한 연극과 활동사진, 환등기 등은 당시로

15) 유광렬의 회고에 따르면 방정환이 한국 근대 미술계의 선구자인 춘곡 고희동(春谷 高羲東)에게 서양화를 배운 일이 있다고 한다(유광렬, 「방정환」, 『월간중앙』, 중앙일보사, 1973.1; 방운용 편, 『소파선생 이야기』(방정환문학전집 제10권), 문음사, 1981, 97쪽 참조).

16) 방정환, 「나의 어릴째 이약이」, 『어린이』, 1928.3, 40쪽. 한편 방정환은 「二十年前 學校 이약이: 벌거숭이 三百명」에서 "내가 아홉 살째(1907년 9세 때: 인용자 주)인가 십습니다. 간신히 유치ㅅ반과 반년급을 맛치고 초등과 일년급이되엿섯슬까 말까……"(『어린이』, 1926.8~9, 20쪽)라고 하여 비 오는 날 전교생이 벌거벗은 몸으로 낙서한 책상을 닦던 일을 소개하였다. 이 부분을 보면, 1907년 초에 초등과 일년급(보성소학교: 인용자 주)에 다녔거나 진학할 즈음이었음을 알 수 있다. 그러나 1909년 매동 보통학교 1학년에 입학한 것으로 보아, 집안이 망하면서 보성소학교의 일년급을 한 학기도 채 못 다녔을 것으로 추정된다. 만일 보성소학교에서 1학년 1학기를 마쳤다면 1909년 매동 보통학교에 2학기부터 다녔을 테니 입학이 아닌 전학이어야 맞다. 각주 17) 참조.

17) 1910년 10월 미동 보통학교로 전학했을 때 2학년 2학기를 다녔던 사실에서도 방정환이 1909년(9세)에 매동 보통학교 1학년을 다녔을 것으로 추정된다.

서는 쉽게 접할 수 없는 신기하고 재미있는 놀이감이었다. 뿐만 아니라 한때 풍족한 집안의 귀염둥이이자 개구쟁이였던 그에게는 특별한 의미를 지닌 것이었다. 갑작스런 집안의 몰락이 몰고 온 불행과 슬픔에서 잠시 벗어나 낯설고 신기한 세계를 경험하고 동경하면서 위안받을 수 있었던 소중한 정신적 체험으로 작용했을 터이다. 그에게 이 시기의 연극, 영화 등의 예술 세계는 각박하고 암담한 현실로부터 벗어나 꿈과 동경의 세계를 경험케 하는 중요한 매개가 아니었을까 싶다. 일종의 현실 도피의 심상을 갖게 했을 수도 있지만 그의 삶과 문학을 볼 때 힘겨운 현실을 견디게 한 위안이자 힘으로 방정환 문학의 근원적 체험이었을 것이다.

한편 방정환은 1908년(10세) 대한문(大漢門) 맞은편에 있던 동무 최씨 집을 중심으로 어린이 토론 연설회인 소년입지회를 조직했다고 한다. 그런데 여기서 짚어보아야 할 것은 방정환이 소년입지회를 조직하여 활동한 시기가 1908년(10세)이 정확한가 하는 것이다. 방정환은 「나의 어릴째 이약이」에서 소년입지회에 대해 중요하게 거론했는데 이 대목을 잘 살피면 소년입지회의 조직 시기를 1908년(10세)이라고 확정하기 어렵다.

> …… 물을기러올사람은 열 살(1908년: 인용자 주) 먹은나하고 여덜살먹은 사촌동생하고밧게업섯습니다. (…중략…) 날은차고 바람은 쌤을버힐쯧이 부는데 배는곱흐고 몸은썰리고……. 움물엽헤서 두발을 동동구르고 울던일이 해마다 겨울마다 몃백번식인지 모름니다.(此間22줄 삭제) 지금 태평통에잇는 덕수궁의대한문(大漢門)마즌짝에 최씨라는 우리동무의집이잇는대 그집방에 석유괴짝을쯧어서 거긔다가 먹(墨)칠을한 조고만칠판(墨板)을걸고 거긔다가 토론문뎨를써놋코 하나식 차례대로나가서서 올흐니 그르니하고 힘써토론을 하엿는데 코를 조르르흘니고다니는 열살자리 만허야 열세살 열네살짜리들이 그째 무슨소리들을하엿섯는지 지금은 도모지생각이 나지안습니다.
>
> 공일날마다 공일날마다 빠지는법업시하엿는고로 나중에는 토론문뎨가업

서서 새문뎨를어더오기에 퍽 고생이되엿습니다. (…중략…) 회원이라야 열명도못되는 단八九명샌이엿건만은 (…중략…) 가난한집에서 배곱하울고만자라면서도 그럿틋 정성으로모히는 <u>소년립지회</u>가 가여웁게도 안탁가운경우를 당하엿스니 그것은 그 대한문압헤최씨집이 다른먼곳으로 옴겨가게되여서 방을쫏겨나게된것이엿습니다.[18)]

어린 시절을 회고하며 쓴 방정환의 글에서 소년입지회에 관한 언급은 사직골에서 물 길으러 다니며 고생하던 이야기에 이어져 있다. 이 글에서 소년입지회의 이야기가 나오기 바로 앞 대목을 보면, "해마다 겨울마다 몃백번식인지 모릅니다"라고 되어 있고 바로 뒤 문장 22줄은 검열로 삭제되었다. "해마다 겨울마다"로 표현한 것으로 보아 1908년(10세) 이래 몇 년 동안 겨울철의 고생스런 물 긷기가 지속되었음을 알 수 있다. 방정환의 이 글 어디에도 소년입지회를 조직한 것이 1908년이라고 밝혀져 있지 않다. 한편 방정환은 「夢幻의 塔에서: 少年會여러분께」(『천도교회월보』, 1922.2)에서 <u>"十歲 되든 해에 少年立志會</u>를세우고 어린 팔로 演卓을 집고셔々들던것도 거긔엿고 十二歲되든해에 <u>百六十餘名 幼年軍의 總大將</u>으로 作戰의計劃을버리든것도 거긔엿습니다. 訓練院의 大運動과 大漢門압회 慶祝行列 奬忠壇의개나리와 城北洞의 밤줏기…아아 꼿과갓치새와갓치 아름답고 快活하던어린世上에 나를키워줄 셔울의볏은 얼마나 쌋듯하엿겟습닛가"(82쪽)라고 하여 고생스러웠던 어린 시절이었지만 행복했던 한때로 그리워하고 있다. 방정환은 이 글에서 자신이 10세(1908)에 소년입지회를 조직했고 12세(1910)에 유년군의 총대장으로 활동했다는 것을 분명히 밝혔다.

방정환이 1908년 조직했다고 하는 소년입지회에 대해서는 그의 수필에서 엿볼 수 있는 정보 외에는 알려진 바가 없다. 그런데 이 소

18) 방정환, 「나의 어렷슬때」, 『어린이』 1928.5·6월 합호, 46쪽.

년입지회의 실체를 새롭게 조명할 수 있는 단서를 찾을 수 있다. 그것은 바로 방정환을 천도교청년회의 핵심 인물이자 새로운 주역으로 탄생하게 하는 데에 결정적 역할을 해 준 청암 권병덕(淸菴 權秉悳)의 자서전에 실린 다음과 같은 기록이다.

> 是歲(구암 김연국이 시천교의 大禮師가 된 때로 1908년: 인용자 주)에 淸菴(권병덕: 인용자 주)이 侍天敎堂內에 少年立志會를 組織ᄒᆞ나니 十三歲以內兒童으로 入會케ᄒᆞ니 會員이 三百餘員이라 一週日에 一次式 討論會를 開ᄒᆞ야 兒童에 智識을 交換케ᄒᆞ고 淸庵이 總裁가 되야 諸般會務를 指揮自決ᄒᆞ며 婦人會를 組織ᄒᆞ야 一週日에 一次式 討論或講演케ᄒᆞ고 獨立舘內에 總會를 開ᄒᆞ니 會員婦人이 五千餘人이러라.[19]

권병덕이 시천교에서 조직했다는 소년입지회는 방정환이 조직했다는 소년입지회와 조직명, 입회 자격(13세 이내 아동), 조직의 성격(일주일에 한 번씩의 토론 모임), 그리고 조직 시기(1908)까지 동일하다. 이런 점들을 미루어 볼 때 이 두 조직이 같은 조직일 가능성이 높다. 이렇게 본다면 방정환이 소년입지회를 자체적으로 조직했다기보다는 시천교 내의 소년입지회 회원으로 활동했다고 보는 것이 타당하다. 방정환이 12세(1910)에 160여 명을 이끈 유년군 대장으로 활동했다는 부분에 대해서도 재고가 필요하다.[20] 회원 수에 다소 과장이 있긴 하지만 권병덕의 진술을 감안하면 '유년군'을 시천교 내 소년입지회의 전체 단체였다고 볼 수 있다. 방정환은 이 시기 소년입지회에서 중요한 역할을 한 인물이었을 테고, 직접 제반 회무를 지도했다는 총재 권병덕은 이 무렵부터 방정환의 총명함을 눈여겨보았을 것이다.

---

19) 권병덕, 「淸庵 權秉悳의 一生」, 한국사상연구회, 『한국 사상사의 주류』 II(한국사상총서 7), 1980, 408쪽.

20) 이 사실은 기존 연보들에는 누락되어 있고 민윤식과 이상금의 평전에서 새롭게 추가되었다. 이상금은 이때가 매동 보통학교에서 미동 보통학교로 전학한 시기쯤으로 그 어느 쪽 학교 행사의 하나였을 것으로 추정하였다(이상금, 앞의 책, 273쪽).

잘 알려진 것처럼 방정환은 권병덕의 천거로 의암 손병희(義菴 孫秉熙)의 셋째 사위가 된다. 방정환의 집안이 언제부터 천도교를 믿었는지는 정확히 알 수 없다. 또한 방정환이 손병희의 사위가 되기 이전 교회에 다녔거나 이전에 천도교와 관련된 사연이 있었다거나 하는 기록도 현재까지는 알려진 바 없다. 다만 천도교 간부 김응조에 따르면 정환의 아버지 방경수가 권병덕과 의형제였고 시천교를 믿었다고 전해진다.

> 소파의 아버지 방경수는 기미 독립운동 민족 대표 33인 중 천도교측 대표인 <u>권병덕과 의형제</u>를 맺고 있었고, 권병덕과 함께 동학의 분파인 <u>시천교를 신봉</u>하고 있었다. 그 후 권병덕이 시천교를 떠나 천도교로 개종하면서 방경수 역시 천도교를 신봉하게 되었고, 권병덕의 중매로 소파가 19세때 손병희의 3녀 손용화와 결혼했던 것이다.[21]

시천교는 1906년 12월 이용구(李容九)에 의해 창교된 천도교의 분파로, 권병덕은 구암 김연국(龜菴 金演國)이 천도교에서 나온 1908년 시천교에 입교했다가 1916년 천도교로 다시 귀의했다.[22] 방경수가 권병덕과 의형제였고 권병덕과 함께 시천교를 신봉했다가 천도교로 개종했다고 하니 권병덕이 시천교에 입교한 1908년 이전에는 알고 지냈다고 보아야 할 것이다. 방경수가 일찍부터 권병덕을 따랐던 천도교인이었다고 볼 수도 있지만 집안이 망했던 이 무렵 권병덕을 알게 되어 시천교를 믿게 되었고 그러다 함께 천도교로 개종한 것으로 볼 수도 있다.[23] 그렇다면 그 두 사람은 언제, 어떤 계기로 만나게

---

21) 김응조, 「소파선생의 뿌리와 배경」, 『나라사랑』 49집, 외솔회, 1983년 겨울호, 31쪽.

22) 오재식, 「청암 권병덕 선생 편」, 『민족 대표 삼십삼인전』, 동방문화사, 1959, 266~270쪽 참조.

23) 이상금은, 방경수가 입교한 것은 <u>1907년 말경</u>으로 가업이 망하고 집안이 망한 직후라고 보았고 처음 교회의 문을 두드린 것은 시천교였다고 하였다(이상금, 앞의 책, 54~55쪽). 그러나 그 구체적 근거는 제시하지 않았고 더욱이 1907년 말경 시천교에 입교했다는 것도

되었을까.

권병덕의 자서전에는 "布德 四十四年(1907년: 인용자 주) 丁未에 普文舘 物品을 調査ᄒᆞ고 舘長이 되야 印刷事務를 監督ᄒᆞ엿더라"(394쪽)라는 기록이 있다. 한편 방정환의 미동보통학교 학적부에는 1910년 아버지 방경수의 직업이 '인쇄기원(印刷技員)'으로 기록되어 있다. 억측일 수 있지만 집안이 망한 1907년 중반 이후~1908년의 어느 무렵에 인쇄기원이 된 방경수가 보문관(普文館)의 관장으로 인쇄사무를 감독했던 권병덕을 알게 되었으리라는 추정이 가능하다. 만일 이것이 사실이라면 방정환은 시천교인이 된 아버지의 영향으로 1908년 시천교 내의 소년입지회에서 활동하며 교 활동을 했고, 1910년에는 유년군의 총대장으로 활동할 만한 위치에 있었다고 볼 수 있다. 이것이 인연이 되어 방정환은 이후 권병덕의 천거로 손병희의 사위가 되어 인생의 대전환을 맞게 된다고 본다면 방정환의 생애에서 그동안 풀리지 않았던 몇 개의 고리들이 어느 정도 해결된다. 그러나 그가 시천교 또는 천도교의 교리를 제대로 이해하고 활동을 했다고 단정하기는 어렵다. 그러기에는 어린 나이였다. 그렇다면 방정환의 회

실상과 거리가 있다. 김연국과 권병덕이 천도교에서 시천교로 전교한 것이 1908년이기 때문이다. 한편 민윤식은, "방정환의 부친 방경수가 동학운동에 적극적으로 가담한 천도교도"(민윤식, 앞의 책, 16쪽)였다든가 "정환의 아버지는 골수 천도교도", "동학 혁명 당시부터의 골수 천도교도"(민윤식, 같은 책, 80쪽)였을 것이라고 주장하고 있다. 그러나 민윤식의 주장은 전혀 근거가 없는 것으로 방정환 집안은 동학혁명운동 시기와는 전혀 무관하다. 만일 방정환의 집안이 할아버지 대부터 동학을 믿었다면 갑신개혁과 단발령에 호의적이었을 텐데, 방정환이 보성소학교에 삼촌을 따라 갔다가 교장에게 강제로 머리를 깎이고 오자 집안 어른들은 세상이 망한 듯이 난리가 났다는 일화는 이해할 수 없다. 1904년 9~10월을 전후로 동학세력은 단발과 흑의(黑衣)를 적극적으로 펴 나갔기 때문이다. 한편 이재복은, 손병희가 갑오농민전쟁 이후 비특권 상인층과 지주층을 중심으로 포교활동을 벌였다는 데에 주안점을 두고 방정환 조부 대(代)의 상업적 부의 축적을 비특권 상인층이었기 때문이 아닐까 추정하였다(이재복, 『우리동화 이야기』, 우리교육, 2004, 32쪽). 그러나 이 추정도 방정환의 조부 대부터 천도교도였거나 천도교 지지 세력이었다고 봄으로써 결과적으로 방정환 집안과 천도교의 인연을 이른 시기로 소급하고 있다는 문제를 지닌다. 더욱이 방정환 집안을 봉건체제에 제도적으로 기대어 이권을 유지한 기존 상인들과 달리 자생적 상인층(비특권 상인층)으로 본 것인데 이에 대해서도 재검토가 요구된다. 필자는 앞서 방정환 집안과 왕실의 봉상시의 관련성을 언급했는데 자생적 상인층이라 보기 어렵다. 이에 대해서는 좀 더 실증적이고 비판적인 재검토가 요구된다.

고에 이 시기의 소년입지회가 시천교 내 소년 모임이라는 사실이 밝혀지지 않은 것은 왜일까. 이후 방정환이 천도교청년회원으로 활동하면서 시천교가 천도교의 분파로, 더욱이 친일단체였던 일진회(一進會)의 이용구가 창교한 단체였다는 점에서 집안의 친일적 성향에 대해 굳이 밝히고 싶지 않은 자의식이 작동했던 것은 아닐까 추측된다. 방정환의 수필에 일찍 돌아가신 어머니와 누이, 그리고 누이동생에 대한 이야기가 자주 나오는 반면, 아버지에 대해서는 전혀 언급이 없는 것도 이런 맥락에서 이해할 수 있지 않을까. 따라서 방정환이 어린 시절 소년입지회에서 활동했던 시기에는 천도교 사상에 대한 이해보다는 또래들과의 어울림이 중요한 영향을 주었고 이후 손병희의 사위가 된 뒤 천도교청년회 활동을 전개하면서 의식적·적극적으로 천도교 사상을 체화했다고 보는 것이 타당하다.

방정환은 1909년(11세) 사직동에 위치한 매동 보통학교 1학년에 입학하였고, 사직동에서 근동(芹洞)으로 이사하여 1910년(12세) 10월 미동보통학교 2학년으로 전학하였고 1913년 3월에 보통학교를 졸업하였다.[24] 그는 2학년, 3학년 때에는 공부를 열심히 해서 학업성적이 좋은 편이었지만 졸업하는 해인 1913년에는 성적이 떨어졌다. 또한 갑(甲)이었던 조행평가도 4학년 때에는 을(乙)로 나빠졌다. 상급학교로 진학할 수 없을 만큼 집안 사정이 어려워져서 학습 의욕을 잃었던 것으로 보인다.[25]

방정환이 이 시기를 견디며 씩씩하게 지낼 수 있었던 데에는 남다른 특별한 내적 동력이 있었다고 할 수 있다. 그것은 방정환의 삶과 사상을 이해하는 데에 무엇보다 중요한데, 방정환의 전체 삶에서 소년입지회를 중심으로 한 어린 시절의 활동이 각별한 의미를 지닌다

24) 미동 보통학교 학적부를 참고하면, 명치 43년(1910) 10월 4일 입학(2학년), 명치 45년(1912) 3월 21일(3학년) 수료, 대정 2년(1913) 3월 25일(4학년) 수료(졸업)' 부친: 方斗榮(방경수의 아명), 인쇄국 기원(技員)으로 되어 있고, 종전 교육: 공립 매동보통학교, 주소: 서부 반송방 근동(西部 盤松坊 芹洞) 104-9로 되어 있다(민윤식, 위의 책, 66쪽 참조).

25) 위의 책, 65~66쪽.

고 평가된다. 방정환의 이 시기 경험은 그가 이후 아동문학에 뜻을 두고 활동하면서 당시의 불우한 어린이들에게 위안을 줄 수 있는 문학과 예술, 그리고 그것을 가능케 했던 물적·인적 조직체로서의 소년회 활동을 펼 수 있도록 한 '경험을 통해 얻은 산지식'이었다. 그것은 어떠한 사상이나 이데올로기보다도 강력하게 영향을 끼치는 몸에의 각인이었다.

방정환은 1913년 보통학교 졸업 후 상급학교로 진학하지 못하고 인쇄 공장에 연판공으로 다니던 아버지의 뜻에 따라 선린(善隣)상업학교에 입학하였다. 이 시기 방정환은 적성에 맞지 않는 상업학교 공부보다는 신문화를 흡수하기 위한 독서에 주력하였다. 1914년(16세)을 전후로 육당이 발간했던 『소년』, 『붉은 져고리』, 『새별』 등을 탐독했다고 알려져 있는데 『새별』을 제외한 다른 잡지는 이미 폐간된 뒤이니 가난한 처지에 고물상이나 헌책방에서 어렵게 구해 보았을 것으로 보인다.[26] 그러던 중 방정환은 졸업을 1년 앞둔 시기에 부모와 선생의 만류를 뿌리치고 선린상업학교를 중퇴하고 만다. 최영주(崔泳柱)에 따르면 당시 학교에서는 방정환에게 1년만 더 다니면 조선은행 서기로 넣어 주겠다며 중퇴를 만류했다고 하는데, 방정환은 어느 사석에서 "그때 더 다녔드면 朝鮮銀行에서 萬年書記 노릇을 하였을 걸세"라고 회고했다고 한다.[27] 이 시기 모처의 심부름꾼 노릇을 하며 독학의 뜻을 품었다고 하니 방정환의 '고학생소설'의 주인공들이 하는 우유배달이나 신문 배달 등은 아마도 이 시기 방정환이 했던 일 가운데 하나일 것이다.

방정환은 1915년(17세) 가계를 돕기 위해 총독부 토지조사국의 사자생(寫字生)으로 취직하였다. 이 당시 일급이 20전, 월급이 5원도 채

26) 방정환은 소설 「牛乳配達夫」(ㅅㅎ생(방정환 필명), 『청춘』, 1918.4)에서 고학생 오기영이 '고물상에서 구입한 『풀르타크 영웅전』, 『태서영웅집』, 『나폴레옹전』'을 애독했다고 그려 놓았다. 고학생 시절 방정환도 고물상에서 책을 구해 보았을 것으로 짐작된다.

27) 최영주, 앞의 글, 1940, 2쪽.

되지 않는 보수였다. 토지조사국 사자생으로 있으면서 유광렬(柳光烈)을 만나 봉놋방(노무자 공동숙소)에서 지내며 독서에 주력하면서 이 두 사람은 절친한 사이가 된다. 둘 다 빈한한 중에 자란 감상적 청년인 데다[28] 나이 차이가 한 살밖에 나지 않으며 책읽기를 좋아하고 문학을 즐기는 공통점 때문에 절친한 사이가 될 수 있었다. 유광렬은 토지조사국에서 1년 남짓 일하다가 고향으로 돌아가 고양군 중면의 면서기로 취직했다. 토지조사국 시절의 만남을 계기로 두 사람은 이후 경성청년구락부를 조직하는 동지가 된다.

방정환은 후에 '북극성(北極星)'이라는 필명으로 체홉의 단편 「이반 마토빗치」를 「寫字生」(『생장』 2호, 1925.2)으로 번역하였다.[29] 이 작품의 주인공은 '솔직'하고 '허식'없는 가난한 청년으로, 유명한 학자의 사자생이다. 학자는 솔직하고 재능 있는 청년을 아끼는데 그에게 취

---

28) 유광렬, 『기자 반세기』, 서문당, 1969, 73쪽.

29) 방정환은 필명 '북극성'으로 『생장』 1호(1925.1)에 솔로호프의 「어린羊」을, 2호(1925.2)에 체홉의 「寫字生」을 번역하였다. 『생장』은 석송 김형원이 편집 겸 발행인으로 있던 잡지인데, 창간호의 속표지에는 "예술의 사명은 인류를 결합하는 데에 있다"는 카펜터의 명구를 새겨 놓았다. 이 잡지의 창간호 '편집후기'에는 창간호에 단 5명의 필자(김안서, 나도향, 방정환, 김석송, 김운정)만이 참여했다고 아쉬움을 밝혔다. 창간호에 실린 2호 예고에는 '이익상, 김기진, 김여수(박팔양)' 등 이른바 KAPF 작가들이 새롭게 등장하고 있는 것이 눈에 띈다. 김형원과 친분이 있던 당대 문단의 필자를 중심으로 잡지의 지면이 채워졌던 것으로 보인다. 김기진은 『생장』을 회고하면서 "『생장』이 혹시 '파스큘라'의 동인잡지 같은 성격을 띠고서 나왔던 것이나 아닌가 의심할는지 모르나 결코 동인잡지가 아니었다. 『생장』은 어디까지나 석송의 개인잡지"(김기진, 『사상계』, 1960.1)였다고 밝힌 바 있다. 그러나 당시 김형원과 친분이 있던 사람들이 『생장』 발행 시기에 '파스큘라'를 조직했던 사정이나 『생장』에 이들 필자들이 주요하게 등장하고 있는 것을 주목할 필요가 있다. 김기진이 회고한 바대로 당시 파스큘라의 결성에 김형원과 이익상의 역할이 컸고, 그 과정에서 개벽사의 김기전과 방정환이 이에 동의했다는 사실을 감안하면 『생장』이 개인잡지의 성격이 강했다고 하더라도 파스큘라 동인들을 조직하고 그들의 글을 모아가는 데에 적지 않은 역할을 했던 것으로 추정된다. 특히 창간호에 『백조』의 동인인 나도향과 방정환이 참여했고 2호에서는 '파스큘라' 회원들 가운데 4인, 즉 김기진·김복진·이익상·김석송이 참여하고 있는 데에서 이들 인맥과 조직의 형성에 영향을 끼쳤으리라 파악된다.

한편 김근수의 잡지 목록을 참고하면 방정환은 『생장』 4호(1925.4)에 투르게네프의 「窓會」(「密會」의 오식으로 추정됨)를, 5호(1925.5)에 「文藝漫話: 小說의 定意 及 要素 小說의 構造」를 발표하였다. 현재까지는 『생장』 4호를 입수하지 못해 작품을 직접 확인하지 못하였다. 5호에 실린 글은 최근 발굴하여 소개했다(김근수, 『한국 잡지 개관 및 호별 목차집』, 한국학연구소, 1973, 381~382쪽; 염희경, 「새로 찾은 방정환 자료, 풀어야 할 과제들」, 『아동청소년문학연구』 10호, 한국아동청소년문학학회, 2012.6).

직자리를 알아보고 있냐고 묻고는 대학에 들어가 공부하라며 청년의 재능을 발견해 주고 앞길을 열어주는 역할을 한다.

청년 시절에 방정환이 생계를 위해 원치 않던 토지조사국에서 사자생 생활을 하며 하루하루 어렵게 살아가면서도 책읽기에 힘을 쏟고 『청춘』과 『유심』 등에 열심히 습작을 투고하면서 재능과 꿈을 키워갔던 당시 자신의 모습을 이 작품의 주인공에게 투사했을 것으로 보인다.

> 이學者의書齋는대단히안저잇기가좃코 밝고 싸뜻하고 그리고 조흔말넌면보와 맛잇는차(茶)맛이 아즉도새로웁게그의혀끗헤남아잇슴으로 自己집으로 돌아갈것을조곰만생각하여도 가슴이압흔듯한생각이난다. 집에는 가난과 주림과 치위와 툴々거리는아버지의야단치는소리가 기다리고잇다. 그러고여긔는平和로웁고 종용하고 그쌍거미와새이야기까지 興味를일으키기도한다.[30]

체홉의 단편에서 이 대목은 가난을 겪었던 방정환에게는, 그리고 당시에 뜻한 바를 이루고자 힘겹게 고학했던 많은 고학생들에게는 절실하게 다가오는 문제였을 것이다. 그런 점에서 방정환이 이 작품을 '사자생'으로 번역하여 소개한 의도를 엿볼 수 있다. 방정환은 재능 있는 청년들이 생계를 위해 자신의 지향과는 다른 곳에 취직을 하는 것을 안타깝게 여기며 앞길을 열어가기 위해 공부를 하기를 바랐던 것이다. 그 또한 어렵게 고학하며 자기의 뜻을 굽히지 않았기에 결과적으로 새로운 인생의 전환을 맞아 사회운동에 기여하며 살고 있었다. 또한 이 작품에서 가난한 청년에게 새로운 길을 열어준 학자는 "맛치 親戚이나되는것갓치 그를 끌어당긔는 매우親近한무엇"(52쪽)을 줄 수 있는 존재로, 방정환이 어린 시절부터 당시까지 살면서 만난 주위의 적극적인 후원자들이나 동지들을 자연스레 떠올리게 하는 존재였을 터이다. 그런 점에서 이 작품은 방정환의 고학 시절의 삶과 내면이

30) 북극성, 「寫字生」, 『생장』 2호, 1925.2, 51~52쪽.

투영된 작품으로 그가 당시 청년들에게 전하고 싶은 이야기를 담고 있는 번역이다.

新靑年

創刊第一(一月)號

大正八年一月廿日發行

每月一回二十日發行

□새時代의새로운벗!!

□새靑年의새로운벗!!

『신청년』 창간호, 1919년 1월
(『서지학보』 26호, 2002년 12월호)

2. 『신청년』과 청년 시절의 문화운동

천도교인 권병덕의 천거로 방정환은 1917년 5월 28일(음력 4.8) 천도교 3대 교주 손병희의 셋째 사위가 된다. 이것은 그의 삶에서 커다란 전환점이었다. 손병희의 사위가 되면서 토지조사국 사자생(寫字生)의 가난한 처지에서 벗어나 장인이 교주로 있던 보성전문학교(당시 보성법률상업학교) 법과에 입학(1918년 7월)하여 가난으로 중단할 수밖에 없었던 공부를 계속할 수 있게 되었고 무엇보다도 청년운동의 주체로 확고하게 자리 잡게 되었다.

방정환은 토지조사국 시절 만난 유광렬과 함께 경성청년구락부(京城靑年俱樂部)를 이중각(李重珏), 이복원(李馥遠) 등과 조직(1918.7.7)하고, 초기 부원 회람용으로 등사기로 찍어 내던 것을 1919년 1월 20일 인쇄본으로 『신청년』(1919.1)을 창간하였다.[31] 『신청년』이 발굴되기 이전까지 이 잡지의 존재와 조직에 대해서는 유광렬의 회고에 의해 부분적으로 전해졌는데, 1917년 조직되었으며 회원 전원이 참석하여 가을 구파발의 동산에서 야유회를 열었다고 한다. 그의 회고에 따르면 청년구락부는 18, 19세의 소년(청년)들로 이루어진 '지하비밀결사조직'이었으며 3·1운동 전 회원 수가 200여 명이었다고 한다.[32] 그

31) ≪조선일보≫, 1920.5.12; 한기형, 「근대잡지 『신청년』과 경성청년구락부: 『신청년』 연구(1)」, 『서지학보』 26호, 한국서지학회, 2002.

러나 '비밀 결사' 조직이었는지의 여부나 자금 공급처에 대해서는 확실치 않다. 다만 산하에 문예와 체육, 음악부가 있었으며 『신청년』은 문예물 중심으로 간행되었다. 한편 방정환의 「夢幻의 塔에서: 소년회 여러분께」에는 '성북동에서의 밤줍기'라는 대목이 나오는데, 이 부분은 유광렬의 회고에 나오는 '구파발에서의 밤줍기'가 아닌가 한다. 그렇다면 경성청년구락부는 방정환이 손병희의 사위가 된 뒤 천도교 청년들을 비롯한 청년들과 모임을 가졌고 이것이 표면적으로는 친목모임이었으나 그 내부에는 민족운동을 지향하는 청년운동의 색채를 지닌 '비밀모임'으로 형성되었다가 1918년 7월 세상에 모습을 드러낸 것이 아닌가 추정된다. 유광렬이 자금 공급처로 방정환을 거론한 것도 『신청년』과 경성청년구락부에 천도교의 자금이 지원되었을 가능성을 암시하는 대목이다.[33] 『신청년』은 동인 성격을 지닌 편집진에 의해 잡지가 발행되었지만 문호가 청년 대중에게 열려 있었다. 이러한 개방성도 독자 대중과 사회적 이념과 가치를 공유하면서 문학을 통해 사회로 나아가려 했던 편집진의 지향을 드러낸다고 평가된다.[34]

방정환은 1918년 12월 봉래동(蓬萊洞) 소의(昭義)소학교에서 개최된 경성청년구락부의 망년회에서 첫 자작 각본인 소인극 〈○○령(동원령)〉을 연출·주연하였다.[35] 어린 시절 연극과 영화, 서양문물을 접하

32) 유광렬, 「청년구락부시절」, 앞의 책, 1969, 62~77쪽 참조.

33) ≪조선일보≫ 1920년 5월 12일자 기사에는 방정환과 이중각의 노력에도 불구하고 『신청년』 발간 자금은 회원들이 십시일반으로 해결했다고 하나 유광렬은 방정환이 재정을 담당했다고 회고하고 있다. 한기형은 유광렬의 회고뿐 아니라 방정환이 3·1운동 이후 『개벽』 등 천도교가 운영하는 잡지 사업에 깊이 개입한 것으로 보아 『신청년』과 경성청년구락부에 천도교의 자금이 지원되었을 가능성이 있다고 보았다. 한기형은 ≪조선일보≫ 기사의 표현은 구락부와 『신청년』의 외부 지원 세력을 보호하려는 의도와 관련된 것으로 추정하고 있다(한기형, 앞의 논문, 2002, 189쪽).

34) 한기형, 위의 논문, 197쪽.

35) 방정환과 함께 청년구락부의 회원이었던 유광렬은 현재로서는 내용을 알 수 없는 〈동원령〉의 줄거리를 다음과 같이 소개하였다. "줄거리는 우리 빈농이 일본인의 고리채를 썼는데, 남편이 약 지으러 간 사이에 그 일본인 채권자가 와서, 병든 여인이 애걸하여도 안 듣고 솥을 떼어간 것을 남편이 돌아와서 보고 발을 구르며 우는 아내를 달래는 것이었다.

면서 영향을 받았던 그가 청년 시절에는 직접 극본을 쓰고 소인극(素人劇: 아마추어극) 활동을 하기도 했다. 이것은 1920년대 초 학생과 청년단체들이 민족운동의 일환으로 근대극운동에 참여했던 상황을 반영하는 것이다. 잘 알려져 있듯 1919년 3·1운동을 계기로 일제는 통치 방식을 무단통치에서 문화통치로 바꾸었고 우리 민족은 독립운동의 새로운 형태로 실력양성운동에 기반을 둔 신문화운동을 전개하기 시작했다. 실력양성운동의 기운은 1920년대에 더욱 활기를 띠어 청년운동, 여성운동, 교육운동, 경제자립운동 등 각종 사회운동으로 표면화되었다.

방정환도 이 시기 천도교의 정신적·물질적·조직적 뒷받침을 받으면서 청년운동을 적극적으로 펴 나갔다. 당시 방정환은 천도교청년회의 회원으로, 또한 보성전문학교의 학생으로 각 지방에서 열린 강연회에서 다양한 연제로 강연을 하였다. 특히 1920년 7월 27일부터 8월 6일까지는 조선학생대회강연단의 일행으로 순회강연을 했고 그 대표자로 ≪동아일보≫에 보고를 하기도 하였다.[36] 그는 강연회를 통해 민족계몽운동에도 앞장섰지만, 남달리 문예에도 관심이 많아 이 분야에서도 활동했다.[37] 그는 보성전문에 다닐 때 '보전친목회'의 문예부장으로 활동했으며 강연회에서 모리스 르블랑(Maurice Leblanc)의 탐정소설 『팔일삼(八一三)』을 구연하기도 했다.[38] 방정환의 문예

(…중략…) '이러다가는 이 나라의 농민은 전부 난산할 수밖에 없다'는 감정을 청중에게 주려했었다. 칠판에는 「○○령」이라고 써붙이었으니 전 민족이 동원할 때는 왔다는 것을 암시하려 함이었다."(유광렬, 「소파 방정환론」, 『새교육』, 대한교육연합회, 1972.10, 97쪽)

36) 「학생강연단귀환: '참통쾌하얏슴니다'하며 륙일 사명을 마치고 도라온 보전법과학생 방정환 군담」, ≪동아일보≫, 1920.8.9. 강연 일시와 강연 연제 등은 이 책의 〈부록〉을 참조할 것.

37) 유민영은 이 시기 학생들이 민족의 실력배양운동의 선봉장으로 나섰다고 하면서 다음과 같이 말한다. "1920년 5월 서울의 학생이 중심이 되고 각 지방 출신 재경 학생 8백여 명이 모여 '조선학생대회'를 개최한 것도 그러한 대표적 예이다. 특히 이 시기 학생들의 민족운동은 계몽성과 사상성을 띤 것이 특징이었는데, 대체로 두 가지로 전개되었다. 법학이나 경제학 등 사회과학도들은 주로 강연회를 열어 민족계몽운동에 나섰고, 인문·예술학도들은 연예활동으로 항일구국운동에 나섰다."(유민영, 앞의 책, 513~514쪽)

38) ≪동아일보≫, 1920.6.7 및 6.13 기사 참조.

에 대한 관심은 토지조사국 시절에 신문화운동에 관심을 두고 독서에 몰두했던 사실이나 『청춘』과 『유심』의 독자현상문예에 소설과 수필, 시 등을 발표하여 당선되는 등 문학 방면에서도 그 재능을 발휘했던 사실에서 잘 드러난다.39)

---

39) 『청춘』과 『유심』의 독자문예에 뽑힌 방정환의 글들은 다음과 같다. ㅅㅎ생, 「바람」(시), 『청춘』, 1918.3(주소: 시내 견지동 일일팔); ㅅㅎ생, 「自然의敎訓」(수필), 『청춘』, 1918.4(주소: 시내 견지동 일일팔); ㅅㅎ생, 「牛乳配達夫」(소설), 『청춘』, 1918.4; 方定煥, 「觀花」(수필), 『청춘』, 1918.7(주소: 경성 견지동 일일팔); 方定煥, 「봄」(시), 『청춘』, 1918.7; ㅈㅎ생, 「苦學生」(소설), 『유심』, 1918.12(주소: 견지동 일일팔); ㅈㅎ생, 「마음」(시), 『유심』, 1918.12(주소: 견지동 일일팔, 오십전 당선).

한편, 지면 관계상 작품이 실리지 않고 당선 사실만 공고하거나 선외가작임을 밝힌 작품들도 있다. 方雲庭, 「少年御者」, 『청춘』 11호, 1917.11(선외가작); 方定煥, 「故友」, 『청춘』 14호, 1918.6(선외가작); 方定煥, 「天國」(산문), 『청춘』 15호, 1918.9(상금일원 당선작. 주소: 경성 제동 75); 小波生, 「시냇가」, 『청춘』, 1918.9(선외가작); 小波生, 「現代 靑年에게呈하는 修養論」, 『유심』 3호, 1918.12(선외가작)(주소: 경성 견지동 일일팔).

『청춘』 10호(1917년 9월)에는 'ㅈㅎ생'이라는 필명으로 발표한 「一人과 社會」라는 산문이 상금 1원의 현상문예에 당선되어 수록되었다. 기존의 연보를 비롯해 최근의 평전에서도 'ㅈㅎ생'이 방정환의 필명이므로 이 작품을 방정환의 글로 보고 있다. 그러나 이 글의 필자는 주소를 '창원군 웅동면 마천리 ㅈㅎ생'이라고 밝히고 있다. 필명과 작품명이 밝혀진 것은 「소년어자」(方雲庭, 『청춘』 11호, 1917.11)가 처음인데, 선외가작이라 작품이 실리지는 않았다. 방정환의 글로 『청춘』 지면에 필명을 정확히 밝히고 작품이 실린 것은 상금 50전으로 뽑힌 시 「바람」(『청춘』 12호, 1918.3)에서부터이다. 이때 방정환은 '시내 견지동 118 ㅅㅎ생'이라고 주소와 필명을 밝혔다. 그밖에 방정환은 『청춘』에 글을 투고할 때 '시내 견지동 118 방정환(또는 소파생)' 등으로 주소와 필명을 밝히고 있다. 당시 방정환은 손병희의 사위가 되어 재동 처가에서 머물던 시기로 본명과 현주소를 밝히지 않고 'ㅅㅎ생'으로 적은 것은 당시의 유명세 때문이 아니었을까 싶다. 방정환이 밝힌 '견지동 118'은 본적지이다. 방정환이 'ㅈㅎ생'이라는 필명을 쓴 것은 『유심』에 글을 발표할 때부터이다. 따라서 방정환이 『청춘』에 'ㅅㅎ생'이라 필명을 지어 보낸 것은 앞의 「일인과 사회」가 방정환이 아닌 창원군의 필자임을 의식하고 자신의 필명을 『청춘』 지면에서는 'ㅅㅎ생'을 썼다고 볼 수 있다. 따라서 「일인과 사회」는 방정환의 작품 연보에서 제외해야 한다. 「일인과 사회」를 방정환의 글로 보고 이를 천도교 특히 이돈화의 『신인철학』의 영향으로 평가한 이상금의 논의에 대한 필자의 비판은 염희경, 「방정환 연구의 새로운 출발점: 이상금 『사랑의 선물』」(『창비어린이』 11호, 창비, 2005년 겨울호)을 참조할 것.

또한 유광렬의 「洛花와 방선생」(『어린이』, 1931.8)이라는 글에 따르면 "그 사람의 글이 맨 처음 활자화되기는 『청춘』 잡지의 '낙화'라는 글이다"라고 되어 있다. 「낙화」는 『청춘』 6호(1915.3)에 발표된 익명의 한시이다. 유광렬의 회고에 따르면 '낙화'의 내용은 "어여쁜 꽃을 심술궂은 바람이 와서 대롱대롱 가지에 매달리는 꽃을 기어코 떨어뜨리고 만다고 탄식한 글"이라고 한다. 그러나 유광렬의 회고와 달리 실제 「낙화」의 내용은 봄이 왔다 가는 것은 자연의 이치라는 것을 노래한 한시로, 떨어진 꽃은 이듬해 다시 핀다는 내용으로 되어 있다. 게다가 유광렬이 회고하는 '낙화'의 내용은 방정환의 수필 「관화」에서 "競爭은 風伯의勝利로 終結되얏다...... <u>可憐한洛花는 바람에 불녀서 어대로 갓는지</u>"(77쪽)라는 대목과 거의 일치한다. 물론 방정환은 이 수필에서도 떨어지는 꽃을 보고 탄식하기보다는 "再昨의 그쏫과 今日의 새바람, 卽新과舊의 爭鬪"(77쪽)로 바라보면서 신세력, 신사상의 승리라

1919년 3·1운동이 일어나자 방정환은 3월 1일자를 마지막으로 못 나오게 된 보성전문의 ≪조선독립신문≫(보성학교 교장 윤익선(尹益善)이 내던 신문으로, 천도교 보성사에서 인쇄)을 오일철(吳一澈)과 함께 집에서 등사판으로 박아 배부하고, 독립선언서를 돌리다가 일본 경찰에 검거되었다가 일주일 만에 풀려났다.[40] 한기형은 이 부분에 대해 당시 일제의 3·1운동 관련자 처리 방식과는 상당히 다른 조치로 사안 자체가 경미했을 수도 있고 손병희가 사위를 보호하려고 어떠한 작용을 했을 가능성도 있다고 추정하였다.[41] 그런데 당시 ≪조선독립신문≫ 1호를 보면 비교적 온건한 비폭력주의를 촉구한 것으로 일제 당국의 입장에서 볼 때 그리 과도하게 문제 삼을 필요가 없는 내용이다.[42] 방정환과 오일철이 낸 ≪조선독립신문≫이 1호의 내용과 동일한 것이라고 단정할 수는 없지만 그 뜻에서 그리 크게 달라졌으리라

는 교훈을 얻고 있다. 따라서 유광렬이 「낙화」를 방정환의 첫 작품으로 본 것은 한시 「낙화」를 뜻하는 것이 아니라 비록 첫 작품은 아니지만 「관화」를 떠올린 것으로 추정된다. 보다 엄밀히 검증되어야겠지만 필자는 『청춘』에 실린 「낙화」와 「일인과 사회」는 방정환의 작품 연보에서 제외해야 한다고 본다.

40) 이태운에 따르면 방정환은 오일철과 함께 등사판으로 ≪조선독립신문≫ 2호부터 3주일에 걸쳐 날마다 발행하다가 검거되었다고 한다. 그는 갖은 고문을 당하였으나 증거 불충분으로 일주일 만에 풀려났다고 한다(이태운, 「소파 선생과 3·1 운동」, 『사랑의 선물』, 1962; 방운용 편, 『소파선생 이야기』(방정환문학전집 제10권), 문음사, 1981, 26~27쪽 참조).

41) 한기형, 「근대잡지 『신청년』과 경성청년구락부: 『신청년』 연구 (1)」, 『서지학보』 26, 한국서지학회, 2002, 182쪽.

42) 참고로 ≪조선독립신문≫ 1호의 내용은 다음과 같다.

조선민족대표 孫秉熙, 金秉祚氏外 31人은 조선건국 4252년 3월 1일 오후 2시 조선 독립 선언서를 경성 태호관(명월관 지점)에서 발표하였는데, 同代表 제씨는 鐘路警察署에 拘引되었다.

同代表諸氏의 최후의 一言으로 동지들에게 告함에 曰, 吾儕 朝鮮을 위하여 생명을 희생으로 제공한다.

吾 神聖한 형제는 우리들의 素地를 관철하기 위하여 결단하되, 我 2천만 민족 최후의 1人까지라도 결코 亂暴的 행위 또는 파괴적행동이 없도록 할 것이다.

만약 1人이라도 난폭적 또는 파괴적 행동이 있으면 천고에 구제될 수 없는 朝鮮이 될 것이니 以此 千萬 주의 自重할 것이다.

全國民嚮應

同日代表 諸氏되므로서 전국민은 諸氏의 素地를 관철하기 위하여 一齊 嚮應할 것이다.

朝鮮建國 4252년 3월 1일.

獨立運動ニ關スル件(第2報): 高報 第5410號; 정세현, 「3·1항쟁기의 한국 학생운동」, 『논문집』 8집, 숙명여자대학교, 1968, 167쪽에서 재인용; 편찬실, 『고려대학교 70년지』, 고려대학교출판부, 1975, 107쪽에서 재인용.

『녹성』 창간호, 1919년 11월
(서울대학교 도서관 소장)

보기도 어렵다. 이런 추정이 가능한 것은 유광렬이 1919년 1월 방정환을 만났을 때, 방정환이 눈물을 흘리며 어른들이 아무 소식이 없어 청년구락부를 동원해 소리쳐 보고자 했는데 장인이 지난여름(1918)부터 준비를 진행했다며 청년들이 선불리 하는 것보다 어른들이 하는 일에 심부름이나 힘써 하자고 했다는 발언을 통해서도 엿볼 수 있다. 이것은 방정환이 3·1운동 당시 적극적인 행동을 할 수 없었다는 점을 암시했다고 볼 수 있다.[43)]

한편 그는 1919년 11월 최초의 영화잡지 『녹성(綠星)』을 발행하였다.[44)] 기존의 방정환 연보에는 마해송(馬海松), 이범일(李範一), 유광렬과 함께 『녹성』을 발간한 것으로 되어 있으나 마해송과 유광렬의 개입 여부는 확실치 않다.[45)] 『녹성』의 판권장을

43) 한기형, 「근대잡지 『신청년』과 경성청년구락부」, 『서지학보』 26, 한국서지학회, 2002, 182쪽.

44) 방정환이 1918년에 『녹성』을 발간한 것으로 되어 있는 기록(이재철, 『소파선생 이야기』 연보편, 방정환 문학전집 10권, 문음사, 1981)도 있지만, 『녹성』 창간호는 1919년 11월 5일자로 발행되었다. 한편 유광렬은 방정환이 『녹성』을 발행하던 무렵에 일엽(一葉) 김원주(金元周)가 최초의 여자 잡지인 『신여자』(1920년 3월 창간)를 내려는데, 잡지에 경험이 있는 방정환과 유광렬 자신을 고문으로 추대한다고 하여 가 보았다고 밝히고 있다. 이러한 발언을 볼 때 『녹성』의 발간은 1919년 말임이 틀림없다(유광렬, 「소파 방정환론」, 『새교육』, 대한교육연합회, 1972.10, 98쪽).

45) 마해송은 1919년 9월(경성중앙고등학교 재학), 서울의 돈의동(敦義洞) 우씨 집에서 고한승 외 몇 명과 같이 하숙했다. 이 하숙집에서 잡지를 발행할 계획이 있었으며 당시 장발 청년들이 많이 드나들었다. 그때 소파 방정환을 알게 되었다고 한다(염희경, 「마해송 생애 연보」, 염무웅·최원식 외, 『해방 전후, 우리문학의 길찾기』, 민음사, 2005, 184쪽). 필자는 마해송의 생애와 작품 연보를 작성하면서 마해송이 방정환과 함께 『녹성』을 발행하는 데에 관여했다는 어떠한 자료도 찾을 수 없었다. 마해송은 수필과 회고담, 자서전을 통해 자신의 이력을 비교적 상세히 밝히고 있는데 이러한 자료에서도 『녹성』과 관련된 언급은 전혀 없었다.

한편 유광렬은 자서전 『기자 반세기』(서문당, 1969)에서 자신의 행적을 잘 밝혀놓았는데,

살펴보면 편집 겸 발행인은 이일해(李一海)이다. 이일해는 방정환이 청년구락부를 조직해 활동하던 때의 부회장이던 이중각(李重珏)이다. 『녹성』의 판권장에 발행소는 녹성사(일본 동경)로 되어 있는데 창간호의 사고(社告)를 보면 '문의 사항과 잡지 주문' 등은 동경이 아닌 '경성 녹성사'(주소: 경성 죽첨정(竹添町) 1정목(町目) 39번지)로 하라고 되어 있다. 흥미로운 것은 『신청년』의 '투서환영(投書歡迎)'을 권하는 난에는 『신청년』 발행지의 주소가 1호에서 3호에 이르기까지 계속 바뀌는데,46) 특히 『신청년』 2호의 주소가 『녹성』 창간호의 '경성 녹성사' 주소와 같다는 것이다. 이를 보면 『녹성』은 경성청년구락부에서 문예 잡지이자 기관지 성격이 강했던 『신청년』과 함께 발행했던 예술 잡지(영화 잡지)였음을 알 수 있다. 특히 『신청년』 2호의 투서를 '녹성사'내로 보내라고 한 것은 이 시기 방정환이 『녹성』을 편집·발행하면서 『신청년』의 편집·발행에도 주도적이었음을 보여준다.

한기형은 『녹성』의 판권장에 '李一海'로 되어 있는 것을 들어 '편집 겸 발행자'를 이중각이라고 밝혔다. 더욱이 『녹성』 창간호가 발간된 곳은 일본으로 녹성사의 주소가 '東京市 神田區 猿樂町 二丁目 三

방정환과 관련하여 조선총독부 토지조사국의 사자생 생활과 경성청년구락부 활동 등을 상세히 밝히고 있으나 『녹성』을 발행하는 데에 관여했다는 어떠한 언급도 없다. 유광렬은 「小波 方定煥論」(98쪽)에서 "그(방정환)는 연극이나 영화에 취미를 가져서 서대문 밖에 방 한 간을 얻어 『綠星』이라는 연극·영화 잡지를 내었으나 판매 성적이 시원치 못하여 폐간되었다"고 밝힌 바 있다. 이때에도 『녹성』의 발행에 자신이 관여했다고 밝히지 않았다. 그러다 「方定煥과 나」(『교육춘추』, 1977.5, 119쪽)라는 글에서 "方君은 연극과 영화를 좋아하여 나와 함께 영화잡지인 『綠星』을 내기도 하고"라고 밝히고 있다. 유광렬의 이 발언은 이전의 회고에서 전혀 언급하지 않았던 것으로 이 글에서 처음 자신도 『녹성』의 발행에 관여한 것으로 밝히고 있다. 이를 근거로 방정환과 유광렬이 『녹성』을 발행한 것으로 알려졌으리라 추정된다. 한편, 흥미롭게도 ≪매일신보≫ 1919년 12월 1일자에 「연예잡지 「녹성」이 발행되다」는 기사가 실리는데, "이일해, 이범일, 유종석(유광렬) 등이 발행"했다고 기록되어 있다. 이러한 정황을 볼 때 유광렬이 이른 시기부터 『녹성』에 관여했던 사실을 밝히지 않았던 것은 『녹성』의 편집과 발행에 주도적으로 활동했다기보다는 이름만 올릴 정도로 활동했을 가능성이 높다. 그런 점에서 ≪매일신보≫ 기사의 표면에는 발행인으로 이름이 거론되지 않았지만 유광렬이 밝혔듯 방정환이 『녹성』을 실제로 주도했을 가능성이 높다.

46) 『신청년』 1호(1919.1): 경성 관훈동(寬勳洞) 일번지 이중각 방, 2호(1919.12): 경성 죽첨정(竹添町) 일정목(一丁目) 녹성사(綠星社)내 방희영(方熙榮) 방, 3호(1920.8): 경성 천연동(天然洞) 七十二 신청년편집부. 유광렬의 회고에서 방정환이 '서대문 밖에 방 한 간을 얻어' 『녹성』을 냈다는 것을 보면 '방희영'은 방정환의 가명이었을 것으로 보인다.

番地'로 발행자 이일해의 일본 내 거주지로 기재된 '應龍館'과 일치한다고 하였다. 또한 잡지 인쇄는 요코하마(橫濱)의 '福音印刷合資會社'로 『학지광』과 『창조』를 인쇄했던 곳이라고 밝혔다. 이를 근거로 이중각이 『녹성』을 (편집) 발간하였고 판매와 유통은 '경성 녹성사'에서 한 것으로 보았다.[47] 그러나 필자는, 경성청년구락부에서도 사회운동의 활동이 두드러지고 『신청년』을 통틀어 「나는 나니라」라는 창간 선언문격의 글을 단 한 편 발표했던 이중각이 과연 『녹성』에 실린 작품들을 번역하고 편집했을지 의문이 든다. 오히려 『신청년』에도 주도적으로 작품을 발표하고 편집 활동을 했던 방정환이 『녹성』에 실린 글 또한 번역하고 편집했을 가능성이 높다. 게다가 방정환은 이후에도 연극과 영화에 대한 관심이 높았고, 실제 연극 대본을 쓰고 연극배우로 활동하기도 했으며 『녹성』에 많이 실린 탐정소설을 이후에도 번역·창작하기도 한 인물이다. 발행인이 이중각으로 되어 있었던 점이나 발간을 일본에서 했던 것은 『녹성』이 영화잡지인 만큼 화보가 많이 들어가기 때문에 특별히 인쇄를 일본에서 해서 발행해야 했기 때문이라고 본다. 물론 『녹성』의 발행인이 이중각이었던 데에는 경성청년구락부와 『신청년』, 그리고 『녹성』이 대중문예를 표방한 청년들의 민족운동이었음을 시사하는 것이다.

이처럼 방정환은 1919년 경성청년구락부 활동을 중심으로 문예잡지 『신청년』과 영화잡지 『녹성』의 편집·집필·발행 등으로 분주했다. 이러한 사실은 방정환이 청년 시절 연극과 영화, 문예에 상당한 관심을 갖고 실제적인 활동을 펼쳤음을 드러내는 것이다.

『신청년』과 『녹성』의 발간 경험을 토대로 방정환은 『신여자』의 편집 고문으로 활동하기도 했다.[48] 이러한 활동은 그가 1920년대에 본격적인 언론·출판인으로서의 활동을 펴 나가는 데에 중요한 기반이 되었던 셈이다.

---

47) 한기형, 앞의 글, 2002, 172~173쪽.

48) 유광렬, 「나의 이력서」, ≪한국일보≫, 1974.3.16.

『신여자』 창간호(1920.3.1)의 권두언을 누가 썼는지에 대해서는 지금껏 알려진 바 없는데, 방정환과 관련하여 이 창간호의 권두언을 주목할 필요가 있다.

新女子

第壹號

서울 평동

新女子社發行

『신여자』 창간호, 1920년 3월
(고려대학교 도서관 소장)

> 쌀々히 쏘다지는 찬눈속에셔/ 그래도 털이라고 피엿습니다/ 놉고도 깁흔산의 골작이에셔/ 드믄히 써러지는 조그만심물/ 그래도 깁히업난 대양의물이/ 그심의 뒤끗인줄 아르십닛가/ 공연히 어둠속에 우난닭소릐/ 그릐도 아십시오 새벽오난줄

『신여자』 창간호의 권두언에서는 '찬 눈 속에 피는 꽃, 어둠 속에서 새벽을 부르는 닭소리, 작은 샘물이 모여 대양을 이룬다는 사실' 등을 중요하게 거론하고 있다. '찬 눈'과 '어둠'으로 표현된 시련 속에서 새로운 희망을 가져오는 존재들을 노래한 권두언이다. 특히 이 창간호의 권두언에서 흥미로운 사실은 "놉고도 깁흔산의 골작이에셔/ 드문히 써러지는 조그만심물/ 그래도 깁히업난 대양의 물이/ 그심의 뒤끗인줄 아르십닛가"라는 대목이다. 작고 보잘 것 없는 듯이 보이는 샘물이 '깊이 없는'(끝없는) 대양의 시작이라는 점을 밝힌 점은 『신여자』의 동인들이 자신들의 신문화운동이 비록 시작은 미미할지라도 큰 대양을 이루듯, 대사업이 될 것이라는 낙관과 희망을 강렬히 피력한 것이다. 그 대사업이 무엇을 뜻하는지는 어렵지 않게 짐작된다. 시련 속에서 희망을 가져오는 존재들을 노래한 것은 비록 시대적 시련에 처했을지라도 희망과 광명을 이끌어 올 존재를 낙관적으로 기약하며 신문화운동, 궁극적으로는 민족독립운동을 펼칠 것을

다짐한 것이라 볼 수 있다.

『신청년』 창간호의 권두언은 만해 한용운(卍海 韓龍雲)이 썼다고 전해지는데,[49] 『신여자』의 권두언은 편집 고문으로 활동했던 방정환이 썼을 가능성이 크다. 이렇게 추정할 수 있는 근거는 방정환이 수필 「自然의 敎訓」(『청춘』, 1918.4)에서 다음과 같이 언급한 부분과 유사한 대목이 『신여자』 권두언에 나타나기 때문이다.

> 아아 사랑하는 自然의敎訓이여! 風雨寒暑를 不關하고 大海에到達코저 쉬지 안코 흐르면서 (쉬지말고勤勉하라 結末에는 大海와갓흔 福樂이잇나니라하고) 나에게 警句를주는 버들 밋헤 적은개천물과 (靑年아苦心하라前途에는光明이잇다하고) 나의게 敎訓을與하는 아츰하날의 새벽별을 쳐다보고는 (오냐!? 奮鬪하야立身하마고) 나는 불으지진다.
>
> 이와갓치나에게는 大自然의森羅한萬象이 日常의 敎師안인것이업고 良友안인것이업도다. 아아 나에게 偉大한敎訓을與하는 大自然이여 나의世上에處함애 그대의無形하고힘잇는敎訓을 힘닙는배적지안토다.[50]

'ㅅㅎ생'은 방정환이 『청춘』의 독자문예에 글을 투고하였을 때 주로 사용한 필명이다. 「자연과 교훈」에서 방정환은 대자연의 모든 것이 교사요 좋은 벗이라 말하면서 한 예로 버들 밑의 작은 개천물은 대해(大海)에 도달하기 위해 쉬지 않고 흐르는데, 이것은 쉬지 않고 부지런히 일하면 결국에는 행복을 얻는다는 교훈을 전해 준다고 언급하였다. 이때의 '작은 개천물'과 '대해'의 비유는 『신여자』 창간호의 권두언에 나오는 '골짜기의 작은 샘물'과 '대양'의 비유와 일맥상통한다. 이러한 비유는 당시에는 그리 낯선 것이 아닌데 만해 한용운이 펴낸 『유심』의 창간 권두언과 만해가 쓴 『신청년』의 권두언에도 이와 유사한 비유가 등장한다.[51] 더욱이 "조그만 샘물과 대양"이라는

49) 유광렬, 『기자 반세기』, 서문당, 1969, 76쪽.
50) ㅅㅎ생(방정환의 필명: 인용자 주), 「自然의敎訓」, 『청춘』, 1918.4, 101쪽.

비유는 방정환의 호 '소파(小波)'를 연상케 한다는 점에서 흥미롭다.

그동안 방정환의 호 '소파(小波)'의 유래에 대해서는 일본의 아동문학자인 이와야 사자나미(巖谷小波)의 호를 본 따서 지었다는 설이 유력하였고, 최근까지도 강력한 영향을 끼치고 있다.[52]

> ① 일본잡지를 조선잡지가 모방하는 이유는 방정환군이 일에서 십까지 그의 동화가 비창작이라는 것 때문이요 거의 巖谷小波의 그것을 그대로 옮긴 것이 많다.

> ② 육당이나 소파는 그(암곡소파: 인용자 주)의 아동문학관의 이러한 독소적인 요소(제국주의적 팽창 정책에 걸맞는 개척적인 아동관 선전: 인용자 주)를 올바로 비판하지 못하고 상당 부분을 막연히 추종한 듯하다. 육당이

---

51) "보나냐새별가튼너의눈으로 千萬의障碍ᄅᆞᆯ打破ᄒᆞ고大洋에到着ᄒᆞ는得意의波ᄅᆞᆯ"(「처음에 씀」, 『유심』 창간호, 1918.9)
"방아머리 ᄶᅡ치져고리 櫻桃갓흔 어린입셜로 天眞爛漫ᄒᆞ게 부르ᄂᆞᆫ 너의노ᄅᆡ 그聲波가 얼마나 퍼지며 그曲調가 音律에 마지랴마ᄂᆞᆫ 知音의鼓手ᄂᆞᆫ 두리둥々 울니면셔 自然의音調에 맛ᄂᆞᆫ다고 黑暗의 寂寞을 ᄭᆡ치ᄂᆞᆫ 무슨 노ᄅᆡ의 初聲이라 ᄒᆞ나니라. 漢江의 깁흔물에 잠약질ᄒᆞᄂᆞᆫ 사ᄅᆞᆷ들아 아느냐 五臺山 바위틈에셔 실낫가치 흐르ᄂᆞᆫ 그물의 根源을. 이러ᄒᆞ니라 너의일도 이러ᄒᆞ고 나의일도 이러ᄒᆞ며 魔의일도 님의일도 왼갓일이 이러ᄒᆞ니라 (…하략…)" (무기명, 「쳐음에」, 『신청년』 1호, 1919.1.20, 표지)
『신청년』이 발굴되기 전 유광렬은 『신청년』 권두언의 의미를 바위 틈에서 흐르는 가느다란 물도 쉴새없이 모이면 한강의 깊은 물이 된다는 뜻은, 단결하면 어떠한 외세 침략도 막아낸다고 격려한 것이었다고 민족주의 사상으로 해석하였다(유광렬, 「소파 방정환론」, 『새교육』, 대한교육연합회, 1972.10, 96쪽).

52) 인용문의 출처는 다음과 같다.
① 홍은성, 「소년잡지에 대하야 (3)」, ≪중외일보≫, 1929.4.15.
② 이재철, 「한일 아동문학의 비교 연구 (1)」, 『한국아동문학연구』 2호, 한국아동문학학회 편, 1990.8, 15·17쪽; 이재철, 「아동문화의 개화와 아동문학의 씨를 뿌린 선구자」, 『한국현대아동문학 작가작품론』, 집문당, 1997, 27쪽.
③ 오오타케 키요미(大竹聖美), 「두 사람의 소파(小波): 이와야사자나미(巖谷小波)와 方定煥」, 『아동문학평론』 98호, 한국아동문학연구원, 2003년 봄호, 221쪽.
④ 이재복, 「밥 대신 꽃을 선택한 낭만주의자」, 『우리동화 바로 읽기』, 한길사, 1995, 37쪽. 이재복은 그 뒤 「새로 만나는 방정환 문학: 암곡소파 문학과 견주어 보기」에서 방정환의 호 '소파'가 암곡소파의 필명을 따온 것인지 단정해서 말할 수는 없다고 유보하고 있지만 방정환이 암곡소파로부터 지대한 영향을 받았음을 논의하고 있다(이재복, 「새로 만나는 방정환 문학: 암곡소파 문학과 견주어 보기」, 『어린이문학』, 한국어린이문학협의회, 1999.5, 30쪽).
⑤ 최명표, 앞의 글, 2004, 14쪽; 최명표, 앞의 책, 2007, 29쪽.

나 소파가 아동문학을 주로 계몽주의적 입장에서 이끌어간 것은 일본 아동문학의 이러한 경향과 무관하지 않은 것으로 보인다." "방정환은 일본의 암곡소파의 아동문학에 상당한 영향을 받은 것으로 파악된다. 방정환의 암곡소파로부터 받은 영향은 그가 자신의 호를 암곡소파를 본떠 만든 사실 하나만으로도 충분히 입증될 만큼 지대했던 것으로 생각된다.

③ 방정환은 그 호(소파)를 일본의 아동문학의 개척자이며 명치시대의 거인이었던 이와야 사자나미로부터 따온 것이다.

④ 방정환은 암곡소파가 하는 일을 보고 자신도 조선의 암곡소파가 되겠다고 생각하였다. 그래서 호도 암곡소파의 뒷글자 두 자를 따서 '소파'라고 지은 것이다.

⑤ 일본의 아동문학 발전에 큰 관심을 보였던 방정환은 『소년세계』의 주간이었던 이와야 사자나미(巖谷小波)로부터 커다란 영향을 받았다. 방정환은 그의 이름자에서 자신의 아호(小波)를 차용할 정도로 그에게 경의를 표하였다. 그러므로 방정환이 주도했던 어린이 문화운동은 사자나미의 행동범주와 긴밀하게 관련되어 있다.

아동문학의 개척자로 외국 동화의 번안 번역자, 옛이야기 재화자, 동화구연가, 잡지 발행 편집인 등 이와야 사자나미가 일본아동문학사에 남긴 공헌이 한국 아동문학에 끼친 방정환의 영향과 비슷한 점이 많기 때문이다. 그런데 문제는 연구자들이 이러한 논의의 연장에서 이와야 사자나미의 군국주의적·제국주의적인 아동문학관과 작품활동을 비판하면서 방정환의 문학과 사상에 대해서도 근본적인 한계를 지닌 것으로 확대·비판한다는 것이다. 정작 방정환의 글이나 활동에서는 그러한 주장을 뒷받침할 만한 객관적인 근거를 찾지 못한 채 추정이 단정이 되어 확대 재생산되고 있는 것이다.

한편 이상금은, 방정환의 호 '소파'를 방정환과 함께 소년운동을 전개한 김기전의 호 '소춘(小春)'과 연관 지어 천도교 사상을 담아낸 것으로 해석하였다. 방정환의 아들 방운용에 따르면 어느 날 방정환이 환한 미소를 지으며 아내에게 김기전과 함께 호를 지었다고 말하면서 김기전은 '소춘'으로 자신은 '작은 물결'이라는 뜻으로 '소파'라 지었다고 했다고 전한다.[53)]

또한 색동회 회장을 역임했던 김수남은 소파의 아내 손용화(孫溶嬅)에게 직접 들은 이야기라며 소파 이름의 내력을 다음과 같이 밝힌 바 있다.

> 세상을 떠나시기 며칠 전이었답니다. 혼수상태에서 깨어나 맑은 정신이 들자, 부인의 손을 잡으며 이렇게 말씀하셨답니다.
>
> "부인, 내 호가 왜 소파인지 아시오? 나는 여태 어린이들 가슴에 '잔물결'을 일으키는 일을 했소. 이 물결은 날이 갈수록 커질 것이오. 뒷날에 큰 물결, 대파(大波)가 되어 출렁일 터이니, 부인은 오래오래 살아 그 물결을 꼭 지켜 봐 주시오."
>
> 방정환 선생님의 호 소파에는 이런 깊은 뜻이 들어 있습니다.[54)]

이상금은 이러한 사실을 들며 김기전과 방정환의 호 '소춘', '소파'에는 큰 뜻이 담겨 있다고 보았다. 즉, 그 뜻을 『동경대전』의 "龍潭水流四海源 龜岳春回一世花"라는 절구에서 찾고 있는데 이를 풀면, "용담의 물이 흘러 온 세상 바다를 이루는 근원이 되고 구미산에 봄이 다시 돌아오니 온 세상이 꽃이로구나"이다. 용담의 물결은 동학의

---

53) "나 오늘 호를 하나 지었오. 소파요. 작은 물결이라는 뜻 소파가 되었오. 어때요?"
"잘 하셨어요. 그런데 왜 하필 작은 소자를 쓰셨어요?"
"아니오. 여기엔 깊은 뜻이 담겨 있어요. 김기전 형하고 함께 지었는데 형은 소춘이요. 우린 그 뜻이 좋아 크게 만족하고 있소."(이상금, 앞의 책, 110쪽에서 재인용)

54) 김수남, 「우리 모두의 스승」, 『소파방정환문집』 상권, 소파방정환선생기념사업회, 하한출판사, 1997, 219~220쪽.

‘시천주’ 신앙이며 이것이 널리 전파되면 춘삼월 봄 날 같은 지상천국이 이루어지는 개벽이 온다는 뜻이다. 즉, 방정환과 김기전은 용담의 작은 물결이 되어서 온 세상에 퍼지고 이 땅 위에 지상천국인 봄동산을 이룩하는 역군이 되기를 스스로 다짐하여 소파와 소춘을 나누어 가진 것이라고 보았다.[55]

이러한 추정은 방정환이 이와야 사자나미의 호를 본 따 ‘소파’라 지었다는 기존의 설보다 설득력이 있다. 이상금은 그 근거로 ‘소춘’과 ‘소파’라는 호가 같은 지면의 같은 호(『천도교회월보』, 1918.10)에서 처음으로 나란히 사용되었다는 사실을 들고 있다.[56] 그는 또 다른 근거로 이 시기에 방정환이 사자나미를 알지 못했을 것이라고 거의 확신한다. 1918년 당시 방정환은 아동문학에 특별한 관심을 보이지 않았다. 3·1운동 후 천도교청년회가 발족하고 개벽사가 설립되고 소년회가 조직되는 과정에서 방정환의 관심이 아동문학 쪽으로 옮겨갔기 때문이다. 그가 본격적으로 아동문학에 주력하는 시기는 1920년 9월 중순 일본 유학을 간 이후로, 이 시기 일본에서는 메이지를 대표하는 사자나미 시대는 지나고 이른바 타이쇼 시대의 새로운 예술동화운동이 왕성하던 때였다. 방정환이 새로운 동화의 개척에 임하면서 타이쇼 시대의 경향이나 이론을 참고하고 받아들인 점 등을 근거로 제시하고 있다.[57] 실제로 방정환은 동심이나 동화에 대한 생각을 피력할 때 오가와 미메이(小川未明)를 직접 거론한 경우는 있어도 그의 어느 글에도 이와야 사자나미를 정신적 스승으로 삼고자 한 흔적은 발견되지 않는다.

방정환이 한국 아동문학의 개척자, 외국 동화의 번안 번역자, 옛이야기 재화자, 동화구연가, 잡지 발행 편집인 등으로 사자나미가 일본

55) 이상금, 앞의 책, 110~117쪽 참조.

56) 小波生-牛耳洞晩秋, 小春生-心修來而知德(위의 책, 114쪽). 그러나 ‘소파생’이라는 필명은 『청춘』 1918년 9월호에 이미 등장한다. 이 책의 제1부 2장 각주 39) 참조.

57) 이상금, 위의 책, 114~116쪽.

의 아동문학사에 남긴 공헌과 비슷한 발자취를 남긴 것은 사실이다. 하지만 두 사람이 살았던 시대와 사회 배경, 아동문학 사조가 달랐을 뿐 아니라 두 사람은 근본적으로 서로 다른 사상과 상이한 성장과 이력을 지녔던 사실을 주목해야 한다. 방정환과 이와야 사자나미를 일대일로 대응시켜 비교하면서 방정환이 일본의 사자나미를 그대로 따랐던 것처럼 논의하는 것은 방정환 개인의 삶을 왜곡하는 일일 뿐 아니라 방정환으로부터 뿌리 내린 한국 근대 아동문학의 성격을 제대로 규명하지 못하게 하는 결과를 가져올 수 있다.

한편 필자는 앞에서 방정환이 'ㅅㅎ생'이라는 필명으로 발표한 수필 「자연과 교훈」에서 '소파'라는 호의 연원을 짐작할 수 있는 '대해에 이르는 작은 개천물'에 대해 언급했는데, 이를 근거로 삼는다면 방정환이 '소파생'이라는 필명으로 글을 발표한 1918년 10월보다 몇 달 전인 4월에 이미 '소파'라는 호를 염두에 두었을 가능성이 크다. 특히 방정환이 『청춘』에서 사용한 필명 'ㅅㅎ생'은 'ㅈㅎ생'의 오식[58]이 아니라 '소파 방정환'의 맨 앞 글자와 맨 뒤의 글자에서 한 자씩을 따서 지은 것으로 볼 수 있다.

이상에서 살핀 것처럼 1919년에서 1920년 초까지 방정환은 『신청년』, 『녹성』, 『신여자』의 발간에 관여하며 문예운동, 즉 신문화운동을 적극적으로 펼쳤다. 이러한 신문화운동의 전개는 당시 청년 학생들이 전개해 간 청년운동의 일환인 동시에 1920년대 천도교의 언론·출판문화운동이었다. 즉, 그는 천도교청년회원으로서 그리고 보성전문학생의 일원으로서 당시의 민족 계몽운동의 일환으로 전개되던 청년운동에 적극적으로 활동을 펼쳤다. 그는 일련의 출판문화운동과 전국 순회강연을 통해 대중을 계몽하고 실력양성을 주창하는 등의 활동을 전개하였다.

한편 이 시기 방정환은 천도교에서 발행한 종합잡지 『개벽』을 발행·

58) 위의 책, 84쪽.

편집하는 데 주요한 역할을 하기도 했다. 또한 그는 이 시기 『개벽』에 소설·수필·시·풍자기 등을 발표하는 등 문학가로도 활동했다.[59)]

방정환은 1920년 9월 15일 이전에 일본으로 건너갔다.[60)] 당시 그는 1920년 6월 창간된 종합잡지 『개벽』의 도쿄 특파원으로서의 임무와 천도교청년회 도쿄지회를 창립(1921.2.13)하기 위한 책임을 맡고 있었다. 이러한 중책을 수행하면서 방정환은 이 시기에 도요(東洋)대학 철학과에 '특별청강생'으로 다녔을 것(1920.9~1921.3)으로 추정되고[61)] 이 무렵 철학과 아동문학, 아동심리학과 문화학 등을 공부한 것으로 알려져 있다. 그런데 필자는 『倭政時代人物史料』의 방정환 기록에서 학력란에 "미동공립보통학교 졸업, 1921년 東京硏修英語學校에 들어감, 후에 동양대학 졸업"이라고 기록되어 있는 사실을 새롭게 확인하였다. 역사학계에서는 『왜정시대인물사료』가 언제, 누구에 의해 기록된 것인지, 그리고 그 기록이 어느 정도 객관성이 보증되는 자료인지에 대해 확정할 수 없는 난점이 있다는 보고를 제기한 바 있다.[62)] 『왜정시대인물사료』의 기록에 따르면 당시 방정환의 주소는

59) 『개벽』에 발표된 방정환의 글은 다음과 같다. 잔물, 「어머님」, 「新生의 선물」(번역시), 1920.6; 목성, 「流帆」(소설), 1920.6; 잔물, 「元山 갈마 半島에서」(시), 1920.7; 잔물, 「어린이 노래: 불켜는이」(번역시), 1920.8; 소파, 「秋窓隨筆」, 1920.9; 잔물, 「望鄕」(시), 1920.11; 목성, 「그날밤」(소설), 1920.12~1921.2(3회); 목성, 「銀파리」(풍자만필), 1921.1~12(8회); 에쓰피생, 「달밤에 故國을 그리우며」(수필), 1921.1; 목성, 「쌔여가는길」(번역 우화), 1921. 4; ㅁㅅ생, 「狼犬으로부터 家犬에게」(우화), 1922.2; 방정환, 「湖水의 女王」(번역 동화), 1922.7~9(2회); 잔물, 「公園情操: 夏夜의 各 公園」(수필), 1922.8; 소파, 「털보장사」(번역 동화), 1922.11; 소파, 「새로 開拓되는 童話에 관하야: 특히 少年 이외의 一般 큰이에게」, 1923.1; 방정환, 「數萬名 新進役軍의 總動員: 일은 맨미테 돌아가 始作하자」, 1924.7.

60) 에스피생(방정환의 필명), 「달밤에故國을그리우며」, 『개벽』, 1921.1 참조.
우공(又空), 「東京街路에셔苦學의길을뭇다가侍天主의聲을聞하고」, 『천도교회월보』, 1921. 3, 81쪽. 이 글에서 우공은 방정환을 1920년 9월 14일에 처음 만났다고 밝히고 있다(나카무라 오사무(仲村修), 앞의 글, 96쪽).

61) 방정환은 1920년 9월 중순부터 1921년 3월까지 철학과 '특별청강생'(학급에 구애되지 않고 임의로 학과를 청강할 수 있는 학생)이었으며, 1921년 4월 9일부터 1922년 3월 30일까지는 전문학부 문화학과 '청강생'(학급을 정하고 청강하는 보통 청강생)이었다(나카무라 오사무(仲村修), 위의 글, 101~106쪽). 이 논문의 일부가 양미화의 번역으로 『어린이문학』 18호(한국어린이문학협의회, 2000.4)에 소개되었다.

62) 『왜정시대인물사료』에는 서문과 목차, 판권이 없다. 또한 인물과 단체, 언론·출판물이 뒤섞여 있으며 지역별로 정리되어 있지 않기 때문에 작성 주체가 누구이며 언제 만들어졌

"현주소: 경성부 돈의동(敦義洞) 83"으로 기재되어 있는데 이를 볼 때 방정환 생존 시 작성된 문서임을 알 수 있다. 하지만 기존의 방정환 연보에는 방정환이 '돈의동 83번지'에 살던 시기에 대한 언급이 없어 이 기록이 어느 때 작성된 것인지 알 수 없다. 다만 『왜정시대인물사료』는 일제가 식민통치를 위해 요주의 인물들에 대한 정보를 기록한 문서라는 점에서 전혀 사실 무근의 정보가 기록되어 있을 가능성은 적다. 물론 대상자에 대한 평가 부분 등에서는 기록자의 편견이 작용했다는 점을 배제할 수 없으며 그대로 믿기 곤란한 기록들도 없지 않다. 방정환 관련 기록에서도 '동양대학 졸업'이라는 부분은 실제로는 '퇴학', 즉 중퇴이니 사실과 정확히 일치하지 않는다. 그렇지만 방정환의 학력을 언급한 부분에서 '동경연수영어학교'에 들어갔다는 기록을 전혀 근거가 없는 것으로 간주하는 것도 무리이다. '동경연수영어학교'는 단기에 영어를 배울 수 있는 언어학교(어학원)의 성격을 띤 곳이다.[63] 흥미로운 사실은 박달성이 쓴 「東京에잇는天道敎靑年의現況을報告하고—아울러나의眞情을告白함」라는 글을 보면 1921년 1월 16일 도쿄에서 천도교청년회원들의 첫 집회가 열리기 이전에 방정환이 간다(神田)에 있는 기독교청년회관에 천도교집회를 알리는 광고를 내붙였다는 사실을 밝혀놓은 대목이다.[64] 이때 기독교청년회관이 있는 '간다'라는 곳은 앞서 『왜정시대인물사료』에서

는지를 알 수 있는 정보가 드러나 있지 않다. 장신은 경성 복심 법원 검사국에서 편찬하고 관리한 것으로 추정하였고 1927년에 기안되어, 그해 하반기부터 수집·정리되고 이후 보완된 것으로 밝혔다(장신, 「일제하 요시찰과 『왜정시대인물사료』」, 『역사문제연구』 11집, 역사문제연구소, 2003.12, 144·173쪽 참조).

63) 『(最近) 東京諸學校案內』(東華堂, 1925)의 제6장인 〈豫備校と語學校〉에는 도쿄의 '연수영어학교'에 대한 정보가 기록되어 있다. 이 책은 당시 일본에 유학할 조선인 학생들에게 유학할 곳의 정보를 제공해 주는 안내서였던 것으로 추정된다. '연수영어학교'에 대한 기록을 참고하면 "위치: 東京市神田區仲猿樂町十六(電話九段 二一二四番), 목적: 영어 교수, 학급: 초등과, 중등과, 고등수험과의 3종으로 나누며, 각과 모두 매월 초에 신설하여 3개월 이내에 졸업함. 학비: 입학금 일원, 수업료 전납 오원"으로 기록되어 있다(『(最近) 東京諸學校案內』, 東華堂, 1925, 191쪽).

64) 박달성, 「東京에잇는天道敎靑年의現況을報告하고: 아울러나의眞情을告白함」, 『천도교회월보』, 1921.2.

방정환의 학력란에 기록되어 있던 '동경연수영어학교'가 있다는 '도쿄간다꾸(東京市神田區)'이다. 이 무렵 방정환이 이곳에 있던 연수영어학교에 다녔을 가능성과 당시 조선인 기독교청년회원들과 교류했을 가능성을 동시에 보여주는 중요한 단서가 될 수 있다.

방정환이 연수영어학교에 과연 얼마 동안 다녔을지는 알 수 없다. 일본에 건너간 1920년 9월 이후 몇 개월을 다녔을지, 1921년 1월부터 도요대학 문화학과에 청강생으로 입학한 4월 이전인 3월까지 약 3개월을 다녔을지, 만일 그렇더라도 2월에 민원식(閔元植) 암살 사건의 혐의로 10여 일간 감옥에 있었던 사실을 고려하면 충실히 다녔을 가능성은 희박하다. 더욱이 그 학교를 다닌 목적도 선린의 자퇴, 보성전문의 중퇴 등의 학력이 인정되지 않는 상태에서 도요대학에 입학하기 위해 중학정도의 학력을 인정받기 위해서였는지, 아니면 무시험 입학생의 자격을 얻지 못한 사람의 경우 중학정도의 '국어(일본어), 한문, 지리, 역사, 영어 시험'을 쳐야 했기 때문에 시험을 대비해서 다녔던 것인지, 그것도 아니면 도요대학에 입학할 경우 외국어 과목 중에 영어를 선택해야 했기에 미리 학습이 필요해서였는지도 알 수 없다.[65] 이상금은 방정환의 도요대학 학적부에 입학 전 학력으로 "미동공립학교 명치 44년 4월 입학(1911), 대정 2년 3월 23일 졸업(1913)"이라는 기록만이 있을 뿐 선린과 보성전문을 중퇴한 학력은 기재되지 않은 사실을 들어 유난히 여백이 많은 서류에서 그의 분노, 반감 같은 감정이 느껴진다고 조심스레 발언하였다.[66] 그러나 방정환이 동경연수영어학교에 다녔다는 사실을 볼 때 이러한 추정은 민

65) 이 시기의 학교는 3학기제로, 1학기는 4~8월, 2학기는 9~12월, 3학기는 1~3월이다. 1921년 도요대학 신입생모집요강에 따르면 1월부터 입학원서를 교부하였는데, 입학시험은 4월 5일이며 무시험 입학생은 4월 1일부터 30일까지 접수한다고 되어 있다. 무시험 자격은 중학교 졸업 또는 전문학교입학검정시험 합격자이다. 그밖에 사범학교, 중학정도의 각종 종교학교 졸업자도 무시험이다. 이 자격에 미달한 사람은 중학정도의 국어(일본어), 한문, 지리, 역사, 영어 시험을 쳐야 했다. 단 청강생은 이력을 참작해서 무시험으로 전형한다(이상금, 앞의 책, 256쪽).

66) 위의 책, 262쪽.

족주의자인 방정환에 대한 연구자의 지나친 확대 해석으로 보인다.

나카무라 오사무(仲村修)의 조사에 따르면 도요대학 학적부 기록에는 방정환이 1921년 4월 9일 전문학부 문화학과에 보통청강생으로 정식 입학하여 1922년 3월 30일 퇴학했다고 한다. 도요대학 문화학과는 방정환이 입학한 1921년 4월에 신설된 학과로, 조선 예술에 조예가 깊은 야나기 무네요시(柳宗悅)를 필두로 실력 있는 교수진들이 갖춰져 있었다. 당시 문화학과의 신설 취지는 "현금의 사상 문제를 논하는 일반 경향이 항상 철저한 근거를 빠뜨리는 아쉬움이 있고, 또 현대 교육상 철학적 상식 보급의 결여에 염려되는 바 있어 문화학과를 창설하여, 철학을 중심으로 문 및 사회 문제를 연구 대상으로 하고, 신문화의 의의를 영득하려는 것"이라고 한다.67) 문화학과의 1학년 교육 과정에 개설된 강좌는 심리학, 윤리학, 철학개론, 유학개론, 불교개론, 서양고대철학사, 서양중세철학사, 철학연습, 문학개론, 일본문화사, 창작, 법학통론, 사회학, 외국어(영어·독어·불어 중 선택)이다. 방정환이 도요대학 재학 시절 철학과에 다녔다거나 아동문학과 아동심리학을 공부했다는 기존의 설들은 도요대학이 철학으로 유명한 학교인데다 문화학과의 교과 과정에 철학이 상대적으로 많으며 1학년 과정에서 심리학과 문학개론 등을 배우는 데에서 그가 아동문학가이며 이 시기부터 외국 동화를 번안(번역)하고 소년운동을 전개했던 사실로부터 아동심리학과 아동문학을 공부한 것으로 와전되었다고 할 수 있다. 다만 전혀 근거가 없지 않은 것은 심리학에서 한 부분으로 아동심리를 다룬다는 점, '문예연구회'에서 아동문학에 관한 담론과 작품 발표 등이 활발했다는 점에서68) 방정환이 이 시기 아동문학을

67) 나카무라 오사무, 앞의 글, 103쪽.

68) "도요대학 문화학과의 특성으로 과에서 '문예연구회'를 운영했다는 점을 주목할 필요가 있다. 문화학과는 학과 신설과 동시에 4월부터 한 달에 한 번씩 연구회를 열고 봄과 가을에는 공개강연과 문예강습회를 열었다. 교내뿐 아니라 일반인을 위한 개방강좌였는데 이 강좌의 강사진은 당시에 유명한 문인들이 대거 참여하였다. 특히 이들은 동요, 동화 작품을 쓰기도 했는데 일본 아동문학은 기성 문인들도 적극 참여한 동요, 동화의 황금기였다. 방정환은 문화학과 제1기생으로 '문예연구회'가 성황을 이루던 그 시기에 재학했다."(이상금,

창작하고 보급할 기반을 다질 수 있었다고 평가하는 데에는 큰 무리가 없다. 하지만 그러한 자양분을 학교의 교육 과정을 통해서만 얻은 것은 아니다. 유학 시절, 학교와 도서관만을 오갔다는 방정환의 말을 그대로 믿을 수 없더라도 그가 이 시기에 번안과 창작을 왕성하게 할 수 있었던 자양분은 이 시기 도서관을 오고가며 읽은 많은 작품들을 통해서라고 봐야 할 것이다.[69)]

도요대학의 문화학과에 보통청강생으로 정식 입학하기 이전에 방정환은 천도교청년회 도쿄지회를 창립하는 일을 일단락 지은 상태였다. 그러나 도쿄지회를 창립하고 며칠 뒤 방정환과 천도교청년회 도쿄지부 전원은 '민원식 암살 사건'(1921.2.16)의 혐의로 1921년 2월 말에서 3월 초에 검거되어 십여 일간 일경에 체포되었다.[70)]

1921년에 들어서면서부터 방정환은 「童話를쓰기前에어린이기르는父兄과敎師에게」(『천도교회월보』, 1921.2)를 발표하고 같은 지면에 오스카 와일드의 「행복한 왕자」를 「왕자와제비」로 번안하고 옛이야기를 재화하는 등 아동문학과 소년운동에 뜻을 두고 활동을 전개해 갔다. 그 일환으로 1921년 5월 경성에 있던 김기전, 이정호(李定鎬)와 천도교소년회를 조직하는 등 소년운동에 뛰어든다.[71)] 잘 알려져 있듯이 이때의 소년운동은 이중의 억압 아래 놓여 있던 당대 조선의 어린이들을 인격·감성·민족의 차원에서 해방되도록 펼친 운동이었다. 방정환은 이 당시 일본에서 활동을 펴던 때로 경성의 천도교소년회의 조직에 김기전만큼 직접 개입하지는 못하였다. 그러나 그가 도쿄로 떠날 당시

앞의 책, 259~260쪽 참조)

69) 이에 대해서는 나카무라 오사무, 오오타케 키요미, 이상금의 연구를 참조할 것. 이들은 방정환이 이 당시 오하시(大橋) 도서관에 다녔을 것으로 추정하였다.

70) 이 책의 3장의 3절 2항을 참조할 것.

71) 이정호는 천도교소년회의 창립을 거론하며 "우리를指導하실힘잇는 後援者金起瀍氏와, 方定煥氏를 어덧슴니다"(이정호, 「『어린이』를發行하는오늘까지」, 『어린이』 창간호, 1쪽)라고 밝히고 있다.

『천도교청년회팔십년사』에서는 1921년 5월 1일 김기전과 방정환, 박래홍이 주도하여 소년단체인 천도교소년회를 만들었다고 한다(천도교청년회중앙본부, 『천도교청년회팔십년사』, 글나무, 2000, 78쪽 참조).

『개벽』의 특파원 활동과 천도교청년회 도쿄 지회의 창립, 그리고 도요대학 문화학과의 입학과 더불어 이후 소년운동의 일환으로 천도교소년회의 결성과 아동문학·문화운동의 중심인물로 활동할 것이 어느 정도 구상되어 있었다고 추정되기 때문에 비록 몸은 일본에 있었지만 천도교소년회의 조직 과정에 비공식적으로 개입했다고 볼 수 있다. 다만 이때에는 공식적으로 천도교소년회의 중심인물로 부각되지 않았다.[72] 당시 ≪동아일보≫ 1921년 7월 10일자를 보면 천도교소년회에서 방정환을 '초대'하여 강연을 했다는 기사가 보도된다. 이때가 방정환과 천도교소년회원들의 공식적 첫 만남인 것이다. 이 기사는 방정환이 그 이전까지 공식적으로 천도교소년회의 중심인물이 아니었음을 보여준다. 이때를 기점으로 방정환과 천도교소년회는 공개적이고도 긴밀히 결합하기 시작했다고 추정된다.

방정환은 1921년 11월 10일 천도교청년회 도쿄 지회장으로서 태평양회의를 계기로 청년을 선동하여 저항운동을 계획했다는 혐의를 받고 박달성과 함께 종로경찰서에 구속되었다. 그는 11월 29일 다시 일본으로 떠났고,[73] 연말에 일본에서 안데르센 동화, 그림 동화, 오스카 와일드 동화 등 세계 명작 10편을 번역·번안한 번안 동화집 『사랑의 선물』을 엮고 이것은 1922년 7월 7일 개벽사에서 출간하였다.

한편 방정환은 천도교청년회의 도쿄 지회장으로 있으면서 1921년 9월 도쿄에서 조직된 '천도교청년극회'에도 관여했다.

---

72) 천도교청년회에는 포덕부·편집부·체육부·지육부·음악부·실업부의 6개 부서가 있었는데 1921년 4월부터 포덕부 안에 소년부(少年部)를 특설하고 매시일에 부원들이 회합하여 소년들에게 덕·지·체(德智體)의 함양을 위한 실행 방법을 강구하였다. 1921년 5월 1일 천도교소년회로 이름을 바꾸어 창립하고 소년운동을 전개하였다. 1921년 6월 5일 소년회의 임원이 선정 발표되었는데, 회장 구자홍(具滋洪), 간무 김도현(金道賢)·신상호(申相浩)·정인엽(鄭仁燁)·장지환(張智煥), 총재 김기전, 고문 정도준(鄭道俊)·박사직(朴思稷), 지도위원 이병헌(李炳憲)·박용회(朴庸淮)·차용복(車用輻)·강인택(姜仁澤)·김상율(金相律)·조기간(趙基栞)·박래옥(朴來玉)·김인숙(金仁淑)이다(『천도교청년회회보』 3호, 4쪽; 『천도교청년회팔십년사』, 글나무, 2000, 106쪽 참조).

73) 소파, 「夢幻의 塔에서: 少年會여러분께」, 『천도교회월보』, 1922.2.

> 텬도교청년회동경지회(天道敎靑年會東京支會)의주최로 흥힝한 <신싱의일(新生의日)>의 연극은 동교 디일긔념일(地日紀念日)에 동교총부에서 흥힝하야 만흔갈채를밧고 그후 평양 진남포 등지를 도라다니면서 흥힝하야 만흔갈채를 밧은바 경성에서 한번다시보기를원하는 사람이 만흠으로 금일 오후 일곱시반에 경운동교당 안에서 다시 흥힝하고 입장권을 발힝할터인데 보통권은오십전 평균이요 자긔네들이 학싱인관게상 힉싱에게는 특별히힉싱권을 발힝히야 삼십전식 밧는다더라.[74]

이 기사에서 천도교청년회 도쿄 지회 주최로 연극 〈신생의 일〉을 공연했다는 사실을 주목할 필요가 있다. 유민영에 따르면 천도교청년극회는 대부분 학생들로 구성되어 방학을 이용해 전국을 돌며 작자 미상의 〈신생의 일〉이란 레파토리로 공연했다고 한다.[75] 그런데 1923년 도쿄에서 조직된 색동회의 회원 정인섭(鄭寅燮)은 방정환이 1921년 9월 4일 천도교 대강당에서 자작 사극 〈신생의 일〉을 연출·출연했다고 밝혔다.[76] 또 방정환이 사망한 후 ≪동아일보≫ 관련 기사에는 그가 '일본유학생회'에서 연극하던 때의 모습을 담은 사진이 함께 실려 있다.[77] 이 기사에서 밝힌 '일본유학생회'가 천도교청년극회는 아닌 듯하다. 그러나 정인섭의 발언이나 ≪동아일보≫에 실린 기사와 사진을 볼 때, 당시 도쿄에서 조직된 천도교청년극회에 방정환이 관여했으리란 것은 거의 틀림없다. 방정환이 일찍이 연극과 영화에 관심을 갖고 활동했으며 그 당시 천도교청년회 도쿄 지회장이었던 사실은 그가 도쿄에서 천도교청년극회의 조직에 적극 관여했다는 것을 뒷받침한다.

한편, 그가 극회를 조직하는 데에는 당시 도쿄에서 극예술 활동을

74) ≪동아일보≫, 1921.9.4.

75) 유민영, 앞의 책, 540쪽.

76) 정인섭, 『색동회 어린이 운동사』, 학원사, 1975, 415쪽 참조.

77) 月生, 「소년소녀의 친구 방정환 선생님 이야기, 구슬가티 귀한 그 一生 (中)」, ≪동아일보≫, 1931.7.28.

하던 유학생들, 즉 극예술협회(劇藝術協會) 회원들과의 교류를 통해 적잖은 도움을 받았으리라 추측된다.

1920년 봄, 도쿄 유학생들은 극예술협회를 조직하는데 김우진(金祐鎭)·조명희(趙明熙)·조춘광(趙春光, 본명 趙俊基)·고한승(高漢承)·최승일(崔承一)·김영팔(金永八) 등이 동인으로 활동했다. 극예술협회의 동인들은 이 무렵 일본에서 다양한 사상의 흐름을 적극 수용하고 있었는데 특히 이후 카프의 전신인 염군사(焰群社)나 파스큘라(PASKYULA)에 가입하는 등 사상적으로 사회주의에 친연했던 인물들이다. 방정환은 일본 재류(在留) 시기에 이들을 비롯해 김기진(金基鎭)과도 친밀한 관계를 유지하면서 『개벽』의 필진을 확보하고 『개벽』에 신경향파적 흐름을 수용하는 데에 적극적으로 기여했다.78)

한편 방정환의 극 활동과 관련해서 『동명』(1923.1.21)에 실린 「天道教少年會童話劇을보고」라는 감상평을 보면, 지금까지 알려지지 않았던 새로운 사실을 확인할 수 있다.

> 나도한마듸=初日에는 다른볼일로 못갓다가 그이튼 十五日까지延期하얏기에 가보앗다. 다른것은 우에 이약이가잇기에 고만두거니와 第一日에 업든 長年의 喜劇 「食客」이란것에 對하야 한마듸하랴한다.
>
> 이것은 누구의作인지는모르지만 何如間 西洋것을飜譯한것인모양인데 「한네레의죽음」代身으로時急히準備를하얏다는것을보아서는稱讚할만하얏다. 非職業的俳優가 그만큼만하면 職業的 以上이라고 안할수업다. 方定煥君의 「食客」은 아마 어느劇場엘가드라도 그만한技能을볼수가 업슬듯하얏다.
>
> 元來 短軀肥大한것은 喜劇的이요 長驅瘦瘠 한것은 悲劇的이지만, 方君의 體格과音聲부터 喜劇舞臺에는 쏙들어마젓다. 沈生員인가하는 占쟁이의 센다가리를 불러다노코 두들기기는 一場은感服하얏다. … (想)

78) 이에 대해서는 이 책의 3장 2절의 천도교사회주의 부분에서 자세히 다루었다.

글을 쓴 필자는 '想'이라고만 되어 있다. 정확히 알 수 없지만, 당시 『동명』의 편집위원이자 필자였던 염상섭(廉想燮)일 가능성이 높다.[79] 이 글을 보면, 방정환이 당시 천도교소년회 동화대회에서 「식객」이라는 서양소설을 번역하여 연극을 꾸몄음을 알 수 있다. 필자 '상'은 비직업 배우로서의 방정환의 재능을 높이 평가하며 일본의 '文人劇'과 같은 것이 조선에서 일어나기를 바란다고 글을 마무리하였다.

더욱이 방정환이 어린 시절부터 그림 그리는 데에 재능을 보였고 『신청년』을 발행하던 당시에도 그림 그리기와 사진 찍기 등이 취미였다는 사실들은 다재다능했던 방정환의 면모를 보여주는 것이다.[80] 어린 시절부터 싹텄던 연극, 활동사진 등에 대한 관심이 이어져 방정환은 청년시절에도 연극, 영화 분야에 관심을 갖고 배우로서, 연극 연출자로서, 그리고 번역가로서 활동했다. 방정환이 아동문학가로 활동하면서 다양한 장르에서 개척자로서의 면모를 보여줄 수 있었던 것은 이처럼 어린 시절과 청년 시절에 가졌던 다양한 분야에 대한 관심과 적극적인 활동에서 비롯된 것이다. 특히 그는 연극, 영화(활동

---

79) "내가劇評? 오늘의朝鮮劇團이 批判을바들만한程度까지가지 못한이만치나의劇評은 不適任者로서는 適任일지모른다. 하기때문에 나는 아모말도할權利가업는 同時에 어써한소리를 하든지責任이 엄다고도할수도잇다. 그는何如間 入場料五十錢 갑을 맥이기爲하야든지 尹白南君의 好意에 對하야서든지 또는社에對한 責任上한마듸아니하는수업다."(想, 「民衆劇團의 公演을보고」, 『동명』 6호, 1922.10.8, 18쪽) 이 글을 보면 필자 '상(想)'은 전문적인 연극 평론가는 아니지만 동명사와 관련하여 글을 썼던 유명 필자였음을 짐작할 수 있다. 이 무렵 염상섭은 소설 「E선생」을 『동명』(1922.9.10~1922.12.10)에 연재하고 있었다.

최준의 『한국민족문화대백과사전』(한국정신문화원, 1993)에 따르면, 『동명』의 편집위원은 염상섭, 권상로(權相老), 이유근(李有根), 현진건(玄鎭健) 등이었다고 한다(최덕교 편저, 『한국 잡지 백 년』 2, 현암사, 2005(재판), 56쪽 참조).

한편, ≪동아일보≫(1921.9.4)에서는 천도교청년회도쿄지회 청년으로 조직된 소인극단이 8월 30일, 31일 양일간 평양 가부기좌에서 懺悔의 극 〈食客〉이라는 서양극을 상연하였다고 보도하였다.

80) 방정환과 함께 『개벽』의 기자이자 천도교청년회원으로 함께 활동했던 박달성에 따르면 방정환은 "동화 잘하고 선전 고안 잘 내고 그 뚱뚱한 체격과 반대로 수교까지 묘하야 도안부장 격"(『신인간』, 1928.4)이었다고 한다. 또한 방정환은 『신청년』을 발행하던 1920년을 전후로 그림 도구를 들고 나니며 사생을 즐겨 했다고 한다. "電車에셔쒸여나려 寫生具를들고 비를避하야쒸여드러오는이는小波다 西江附近으로寫生하러가다가 비를맛난다한다."(「편집실에셔」, 『신청년』 3호, 1920.8, 23쪽)

사진), 탐정소설 등 대중문예에 남다른 관심을 가졌기에 아동문학 분야에서도 특정 장르를 폄하하지 않고 동화극과 탐정소설 등의 장르 개척과 확산에 기여할 수 있었다.

방정환의 도쿄 재류(在留) 시기의 활동은 그동안 아동문화운동의 기반을 형성하는 조건들을 마련한 시기로 논의되어 왔거나 『개벽』의 도쿄특파원으로서, 천도교청년회원의 도쿄 지부장으로서의 역할이 주요하게 거론되었다. 이와 함께 방정환이 『개벽』의 중심인물로서 이후 근대 문단이 본격 형성되는 시기에 문학청년들과의 교류를 통해 다양한 필진들이 『개벽』을 무대로 활동을 펼 수 있는 인간관계를 형성한 것도 중요하게 논의되어야 한다. 방정환은 이 시기에 문학청년으로, 언론인으로, 청년운동가로 다양한 인간관계를 맺으면서 다방면에서 교류를 했다. 최초의 아동문제연구단체인 색동회를 도쿄에서 결성했던 것은 한국 근대 아동문단의 전문가 집단을 조직한 계기가 되었고 이를 통해 본격 아동잡지 『어린이』를 꾸려갈 필진을 확보함으로써 지속적이고 안정적으로 잡지를 발행하고 아동문화운동을 펼 수 있는 바탕을 마련했던 것이다. 또한 이들 전문가 집단을 통해 아동문학의 담론을 형성하고 아동문학의 하위 장르를 개척할 수 있는 중요한 계기를 마련함으로써 본격적인 아동문학의 형성이 가능했던 것이다.[81] 이처럼 이 시기에 방정환은 한국의 근대문단을 형성할 수 있는 인적 네트워크를 형성했다고 해도 과언이 아니다.

한편 그는 1922년 9월부터 『개벽』과 『부인』에서 '전래동화모집운동'을 전개하였다. 방정환은 「새로 開拓되는 童話에 關하야: 少年以外의 一般 큰이에게」(소파, 『개벽』, 1923.1)에서 근대 동화의 개척기에 외국 동화의 번역을 통한 수입과 더불어 우리의 옛이야기를 발굴 소개하여 이를 토대로 우리 동화의 세계를 넓히는 일이 시급함을 역설하였다. 특히 그가 기존의 옛이야기를 재화하여 근대 동화 개척기에

81) 이에 대해서는 염희경, 「한국 근대 아동문단 형성의 '제도': 『어린이』를 중심으로」, 『동화와번역』 11집, 동화와번역연구소, 2006.6 참조.

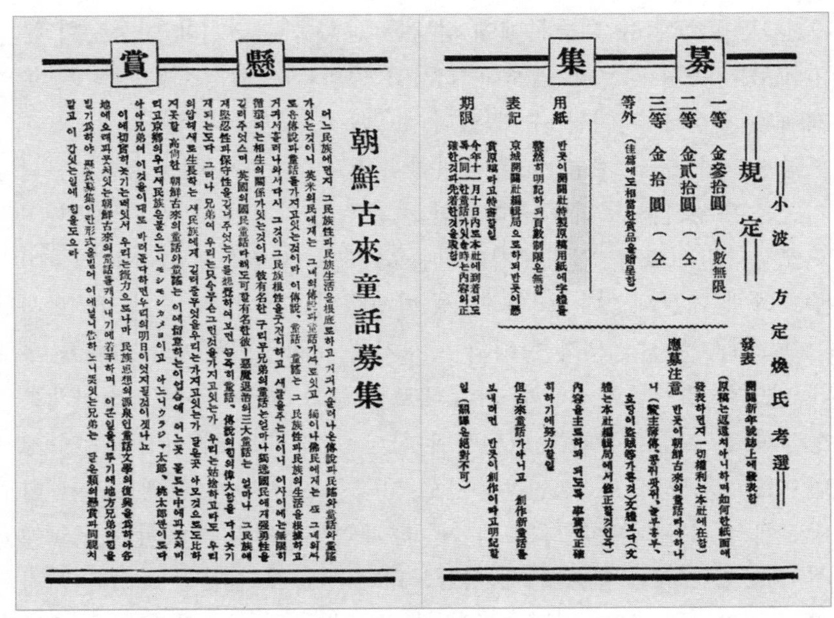

懸賞

朝鮮古來童話募集

어느民族에던지 그民族性과民族生活을根底로하고 거긔서울려나온傳說과民謠와童話가잇는것이니 英米의民에게는 그네의傳說과童話가셔로잇고 獨이나佛民에게는 또 그네의써로온傳說과童話를가저고잇는것이다 이傳說、童話、童謠는 그 民族性과民族의生活을根據하고 거긔서흘러나와서따시 그것이그民族根性을굿게하고 새힘을주는것이니 이사이에는無限히循環되는相生의關係가잇는것이다 彼有名한 구리무兄弟의童話는얼마나獨逸國民에게强勇性을길러주엇스며 英國의國民童話라해도可할有名한彼ㅣ惡魔退治의三大童話는 얼마나 그民族에게堅忍性과保守性을길너주엇는가를想察하여보면 실로히童話、傳說의힘의偉大함을 다시늣기게되는도다 그러나 兄弟여 우리는몃々[illegible]그런것을가지고잇는가 우리는姑捨하고따도 우리의압헤새로生長하는 새民族에게 길러줄무엇을우리는가지고잇는가 말은곳 아모것으로도比하지못할 高尙한 朝鮮古來의童話와童謠는 이에留意하는이업슴에 어느곳 풀도는中에파뭇처버리고京鄕의우리새民族은불으느니 モシモシカメヨ이고 하느니ウラシマ太郞、桃太郞뿐이로다

아아兄弟여 이것을이대로 바려둔다하면우리의明日이엇지될것이겟나뇨

이에切實히늣기는바잇서 우리는微力으로나마 民族思想의源泉인童話文學의復興을爲하야各地에오래파뭇처잇는朝鮮古來의童話를캐여내기에着手하며 이큰일을니루기에地方兄弟의힘을빌기爲하야 玆에懸賞募集이란形式을빌어 이에널니告하노니뜻잇는兄弟는 달은類의懸賞과同視치말고 이 갑잇는일에 힘을도으라

募集

小波 方定煥氏 考選

規定

一等 金參拾圓（人數無限）

二等 金貳拾圓（仝 ）

三等 金拾圓（仝 ）

等外（佳篇에도相當한賞品을贈呈함）

用紙 반듯이開闢社特製原稿用紙에字體를整然히明記하되頁數制限은無함

表記 京城開闢社編輯局으로하되반듯이懸賞原稿라고特書할일

期限 今年十一月十日內로本社에到着되도록（同一한童話가잇슬時는內容의正確한것과先着한것을取함）

發表 開闢新年號誌上에發表함（原稿는返還치아니하며如何한紙面에發表하던지一切權利는本社에在함）

應募注意 반듯이朝鮮古來의童話라야하나니（鼈主簿傳、콩쥐팟쥐、혹부리、호랑이妄賊等가튼것）文體보다（文體는本社編輯局에서修正할것인즉）內容을主로하와 되도록事實만正確히하기에努力할일

但古來童話가아니고 創作新童話를보내려면 반듯이創作이라고明記할일（飜譯은絶對不可）

전래동화모집 광고 (『개벽』 1922년 9월호)

전래동화의 상을 제시한 것과 우리 옛이야기를 새롭게 각색한 동화극 「노래주머니」와 「톡기의 재판」을 초창기에 소개한 것도 이 시기의 동화 개척에 대한 구체적 방안에서 비롯된 실천이었음을 알 수 있다. 나아가 이러한 활동은 『개벽』이 전 시기를 통해 강조했던 조선의 냉엄한 현실을 직시하고 민족의 저력을 발견하여 앞길을 개척하고자 했던 '민족의 재발견'이라는 측면에서 강조될 필요가 있다. 『개벽』을 통해 '조선문화의 기본조사'라는 취지에서 추진된 '조선 13도호'의 발간이라든지 '조선오백년호'(『개벽』 70호), '조선자랑호'(『개벽』 61호) 같은 기사들을 볼 수 있다. 전반기 『개벽』의 주체들이 서구중심의 관점에서 민족을 검열하고 비판하였다면 후반기에 들어서는 좀 더 주체적인 관점에서 스스로를 정립하였다고 평가된다. 이 시기 『개벽』은 김소월(金素月)이 민요시에, 방정환이 전래동화와 전래동요에

대해 관심을 기울이는 등 전통에 대한 관심을 보인다. 이것은 '일제에 대한 저항'과 '민족의 재발견'이 긴밀히 관련을 맺었던 사실을 잘 보여준다.82)

3. 『어린이』와 색동회 시절의 아동문화운동

방정환에게 1923년은 특별한 해이다. 이 시기를 앞의 시기와 따로 구분한 것은 비로소 그가 본격적으로 아동문학과 문화운동을 전개하며 소년운동가로서의 면모를 전면에 드러냈던 시기이기 때문이다. 물론 그 이전 천도교소년회가 조직되었던 1921년 5월부터는 소년운동을 전개했으며 번안동화집 『사랑의 선물』을 펴낸 것도 그 일환임에 틀림없다. 그러나 이 시기는 청년운동가로서의 활동이 더 두드러진 시기였다. 물론 1923년을 기점으로 방정환이 소년운동만을 전개했던 것은 아니다. 그 이전 청년운동의 연장선에서 천도교청년회원으로서 천도교의 잡지·출판 사업에 지속적으로 관여하여 여전히 『개벽』의 기자로 활동했으며 『신여성』, 『별건곤』, 『학생』 등의 편집 겸 발행인으로도 활동했다. 하지만 이 시기부터는 의식적으로 활동의 중심을 아동문화운동과 소년운동에 기울였다고 보아야 하기 때문에 1923년은 그의 삶의 분기점이라 할 수 있다.

그는 3월 16일 도쿄의 하숙집(센다가야 온덴 101번지)에서 아동문제연구회인 색동회의 창립을 위한 모임을 가졌고 도쿄에서 편집한 『어린이』를 개벽사에서 3월 20일 창간하였다. 이 땅에 본격적인 아동문학의 출발을 알리는 잡지 『어린이』의 창간 배경을 방정환은 「『어린이』 동모들께」(『어린이』, 1924.11)라는 글에서 다음과 같이 밝히고 있다.

82) 최수일, 「1920년대 문학과 『개벽』의 위상」, 성균관대학교 박사논문, 2002, 62~63쪽 참조.

어린이

처음에

오늘까지

아하하하하하하

『어린이』 창간호, 1923.3.20

짓밟히고 학대밧고 쓸쓸스럽게 자라는 어린혼을구원하자! 이러케 웨치면서 우리들이약한힘으로니르킨 것이 소년운동이요 각지에선전하고 충동하야 소년회를니르키고 또 소년문뎨연구회(색동회: 인용자 주)를조직하고 한편으로 『어린이』잡지를시작한 것이 그운동을 위하는 몃가지의일임니다.[83)]

이 글을 보면 한국 근대 아동문학이 소년운동 차원에서 전개되었다는 것과 1920년을 전후로 전국 각지에 소년회가 활발히 조직된 배경을 알 수 있다. 또한 ≪동아일보≫를 비롯해 당시의 신문들과 『어린이』에 각지의 소년회 조직 상황과 활동이 계속해서 보도되던 사정을 이해할 수 있다. 즉, 이 당시의 소년운동은 어린이의 인격 해방운동이면서 동시에 감성 해방운동이었고, 나아가 식민지 현실을 극복하기 위한 민족운동이었다. 3월 30일 도쿄의 정병기(丁炳基) 하숙방에서 색동회가 창립되었고, 4월 17일 천도교당에서 조선소년운동협회(천도교소년회, 불교소년회, 조선소년군)가 조직되었다. 5월 1일 비로소 조선소년운동협회 주최의 어린이날 행사가 성대하게 치러졌다. 이때 방정환은 도쿄에서 어린이날에 맞춰 색동회의 발회식을 갖는다. 7월 23일부터 일주일간은 색동회와 어린이사의 공동주최로 전선(全鮮)소년지도자대회를 개최하였다. 그리고 그는 9월 22일, 천도교당에서 열린 가을놀이 소년소

83) 편즙인(方), 「『어린이』 동모들께」, 『어린이』, 1924.12, 39쪽.

색동회 창립 기념 사진(1923.5.1). 앞줄 왼쪽부터 조재호, 고한승, 방정환, 진장섭,
뒷줄 왼쪽부터 정순철, 정병기, 윤극영, 손진태 (『어린이』, 1923.5)

녀대회에서 동화 구연을 하였다. 이 날 방정환이 『어린이』 창간호에 실은 동극 「노래주머니」가 동화극으로 꾸며지기도 했다. 11월 18일, 25일에는 경성도서관 주최로 소파 동화회가 열렸는데 대성황을 이루었다. 방정환은 1923년 늦은 가을에 일본에서 완전 귀국하였다.[84] 그

84) 민윤식은 방정환이 "관동대지진이 일어난 해인 1923년 9월경 유학을 중단하고 일본을 떠났다"고 밝혔다(민윤식, 앞의 책, 176쪽).

한편 안경식은 "1924년 아동운동에 전념키 위해 일본에서 완전 귀국하여, 봄에는 충남 홍성으로 이사했다"고 밝혔다(안경식, 「소파 방정환 선생 연보」, 『소파 방정환의 아동교육운동과 사상』, 학지사, 308쪽).

방정환이 관동 대지진 당시 일본에 있었던 사실은 다음 자료를 통해 확인할 수 있다. "단한卷내손에잇던 것이 不幸히 日本震災통에업서저서 여긔에仔細히 紹介할길이업는 것은 큰有感임니다."(방정환, 「兒童裁判의 效果: 特히 少年會指導者와 少年教員諸氏에게」, 『대조』, 1930.3~5(2회), 1권 3호(1930.3)의 24쪽) "내가 旅行地에서마다 사다둔 寫眞葉書를 내여 ――이 드려다보는것이자미엿섯다. 그러나 東京 震災통에 다른書冊과 함께 그것들을다업새인後로는"(116쪽)에서 알 수 있듯 방정환이 1923년 9월 관동대지진이 일어났을 당시 일본에 있었다는 것을 알 수 있다(方小波, 「演壇珍話」, 『별건곤』, 1930.10).

한편 「댐배ㅅ불 事件」이라는 글을 보면 "일본서 나와서 몃날안되던 때이니 발서 여섯해 전 느진 가을"이라고 밝혔다. 그러니 1923년 늦은 가을, 11월경에 귀국했을 것으로 짐작된다(小波, 「담배ㅅ불 事件」, 『별건곤』, 1929.1).

러니 1923년 7월부터 9월까지 그는 조선과 일본을 수시로 오가며 분주히 활동을 벌였던 것이다.

방정환은 1924년 1월에 『어린이』에 '자유화(自由畵)모집' 공고를 냈고 1924년 2월호부터 제1회 자유화 당선작을 발표하였다. 이때 그는 무엇보다도 "남의것을보고 그린것은아니됩니다 아모것을그리드라도 자긔의마음대로 자기가본대로 그린것이라야됩니다"(「자유화모집」, 『어린이』, 1924.1, 19쪽)라고 하여 '자기 생각대로' 그릴 것을 강조하였다. 이것은 그가 일본에 재류할 때, 야마모토 카나에(山本鼎), 스즈키 미에키치(鈴木三重吉), 키타하라 하쿠슈우(北原白秋) 등에 의해 제창되던 '예술교육운동'에 영향을 받은 것으로 평가된다.85) 방정환이 도쿄 유학 시절 예술지상주의를 표방하고 동심주의 문예운동을 펼쳤던 『아카이도리』 동인들로부터 영향을 받았음을 짐작할 수 있는 부분이다. 한편 기존의 방정환 연보에 누락되어 있는 「이러케하면 글을 잘 짓게됩니다」(일기자, 『어린이』, 1924.12)도 글에 담긴 사고와 말투, 그리고 "우리 어린이잡지에 쎕힌글 발표되는글도 주의해닑도록하는 것이 크게참고될것"(36쪽)이라는 말을 볼 때 방정환이 『어린이』에 투고된 독자들의 글을 뽑았던 선자였다는 점에서도 방정환의 글이 거의 확실하다. 방정환은 자유화에 대한 생각과 마찬가지로 이 글에서도 글은 억지로 꾸며 '짓는 것'이 아니고 '쓰는 것'이라는 주장을 펼치고 있다.86)

방정환은 3월부터 『신여성』의 편집 겸 발행인을 맡았다. 또한 필

---

85) 長尾十三二 外, 송일지 역, 『신교육운동사』, 한마당, 1985; 안경식, 위의 책, 106~107쪽 참조.

86) 방정환은 글을 잘 쓰려면 '① 속생각이나 느낌을 꾸미 없이 그대로 쓸 것 ② 되도록 힘써 남의 잘된 글을 많이 읽을 것 ③ 많이 읽는 동시에 많이 써보도록 할 것 ④ 쓴 글을 여러 번 읽고 고칠 것 ⑤ 힘써 남의 비평을 받을 것 ⑥ 매사에 자세히 관찰하는 습관을 가질 것'을 당부하고 있다. 특히 이 글에서 주목되는 것은 '글은 짓는 것(꾸미는 것)이 아니라 자기 생각을 솔직하고 자유롭게 쓰는 것'이라는 주장이다(일기자, 「이러케하면 글을 잘짓게됩니다」, 『어린이』, 1924.12). 이것은 자칫 거짓 꾸밈과 미사여구, 말장난에 그치고 마는 '글짓기'가 아닌 자유롭고 솔직한 '글쓰기'를 권장한 것으로 이오덕이 1970년 이래로 강조했던 '글쓰기교육' 운동과도 맥을 같이 하는 것이다.

자로서 실화, 애화(哀話), 풍자소설, 미행기 등을 썼고, 동화도 발표했다. 특히 소파는 자신의 아동관이 잘 드러나는 수필 「어린이 讚美」를 『신여성』에 발표했는데, 그것은 그 당시 어린이의 어머니이거나 장차 어머니가 될 여성들에게 아동중심사상을 일깨워주기 위한 것이었다. 그리고 이 무렵부터 경성도서관 주최로 공일날마다 소파의 동화회가 열렸는데, 그때마다 대성황을 이뤘다.

방정환은 1925년 서울의 40여 소년단체를 모아 소년운동협의회를 조직하고 각종 대회, 강연회, 강습회를 주관하면서 아동문화운동을 펴 나갔다. 일례로 방정환은 2월 천도교청년당 선전 강연회에서 '살아갈 길'이라는 주제로 강연하였고, 3월 20일부터 10일간 『어린이』 창간 2주년 기념행사로 서울을 비롯한 대구, 마산, 부산, 김천, 인천에서 소년소녀대회를 열었다. 4월 29일 어린이사와 색동회 주최로 천도교기념관에서 '제3회 어린이날 전야제'를 열었다. 이때 그는 동화 「귀만의 슬픔」과 「어린이날 이야기」를 강연했다. 오월회 주최로 6월 16일부터 26일까지 소년문제강연회가 열렸는데, 방정환은 지도자강습회강사로 선정되어 강연을 했다. 한편 7월 12일부터 ≪조선일보≫에서 학예란에 〈어린이 신문〉난을 만들어 동화·동요·전설을 실는데, 1926년 3월까지 방정환이 집필했다. ≪조선일보≫는 당시 이 〈어린이신문〉란은 "유치원이나 보통학교 일 이학년 정도 되는 어린이들이 재미붙여 보도록 하기 위하여 굵은 글자로 인쇄하기로 하였으며, 가끔 재미있는 그림도 넣기로 하였다"고 밝혔는데,[87] 본격적인 작품의 소개라기보다는 나이 어린 독자들이 쉽고 재미있게 읽을 수 있도록 취미를 붙이도록 하는 준비 단계의 글들이 실렸다고 보는 것이 타당하다.

1926년 제5회 어린이날 행사는 소파의 민족진영과 정홍교의 사회주의 진영이 각기 따로 준비하였으나 순종의 국장일과 겹쳐서 무산

---

87) ≪조선일보≫, 1925.7.12.

『사랑의 선물』 10판 발행 (『어린이』, 1926.7)

되었다. 방정환은 6·10 만세 사건으로 일제에 의해 예비 검속을 당하였다.88) 또한 이 시기 특기할 사항으로는 소파의 『사랑의 선물』이 10판 발행을 돌파하였다는 것이다.

그는 1927년 『어린이』 1월호부터 1930년 12월까지 20회에 걸쳐 「어린이독본」을 연재하였다. 독본의 주제는 민족의식과 관련된 내용이 가장 많고, 그 다음으로 우정, 희생정신, 신의, 동정, 정직 등과 같은 덕목들이 주를 이룬다.89) 「어린이독본」은 일종의 도덕 교과서로 실제로 당시의 많은 학교에서 조선어 시간에 독본 교재로 쓰이기도 했다. 2월 16일부터 경성방송국에서 한국, 일본어 혼합 단일 방송이 시작되자 2월 17일 방정환은 '어린이와 직업'이란 제목으로 라디오 방송을 하였다.90) 그러던 중 4월 20일 백상규(白象圭), 김명순(金明淳)의 필화 사건으로 명예훼손의 혐의로 개벽사의 차상찬(車相瓚)과 함께 종로 경찰서에 대엿새 동안 구금되기도 한다.91) 한편 5월 1일 어린이날

88) 「洪城서도 搜索」, ≪동아일보≫, 1926.6.12. "충남 홍성군 홍수면 대교리 천도교 종리원에 지난 7일 정사복 순사가 교당 내외 엄중 수색, 8일 새벽 고 손병희 댁, 방정환 댁 수색, 모 서류 압수"라는 기사가 실린다.

89) 안경식, 앞의 책, 36쪽.

90) 방정환의 라디오 방송 관련 자료에 대해서는 염희경, 「새로 찾은 방정환 자료, 풀어야 할 과제들」, 『아동청소년문학연구』 10호, 한국아동청소년문학학회, 2012.6 참조.

91) 자세한 내용은 알 수 없으나 『별건곤』의 「은파리」(1927.2)에서 '배상규'라는 인물을 거론하며 "서울 어느 전문학교에 강사요 돈만흔부자의아들이요 미국류학졸업생이요 영어잘하는유명한색마배상규씨께서 신사임네 긔독신자임네 전문학교강사임네하는 탈을 뒤집어쓰고 처녀거나부인이거나 정도낙구기에 전문하는 참으로 놀라운악마"(「은파리」, 『별건곤』,

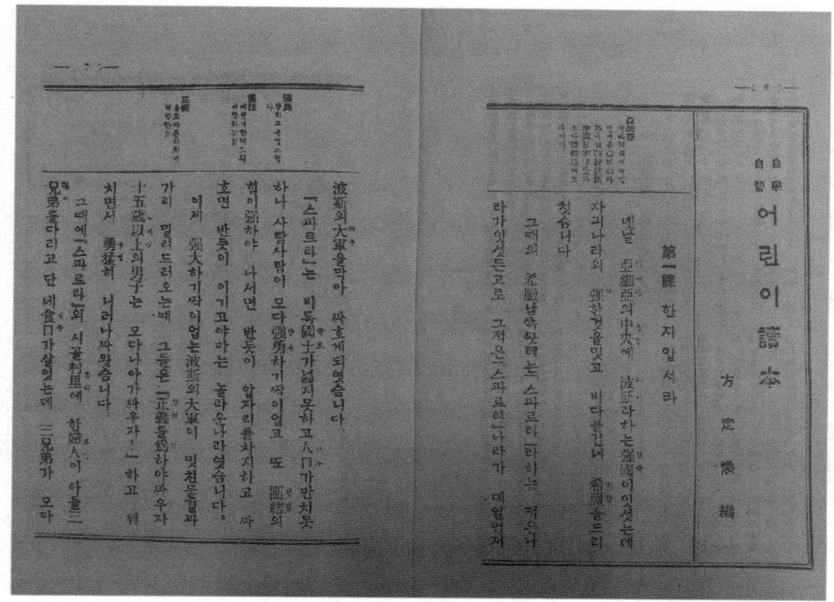
自學自習 어린이讀本

方定煥 編

第一課 한자압서라

녯날 亞細亞의中央에 波斯라하는強國이잇섯는데 자긔나라의 强한것을밋고 바다를건너 希臘을드리칫슴니다

그때의 希臘남쪽짜텍는「스파르타」라하는 적은나라가잇섯든고로 그적은「스파르타」나라가 데일먼저 波斯의大軍을막아 싸호게되엿슴니다.

「스파르타」는 비록國土가넓지못하고人口가만치못하나 사람사람이 모다强勇하기짝이업고 또 團結의힘이强하야 나서면 반듯이 압자리를차지하고 싸호면 반듯이 이기고야마는 놀라운나라엿슴니다.

이제 强大하기짝이업는波斯의大軍이 밋천물결과가리 밀려드러오는때 그들은「正義를爲하야싸우자 十五歲以上의男子는 모다나아가싸우자!」하고 웨치면서 勇猛히 니러나싸왓슴니다.

그때에「스파르타」의 시골村里에 한婦人이 아들三兄弟를다리고 단 네食口가살엇는데 三兄弟가 모다

「어린이독본」 1회 (『어린이』 1927년 1월호)

행사는 전 해에 이어 민족주의 진영과 사회주의 진영이 분리되어 각기 거행되었는데, 10월 16일 민족진영의 소년운동협회와 무산소년운동 단체인 오월회가 통합하여 조선소년연합회를 창립하였다. 방정환이 위원장으로 선출되었고, 어린이날은 다음 해부터 5월 첫 일요일로 할 것을 결의했다. 이 시기 소년운동협회와 오월회의 통합은 당시의 신간회의 좌우 합작 노선을 반영한 것이라 볼 수 있다.

1927.2, 81쪽)라 하며 "그가 전일에미국으로 약혼한남자에게가려는 리화학당 三미인중에 하나인 강필순이란녀자를 중간에서 싀여서뎡조를 쌔앗고 인해감추어 첩으로다리고살면서"(같은 글, 81~82쪽)라는 기사를 볼 때 「은파리」에 실린 배상규는 '백상규'를, 강필순은 '김명순'을 가명으로 처리했던 것으로 보인다. 그리고 당대인이라면 이미 소문으로 들어 어느 정도 실제 인물을 짐작할 수 있었을 것이다. 참고로 백상규(白象圭, 1883~1955)는 미국 브라운 대학에서 영문학을 전공하고 돌아와 1924~1945년 직후까지 보성전문학교에서 영어영문학, 경제학, 논리학을 강의하였다.

≪조선일보≫와 ≪동아일보≫는 '개벽필화사건'이라 하여 방정환과 차상찬이 "백상규, 김명순의 명예훼손고소 사건으로 구검"되었다가 25일 방면(≪조선일보≫, 1927.4.28) 또는 26일 방면(≪동아일보≫, 1927.4.29)되었다고 보도하였다.

세계아동예술전람회 기념호
(『어린이』, 1928.10)

방정환은 1928년 10월 2일부터 10일까지 천도교기념관에서 '세계아동예술전람회'(어린이사 주최, 색동회 주관, 동아일보 학술부 후원, 재경해외문학부 협찬)를 개최했다. 세계아동예술전람회는 원래 '세계소년작품전람회'라는 이름으로 1925년 5월에 열 계획으로 추진되었지만 작품 수집과 장소 등 대회 준비가 미흡하여 몇 차례 연기되다가 이헌구(李軒求)·조재호(曺在浩)·정순철(鄭淳哲)·진장섭·정인섭 등 색동회 동인의 도움으로 비로소 1928년 10월에 열리게 되었다.[92] 방정환은 이 대회를 열게 된 배경을 "우리에게 유익한지식이라하야 수신(修身)과 산술(算術)만 수역수역먹고 조흔사람이될수잇느냐하면 그것만가지고는 조흔사람=ᄡᅢ진구석업시 완전한조흔사람=이 될 수업는것이요 예술(藝術)이라하는 조흔반찬을 부즈런히 잘구(求)해먹어야 비로소 ᄡᅢ진구석업시 완전한조흔사람(全的生活을잘把持해갈수잇는人物)이되는것"이라 하여[93] 전인교육(全人敎育)을 위해 예술교육이 절실하다는 사실을 밝히고 있다. 이 대회는 방정환의 예술문화운동의 백미로 평가된다.

한편 그는 『어린이』 외에도 당시의 민족적 종합잡지 『개벽』(1920)과 『신여성』(1923), 『별건곤』(1926), 『학생』(1929), 『혜성』(1931) 등의 편집에도 관여하며 다양한 글을 발표하면서 언론·출판인, 운동가로서 적극적

92) 세계아동예술 전람회에 대해서는 이헌구의 「〈색동회〉와 아동문화운동」, 『미명을 가는 길손』, 서문당, 1973, 332~352쪽과 정인섭의 「세계 아동예술 전람회」, 앞의 책, 100~116쪽을 참조할 것.

93) 방정환, 「世界兒童藝術展覽會를열면서」, 『어린이』, 1928.10, 2쪽.

으로 활동을 전개했다. 이러한 활동과 더불어 전국 각지를 돌며 동화구연회와 소년문제 강연회 등으로 분주한 나날을 보냈다. 그러던 중 일제의 가중되는 탄압과 개벽사의 재정난, 소년운동 진영의 분열 등으로 고심하다가 누적된 피로로 1931년 7월 17일 신장염과 고혈압으로 경성제국대학 내과에 입원했고 결국 7월 23일 세상을 떠나고 만다.

방정환 장례식
(『신여성』 1931년 9월호, 케포이북스 제공)

3장 | 방정환의 사상

1. 개조주의와 아동애호사상

방정환과 천도교는 떼려야 뗄 수 없는 관계임은 두말할 여지가 없다. 필자는 방정환의 생애를 재구하면서 방정환이 권병덕이 조직한 시천교 내의 소년입지회라는 단체를 통해 비록 천도교의 분파이기는 하지만 천도교와 첫 인연을 맺은 것으로 추정하였다.[1] 어린 시절 방정환이 천도교 사상으로부터 깊이 영향을 받았다고 보기는 어렵다. 하지만 일찍이 천도교의 자장 아래에서 불우한 소년 시절을 견뎌 내며 진취적으로 성장할 수 있는 소년기를 보냈으리라 짐작된다.

방정환의 청년기는 천도교와 함께 한 시기였다. 천도교는 그의 삶을 구원한 종교였으며 청년 시절 삶의 원동력이라 해도 과언이 아니다. 방정환의 정신적·사상적 배경으로 거론되는 천도교 사상을 인내천주의 아래에서 소년운동을 펼칠 수 있었던 아동애호 사상에만 국

1) 시천교는 그 명칭을 '시천주조화정(侍天主造化定)'이라는 천도교 주문에서 따온 것처럼 교의 자체는 천도교와 별 차이가 없었다.

한하여 논의하는 것은 청년기 방정환의 삶의 전모를 밝히는 데에 협소한 측면이 있다. 따라서 이 시기 천도교의 정치사상을 간단하게나마 살펴 방정환의 청년기 삶을 이끈 정치 지향성을 좀 더 세밀히 고찰하고자 한다.

1918년 1차 세계 대전의 종전을 전후로 침략주의·군국주의에 대한 비판의 소리가 세계 각처에서 고조되었다. 이 시기 약소민족의 격렬한 민족운동이 일어나면서 제국주의 열강의 세계 지배체제에 대한 비판으로 세계 개혁의 주장이 광범위하게 제기되었다. 세계 개조, 사회 개혁의 사상은 일본을 통해 한국에도 폭넓게 유입된다. 특히 정신적 측면에서 사회개조의 필요성을 강조하는 러셀(Bertrand Russel)과 카펜터(Edward Carpenter)의 개조사상과 당시 일본에서 유행하던 문화주의 사조가 결합하여 한국에서도 정신개조의 문제가 중요하게 제기되었다.[2)]

방정환이 핵심인물이 되어 활동했던 천도교청년회 신파의 이 시기 사상의 핵심은 개조주의라 볼 수 있다. 개조주의는 1차 세계 대전 이후 제국주의 열강의 침략주의·군국주의에 대한 비판의 목소리가 높아지자 '정의·인도'와 '자유·평등'을 내세우며 일어난 사상으로, 파리강화회의가 열리고 국제연맹이 결성되는 등 국제 정세의 변화 속에서 세계 사상계에 강력한 영향을 미쳤다. 이 사회개조 사상은 일본의 다이쇼데모크라시 운동의 배경으로 작용하였고, 1920년대 조선의 문화운동도 이 사상으로부터 크게 영향을 받았다. 1920년대 초 일본을 통해 수입된 개조론은 강력한 전파력을 가지면서 개조는 이 시대의 유행어가 되었다.

당시 개조론은 국내 지식인들에게 폭넓은 지지를 얻을 수 있었다. 그것은 개조론이 서구의 신진사상이며 세계사적 조류라는 점에서 지식인들에게 막강한 영향력을 행사할 수 있었기 때문이다. 또한 개조

2) 박찬승, 『한국 근대정치사상사연구』, 역사비평사, 1997, 179~181쪽.

론의 내용 자체가 그 당시 조선민족이 처한 현실과 민족적 요구와 부합되어 '시대정신'이 될 수 있었다. '정의·인도'와 '자유·평등'이라는 개조론의 핵심은 약소민족의 권익을 옹호할 뿐 아니라 한 사회에서 노동자, 농민, 여성, 어린이 등 약자의 권리를 옹호하는 것이며, 교육과 산업을 발전시켜 약자의 생활과 민족의 삶을 개선하는 것으로 부각되면서 당대 식민지 조선의 지식인들에게 적극적으로 받아들여질 수 있었기 때문이다.

천도교청년회를 중심으로 한 『개벽』의 주체들은 근대의 변화된 환경 속에서 종교이념을 근대화하고자 했다. 특히 이돈화(李敦化)는 최제우(崔濟愚)의 후천개벽사상을 정신·민족·사회개벽이라는 '3대 개벽사상'으로 체계화·현실화했다. 새 세상의 '열림'을 의미했던 '3대 개벽사상'은 정의·인도, 평등·자유의 원칙에 입각해 강자와 약자, 부자와 빈자가 조화롭게 공존하는 세상을 건설한다는 당대의 시대정신이었던 개조론과 자연스레 결합하였다.

전반기 『개벽』의 중심사상인 개조주의는 '개인이냐 사회냐', '정신이냐 물질이냐'라는 내적인 사상투쟁을 지속하였다. 이 사상 투쟁에서 두각을 드러낸 것이 문화주의와 사회주의였는데 『개벽』 내에도 이 두 경향이 경합을 벌였다. 그 중 문화주의가 『개벽』 내에서 상대적 우위를 차지했으며 당시의 민족운동 전체의 흐름에도 적지 않은 영향을 끼쳤다.

이것은 1919년 3·1운동으로 종래의 무단통치에서 문화통치로 바뀌자 우리 민족의 독립운동의 방향도 변화를 일으키게 되었던 시대적 분위기와 연관된다. "문화정치라는 신정세를 마지하면서 정치운동의 직접형식"을 대신하여 "민족적으로 그 경제력을 키우고, 문화적인 지식의 실력을 가져야 한다"[3]는 취지로 일어난 문화운동은 흔히 '문화주의'라고 일컬어진다. 그리고 이에 적극적이었던 세력을 일

3) 백철, 「『개벽』 전후의 문단사조」, 『현대공론』, 1955.1, 129~130쪽.

반적으로 ≪동아일보≫ 계열과 천도교 신파라고 본다. 그러나 문화운동에는 '경제주의'와 '문화주의'가 혼융되어 있었기에 문화운동을 '문화주의'로 단선화하기는 어렵다.[4)]

---

4) 문화운동은 국내 민족운동의 한 축으로 역사학계에서는 문화운동의 개념과 성격, 대두 배경과 시기, 내용, 주도 세력의 특성에 대해서 일치된 결론을 내리지 못한 실정이다.

가) 문화운동의 개념과 성격:
① 민족정신함양과 실력양성론적 독립운동론(조지훈: 제3의 독립운동노선), 박찬승, 김창수
② 일제에 유도된 비민족적 문화계몽, 실력양성운동론(강동진: 총독부 당국이 민족운동의 거세책으로 등장시킨 문화계몽, 실력양성운동)
③ 서구문명화를 지향하는 개화운동론(조용만)

나) 문화운동의 대두 배경:
① 자발적 실시설: 조지훈, 마이클 로빈슨, 박찬승
특히 박찬승은 3·1운동 이후 각종 외교운동의 좌절, 개조론, 문화주의, 사회진화론, 강력주의 등 외래사조의 영향과 총독부의 산업정책과 민족자본의 동요(경제적 실력양성론과 물산장려운동을 문화운동론과 문화운동의 중요한 항목으로 봄)에서 찾음.
② 유도설(제국주의 지배정책의 산물): 강동진, 김희일

다) 문화운동의 대두 시기: 1920년대 초반.
특히 박찬승은 워싱턴회의(1922.2)에 대한 좌절로 문화운동이 본격 대두하였고 1923년 물산장려운동, 민립대학시성운동의 좌절과 함께 막을 내렸다고 봄.

라) 문화운동의 논리: 박찬승: 신문화건설, 실력양성론, 정신개조, 민족성개조. 구체적 이론은 수양, 풍속개량, 농촌개량론, 신교육보급론, 경제적 실력양성론.

마) 문화운동의 내용:
① 조지훈: 언론문화운동, 학술운동(국어학, 국사학 연구), 문학·연극·영화 중심의 예술운동, 교육운동, 종교운동
② 박찬승: 청년회운동, 교육진흥운동, 물산장려운동
③ 로빈슨: 민립대학설립운동, 국어와 국사운동, 물산장려운동
④ 조용만: 신문·잡지의 언론활동, 민립대학과 문자보급의 교육진흥운동, 물산장려운동과 협동조합운동 같은 산업진흥운동, 사상·여성·형평·소년운동과 같은 사상운동, 종교운동, 국어학연구, 문학 운동, 연극운동, 예술(음악, 미술, 무용, 영화, 체육)운동, 정치를 제외한 사회·문화운동

바) 문화운동 주도세력:
① 강동진: 수양동우회, 민우회, 계명구락부, 민족개량주의자 혹은 일제에 포섭된 민족자본가 상층
② 김희일: 예속자본가론.
③ 허장만, 로빈슨, 박찬승: 민족자본가 상층설
④ 나공민: 물산장려운동을 몰락한 중산자와 계급의식이 불분명한 무산, 유식자 등 중간계급이 주도한 것으로 봄.

조지훈, 『한국민족운동사』, 나남, 1993; 강동진 『일제의 한국침략정책사』, 한길사, 1980; 조용만 공저, 『일제하의 문화운동사』, 현음사, 1980; 박찬승, 『한국 근대정치사상사연구』, 역사비평사, 1997.

이상의 논의는 조규태, 「1920년대 천도교의 문화운동 연구」, 서강대학교 박사논문, 1999, 1~3쪽을 참조하여 요약함.

문화주의는 1848년 프랑스혁명 이후 이성을 통한 근대계몽에 대한 믿음이 좌절됨에 따라 사회적 위협으로까지 확대된 상대주의의 만연과 또 다른 편에서 나타난 마르크시즘의 대두에 직면해, 인식의 근거를 외부세계가 아니라 주체 내부에서 찾고자 한 신칸트주의의 한 유파이다.[5] 이는 19세기 후반 근대이성에 대한 환멸이 팽배했던 시기에 주체의 영역에서 탈출구를 모색했던 것으로 문화가 궁극적 지향점이자 인식과 실천의 선험적 규범이 된다고 본다. 이것이 일본에서 수용·변용되어 '문화'와 함께 '인격'에 대한 강조가 일어난다. 이처럼 문화주의는 인격주의 또는 정신주의이자 문화지상주의라 평가된다.

1920년대 조선의 문화운동이 지·덕·체를 강조하면서 인격의 수양을 강조했고, 다른 한편으로 신문화 건설을 외쳤던 것도 일본의 문화주의의 수용과 밀접한 연관이 있다. 그러나 외래의 사조였던 문화주의가 일본에서 수용·변용되었던 것과 마찬가지로 조선에서도 문화주의는 수용 과정에서 변용을 거쳤다. 인격의 완성과 문화가치의 실현을 본질로 한 일본의 문화주의는 자체적으로 개인의 완성 또는 정신적 개조에 초점을 둔 사상인데, 식민지라는 조선의 특수 상황은 집단적 가치와 물적 개조의 측면을 첨가시켰다. 문화주의가 개인의 정신적 완성을 근본으로 하는 것이었지만 당대 조선의 지식계는 여기에 사회적·민족적 처지 또는 지향을 가미하고자 하였다. 이로써 조선의 문화주의에는 개인의 완성뿐 아니라 사회적 발전까지도 함축하는 양상을 보인다.

따라서 1920년대 문화운동이 문화주의의 영향 아래 인격수양과 신문화 건설을 일차적으로 강조했던 것은 사실이지만 문화운동을 문화주의로 치환할 수는 없다. 문화운동이 체제내적 개량주의 운동임에는 틀림없지만 근본적으로 개인보다는 민족에 방점을 둔 것으로, 독립을

5) 엘리자베스 클레망, 이정우 역, 『철학사전』, 동녘, 1996 참조.

지향한 실력양성운동이자 현실변혁운동이었기 때문이다. 1920년대 초반 전개된 청년회운동, 교육진흥운동, 물산장려운동 등을 문화주의, 즉, 개인과 정신에 초점을 맞추어 파악하기보다는 상위의 시대정신인 개조주의의 일부이자, 개조주의가 이끈 문화운동의 한 지류로 자리매김해야 한다.[6)]

그런 점에서 문화운동 진영의 다양한 의식의 편차와 실천 양상을 무시하고 일제에 대한 타협·비타협이라는 운동사적 관점에서 ≪동아일보≫ 세력과 천도교 주도층을 '부르주아 우파'로 범주화하고 이들의 문화운동·자치운동론을 실력양성운동론으로 포괄하면서 이를 사회주의와 '부르주아 민족 좌파'와 구별하는 것[7)]은 적지 않은 문제를 지닌다. 천도교 주류였던 신파는 문화운동이나 자치운동에서 ≪동아일보≫ 세력과 기맥을 통하고 때로는 공동보조를 취했지만 이 두 세력의 문화운동을 '자본주의적 근대 문명 수립'으로 규정하기는 어렵다. 두 세력은 계급적 기반이나 사상적 지향, 그리고 해방 이후의 행보에서도 적지 않은 차이를 보이기 때문이다.[8)]

이상의 논의를 통해 간접적으로나마 방정환의 이 시기 사상을 엿볼 수 있다. 특히 『개벽』의 주체들은 1923년을 기점으로 조선의 민족운동은 독립운동에서 문화운동으로 다시 사회운동으로 변천하는 과정으로 보고, 문화운동의 온건파인 실력양성파가 가장 문제임을 지적하고 있다.[9)] 『개벽』 주체들은 실력양성파가 '민족일치와 대동단

---

6) 이상의 개조주의와 문화주의에 대한 설명과 견해는 최수일의 논문을 참조하여 요약함. 최수일, 앞의 논문, 82~109쪽 참조.

7) 박찬승, 앞의 책, 25쪽.

8) 허수, 「일제하 이돈화의 사회사상과 천도교: '종교적 계몽'을 중심으로」, 서울대학교 박사논문, 2005, 3쪽 참조. 성주현의 연구에 따르면, 이돈화 등 신파 중심인물들은 해방 이후 중도좌파적 성향으로 주로 민주주의민족전선에 참여하였다고 한다(성주현, 「해방후 『천도교청우당의 정치이념과 노선」, 『경기사론』 4호, 경기대학교 사학회, 2001, 12쪽). 또한 정용서의 연구에 따르면, 이돈화는 『당지(黨紙)』(1946)에서 민족을 단위로 삼은 세계주의로서의 '신민족주의'와 노농민주정치를 단계로 하는 '신민주주의'를 제창했다고 한다. 또한 경제정책에서는 당시 조선공산당 계열이 주장하는 것보다 더 원론적 입장에서 사유재산 전체를 부정하는 주장을 제기하였다(정용서, 「북조선천도교청우당의 정치노선과 활동(1945~1948)」, 『한국사연구』 125호, 한국사연구회, 2004.5).

결'을 외치면서 실제로는 자치론이나 참정권 문제에 집착하면서 점점 반동운동의 행동을 하고 있다고 비판하였다.

이처럼 『개벽』의 사상 분화는 『개벽』 주체들의 의식적 노력의 산물로 이 시기 이돈화, 김기전, 박달성, 방정환은 이를 이끈 핵심논자들이다. 전반기 『개벽』의 핵심 논자들이 사회주의를 개조주의의 일부로 적극 수용하는 과정에서 방정환은 메신저 역할을 수행하였다.[10] 이에 대해서는 방정환과 사회주의 사상과의 친연성을 언급한 3장의 2절에서 좀 더 상세히 다루기로 한다.

방정환은 청년운동에 발을 들여놓으며 그 첫 출발로 천도교청년회 교리강연부(1919.9)의 간의원(幹議員)으로,[11] 도쿄의 천도교청년회 회장(1921.2)으로, 천도교청년당 위원(1925~1931)으로, 천도교청년당 산하 유년부·소년부위원으로서 평생을 청년운동과 소년운동에 몸을 바쳤다.[12] 그의 언론·출판 활동도 궁극적으로는 천도교의 정치사상을 펼치고자 한 행위였음은 잘 알려져 있다. 특히 방정환이 청년운동을 펼쳤던 초창기에 전국의 순회강연회에서 한 연설은 구체적 내용이 전해지지는 않지만 연제를 볼 때 「개벽선언」, 「세계평화는 인내천주의」 등 당시 천도교가 주창한 사회사상을 설파한 것으로 천도교인으로서의 삶의 지향을 담고 있다.

윤석중의 회고에 따르면 방정환이 '영원히 남기고 가신 잊지 못할 두 가지 교훈'은 바로 "정성스러워라"와 "나를 버리라"였다고 한다. 이것은 방정환의 삶이 천도교의 '시천주 신앙'의 핵심 신조인 각자위

---

9) 미상, 「漸漸漸 異常해가는 朝鮮의 文化運動」, 『개벽』 44호, 1924.2, 2~3쪽 참조.

10) 최수일, 앞의 논문, 117쪽.

11) 천도교청년교리강연부는 포덕 60년(1919)년 9월 2일 정도준·박래홍·박달성·손재기·박용회·황견주·김옥빈·최혁 등 8인의 발기로 성립하였다(민영순, 「天道教六十一年普」, 『천도교회월보』, 1920.4, 32쪽).

첫 모임에서 강연부는 부장 정도준과 간무원(幹務員) 3인(김옥빈·박달성·이두성), 간의원(幹議員) 7인(이돈화·박래홍·손재기·방정환·황경주·최혁·박용준)을 선출하였다. 천도교청년회중앙본부, 『천도교청년회팔십년사』, 글나무, 2000, 75쪽 참조.

12) 조기간, 「당부역대위원」, 『천도교청년당소사』, 천도교청년당본부, 1935, 93~98쪽 참조.

심(各自爲心), 즉 자기만을 생각하는 이기주의를 버리고 한울님의 한 마음으로 돌아가고자 하는 동귀일체(同歸一體)를 지향한 삶이었음을 의미한다.13)

기존의 방정환 연구에서 소년운동과 언론·출판 활동 등을 중심으로 방정환과 천도교 사상의 영향관계는 지속적으로 논의되어 왔다. 필자는 이에 덧붙여 시와 수필, 소설 등에서 방정환이 천도교도임을 자부하며 실천하려 했던 흔적들을 찾아 이 부분을 보완하고자 한다.

생애 부분에서 방정환이 도쿄 유학 시절 도쿄의 천도교청년지회 회장으로서 또한 천도교청년극회를 이끌었던 인물이었음을 밝혔는데, 청년극회의 연극 〈신생의 일〉은 구체적 내용은 밝혀진 바 없지만 '인내천주의를 선전'하는 작품이라고 전해진다.14) 그렇다면 과연 방정환은 '신생'을 어떻게 이해하고 있었을까. 이를 해명하기 위해서는 방정환이 작가로서의 포부를 밝힌 「必然의 要求와 絶對眞實로: 小說에 關하야」에 언급된 '신생'의 의미를 주목할 필요가 있다.

> 悲慘한 虐待밧는民衆의속에서 小數사람에게나마 피여니러나는切實한必然의要求의 發露 그것에 依하야創造되는새 生은 이윽고 오릐인 地上의束縛에서 解放될날개를 民衆에게주고 民衆은그날개를펴서 참된生活을 向하야 나르게되는것이니 거긔에 비로소 人間生活의 新局面이 열니는 것입니다. 이리하야 恒常쉬지안코 새로 創造되는신생은 民衆과함께걸어갈 것입니다.15)

이 글에서 방정환은 지상의 속박에서 해방될 수 있는 날개를 민중에게 주어 참된 생활, 즉 신생을 창조하기 위해 작가의 길을 선택했다고 밝히고 있다. 구체적으로 '신생'의 내용이 제시되지는 않았지만

---

13) 윤석중, 「영원히 남기고 가신 잊지 못할 두 가지 교훈」, 『어린이』, 1931.8; 이상금, 앞의 책, 104~106쪽.

14) ≪동아일보≫, 1921.8.9.

15) 方定煥, 「(作家로서의抱負) 必然의 要求와 絶對眞實로(小說에 對하야)」, ≪동아일보≫, 1922.1.6.

앞서 연극의 제목인 〈신생의 일〉을 자연스레 연상시킨다. 방정환은 이 글에서 자신의 내부에서 일어나는 필연의 요구 때문에 창작을 하며 문학이 자기 구원의 한 방편임을 언급하였다. 이때 그는 자기 내부에서 일어나는 필연의 요구가 학대받는 민중의 절대의 요구와 일치한다고 함으로써 초보적이나마 민중문학론을 펼치고 있다. 이렇게 볼 때 이러한 발언의 기저에도 천도교의 인내천 사상과 지상천국건설의 이념이 깔려 있다고 볼 수 있다.

천도교단에서는 서양의 근대사상을 수용하여 인내천 교리에 대한 체계화 작업을 추진하면서 현실 사회문제에 직접 참여할 수 있는 사상적 여건을 마련하였다. 천도교에서는 인내천주의가 정신적 도덕의 확립과 물질적 평등·자유를 포용하는 주의로서 개인, 국가, 사회, 그리고 인류를 동귀일체의 이상향으로 인도하는 신앙인 동시에 사회사상이라 주장한다.16) 천도교에서 내세우는 이상 세계는 '포덕천하(布德天下) 광제창생(廣濟蒼生)'을 통해 가능한 지상천국 건설이다. 이때의 지상천국은 특정한 형식과 조건을 갖춘 것이라기보다는 "그 시대 시대에서 각각 보다 좋은 신사회를 의미"한다.17) 지상천국에 대한 이러한 인식은 천도교가 다른 여타의 종교와 달리 현실문제, 즉 현실개혁에 직접 참여할 수 있는 사상적 바탕을 제공한 것이다.

방정환은 "宇宙最高의 眞理인 人乃天主義下에 <u>絶對平等</u>으로 다 갓흔教人으로 아름다운 天德頌소릐속에 질거운 平和한날"을 기다리며18) "빈약자는 부강자에게 자꾸 그 고기를 먹히고 있는", "모순, 불합리, 혼돈"이 지배하는 "생존경쟁"의 시대에서 "비참히 학대받는 민중들 속에서 피어나는 소수의 절실한 필연의 요구에 의해 창조되는 <u>새 생</u>(生)"이야말로 "민중이 속박에서 해방되는 참된 생활을 누릴 수 있는 인간 생활의 신국면"이라고 강조한 바 있다.19) 이러한 발언은

---

16) 황선희, 『한국 근대사상과 민족운동 1: 동학, 천도교 편』, 혜안, 1996, 239쪽 참조.
17) 이돈화, 『신인철학』, 1931, 천도교중앙총부, 1982, 163쪽.
18) 소파, 「教友 또 한 사람을 맛고」, 『천도교회월보』, 1921.2, 74쪽.

『개벽』에 실린 필자 미상의 「귀중한 경험과 고결한 희생」(『개벽』, 1922.10)에서 민족운동의 방향을 '민중지향'으로 천명한 논의라든가[20] 이돈화가 「世界三大宗敎의 差異點과 天道敎의 人乃天主義에 對한 一瞥」(『개벽』, 1924.3)에서 "人乃天主義에잇서 平等이라 하는 말은 階級의 消滅을 意味하는 平等이며 나아가는 人格의 發達을 自由로 하는 平等"(57쪽)이라 했던 것과도 관련된다.[21] 특히 천도교 신파의 이론가였던 이돈화는 「天國行」(『개벽』, 1924.7)에서 "실제의 천국을 이 지상에 건설할 여명기에 來하였음"을 강조했는데 그가 말하는 천국의 실재성이란 계급, 귀천 등 사회 모순이 해결된 상태로, 사회주의의 혁명적 프로젝트를 용인하고 정당화하는 의미를 담고 있었다. 이돈화 사상의 사회주의적 경향성은 '민족주의의 배타적 속성을 경계하며 민족주의를 이기주의의 확대'로 이해했던 『개벽』 주체들의 판단을 대변하고 있는 것으로 평가된다.[22]

이처럼 방정환이 민중주의적 문학관을 내세우던 이 시기에 지상천국 건설의 실내용을 "인내천주의하의 절대평등"으로 보았던 것에서 신 사회에 대한 상이 사회주의 사상과 근사한 것이었다는 사실을 알

19) 方定煥, 「(作家로서의抱負) 必然의要求와 絶對眞實로(小說에 對하야)」, ≪동아일보≫, 1922.1.6.

20) "셋째는 민중과의 악수입니다. 자에 민중이라 하는 말은 순수평민적 순결한 노동적 민중을 이른 말입니다. 즉, 소위 상층계급이라 하는 귀족과 가튼 그들을 제함은 물론이오 진하야는 권세와 명리에 영영하는 그 무리들을 제하야 노흔, 또는 가식과 수단으로 민중을 농락하는 그 무리들을 제하냐 노흔 그 남아지의 민중 그네들과 손을 잡겟다하는 말입니다. 그네들은 실로 우리 인류의 기반적 토지입니다. 그네들의 중에다 식목하고 백곡을 심으로 그네들의 중에서 금은동철을 캐며 금강보옥을 차저야 하리라는 의미입니다. 우리 개벽은 유래—그네들의 친우로서 그네들의 웃음과 그네들의 울음으로 우리의 생애와 우리의 예술을 삼고저 하는 것이라. 이 점에서 개벽을 민중적 노동자의 자격으로 민중 그네들의 무진장을 개발하기로 목적하는 것입니다."(미상, 「귀중한 경험과 고결한 희생」, 『개벽』 28호, 1922.10, 5쪽; 최수일, 앞의 논문, 113쪽에서 재인용)

천도교 신파이자 『개벽』의 기자이면서 '문예운동'을 주도했던 인물은 방정환으로, 이 시기 방정환이 「필연의 요구와 절대의 진실로」(≪동아일보≫, 1922.1.6)에서 민중문학론을 제창했던 사실을 보면 이 글도 방정환의 글일 가능성이 높다.

21) 이돈화, 「世界三大宗敎의 差異點과 天道敎의 人乃天主義에 對한 一瞥」, 『개벽』 45호, 1924.3, 57쪽.

22) 허수, 앞의 논문, 94~95쪽 참조; 한기형, 「『개벽』의 종교적 이상주의와 근대 문학의 사상화」, 『상허학보』, 상허학회, 2006.6, 62~63쪽 참조.

수 있다.23)

방정환은 「천도교와 유소년문제」(『신인간』, 1928.1)에서 천도교와 관련하여 보다 직접적이고 구체적으로 발언하였다. 제목에서 알 수 있듯 그가 천도교내 소년 지도, 교양 문제를 직접 밝힌 글이다. 이 글에서 방정환은 「동화작법」이나 「아동문제 강연 자료」에서도 중요하게 제기하였던, 어린이들이 쉽게 이해할 수 있는 말로 이야기할 것을 강조하면서 특히 '교리와 교회사의 동화화'가 긴급한 문제라고 밝히고 있다. 특히 동학사의 동화화는 어린이뿐 아니라 향촌 부인과 농민들 포교에도 많이 이용될 것이라고 하면서 이에 대한 연구의 필요성을 제기한다. 하지만 무엇보다도 10세 미만의 어린이들에게는 이야기를 잘 들을 수 있는 버릇과 천덕송(天德頌)을 즐거운 것으로 받아들일 수 있는 마음을 길러 주는 일이 중요하다고 주장하고 있다. 이것은 어린이들에게 억지로 무언가를 주입하려는 태도보다는 어린이들이 이야기와 노래 세상에 자연스럽게 다가갈 수 있도록 마음을 열어주는 태도라 할 수 있다. 방정환은 천도교의 교리와 교회사 등을 동화로 창작할 것을 제기할 만큼 이 방면에 대해 중요성을 인지하였지만 실제 창작으로 발전시키지는 못하였다.24)

한편 박달성이 쓴 「東京에잇는天道敎靑年의現況을報告하고: 아울러나의眞情을告白함」(『천도교회월보』, 1921.2)에서는 종교인으로서의 천도교인 방정환의 면모가 좀 더 잘 드러나 있다.25)

---

23) 『천도교청년회팔십년사』에서는 천도교청년당이 내건 주의는 '지상천국 건설'이었는데, 이 목표는 "피안의 세계에 천국이 있다는 다른 종교에 비해 현실성이 강한 인상을 주었으며 공산주의사회와도 다를 것이 없다고 인식시키는데 효과가 컸다"고 한다(『천도교청년회팔십년사』, 글나무, 2000, 87쪽).

24) 방정환은 초창기 소설인 「愛의 復活」(『천도교회월보』, 1920.5)에서 주인공이 천도교인으로서 천도교의 인내천주의를 실현하고자 하는 것을 주제로 다루었다. 이 소설은 방정환이 처음 선보인 '연애소설' 「사랑의 무덤」(『신청년』 2호, 1919.12)을 다른 방식으로 잇는 일종의 연작으로 구성된 작품이라 할 수 있다. 작가의 관념이 우세하여 작품의 형상화에서는 다소 작위성을 띠게 되었다.

25) 방정환의 수필에서도 천도교인임을 자각하고 생활에서 몸소 실천했던 면모를 볼 수 있다. 이를 테면 일본 유학 시절 외로운 객지에서 천도교 신자로서 천도교소년회원들에게 보내는 편지 형식의 수필인 「夢幻의 塔에서: 少年會여러분께」(東京 小波, 『천도교회월보』, 1922.2)

> 十一時에鷄林舍에倒着하니 方李(방정환과 이기정: 인용자 주)兩氏발서禮卓에 清水를 奉奠하고 우리一行을苦待하더이다 우리는 寒喧의禮도施할새업시 卓前에 跪坐하얏나이다 天師의前에感謝함을仰告하고 뜻한바대로成就하겟다고 各각重盟을드린뒤에 「侍天主造化定永世不忘萬事知」 十三字를嚴肅裏에세번高唱하얏나이다 그리고 方定煥氏의 人乃天主義에 대한 明快한講演과 李起貞氏의 東京에관한侍日의感想談이 有한 侯 다시 「神師靈氣我心定無窮造化今日至」를 일곱번高唱하얏나이다 天德頌은冊이無함에因하야閉하오매매우未安하엿소이다 式을閉하고清水를分陰하니 茶안이면 白湯만먹는日本에서 冷水나마 惶恐하게 飮服함은實노天道教式이分明하더이다.[26]

방정환은 『천도교회월보』나 『신인간』처럼 천도교인을 독자 대상으로 한 직접적인 지면이 아닌 곳에서는 천도교인으로서의 발언을 삼가는 편이다. 때문에 다른 지면에 실린 글에서 천도교 사상은 직접적으로 표출되기보다는 의식하지 않으면 특별히 알아챌 수 없는 저변에 깔린 사상이다. 그런 점에서 박달성이 보고하는 위의 글은 천도교인으로서의 방정환의 면모를 잘 드러내는 대목이라 인상 깊다.[27]

누구보다도 열심히 천도교인으로서 실천적인 삶을 살았던 방정환이었지만 그는 평소 아내에게 "다시 태어날 수 있다면 천도교를 좀 더 철저하게 공부하고 더 깊이 믿고 싶소"라고 술회했다고 한다.[28] 그만큼 교인으로서의 철저한 삶을 살고자 했음을 드러내는 것이다. 방정환이 천도교인임을 직접적으로 드러낸 말과 글은 그리 많지 않

에서는 "이리고 밥질쩌마다 誠米도 至誠엇씀니다"(87쪽)라는 대목에서는 천도교인으로서의 면모가 드러난다.

26) 박달성, 「東京에잇는天道教青年의現況을報告하고: 아울러나의眞情을告白함」, 『천도교회월보』, 1921.2, 56쪽.

27) 무엇보다도 그가 아동문학가, 문화운동가이자 소년운동가로서의 삶을 선택한 데에는 「새로 개척되는 동화에 관하여」에서 볼 수 있듯 미래의 주역인 어린이들을 천도교의 새 일꾼, 인내천의 사도로 키우기 위해 동화 창작의 길에 나섰음을 선언한 데에서 천도교인으로서의 방정환의 면모는 잘 드러난다. 이에 대해서는 이 책의 제1부 3장의 3절 1항 동심천사주의에서 상세히 다루도록 한다.

28) 이상금, 앞의 책, 94쪽.

다. 그러나 그의 청년기 삶 전체가 천도교인으로서 인내천주의를 실현하고 '포덕천하 광제창생'을 실현하고자 한 실천이었음을 확인할 수 있다.

2. 천도교사회주의

방정환은 일본 유학 시기(1920.9~1923.11)에 사회주의 사상의 세례를 받았다.[29] 이것은 당시 유학생들이 일본 사회에 확산되어 있던 사회주의 사상으로부터 적잖게 영향을 받던 시대 상황을 반영하는 것이다. 하지만 방정환이 이 시기에 보이는 사상을 단지 일본 사회주의의 영향만으로 해석할 수는 없다. 무엇보다도 방정환이 지녔던 천도교 사상과 당시 일본에 확산되던 사회주의 사상이 자연스럽게 만날 수 있었다는 점을 주목해야 한다. 방정환은 일본 유학 시절 초기인 1921년 무렵부터 번역과 창작을 통해 사회주의 사상을 피력했다. 이에 대해서는 이 책의 제1부 3장 3절에서 자세히 다루기로 하고 이 부분에서는 당시 방정환이 교류했던 사람들과 활동을 중심으로 이를 살피고자 한다.

먼저 방정환과 사회주의자 김찬(金燦, 본명 金洛俊)과의 관계를 주목해야 한다. 김찬은 동경조선고학생동우회(東京朝鮮苦學生同友會)의 창립 일원이며, 화요회(火曜會)의 중진으로 조선공산당 창건에 중요한 역할을 했던 사회주의자다. 그는 1·2차 조선공산당 검거 사건을 피해 국외로 망명하여 활동을 펴다가 국내로 잠입하지만 1931년 5월 구속되

---

29) 방정환의 문학 사상이 사회주의와 적대적인 것이 아님을 밝힌 것으로 다음 논문을 참조할 것. 염희경, 「소파 방정환과 사회주의」, 『아침햇살』, 도서출판 아침햇살, 2000년 여름호; 원종찬, 「한일 아동문학의 기원과 성격: 방정환과 한국 근대 아동문학의 본질」, 『아동문학과 비평정신』, 창작과비평사, 2001; 최수일, 「1920년대 문학과 『개벽』의 위상」, 성균관대학교 박사논문, 2001; 한기형, 「『개벽』의 종교적 이상주의와 근대 문학의 사상화」, 『상허학보』 17집, 상허학회, 2006.6.

고 만다.[30] 그런데 김찬이 검거된 얼마 뒤 『혜성』(1931.7)에서는 '金燦은 엇던 人物인가'란 특집을 마련한다. 이 특집 기사에 방정환은 「豪放한 金燦」이란 글을 발표했다. 이 글을 보면, 방정환이 1921년에 김찬과 교류를 했고 유학 시절에 아주 친했다는 사실을 알 수 있다.[31] 방정환은 이 글에서 김찬과 교류하며 겪은 세 편의 일화와 다른 사람들로부터 전해들은 그에 관한 일화 하나를 곁들여 소개한다. 이 특집란에는 박달성이 쓴 「東京에서본金燦」도 실려 있다. 박달성은 이 글에서 신유(辛酉)년 봄, 곧 "方定煥, 李起貞 諸君과 東京小石川區大塚坂下町에 天道教靑年會東京支會를創設하고 每日여러同志들과交遊"(111쪽)하던 때에 김찬을 처음 만났다고 밝혔다. 천도교청년회 도쿄 지회가 1921년 2월 13일에 창설되었으니 그들이 알게 된 것은 얼마 뒤의 일일 것이다. 특히 이 글에서 박달성이 "梁槿煥君과 好一對엿지요 性格과行動이 어지간히近似하엿지요"(111쪽)라고 김찬을 언급한 부분은 무척 흥미롭다. 앞에서 이미 양근환이 1921년 2월 16일 민원식을 암살한 민족독립운동가라는 것과, 이 사건에 연루되어 방정환을 비롯해 도쿄의 천도교청년회원 전원이 구속되었던 사실을 밝혔다. 그런데 박달성이 양근환과 김찬을 견주어 말한 것을 보면 당시 그들을 잘 알고 지냈음을 알 수 있다.[32] 양근환과 사회주의자 김찬이 그 당

30) 강만길·성대경, 『한국 사회주의 운동 인명사전』, 창작과비평사, 1996, 127쪽 참조.

31) 이밖에 방정환과 김찬의 관련을 생각해 볼 수 있는 또 다른 사실로, 천도교청년회 주최로 '현하의 동양대세(現下東洋大勢)에 관한 시국강연회'가 개최되었을 때, 김찬은 「현하의 극동」이라는 주제로 강연을 한다. 그리고 1923년 5월 1일 어린이날을 맞아 열린 기념 소년문제강연회에서 김찬은 「러시아의 소년」이라는 연제로 강연을 하기도 했다(≪동아일보≫, 1923.3.31; 정인섭, 『색동회어린이운동사』, 학원사, 1975, 52쪽). 1923년 어린이날을 준비하기 위해 결성된 소년운동협회(少年運動協會)의 중심 조직이 천도교소년회이고, 그 조직의 중심인물이 방정환과 소춘(小春) 김기전(金起田)이라는 점, 그리고 일본에서 방정환과 김찬이 친밀한 관계였다는 점을 종합해 볼 때, 김찬이 두 강연회의 연사로 초청된 데에는 누구보다도 방정환의 역할이 컸으리라는 것을 쉽게 짐작할 수 있다.

32) 『별건곤』(1931.8)에 실린 「名士逢變錄」을 보면, 일본 유학 당시 방정환은 평소 양근환과 친분이 있어 가끔 만난 데에다 얼굴 모습이 그와 닮아 민원식 암살사건이 일어났을 때 검거되는 수난을 당했다. 암살 사건 당시 여관집 보이가 목격한 인상만 듣고 수색을 하던 형사에 의해 방정환이 양근환과 인상착의가 너무 비슷하며 천도교청년회 도쿄지회장으로 평소 요주의 인물이었기에 방정환과 천도교청년회원 전원이 검거되었던 것이다.

시 교류를 했는지는 알 수 없지만, 적어도 방정환과 박달성이 이 두 사람과 밀접하게 교류했다는 사실만은 확인할 수 있다.

양근환 사진(≪조선일보≫, 1921.4.21)

앞의 생애 부분에서 방정환이 천도교청년회의 도쿄 지회장으로 있으면서 1921년 9월 도쿄에서 조직된 천도교청년극회에도 관여했다는 사실을 밝힌 바 있다. 방정환이 일본 유학 시절(1921)에 천도교청년극회에 관여했다는 사실은 그의 활동(업적)을 한 가지 더 추가하는 일을 넘어선다. 이 사실은 방정환과 사회주의 사상의 관련을 밝히는 데에 중요한 단서를 제공한다. 이것은 당시 도쿄를 중심으로 활발히 조직되던 극예술단체의 연극인들과 방정환이 교류했을 가능성을 시사하기 때문이다. 1920년 봄, 도쿄 유학생들은 극예술협회(劇藝術協會)를 조직하는데, 동인으로 김우진(金祐鎭)·조명희(趙明熙)·조춘광(趙春光, 본명 趙俊基)·고한승(高漢承)·최승일(崔承一)·김영팔(金永八) 들이 활동했다. 이 가운데 조명희는 1919년 도요(東洋)대학 동양철학과에 입학해 고학생활을 하면서 1921년 극본 〈김영일(金英一)의 사(死)〉를 썼다.[33] 방정환 역시 도요(東洋)대학에 다녔으므로, 그 당시 조명희와의 만남을 생각해 볼 수 있다. 극예술협회 동인 가운데에는 방정환과 함께 1923년에 색동회를 조직한 고한승,

---

33) 서연호, 『한국 근대 희곡사』, 고려대학교출판부, 1994, 110~112쪽 참조.
≪동아일보≫(1921.7.30)는 당시 상연된 〈김영일의 사〉에 대해 다음과 같이 논평했다. "〈김영일의 죽음〉은 동경에 가서 공부하는 고학생의 생활을 공개하여 크게 환영을 받고 제2장의 빈부학생 충돌은 현금 사회를 통하여 공명되는 기분이므로 그 순간은 배우나 관객이나 같은 기분에 부지중에 손에서 울려나오는 박수소리는 갈채를 의미하는 것보다 행동이 일치되는 것을 의미하였다."
한편 유민영은 포석의 자전적 수필 「느껴본 일 몇 가지」(『개벽』, 1926.6)에서 보이는 것처럼 〈김영일의 사〉가 사회주의에 대한 흥분과 막연한 빅토르 위고적인 인도주의라는 사상적 발상에서 씌어진 작품이라고 평가한다(유민영, 『한국 근대 연극사』, 단국대학교출판부, 1996, 523쪽 참조).

조준기도 있다. 조준기는 니혼(日本) 대학 문학부 극문학과에서 연극을 공부하던 학생으로, 색동회를 창립할 당시 일본에서 그가 각색한 〈사인남매(四人男妹)〉가 상연되기도 했다. 〈사인남매〉는 혁명가, 인도주의자, 사회주의자, 연애지상주의자 등 각양각색의 신사상에 물든 젊은이들이 등장하여 상호 충돌함으로써 사회주의, 아나키즘, 인도주의 등 근대적 제사상이 혼류하는 1920년대 초 정신계의 현실을 부각시키려 한 작품으로 평가받는다.[34] 특히 그는 방정환이 중심이었던 『신청년』 1호(1919.1)에 수필(또는 1인칭 단편)인 「不安한 一夜」와 시 「川邊」을 발표했던 것으로 봐서 일찍이 방정환과 교류하고 있었다. 이처럼 조준기는 방정환과 일본에서의 지속적인 교류로 색동회 동인으로 함께 참여하게 되고, 색동회와 어린이사 주최로 1923년 7월 23일부터 일주일 동안 천도교당에서 개최된 전조선 소년 지도자 대회에서 동화극 부문을 맡았던 것이다. 고한승은 도요(東洋)대학 문학과에 다녔는데, 그는 일본 유학을 떠나기 전부터 이미 방정환·마해송(馬海松)·진장섭(秦長燮)과 친분이 두터웠다.[35]

조준기가 다니던 니혼(日本)대학에는 극예술협회 동인인 최승일과 김영팔도 다녔다. 김영팔과 최승일은 카프의 전신인 염군사(焰群社) 동인이며 둘 다 사회주의 단체 북풍회(北風會)에 가담한 인물이다. 특히 김영팔은 방정환과 관련해서도 낯설지 않다. 김영팔은 1925년 카프에 가입하고 1927년에 경성방송국 연예부문 캐스터로 활동하다가 해방 후 월북한다. 그는 방정환이 사망한 후 「방송과 방선생」(『어린이』, 1931.8)이라는 글을 쓰기도 했다. 그가 1927년 경성방송국 연예부문 캐스터였기에 그 당시 경성방송국에서 어린이 방송(동화 구연과 강연)

34) 유민영, 위의 책, 523쪽.

35) 진장섭, 「산구(山口)서 송도(松都)까지」, 『여광(麗光)』, 1919년 2호; 정인섭, 앞의 책, 35쪽 참조. 제1부 2장 각주 45) 참조.
고한승에 대해서는 박금숙·홍창수, 「두 작가를 동일 인물로 혼동한 문학사적 오류-아동문학가 고한승과 다다이스트 고한용의 생애 고찰을 중심으로」, 『한국아동문학연구』 23호, 한국아동문학학회, 2012.12 참조.

을 하던 방정환을 잘 알았던 것이다. 그런데 김영팔과 방정환은 그 훨씬 전인 일본 유학 시절부터 교류했던 것으로 보인다. 당시 유학생 사회에서 그들이 자주 만나 교류를 했던 것은 흔한 일이며, 특히 이때 방정환은 천도교청년극회를 조직하고 사회주의 사상을 강하게 드러내던 시기였기에 극예술협회 동인이자 사회주의 활동을 하던 김영팔과 일찍부터 친분이 있었을 가능성이 높다. 이처럼 일본 유학 시절 방정환은 사회주의 사상과 친연했던 극예술협회 동인들과 교류했던 것으로 추정된다.

한편 방정환은 이 시기에 소설 창작에 관심이 많았고, 『백조』의 후기 동인으로 참여하기도 했다.[36] 김기진은 회고록에서 방정환과 자신이 박영희(朴英熙)의 추천으로 1922년 겨울에 『백조』 동인으로 가입하기로 했다고 밝혔다.

> 나도 조선에 있는 선배들과 처녀지를 개척하는 일꾼이 돼야겠다고 생각하고 있었는데 어느 날 박영희로부터 자기가 추천하여 소파 방정환과 내가 동인으로 가입하는 것이 확정되었으니 빨리 승낙서를 보내달라고 편지가 왔다. (…중략…) 그때(1922년 겨울: 인용자 주) 나와 함께 『백조』 동인으로 참가한 소파 방정환은 메지로(目白)에서 자취 생활을 하며 '도오요'(東洋)대학에 다녔고 그의 집으로부터 멀지 않은 곳에는 윤극영(尹克榮), 정순철(鄭順哲), 최호영(崔虎永) 등 음악 전공하는 친구들이 자취하고 있었기 때문에 몇 번 놀러갔었고 모두 친하게 지내는 사이였다. (…중략…) 소파는 그때부터 소년문학과 어린이 운동을 열심히 주장하였던 것이다.[37]

김기진은 방정환과 교류를 하던 이때 사회주의 사상에 깊이 빠져

---

36) 「육호잡기」(六號雜記), 『백조』 3호, 1923.9; 홍사용, 「백조 시대에 남긴 여화」, 『한국 문단 측면사』, 깊은샘, 1983; 홍정선 편, 『김팔봉 문학 전집 II: 회고와 기록』, 문학과지성사, 1988 참조.

37) 김기진, 「片片夜話」, ≪동아일보≫, 1974.5.17~7.5; 홍정선 편, 위의 책, 344쪽 참조.

들고 있었다. 『백조』의 주요 구성원들이 『백조』 붕괴 이후 대부분 신경향파 문학 단체인 파스큘라(PASKYULA)를 결성하고, 염군사(焰群社)와 함께 이후 카프를 결성했다는 것은 잘 알려진 사실이다. 파스큘라 구성원은 박영희·김기진·김복진(金復鎭)·김형원(金炯元)·이익상(李益相)·연학년(延學年)·안석주(安碩株)·이상화(李相和)이다. 김기진의 회고에 따르면 파스큘라의 결성에 석송(石松) 김형원과 성해(星海) 이익상의 역할이 컸다고 하는데, 다음 글은 방정환과 관련해서도 매우 흥미로운 사실을 전해 준다.

> 파스큘라가 결성되기에는 석송 김형원과 성해 이익상 두 친구의 입김이 많이 작용했다. 1923년 여름 나는 토월회 제 1회 공연 준비를 위해 서울에 먼저 와 있다가 개벽사에서 소파 방정환의 소개로 석송과 성해를 따로따로 인사해서 알게 되었다.[38]

석송 김형원은 미국의 시인 W. 휘트먼의 민주주의 시론을 수용해 사회주의 사상과 관련을 맺고 있던 신경향파 시론의 형성에 이바지한 시인이다. 그가 주창한 '힘의 시' 이론은 월탄을 거쳐 팔봉에 이르면서 초기 신경향파 시론의 중심사상으로 수용된다.[39] 더욱 흥미로운 것은 석송 김형원이 천도교인이라는 사실이다. 석송은 『개벽』(1920.12)에 「이향(離鄕)」이라는 시를 발표하는데, 작품 끝에 "61.11.11, 김석송 작(六一.一一.一一, 金石松 作)"이라고 창작 시기를 밝혔다. 여기서 '61(六一)'은 1860년을 포덕 원년으로 한 천도교 연호로, 김형원이 천도교인임을 드러내는 단서이다. 따라서 방정환과 김형원은 같은 천도교인으로서 일찍부터 알고 있었을 것으로 보인다.

한편 성해 이익상은 니혼(日本)대학 사회과에 재학 중이던 1921년

---

38) 김기진, 「문단 교류기: 나와 '카프' 문학 시대」, ≪대한일보≫, 1969.6.12~7.3, 홍정선 편, 위의 책, 531쪽에서 재인용.

39) 한계전, 「석송 김형원의 시와 시론」, 『한국현대시론연구』, 일지사, 1983, 85쪽 참조.

에 최초의 재일본 한국인 사회주의 단체(무정부주의와 맑스주의의 분화가 이루어지지 않은 초기의 연합 조직)인 흑도회(黑濤會)에 가입했다. 그는 「藝術的 良心이 缺如한 우리 文壇」과 「憑虛君의 「貧妻」와 牧星君의 「그날밤」을 읽은 印象」을 『개벽』(1921.5)에 발표하면서 본격적으로 문필 활동을 시작했다. 도쿄 유학 시절 『개벽』에 글을 발표해 문필 활동을 시작한 이익상과 당시 『개벽』의 도쿄 특파원인 방정환이 교류했을 것이고 이익상이 『개벽』에 글을 싣도록 연결해 준 사람은 방정환이었을 것이다. 게다가 이익상이 방정환의 소설 「그날밤」을 평하는 글로 문단에 등단했던 것으로 보아 당시 일본에서 방정환과 이익상은 잘 알고 지냈을 것이다. 이익상은 그 뒤 『어린이』에 동화 「색기일은 검둥이」(『어린이』, 1925.3)를 발표했고, 몇 편의 수필을 발표했는데, 도쿄 유학 시절 방정환과 맺은 인연이 계기가 되었던 것으로 보인다.

천도교에서 발행한 종합잡지 『개벽』이 신경향파 문학의 주무대였다는 사실은 잘 알려져 있다. 그런데 파스큘라의 결성과 관련해 김기진이 다음과 같이 말한 것을 보면 발표 지면을 제공했던 것 이상의 의미를 지니고 있다.

> 그래서 몇 차례 그(석송 김형원: 인용자 주)와 만났을 때 그는 성해와 함께 『백조』 동인들 중에서 뜻이 통하는 사람들과 더불어 문학 연구를 하는 새로운 단체(파스큘라: 인용자 주)를 하나 만들자고 주장했다. 개벽사의 김기전 주간도 소파와 함께 그런 뜻에 찬성하였다.[40]

1923년 5, 6월 쯤 방정환은 도쿄에서 돌아온 김기진에게 『개벽』에 실을 글을 청탁한다. 이때 김기진은 「프로므나드 상티망탈(Promenade Sentimental)」을 『개벽』(1923.7)에 처음 싣는다.[41] 김기진은 이것을 계

40) 김기진, 「문단 교류기: 나와 '카프' 문학 시대」, ≪대한일보≫, 1969.6.12~7.3; 홍정선 편, 앞의 책, 532쪽.

개벽사 동인들, 개벽사 편집실 앞. 앞줄 오른쪽 첫 번째 박영희, 두 번째 방정환, 네 번째 차상찬, 뒷줄 왼쪽 첫 번째 신영철, 두 번째 이정호, 세 번째 박달성(손해익, 『박영희의 문학 연구』, 시문학사, 1994)

기로 『개벽』에 자주 글을 발표하게 되었다. 이런 사실을 볼 때, 방정환과 김기진이 함께 『백조』의 후기 동인으로 가입했던 것도 단순한 친분을 넘어서 문학·사상적으로 공유하는 바가 컸다고 볼 수 있다.

한편 방정환과 김기진이 박영희의 추천으로 『백조』의 후기 동인으로 가입했던 것을 보면 이 시기 방정환과 박영희의 친분 관계도 짐작할 수 있다. 실제로 박영희는 1924년 4월 당시 『개벽』의 편집자였던 방정환의 주선으로 개벽사에 입사하였다.[42] 개벽사에 입사할 무렵의 박영희는 이미 『백조』의 붕괴와 파스큘라 결성을 계기로 계급사상으로 기울어진 뒤였다. 그는 현철의 후임으로 개벽사에 입사해서 학예부장으로 문예란을 책임지면서 당시 신경향파 문학을 자주 실었다. 그리고 마침내 계급문학에 대한 여론을 환기시키기 위해서 「계급문

41) 김기진, 「나의 회고록: 초창기에 참가한 늦동이」, 『세대』, 1964.7~66.1; 홍정선 편, 위의 책, 186쪽 참조.

42) 손해익, 『박영희의 문학 연구』, 시문학사, 1994, 58쪽 참조.

학시비론」(『개벽』, 1925.2)을 기획하기도 한다. 이처럼 방정환은 신경향파 문학의 두 기수인 김기진과 박영희를 『개벽』에 끌어들이는 데에 중요한 역할을 했던 것이다.

그뿐 아니라 방정환은 신경향파 문학의 흐름을 『어린이』에도 자연스럽게 수용했다. 실제로 박영희, 김기진을 비롯해 이익상은 물론이고 이후 『별나라』 동인이 되어 방정환을 비판하기에 이른 송영과 박세영, 신고송도 『어린이』를 무대로 활동했다. 급기야 방정환은 송영의 「쫓겨간 先生님」(『어린이』, 1928.1)을 실은 것이 문제가 되어 필화사건을 겪고 유치장 신세를 지기도 했다. 이런 일이 있은 뒤에도 방정환은 송영의 「가난과싸홈」(1928.12)을 『어린이』에 실으려고 했지만, 이 작품은 아예 전문 삭제를 당하고 만다.[43] 이처럼 일제의 검열에 끊임없이 시달리면서도 방정환은 그들의 계급주의 아동문학을 잇달아 『어린이』에 수용했다.

한편 정홍교(丁洪敎) 중심의 무산계급소년운동단체 오월회(五月會)는 1925년에 이르러 방정환 중심의 소년운동협회에서 독립하여 또 하나의 전국 규모의 소년운동단체를 발족시켰다. 이로 인해 소년운동계는 양분되었고 급기야 1926년, 1927년에는 어린이날 행사가 따로 치러지기까지 했다.[44] 대체로 이것을 민족주의 소년운동 단체와 계급주의 소년운동 단체의 갈등·분열이라고 한다. 그리고 이것은 '사회주의에 대립한 민족주의자 방정환'이라는 지금까지의 일반 통념을 뒷받침하는 것으로 이해되었다. 그러나 앞에서 이미 살펴보았듯이 방정환은 이 시기에 계급주의 아동문학가들의 작품을 『어린이』에 계속해서 수용했다. 더욱이 그는 '길동무'라는 필명으로 당시 사회주의 국가인 러시아의 소년단 활동을 소개하는 글을 『어린이』에 연재하다가 결국 삭제를 당하기도 한다.[45] 1927년과 1928년 두 차례

43) 송영, 「가난과싸홈」, 『어린이』, 1928.12, 25쪽.

44) 어린이운동사는 김정의의 『한국소년운동사』, 민족문화사, 1992 참조.

45) 길동무, 「봄철을맛는 『어린이공화국』」(『어린이』, 1926.4); 길동무, 「소년탐험군이약이」

에 걸쳐 러시아의 소년단 이야기를 실으려다 삭제되었던 것으로 보아 이 시기 방정환이 사회주의에 배타적이었다고 보는 것은 단편적인 해석이다. 방정환이 사회주의와 대립한 편협한 민족주의자였다면 이런 일에는 결코 나서지 않았을 것이다.

그렇다면 1920년대 중반 이후 노골화된 어린이운동 단체의 갈등·분열 현상을 어떻게 해석해야 할 것인가. 여기엔 몇 가지 사정이 얽혀 있다. 먼저 방정환은 사회주의 사상에는 어느 정도 공감했지만, 1920년대 중·후반에 대두한 계급주의 소년운동과 아동문학 운동이 실제 전개되는 과정에서 심각한 관념성을 드러내면서 운동의 주체인 어린이를 소외·분열시키는 현상을 비판적으로 바라보았다. 특히 무산계급 소년운동을 주창하는 좌파의 견해에 대해서는 소년운동이 특정 계급을 위한 운동이어서는 안 된다는 생각을 지녔던 것으로 보인다.[46] 무엇보다도 방정환이 이 당시 계급주의 소년운동과 아동문학을 명시적으로 비판한 자료가 하나도 없다는 것은 주목할 만하다.

더욱이 지금까지 방정환의 글로 알려지지 않은 필자 미상의 「메이데와 '어린이날'」(『개벽』, 1926.5)은 방정환의 글로 추정되는데 이 글을 보면 당시 계급주의와 어린이운동에서의 분열 현상에 대해 방정환이 어떤 시각을 지녔는지를 알 수 있다.

> 가튼 慘景을 當하고 잇스면서도 가튼 동무들로 더브러 이 祭日(메이데이: 인용자 주)을 紀念하지 못하는 白衣 勞動者의 가슴속에는 한層 무서운 忿鬱과 悲哀가 잇슬 것이다. 萬國의 勞動者들아. 그대들이 힘잇게 뜻잇게 이날

(1926.6·7). 방정환은 「소년탐험군이약이」에 이어서 '일기자'란 필명으로 「로서아 쎄오네르」(1927.1)를 썼는데, 이 기사는 아예 삭제되고 만다. 또한 『어린이』(1928.8)에도 '로서아 영사부인' 치차예 크세니아의 「씩씩하고쏫쏫한 露西亞의 어린이생활」이라는 글을 실으려다가 삭제되었다. 크세니아의 동일 제목의 글이 방정환 사후인 『어린이』(1931.8)에 실리는데, 이전에 삭제되었던 글을 다시 실은 것으로 보인다. 1931년 8월호 『어린이』에는 방정환의 이전 글 몇 편이 재수록되었다. 번역자가 밝혀져 있지 않지만 그 이전 러시아 소년들의 생활을 소개했던 방정환의 글이 거의 확실하다.

46) 안경식, 앞의 책, 83쪽.

을 紀念하는 그 마당에 잇서 그대들이 聯結할 만흔 勞動者 가운데에는 全民族的으로 無產階級에 속한 朝鮮의 大衆이 잇다는 것은 另念하라. 그래 그들은 世界의 누구보다도 가장 이날을 沈痛히 지내고 잇다는 것을 記憶하라.[47]

이 부분에서 방정환이 당시 조선의 상황을 전 민족적으로 무산계급에 놓여 있다고 파악하고 있는 것을 주목할 필요가 있다. 이것은 철저한 계급분석을 토대로 혁명의 단계를 수립하고 연합의 대상자를 분별하는 계급주의자들의 당파적 의식과는 거리를 둔다. 이러한 생각은 식민치하에 있던 조선의 특수성에 대한 고려로, 이돈화가 사회주의자들의 혁명적 농·노조운동에 대해 대중들의 현상을 무시한 방법론적 이상에 불과한 운동으로 비판했던 데에서 알 수 있듯 당시 천도교청년당의 현실 인식이었다고 볼 수 있다.[48] 이돈화는 노동국의 사회운동과 같은 방식과 규범, 지도 원리를 그대로 모방하여 식민지하 농업국에서 사회운동을 전개하려는 것은 조선민족의 특수사정을 몰각한 사정을 제대로 알지 못한 극장우상에 지나지 않는다고 비판하였다.[49] 그런 점에서 방정환의 친사회주의적 사상을 당시의 공산주의자들과 동렬에 놓을 수는 없다. 이것은 천도교의 오랜 전통이었던 농본적 인민주의 경향을 잇고 있는 것으로 천도교의 사회주의적 경향성이 당시의 공산주의자들과는 일정 거리를 둔 것이기 때문이다. 하지만 방정환은 국제사회주의자들이 연합해야 할 대상으로 식민지의 다수의 조선민중은 무산계급과 다르지 않다고 보고 있다. 그가 이 글에서 맑스에 의해 기초된 국제노동자연합회의 선언문을 참고로 부기하면서 강조하고 있는 다음 대목은 바로 그러한 의식을 드러내 준다.

47) 필자 미상(방정환으로 추정됨), 「메이데와 '어린이날'」, 『개벽』, 1926.5, 41쪽
48) 이돈화, 「團體生活과 意志力」, 『혜성』 2호, 1931.4, 28~29쪽.
49) 이돈화, 위의 글, 25쪽.

國際勞動者聯合會 及 이 會와 뜻을 가티하는 모든 團體와 또 個人은 眞理와 正義와 道德으로써 이를 相互間, 及 人種, 宗敎, 國籍의 如何를 不問하고 一切의 同胞에 대하는 行爲를 基礎를 삼을 것을 承認하며 또 本會는 各人이 自己 及 其義務에 忠實한 모든 사람들을 爲하야 사람으로서 또 市民으로서 權利를 要求함으로써 各人의 義務를 삼을 것을 認하나니 義務 업는 곳에 權利가 업는 것이오. 權利 업는 곳에 義務도 또 업는 것이다.50)

방정환은 뜻을 같이하는 모든 단체와 개인의 연합을 강조하고 있다. 한편 이 글에서 방정환은 소년단체에 관계하는 지도자와 소년 자신이 소년운동의 의의를 한층 이해해야 한다고 역설한다. 일시의 호기심이나 유희감에 몰려다닌다면 소년운동을 모독하는 일임을 명심하라고 촉구하고 있다. 또한 소년운동은 소년 자신이나 소년회 지도자만의 노력으로 이루어지지 않고 가정과 사회가 공동으로 노력해야 효과가 있다고 밝히고 있다. 나아가 소년운동이 제안되었던 초창기에 "어린사람을 자기되여가는 그대로 보양해 가자하는" 것을 역설했다면 이 시기의 소년운동에서 중요한 지도의 태도를 다음과 같이 제시하고 있다.

在來의 우리 父老들은 自己밋헤서 자라나가는 어린이에게 대해야 그저 「날 달마라 날 달마라」 하야 好意 또는 强制로써 在來의 傳統을 注入할 뿐이엿는바 이것이 어린사람에 대한 一代害毒이엿는 것은 말할 것도 업는 일이오 여긔에서 또 한가지 새로問題되는 것은 어린 사람에세 注入的 敎養을 하는 것이 不可하다하야 어린사람을 自己되여가는 그대로 保養해 가자하는 그것이다. 勿論 어린 사람을 自己생긴 대로 保養해 갈 수가 잇다고만 하면 이밧게 더 조흔 일이 업겟지만 實地의 事實을 보면 어린 사람에게 아무로한 것을 注入하지 안코 그대로 길너간다는 것은 결국 現社會(乃至 現狀)의

50) 필자 미상, 「메이데와 '어린이날'」, 앞의 글, 43쪽.

一切을 그대로 是認하고 擁護하는 것을 가르침이 되고 마는 것이다. (…중략…) 우리 사람도 이 現狀에 대하야 積極的으로 批判 反抗하는 努力이 업스면 우리는 그저 그대로 잇슬지라도 스사로 이 社會의 이 現狀에 妥協服從(僕從의 오식: 인용자 주)함이 되는 것이다. (…중략…) 이것은 우리와 正反對의 境遇에 선 저들 支配者側에서 이 少年들의 團束 敎練(自己便에 有利하도록)에 어대까지 留意하는 점에 留意할 必要가 잇스리라 한다.51)

이 부분을 보면 이 글을 쓴 사람이 방정환이라는 것이 거의 확실하다. 『개벽』의 필자 가운데 김기전, 방정환이 당시 천도교의 소년운동을 주도했다는 사실은 잘 알려져 있다. 그런데 초창기 소년운동의 전개에서 김기전의 역할이 두드러졌다면 이 시기에는 방정환이 주도했다. 게다가 이 부분에서 사용하는 용어와 소년회 지도에서의 주의 사항들은 방정환이 다른 글에서도 지속적으로 강조한 부분들이다. 당시 지배자측(일제)의 소년운동에 대한 개입을 경계하고 소년운동을 통해 현 사회와 현상에 대해 비판·반항 할 수 있는 소년(어린이)을 적극적으로 길러내야 한다는 부분은 소년운동의 3대 해방운동의 성격을 다시금 강조한 것이다. 방정환이 메이데이와 어린이날을 맞아 이러한 발언을 한 것은 일제의 조선 소년운동 단체 등에 대한 압박과 분열 정책에 맞서 조선의 각 소년단체와 운동의 지도자들이 상호 연합의 관점에서 운동을 전개해야 한다고 역설한 것이다. 이는 당시 소년운동계의 분열 양상에 대한 비판 의식을 보여주고 있는 것이라 하겠다.

한편 방정환이 천도교 신파의 중심인물이었다는 점도 간과할 수 없다. 1920년대 초기에 천도교는 정치·사상적으로 좌파적 경향을 강하게 드러냈지만 좌파가 본격적으로 등장하여 세력을 확산해 가는 중반 이후에는 종교적 성격이 강화되었다. 특히 1920년대 중반 천도

---

51) 위의 글, 44~45쪽.

교 신파와 구파의 갈등(이른바 제2차 분열)과 세력 확장을 위해 좌파와 합작을 시도했던 천도교 구파의 활동도 천도교 신파였던 방정환이 당시의 사회주의 주류 계열(조선공산당의 화요회)과 일정 거리를 두었던 것과 관련되는 것으로 보인다.[52] 게다가 천도교 신파는 1925년을 전후로 사회주의에 대해 비판적 수용 과정을 거치고 있었다. 이 시기 이돈화는 사회주의의 계급의식과 민중주의를 비판하고 '초월의식'과 '창조충동'을 역설한다. 그는 「文明化한 野蠻人」(『개벽』 66호, 1926.2)에서 "엇더한 革新運動에든지 階級意識이 섹기지 안은 운동이 업는 것과 동시에 良心運動도 竝行하지 안음이" 없다며 특히 "엇더한 革新運動을 보든지 良心運動이 先發隊가 되고 階級意識의 운동이 後發隊 兼 全勝隊가 되는 感"(3쪽)이 있다고 발언함으로써 사회주의자들의 지나친 '물' 중심 태도를 비판하고 '물심일치론'을 펼치고 있다.[53]

더욱이 최근 역사학계의 연구에 따르면 기존의 통설처럼 천도교 신파는 타협주의적 자치운동을 전개했고 구파만이 사회주의자와 연계하여 6·10만세운동과 신간회 운동을 전개했다는 견해는 잘못되었다는 사실이 밝혀졌다.[54] 천도교 신파는 서울·상해파 공산주의자들과 제휴하고자 했으며 조선농민사의 크레스틴테른(국제적색농민조합) 가입을 시도했고 코민테른과도 제휴하고자 모색했다.[55] 그러나 이러

52) 천도교 신구파의 분열 양상에 대해서는 김정인, 「1910~25년간 천도교계의 동향과 민족운동」(서울대학교 석사논문, 1993)과 정용서, 「일제하 천도교청년당의 정치·경제사상 연구」(연세대학교 석사논문, 1997)를 참조할 것.

53) 허수는 이를 천도교의 사회주의에 대한 비판적 수용이자 차별화 과정으로 보고 사회주의 견제의 사상적 바탕에 '생명의 의식화와 의식의 인본화'라는 일종의 '생명주의 역사관'이 자리 잡고 있다고 평가하였다. 허수, 앞의 논문, 108~112쪽; 한기형, 「『개벽』의 종교적 이상주의와 근대 문학의 사상화」, 『상허학보』, 상허학회, 2006.6, 69~70쪽 참조.

54) 조규태, 「1920년대 천도교의 문화운동 연구」, 서강대학교 박사논문, 1998.12.
또한 이균영은, 1920년에 천도교인이면서 상해파 사회주의자였던 이봉수를 비롯한 상해파 인물들이 최린의 집에서 천도교인 최혁(최린의 아들), 김달호 등과 최초의 사회주의운동결사인 사회혁명당을 조직했다고 밝혔다. 또한 상해파의 박진순은 타협적 운동기관으로 알려진 신파의 천도교청년당을 코민테른에 소개하기 위해 전력을 다했고 청년당원 김기전은 레닌을 만나기도 했다고 한다. 이처럼 상해파 사회주의자들은 천도교의 진보적 성격과 조직을 인식해 이들과 통전을 구축하고자 했던 것이다(이균영, 「김철수 연구」, 『역사비평』 3, 역사문제연구소, 1998년 겨울호, 285~286쪽 참조).

한 일련의 제휴 활동은 조선 공산당의 핵심세력인 화요회 계파와 구파의 활동으로 무산되고 만다. 또한 천도교청년당 당두이자 방정환과 뜻을 같이 했던 김기전이 1925년 9월 극단적 공산주의자를 배격하고 부르주아 민족주의자와 사회주의자가 연합하여 설립한 조선사정연구회에 참여했던 사실도 방정환의 이 당시 사상을 간접적으로 확인할 수 있는 부분이다.[56] 김기전이 『개벽』(1925.12)에 1925년이 개인주의의 문명으로부터 일약 사회주의의 문명에 들어서려는 일대전환기에 있음을 밝히고 약소민족의 운동에는 노농로서아의 후원을 잊을 수 없다고 발언한 것도 천도교청년당이 당시 러시아 사회주의를 우호적으로 보고 있다는 것을 공개적으로 표명한 것이다. 방정환이 『어린이』에 1926년 4월부터 지속적으로 러시아 소년단을 소개한 것도 김기전을 비롯한 당시 천도교청년당이 사회주의를 우호적으로 보고 있었던 사실을 드러내는 과정이다.

이러한 부분들을 좀 더 보완해야 하지만 당시 소년운동계의 갈등과 대립을 근거로 '사회주의자와 대립한 민족주의자 방정환'이라는 식으로 설명하는 것은 재고되어야 한다. 그러한 평가는 특정 부분만을 확대한 것이며 이 시기 천도교 신파의 다양한 인물군, 특히 『개벽』을 중심으로 한 이돈화, 김기전, 박달성, 방정환 등의 사상 지형을 단순화한 데에서 비롯된 것이다.

---

55) 조규태, 위의 논문.

56) 고정휴, 「태평양문제연구회 조선지회와 조선사정연구회」 『역사와 현실』 6호, 한국역사연구회, 1991, 308~317쪽 참조. 참고로 조선사정연구회에는 백남운(白南雲)·김기전·김준연(金浚淵)·안재홍(安在鴻)·한위건(韓僞建)·홍명희(洪命熹) 등이 참여하였다. 조규태는, 조선사정연구회가 극단적 공산주의를 배격하고, 동아일보의 김성수(金性洙), 송진우(宋鎭禹), 흥사단의 안창호(安昌浩), 천도교 신파의 최린(崔麟)이 전개하는 자치운동을 배격하기 위해 만든 소위 '비타협적 민족주의자' 중심의 단체였다고 보고, 김기전은 개인 자격으로 참여했지만 그가 천도교청년당의 실질적 책임자였던 점을 고려하면 천도교청년당을 대표해서 참석한 것으로 평가하고 있다(조규태, 위의 논문, 162쪽).

3. 아동관과 문학관

1) 동심천사주의: 인내천 사상과 일본 동심주의의 결합

일반적으로 방정환의 어린이관과 문학 사상은 당대는 물론 현재까지도 '동심천사주의'로 평가되어왔다. 방정환의 묘비에 적힌 '동심여선(童心如仙)'이라는 글귀는 그의 사상과 어린이관을 대변하는 듯하다.[57]

방정환의 어린이관과 문학 사상을 동심천사주의로 평가한 것은 언제, 누구의 비평으로부터 촉발된 것인지 정확히 알 수는 없다. 다만 방정환과 『어린이』지는 1920년대 중반부터 활발하게 전개되었던 계급주의 아동문학 계열로부터 비난의 표적이 되었다. 특히 신고송(申孤松)은 1930년대에 들어서면서 자신의 문학적 출발지였던 『어린이』지의 동요·동화를 부정하고 계급주의 문학에 대한 지향을 뚜렷이 드러낸다.

> 過去에 우리가 解釋해 온 '童心'은 '實로 天眞爛漫하고 白紙같이 純되고 兒童은 天使이고 한울님의 아들이고 童心에로 歸還하면 天國에도 갈 것이며 大自然의 숨소리도 들을 수 있을 것이라'는 曖昧한 童心觀을 破粹하고 童心의 現實性과 單純性을 말하여 童心의 階級性에 傳導하는 第一手段으로 하려던 것이다.[58]

---

57) 방정환의 묘비에 '동심여선'이라 쓴 이는 천도교 구파의 핵심 인물인 오세창(吳世昌)이다. 방정환 환원 5주기(1936.7.23)를 맞아 천도교인과 문화인 유지들의 의연금으로 망우리에 소파의 묘를 마련하면서 묘비가 세워졌다. 동학을 창시한 최제우는 일반 민중을 상대로 동학을 포교하면서 자신이 창안한 13자 주문만 잘 외우면 누구든 군자 버금가는 인물, 즉 '지상신선(地上神仙)'의 경지에 오를 수 있다고 했다. 이 '지상신선'은 지상천국을 이룰 수 있는 도를 깨친 인물이다. 따라서 '동심여선'의 '선(仙)'은 엄밀한 의미에서 서구적 의미의 '천사'와는 다르다. 다만 방정환이 어린이를 '인내천의 사도'로 표현했던 데에서 '천사'와 '신선'을 비슷한 맥락에서 받아들였다고 보인다.

58) 신고송, 「현실 도피를 배격함: 양군의 인식 오류를 적발」, ≪조선일보≫, 1930.2.13~14. 또한 신고송은 「동심의 계급성」(≪중외일보≫, 1930.3.7~9)이라는 글에서도 "'兒童은 天使이

'동심'을 천사로 보는 데에 따른 아동의 신비화·우상화에 대한 신고송의 비판은, 이름을 직접 거론하지 않았지만 방정환을 겨냥한 것이다. 방정환과 1920년대 아동문학에 대한 카프(KAPF)의 비판은 방정환 사후 『어린이』의 계급주의적 경향의 직접적 수용에서도 노골적으로 드러난다. 1930년대 중반 이래 어린이잡지들(『어린이』·『신소년』·『별나라』 등)이 폐간되면서 그러한 논의는 잠시 주춤하지만 해방 이후 새롭게 건설되는 문학 운동의 전개 과정에서 다시금 방정환은 '동심천사주의 작가'로 비판받는다. 1930년대 초 신고송의 글에서는 이름이 직접적으로 거론되지 않았다면 이 시기 송완순(宋完淳)과 분단 이후 북 체제하의 송영의 글에서는 방정환을 '동심천사주의자'로 낙인찍는다.

> ① 방씨 등의 아동관 및 아동문학관은 ……아동은 미추와 선악에 있어서 현실생활에 별로 물들지 않은 순결무구하고 천진난만하고 무사기한 인간으로서의 천사이므로 그렇게 순결한 동심을 탁란시키는 일체의 현실로부터는 될 수 있는 데까지 분리시켜야 한다는 것이 근본사상이었다……그래서 그들은 눈물에 젖은 꽃방석에 아동들을 태워서 무지개의 나라로 승화시키기를 힘썼다. 성인 사회의 불행한 현실을 아동에게 견문시킬 수는 차마 없을 뿐 아니라 그것을 죄악이라고까지 생각하였던 것이다.[59]

> ② 방씨도 현실을 전연 등진 것은 아니었다. 당시의 조선 민족 그 중에도 특히 어린이의 대다수의 처지가 얼마나 불행하다는 것을 누구보다도 잘 알고 있었다. 그러기에 방씨는 어른의 문제보다도 어린이의 문제에 우선적으로 착수한 것이었다. 그러나 방씨의 민족주의의 현실 인식은 다분히 로맨틱

다' '兒童은 神秘하다' '兒童은 하나님의 아들' '兒童은 어른의 아버지' 이렇게 그들은 兒童을 神秘化하여 現實에서 隔離코저 하고 兒童을 偶像化하여 虛空的 存在로 하려는 것"이라고 비판하면서 '동심은 현실적 사회정세의 반영'이라고 하면서 '동심의 계급성'을 강조하였다.

59) 송완순, 「조선아동문학시론」, 『신세대』 2호, 1946.5.

센티멘탈리즘에 의거하였다. 그리하여 그것은 현실의 어린이의 참담추루한 생활실상에 대하여 느낀 바의 민족적이자, 인도적인 의분을, 적극적 투쟁에로 발전시키지를 못하고 소극적 부저항에 머물게 하였으며, 이것이 경진일보하여, 자기가 비관시하는 부정적 현실에서 어린이를 격리시키어 관념상으로나마 혹종의 행복감을 주려는 의욕으로 말미암아 천사주의를 결과한 것이다.[60]

③ 그들의(동심천사주의자) 공통적인 사상과 목적은 당시의 현실을 왜곡하여 일제의 통치 제도를 예찬하고 조선 인민들의 민족해방 투쟁을 반대하는 데 돌렸으며 아이들을 성인들과 고의적으로 구별하여 분리시킴으로써 순수한 아이들의 세계의 신기루 속에 아동을 가두어 일제와 민족 반역자들의 종복으로 만드는 데 있었다.[61]

이러한 인식은, 1920년대 아동문학을 '민족주의'와 '천사적 동심주의'로, 1920년대 중반 이후의 계급주의 아동문학을 '사회주의'와 '동심의 계급성(현실성)'으로 양분한 뒤 적대적 양상을 뚜렷이 하여 자기 위상을 확립하고자 했던 카프의 전략적 구도의 산물이라 할 수 있다. 이 과정에서 방정환의 사상과 문학은 '사회주의'와 적대적인 '민족주의'로, 아동의 현실을 무시한 '관념적·반동적 동심주의'로 규정된다.

이러한 구도는 앞서 밝혔듯 이후 남북 분단의 고착으로 남북한 제도권 아동문단을 유지하는 강력한 이데올로기로 작동한다. 흥미로운 사실은 양 체제의 제도권 아동문단은 방정환의 동심주의의 특정한 일면을 부각시켜 그것을 긍정 또는 부정하면서 각기 자신들의 문학적 정통성을 인정받고자 한다는 것이다.

한편, 방정환 문학의 본질로 거론되는 '동심주의'에 대해서 일반적으로는 '동심천사주의'로 거론하고 있지만 원종찬은 이를 넓은 의미

60) 송완순, 「아동문학의 천사주의」, 『아동문화』 제1집, 1948.11, 11쪽.

61) 송영, 「해방 전의 조선 아동문학」, 『조선문학』, 1956.8.

의 '낭만주의'로 보는 것이 타당하다고 밝힌 바 있다. '동심주의'와 '동심천사주의', 그리고 '낭만주의'는 그리 먼 거리에 있는 관념은 아니다. 잘 알려진 것처럼 서구와 일본의 아동문학사를 보면, 어린이를 천진무구한 존재로 보고 현실과 거리를 둔 낭만적 지향 속에서 근대 아동문학이 탄생했다. 하지만 방정환 문학의 본질을 해명하는 데에 이들을 무자각적으로 혼동하여 사용하는 것은 적지 않은 걸림돌로 작용한다. '동심천사주의' 또는 '동심주의'를 어떻게 규정하느냐에 따라 방정환 개인에 대한 평가는 물론 한국아동문학의 특성과 사적 흐름도 전혀 다른 방향에서 해석되기 때문이다.

방정환은 동화에 본격적인 관심을 갖기 시작하면서 「童話를쓰기前에 어린익기르는 父兄과敎師에게」(목성, 『천도교회월보』, 1921.2)를 썼는데, 이 글에서 어린이의 마음(동심)을 강조하고 동화의 중요성을 널리 알리고 있다. 그는 이 글에서 어린이들을 "邪氣업난 天使갓흔", "어엽분詩人"이라 말하면서 어린이들의 "天使갓흔마음, 깨끗한가슴에 가장適合하난 깨끗한 神聖한 것"(93쪽)을 주고 싶어 동화를 소개하고 창작하려 한다고 밝혔다. 이것은 방정환의 '동화작가 선언'이라 할 수 있다.

> 어엽븐天使人乃天의使徒 이웃고는 새世上의 天道敎의 새일꾼으로 地上天國의 建設에 從事할 우리敎中의 어린 동모로 하여곰 애썩부터 詩人일썩부터 아즉 物慾의魔鬼가 되기前부터 아름다운信仰生活을 憧憬하게하고십다. 아름다운 信仰生活을讚美하게하고십다. 永遠한 天使되게하고십다.
> 늘 이生覺을 닛지말고 이藝術을 맨들고십고 쏘그럿케 할난다.62)

여기서 주목할 것은 방정환의 "邪氣 없는 天使"인 어린이는 "人乃天의 使徒"로서 "地上天國 建設에 종사"할 천도교의 일꾼이라는 것이

62) 목성(방정환의 필명), 「童話를쓰기前에 어린익기르는 父兄과敎師에게」, 『천도교회월보』, 1921.2, 93쪽.

다. “사기 없는 천사”, “어여쁜 시인”, “영원한 천사” 등은 서구의 ‘동심천사주의’를 그대로 표방한 듯하지만 민족·민중사상에 뿌리를 둔 동학의 사인여천(事人如天) 사상과 그 뒤를 잇는 천도교의 인내천(人乃天) 사상을 따르고 있는, 새롭게 변용된 동심‘천사’(인내천의 사도)주의임을 알 수 있다.

천도교는 모든 인간이 한울님의 한 뿌리에서 태어났기에 반상의 귀천이나 남녀노소의 차별이 없는 평등한 존재라고 본다. 더욱이 사람은 태어나는 순간부터 한울님을 모시는 존재이기에 한울님의 성품을 품부(稟賦) 받았다고 본다. 이때 한울님의 성품은 한없이 맑고 깨끗하다는 믿음에 바탕을 두고 있다. 따라서 동학인들은 사람들이 자기 속에 모신 한울님을 깨닫지 못하거나 잃어버린 것을 되찾기 위해 수심정기(修心精氣)해야 한다. 또한 천도교에서는 후천개벽하여 지상천국을 건설하기 위해서는 각자위심(各者爲心)을 버리고 동귀일체(同歸一體)해야 한다고 가르친다.[63] 그리고 방정환이 이때 이해한 지상천국은 앞에서 밝혔듯 민중이 민족적·계급적 억압에서 해방 되어 절대평등이 실현되는 ‘개벽’ 세상을 의미한다.

잘 알려진 것처럼 당시 소년운동은 ‘윤리적·경제적 압박’으로부터 어린이를 해방시키고자 한 운동이었고 아동문학도 그러한 소년운동의 관점에서 실천되었다. 이렇게 볼 때 동심을 ‘천사’(인내천의 사도)로 보는 방정환의 시각에는 강한 현실 변혁의지가 내장되어 있었던 것이다. 즉, 한울님을 내재한 어린이는 식민지와 봉건 사회라는 구조 속에서 이중의 억압을 받는 존재이기에, 소년운동은 식민 현실과 봉건 현실을 적극적으로 타개해 나가야 했다.[64]

---

63) 이상금, 『사랑의 선물』, 한림출판사, 2005, 316쪽.

64) 방정환은 「어린이날」이라는 글에서 조선의 소년운동을 “어린사람의해방운동”이라하면서 “눌리우는사람의 발밋에 또한겹눌녀온 됴선의어린민중들이여!”라고 하여 조선의 식민지 상황과 그 상황하에서 어른들로부터 다시 억압받는 어린이들의 상황을 언급하고 있다. 방정환의 어린이해방운동은 결국 반제반봉건 해방운동이었다고 할 수 있다(편집인(방정환), 「어린이날」, 『어린이』, 1926.5, 3쪽).

필자는 앞에서 『개벽』에 실린 필자 미상의 「메이데이와 어린이날」을 방정환의 글로 추정

하지만 방정환의 동심주의를 천도교의 인내천 사상만으로 해명할 수는 없다. 방정환의 동심주의를 형성한 또 다른 자양분은 서구의 동심주의였기 때문이다. 이때 서구의 동심주의는 방정환에게 그대로 전해진 것이 아니라 일본을 중개로 전해진다. 방정환이 일본에 머물던 시기는 예술동요동화 운동의 전성기로, 『아카이도리(赤い鳥)』 붐이 최고조로 달해 있었다. 방정환은 이 시기 다이쇼(大正)자유교육과 『아카이도리』 중심의 동심주의 문학의 영향을 받았다.

'순수하고 아름다운' 예술성을 표방하며 과거의 문학 전통으로부터 단절을 시도한 『아카이도리』는 '무구', '순진', '순수'라는 과거 일본에 없던 새로운 어린이의 이미지를 만들고, 어린이를 예찬하는 가운데 어린이 마음을 잃지 않으려는 '동심' 지향의 문학 풍조를 형성했다. 전대의 어린이가 어른의 교도 대상이었다면 『아카이도리』 시대의 어린이는 어른의 '이상'이다. 이러한 사상은 아동문학에만 국한된 것이 아니라 다이쇼 시대 전체를 규정하는 '시대의 키워드'였다.[65]

방정환이 당시 일본의 동심주의 문학과 시대 풍조로부터 영향을 받았다는 사실은 낭만적으로 동심을 예찬한 「처음에」(『어린이』 창간호, 1923.3)와 수필 「어린이讚美」(『신여성』, 1924.6)에서 잘 드러난다.[66]

했는데, 같은 시기 『어린이』에 실린 「어린이날」에서 어린이를 '조선의 어린 민중'이라 표현한 것은 『개벽』에서 '전 민족적으로 무산계급에 속한 조선의 대중', 즉 조선 민중이라는 표현과 같은 맥락에서 어린이를 표현한 것이라고 할 수 있다.

65) "『빨간 새』의 '동심주의'는 어린이를 현실에서 분리시켜 이상화하는 경향이 강해 오늘날 도피의 관념이자 퇴행의 일종으로 비판받고 있다. '어른의 허위' 대 '어린이의 천진'이라는 과도한 단순화는 세속사에 시달리는 어른들의 '인간해방 의지에 대한 좌절'의 표현이라 할 수 있다. 하지만 이 시기의 동심주의는 적나라하게 드러나는 사회모순에 대한 지식인의 반발 심리의 하나로, 소극적 저항의 의미가 담긴 일종의 '대항가치'로 기능했다는 점을 간과해서는 안 된다."(원종찬, 「한일 아동문학의 기원과 성격 비교: 방정환과 한국 근대 아동문학의 본질」, 『아동문학과 비평정신』, 창작과비평사, 2001, 52~58쪽 참조)

66) 특히 「어린이讚美」의 발표 지면이 『신여성』이었다는 점은 주목할 만하다. 당시 어린이는 어른의 부속물로 어린이의 독자성은 철저히 무시되었다. 방정환은 그러한 시대에 『신여성』에 「어린이찬미」를 발표하여 어린이를 장차 잉태하고 길러내야 하는 여성들에게 어린이의 존재를 새롭게 자각하도록 촉구한 셈이다. 그런데 방정환은 천도교의 기관지격인 『천도교회월보』에서는 '인내천의 사도'로서의 어린이를 강조한 반면, 당대의 신여성을 주된 독자로 삼은 『신여성』에서는 종교적 색채를 노골적으로 드러내지 않은 채 서구의 동심 예찬과 상당히 유사한 사상을 펼친다.

이 두 글에서 방정환은 어린이가 부르는 천진난만한 노래는 '자연의 소리'이자 '한울의 소리'이며, 어린이의 나라는 '죄업고 허물업는 평화롭고 자유로운 한울나라'라 밝힌다. 방정환에게 어린이는 "이세상의평화라는평화"를 모두 가지고 "더할수업는참됨(眞)과 더할수업는 착함과 더할수업는아름다움을갓추우고", "그우에 또 위대한창조의 힘까지갓추어가진 어린한우님"이다. 이러한 발언은 서구의 낭만주의에서 제기된 동심주의와 매우 흡사하다.

방정환이 일본의 동심주의로부터 영향을 받은 흔적은 「새로 開拓되는 童話에 關하야: 特히 少年 以外의 一般 큰이에게」(小波, 『개벽』, 1923.1)에서 뚜렷하게 나타난다. 이 글에서는 『아카이도리』의 중심인물인 오가와 미메이(小川未明)의 말을 인용하여[67] 순결한 동심의 세계

엘렌 케이(Ellen Key)의 『아동의 세기(*The Century of the Child*)』(1909)를 비롯해 서구의 신사상이 급속도로 확산되던 때에 「어린이찬미」에 담긴 서구의 낭만적 동심주의는 이전 시대의 '어린이'에 대한 사상과는 질적으로 차원이 다른 새로운 사상이었다. 하지만 이러한 사상은 당대의 신지식층에게는 낯선 사상만은 아니었다. 당시 신사상에 민감한 부류에게는 서구의 낭만주의 사상이 하나의 경향을 띠고 전개되고 있었기 때문이다. 더욱이 1919년 3·1운동의 패배에 이은 시대적 상실감은 이러한 분위기를 더욱 확산시켰다. 이러한 상황은 낭만주의 문예사조를 표방하며 동인지를 꾸린 『백조』가 1920년대 한국문학의 중요한 경향으로 자리 잡고 있다는 데에서 잘 드러난다. 그런 점에서 당시의 「어린이찬미」에 담긴 서구의 낭만적 동심주의는 '낯설고도 친숙한' 이중 정서를 바탕에 깔고 있다.

한편 『신여성』은 천도교의 계층별 부문운동의 하나로, 여성층을 대상으로 출판된 『부인』을 이은 잡지였다. 『부인』이 천도교의 여성 교인을 대상으로 한 잡지로 출발했다면 『신여성』은 천도교 여성 교인을 넘어서 근대적 사상과 감각에 민감한 '신여성'을 중심 독자로 설정하고 간행된 근대적 여성 잡지였다. 따라서 『신여성』은 근대적 사상과 교육의 실질적 수혜자인 여성 인텔리와 신교육·신사상의 실제적 수혜자라기보다는 천도교의 신도인 여성, 부인층을 독자 대상으로 삼고 있는 잡지이다. 신사상·신교육의 수혜를 받지 못한 구여성(천도교 여성신도)들에게는 이러한 낭만적 동심 예찬은 놀랍고도 신선한 충격으로 다가왔을 것이다. 하지만 이 글에도 '어린 하느님'이라는 천도교적 이상이 내재되어 있음을 간과해서는 안 된다. 지금으로서는 어린이를 천진난만하고 무사기한 천사로 바라보는 시각이 일종의 통념처럼 자리 잡고 있지만 당시 조선의 상황에서 이것은 가히 혁명적인 발언이었다. 이것은 "어린이를 때리지 말라. 이는 한울님을 치는 것이다"라 하여 일찍이 아동애호사상을 폈던 최수운의 「내수도문(內修道文)」을 잇는, '어린이'에 대한 기존의 사고를 뒤집는 발상의 전환인 것이다.

67) "兒童의마음! 참으로 兒童 時代의마음처럼 自由로 날개를펴는것도엽고, 또 純潔한것도업다. (…중략…) '아름다운쏫을보고, 아아 곱다! 하고 理由업시 달겨드는어린이가 나는 귀여울뿐아니라, 거긔에깁흔意味가잇늘줄로 나에게는 생각됩니다.'"(소파, 「새로 開拓되는 童話에 關하야: 特히 少年 以外의 一般 큰이에게」, 『개벽』, 1923.1, 21~22쪽)

를 작가의 이상으로 삼아야 한다고 지적한다. 특히 방정환은 이 글에서 동심을 "깨끗하고, 그 곱고 맑은 고향—아동의 마음"이라고 표현하거나 "童話는 永遠한 兒童性을 닐치 아니한 人類中의 一人인 藝術家가 다시 兒童의 마음에 돌아와 어느 感激 或은 現實의 生活을 反省하는 데서 생기는어느느낌을 讀者에게 呼訴하는 것이면 그 感激, 그 反省은 世上 모든사람의 感激, 反省이아니면아니될것"이라고 표현한다.[68] 특히 이 대목은 아키다 우자크(秋田雨雀)의 「예술표현으로서의 동화(藝術表現としての童話)」를 상당부분 그대로 받아들인 것이다.

> 동화는 일반적으로 말하면, 어른이 아동에게 읽히기 위해 창작합니다. 하지만 어른이 아동에게 어떤 세계를 보여주기 위해서는, 자신의 현재 생활을 반성해야만 가능합니다. 동화에 나타나는 사상과 세계는 어른의 이상 세계라고도 할 수 있습니다. 그리고 그 세계 안에서 아동과 어른이 '하나'가 될 수 있습니다. 이 순간에는 어른의 영혼과 아동의 영혼은 결코 다르지 않습니다. 동화는 단지 어느 나이 때의 아동이 읽는 것이 아니라, 모든 인류에게 보이기 위해 창작해야 하는 것이라고 주장하는 논거는 여기에서 나온 것입니다.
>
> 나는 동화는 어른이 아동에게 주기 위해 창작해야만 하는 것이 아니라, 인류가 가슴에 품고 있는 '영원한 아이'를 위해 창작해야만 하는 것이라고 생각합니다.[69]

68) 당시 일본에서는 '동심'이라는 표현보다 '영원한 아동성'이라는 말이 더 많이 쓰였다. 1925년을 전후로 프롤레타리아 문학이 성행하면서 『아카이도리』를 위시한 예술동요동화를 '동심주의' 또는 '천사주의'라고 거세게 비판하면서 '동심'은 부정적인 뜻으로 사용되기 시작했다(이상금, 앞의 책, 723쪽 참조).

69) 아키다 우자크(秋田雨雀), 「藝術表現としての童話」, 『와세다문학(早稲田文學)』, 1921.6; 가와하라 카즈에(荷原和枝), 『子どもの近代: 『赤い鳥』と '童心'の理想』, 中央公論社, 1998, 151~152쪽에서 재인용.

아키다 우자크의 이 글은 『와세다문학』의 특집 「동화 및 동화극에 대한 감상(童話及び童話劇についての感想)」에 실린 글 가운데 하나다. 이 특집에는 오가와 미메이의 「내가 '동화'를 쓸 때 마음(私が '童話を書く時の心持)」도 실렸는데, 오가와 미메이 역시 이 글에서 "나는 '동화'를 단지 아동만을 위한 문학이 아니라고 하겠습니다. 아동의 마음을 잃지 않은, 모든 인류를 향한 문학이라고 주장하겠습니다. 나는 기쁨을 가지고, 자유로운 예술 작품 창작에 종사할 것입니다"(가와하라 카즈에, 같은 책, 150쪽에서 재인용)라고 밝히고 있다. 따라서 "영원한 아동성을 잃지 않은 인류"라는 표현은 이 시대 동심주의 문학자들에게 보편적

이처럼 한울님에게 품부 받은 맑고 깨끗한 인간성과 동화예술이 지향하는 '영원한 아동성'(동심)은 방정환에게 자연스레 접목된다. 이러한 현상은 서구의 낭만주의 어린이관이 일본을 중개로 방정환에게 수용될 때 일방적으로 이입된 것이 아니라는 사실을 의미한다. 새로운 사상이 외국에서 들어오면, 그 사상은 자신의 나라에 있는 비슷한 사고방식에 기초하여 이해된다. 이를 테면 일본 근대 문학에서 처음으로 낭만주의적 관점에서 '어린이'를 통해 어른의 문제를 그려 보인 작가로 평가 받는 구니키다 돗포(國木田獨步)의 경우, 영국 낭만주의 시인 워즈워드(William Wordsworth)의 영향을 강하게 받았다. 하지만 그것은 일방적인 워즈워드 사상의 이식은 아니었다. '천진무구'한 어린이를 예찬하는 워즈워드의 낭만주의는 구니키다 돗포에게 나타나는, 무위자연(無爲自然)을 존중하고 인위(人爲)를 부정하는 노장 사상과 부합되어 그만의 동심주의를 형성한다.70) 마찬가지로 방정환의 동심주의는 일본식 동심주의의 일방적 이식도, 방정환 자신의 기질적인 낭만성의 귀착만도 아닌, 방정환이 믿던 천도교의 인간관과 근대 아동문학의 탄생기에 필연적으로 요구되었던 동심주의가 만나 고유의 독자적인 철학이 내재된 '방정환표' 동심주의로 새롭게 태어난 것이다.

인 생각이었다고 보인다.

한편 흥미로운 사실은 방정환이 받아들인 동화관을 편 오가와 미메이와 아키다 우자크가 모두 일본사회주의 동맹(1920년 12월 결성)에 가입한 작가라는 점이다. 이 일본사회주의동맹에는 일본의 대표적 사회주의자 사카이 도시히코(堺利彦)도 발기인으로 참가했는데, 사카이 도시히코는 방정환이 번안한 「째여가는 길」(목성, 『개벽』, 1921.4)의 원작자이기도 하다. 방정환은 이 시기(도쿄유학 시절 1920.9~1923.11)에 친사회주의적 경향을 띠었는데, 이 시기에 오가와 미메이와 아키다 우자크의 동화관을 받아들이고 있다. 이들은 동심주의 문학을 추구하면서 동시에 당시 일본의 사회주의에 깊이 관여한 작가들이다. 특히 아키다 우자크는 일본사회주의 동맹에 참가하여, 쇼와 초기 소련을 방문한 이후 프롤레타리아 문화운동을 활발히 전개했으며 2차 대전 중에도 양심적 지식인의 자세를 잃지 않은 작가로 평가받는다. 동심주의와 사회주의 사상을 대립적·적대적으로 파악하는 일련의 경향과 달리 이들 작가에게서 동심주의와 사회주의는 조화를 이루고 있다. 이는 방정환에게서도 마찬가지로 나타난다.

70) 가와하라 카즈에, 위의 책, 63~64쪽 참조.

이처럼 방정환은 평론과 수필을 통해 천진무구한 '어린이'의 이미지를 주조해 갔다. 동시에 그는 서구 낭만주의 문예사조의 영향 아래 꽃핀 대표적인 동화들을 번역하면서 당시 조선에는 없던 '순진무구한 어린이' 이미지를 확산시켰다.

방정환이 번역한 「마음의꽃」(『사랑의 선물』, 개벽사, 1922.7)과 「털보장사」(『개벽』, 1922.11)에는 동심주의 문학의 대표적인 어린이 이미지 가운데 하나인 '순진무구'의 이미지가 잘 나타난다.[71] 「마음의꽃」은 서구 낭만주의 사조의 영향 아래 창작된 동화로 동심주의 사상을 잘 보여준다. 현재로서는 원작을 알 수 없기에 방정환의 번역에 창작성이 어느 정도 가미되었는지 파악할 수 없지만, "한울님께 받은 '마음의 꽃'을 피울 수 있는 사람"은 한울님 마음을 가장 많이 닮은 "마음이 착하고 깨끗한" 어린이, 특히 '어리고 가련한 처지에 놓인' 소년이다. 소년과 그의 병든 어머니를 제외한 백성들은 모두 "부자 살림"을 하며 평화롭게 살면서도 "돈만 아는" 물욕에 지배받는 존재들이다. '동심'을 간직한 이 소년은 학대받고 짓밟히는 당대 조선의 어린이를 연상케 하는 존재인 동시에 천도교의 한울님주의를 상징하는 존재이기도 하다. 물질과 대척의 자리에 놓인 소년의 존재 조건, 즉 가난이 이 소년을 한울님의 마음을 닮은 존재로 만든 요건이기도 하다. 이것은 서구 낭만주의가 근대 산업자본주의의 발달 과정에서 물질주의에 반대한 정신주의에서 탄생했던 상황을 드러내는 대목이다. 「털보장사」는 오스카 와일드의 「이기적인 거인」을 번안한 것으로, 이기적인 거인이 천진한 어린이들로 인해 사랑의 힘을 깨닫고 변화한다는 줄

---

71) 가와하라 카즈에에 따르면, 『아카이도리』에 수록된 동요와 동화에 나타나는 어린이 이미지는 크게 세 가지로 나타난다고 한다. ① '착한 어린이'('선하고 착함'의 이미지)—다른 사람에게 상냥한 어린이, 효도하는 어린이, 노력하는 어린이, 반성하는 어린이들. '착한 어린이'는 사회도덕적 가치관에 동조하는 어린이로, 전통 유교사회의 도덕이 아닌 서양의 새로운 시민사회형 도덕을 표현한다. ② '약한 어린이'('연약함'의 이미지)—혼자 끙끙 고민하는 마음이 약한 어린이, 병든 어린이, 가난한 어린이, 학대받는 어린이들. 대부분 이들 주인공은 약함을 끝까지 극복하지 못한 채 이야기가 끝나고 만다. ③ '순수한 어린이'('순수함'의 이미지)—어린이의 순수함 자체를 그렸다기보다는 순수함을 구현하는 존재로서 어린이가 상징적으로 처리된다(가와하라 카즈에, 위의 책, 100~101쪽 참조).

거리의 동화이다. 털보장사는 예수의 상징적 존재인 어린이를 통해 변화하는데, "우리집동산에는보기조흔꼿이 얼마던지 피어어울어저 잇다 그러나, 저어린이들은 꼿중에도 뎨일 아름다운꼿이다!"(50쪽)라는 깨달음을 얻는다. 결말에서 털보장사는 예수의 화신인 어린이의 인도로 편안한 죽음을 맞고 '극락의 꽃동산'으로 간다. 이 대목에서 기독교의 인간 구원과 어린이의 어른 구원이라는 동심주의 문학의 '구원'의 테마가 확연히 드러난다.

한편 「한네레의죽음」(『사랑의 선물』), 「석냥파리 소녀」(『어린이』, 1923. 3), 「天使」(≪동아일보≫, 1923.1.3) 등에는 '연약함'의 이미지가 잘 나타난다. 이들 '연약한' 어린이는 당시의 어린이가 처한 '학대받고 짓밟히는' 현실을 반영한다는 점에서 현실을 떠난 관념의 어린이는 아니다. 그러나 어린이의 '무구성'이 강조되고 죄 없는 어린이가 하느님의 낙원(천국)에서 구원받는 결말은 '세속에서 해방된 영원한 생명'이라는 서구 낭만주의의 주된 테마를 드러낸다. 그러나 방정환이 「한네레의 승천(昇天)」을 「한네레의 죽음」으로 제목을 고쳐 번역한 데에서 알 수 있듯 '승천', 즉 하느님 낙원에서의 구원이라는 원작의 내세 구원의 테마보다는 현실의 비극성, 즉 가난하고 학대받던 소녀의 '죽음'을 부각시킴으로써 강한 현실 부정성을 드러내고자 했다. 방정환은 이상의 작품과 같은 서구의 근대 창작동화를 번역·번안하면서 우리 사회에는 부재했던 '천진무구·순진'한 어린이 이미지를 새롭게 주조하고 확산시켰다.

한편 방정환은 그가 창작한 소년소설에서, 번안에서 드러나는 '순진무구'의 어린이 이미지와는 다른 어린이 이미지를 구성한다. 이들 소년소설의 주인공은, 시적·상징적 산문의 특성이 강한 서구 '동화'에 등장하는 연약하고 순진무구한 어린이라기보다는 현실과 갈등하고 대립하는 인물이다. 그 대표적인 작품으로 「만년샤쓰」(『어린이』, 1927.3)의 창남이와 「금시계」(『어린이』, 1929.1·2)의 효남이와 수득이를 들 수 있다. 이들은 가난하지만 꿋꿋하게 현실의 모순을 견딤으로써 미래를 기약하는 소년들이다. 특히 「만년샤쓰」의 창남이는 용기 있고 활달한 인물로 나약하고 병든 '연약한 이미지'의 동심주의 작품에 등장하는 어린이와는 거리를 두고 있다.

일본의 동심주의 아동문학이 표방한 순진무구한 존재로서의 착한 어린이들은 적극적 행동파가 아니라 끊임없이 반성하는 성찰적이며 휴머니즘적인 모델로 그려진다. 반면 방정환의 '어린이'는 이런 내성적인 인간이라기보다는 민족의 미래를 직접 책임지고 만들어가야 할 계몽적이고 적극적인 주체였다.[72]

이 부분에서 주목할 것은 일본의 아동문학사를 볼 때 『아카이도리』를 중심으로 한 동심주의문학과 『소년구락부』 중심의 대중아동문학이 팽팽히 맞선 형태로 갈라져 발전하면서 서로의 운명을 다했다면, 방정환의 아동문학은 두 경향이 공존하면서 발전했다는 점이다.

'미래를 책임지는 실천적 담지자'로서의 소년상은 방정환이 창조해 낸 탐정소설의 인물들에게서 뚜렷하게 나타난다. 『동생을차즈려』와 『칠칠단의 비밀』은 계략과 반전이 거듭되는 선악의 대결 구도 속에서 독자로 하여금 아슬아슬한 재미를 느끼며 이야기에 몰입하도록 한다. 이때 방정환은 작품의 흥미성에만 치중한 것이 아니라 어린이 인신매매 사건과 관련하여 사회의식과 민족의식을 드높이고 있다. 『동생을차즈려』에서는 사건 해결 과정에서 소년회의 활약상이 나타나고, 『칠칠단의 비밀』에서는 중국내 한인협회와의 연계가 나타난다.[73]

이들 탐정소설의 인물들은 일본의 동심주의 문학에 부재한 '용기 있고 진취적인 소년상'이다. 방정환의 아동소설이나 탐정소설에는 보호 받아야 할 존재로서의 연약하고 무구한 어린이가 아닌, 서로 협

72) 이기훈, 「1920년대 '어린이'의 형성과 동화」, 『역사문제연구』 8호, 역사문제연구소, 2002, 27쪽.

73) 원종찬, 「한일 아동문학의 기원과 성격: 방정환과 한국 근대 아동문학의 본질」, 앞의 책, 73~74쪽.

력하며 미래를 개척하는 어린이상이 부각된다. 『어린이』의 뒷표지에는 "씩씩하고 참된 소년이 됩시다. 그리하여 서로 도우며 사랑합시다"라는 천도교소년회의 표어가 지속적으로 실렸다. 이것은 방정환을 비롯한 소년운동가들이 민족의 미래를 책임질 어린이들에게 거는 희망과 기대를 표현한다.

그런데 이들 소년운동가들이 어린이에게 기대를 걸 수 있었던 것은 어린이에게 내재된 힘을 보았기 때문이다. 방정환은 어린이를 순진무구한 존재로만 본 것이 아니라 "쑴즈럭어린다(活動)는 그것뿐만이 그들의 生命이요 生活의全部"이며[74] "뻗어가는 힘! 뛰노는 생명의 힘! 그것이 어린아이"라고 표현했다. 또한 그는 어린이의 성장에 가장 중요한 것을 '기쁨'이라고 보았는데, 어린이는 "꿈적거리는 것(活動)"에서 가장 큰 기쁨을 느낀다고 파악했다. 더욱이 방정환은 "우리의 어림(幼)은 크게 자라날어림이요 새로운큰것을지어낼어림"(2쪽)이라고 했는데[75] 여기에는 어린이가 지닌 미래의 무한한 '발전 가능성'을 믿는 사고가 놓여 있다. 방정환의 이러한 사고는 일본의 동심주의 작가들과는 달리 어린이들이 현실과의 적극적인 교섭 속에서 앞길을 열어가도록 길을 터놓고 있다. 그는 소년의 내부에 자리 잡고 있는 긍정적인 에너지, 즉 '생명력'과 '창조성'을 포착하고 이를 민족의 미래와 연결시키며 새로운 어린이 이미지를 구성했던 것이다. 이러한 부분은 서구나 일본의 동심주의와 방정환의 동심주의가 확연히 갈라서는 지점이다.

그렇다면 이를 가능케 한 원동력은 무엇일까. 이것이 방정환의 문학 사상을 해명하는 중요한 핵심이 될 것이다. 첫째 요인으로는 서구 낭만주의의 정신적 뿌리에 내세 중심의 기독교가 자리 잡고 있다면, 한국 근대 아동문학을 탄생시킨 방정환의 동심주의에는 민족·사회운동의 복판에서 현실 개혁을 폈던 천도교가 자리하고 있다는 중요

---

74) 方定煥, 「兒童問題講演資料」, 『학생』, 1930.7, 12쪽.

75) 편즙인(방정환: 인용자 주), 「어린이날」, 『어린이』, 1926.5, 2~3쪽.

한 차이에서 기인한다. 더욱이 이러한 경향은 방정환 자신이 몸소 경험하며 터득한 것이었다. 부유하고 행복했던, 개구쟁이 유년 시절을 경험했던 방정환이었지만 그러한 행복은 식민지에서 성인이 될 때까지 안정적으로 지속되지 못했다. 그는 어린 시절과 청년 시절에 현실 또는 민중의 삶과 거리를 둔 엘리트로 살아갔더라면 결코 얻을 수 없었던 소중한 경험을 하게 되었다. 즉, 가난의 시련 속에서 고난을 겪고 일어서는 과정을 몸소 겪으며 그는 인간의 주체적 의지가 환경 못지않게 중요하다는 것을 깨달았을 것이다.

그렇다면 다시금 방정환은 '동심천사주의자'인가를 물어야 할 것이다. 모든 사람이 한울님이며, 어린이의 마음은 한울님을 가장 가깝게 닮았다고 보는 점에서 방정환은 '동심천사주의자'이다. 그러나 현실에 발 딛고 서지 않은 '날개 달린' 서구의 '천사' 이미지가 강력히 작용하는, 오늘날 통용되는 '동심천사주의자'와는 분명히 거리를 두고 있다. 일반적으로 통용되는 '동심천사주의'는 방정환의 동심주의의 본래 의미(알맹이)를 잃고 어린이를 단순히 귀여운 존재로 그리거나 인간과 삶에 대한 진실한 탐구를 게을리 한 채 달콤한 동화를 전해 주는 등 빈껍데기만 남아 있다. 사상과 활동, 창작한 작품을 보더라도 방정환의 동심주의는 '통념으로서의 동심천사주의'와는 뚜렷이 구별된다.

최지훈은 방정환의 문학을 "비판자들이 말한 대로 분명 동심천사주의의 문학이요, 낭만성이 출렁이며, 이상주의이고 눈물과 영웅의 이야기"[76]라고 하면서 "이론가들이 소파를 공격해야 할 속내에는 이상주의와 낭만주의를 기본으로 하는 아동문학가들의 터를 없애겠다는 의도가 있었음이 분명하다. 말하자면 해방 후 문단의 당파적 투쟁에서 소파가 희생양이 된 것"[77]이라고 지적한 바 있다. 방정환의 문

76) 최지훈, 「소파의 문학이 오늘의 우리 아동문학에 갖는 의미」, 『한국아동문학연구』(한국아동문학학회 제8회 아동문학 연구 발표대회 자료집), 2004.5.15, 34쪽.

77) 위의 글, 22쪽.

학과 사상이 '해방 후 문단의 당파적 투쟁에서 희생양'이 되었다는 그의 진단은 타당하다. 하지만 남한 제도권 문단의 주류를 형성했던, 관념과 퇴행으로서의 동심이라는 통념을 재생산해 낸 동심주의자들이 현실 지향성과 역사적 의미가 강했던 방정환의 동심주의를 자신들의 동심주의와 동일한 것으로 왜곡하고 소파를 계승한 적자(嫡子)라고 주창하는 것은 온당치 않다.[78] 소파의 동심주의는 민족의 수난 속에서도 용기 있게 살아간 이 땅의 어린이를 발견한 가운데 자라난 이상이자 신념이었기 때문이다.

일본의 프롤레타리아 아동문학 평론가인 마키모토 쿠스로오(槇本楠郞)는 『아카이도리』 중심의 예술동화가 구사한 '아동은 천사'라는 관념을 초계급적이라 비판한 바 있다. 그는 키타하라 하큐슈우(北原白秋)에 대해서는 몰계급성을 엄정하게 지적했지만 오가와 미메이에 대해서는 '진보적 작가', '양심적인 작가'라고 평가하여 '동심'이라는 동일한 어휘를 사용하면서도 그 속에 담긴 사상의 차이를 주목했다.[79] 한편 그는 프롤레타리아 아동문학의 제재로 "학교투쟁, 종교부정, 제국주의 전쟁 반대, 실업 문제……러시아 기념일, 레닌 기념일, 메이데이 이야기, 파리코뮨 이야기, 어린이날 이야기(オリニナル(朝鮮子供デ_)の話), 피오닐에 관한 것, 혁명가와 지도자에 관한 이야기 등"을 들고 있다. 우리나라의 어린이날을 피오닐과 같은 선상에서 다루고 있는 것이다. 한국의 어린이날이 일본 프롤레타리아 운동가들에게 프롤레타리아 운동으로 인식되고 있음을 보여주는 대목이

78) 일찍이 이원수는 「소파와 아동문학」에서 "「유쾌한 문학」으로서 걱정 근심 없는 생활을 노래한 아동=천사주의(天使主義)의 문학은 소파의 문학과 가장 가까운 것인양 보여지면서 때로는 아동문학의 본도(本道)인 듯이 나서기도 했지만, 소파문학의 정신과는 거리가 먼 것으로 되어 갔다. 왜냐하면 소파는 결코 미봉책으로 아동을 즐겁게 하려한 소년운동가가 아니요, 행복한 아동에게만 눈을 돌린 분이 아니며, 그는 불행한 아동을 위해 일해 온 분이기 때문이다"라고 하여 제도권 문단의 '동심주의' 작가와 방정환의 '동심천사주의'를 명확히 분별한 바 있다(이원수, 「소파와 아동문학」, 앞의 책, 254쪽).

79) 마키모토 쿠스로오(槇本楠郞), 「현 동화단과 오가와 미메이의 존재(現童話壇と小泉未明の存在)」, 『生活學校』, 1936.6; 요코스까 카오루(横須賀薫), 박숙경 역, 「동심주의와 아동문학(童心主義と兒童文學)」, 『창비어린이』, 창비, 2004년 가을호, 232~233쪽 참조.

다.[80] 특히 『소년전기(少年戰旗)』(1930.6)에 실린 「朝鮮の兄弟」라는 글에서는 "조선의 비오니루는 매년 5월 첫 번째 일요일에 어린이날(소년데이)을 한다. 금년(1930년: 인용자 주) 5월 4일은 제 9회 어린이날이었다"고 하여 방정환과 천도교소년회가 주최한 첫 번째 〈어린이날〉 행사(1922.5.1)를 소년노동자운동의 입장에서 노동소년단의 조직으로 파악하고 있다.[81] 마키모토의 평가는 오늘날 방정환의 동심주의를 평가하는 데에도 시사점을 준다. 일본 프롤레타리아 아동문학가인 그가 방정환의 사상과 활동을 어떻게 평가했을까? 오히려 조선의 계급주의 아동문학가들이 방정환을 성급하게 청산하려 했던 것은 아니었는지 짚어보아야 한다.

소파의 동심주의에 내장된 낭만적 지향과 현실주의적 지향은 서로 배타적으로 존재하는 것이 아니라 현실에서 긴장감 있게 작동했던 동력이었다. 낭만적 지향이 현실주의적 지향과 긴장 관계를 잃었을 때 지나친 감상(感傷)과 통속성으로 나타나는 문제가 없는 것은 아니다. 이는 방정환을 계승하며 평생을 아동문학에 바친 윤석중과 이원수의 서로 다른 길을 통해 잘 드러난다. 다소 단순화된 해석이지만, 방정환의 동심주의에 내장된 낙천성과 밝음, 순수의 사상이 윤석중의 동심주의로 이어졌다면, 이상과 신념으로서의 '동심'을 현실에서 실현하고자 했던 방정환의 현실 지향성은 이원수의 현실주의로 이어졌다고 해도 과언은 아닐 것이다.

따라서 방정환의 '동심주의'는 인내천(人乃天) 사상과 일본을 중개로 유입된 서구의 낭만적 동심주의가 결합하여 한국적 토양에서 자란 독특한 동심주의로 한국 근대 아동문학의 개척기에 필연적으로 요구되었던 '역사적 동심주의'로 평가해야 한다.[82] 서구, 특히 일본

80) 마키모토 쿠스로오, 「프롤레타리아 아동문학 운동의 근본 문제」, 『신흥교육』, 1930; 이상금, 앞의 책, 733~734쪽에서 재인용.

81) 오오타케 키요미, 「近代日本兒童文化敎育關係史硏究(1895~1945)」, 연세대학교 교육학과 박사논문, 2002, 103~135쪽 참조.

82) '역사적 동심주의'라는 용어는 원종찬의 「'방정환'과 방정환」에서 따온 말이다. 원종찬은

의 『아카이도리』의 동심주의를 방정환의 문학사상을 해명하는 잣대로 그대로 삼는 것은 방정환의 문학에 내재된 강한 현실지향성을 은폐하는 일이다. 그리고 이것은 동시에 한국 근대 아동문학의 기본 성격과 그 흐름을 왜곡하는 결과를 초래한다.

2) '민중=대중'문학

3장의 1절과 2절에서 방정환의 사상을 '천도교사회주의'로 논의하였다. 이와 관련하여 방정환의 이 시기 문학관은 민중문학이라 할 수 있다. 일찍이 그가 작가로서의 포부를 밝히면서 문예를 통해 '민중의 절실한 이해와 요구'를 담아낸 작품 창작을 추구했던 데에서 알 수 있지만 그의 문학적 지향은 민중문학이었다. 이것은 계급주의 문학가들에 의해 본격적으로 등장하는 계급문학과 동일한 성격은 아니지만 넓은 범위에서 볼 때 민중문학의 자장 안에 놓여 있다.

그렇다면 방정환이 추구했던 민중문학이 카프식 계급문학과 변별되는 지점은 무엇일까. 그 핵심은 "全民族的으로 無産階級에 속한 朝鮮의 大衆"이라는 그의 민중에 대한 의식에 있다.[83] 이러한 의식으로부터 방정환이 표방한 '대중문예'는 곧 민중문예의 또 다른 이름이다. 방정환은 1920년대에 개벽사를 중심으로 한 언론·출판문화운동을 본격적으로 펼치기 이전에 『신청년』과 『녹성』을 통해 대중문예를 표방하며 번역과 창작을 비롯해 잡지 발간 활동을 전개한 바 있다. 그런데 이때의 대중문예는 "엄혹한 식민체제의 검열제도 아래서 민

이 글에서 '역사적 동심주의'와 '통념으로서의 동심주의'를 구별한다. 근대 아동문학이 성립하기 위한 전제로 어른에 종속되지 않는 독립된 인격으로서의 '아동' 혹은 '동심'을 발견해야 하는데 이 과정에서 아동의 순진무구함을 낭만적으로 강조하는 태도가 동심주의이다. 이는 아동문학 성립기에 필연적일 수밖에 없는 역사적 성격을 지니므로 이를 '역사적 동심주의'라 할 수 있다(원종찬, 「'방정환'과 방정환」, 『문학과 교육』 16호, 문학과교육연구회, 2001년 여름호, 186~198쪽 참조).

83) 필자 미상(방정환으로 추정됨), 「메이데와 어린이날」, 『개벽』, 1926.5, 41쪽.
이 글을 방정환의 글로 추정한 이유는 3장의 2절 천도교사회주의 부분 참조할 것.

족운동의 한 방편으로 대중문화의 외피를 이용할 수밖에 없었던 당대의 정황을 드러내는 것"이다.[84)]

이와 관련하여 방정환이 번역·창작한 탐정소설을 주목할 필요가 있다. 방정환은 아동 탐정소설을 창작한 작가로 잘 알려져 있지만 그 이전 문학청년 시절에 외국의 탐정소설을 번역하기도 했다. 방정환은 보성문예부장으로 있을 때 문예친목회에서 모리스 르블랑의 탐정소설 『팔일삼』을 구연했는데 당시 번역되지 않았던 『팔일삼』을 청중 앞에서 구연할 수 있었던 것은 이 계열의 작품을 평소에도 즐겨 읽었을 것이라는 추정을 가능케 한다. 실제로 방정환은 영화계의 인기작들과 탐정소설을 영화잡지 『녹성』에 그 이전에 번역 소개할 정도로 대중문예에 상당히 관심이 높았다.[85)]

탐정소설과 관련하여 『녹성』에서 주목할 작품은 「아루다쓰」(일명 모루간)이다. 「편집을맛치고서」에서도 "아루다쓰는특별한뜻으로記載하얏스니 잘닑어주시기"(89쪽) 바란다는 당부의 말이 있다. 「아루다쓰」는 '壯絶快絶, 痛快無比'라는 타이틀로 '大復讎 大活劇 아루다쓰'로 소개되었다.[86)] 탐정소설에 전형적으로 나오는 음모와 살인, 복수,

84) 한기형, 「근대잡지 『신청년』과 경성청년구락부」, 『서지학보』 26호, 한국서지학회, 173쪽.

85) 『녹성』에 실린 작품은 대부분 태서문예이거나 외국의 유명한 영화를 소설화하여 소개한 것이다. 그런데 번역자나 소개자를 단 한 편도 밝힌 글이 없다. 이 작품들을 방정환의 작품으로 확정하는 데에는 어려움이 있지만 방정환이 초창기 『어린이』 지면을 다양한 필명으로, 또는 무기명으로 채웠던 사실을 감안하면 『녹성』에 실린 작품과 글들도 상당수 방정환이 썼을 것이 분명하다. 앞에서도 언급했듯 『녹성』의 발행인이었던 이중각(이일해)은 문예 방면에서 활동했다는 기록이 거의 없고 운동적 성격이 강했던 사람이었으므로 『녹성』은 방정환의 손으로 꾸려졌다 해도 과언이 아니다. 이에 대해서는 2장 2절의 각주 45) 참조할 것.

86) 줄거리를 대략 소개하면 모르간이라는 사람이 절친한 친구에게 배신을 당하고 재산을 모두 강탈당하고 살해를 당할 뻔했다. 이에 '정의와 인도를 중히 여기는' 그는 비밀결사 조직인 '아루다쓰'를 만들어 복수운동을 전개해 나간다. 한편 모르간을 배신한 친구는 명탐정 밧쓰를 기용해 오히려 모르간에게 누명을 뒤집어씌우고 경관들을 동원해 그를 현상수배하기까지 한다. 아루다쓰는 신출귀몰하는 능력과 대담한 활동으로 위험한 상황에서 여러 차례 빠져나온다. 그러다 조직의 부하에게 또다시 배신을 당한 아루다쓰는 그 부하를 탐정 밧쓰가 보호하고 있는 것을 알고 복수의 기회를 노린다. 그러다 무언단(無言團)의 단장인 스코틀랜드 출신의 일명 '회색부인'으로부터 국왕의 시종장이었던 자기 아버지가 황실의 비밀문서를 간직했다가 아루다쓰를 배신한 부하에게 죽음을 당한 사건을 듣는다. 그리고 회색부인은 아루다쓰에게 그 부하를 처단하자고 제의한다. 아루다쓰는 여러 차례의 위험한

두뇌싸움 등이 박진감 있게 잘 나타난 작품이다. 특히 1918년 우미관에서 〈모루간〉 6권이 상영되어 대인기를 끌었다는 소개로 보아 당시 청년층 사이에 대인기를 얻은 작품임을 알 수 있다.

그렇다면 『녹성』에서 '특별한뜻'으로 이 작품을 번역 소개한 이유가 무엇일까. 여기엔 여러 추측이 가능한데 먼저 친구와의 우정을 배신하고 죽음으로까지 몰아넣었던 배신자를 처단하는 것은 '정의와 인도'를 실현하는 일이라는 뜻을 번역자는 강하게 밝히고 있다. 이 '정의와 인도'는 당시 세계사조였던 개조주의와 천도교의 개벽주의가 표방한 모토였다. 또한 주인공을 배신한 부하가 스코틀랜드 국왕의 비밀문서를 간직한 시종장을 죽였다는 또 다른 이야기는 이 이야기를 단순히 모르간과 친구, 그리고 부하 사이의 사적인 원한 관계를 넘어서 세계사의 역동적인 구조 속에 개인의 삶을 배치한다.

이 작품의 전모를 알 수 없기에 단언할 수는 없지만 방정환이 구연했던 『팔일삼』이 세계 각국의 식민지 쟁탈을 둘러싸고 음모와 배신이 일어났던 세계상을 반영한 작품이었던 것처럼 「아루다쓰」도 이런 맥락에서 조명되기를 바랐다고 볼 수 있다. 방정환이 어린 시절과 청년 시절을 보냈던 1910년대, 1920년대는 세계의 열강들이 식민지 쟁탈을 둘러싸고 각축전을 벌인 시대였다. 한편 주인공을 악한으로 치부하며 진짜 악한을 돕는 명탐정과 경관들의 존재는 기득권층을 옹호하며 지배체제를 공고화하는 권력의 하수인에 불과하다. 식민권력의 억압 아래 놓여 있던 당시의 조선 청년들에게는 그런 불의에 대항해 정의와 인도를 위해 싸우는 '아루다쓰'의 세계는 특별한 의미를 지닌 것으로 읽혔을 것이다.

『녹성』의 「編輯을맛치고서」에는 "밧븐時代 밧븐社會의우리가", "울

상황에서 갖은 계략을 발휘해 탐정과 경관을 따돌리고 부하를 찾아내 복수를 한다. 즉, "아루다쓰의 怨讐 社會의 罪人"(62쪽)인 부하는 도망하던 중 실수로 죽고 만다. 이야기는 밧쓰 탐정과 경관들을 조롱하며 탈출하는 것으로 끝나고 다음 호에 연재할 것을 밝히고 끝나지만 『녹성』 2호의 미발행으로 중단된다.

고 부르짓고 깨이고 일할우리가 本意아닌것, 本意아닌얼골로 여러분을보입게된그곳에 무엇이 숨어잇난것을살펴주시면"(89쪽) 다행이라고 발언하고 있다. "싼生覺이잇서서이冊을맨든"다는 말이나 "實上우리가 부르지즈랴는 것은 피잇고 生氣잇는 것은 머-지아니하야발행될터이오니"(89쪽)라는 말을 거듭 강조하고 있다.[87] 이러한 발언은 방정환이 『어린이』를 편집·발행하던 때에도 '편집후기'에서 늘 강조했던 말로, 이 '편집후기'도 방정환이 썼을 것으로 추정된다.

『녹성』에는 그밖에도 '백원현상(懸賞)'을 걸고 탐정소설 「疑問의 死」를 싣는다. 번역자는 '복면귀(覆面鬼)'이다. '복면귀'는 말 그대로 '얼굴을 가린 귀신(또는 교활한 자)'인데 다른 지면에서 동일 필명은 발견되지 않지만, '복면'을 살린 복면자(覆面子)·복면관(覆面冠)·복면객(覆面客)·복면여사(覆面女士)·복면시은(覆面市隱)·복면시음(覆面市陰)·복면기자(覆面記者)·복면생(覆面生)·복면아(覆面兒) 등 유사 필명이 다수 발견된다.[88] 이 모두가 한 인물의 필명이라고 보기는 어렵다. 방정환의

87) 이때 방정환은 경성청년구락부 활동을 하면서 『신청년』을 내고 있던 때였다. 그러니 『녹성』에서 밝힌 머지않아 발행될 잡지는 『개벽』이라고 추정된다.

88) 한국역사정보통합시스템의 자료 검색을 통해 확인한 바로는 다음과 같다. 발표 매체, 글의 내용, 장르 등을 고려해 방정환의 글로 추정되는 글은 *표시를 하였다.
복면자, 「活辯の內幕」, 『朝鮮及滿洲』, 1919.2.
*복면귀, 「의문의 사」, 『녹성』, 1919.12.
*복면관, 「잡기장: 두소박덕이」(전 6회), ≪동아일보≫, 1920.9.17~23.
*복면관, 「잡기장: 「광무대」(전 3회), ≪동아일보≫, 1920.9.23~25.
복면여사, 「眼境の女」, 『조선급만주』, 1922.6.
복면기자, 「경성상의 선거에 낫타난 기괴사건」, 『신민』, 1925.12.
*복면자, 「단발랑 미행기, 경성명물녀 아무리 숨기랴도 나타나는 이면」, 『별건곤』, 1926.12.
복면생, 「최근의 신문계」, 『신민』, 1928.9.
복면시은, 「조선재계팔면관」, 『조선급만주』, 1927.3.
복면시음, 「조선재계팔면관」, 『조선급만주』, 1927.4.
복면시은, 「조선금융경제평론」, 『조선급만주』, 1927.5.
복면시은, 「조선재계만언」, 『조선급만주』, 1927.7.
복면생, 「대경성의 잡관: 유희계일폐」, 『현대평론』, 1927.5.
복면생, 「최근의 신문계」, 『신민』, 1928.9.
복면아, 「石中船」, 『학생』, 1930.10.
복면생, 「중구원지방 참의평판기」, 『신민』, 1930.7.
복면아, 「怪殺人事件」(미완), 『학생』, 1930.11.
복면생, 「평남도의 잡관」 ≪동아일보≫, 1931.1.22~25(3회).

필명 가운데 하나인 '일기자'의 경우 잡지나 신문의 기자들이 익명으로 글을 쓸 때 흔히 썼던 필명인 것처럼 이 역시 '탐정'이나 '미행' 등의 성격을 지닌 글이나 부정적 사안을 폭로하거나 자신의 존재를 은밀히 가리고자 할 때 여러 사람이 일반적으로 썼던 필명으로 추정된다.89)

필자는 발표 지면과 글의 성격을 따져 방정환의 필명일 가능성이 높은 글을 검토하였다. 『녹성』에 발표된 탐정소설 「아루다쓰」와 「의문의 사」는 방정환의 글이 거의 확실하다. 방정환이 『녹성』의 편집·발행·필자로 관여했으며 탐정소설을 즐겨 읽고 번역했기 때문에 방정환의 번역일 가능성이 상당히 높다. 한편, 방정환이 편집인이자 발행인으로 참여했던 『학생』에 '복면아'의 「石中船」(『학생』, 1930.10, 영국 아사리스 원작)과 「怪殺人事件」(『학생』, 1930.11, 미국 앨런 포 원작, 『학생』 종간으로 2회분 미수록)이라는 탐정소설이 번역 소개되었는데, 최근 연구에 따르면 조선중앙일보사에서 발행한 잡지 『중앙』에 '복면아'라는 필명으로 「摩耶의 黃金城」이 6회 연재(1936.1~6)되었는데, 이 작품은 정음사에서 1950년에 단행본으로 출간되었을 때 최영주 번역으로 소개되었다고 한다.90)

복면생, 「중앙 조선 동아 삼신문 신년호평」, 『제일선』, 1933.2.
복면아, 「摩耶의 黃金城」 『중앙』, 1936.1~6(6회).
서민거사, 「복면객의 인물평(1) 시세 탄 박흥식」, 『삼천리』, 1938.10.
서도학인, 「복면객의 인물평(2) 건축사 김성수씨」, 『삼천리』, 1938.11.
백악산인, 「복면객의 인물평(3) 이상협」, 『삼천리』, 1938.12.
복면자, 「조선5대여학교장인물평」, 『삼천리』, 1941.1.

89) 특히 '복면객'이라는 필명은 주로 인물평을 했던 글에 나오는데 서민거사(西民居士) 서도학인(西道學人) 백악산인(白岳山人)이라는 필명을 같이 쓰고 있으며 『삼천리』 지면에 방정환 사후에 주로 글을 발표했다. 또한 복면자, 복면여사, 복면시음, 복면시은의 필명은 잡지 『朝鮮及滿洲』에서만 보이는 필명이다. 이렇게 볼 때 과연 『녹성』의 '복면귀'를 방정환의 필명으로 확정할 수 있는지, 그리고 '복면'을 차용한 여러 필명 가운데 과연 어느 필명을 방정환의 필명으로 볼 것인지는 논란의 여지가 적지 않다.

90) 김종수, 「해방기 탐정소설 연구: 단행본 서적의 발행 현황과 특성을 중심으로」, 『동양학』 48집, 단국대학교 동양학연구소, 2010.8, 96~97쪽 참조. 필자는 박사학위 논문에서 '복면아'를 방정환의 필명으로 추정하고 『학생』에 번역 소개된 두 편의 탐정소설이 방정환의 번역일 가능성이 높다고 추정한 바 있다. 그 당시 『중앙』에 연재된 '복면아'의 작품이 목록상 확인되지 않았던 때라 오류가 있었는데, 이는 수정을 요한다. 특히 '복면아'라는 필명으로

한편 방정환은 '북극성'이라는 필명으로 탐정소설 「누구의 罪?」를 번안하여 『별건곤』(1926.12)에 발표하기도 했다. 원작은 영국인 '로바드 마길'로 되어 있는데, 원작자와 원작명을 정확히 확인하기 어렵다. 작품을 시작하기 전에 독자의 흥미를 끌기 위해 다음과 같은 간단한 설명을 적었다.

> 뜻안 맛는 어붓아들, 아들의 애인인 어엽븝 처녀, 빗갑흐러온 변호사 이 세사람이 눈을 뜨고서 잇는 그 자리에서 돈 만흔 로인은 찔려 죽엇다. 눈깜작할 동안에 번개가티 생긴 살인사건이다. 그러나 세 사람의 공범도 아니요. 세 사람이 그 자리에 잇고도 범인을 모른다. 긔? 긔? 범인은 누구, 까닭은 무엇, 탐명은 천천히 입을 열엇다. (115쪽)

이 작품은 "이성적 영웅인 탐정이 불가해한 범죄나 미궁에 빠진 사건을 논리적으로 해결하는 과정을 그린 대중소설"의 면모를 잘 보여준다.[91] 살인을 당한 사람은 "별별협잡군과 별별사귀사건을 만히 보앗지만 이럿케 엄청나게 욕심을 부리는 빗장이"(116쪽), 즉 고리대를 하는 인색하기 그지없는 노인이다. 흥미롭게도 이 살인 사건의 범인은 바로 그 자신으로, 그의 인색이 자신을 죽음의 길로 이끌었다. 결말 부분에서 탐정은 "위대한 신령(神靈)의 정의(正義)의칼이 그를 찔른것이라고 할가요"(122쪽)라고 말하며 "도라간 로인의 가장 뛰여난 특질은 다만 인색한 것 그것뿐이엿습니다. 그래 결국 그 인색때문에 찔려죽은것"(122쪽)이라고 하면서 사건의 경위를 밝힌다. 원작이나 중역본을 알 수 없어 확인할 수 없지만 이성과 논리로 무장한 탐정이

『중앙』에 번역된 「마야의 황금성」은 최영주가 당시 『중앙』의 편집과 발행인으로 참여했던 때로 그의 번역이 확실하다고 생각한다. 이때는 이미 방정환 사후이며, 이후 단행본으로 출간될 때 번역자를 정확히 밝혔기 때문이다. 그렇지만 최영주가 1906년생이므로 그 이전 『녹성』의 '복면귀'도 최영주의 필명이라 보기는 어렵다. '복면'이라는 유사 필명을 다수의 사람들이 썼다고 보는 게 타당할 것이다.

91) 조성면, 「한국 근대 탐정소설 연구: 김내성을 중심으로」, 인하대학교 박사논문, 1999, 4쪽.

과연 '신령의 정의' 운운했을까 하는 의문이 든다. 이것은 방정환이 번역을 하면서 덧붙인 부분으로 보이는데, 방정환이 이 작품을 선정하여 번역한 의도를 엿볼 수 있게 하는 대목이기도 하다. 방정환은 1920년대 초에 사회주의의 영향을 받으며 빈부의 갈등과 계급적 적대감을 드러내는 발언을 했을 때처럼 이 작품에서도 그러한 경향성을 보이고 있다. 단순히 독자의 흥미를 끄는 괴 살인사건을 다룬 탐정소설을 번역한 것이 아니라 물질의 노예가 된 사람을 경고하는 의미에서 이 작품을 번역했던 것이다.

1926년이면 방정환이 민족주의 소년운동 계열을 대표하면서 오월회를 중심으로 한 계급주의 소년운동 계열과 적대적인 위치에서 활동했던 것으로 논의되어 온 시기이다. 그런데 방정환은 1926년 12월에 흥미·취미 본위의 대중문예 노선을 표방한 『별건곤』에 뜻밖에도 이처럼 계급적 경향성이 강한 외국의 탐정소설을 번역 소개하였다. 이렇게 본다면 방정환에게 나타나는 사회주의적 경향을 일본 유학 시기인 1920년대 초기의 사상적 편력으로 치부하는 것은 재고되어야 한다. 방정환은 이 시기에도 여전히 일정 정도 계급적 경향성을 견지하고 있었던 것이다.

이처럼 방정환은 대중의 흥미를 자극할 만한 소재를 다룬 탐정소설을 즐겨 번역하였다. 그런데 표면적인 '흥미 본위'의 기저에는 계급적 경향성이나 민족주의적 시각이 강렬히 내장되어 있다.

방정환이 이 시기에 민중문학을 지향했던 것은 그가 1921년부터 『개벽』에 사회주의 사상이 담긴 글을 자주 발표했던 데에서도 드러난다. 그는 「왕자와제비」를 번안한 얼마 뒤에 '牧星'이라는 같은 필명으로 「깨어가는 길」(『개벽』, 1921.4)을 번역하였다. 방정환은 이 글에서 "가장趣味잇고 가장有益한 이약이로 나는 이 一 編을 紹介한다. 이것은 現今 日本 思想界에 有名한 堺利彦氏의 作인데 이제 나는 그 前半(日本歷史에 關한 것)을 略除하고 要旨만을 우리말로 고쳐서 쓴다"(124쪽)고 하였다. 여기서 그가 소개하고 있는 사카이 도시히코(堺

利彦, 1870~1933)는 그 무렵 일본에서 활동하던 대표적인 사회주의자이며, 한국내의 사회주의를 발전시킨 최초의 외국인 사회주의자로 주목받는 인물이다.92) 그는 1921년에 사회주의를 강의하기 위해 우리나라에 초빙되기까지 했고, 『개벽』에는 그의 강연문이 요약되어 연재되기도 하였다.93)

> 어쨋던가 돈이란 異常한것이니라. 壬金은 돈을 고간속에다잔뜩싸노코 派守를보이고잇는데 그돈이만흐면 만하질스록 우리는 그만콤더만히일을해야하고도 먹을것은漸漸업서질 섇이고 그러다가도 山村과싸운다는소문이나서 슈슈와 말린생선을 산가티모으고……. 그리고 우리의먹을것이더업서지고 그래도 泰平世界로 不平의소리가족음이러날듯하면 五初란 놈이또 노래를 부르며, 山村놈을죽이라고 부르짓는다. (…중략…) 그런데 여긔 쌀갱이란사람이생겻는데 그사람이 쐐그럴듯한이악이를하엿다. (…중략…) 힘을合하는 者는强해지나니, 海村人이 山村人山村人 하고 미워하지만 海村人과山村人이힘을合치면 싸움도업서지고 派守도守備도다所用업시될것이다. 그리고, 놀고먹는사람업시 다가티 일을하면, 하루에 二時間以上 일을할必要가 업슬것이라고……94)

인용한 부분은 "猿猩의 人類化, 人類의 生活 組織, 國家의 成立, 國力의 增大, 富者의簇出, 資本家의 强盛 等, 豫測치 못할 變遷에 痛感하는"(125쪽) '나'가 상식 많은 노인을 찾아가 인류 최고의 역사에 관한 일을 묻자 그 노인이 얘기를 들려주는 대목이다. 인용한 부분을 통해서 어느 정도 짐작할 수 있지만, 「쌔어가는 길」은 인류의 발생, 조직의 형성, 국가의 성립, 자본가의 등장, 사회주의자의 등장을 거

92) 서대숙, 현대사연구회 역, 『한국공산주의 운동사 연구(The Korean Communist Movement)』, 이론과실천사, 1985, 72쪽.

93) 사카이 도시히코, 「사회주의학설대요」, 정백 역, 『개벽』, 1923.10~1924.3.

94) 목성, 「쌔어가는 길」, 『개벽』, 1921.4, 135~136쪽.

론하면서 사적 유물론의 관점에서 인류 역사를 해석하고 있다. 「깨어가는 길」이란 제목은 "쌜갱이는 이리저리 避하야다니며 擧事할일을 圖謀하엿다. 그러나 村民은 그저 눈이 띠지를안핫다 그저 이때까지 깨닷지를못하고잇단다"(137쪽)에서 알 수 있듯, 민중들이 사회주의 사상으로 각성되어야 함을 역설한 것이다.

이처럼 단편소설이 본격적으로 형성되던 1920년대 초반에 방정환은 외국의 단편소설과 탐정소설, 사회주의 사상이 담긴 우화 형식의 단편 번역을 통해 단편 양식을 학습하면서 자신의 단편소설 창작에 자양분으로 삼았다. 또한 이러한 번역 행위는 서구 근대의 사상을 학습하고 자기화하는 도구로 삼았던 것이기도 하다. 그 대표적인 것이 바로 사회주의 사상이었다. 그러나 이때의 사회주의 사상의 유입은 우리에게 없는 낯선 것의 이식이라기보다는 당시 조선의 현실에서 요청되었던 새로운 사상으로 우리 실정에 맞게 수용·변용되었다. 이를테면 방정환이 계급적·민족적 함의를 띤 작품 「狼犬으로부터 家犬에게」(ㅁㅅ생, 『개벽』, 1922.2)를 이른 시기에 창작했던 사실은 이러한 사상의 변용 과정을 잘 보여 준다.

「狼犬으로부터 家犬에게」는 종살이를 하면서도 마치 좋은 세상을 만난 줄 알고 감지덕지하는 길들여진 개 가견(家犬)을 비판하는 서간체 형식의 우화이다. 이 글은 '가견'이 무엇을 상징하는가에 따라 작품이 중층적인 의미를 띠고 있다.

개는 개로서의살림이 싸로 잇고 개는 개로서의 살 세상이 곳 우리의 세상은 우리에게 싸로잇네 至公하신 한우님께서는 우리에게도 그만한 세상과 그만 먹을 것을 베풀어주신 것이라네 사람들끼리는 사람의 생활이 싸로잇는것과가티 우리개는 개로서의 생활이 싸로잇는것일세 사람은 어대까지사람 노릇을하기에 힘쓸 것이요 개는 개로서살아갈 것일세 그것을자네는 모르고 개는 남의 집에가 밥찌끼나어더먹고 盜賊이나지켜주고 主人에게 順從을 잘하는것만이 개의 원래의 사명인줄알고 잇지 안나[95]

인용한 부분을 보면, '사람=주인=문명/개=종=야성'이라는 근대의 이분법적 도식이 형성된다. 이때, 방정환이 언급한 '지공하신 한우님'이라는 생각에는 만물과 생명에 깃든 존엄성을 중시했던 천도교 사상이 깃들어 있다. 이 작품에서 "왼갓생물은 본의대로 자연대로 쯧쩟맘쩟팔다리를펴는 곳에 생의 존귀한갑이잇는 것"이라며 "본연의 생활"(75쪽)을 강조하는 부분에서 '자연성', '본성'의 중요성을 강조하고 있다. 하지만 존귀한 각자의 본성을 유지하지 못하고 근대의 삶은 모든 생명체를 인간에게 귀속된 종처럼 인식하고 이용하고 학대한다. 이는 철저히 인간중심주의적 사고이며 문명 제일주의적 사고이다. 방정환은 이 서간체 우화를 통해 문명제일주의가 지닌 폭력성, 부당성을 폭로한다. 방정환은 이 작품에서 무엇보다도 '본성'대로 살 것을 촉구하고 있다. 그런 점에서 방정환은 맹목적 근대주의자가 아니었음을 알 수 있다.[96]

한편 이 작품은 인종과 구속의 굴레로부터 벗어나 종살이를 벗어나야 함을 드러내는 부분에서는 주인과 종(노예), 즉 지배와 피지배의 계급관계가 설정된다.

> 씨썩지나마 누른밥을주고 석유괴ㅅ짝이나마 집이라고지어주니까 가장조흔世上이나 맛난 줄로알고 자네는 感之德之하고잇게되어 고만 아조종놈이 되고말앗네그려. 兄弟까지모르게되엇네 그려. (…중략…) 어리고無識한所見에 집을주고 먹을것을주고 다른개가오면 싸려쏘처주고 하니까 자네는 가장다른개보다 特出하고 特別히 사람의寵愛를닙는것가티생각되지. 그러나 그것이 자네를永永 아조 一生의종을삼으려는사람의꾀일세.[97]

---

95) ㅁㅅ생, 「狼犬으로부터 家犬에게」, 『개벽』, 1922.2, 73쪽. 목차에는 '목성(방정환의 필명)'으로 표기되어 있다.

96) 근대 문명에 대한 이러한 비판 의식은 그의 창작 동화인 「시골쥐의 서울구경」에도 미약하게나마 이어지고 있다. 이에 대해서는 4장의 3절 동화 부분을 참조할 것.

97) ㅁㅅ생, 「狼犬으로부터 家犬에게」, 『개벽』, 1922.2, 74쪽.

이처럼 '주인과 종'의 관계에서 벗어날 것을 촉구하는 대목에서 반봉건적 평등사상, 계급 해방의 의미를 내포한 작품으로 읽을 수 있다. 주인과 종의 관계는 이 시기가 일제 식민지라는 점에서 볼 때, 식민체제에서 주인을 자처하는 일제에 빌붙어 같은 민족(같은 어머니를 둔 형제인 낭견)을 오히려 적으로 삼는 태도를 보이는 주인에게 길들여진 가견은 민족의 변절자, 즉 일제의 하수인으로 읽을 수 있다. 그런 점에서 편지글 형식의 이 글은 민족주의 사상으로 대상을 날카롭게 풍자한 작품이라 읽을 수 있다. 이 작품이 일제 식민지로 전락한 상황에서 일제의 노예·일상의 노예로 그날그날 살아가는 민족의 삶을 환기하고, 낭견에 의해 촉구되는 '야성 회복'이 '자유의 본능' 나아가 '민족의 독립'에 대한 각성으로 읽힐 수 있다고 평가받는 것도 이러한 맥락에서다.[98)]

이상에서 살펴본 것처럼 「狼犬으로부터 家犬에게」는 계급적 관점과 반제국주의적 관점, 나아가 생명주의·본성주의적 의미를 내장한 작품으로 다양하게 해석할 수 있다. 현대의 한국 아동문학 작품 가운데에는 '낭견과 가견'의 이 이야기를 삽화로 끼워놓거나 이 이야기를 동화화한 작품이 있다. 작가에 따라 각각 부각한 부분(계급문제, 생명과 자유의 문제, 민족문제)이 달라지면서 주제가 조금씩 변주되고 있는 것을 확인할 수 있다.[99)] 모두 방정환의 「狼犬으로부터 家犬에게」의 후예인 셈이다.

한편 방정환의 민중주의적 문학관을 잘 보여주는 작품으로 '풍자만필(漫筆)' 형식의 기록서사물 「銀파리」를 주목할 필요가 있다. 방정환은 목성(牧星)이라는 필명으로 만필 형식의 「銀파리」를 『개벽』(1921. 1~12)에 연재하였다. 이때가 1921년이니 방정환이 한창 사회주의 사상을 내비치던 때로, 사회주의 사상을 드러낸 작품의 계보로 따져도

---

98) 최수일, 「1920년대 문학과 『개벽』의 위상」, 성균관대학교 박사논문, 2002, 146쪽.

99) 손춘익, 『마루 밑의 센둥이』, 창작과비평사, 1985; 김우경, 『머피와 두칠이』, 우리교육, 1996; 김정희, 『야시골 미륵이』, 사계절, 2003.

우리나라에서는 꽤 앞선 것이다. 『개벽』의 은파리는 뒤이어 『신여성』, 『별건곤』에도 출연한다. 이후에는 '목성'이 아닌 '은파리'라는 필명을 사용하여 글을 발표하였다. 장안의 화제가 되고 있던 '은파리'의 유명세를 드러내는 것이다. 「은파리」의 표제는 '사회풍자'로 되어 있고, '목성 기(記)'로 되어 있다. '기'로 되어 있어 허구적 이야기이지만 기록의 성격이 강화된, 당시의 부정적 세태를 폭로하는 고발성 강한 신문 기사를 연상케 한다.100)

은파리의 캐릭터는 흥미롭다. '눈은 샛별 같고 몸은 총알보다 빠르고 옷은 고운 은빛'으로 생겼다. 이동이 자유롭고 몸집도 작아 들킬 염려가 없으며 어디든 날아다닐 수 있어 탐정 또는 미행자 역할을 자유롭게 할 수 있는 캐릭터이다. 이 캐릭터는 거침없는 입담으로 대상의 부정성을 폭로한다.

> 부지런이일하는놈은貧寒해지고迫害를當하고 편히노는놈은漸漸金庫가커지는게 사람의世上일다. (…중략…) 착한사람들이 부즈런이勞動해서모은돈을 거짓말로속여서 쌔앗은것이財産이다. 有産者가無産者의힘을빌고 그 相當한報酬를 주게되기까지는 그말이올흔말이다. 그러치만 그 올흔말을하는놈은 곳 잡아다가둔다 이게사람의世上일다.101)

『개벽』에 실린 「은파리」에서 방정환은 주로 '은파리'의 입을 빌어 자본주의의 모순과 불평등 구조를 비판하고 있다. 특히 「은파리」 연

100) 『개벽』의 「은파리」에는 작가인 방정환의 신상을 자주 드러내고 있는데 사적인 일상으로 돌리지 않고 독자들과 은밀히 공유하고 있다. 이를테면 '불령(不逞)파리'로 낙인찍히게 된 사연이라든지, 민원식 암살 사건과 관련하여 감옥에 갇힌 일이라든가, 여름의 지방 강연 일로 바빴던 일들을 독자들에게 알리면서 재미있고 날카로운 고발 기사를 쓰지 못했던 것을 미안해한다. 이처럼 실제로 자신에게 일어난 일을 드러냄으로써 허구적인 이야기를 들려준다기보다는 실제 일어난 사건을 보도하듯이 전해 주고 있다. 때문에 당대 독자들은 실명으로 거론되지는 않더라도 방정환, 즉 은파리가 비판하는 대상이 누구인지, 그리고 당대 현실의 어떤 부분을 비판하고 있는지 현실적으로 바라보게 된다.

101) 목성, 「은파리, 『개벽』, 1921.4, 76~77쪽.

재물 가운데 1921년 3월호에서는 자신이 일경에게 감시를 받는다는 사실을, 1921일 4월호에서는 "뜻밖의 일로 수 십일이나 철창 속에 지내다가 나왔다"는 사실을 밝히고 있다. 『개벽』 4월호의 발행 날짜가 4월 1일이므로, 방정환이 1921년 3월 무렵 어떤 사건에 연루되어 일경에 체포되었다는 것을 알 수 있다.102) 박달성이 쓴 「鐵窓에서 느낀 그대로」(『개벽』, 1921.4)를 보면, 박달성은 "二月十六日 東京에서일어난M의事件"(62쪽)으로 감옥에 갇혔다고 전한다. 그리고 글 끝에 "六二.三.一四"라고 밝혔다. 박달성은 당시 천도교청년회 도쿄 지회에서 방정환과 함께 활동했는데, 방정환 역시 이 사건(2월 16일에 일어난 M 사건)에 연루되어 체포되었다. 박달성이 이 글을 쓴 날이 3월 14일이고 방정환이 십여 일간 갇혀 있었다고 한 것으로 보아, 검거된 시기는 1921년 2월 말 또는 3월 초이다. 이러한 사실은 방정환의 장남인 방운용의 진술을 통해 분명하게 확인할 수 있다.

> 그 당시(방정환이 천도교소년회 창립 문제로 서울과 도쿄를 자주 오가던 1921년: 인용자 주) 동경유학생 독립운동자인('양근환에 의해'가 생략되어 의미가 부정확해짐: 인용자 주) 민원식(閔元植) 살해 사건 혐의로 천도교청년회원들이 전부 구속되는 큰 사건이 일어나서 고생을 했고…103)

이로서 박달성이 말한 "1921년 2월 16일 동경에서 일어난 M의 사건"은 민원식(閔元植) 암살 사건임이 확실해졌다. 민원식은 신일본주

102) 기존의 방정환 연보에는 이 시기 방정환의 검거 사실이 빠져 있다. 필자는 「소파 방정환과 사회주의」(『아침햇살』, 아침햇살, 2000년 여름호)에서 이 사실을 밝힌 바 있으며, 그 뒤 민윤식과 이상금의 평전에는 이 사실이 새롭게 보완되었다. 기존의 방정환 연보 가운데 참고할 만한 연보는 다음과 같다. 이재철, 『소파 선생 이야기』 연보편(방정환 문학전집 제10권), 문음사, 1981; 신인간 편집실, 「소파 방정환선생 연보」, 『신인간』 389호, 신인간사, 1981.7; 안경식, 「소파 방정환 선생 연보」, 『소파 방정환의 아동교육 운동과 사상』, 학지사, 1994.

103) 방운용, 「아버님의 걸어가신 길」, 방운용 편, 『어린이를 위한 마음』(소파아동문학전집 별권), 삼도사, 1965, 260쪽. 삼도사판에 "동경유학생 독립운동가인" 뒤에 '양근환에 의해'가 생략되어 의미가 부정확하므로 이후 전집에는 "반(反) 독립운동가인"으로 고쳐 실렸다.

의를 표방하는 국민협회(國民協會)장이며 ≪시사신문≫의 발행자인 친일파다. 그는 1921년 2월 이른바 참정권운동을 표방하여 중의원 선거법 시행 청원운동을 전개하기 위해 도쿄에 갔다가 민족주의자 양근환(梁槿煥)에 의해 살해되었다.[104] 방정환을 비롯해 당시 도쿄의 천도교청년회원 전원은 이 사건의 혐의를 받고 체포되었다.

1921년 1월에 처음 등장해 『개벽』에 7월까지 연재되던 은파리는 3개월 동안 실리지 않는다.[105] 1921년 11월호에 은파리는 다시 등장하는데 여름내 지방을 돌아다니느라 너무 바빴다고 밝힌다.[106] 방정환이 천도교청년회원으로, 또 조선학생대회 대표로 하기 방학을 맞아 바삐 활동하던 때였다.

「은파리」는 일제 당국뿐 아니라 명사들의 부정적 세태를 폭로하는 기사로 사회 지배층에게도 눈총을 받던 풍자만화였다. 직접 실명을 거론하지는 않지만 당대 독자들이라면 어느 정도 짐작할 법한 이름을 짓곤 하였다. 이를 테면 친일지 ≪매일신보≫를 떠올리게 할 만한 '買日新聞'이라든가,[107] 친일파로 민족주의자 양근환에게 암살당한 민원식이 대표였던 국민협회와 이름이 같은 '무슨무슨 국민협회' 라는 식으로 직접 거론하고 있다. 또한 색마 배상규를 풍자한 『별건곤』(1927.2)의 은파리 이야기 때문에 방정환은 1927년 4월, '백상규, 김명순 필화 사건'으로 수감되기도 하였다.[108]

---

104) 양근환의 민원식 암살 사건은 ≪동아일보≫, 1921.3.2 참조. 두 인물(양근환, 민원식)에 대해서는 한국정신문화연구원, 『한국민족문화대백과사전』(8권·14권), 1991 참조.

105) 1921년 7월호에 실린 「은파리」는 6월호의 글이 그대로 다시 실렸다. 편집 과정에서의 착오로 보인다.

106) "녀름내 지방지방을 밧비돌아단이느라고 한가한 틈이 쪽음도 업서서 하랴던일을 못한것이 만핫다. 개벽사눈큰 선생님(김기전: 인용자 주)의 그 둥글한 눈이 클대로 커지는 것을 보면 무섭기도하고 미안도 하지마는 참으로 틈이 업섯던 덧을 어쩨랴. 그대신 보아둔 덧들 어둔겻은 만핫다.

무엇 어째? 녀름이 다가서 파리의 시절도지나갓다고!? 오오 그리고 안심만하고 잇거라 더도 덜도 없시 삭 정월초하루날 탄생한 『은』파리시다. 서리가오고 눈이 쏘다져도 은파리의 원기는 쇠하지 안는다."(『개벽』, 1921.11, 70쪽)

107) 친일지 ≪매일신보≫를 연상케 하는 '매일신문'의 '매일 買日'에 '일본을 사다'라는 뜻의 한자를 붙여 친일성을 노골적으로 비판하고 있다.

은파리는 1921년 12월 마지막 인사를 남기고 『개벽』을 떠났다가 독자들의 권고로 『신여성』과 『별건곤』에 다시 모습을 드러낸다.[109] 특히 『별건곤』에 재등장한 「은파리」를 일기자는 다음과 같이 소개한다.

> 『銀파리』의 紹介 그것은 고만두겟슴니다. 그가언제나서 엇던성질을가지고 엇던생각과 엇던재조를가지고 엇더케세상을놀래여왓는가 그것도소개하지안겟슴다. 그것은독자가더잘아시는이도 잇겟스닛가…. 그가개벽에서자최를감춘후 독자의권고가만하 『신녀성』에 나타낫다가 신녀성이다시 휴간되자 독자여러분의권고편지가 넘어도만하 이제별건곤지상에 다시활동하야주기를 다시청한것만을 말슴하고말겟습니다. (일기자)[110]

독자들로부터 「은파리」가 얼마나 대호평을 받았는지 짐작할 수 있게 하는 머리글이다. 당대 독자들의 호응에도 불구하고 「은파리」는 『별건곤』에 단 두 번밖에 실리지 못한다. 『별건곤』 1927년 7월호의 박달성이 쓴 〈편집 후언〉에는 "開闢 新女性으로 別乾坤에까지 繼續해 쓰든 天下의 注目거리 『銀파리』는 당분간 못싯게 됩니다. 저긔서 그리하라는 것이니 自意가 아닌 것만 아러주십시요"(168쪽)라고 하여 은파리를 계속 싣지 못하는 사연을 알리고 있다. 이때의 '저기서'라는 곳은 다름 아닌 총독부 경무국이니, 압수·수색·삭제 등으로 탄압을 받던 다양한 기사 가운데 「은파리」는 단골 대상이었음을 드러낸다.

---

108) '백상규, 김명순 필화 사건'은 2장 각주 91) 참조.

109) 은파리는 『개벽』을 떠나면서 글의 말미에 "지나간正月初하루부터 이때까지두고 오래險한말을만히하엿다 辱說도만히하고 險談도만히하엿다 不逞者라고尾行에게쏫기기도하고 尾行으로 남을따르기도하엿다 아모종작업시 橫說竪說한것이나마 그뜻잇는바를 헤아려준이가잇스면 本意는거긔에다 할것이니 多幸하다. 아아 험투성이 말성쏙에 이해가쏘저믈고 깨어나아가는 우리의 압길에 거룩한새빗과한께 깃거움만흘 새해가 압흐로 가까워온다. 慶賀로울새해에는 사람들의生活도 새로움이잇슬 것을밋고 銀파리도 이것으로 마즈막인사를 드릴난다"(『개벽』, 1921.12, 90쪽)로 연재를 마무리할 것을 밝힌다.

110) 『별건곤』, 1927.2, 80쪽.

『개벽』에 첫 선을 보였던 「은파리」가 좀 더 사회 비판적이고 고발적인 내용을 다루었다면 『신여성』과 『별건곤』에는 거침없는 입담으로 사회 지도층의 위선과 허위를 폭로하며 통쾌함을 주긴 하지만 대상이 갖는 통속성이나 대중의 흥미에 영합하는 경향을 보이고 있다.[111] 그만큼 사회구조적 모순에서 비롯된 인물과 환경의 모순성을 드러내기보다는 인물의 도덕성 여부로 귀착되는 문제를 다루고 있다. 이것은 은파리에 가해지는 당국의 검열과 압수 등 통제가 심화되었음을 드러내는 동시에 『별건곤』이 이전 『개벽』의 사회비판적 지향성이 어느 정도 거세된 상태에서 탄생한 대중오락지의 성격이 강한 잡지였다는 점과도 무관하지 않다. 그러나 은파리가 취미 잡지의 성

---

111) 1. 대감: 광산업을 하며 임금 착취로 졸부가 된 대감으로 어찌어찌 하다 자작 작위까지 받은 명사. 신년새해 첫날부터 외박하고 들어온 남편, 딸보다 어린 첩 때문에 독수공방하는 대감 마님. 제 아버지를 닮아 나이 열다섯 살에 기생오입을 즐기는 둘째 첩의 아들인 서방님. 아버지로부터 받을 유산 때문에 하루하루가 즐거운 자.

2. 신여자 김양: 사회상 사무가 어찌 그리 바쁜지 밤 출입이 자심한 여자로서 계몽 강연 연설하러 갑네 부모님 잘도 속이고 외출해서는 황금정 사진관이나 들락거리며 옷장 속에는 일본 피임법 책을 숨겨놓고 사는 가칭 고결한 독신주의자.

3. 교육자: 학생들 앞에서 거짓말 밥먹듯이 하는 자인데, 중산모에 각테 안경에 키드 구두에 위엄을 떨면서 처신을 막 하는 자.

4. 고선생: 유명한 청년운동가 청년 사상가, 독실한 목사로 알려진 자로서 구변이 비범하고 사상이 고상하고 신앙이 독실한 것 같지만 실상은 주색잡기에 부랑배 뺨치는 사기꾼.

5. 자선가: 고아를 구제합네 하며, 고아를 모아 직공으로 쓰면 경비가 절약되리라고 주판질하는 도둑만도 못한 놈.

6. 문필가: 실제 사실과는 한참 떨어져서 그저 꾸며대는 미문(美文)으로 독자를 속이려는 자.

7. 김곡자: 여든 살 먹은 해골이 가까운 대감의 첩이 되어 장난감 노릇을 하는 일본인 목욕탕 집 양딸 출신으로 세상 남자 이용해서 편하게 사는 여자.

8. S 선생: 일본말 잘하고 교제 잘하기로 유명한 명문여학교 트레머리 여선생. '소위 결혼은 여자들이 약자의 위치에 있을 때 만든 어리석기 짝이 없는 제도'라고 굳게 믿는 노처녀.

9. 명자: 원조교제의 진수를 보여주는 여학생. 학교는 그냥 저냥 다니지만 하학 후가 무척 바빠서 부모님도 모르는 딴 세상에서 노는 재미에 푹 빠져 있음.

10. 배상규: 여학교 교사입네 종교가입네 대학교수입네 미국 철학가입네 하고 점잖은 탈을 쓰고 이 집 저 가정 평화를 깨뜨리는 잡놈.

11. 뻐꾸기: 늦도록 짝을 못 찾아 애가 타 노래를 부르다가 전에 알던 수컷 한 마리를 동무해서 바다에 풍덩 빠져버리고 '바다에 들어가는 찬미'를 부른 여자(민윤식, 앞의 책, 284~285쪽 참조).

격을 강하게 표방하며 등장한『별건곤』에 단 두 번밖에 실리지 못했다는 것은 그조차도 허용될 수 없었던 식민통치 체제의 취약성을 노출하고 있음을 반증한다. 인물의 도덕성 여부로 귀착되기 쉬운 당대 지도층의 부정성을 폭로하는 기사는 센세이션을 불러일으키며 대중들을 사회의 본질적 문제로부터 이반시킬 수도 있는 말초적인 소재거리가 되기 쉽다. 하지만 은파리가 비판하는 대상에 대한 폭로의 수위가 일정치 않기에 중요한 경계의 대상이 된다. 어느 순간 일제 당국의 합법의 테두리를 벗어나는 지점에서 입담 좋게 대상을 폭로하기 때문이다. 이처럼 합법과 비합법을 넘나드는 경계의 자리에 위치했던 것이 바로「은파리」로 대표되는 방정환의 풍자성의 핵심이다. 동일한 연제로 동일한 내용의 강연을 하더라도 목소리와 몸짓으로 대중을 선동하는 힘이 강해 늘 일제 당국으로부터 강연 중지나 주의를 받았다고 하는 방정환의 면모는 풍자적인 작품을 창작했을 때 빛을 발한다. 대상을 바닥까지 내몰며 통쾌한 웃음거리가 되도록 만들어 버리는 날카로운 비판 능력으로 대상이 지닌 부정성이 더욱 노골화된다. 이것은 방정환이 던지는 웃음이 공격적이고 정치적인 것으로 변환하기 쉬운 것이었음을 잘 보여준다.

한편 이러한 글이 '만필(漫筆)' 형식을 취했다는 점도 주목할 필요가 있다. 일정한 형식이나 체계 없이 느끼거나 생각나는 대로 즉흥적이고 풍자적으로 글을 쓰는 것을 만필이라 할 때, 만필의 대상이 되는 사건이나 인물은 두서없이 흔들어 대는 작가의 말장난에 휘둘리게 된다. 그 때문에 격식을 갖춘 글에서보다 더욱 비속해지고 하찮은 존재로 전락하고 만다. 독자 역시도 간추려지고 완결된 형식의 글을 대할 때와는 달리 능란하게 구사하는 작가의 말장난과 눈속임에 정신을 차려야만 이야기의 핵심을 감지할 수 있다. 폭로의 지점이 어디인지, 비난인지 옹호인지를 따지며 읽지 않으면 표면의 재미와 통속적인 흥미에 가려진 이면의 숨은 뜻을 놓치기 쉽다. 검열을 의식한 일종의 글쓰기 전략이었다고 할 수 있다.112)

이상에서 살펴본 것처럼 방정환의 문학은 철저히 민중 지향적이다. 그는 대중적 감각을 잃지 않으면서 그들과의 소통을 중시했다. 이러한 문학적 지향은 특정 독자인 아동과 만났을 때에는 '재미'와 '유익'을 중요하게 생각하는 것으로 이어진다.

방정환은 『어린이』 창간호(1923.3)의 「남은잉크」에서 "교훈담이나 수양담은 학교에서 만히듯는고로 여긔서는 그냥 자미잇게 놀자. 그러는동안에, 모르는동안에 제절로 깨끗하고 착한마음이 자라가게하자! 이러케 생각하고 이책을 꾸몃슴니다"(12쪽)라고 『어린이』 편집 방침을 밝힌 바 있다. 방정환의 이러한 생각은 『어린이』의 초창기 생각만이 아니라 방정환 문학의 핵심이며 아동문학에 대한 그의 일관된 태도였다.

> 그다음에 童話가 가질 요건은 그兒童에게愉悅을 주어야한다는것입니다. 兒童의 마음에 깃븜과 유쾌한흥을 주는것이 童話의生命이라고해도 저흘것입니다. 教育的價値문뎨는 셋재 넷재문뎨고 첫재깃븜을 주어야하는것입니다. 교육덕의미를 가졋슬섇이고 아모興味가 업스면그것은 童話가 아니고 俚諺이되고마는것입니다. 아모러한교육덕의미가업서도 童話는 될수잇지만 아모러한愉悅도 주지못하고는 童話가되기 어렵습니다.[113]

---

112) 한편 『普聲』 창간호(1925.5)에는 '쇳파리'라는 필명으로 「色魔紳士의 尾行」이라는 글이 실렸는데, 이 글에도 30여 명이나 되는 여학생들의 정조를 유린한 색마를 고발하고 있다. 여학생의 부모나 학교 선생을 매수하여 여학생의 정조를 잃게 한 색마를 풍자한 글이다. 글의 마지막에 "그런 색마는 고사하고 그런 선생님 붓텀만저 매장하는 거이 사회에 이익될 듯 하다"(60쪽)고 마무리하고 있다. 이 글의 필자는 기존의 '은파리'의 명성에 힘입어 은파리처럼 문제가 있는 인물의 뒤를 미행해 그 부정성을 폭로하는 고발자 역할을 한다. 작가는 '쇳파리'가 "부육(腐肉)과 사람이나 동물의 분(糞)에서 발생"했다고 밝히는데 이는 부패한 곳을 찾아다니며 고발하는 폭로자의 면모를 드러낸 것이다. 『보성』은 창간호 잡지의 〈신간소개〉(『보성』, 1925.1, 60쪽)에 창간 5주년을 지낸 『개벽』 5월호를 소개하면서 "우리校友金起瀍君이主幹하는朝鮮言論界에잇서一種의權威이며特히智識階級에만흔刺戟을주고잇다"고 광고하고 있다. 이를 볼 때 『보성』은 보성법률상업학교의 교지로 창간된 잡지임을 알 수 있다. 이 잡지의 창간호에 보성의 교우이자 당시 『개벽』을 비롯한 다양한 잡지와 신문에 글을 발표하던 주요 필자였던 방정환이 '은파리'와 같은 컨셉으로 '쇳파리'라는 필명으로 글을 발표한 것으로 추정된다. 내용이나 문체도 '은파리'의 글과 유사하다.

113) 小波生, 「童話作法: 童話짓는이에게」, ≪동아일보≫, 1925.1.1.

방정환은 『어린이』 창간호 외에도 여러 글에서 자신의 아동문학의 핵심으로 '재미'와 '유익'을 표명한 바 있는데 이는 좀 더 세심하게 살펴볼 필요가 있다. 『방정환문학전집』(문음사, 1983)에서는 방정환이 '일기자'란 필명으로 발표한 작품들을 연보에 포함하면서 「영원의어린이 피터팬: 활동사진이약이」는 확실한 근거가 없어 방정환 작품에서 제외했다고 밝혔는데,114) 이 글의 논조를 살펴보면 방정환의 글이 틀림없다.

방정환은 1920년대 중반부터 '어린이'라는 말과 함께 '어린 사람'이란 말을 즐겨 썼는데, 두 글에 모두 '어린 사람'이라는 말이 나온다. 더욱이 방정환의 작품으로 확인되지 않은 「영원의어린이 피터팬: 활동사진이약이」에는 피터팬이 사는 나라가 "어른들의구박이업는 어린이들만의한업시평화스러운나라"(『어린이』, 1926.6, 20쪽)로 표현되었고, "사랑스런피터팬은 지금까지도 쾌활하고 귀여운어린이대로 잇서 죄업고욕심업는 쑴나라에 자미있게살고잇슬것"(『어린이』, 1926.7, 33쪽)이라고 마무리되었다. 이 부분에서는 '죄없고 욕심없고 평화로운', '어린이 나라'라는 방정환의 낭만주의적 동심 추구의 사상이 잘 드러난다. 실제로 이 말은 방정환이 쓴 『어린이』 창간호의 「처음에」에서 "죄업고 허물업는 평화롭고 자유로운한울나라! 그것은 우리의 어린이의나라"(1쪽)라는 표현을 그대로 따온 것이기도 하다. 따라서 이 작품은 방정환의 작품이라고 확정할 수 있다.

---

114) 방운용 편, 『소파선생 이야기』(방정환문학전집 제10권), 문음사, 1981, 122쪽.
『어린이』지 기자였던 이정호는 「영원의어린이 피터팬」(≪조선일보≫, 1932.1.2~1.15, 7회 연재)을 발표한 바 있다. 이정호의 이 글은 『어린이』에 발표된 글과 몇 부분만 약간 다를 뿐 거의 같다. 이렇게 볼 때 『어린이』에 '일기자'로 발표된 글을 이정호의 글로 볼 수도 있을 것이다. 그러나 이정호는 이전 방정환의 글(방정환이 정확한 필명으로 발표한 글로 「까치의 옷」, 「눈 어둔 포수」, 「성냥파리소녀」, 「작난꾼이 귀신」, 「나비와 꾀꼬리」, 「눈물의 모자갑」, 「작은 힘도 합치면」, 「순히의 설음」 등)을 거의 그대로 옮겨 방정환 사후에 ≪동아일보≫에 발표했다. 또한 『세계일주동화집』에 실은 몇 편의 동화와 『사랑의 학교』의 '난파선' 부분 등은 방정환의 번역을 거의 그대로 옮긴 바 있다. 따라서 『어린이』에 '일기자'로 발표된 「영원의어린이 피터팬: 활동사진이약이」는 방정환의 글이라 할 수 있다. 이정호의 생애와 작품 연보는 김영순의 조사를 참조할 것(김영순, 「이정호 작품 연보」, 김인환·정호웅, 『주변에서 글쓰기, 상처와 선택』, 민음사, 2006).

먼저 피터팬 이야기를 쓰기 전에 활동사진을 소개하는 뜻을 명확히 밝히고 있는 처음 부분을 살펴보자.

> 연극장에서구경식이는활동사진에는 어린이들이보아서는 안될 아조 좃치못한사진이만히잇는고로 어린사람이활동사진구경다니는 것은납븐일이라고 학교에서던지 집안에서던지 말리는것입니다. 그러나 갓금가다가 썩 조흔사진—특별히 어린사람에게보여서유익한훌륭한사진도잇습니다. 이제부터 우리 『어린이』사에서는 그런조흔사진이잇슬째마다 그이약이와사진을 책에 내여서 우리 十萬명 독자께 자미와 유익을 드리기로하엿습니다.115)

이 부분은 방정환이 탐정소설을 『어린이』에 연재하면서 글의 처음 부분에 탐정소설에 대한 자신의 생각과 탐정소설 창작자로서 추구하는 바를 밝힌 부분과 논조가 거의 같다.

> 탐정소설은 퍽자미잇고 조흔것입니다. 그러나 어른들과달러서 어린사람들에게는 잣칫하면 해롭기쉬운위험이잇는것입니다. 그것은마치 낫븐활동사진을보고 낫븐버릇이생겨저서 위험하다는것과 쪽갓치 잣칫하면 탐정소설이잘못되야 그것을닑는어린사람의 머리가 거츨고낫버지기쉬운짜닭입니다. (…중략…) '탐정소설의 아슬아슬하고 자미잇는그것을리용하야 어린사람들에게주는유익을 더힘잇게주어야한다' 이런생각으로 주의하야쓴것이라야된다고 나는 언제든지 생각하고잇습니다.116)

이 글에서 방정환은 탐정소설이 재미있고 좋은 것이지만 자칫 나쁜 활동사진이 그러하듯 어린이들에게 해를 끼칠 수도 있음을 지적한다. 그리고 '재미'와 '유익'을 줄 수 있는 탐정소설을 쓰려고 한다고 밝히고 있다. 방정환은 활동사진과 탐정소설이 어린이들에게 해

115) 일기자(방정환의 필명), 「영원의어린이 피터팬: 활동사진이약이」, 『어린이』, 1926.6, 17쪽.
116) 北極星(방정환의 필명), 「少年四天王」, 『어린이』, 1929.9, 34~35쪽.

를 끼칠 수 있다는 것을 경계하면서도 한편으로는 재미와 유익을 줄 수 있다는 점에서 중요하게 여기고 있다.

방정환이 아동문학의 제 장르 가운데에서도 탐정소설을 적극적으로 개척한 데에는 탐정소설이 지닌 대중성과 장르적 특성을 정확히 인식했기 때문이다. 이러한 인식의 배경에는 그 자신이 어린 시절과 청년 시절에 탐정소설을 비롯한 대중문예의 매력을 직접 경험했던, 자기 문학의 한 자산으로 간직하고 있었다는 사실이 중요하게 작용했을 것이다. 또한 방정환이 일본에서 유학할 당시 예술동화를 대표하는 『아카이도리』의 위력보다도 일본의 절대 다수의 아동들이 대중아동잡지의 독자였다는 사실과 그들을 사로잡았던 대표적 장르가 바로 모험·탐정소설, 입신성공소설이었음을 직접 경험했던 것도 적지 않은 영향을 주었다고 본다.

더욱이 방정환이 '재미'와 '유익'을 아동문학의 중요한 핵심으로 파악했던 데에는 일본 아동문학 잡지 『킨노호시(金の星)』의 영향도 간과할 수 없다. 『아카이도리』보다 1년 늦게 창간된 『킨노호시』(창간 당시 『킨노후네(金の船)』)는 지나치게 예술성에 치우친 『아카이도리』를 비판하고 '재미' 있고 '유익'하고 '도덕적 교훈적'인 것을 가미하겠다는 3대 방침 아래 사이토 사지로(齋藤佐次郎)에 의해 창간된 잡지이다. 뛰어난 편집자로 평가받는 사이토 사지로는 『킨노호시』를 통해 번역 작품을 발표하고 창작도 남긴 작가이기도 했다.[117] 게다가 사이토 사지로는 『킨노호시』에 와일드의 「행복한 왕자」를 번안한 「王子と燕」을 번역했는데, 이 작품은 방정환이 번안한 「왕자와제비」의 저본이기도 하다. 그리고 『킨노호시』에 번역된 마에다 아키라(前田晁)의 「잃어버린 바이올린」도 방정환이 『사랑의 선물』에 번안한 「어린 음악가」의 저본이기도 하다.[118] 이러한 사실은 방정환이 일본 유학

117) 사이토 사지로는 와세다대학 영문과 졸업 후 도요대학 철학과에 편입 청강하기도 했는데 도요대학 유학생이었던 방정환과 관련해서도 흥미로운 이력이다.

118) 저본 관련은 이정현의 「方定煥飜譯童話と『金の船』」, 『일본문화연구』 22집, 동아시아일

당시 낭만적 동심주의를 극단적으로 추구한 『아카이도리』나 군국주의적 색채가 강한 대중아동잡지 『소년구락부(少年俱樂部)』나 『일본소년(日本少年)』보다 오히려 『킨노호시』로부터 더 많은 영향을 받았음을 시사한다.

특히 『아카이도리』와 『도오와(童話)』가 동요동화의 예술작품에만 치중한 반면 『킨노호시』는 사외(社外)활동을 활발하게 전개하여 일반 아동문화에 공헌한 점도 일본문학사에서 중요하게 평가받고 있다. 즉, 1921년 동화강연부와 동요강연부를 두고 전국을 순회하며 동화와 동요를 보급했으며, 『킨노호시』 주최로 동화극 및 동요음악회 등을 개최하기도 했다. 이러한 활동은 방정환이 『어린이』를 창간하면서 아동문학과 문화운동을 보급했던 데에 적지 않은 영향을 주었을 것으로 추정된다.

『킨노호시』 영인본(1983)의 기고문에서는 '『킨노호시』의 창간은 『아카이도리』와 『소년구락부』의 융합을 의도한 것(根本正義)', '『킨노호시』는 『아카이도리』의 교양주의에 비해 일종의 포퓰러리티가 특색(關英雄)', '아동의 보다 폭넓은 생활성에 호소한 대중적 서민적 방향(滑川道夫)', '일러스트레이션의 면에서도 『아카이도리』의 서구적 근대시민적 성격과 『도오와』의 村童지향의 중간위치(上生一郎)' 등 『킨노호시』의 다양하고 종합적인 성격을 설명한 글을 볼 수 있다. 간행사에서는 아동 독자를 대상으로 한 '종합문예지'로 규정하고 있다.[119]

『킨노호시』의 성격에 대한 일본 연구자들의 평가는 방정환의 『어린이』를 평가하는 데에도 거의 비슷하게 적용할 수 있다. 앞서 방정환의 아동문학을 평가하면서 『아카이도리』를 중심으로 한 동심주의 문학과 『소년구락부』 중심의 대중아동문학의 경향이 하나로 융합되어 공존하는 것으로 평가했던 것도 『킨노호시』의 절충적 태도를 이

본학회, 2007.4 참조.

119) 이상의 『킨노호시』에 관한 설명은 이상금, 『사랑의 선물』, 한림출판사, 2005, 718~720쪽 참조.

어받은 것으로 이해할 수 있다.

그렇다면 방정환이 대중문예의 통속성이나 저급성을 경계하면서도 대중문예에서의 '재미'를 중요하게 생각했던 것은 왜일까. 그것은 바로 대중문예가 지닌 대중과의 친밀성 때문이며 대중문예가 대중에게 끼치는 막강한 영향력을 인식했기 때문이다.

> 政治로世界的人物보다는, 활동사진으로世界에일홈이 알려진사람이 더만케된것이 事實이니 뭇지안어도活動寫眞이 더 大衆과의親密性을가진까닭이다. 여긔서도활동사진, 저긔서도 활동사진, 이일도활동사진, 저일도활동사진, 위생선전도활동사진, 교육선전도활동사진, 정치에도활동사진, 긔어코서양에서는 정부에서드리덤벼 국고금으로전쟁의필요를알니는활동사진을박혀내기시작하고, 조선의총독부까지 조선통치잘한다고활동사진으로자랑을하며도라다니게까지세상은 활동사진의세상이되고말엇다. '노리'라고우습게만녁이든娛樂이, 大衆의생각을支配하는데에 아모것보다도큰힘을가진것을알게된까닭이다.
>
> 朝鮮의大衆과活動寫眞! 우스운일갓해도 等閒히생각해바릴일은못된다. 남보다더 娛樂도가지지못한 朝鮮의大衆, 常設館(或演劇場)도 몃낫이업지만寫眞도親密性적은남의것만가지고우서오던불상한大衆에게 이마적은朝鮮映畵가나타나기시작하엿다.[120)]

인용한 부분에서 "조선의총독부까지 조선통치잘한다고 활동사진으로자랑하며도라다니게까지 세상은 활동사진의세상이되고말엇다"고 한 부분은 조선 총독부의 문화 통치 방식을 은근히 비판한 것으로 대중오락이 대중의 생각을 지배하는 강력한 이데올로기로 작동하고 있음을 간파한 것이다. 그렇기 때문에 방정환은 대중문예를 통해, 특히 어린이에게 주는 문학을 통해 어린이에게 친밀하고 재미있으면서

---

120) 波影(방정환 필명), 「民衆娛樂 活動寫眞이약이」, 『별건곤』, 1926.12, 90쪽.

도 유익한 그 무엇을 전해야 한다고 생각했던 것이다. 그 '유익'의 내용은 방정환이 추구했던 계몽성으로, 그가 아동문화운동을 펼치면서 아동의 인격과 감성, 민족의 해방이라는 차원에서의 운동성이다.

하지만 방정환이 추구한 '유익'을 내용 편중의 계몽성으로만 이해하는 것은 잘못이다. 특히 대중문예의 '재미'와 '유익'을 살펴볼 때, 방정환이 생각한 '유익'은 내용의 계몽성보다 더 큰 차원인 예술의 효용성이다. 방정환은 도회 사람, 특히 '뇌신경노동자'들이 희극사진을 주로 찾는 것을 "심신 피곤의 훌륭한 세탁"을 위한 것이라고 언급한 바 있다. 그는 스크린을 찾는 관객 중에는 저마다 온갖 다른 설움과 불평과 분노를 가진 사람들이 섞여 있음을 주목한다.

> 사랑하는 여자에게 버림을 바더 울분하게 지내는 청년을 위하야는 진실한 남자를 박차고 돈만흔 사람에게 안겨 간 여자가 몹시 불행하게 되는 연애극을 비추어 관객을 대신하야 여자에게 복수를 해준다. 인정업는 債鬼에게 시달니다가 홧김에 입장권 한장 사들고 드러온 無産人을 위하야는 돈만 아는 수전노가 불에 타 죽는 인정극을 비추어 원수를 갑하준다.121)

이 부분을 보면 방정환이 대중문예가 지닌 유익을 내용의 계몽성만이 아닌 현실의 삶을 대리 체험하면서 카타르시스를 느끼도록 하는 예술 고유의 효용성을 염두에 두었음을 알 수 있다. 즉, 독자에게 위안을 줄 수 있는 예술은 그 자체로 유익한 것이다. 이것은 대중문예를 통속성이라는 이름으로 저급하게 치부하며 대중이 실제로 즐기는 예술을 방치하고 고급한 전문적 문학예술을 추구한 엘리트 작가들이 놓치기 쉬운 부분이다.

한편 방정환의 이 글은 『신청년』 시절 방정환과 각별했던 심훈(沈薰)이 이 무렵 「우리 민중은 어떠한 영화를 요구하는가」(1928)라는 평

---

121) 波影生(방정환의 필명), 「스크린의 慰安, 서울맛·서울 情調」, 『별건곤』, 1929.9, 40쪽.

론에서 영화 관중의 대부분이 학생을 중심으로 한 소시민들, 즉 "가정에서 위안을 받지 못하고 사회에서 재미있는 일이라고는 구경도 못하며 술집밖에는 오락기관이라고는 하나도 없는 이 땅에서 생활에 들볶이는 일그러진 영혼들"임을 상기시키고 그들의 영화 관람 동기가 '오락과 위안'에 있다는 사실을 지적했던 것과도 통한다. 심훈이 이 평론에서 무엇보다도 "대중의 위로품으로서 영화의 제작가치"를 삼자고 제안했던 것은 대중 추수의 편향이 내포되어 있지만 현실관중과 독자의 요구를 감싸 안으면서 일정한 사회적 각성을 끌어내려는 전술을 택했다고 평가된다.122) 특히 심훈의 이 평론이 김기진의 예술대중화론과 통하는 것처럼 방정환의 「스크린의 위안」도 같은 맥락에서 평가할 수 있다.

또한 이러한 생각은 방정환이 문학청년시절부터 갖고 있던 생각으로 그가 영화잡지 『녹성』에 연애극이나 탐정소설류를 번역했던 데에서 잘 알 수 있다. 실제로 방정환은 이 무렵 「각설이떼식으로」(『조선농민』, 1929.3)에서 당시 농민들 사이에서 『옥루몽(玉樓夢)』 같은 구소설이 널리 읽히는 것을 주목하여 "그들의 입에 순하게 그들의 귀에 구수하게 써나가지 않고는 장차는 어쩌든지 당장 그들과 악수를 할 길이 없"다며 "농민의 틈 속으로 기어들어가서 그들의 설화방식을 취해야"한다고 강조한 바 있다.123) 이 글에서는 농민문학이 현대적 내용과 전통적 형식의 결합을 취해야 함을 강조했지만 농민 대중, 즉 민중에게 줄 수 있는 문학을 고민했다는 점에서 '각설이떼식'은 민중에게 다가가기 위해 전술적으로 채택한 것으로 당시의 문예대중화론을 반영한 것이라 할 수 있다. 이처럼 방정환은 아동문학의 독자인

122) 최원식, 「심훈 연구 서설」, 『한국 근대 문학을 찾아서』, 인하대학교출판부, 1999, 258~260쪽 참조.

123) 최원식은 방정환의 이 글이 형식문제에 대한 배려가 단순한 방편으로 제기되었다는 한계가 있지만 현대적 내용과 전통적 형식의 결합이야말로 농민문학론의 육체성을 담보한 것으로 탁견이 아닐 수 없다고 평가한 바 있다(최원식, 「농민문학론을 위하여」, 『생산적 대화를 위하여』, 창작과비평사, 1997, 150~151쪽 참조).

아동과의 관련 속에서 대중성과 계몽성의 결합이라는 관점에서 '재미'와 '유익'을 강조하였다. 그것은 궁극적으로 그의 문학이 '민중=대중' 지향이었음을 의미한다.

4장 | 방정환의 아동문학

1. 외국 동화 번역·번안

1) '네이션'을 상상한 번역: 『사랑의 선물』

『사랑의 선물』은 1921년 방정환이 도쿄 유학 중에 세계적으로 유명한 동화 10편을 번역(번안)하여 연말에 엮은 것을 1922년 7월에 개벽사에서 출판한 번역(번안) 동화집이다.[1] 1922년 7월 7일 초판 발행을 시작으로 1927년까지 10판 20만 부를 판매했으며 1928년에는 11판을

1) 『사랑의 선물』에 실린 방정환의 서문이 신유년 말(1921년 12월)에, 김기전의 서문이 임술 원단(1922년 1월)에 쓰인 것으로 보아 1921년 연말에 번역이 이미 완성되었으며 이것을 개벽사에서 1922년 7월 7일자로 발행했다는 것을 알 수 있다. 현재까지 『사랑의 선물』 초판본은 미발굴 상태이지만 1928년 11월 5일 발행된 11판이 발굴·소개되어 원본을 확인할 수 있다. 현재 한국현대문학관에 소장되어 있는 11판의 책 겉표지에는 '경성 박문서관 발행'이라고 되어 있으나 판권장을 보면, 개벽사 발행, 박문서관 발매로 되어 있다. 이 책에는 목차가 1쪽, 방정환의 서문이 1쪽, 김기전의 서문이 3쪽 정도의 분량으로 실려 있고 10편의 동화가 수록된 본문만 191쪽에 달한다. 『사랑의 선물』 발행 당시 각종 신문이나 잡지에서는 이 책을 '200여 페이지'로 소개하고 있는데 초판의 편집 체제를 그대로 하여 펴낸 것으로 추정된다. 텍스트는 개벽사 판(1928, 11판)이고, 원문 그대로 인용한다.

낼 정도로 인기가 대단했던 1920년대 독서계의 베스트셀러였다.[2)]

개벽사의 주간이면서 방정환과 함께 천도교소년운동을 이론적·실천적 차원에서 이끌었던 김기전(金起瀍)은 『사랑의 선물』의 서문을 대신하는 서간에서 "다른사람들과가티 相當한 地位와智識과 또는 勢力도 가지지못하고 한갓 남의 餘瀝을바다 간신간신히 지내가는사람"의 자녀로 태어난 "가여운 소년"이 "웃음으로 닑을 조흔 책"으로 "少年의心情을 豊盛케하여주는글이 생기고 또다른 무엇무엇이생기며 이리됨에짤하 社會의사람사람이 다가티 이少年問題의解決에 뜻을두는사람이되게되면 朝鮮의 少年男女도 남의나라의 少年들과가티 퍽多幸한 사람들"이 되겠다는 생각에 한없이 기쁘다며 방정환에게 이 방면에 계속해서 힘을 써주기를 간곡히 부탁한다고 밝히고 있다.

방정환 역시 "학대밧고, 짓밟히고, 차고, 어두운속에서 우리처럼 또 자라는 불상한어린령들을 위하야 그윽히 동정하고아끼는 사랑의 첫선물로 나는 이책을 짜엇습니다"라는 짤막한 말로 『사랑의 선물』을 엮은 의도를 밝히고 있다.

방정환이 세계 명작 동화를 번안하여 엮은 것은 읽을거리가 부족한 조선의 어린이들에게 무엇보다도 재미있는 읽을거리를 제공한다는 데에 뜻을 둔 것이다. 그런데 이러한 일을 착수하면서 김기전이나 방정환은 당시 조선의 소년소녀들이 억압적 현실 아래에서 어떠한 기쁨도 없이 불행하게 살아갈 수밖에 없는 처지에 놓여 있다는 사실을 강조하고, 그런 처지에 놓인 어린이들의 영혼(심정)을 풍부하게 하기 위한 방편의 하나로 동화의 세계를 접하도록 하고자 한다고 밝히고 있다. 그리고 이 일은 조선의 소년 소녀들이 처한 문제를 풀어가기 위한 '소년운동'의 기초 작업으로 이해되고 있다.

한편 방정환의 『사랑의 선물』 이전에도 천원 오천석(天園 吳天錫)의 『금방울』(광익서관, 1921)과 한석원(韓錫源)의 『눈꽃』(발행연대, 발행처 미

---

2) 이기훈, 「1920년대 '어린이'의 형성과 동화」, 『역사문제연구』 8호, 역사문제연구소, 2002, 34쪽.

상)과 같은 번역 동화집이 있었다. 방정환의 번안 동화집이 이들 번역 동화집보다 독자들에게 사랑을 받으며 당대 독서계의 베스트셀러가 될 수 있었던 것은 작품 자체의 뛰어난 문학성에도 그 원인이 있지만, 어린이들을 직접 만나 이야기를 들려주면서 얻은 '동화구연가'로서의 명성도 중요하게 작용하였다. 더욱이 천도교소년회의 지속적인 소년운동의 확산과 조직적 뒷받침은 방정환의 번안 동화집을 다른 누구의 동화집보다 널리 확산시킨 결정적 계기로 작용했다.[3] 이처럼 『사랑의 선물』은 조선의 '소년운동'이라는 차원에서 이루어진 외국 동화의 번안 작업이었다.

'소년운동' 차원에서 번역 소개된 『사랑의 선물』에는 '「란파션」(이태리), 「산드룡의류리구두」(불란서), 「왕자와제비」(영국), 「요술왕아아」(시시리아), 「한네레의죽음」(독일), 「어린음악가」(불란서), 「잠자는왕녀」(독일), 「텬당가는길」(독일), 「마음의쏫」(미상), 「쏫속의작은이」(정말)'의 순서로 수록되어 있다.[4] 총 10편의 작품 가운데 작자와 국적 미상인 작품을 제외하면 독일 3편, 영국 1편, 덴마크 1편, 프랑스 2편, 이탈리아 1편, 시칠리아 1편으로 되어 있다.[5] 선정 작품을 보면 그 당시 조선의 지식인들이 대개 그러하듯 '세계=서구=유럽'이라는 인식을 벗어나지 못한 듯 유럽지역에 편중되어 있다. 그러나 가능하면 다양한 나라의 이야기를 선보이려 했으며 같은 국가의 이야기라 하더라도 그림 형제가 재화한 전래동화 2편을 제외하면 다른 작가들의 작품을 싣고자 했음을 짐작할 수 있다.[6]

---

3) 위의 논문.

4) 이기훈은 1928년 박문서관 판 『사랑의 선물』을 확인하여 수록 동화의 목록을 밝혔는데, 몇 가지 오류가 있다. 즉, 「잠자는 왕녀」를 '페로' 원작으로(그림 원작), 「마음의 쏫」을 '안데르센' 작으로(미상), 「텬당가는 길」을 '미상'(그림 원작)으로, 「어린 음악가」를 미국의 애덤스 작으로(미상, 방정환은 '불란서' 작으로 표기함) 밝혔다(이기훈, 위의 논문, 34쪽). 이상금의 방정환 평전인 『사랑의 선물』(한림출판사, 2005)에서도 이 논문을 그대로 인용하였는데 이를 바로잡을 필요가 있다.

5) 시칠리아는 당시 이탈리아에 병합되어 이탈리아의 부속 섬이었다. 방정환이 시칠리아를 '이탈리아'로부터 독립적으로 다룬 것에 대해서는 제1부 4장의 1절 2항에서 다루었다.

6) 이러한 방정환의 취지는 이후 이정호가 번역한 『세계일주동화집』(이문당, 1926)을 통해

당시 번역 동화집으로 『사랑의 선물』보다 먼저 국내에 소개된 오천석의 『금방울』(광익서관, 1921.8.15 발행)에는 총 10편이 수록되어 있는데 안데르센의 동화를 4편 번역했고 창작동화 중심으로 엮었다.7) 또한 『사랑의 선물』보다 10여 년 늦게 출판된 전영택의 『특선세계동화집(特選 世界童話集)』(복음사, 1935.12.25 발행)에는 '안델센 특집'이라는 부제에서 알 수 있듯 안데르센의 동화 총 7편을 소개했다.8) 한편 최인화(崔仁化)는 『기독교동화집(基督教童話集)』(주일학교교재사, 1940.8.20)에서 총 21편의 작품을 번역하였다.9) 작품집의 표제에서도 드러나지만, 이 책의 '序'를 쓴 전영택은 "崔君은 過去에 모든 努力과 修養이 오로지 童心과 어린이信仰的 要求에 應하여 예수와 무릇 聖經말씀을 가라처줄려는 불타는 使命感에서 나온것"이라고 밝히고 있다.

이처럼 초창기 번역(번안)동화집을 냈던 오천석, 전영택, 최인화 등은 기독교 세계관에 바탕을 두고 창작된 '하느님의 낙원'에서 찬미받는 주인공을 다룬 외국의 동화, 특히 안데르센의 동화를 소개하는 데에 주안점을 두었다.10) 즉, 대개의 번역 동화집이 기독교 세계관에

어느 정도 보완되었다. 이정호의 번역은 개인의 업적을 넘어 당시 방정환을 중심으로 한 천도교 측의 소년운동 활동의 일환으로 추진된 작업이었다. 그런 점에서 『세계일주동화집』은 『사랑의 선물』을 계승한 후속 작업이라고 평가할 수 있다. 이에 대해서는 염희경, 「일제 강점기 번역·번안 동화 앤솔러지의 탄생과 번역의 상상력 (1): 민족주의 계열과 계급주의 계열의 소년운동 그룹의 번역을 중심으로」, 『문학교육학』 39호, 한국문학교육학회, 2012.12 참조할 것.

7) 수록 작품은 '길동무, 어린음악사, 어린 인어 아씨의 죽음, 엘리쓰 공쥬, 어린 석냥파리 처녀, 귀공자, 소녀십자군, 눈물 먹히는 프라쓰코비의 니야기, 소년용사의 최후, 빗나는 훈쟝'이다(안데르센 동화 4편).

8) 수록 작품은 '빵떡을밟고간게집애, 붉은구두, 황새, 어머니, 성냥장사처녀, 달이말하기를, 꾀꼴새와장미꽃, 실은없어도물레라, 효성스러운뫼추라기, 평화의임금, 도둑배, 못난이, 바보제메리, 언덕우의집, 용감한피터'이다(안데르센 동화 7편).

9) 수록 작품은 '눈먼아들, 애급으로가실때, 알타반박사, 거룩한잔, 구두장사할아버지, 뵈이지않는궁전, 의좋은형제, 제일귀한보물, 기념비, 새벽종, 예수의얼굴, 크리쓰마스선물, 악마와싸운소년, 악마와농부, 주님타시던나귀, 꽃씨, 비행기, 천사의얼굴, 기도하는소녀, 성자와도둑, 천사의임금'이다.

10) 이기훈은 동화 내용이나 구성에서 『사랑의 선물』이 『금방울』 등 다른 동화집과 확실한 차이를 발견할 수 없다고 했지만 이는 재고가 필요하다(이기훈, 앞의 논문, 37쪽). 이 시기 기독교 계열의 번역동화 앤솔러지에 대해서는 염희경, 「일제 강점기 번역·번안 동화 앤솔러지의 탄생과 번역의 상상력(2): 기독교 계열의 번역 동화 앤솔러지를 중심으로」, 『아동청

바탕을 두고 있다면 방정환의 번안 동화집은 천도교적 이상과 민족주의 사상을 바탕에 두고 엮었다는 점에서 적지 않은 차이가 있다. 이러한 사실은 방정환이 「행복한 왕자」를 「왕자와제비」로 새롭게 다시쓰기를 시도하면서 천도교적 이상을 구현하고자 했던 데에서 잘 드러난다.[11] 이에 대해서는 4장의 1절 4항에서 상술하고자 한다.

한편 『사랑의 선물』은 방정환이 조선에 동화를 소개하면서 동화의 다양한 모습을 선보이려는 의도가 가장 잘 드러난 번안 동화집이다.[12] 수록 작품을 보면 페로와 그림에 의해 정리된 유럽의 전래동화와 19세기 이후 오스카 와일드나 안데르센, 하우프트만 등 낭만주의 사조의 영향을 받아 창작된 창작동화로 분류할 수 있다. 방정환이 외국의 유명한 전래동화와 창작동화, 그리고 공상성이 강한 이야기

소년문학연구』 11호, 한국아동청소년문학학회, 2012.12 참조.

11) 필자는 졸고에서 「왕자와제비」를 방정환의 '천도교사회주의' 사상을 내면화한 작품이라고 논의한 바 있다. 그 뒤 이정현의 논문을 통해 이 작품의 중역본 텍스트가 확인되었는데, 이 책의 제1부 4장 1절 4항에서 중역본 텍스트와의 비교 검토를 중심으로 이전의 논문에서 미비한 점을 수정·보완하였다(염희경, 「방정환 번안 동화의 아동문학사적인 의의」, 『아침햇살』, 도서출판 아침햇살, 1999년 봄호, 203~212쪽 참조).

12) 이재복은 『사랑의 선물』을 논의하면서 방정환이 동화의 다양한 장르를 이해하고 조선의 어린이들에게 풍부한 이야기의 맛을 즐기게 하려 했다고 평가한 바 있다. 그는 『사랑의 선물』 수록작을 장르상 옛이야기(산드룡의 유리구두, 요술왕 아아, 잠자는 왕녀, 천당가는 길), 창작옛이야기(창작동화: 왕자와 제비, 마음의 꽃, 꽃속의 작은이), 소년소설(사실동화: 현실에서 살아가는 아이들의 삶에 이야기의 옷을 입힌 소년소설; 난파선, 한네레의 죽음, 어린 음악가)로 나누었다(이재복, 『우리 동화 이야기』, 73~74쪽). 그런데 이재복이 분류한 동화의 하위 장르에 대해서는 논란의 여지가 있으므로 재론할 필요가 있다고 생각한다. 이 분류에서 문제가 되는 대목은 창작동화를 '창작옛이야기'라고 풀어씀으로써 '옛이야기 새로 쓰기'와 변별하기 어려운 논의의 혼란을 가중시킨다는 것이다. 또한 동화와 소년소설을 뚜렷한 장르적 특성에 대한 고려 없이 나눈 것도 문제이다. 흔히 동화와 소년소설은, 작품 창작의 세계관과 수법이 낭만주의적 세계관과 물활론(物活論)에 기반을 둔 동화의 문법을 따르는지 아니면 사실주의 세계관에 기반을 둔 현실적 이야기를 다룬 것인지에 따라 구분한다. 「한네레의죽음」의 원작인 게르하르트 하우프트만(Gerhart Hauptmann)의 「한네레의 승천(Hanneles Himmelfahrt)」은 기존의 자연주의 드라마에서 벗어나 상징주의 경향으로 전환되기 시작한 과도기 작품으로 평가받는 극이다. 즉, 한네레가 자살하는 동기나 하층생활을 그리는 사회성 같은 것은 자연주의적 색채를 띠지만 작품의 핵심 부분인 죽기 직전의 꿈이나 환상 부분은 상징적 색채를 띤 몽환적·낭만적 요소가 강한 서정극으로 평가받는다. 방정환의 번안 「한네레의죽음」은 원작의 몽환극적 색채를 다소 줄이긴 했지만 동화와 소년소설의 경계선에 놓인 작품이라 할 수 있다. 따라서 소년소설을 사실동화와 같은 것으로 이해하고 이 작품을 소년소설로 단순 규정한 것은 문제를 지닌다.

와 현실성이 강한 이야기를 두루 소개한 것은 전래동화와 창작동화의 특성을 다르게 파악했을 뿐 아니라 동화를 공상성이 강한 이야기뿐 아니라 현실성이 강한 이야기로도 이해했음을 보여준다. 1920년대 일본 아동문학의 주류가 『아카이도리(赤い鳥)』 중심의 낭만적이고 시적·공상적 성격이 강한 동화였다는 것을 참고할 때 방정환이 일본 유학 당시 이로부터 상당히 영향을 받았지만 조선의 특수성과 소년운동의 관점에서 동화에서의 현실성을 주목했다는 것을 알 수 있다.

(1) 위기의 민족에게 전하는 해방의 메시지 : 동화집의 처음과 끝을 장식한 「란파션」과 「꼿속의 작은이」

『사랑의 선물』의 첫 번째 작품은 아미치스의 『쿠오레』의 한 부분인 「란파션(난파선)」이고 마지막 작품은 안데르센의 「장미요정」을 번안한 「꼿속의 작은이」이다. 『사랑의 선물』의 앞뒤를 장식하는 이 두 작품은 당시의 시대적·사회적 문맥을 고려할 때 강한 상징성을 띤다.

방정환은, 이정호가 『쿠오레』를 『사랑의 학교』(이문당, 1929)라는 제목으로 번역 출판하였을 때 이 책의 서문을 썼다.

> 『쿠오레』! 이것은 내(방정환: 인용자 주)가 어릴 때에 가장 애독하든책입니다. 나의 어릴 때의일긔에 가장 만히 적혀 잇는것도 이책에서 어든 늣김입니다. 나에게 유익을 만히 준것처럼 지금자라는 어린사람들께도 만흔유익을 줄 것을 밋고 나는 한업시 깃븐마음으로이책을 어린동모들께 소개 또권고합니다.[13]

이 서문을 보면 방정환이 어린 시절 가장 애독했던 책이 바로 『쿠오레』였다는 사실을 알 수 있다. 잘 알려진 것처럼 방정환은 동화회

---

13) 방정환, 「序文」, 이정호 역, 『사랑의 학교』, 이문당, 1929(초판)·1933(5판).

에서 난파선, 산드룡의 유리구두, 한네레의 죽음 등을 자주 구연하곤 했다. 이정호의 『사랑의 학교』에는 방정환의 서문을 비롯해 조재호(曺在浩)의 ‘序’, 연성흠(延星欽)의 ‘序文대신으로’, 그리고 역자인 이정호의 ‘이책을 내면서’가 실려 있다. 조재호는 『쿠오레』를 “世界各國이다투어 飜譯하야 어린이讀物로서 經典的權威를 가지게 된 것”이라고 했고, 연성흠은 “재미만 잇슬 쑨안이라 어린사람을 중심(中心)으로하야 가정(家庭)과 학교의 관게—학생과선생의 애정(愛情)과 동정(同情)—사회(社會)와 학교에대한관게는 물논 애국사상(愛國思想)과 희생적정신(犧牲的情神)이 책장 속줄마다 숨여잇서서 이책을 닑는이의 가슴을 쒸놀게하는 어린이의 존귀(尊貴)한 경전(經典)이 되엿”다고 밝혀 놓았다. 책을 번역한 이정호도 연성흠과 같은 발언을 하면서 덧붙여 “모든게급(階級)에 대한 관게”까지도 담겨 있는 “가장지존지대(至尊至大)한 책”이라 평가하고 있다. 이러한 발언은 당시 조선의 소년운동가나 아동문학가들이 『쿠오레』의 어떤 측면을 강조하고 주목하면서 어린이들에게 읽히고자 했는지 번역과 수용 의도를 짐작할 수 있게 하는 대목이다.[14]

잘 알려진 것처럼 『쿠오레』는 19세기 후반 이탈리아 민족국가 형성기의 대표적 작품으로 당시 이탈리아 사회의 시급한 문제였던 민족적 정체성의 형성 문제를 주요한 테마로 다루고 있다.

방정환이 『사랑의 선물』에 첫 번째 번안작으로 수록한 「란파션」은 『쿠오레』의 ‘이 달의 이야기’ 가운데에서도 맨 마지막 이야기이다. ‘이 달의 이야기’는 『쿠오레』 중에서 독자적인 부분을 구성한다.[15] 이러한 특성은 『쿠오레』를 애독하던 방정환이 ‘이 달의 이야기’ 가운데 한 편을 따로 떼어 소개하는 데에 적절했을 것이다. 김종엽은 「동화와 민족주의」에서 ‘이 달의 이야기’들은 전체적으로 민족주의적

---

14) 『어린이』지에 번역된 『쿠오레』의 수용 양상은 오세란의 앞의 논문을 참조할 것.

15) 김종엽, 「동화와 민족주의: 19세기 후반 이탈리아 민족국가 형성기의 학교 동화 『쿠오레』의 경우」, 『사회와 역사』 52집, 한국사회사학회, 1997년 가을호, 204쪽.

서사를 제공한다고 밝혔다. 그는 '이 달의 이야기'들의 주제는 조국에 대한 헌신, 그리고 가족과 이웃을 위한 헌신으로, 명시적으로 조국애를 강조하는 것은 3편뿐이지만[16] 명시적이지 않은 이야기들에서도 민족은 중요한 테마라고 설명하고 있다. 이를 테면 배가 난파되었을 때, 소년이 한 자리 남은 구명선에 자신 대신 한 소녀를 태워 보내는 「난파선」은 단순히 소년과 소녀 사이의 사랑과 희생의 이야기일 수 있지만 소년과 소녀는 같은 이탈리아인이라는 사실을 놓쳐서는 안 된다고 강조하고 있다.[17]

필자는 방정환이 애독하던 『쿠오레』에서도 「난파선」을 『사랑의 선물』의 첫 번째 작품으로 수록한 중요한 이유가 바로 이 지점에 놓여 있다고 본다. 직접적으로 조국애를 강조한 이야기가 있는데도 방정환이 「난파선」을 선정했던 것을 주목할 필요가 있다. 검열을 의식해 명백하게 조국애를 강조한 이야기를 의도적으로 배제한 것으로 파악할 수도 있다. 하지만 『어린이』에 「파듀아의 소년 애국자」(정리경, 『어린이』, 1927.7)가 게재되었던 점이나 이정호의 『사랑의 학교』가 완역·출판되었던 사정을 고려해 보면 그리 설득력 있는 추정은 아니다. 따라서 방정환이 「난파선」을 선정한 이유는 다른 데에 있을 것으로 보인다. 「란파션」은 죽음을 앞에 두고도 남을 위해 희생하는 정신, 즉 "하날갓흔귀여운 생각"(방정환, 「란파션」, 16쪽)을 주제로 한 작품이다. 그런데 이 '남'은 배 안의 승객 가운데 소수인 '이탈리아인'이라는 민족적 동질감을 공유한 '남'이다. "이쥭엄쇽에셔 살어나가고십흔욕심에", "둘이 제각긔 살겟다고하다가"(15쪽) 소년은 소녀의 옷에 묻은 자신의 "불근피!!"를 보고 문뜩 고귀한 희생정신을 깨닫는다. 「난파선」의 "붉은피"는 아미치스에게는 희생, 생명의 의미를 지닐 수 있지만 방정환에게는 '언어·혈연 공동체'라는 근대적 '민족' 관념이 강조되었다고 볼 수 있다. 특히 혈연 중심의 단일 민족 신화에

16) 「빠도바의 꼬마 애국자」, 「롬바르디아의 소년 보초병」, 「사르데냐의 북 치는 소년」.
17) 김종엽, 앞의 논문, 222쪽.

뿌리를 둔 조선인에게, 그것도 타민족의 지배를 받고 있던 조선인에게 난파선에 탄 소수의 이탈리아인의 피가 상징하는 바는 의미심장한 것으로 받아들여졌을 터이다.

이와 관련하여 방정환이 「란파션」에서 다음과 같이 번안한 부분은 주목을 요한다.

> 손님들은 귀신갓치날쒸며 울고부르짓고하엿습니다 발서그눈에는 부모도업고 형데도업고 제각기 제가살녀고 날쒸며부르짓고하야 마치지옥과갓치소란해졋습니다.[18]

이 부분은 원작에는 물론, 동시대의 번역인 정리경의 「파선」에도 없는 대목이다.[19] 피를 나눈 '부모형제'도 외면하며 자신만이 살고자 하는 지옥 속에서 소년은 자신과 혈연관계가 아닌 소녀를 위해 희생한다. 원작자인 아미치스가 작품의 초두에서 배에 탄 사람들이 소년과 소녀를 '친남매'로 생각했다는 부분을 언급한 것도 '이탈리아인'이라는 민족적 동질감을 암시하고자 한 일종의 복선이었다고 할 수 있다.

한편 작품이 지닌 원래의 의미는 아닐지라도 당시 「란파션」이 번안·구연되던 조선의 현실이라는 문맥에서는 작가와 독자, 구연자와 청중 사이에 또 다른 상징적 의미가 부각되면서 이를 공유했을 가능성이 높다. 이를 테면 방정환이 산드룡의 유리구두나 백설공주를 구연할 때 계모에게 구박받는 주인공의 모습에서 청중들이 식민지 조선의 억압적 현실을 읽어내며 울분을 느끼고 공감했던 것처럼 「난파선」

---

18) 방정환 역, 「란파션」, 『사랑의 선물』, 개벽사, 1928(11판), 11~12쪽.

19) 참고로 이정호가 번역한 『사랑의 학교』의 「난파선」 부분은 방정환의 『사랑의 선물』에 실린 「란파션」을 그대로 옮겨 놓았음을 밝힌다. 이것은 이정호가 다른 동화를 번안 소개할 때도 표절 행위라 할 수 있을 정도로 방정환의 작품을 그대로 소개하거나 조사나 어구를 약간 바꾸어 소개했던 것을 보더라도 의외의 번역 상황은 아니다. 이에 대해서는 제1부 4장의 각주 83) 참조할 것.

이 그려 보여주는 이미지, 즉 승객을 죽음으로 몰아넣는 '침몰하는 배'의 급박한 상황은 조선이 처한 식민지 현실의 은유처럼 읽혔을 가능성이 높다. 이러한 죽음의 상황에서 '부모도 형제도' 모른 채 자신만이 살고자 하는 마음은 반인륜적인 것일 뿐 아니라 반민족적인 행위로 확대되어 읽힌다. 이렇게 볼 때 방정환이 『쿠오레』의 9편의 '이달의 이야기' 가운데 「난파선」을 번안하고 구연한 중요한 이유는 '난파선'이 당대 조선이 처한 현실을 은유적·상징적으로 드러내는 이야기로서 비장미 넘치는 민족주의 서사를 내면화하고 있기 때문이다.

한편 방정환이 세계의 유명한 명작을 선보인 『사랑의 선물』에 '동화의 왕'이라 할 안데르센의 작품을 1편, 그 가운데서도 안데르센 동화의 대표작이라 평가하기 어려운 「장미요정」을 번안한 것은 의외이다. 그런데 이 의외적인 선정 자체에 방정환의 의도가 강하게 개입되어 있다.

특히 한국에서의 안데르센 동화의 수용 과정을 볼 때 안데르센의 대표 동화 하면 '인어공주'를 비롯한 환상적 동화를 떠올리게 된다. 그런데 방정환이 한국에 소개한 안데르센 동화는 그 당시는 물론 후대의 수용과 견주어도 이색적이다. 방정환은 안데르센의 동화 가운데 「천사」, 「석냥파리 소녀」, 「의조흔 내외」, 「쏫속의 작은이」 이 4편만을 소개하였다. 「천사」나 「석냥파리 소녀」는 원작에서는 낭만주의적 동화관과 아동관, 그리고 기독교적 세계관을 잘 보여주는 작품의 성격이 강했다. 반면 방정환의 번안에서는 당시 조선 어린이의 현실적 처지, 즉 학대받는 어린이상을 부각시키려는 의도가 강하게 드러난다.20) 한편 「의조흔 내외」(원제 「영감이 하는 일은 언제나 옳다」)는 안

20) '하심자(何心者)'라는 필명으로 발표된 「한네레야!: 『사랑의선물』중의 「한네레의 죽음」을읽다가」라는 글에는 "이世上은 참으로쓸쓸하다. (…중략…) 너는 이世上이웨이가티쓸쓸한지아느냐? (…중략…) 오즉 어린이도한울님을몰은까닭이다"(『천도교회월보』, 1923. 5, 20쪽)라는 대목이 나온다. 이것은 '천도교인'인 '하심자'가 「한네레의 죽음」을 읽고 당대 조선의 학대 받는 어린이상을 떠올리고 있으며 이것을 근절하기 위해서는 천도교사상에 기반을 둔 아동존중의 세상을 이루어야 한다는 데에로 초점을 맞추고 있는 것이다.

데르센의 동화 가운데에서도 민담에 바탕을 둔 동화로서 이야기를 구수하게 들려주는 입말체가 살아 있는 특성을 지닌 작품이다. 게다가 『부인』 잡지에 실은 작품이었던 만큼 부부 간의 정과 믿음이 재치 있게 돋보인 작품이라는 점에서 선정되었을 것이다.

『사랑의 선물』에 실린 「꼿속의 작은이」(원제 「장미요정」)는 안데르센이 보카치오의 『데카메론』에 실린 이야기에서 영감을 받아 창작한 작품이다.21) 보카치오의 『데카메론』에서는 세 명의 오빠들에게 연인을 잃은 여동생이 죽은 애인의 두개골을 파묻은 동백꽃나무를 눈물로 가꾸다가 결국 그 항아리마저 빼앗기고는 죽음을 맞는다. 하지만 안데르센은 이 이야기에다 장미요정과 벌, 나비들을 등장시켜 죽은 두 연인의 원한을 풀어주는 이야기로 재창작하여 다소 엽기적 소재의 이 이야기에 동식물을 의인화하고 '요정'을 창조하여 동화적 색채를 가미하였다.

방정환은 이 이야기를 『사랑의 선물』의 맨 마지막에 배치하였다. 방정환은 안데르센의 원작에서 근친상간적 요소를 삭제하고 남자 주인공을 죽인 부정적 인물을 '색시를 잡아다 기르는 악한'으로 바꿔놓았다. 어린이들에게 근친상간적 요소는 걸맞지 않은 소재라 파악하고 우리 정서에 맞게 바꾸어놓은 것이다. 그런데 여기서 흥미로운 사실은 부정적 인물을 "장차 그색씨를 자긔안해를삼을욕심"(178쪽)으로 "색씨를잡어다길으는악한남자"(180쪽)로 그려냄으로써 주인공의 의사와 무관하게 자신의 욕망을 실현하고자 하는 탐욕적인 성격을 부각시켜 놓았다는 것이다. 더욱이 여주인공의 처지를 "무서운악한남자에게잡혀와셔 꼼작못하는몸"(178쪽)이라고 하여 악한에게 구속되어 있는 인물로 그려놓았다.

이로써 원작의 악한에게는 없었던 침략적 성격이 방정환의 번안작

21) 팻쇼 이베르센, 「후기」, 윤후남 역, 『어른을 위한 안데르센 동화 전집』, 현대지성사, 1999, 1170쪽. 보카치오의 『데카메론』에서 사랑이 불행한 결말로 끝나는 넷째 날의 이야기를 소개한 다섯 번째 이야기가 바로 그것이다.

에서 부각되었다. 부정적 인물에 대한 이러한 변형은 식민지 조선의 당대 현실을 고려할 때 제국주의적 침략성을 상징하는 인물을 연상케 한다. 결말에 이르면 사람들은 색시를 길러준 '은인'이라 생각했던 악한의 본질(침략성, 살인자)을 깨닫게 된다. 이러한 악한의 성격 변용은 근대와 개화의 시혜자로서 침략을 정당화했던 제국주의 일본의 본질을 상징적으로 드러내는 대목으로 읽을 수 있다. 이처럼 방정환의 「ᄭᅩᆺ속의 작은이」는 원작 「장미요정」보다 한층 현실 저항적 색채가 강화된 이야기로 변용되고 있다.

① 그런데 누이동생이 죽은 첫날밤이었다. 재스민 꽃받침들이 모두 열리면서 요정들이 독침으로 무장하고 살며시 밖으로 나왔다. 그러나 처녀의 오빠는 아무것도 모른 채 자고 있었다. 요정들은 잠자는 오빠의 귓가에 앉아 끔찍한 꿈을 꾸게 하고 입술 위로 날아가 독침으로 혀를 찔렀다.

"드디어 우리가 원수를 갚았어." 요정들이 이렇게 말하고 흰 재스민 꽃속으로 날아 들어갔다.

아침이 되어 창문이 열리자 장미 요정은 벌들과 함께 살인자를 죽이려고 방 안으로 들이닥쳤다. 하지만 살인자는 이미 죽어 있었다.[22]

② 그런데 그ᄭᅩᆺ속에셔들 눈에 잘보이지도 안는 쬭—곰안혼들이 창과칼들을들고나왓습니다 그 챵과 칼ᄭᅳᆺ에는 모다독한냄새가뭇어잇셧난듸 혼들은 우션악한의귀 쇽에들어가셔 그놈의낫븐짓한죄젹을외이고 사형을집행한다고 소래를질으고 다시튀여나와셔 일시에 악한의혀ㅅ바닥을챵으로씨르고 칼로씩고 그리고는 다시 코를쑤시고 그리고다시ᄭᅩᆺ쇽으로 들어가바렷습니다.

밤이새이고 날이밝아셔 그방들창으로 쟉은이와 왕벌이션봉대장이되고 모든벌ᄯᅦ가 악한을쏘아죽이려고 몰녀들어가보닛가!

발셔 악한은 간밤에죽어느러져잇셧습니다.[23]

22) 안데르센, 「장미요정」, 윤후남 역, 『어른을 위한 안데르센 동화 전집』, 현대지성사, 1999, 214쪽.

방정환은 페로와 그림 동화를 선정할 때 잔인한 부분을 고려 대상으로 삼았으며 「요술왕아아」를 번안할 때에도 잔인한 부분을 삭제하고 간결하게 서술하였다. 그런데 「쏫속의 작은이」의 경우 위의 인용에서 볼 수 있듯 결말 부분에서 원작보다 복수 과정을 더 길게 서술하고 있다. 특히 번안에서 사용한 '죄적', '사형 집행', '선봉대장' 등의 어휘는 강렬한 선동성을 띠고 있다.

특히 안데르센의 원작과 견줄 때 방정환의 번안에서 두드러진 저항적 색채는 결말의 마지막 대목에서 잘 드러난다. 먼저 안데르센의 원작은 다음과 같이 마무리된다.

> ① 여왕벌은 공중을 빙빙 돌면서 꽃들과 장미 요정의 복수를 찬양했다. 그리고 아주 아주 작은 잎 속에 나쁜 사람을 벌주는 작은 장미 요정이 살고 있다고 노래했다.[24)]

한편 방정환은 이야기의 결말에서 이를 다음과 같이 변형하였다.

> ② 왕벌은 여러쎄벌을다리고 공즁을날느며
> 「악한놈은쥭엇다! 악한놈은쥭엇다!」하며 벌의노래를부르고
> 쟉은이도 츔을츄면서
> 악한놈은 쥭엇다!
> 원슈싀원히갑핫다! 하며 노래를 불럿습니다.
> 그러닛가
> 악한놈은쥭엇다! 색씨원슈갑핫다!
> 신랑원슈갑헛다! 악한놈은쥭엇다!
> 고 쏫속에셔 쏫의혼들이 합창을하엿습니다.[25)]

---

23) 방정환, 「쏫속의 작은이」, 『사랑의 선물』, 개벽사, 1928(11판), 189쪽.
24) 안데르센, 「장미요정」, 앞의 책, 214쪽.
25) 방정환, 「쏫속의 작은이」, 앞의 책, 1922, 190~191쪽.

원작의 결말은 악을 징벌하는 장미 요정의 존재가 부각되며 간결한 서술로 여운을 주는 반면, 방정환의 번안에서는 "악한 놈은 죽었다! 색씨 원슈 갑핫다!"라는 말이 반복되면서 꽃의 혼들의 합창이 강렬하게 부각되었다. 특히 인용한 것처럼 한 문장으로 이어 서술할 수 있는 부분을 시처럼 행을 구분하여 배열하고 있는 것과 강조한 부분에서의 의도적 들여쓰기가 눈길을 끈다. 이것은 편집 과정에서 의식적으로 배치한 것으로 보이는데, 이러한 문장 배열은 지면의 여백 효과와 함께 한 문장 한 문장 호흡을 끊으며 해방의 염원을 부르짖는 듯한 구호의 강렬성을 시각적·청각적으로 불러일으킨다.

여기서 중요하게 검토해야 할 대상이 바로 방정환이 「쏫속의 작은이」의 저본으로 삼은 일본어 중역본이다. 현재까지 이 작품의 저본인 중역본에 대해서는 알려진 바 없다. 다만 필자는 1910~1930년대에 걸쳐 일본에서 번역·출판된 안데르센의 동화집을 중심으로 이 작품의 수록 여부와 번역 상황을 살펴보았다.26)

안데르센의 대표작이 아니어서인지 「장미요정」이 수록되어 있지 않은 동화집이 많았다. 이를 제외하고 확인한 자료들은 쿠스야마 마사오(楠山正雄)의 「ばらの精」(『アンデルセン童話全集』 1, 新潮社, 1924), 타케도모 소후(竹友藻風)의 「薔薇の小鬼」(『アンデルセン童話集』, 近代社, 1929), 오오하따 스에끼찌(大畑末吉)의 「薔薇の妖精」(『アンデルセン童話集』, 岩波書店, 1939)이다.27) 방정환이 「쏫속의 작은이」를 번안한 뒤에 출간

---

26) 1910~1930년대에 일본에서 간행된 안데르센 동화집을 대략 살펴보면 다음과 같다.
(國立國會圖書館 編, 『(明治·大正·昭和) 飜譯文學目錄』, 風間書房, 1959 참고)
長田幹彦, 『アンダアゼン御伽噺』(模範家庭文庫), 富山房, 1917(*「장미요정」 미수록).
樋口紅陽, 『アンダアゼンお伽噺』, 精華堂. 1921(*미확인).
少年通俗教育會, 『アンダアゼン物語』(世界童話 5集), 博文館, 1922(*「장미요정」 미수록).
森川憲之助, 『アンデルセン童話集』, 眞珠書房, 1922(*「장미요정」 미수록).
쿠스야마 마사오(楠山正雄), 『アンデルセン童話全集』 1, 新潮社, 1924.
童話研究會, 『アンダアゼン童話選』(模範童話選集), 博文館, 1925(*「장미요정」 미수록).
타케도모 소후(竹友藻風), 『アンデルセン童話集』, 近代社, 1929; 竹友藻風, 『アンデルセン童話集』, 金正堂, 1931.
오오하따 스에끼찌(大畑末吉), 『アンデルセン童話集』, 岩波書店, 1939.

된 작품집이니 이들을 저본으로 삼았을 가능성은 거의 없다. 하지만 당시 이 작품의 번역 상황을 가늠할 수 있는 실마리를 제공한다는 점에서 참고할 만하다. 이들 작품에는 모두 악한이 안데르센의 원작과 동일하게 여주인공의 친오빠로 나오며[28] 결말도 원작과 같다. 원작의 '요정'을 작가별로 '精', '小鬼', '妖精'으로 번역하였는데 그 가운데 '小鬼'로 표현한 번역이 흥미롭다. '꽃의 혼'이라는 의미를 강조하기 위한 것으로 보인다. 일본에서 이와 같이 번역된 '요정'을 방정환은 '작은이'라고 옮겼다. 당시의 독자들에게 '요정'은 낯선 개념이어서[29] 이를 고쳤거나 부정적인 이미지가 강한 '귀신'이라 옮기기도 부적절하여 '작은이'로 옮겼을 것이다.

저본으로 삼은 텍스트를 대상으로 검토해야 더욱 분명하지만 이러한 사실들을 고려할 때 방정환이 원작과 중역본들과는 달리 악한에게 침략적 성격을 부여했으며 특히 결말에서 원작과 일본어 중역본과도 다르게 번안했음을 확인할 수 있다.

이상에서 살핀 것처럼 『사랑의 선물』의 처음과 끝을 장식하는 「란파션」과 「꼿속의 작은이」는 의미심장한 상징성을 내포하고 있다. 즉, 방정환은 위기에 처한 민족을 상징하는 듯한 '난파선'과 민족애가 내장되어 있는 「란파션」을 첫 작품으로 하고 「꼿속의 작은이」의 원수 갚는 이야기를 마지막에 배치하여 민족해방의 염원을 상징적·은유적으로 읽도록 배치했다고 평가할 수 있다.[30]

---

27) 국내에서 구하지 못한 자료들은 일본에서 방정환의 번역 동화를 중점적으로 연구하고 있는 연구자 이정현(李姃炫)의 도움으로 구해 볼 수 있었다. 이 자리를 빌려 감사드린다.

28) 쿠스야마 마사오: 사랑스러운 아가씨의 오빠(かわいらしい娘の兄)
타케도모 소후: 아름다운 아가씨의 오빠(美しい娘の兄さん)
오오하따 스에끼찌: 아름다운 아가씨의 음흉한 오빠(美しい娘の腹黒い兄さん)

29) 심의린이 펴낸 『보통학교 조선어사전』에는 '요슐(妖術) ① 異常한 方術 ② 망녕된 術法' '요신(妖神) 요악한귀신'이라는 단어는 수록되어 있으나 '요정'이라는 단어는 수록되어 있지 않다(심의린 편찬, 『보통학교 조선어사전』, 이문당, 1925, 130쪽; 박형익, 『심의린 편찬 보통학교 조선어사전』, 태학사, 2005, 160쪽).
한편 게일(James S. Gale)의 『한영자전』에는 '요슐 妖術 (요망홀) (슐업) Magical arts.' '요졍 妖精 (요망홀) (졍긔) Spirits; goblins; evil creatures'로 풀이되어 있다(James S. Gale, 『한영자전』, 야소교서회, 1911, 728~729쪽).

(2) 민족적 유대감과 저항적 민족주의의 동화화
:「어린음악가」와「요술왕아아」

현재까지 방정환이 번안한「어린음악가」의 원작자와 원작명은 불분명하다. 나카무라 오사무(仲村修)는 이 작품을 영국의 아담스라는 작가의 작품이라고 언급했고, 이기훈은 19세기 미국의 아동문학작가 애담스의 인기 동화라고 언급했지만 두 연구자 모두 근거를 제시하지 않았다.[31)]

한편 방정환은『사랑의 선물』의 목차에 원작국명을 '불란서'로 표기했다. 주인공과 등장인물들이 프랑스인이라는 사실과 관련되는데, 이 작품은 민족적 유대감을 내면화하고 있는 동화로 판단되므로 프랑스 작품일 가능성이 높다고 본다.

이정현은「方定煥 飜譯童話と『金の船』」에서 방정환이 번안한「어린음악가」의 저본이 마에다 아키라(前田晁)가 번역한「잃어버린 바이올린(失くなったヴァイオリン)」(『킨노후네(金の船)』 2권 4호, 1920.4)이라는 사실을 밝혔다.[32)] 이 논문은 저본임을 확인한 데에서 나아가 두 작품을 면밀히 검토하는 데까지 이르지는 못했다. 중요한 것은 저본으로 삼은 중역본과 방정환의 번안을 구체적으로 고찰하는 일이다. 이것은

---

30) 이재복도 방정환이『사랑의 선물』의 맨 마지막 작품으로「꽃속의 작은이」를 넣은 것을 '해방을 꿈꾸는 변혁의지'를 드러내고자 한 것임을 지적한 바 있다(이재복, 앞의 책, 2004, 82쪽). 필자는 이 연구에서 그러한 성격을『사랑의 선물』의 처음과 끝이라는 전체 구성 속에서 고찰하였다. 특히 원작과 당시 일본에서의 번역들, 그리고 방정환의 번안을 중심으로 살펴보았다.

31) 한편 이정현은 이기훈이 밝힌 애담스가 역사가이자 소설가로 널리 알려진 헨리 애담스(Henry Adams)로 추측되지만 애담스에 대한 기록과 연구에는 그가 아동문학에 관련된 작품을 쓰거나 활동했다는 기록을 찾을 수 없다고 밝히고 있다(이정현,「方正煥 飜譯童話と『金の船』」,『일본문화연구』 22집, 동아시아 일본학회, 2007.4, 24쪽). 그러나 이기훈이 '미국 아동문학작가 애담스'라고 밝힌 것을 보면 이정현이 추정하는 것처럼 헨리 애담스가 아닐 가능성도 있다. 이 작품의 원작자와 원작명은 앞으로 확인해야 할 과제이다.

32) 이정현은 주인공의 이름과 내용의 일치, 그리고 일본어본에 실린 삽화 4점 가운데 2점이 방정환의 번안에 똑같이 사용되었다는 사실을 제시하여 저본임을 확인하였다(이정현, 위의 논문, 23~26쪽).

번역 과정에서의 '차이와 반복'을 실증적으로 확인하는 일로서 그 차이에 해당하는 부분이야말로 방정환이 중요하게 부각하려 했던 부분임을 입증하는 것이기 때문이다. 흥미롭게도 방정환의 『사랑의 선물』이 발행된 뒤에 정열모는 「일허버린 바이요린」(≪조선일보≫, 1923.1.7~14, 2회)을 번역 소개하였는데 이 작품은 마에다 아키라의 작품을 거의 '그대로' 직역하였다. 이 세 작품의 번역을 살펴보면 방정환이 번안에서 중요하게 부각한 부분을 확인할 수 있다.

방정환은 저본으로 삼은 마에다 아키라의 중역본과 이를 직역한 정열모의 번역에는 없는 다음의 대목을 강렬한 이미지를 부여하며 삽입하였다.

① 누이(루이: 인용자 주)의눈은 그아름다운악긔를보더니 환하여젓습니다. 그린('그는'의 오식: 인용자 주)그것을 반가이바더들더니 천천히타기시작하얏습니다.

그런데 얼마나훌륭한ᄌᆡ준지 모르겟다! 박사는듯고잇는 동안에 아쥬감심하여버렷습니다.

"누구한데 그러케배웟늬?"

한곡조가ᄭᅳᆫ난ᄶᅥᆨ 박사는 물엇습니다.[33]

② 루이는 그바욜린을보고 눈에 새광채가낫습니다. 그바욜린은 참말훌륭한바욜린이엿습니다. 루이는 그ᄭᅮᆷ에도못보던 훌륭한바욜린을 쥬의하야밧아들더니 웃는얼골로 박사를 보고

"오늘은 오래두고하지안튼 우리나라국가(國歌)를하지요"하엿습니다. 에르지는 그말을듯고깃버셔 ᄯᅱ고십엇습니다. 박사도 이영국에온후로오래두고듯지도못하고 하지도못하던 자긔나라국가를듯게되여서 무한깃거워하엿

33) 정열모, 「일허버린 바이요린」, ≪조선일보≫, 1923.1.7.
정열모의 「일허버린 바이요린」은 마에다 아키라(前田晁)가 번역한 「잃어버린 바이올린(失くなったヴァイオリン)」(『킨노후네』 2권 4호)을 직역하였다. 따라서 마에다 아키라의 작품 인용은 생략한다.

습니다.

훌륭한바욜린의쥴우에 깃거움과 피로써뛰는 루이쇼년의손가락과활밋헤서 슝엄하고 화창한불란셔국가는 흘러나왓습니다. 놉게 낫제 길데 짜르게 힘잇게나오는바욜린쇼리는 죠용한방쇽의 구셕구셕이울니고 눈을감고 죽은듯키안져셔 바욜린소리에취한 박사와 에르지는 어느틈에 자긔도모르게 가느른목쇼릐로 바욜린에맛춰셔 국가를합창하고 잇셧습니다.

참으로 루이의재죠는 희한한텬재엿습니다! 바욜린이 긋나쟈
"너 누구에게 그럿케배웟니"하고물어보앗습니다.[34]

방정환이 번안한 ②는 중역본에도 없는 부분으로, 그가 상상력으로 꾸며놓은 부분이다. '피로써 뛰는', '숭엄'한 불란서 국가를 혼연일체가 되어 합창하는 장면은 방정환이 일제의 식민지에서 부르고 싶어도 부를 수 없는 조선의 노래를 민족이 하나가 되어 부르는 상황을 상상하며 그려낸 부분으로 읽힌다. 또한 방정환은, 에르지가 소년 루이에게 값비싼 바이올린을 빌려준 뒤 아버지가 그것을 알고 걱정하자 "그럿케 낫븐애갓지는안튼데요. 그리구 우리나라아해구요…"(121쪽)라고 말하는 대목도 끼워 넣었다. 이 역시 그가 이 작품을 통해 강조하고 싶은 부분이라 할 수 있다.

한편 이재복은 「어린 음악가」를 가난한 천재 소년이 훌륭한 음악가로 성공한 입신출세 이야기라고 평가하면서 방정환이 이 작품을 번안한 것을 두고 이야기꾼의 자리가 물질 기반이 튼튼한 상류 특권 계층의 아이를 지향한 것이라 비판한 바 있다. 또한 주인공의 천재적 재능은 태생부터 선택된 자리에 있는 것으로 당대 아이들에게 절망을 심어 줄 위험성이 있음을 지적하였다.[35]

서구에서는 근대의 초창기에 가난 때문에 재능을 살릴 수 없었던 사람을 후원하여 성공하게 한 후원자들이 상당히 존재했다. 그런 점

34) 방정환, 「어린음악가」, 앞의 책(1922), 116~117쪽.
35) 이재복, 『우리 동화 바로 읽기』, 우리교육, 2004, 82쪽.

에서 「어린음악가」는 근대의 한 전형적 현실을 드러낸 것이라 볼 수 있다. 가난한 소년의 입신출세담이라는 측면만을 부각하여 그것을 번안자인 방정환의 세계관의 한계로 지적하는 것은 당대의 현실적 상황을 간과한 것이다. 한편 서구 근대 시민사회의 이러한 측면은 계급적 측면에서 한계는 뚜렷하지만 고정된 신분제를 해체할 수 있었던 근대의 긍정적 측면이기도 했음을 도외시한 일면적 평가라 할 수 있다. 더욱이 방정환이 물질 기반이 튼튼한 상류 특권 계층의 아이를 지향했다는 평가는 과도한 해석이다. 오히려 이 작품에서 물질 기반이 튼튼한 상류 특권 계층의 아이를 대표하는 에르지는 물질 기반이 취약한 하층의 루이를 만나면서 계층적 위화감과 이질성을 넘어서 진정한 믿음과 동정심을 발휘한다. 앞에서 살핀 것처럼 방정환은 번안을 통해 두 소년과 소녀 사이에 동질감을 강하게 형성하게 한 코드로 민족적 유대감을 부각시켰다. 영국에서 만난 '불란서 사람'이라는 동질감, 그동안 부르지 못했던 불란서 국가 '마르세이유'를 함께 부르면서 등장인물들은 계층적 차이를 넘어 강한 유대감을 형성한다. 방정환이 「어린음악가」를 『사랑의 선물』에 번안하여 실은 주요한 의도는 바로 이 지점이었다고 볼 수 있다.

이와 관련해서 마에다 아키라의 중역본과 정열모의 번역, 그리고 방정환의 번안에서 드러나는 또 다른 차이 가운데 하나로 마지막 결말에서의 변화는 중요한 의미를 지닌다.

① 그이튼날 루이는 훌륭한바이요린을엘조이에게 보닉엿습니다. 그것이 지금와서는 엘조이의 가장보빅로운물건의하나가 되어잇습니다.36)

② 그날은이곳각쳐의환영회에가느라고밧밧고 그다음날 루이는 죠흔훌륭한바욜린을선물로가지고가서 에르지 색씨에게쥬엇습니다. 에르지는 그것을

36) 정열모, 「일허버린 바이요린」, ≪조선일보≫, 1923.1.14.

밧고 자긔방장쇽에 이날이씌ᄭᅡ지 위하고위해두엇던 루이의 그렴물 쪽애진바욜린을 내여보엿습니다.

박사와 에르지 색씨와 루이가 오년만에 이방에모여질겁게니애기하고잇는 그창밧게는 오늘도 비가쥬르륵오고잇셧습니다.[37)]

방정환은 결말에서 루이가 예전에 갖고 있던 보잘 것 없는 쪼개진 바이올린을 에르지가 소중하게 간직하고 있었던 것으로 꾸며놓았다. 만일 방정환이 가난한 삶에서 벗어나 성공한 소년의 입신출세담을 부각시키려 했다면, 즉 상류 특권층 아이를 지향했다면 이런 창작은 불필요했을 것이다. 이 대목은 루이를 현재의 성공한 음악가로 있게 한 것은 무엇보다도 루이에 대한 에르지의 믿음이었음을 강조한 것이다. 원작(중역본)의 결말에서는 자칫 현재의 '성공'에 초점이 놓일 수 있는 문제가 없지 않다. 따라서 번안에서의 결말의 변화는 이런 문제점을 방정환이 의식적으로 없애기 위한 시도였다고 평가할 수 있다.

한편 『사랑의 선물』에 실린 「요술왕아아」는 민족적·저항적인 의미를 강하게 내포하고 있는 작품으로 평가할 수 있다.[38)] 나카무라 오사무는 방정환의 「요술왕아아」의 일본어 저본이 이와야 사자나미(巖谷小波)의 「魔王アヽ」임을 밝힌 바 있으며, 오오타케 키요미(大竹聖美)도 방정환의 「요술왕아아」가 이와야 사자나미의 「魔王 アヽ」를 번역한 것이라 밝혔다.[39)] 앞에서도 밝혔듯이 문제는 저본을 밝히는

37) 방정환, 「어린음악가」, 앞의 책(1928), 127쪽.

38) 이재복은 『사랑의 선물』에 수록된 작품들을 내용에 따라 '같이 울어주는 문학', '같이 일어서는 문학', '같이 놀아주는 문학'으로 나누어 살폈다. 이러한 분류는 이원수가 「소파와 아동문학」에서 불우한 처지에 놓인 아동에게 줄 수 있는 세 방향의 문학을 논의한 것을 끌어와 내용을 나눈 것이다. 이를 따르더라도 「요술왕아아」를 재미와 흥미 본위의 작품, 즉 '같이 놀아주는 문학'으로 분류한 것은 재고의 여지가 있다(이재복, 앞의 책(2004), 73쪽).

39) 나카무라 오사무(仲村修), 앞의 논문, 91쪽; 오오타케 키요미(大竹聖美), 「두 사람의 소파(小波): 이와야 사자나미(巖谷小波)와 方定煥」, 『아동문학평론』 98호, 한국아동문학연구원, 2003년 봄호, 218쪽.

일 못지않게 중역본과 번안작 사이의 '차이와 반복'을 입체적으로 규명하는 일이다. 방정환은 사자나미의 「마왕 아아」를 저본으로 삼아 「요술왕아아」를 번안했지만 다른 동화를 번안할 때와 마찬가지로 자신의 관점과 사상을 곁들여 고쳐 번안하였다.

먼저 이와야 사자나미가 이 작품을 번역하면서 해제(解題)를 단 대목을 주목해야 한다.

> 해제
>
> 세계오토기바나시 97편
>
> 이탈리아 부
>
> 마왕 아아
>
> 라우라 콘체빳브 여사의 시칠리아 옛이야기집 가운데 『아아』라고 일컫는 작품이 있는데 이 설화의 원문이다. 시칠리아는 지중해의 한 섬으로, 이탈리아에 속했기 때문에 이것을 '이탈리아 부'로 넣었다.

이와야 사자나미는 「魔王 アヽ」가 원래 시칠리아에 전해지는 설화인데 시칠리아가 이탈리아에 속한 섬이기에 이 이야기를 '伊太利部'에 넣어 소개한다고 밝히고 있다.[40] 시칠리아는 B.C. 8세기 무렵부터 이민족들로부터 지배를 받다가 1860년에는 이탈리아 왕국에 병합되었다. 방정환이 「요술왕아아」의 저본으로 삼은 텍스트는 사자나미의 「마왕 아아」가 거의 확실하다. 그렇다면 방정환은 이와야 사자나미의 해제를 보고 이 설화가 원래 시칠리아의 설화였음을 알았을 것이다. 당시의 통념으로 본다면 시칠리아는 이탈리아에 부속된 섬이니 『사랑의 선물』에 이 이야기의 출처를 이탈리아로 소개하는 것이 자연스러운 일이었을 것이다. 하지만 방정환은 시칠리아의

40) 巖谷小波, 「魔王 アヽ」, 『世界お伽噺』 97, 博文館, 1908.

역사적 배경을 잘 알고 있었을 뿐 아니라 비록 당시에는 피식민국이 되었지만 민족주의적 관점에서 시칠리아 고유의 민족 설화를 의식적으로 소개하고자 했던 것이다. 이탈리아에 부속된 시칠리아에 대한 인정은 곧바로 일본에 부속된 조선을 인정하는 것과도 통하기 때문이다. 단순하게 생각될 수 있지만 「요슐왕아아」를 '시칠리아'로 소개한 데에는 '민족성의 발견'이라는 맥락이 강하게 놓여 있다. 방정환의 이러한 민족주의의 관점은 이후 일본이 세계동화를 소개하면서 일본의 식민지로 전락한 조선이나 대만, 아이누 등의 동화를 '일본 부(日本の部)'에 소속시켜 소개하는 제국주의적 관점의 부당성을 미리 예견한 것이기도 하다. 1920년대에 도쿄에서 발행된 『世界童話體系』(전 23권, 동경: 세계동화체계간행회, 1924~1928)에서 일본, 조선, 아이누의 전래동화는 『日本童話集』 제16권(1924)에 포함되었으며, 『日本昔話集』 上·下(동경: 일본아동문고, 1929)의 경우에도 상권에는 일본 이야기를, 하권에는 일본의 식민지였던 아이누, 조선, 유구(琉球)의 이야기를 모아놓았다.[41] 또한 『朝鮮童話集』(富山房, 1926)을 엮어낸 나카무라 료우헤이(中村亮平)는 조선의 이야기 중에서는 내지(內地)에 있는 것과 같거나 비슷한 것이 너무나 많아서 "태고부터, 어딘가에서 깊게 묶여 있었던 것처럼 생각"된다며 "새로운 동포와의 진정한 친근감"을 얻기 위해, "동포 간에 전해오는 이야기"를 소개한다고 간행의 취지를 밝히기도 했다.[42] 이처럼 일본이 동질성을 강조하면서 조선의 설화를 제국의 일부로 다루는 방식을 감안한다면 방정환의 민족주의 사상의 지향은 시칠리아 설화를 '이탈리아'의 이야기로 소개하지 않은 결정적인 의도라 볼 수 있다.

이와야 사자나미의 번역에는 없는 대목으로 방정환은, 요술왕이 주인공의 언니에게 "나 하라는ᄃᆡ로 잘한사람이하나도업서셔 모다

41) 오오타케 키요미(大竹聖美), 「근대 한일 아동문화교육 관계사 연구(1895~1945)」, 연세대학교 박사논문, 2002, 79~86쪽; 조은숙, 앞의 논문, 98쪽.

42) 오오타케 키요미, 위의 논문, 73~75쪽에서 재인용; 조은숙, 위의 논문, 98쪽.

죽어송쟝이되엿”(67쪽)다며 “나하라는ᄃᆡ로 잘만하면 잘 길러셔 내색씨가되여셔 호강스럽게살게”(67쪽) 할 것이라 협박하는 대목을 삽입하였다. 이 부분은 방정환이 「꼿속의작은이」에서 악한의 성격을 설정했던 것과 동일한 표현으로 상대에게 절대 복종을 강요하는 태도이다. 이를 확대하면 식민본국이 피식민국에게 억압과 수탈을 강요했던 침략성을 방정환이 의도적으로 부각하려 했다고 볼 수 있다.

이처럼 「어린음악가」와 「요슐왕아아」도 「란파션」과 「꼿속의작은이」처럼 민족주의 사상이 독자들에게 내면화되도록 원작을 변용한 번안임을 확인할 수 있다.[43]

(3) 어린이용 ‘전래동화’의 모델 찾기: 페로와 그림의 경쟁

『사랑의 선물』에는 그림 형제와 페로가 재화한 전래동화가 실려 있다. 이재복은 『사랑의 선물』이 거둔 성과를 긍정적으로 평가하지만 페로의 옛이야기가 재화과정에서 자기가 속한 신흥 부르주아 계급의 가치관을 드러냄으로써 옛이야기의 본질을 많이 훼손시켰다는 점을 들어 방정환이 이를 무비판적으로 번안한 부분에 대해 비판을 제기하였다.[44] 그러나 이러한 문제는 페로의 옛이야기 재화에서만 드러나는 것은 아니다. 민담의 채집 과정에서 당대 독일의 하층민으로부터 이야기를 수집하여 구전되는 이야기의 원형을 최대한 살리고

43) 한편 방정환의 「요슐왕아아」는 중역본인 사자나미의 「마왕 아아」와 다른 부분이 몇 가지 더 발견된다. 첫째, 주인공의 할아버지에게 다른 성격을 부여했고 둘째, 주인공의 언니들이 마왕에게 죽음을 당하는 부분을 다소 잔인하고 엽기적으로 표현한 사자나미의 「마왕 아아」와 달리 잔인한 부분을 삭제 축소하였다. 먼저 인물 성격의 변화는 민담과는 달리 기록문학, 특히 전래동화에서는 작품의 완결성 측면에서 개연성을 부여하고 인물에게 일관된 성격을 부여하기 위해 개작을 하는데 방정환의 개작도 그러한 맥락에서 이루어진 것으로 평가된다(이에 대해서는 염희경, 「‘네이션’을 상상한 번역 동화: 방정환의 『사랑의 선물』에 대하여 (1)」, 『동화와 번역』 13집, 동화와번역연구소, 2007.6 참조할 것). 또한 잔인한 부분의 삭제·축소도 방정환이 근대적 아동관과 문학관으로 옛이야기를 전래동화로 개척하는 과정에서 필연적으로 요구되었던 것으로 평가된다.

44) 이재복, 앞의 책, 2004, 83~84쪽.

자 했다고 직접 표명한 바 있는 그림 형제의 작업도 사실은 초판과 달리 최종본으로 갈수록 채집에서 윤색으로 문학성이 강해졌다.45) 특히 잭 자이프스는 "그림형제가 부르주아 사회의 고정된 역할과 기능을 학습하도록 가르치는 비밀요원"이라고 비판할 정도로 농부와 하층민들의 관심과 소망이 들어 있는 구전민담을 문학적으로 부르주아화했다고 비판하기도 한다.46) 이렇게 볼 때 근대에 이르러 민담이 채록되고 이것이 다시 전래동화로 윤색되는 과정에서 재화자의 계급적 관점에 의해 구전으로 전해지던 민담의 순수성이 어느 정도 훼손되며 재화되었던 데에는 큰 차이가 없다.

한편 박현수는 「산드룡, 재투성이王妃, 그리고 신데렐라」라는 논문에서 페로의 작품을 원작으로 한 방정환의 「산드룡의 류리구두」가 한국 근대 번역 동화의 정전으로 자리잡아가는 과정을 흥미롭게 탐색하였다. 논의의 초점은 그림 형제의 「재투성이」를 원작으로 한 『동명』에 실린 「재투성이 왕비」와 페로의 「산드룡의 작은 유리 구두」를 원작으로 한 방정환의 「산드룡의 류리구두」의 경쟁 과정에서 방정환의 페로판이 동화의 정전으로 형성되면서 다양하고 상징적인 원형의 의미가 강하게 자리 잡고 있는 판본들의 의미가 소거되고 민담이 근대라는 논리에 침닉되어 동화로 변용되는 도정을 보여주는 예라는 것이다.47)

필자는 박현수의 논문이 던지고 있는 논점, 즉 민담이 전래동화로 변용되면서 근대적 아동관과 문학관으로 재편되고 있음에 동의한다.48) 하지만 방정환의 외국 전래동화 재화에 대한 비판이 이러한

45) 이에 대해서는 최석희, 「그림 동화의 초판과 최종판의 비교」, 『그림 동화의 꿈과 해석』, 대구가톨릭대학교출판부, 2002, 17~67쪽 참조할 것.

46) Jack Zipes, "Who's Afraid of the Brothers Grimm?", *Fairy tales and the art of surversion*, routledge, 1983, pp. 45~46.

47) 박현수, 「산드룡, 재투성이王妃, 그리고 신데렐라: 한국 근대 번역 동화의 정전 형성과 그 의미」, 『상허학보』 16집, 상허학회, 2006.2, 277쪽.

48) 염희경, 「설화의 전래동화적 변용에 따른 문제점: 「해와 달이 된 오누이」의 개작과정을 중심으로」, 『인하어문연구』 5호, 인하대학교 국어국문학과, 2001 참조.

탈근대적 시각에서 조명될 때 근대 동화의 보편적 특성과 역사성을 간과한 논의로 귀결되기 쉽다고 본다. 작가나 시대를 막론하고 민담이 채집되는 과정은 민족과 전통을 발견하고자 한 근대주의자들의 철저한 '근대적 기획'에서 비롯된 것이다. 페로뿐 아니라 그림의 작업 역시 이를 탈근대의 시각에서 조명할 때 비판의 대상에서 예외일 수 없다. 더욱이 '전래동화'는 민담에 뿌리를 두고 있지만 근대 아동문학의 형성기에 '아동'과 '문학'이라는 양 측면에서 새롭게 의미 부여되면서 모색된 근대 장르이다. 더욱이 원형적 상징성을 담고 있는 구전문학으로서의 민담과 기록문학인 전래동화를 동일선상에서 논의하는 것도 문제점이 적지 않다. 또한 그림 형제처럼 민담의 수집과 채록을 민속학자의 입장에서 한 것인지 아니면 페로처럼 문학가의 입장에서 민담을 윤색한 것인지에 따라 그 위상은 달라진다. 더욱이 구전 민담이 어린이를 의식한 '전래동화'의 장으로 편입되었을 때는 근대적인 아동관과 문학관의 테두리에서 조형될 수밖에 없음도 자명하다. 이것은 조선만의 특수성이 아니라 서구나 일본을 비롯해 근대화의 과정에서 민담이 동화로 전용되면서 겪어야 했던 민담의 보편적인 운명이다.

페로의 「신데렐라의 작은 유리구두」가 방정환의 번역으로 한국에서 근대 동화의 정전으로 자리 잡아 간 것이 조선만의 특수성인 것처럼 발언하는 것은 근대 조선의 동화만을 특수하게 바라보는 시각에서 비롯된 것이다. 다양한 질서와 의미가 상존하는 민담의 풍부한 세계를 발견한 것은 근대적 세계관을 비판적으로 접근하기 시작한 탈근대적 시각이 도입된 시기 이후의 일이다. 특정 국가와 시대를 막론하고 민담이 동화로의 변용에서 겪게 된 운명이었고 그것에 대한 복원이 지금 시대의 새로운 과제로 떠오르는 것이다. 근대 문학의 형성과 전개, 그 제도화에 따른 문제와 한계를 현재의 관점에서 비판하기란 어렵지 않지만 이러한 해석과 평가는 자칫 역사적 시각을 결여한 것으로 대안의 제시라고 보기는 어렵다.

이러한 시각을 견지하고 방정환이 『사랑의 선물』에 수록한 페로와 그림의 전래동화를 살펴볼 필요가 있다. 방정환은 「잠자는 왕녀」를 번안하면서는 페로판이 아닌 그림 형제가 재화한 「들장미」(또는 「찔레꽃 공주」)를 원작으로 하여 재화하였다. 방정환은 『사랑의 선물』 목차에서 「잠자는 왕녀」를 '독일'이라고 하여 그림 형제의 작품을 원작으로 하였음을 분명히 밝히고 있다. 그렇지만 작품의 제목은 페로의 「잠자는 숲 속의 공주」를 따르고 있는데, 그것은 「잠자는 숲 속의 공주」가 훨씬 동화적인 상상력을 자극하는 매력적인 제목이라고 생각했기 때문일 것이다.

페로의 「잠자는 숲 속의 공주」와 그림 형제의 「들장미」는 그림의 「재투성이」와 페로의 「신데렐라의 작은 유리구두」 만큼이나 적지 않은 차이가 있다. 방정환이 두 작품 가운데 그림 형제의 재화를 택한 이유는 「산드룡의 류리구두」 때와 동일하다. 즉, 페로의 「잠자는 숲 속의 공주」는 그림 형제의 「재투성이」에서처럼 성적인 암시가 강하며 잔인한 부분이 상당히 많기 때문에 이 부분을 의도적으로 삭제·축소하려 했던 것이다.[49] 민담의 원형적·상징적인 의미망을 고려할 때 페로의 「잠자는 숲 속의 공주」가 그림의 「들장미」보다 더 많은 다의적 성격을 지닌 작품으로 평가될 수 있다.

---

49) 페로의 「잠자는 숲 속의 공주」에서 왕자와 공주는 만난 뒤 결혼을 한다. 페로는 이 부분에서 "시녀는 그들 신혼부부를 위해 휘장을 쳐 주었습니다. <u>그들은 거의 잠을 자지 않았습니다.</u> 그리고 공주는 전혀 잠을 잘 필요가 없었습니다"라고 표현해놓았다. 이러한 표현은 노골적인 성적 표현은 아니지만 은밀하게 성적 이야기를 하고 있는 것이다. 한편 페로 이야기의 뒷부분 줄거리는 다음과 같다. 공주와 결혼식을 올린 뒤 하룻밤을 보내고 궁으로 돌아온 왕자는 자신이 결혼한 사실을 밝히지 않는다. 그의 어머니가 식인귀 집안의 사람이기 때문인데 아버지가 죽어 자신이 왕이 된 뒤에야 아내와 아이들을 데려온다. 그러다 전쟁 때문에 왕은 궁을 떠나고 그 사이 왕의 어머니는 요리사에게 명하여 두 아이와 며느리인 왕비를 차례로 잡아먹으려 한다. 하지만 그녀가 먹은 것은 실제로는 어린양이었다. 이를 알고 화가 난 황태후는 뱀이 가득 든 통에 요리사 내외와 왕비와 아이들을 넣어 죽이려 한다. 그때 왕이 돌아오고 일이 다 틀려버린 걸 깨달은 황태후는 분한 마음에 통 속에 들어가 뱀과 두꺼비들에게 잡아먹히고 만다. 왕은 어머니 일로 괴로워하지만 곧 아내와 아이들 덕에 안정을 되찾고 행복하게 산다. 그림 형제의 「들장미」에는 없는 이 부분이 페로판에는 길게 서술되고 있다. 줄거리에서 알 수 있듯 잔인한 장면과 대화가 서술되고 있다(샤를 페로, 유말희 역, 『샤를 페로 동화집』, 주니어파랑새, 2001 참조).

하지만 방정환은 그림의 「들장미」를 선택하였다. 앞서 밝혔듯 이러한 선정의 기준에는 성적 암시와 잔인한 부분의 삭제·축소라는 관점이 작용했다. 그 외에도 공주가 마법, 즉 백년의 잠에서 깨어나는 부분에서 그림 형제 판이 훨씬 유모가 넘치는 표현으로 되어 있어 동화를 읽는 어린이들에게 재미를 주고자 하는 데에 적합하여 선정했다고 본다. 「잠자는 숲 속의 공주」와 「들장미」를 견줄 때 페로판보다는 그림판이 더욱 근대적 의미의 아동관과 동화관에 맞는 '동화'였기 때문이다. 물론 이때의 근대적 아동관과 동화관에 맞는 '동화'라고 할 때 특정의 이데올로기가 개입되고 이후 동화의 정전화에 강력한 영향을 행사하고 있음은 주지의 사실이다. 이러한 사실은 방정환이 페로나 그림의 특정 작품을 선호했다기보다는 당대 독자인 어린이들에게 적합한 어린이용 '전래동화'의 모델을 선정하여 번안하려 했음을 보여준다.

방정환이 외국의 전래동화를 선정한 가장 기본적인 잣대는 당대 어린이들에게 동화적 심성(이른바 낭만주의적 동심관으로서의 순수한 어린이상)을 길러줄 수 있는가, 그리고 얼마나 흥미로운 이야기로서의 재미를 담고 있는가였다. 그런 점에서 방정환의 「산드룡의 류리구두」나 「잠자는 왕녀」는 민담의 상징적 의미들이 거세된 근대 동화의 전형으로서 근대적 아동관과 문학관의 잣대에 지나치게 치우친 동화라고 볼 수 있다. 그리고 그의 외국 전래동화 번안은 근대 이래로 특정의 동화적 상상력이 지배적 담론이자 모델로 고정화하는 데에 결정적인 영향을 주었다는 점에서 비판할 수 있다. 하지만 근대 동화, 즉 전래동화와 창작동화의 새로운 상(像)을 세우는 자리에서는 불가피한 선택이었음도 간과할 수 없다. 이것은 방정환의 우리 옛이야기 재화나 외국의 옛이야기를 번안한 작업을 민담의 채록이나 민속학의 관점에서 평가하는 것과는 또 달리, 구전문학으로서의 옛이야기가 기록문학의 장으로, 더욱이 근대 아동문학으로 편입되면서 '전래동화'의 새로운 상을 형성하는 장으로 옮겨지면서 변용된 양상이라는 점에서 섬세한 논의가 요구된다.

(4) 동화로 구현한 천도교사회주의: 재창조된 「왕자와제비」

방정환은 『사랑의 선물』을 출판하기 이전에 이 책에 실릴 「왕자와제비」를 목성(牧星)이라는 필명으로 『천도교회월보』(1921.2)에 번안해서 실었다. 오스카 와일드의 「행복한 왕자」를 「왕자와제비」라는 제목으로 고쳐 번안한 것이다.50) 이정현은 방정환의 「왕자와제비」의 저본이 사이토 사지로(齋藤佐次郎)의 「王子と燕」(『킨노후네(金の船)』, 1920.5)임을 밝혔다.51) 방정환은 「童話를쓰기 前에 어린이 기르는 父兄과 敎師에게」(목성, 『천도교회월보』, 1921.2)라는 글을 발표하면서 같은 호에 외국 동화를 본격적으로 번안하였는데 그 작품이 오스카 와일드의 「행복한 왕자」라는 사실은 자못 흥미롭다. 「행복한 왕자」는 오스카 와일드가 당시 영국 빅토리아 왕조에서 부흥하기 시작한 물질주의에 반대하는 정신운동으로, 존 러스킨과 함께 일으킨 기독교사회주의 사상을 바탕으로 창작한 대표적인 동화52)이기 때문이다.

「왕자와제비」가 발표되었던 지면이 천도교의 회보라는 점도 특별한 의미를 지니지만, 1921년이면 소파가 일본에서 사회주의 사상의 세례를 받던 때로 당시 민족주의자, 사회주의자들과 폭넓게 교류를

50) 방정환은 와일드의 「이기적인 거인」을 「털보장사」라는 제목으로 고쳐 『개벽』(1922.11)에 발표하면서 "拙譯 <u>「사랑의선물」에 실려잇는 「王子와제비」라는것이 그冊의題目인 「幸福한 王子」의譯</u>인것을 이 機會에말해둔다"(小波, 「털보장사」, 『개벽』, 1922.11, 43쪽)라고 밝히고 있다.
  이정현이 논문에서 밝힌 것처럼 방정환이 이 작품의 저본으로 삼은 사이토 사지로의 작품 제목 역시 「왕자와 제비(王子と燕)」이다. 그런 점에서 방정환이 이 작품의 제목을 그대로 따랐다고 볼 수 있다. 하지만 궁극적으로 볼 때 방정환이 원작의 제목인 「행복한 왕자」보다는 사이토 사지로가 고친 「왕자와 제비」라는 제목이 자신의 뜻과도 맞다고 파악했기 때문에 수용한 것으로 보는 것이 타당하다. <u>방정환이 저본으로 삼은 사이토의 중역본을 '그대로' 번역하지 않고</u> 작품의 서두와 결말에서 상당 부분 고치는 등 <u>비판적으로 변용</u>했기 때문이다.

51) 이정현, 앞의 논문, 12~21쪽.

52) 박화목, 「오스카 와일드 동화 연구」, 『아동문학연구』 1집, 한국아동문학연구소, 1984.

했던 때이다. 또한 목성(牧星)이라는 필명으로 『개벽』에 사회주의적 색채가 짙은 세태 풍자기나 소설을 자주 발표하던 때이기도 하다.[53]

「행복한 왕자」와 「왕자와제비」를 견주어 보면 알 수 있지만, 그가 번안한 다른 동화들과 견주어도 「왕자와제비」는 원작에서 좀 더 많은 변화를 가져왔다. 이러한 '변화'는 방정환이 저본으로 삼은 사이토 사지로의 중역본으로부터 상당 부분 영향을 받았지만, 사이토 사지로의 영향으로만 보기는 어렵다. 그것은 방정환이 사이토 사지로의 중역본과도 상당히 많이 다르게 번안을 했기 때문이다. 그런 점에서 볼 때 소파는 와일드의 「이기적인 거인」을 「털보장사」(『개벽』, 1922.11)로 번안하면서 와일드의 작품이 우의(寓意)와 난해성이 심해서 장년들도 쉽게 이해할 수 없다는 점을 밝혔듯이, 「행복한 왕자」를 번안하면서도 이 점에 특히 주의를 기울였다고 본다.

와일드의 「행복한 왕자」가 사이토 사지로의 중역본 「王子と燕」을 거쳐 방정환의 번안 「왕자와제비」로 오기까지 어떤 변용을 거쳤는지 구체적으로 살펴보도록 하겠다.

① 도시의 한복판의 높은 축대 위에 '행복한 왕자'의 동상이 높다랗게 서 있었습니다. 그 동상의 온몸은 얇은 순금으로 뒤덮였고, 두 눈에는 반짝이는 사파이어가 박혀 있고, 칼자루에는 크고 빨간 루비가 붉게 빛나고 있었습니다. (…중략…)

그러던 어느날 밤 작은 제비 한 마리가 이 도시로 날아왔습니다. 친구 제비들은 벌써 육 주일 전에 이집트로 갔지만 이 제비는 아름다운 갈대 아가씨와 사랑에 빠져 그만 뒤에 처졌습니다.

이른 봄날 제비는 크고 노란 나방을 좇아 강가로 날아갔다가 갈대 아가씨를 보고 그녀의 날씬한 몸매에 반해서 그녀에게 말을 붙였습니다.

성미가 급한 제비는 "내가 당신을 사랑해도 될까요?"

53) 염희경, 「소파 방정환과 사회주의」, 『아침햇살』 22호, 도서출판 아침햇살, 2000년 여름호 참고.

하고 물었습니다. 갈대 아가씨는 살짝 고개를 끄덕였습니다. 그래서 제비는 날개로 물을 차 은빛 물보라를 일으키며 그녀의 주위를 빙빙 날아다녔습니다. 이렇게 제비는 사랑을 시작했고, 여름 내내 그렇게 지냈습니다.[54)]

②1.

봄이 아직 이른 때였습니다. 한 마리 제비가 노란 나방 뒤를 쫓아서 강가로 왔습니다. 그러자 그 곳에서 '갈대'를 만났습니다. 제비는 무심코 멈춰 서서, 가느다란 갈대의 모습을 넋을 잃고 바라보다가, 완전히 정신을 잃어버리고는,

"그대여, 내 신부가 되어주지 않겠소."

이렇게 말했습니다. 갈대는 잠시 동안 골똘히 생각하는 듯이 조용했습니다만, 이윽고 조용히 한번 인사를 했습니다. 제비는 갈대가 좋다는 대답을 했기 때문에, 아주 기뻐하면서 날개로 물을 치고는 은빛 물결을 일으키면서, 갈대 주위를 빙빙 돌았습니다.

(…중략…)

그러자 제비는 할 수 없이,

"그렇게 싫다면, 당신은 여기에 있어요. 나 혼자만이라도 갈테니. 내년 봄에 다시 올 테니 안녕."

이렇게 말하고 제비는 날아갔습니다.

2.

그래서 제비는 하루종일 날다가 밤이 되어서 어느 마을에 닿았습니다. 이 마을에는 높은 탑 같은 둥근기둥이 솟아있고, 그 위에 '행복한 왕자'라는 커다란 상이 세워져있었습니다. 이 왕자의 상은 몸체가 얇고 아름다운 금판으로 씌워져있고, 두 눈에는 반짝반짝 빛나는 사파이어가 박혀있었습니다. 그리고 쥐고 있는 칼자루에는 커다랗고 빨간 루비가 빛나고 있었습니다.[55)]

---

54) 오스카 와일드, 이지민 역, 「행복한 왕자」, 『행복한 왕자』, 창작과비평사, 1983, 5~7쪽.
55) 사이토 사지로(齋藤佐次郎), 「王子と燕」, 『킨노후네(金の船)』, 1920.5, 72~73쪽 번역.

③ 일

일은봄 꼿픠기젼이얏습니다 말넛든버드나무가지가 파릇파릇하야질써에 어엽분제비한마리가 저—북쪽에셔날너셔 냇가로왓습니다 그냇가에는 길쭉길쭉한갈대(葦)가 만히잇섯난딕 제비는 그허리가 길씀한 파—란갈딕를 말그럼—이 보더니

에그 올녀름은 이 어엽븐 갈딕밧에다 집을짓고 살겟다

하고 즉시 집을짓고 거긔셔 살앗습니다 갈딕의집은 서늘하고도 쌋듯하여셔 제비는 깃버셔 날마다 냇물을 날개로씩어가며 물우에셔 춤을추며 놀앗습니다

(…중략…)

정이깁히든 갈대밧집을 참아 써나기가 어려워셔 그딕로 머뭇머뭇 남어잇섯습니다

그러나 싸늘한가을바람이 쏴— 하고 불어와셔 그럴젹마다 몸이발々썰려셔 견딜슈업시 되엿슴으로 할수업시 남쪽을향하야 써나기로되엿습니다

정만흔 어엽븐제비는 참아써나기어러운갈대집을보고

(…중략…)

하고는 얏흐막하게날너 길을써낫습니다 어엽븐제비를 작별하는갈대는 우는듯이 흔들흔들 흔들니고 날너가는 제비는 리별이앗차로와셔 도라다보고 도라다보고하면셔 날너갓습니다.

이

어엽븐제비는 그날왼종일 남쪽을향하고 날나셔 밤이어두어셔야 겨우 중로의 어느시가(市街)에 당도하엿습니다

이시가에는 공원 널—싸란마당 한가운데 탑갓흔놉다란돌기둥(石柱)이 웃둑이서잇고 그 돌기둥위에는 『복(福)만흔 왕자(王子)』라는 큰 인형(人形)갓흔 상(像)이 놉다랏케섯습니다

그세워논 왕자님의몸은 모다 얄븐금조각으로 싸엿고 두눈에는 번적번적하난 금강석이 백혀잇고 손에쥔칼자루에는 귀한진쥬가 백혀잇습니다[56]

와일드의 원작에서는 행복한 왕자의 동상을 묘사하는 것으로 시작하고 제비가 갈대의 미모에 반해 사랑에 빠지는 것으로 표현하고 있다. 그러다 점점 사랑이 시들해져 제비는 갈대를 떠나 행복한 왕자가 있는 곳까지 오게 된다. 한편 사이토 사지로와 방정환은 원작의 구성을 변화시켜 제비가 냇가의 갈대밭에 오게 된 것부터 작품을 시작하고 있다. 그런데 사이토 사지로의 경우 작품의 첫 부분에서 구성을 바꾸어 놓긴 했지만 원작의 내용을 거의 그대로 따르고 있다. 하지만 방정환은 갈대와 정을 나누던 제비가 추위 때문에 어쩔 수 없이 갈대와 헤어지게 되자 못내 아쉬워하는 것으로 그리고 있다. 제비가 아름다움에 끌려 사랑을 했고 성미가 급하며 변덕스러운 것으로 그려진 원작과 그것을 따르고 있는 사이토 사지로의 중역본과도 달리, 방정환은 처음부터 제비를 정이 많은 존재로 그리고 있다. 특히 소파가 번안한 이 부분에서는 와일드 동화의 특징이기도 한 낭만적이고 탐미적인 분위기가 상당히 약해졌다. 그러나 이야기 전체의 흐름을 볼 때 제비에게 일관된 성격을 부여한 방정환의 번안이 원작과 중역본보다 훨씬 자연스럽다.

「왕자와제비」의 첫 시작 부분은 원작과 중역본에는 없는 것인데, 이른 봄의 정취가 눈앞에 또렷이 그려지게끔 묘사하고 있다는 점도 눈길을 끈다. 이것은 외국 동화를 번역 번안하는 과정에서 우리의 이야기 전통에 부족한 묘사가 구체성을 획득함으로써 창작동화의 형성에 상당한 영향을 끼쳤기 때문이다.

한편 와일드는 당시 영국 사회의 중산계급이 보여주는 허위의식과 속물주의에 대해 상당히 비판적이었는데, 「행복한 왕자」에는 와일드의 그러한 시각이 곳곳에 드러난다. 그러나 사이토 사지로의 중역본과 방정환의 번안에서는 이러한 풍자가 삭제되었다. 그 대신에 더 이상 앞을 볼 수 없게 된 왕자에게 제비가 거리에서 본 것을 말해 주는

---

56) 목성(牧星), 「왕자와 제비」, 『천도교회월보』, 1921.2, 95~96쪽.

부분에서는 사이토 사지로가 원작의 비정한 세태를 축소한 반면, 방정환은 가난한 사람들에 대한 묘사를 덧붙였다.

① 제비는 부자가 아름다운 집에서 흥겹게 지내는 동안 거지들은 그 집 대문 앞에 앉아 있는 것을 보았습니다. 또 제비가 어두운 골목길을 날아가 보니 굶주린 아이들이 창백한 얼굴로 깜깜한 거리를 힘없이 바라보고 있었습니다.

아치 모양의 다리 밑에서는 어린 사내애 둘이 너무 추워서 서로 부둥켜안고 누워 있었습니다.

"너무 배가 고파."

아이들은 말했습니다.

"너희들 여기 누워서 자면 안 된다!" 하고 경비원이 소리치는 바람에 아이들은 다리 밑을 나와서 빗속을 헤맸습니다.[57]

② 부자가 멋진 집 안에서 즐거운 듯이 살고 있는 것과 반대로, 그 문 앞에는 거지가 살고 있었습니다. 또, 다리 옆에는 두 아이가 서로 끌어안고 몸을 따뜻하게 하면서

"배가 고파 죽겠다."

이렇게 말하고 있었습니다.[58]

③ 욕심만흔 부자가 훌륭한 ᄃᆡ궐갓흔 집에셔 질겁게 지내는대 그와ᄯᅡᆫ판으로 그집문간에는 불상한거지가 밥을 달라고 애걸을하고 잇습니다 ᄯᅩ 어대는 가닛가 남의집 첨아밋헤서 어린애들이 손가락을 ᄲᅡ라먹으면셔 배곱흐다고 울고잇셧습니다 ᄯᅩ 어대는 가닛가 아들업는로인이 살이드러나는 ᄶᅵ저진 홋옷을닙고 벌벌ᄯᅥᆯ면셔 남의집 쓰레기통을 뒤지는이도 잇습니다.[59] (강조한 부분은 번안에서 첨가된 부분)

57) 오스카 와일드, 「행복한 왕자」, 앞의 책, 20쪽.
58) 사이토 사지로, 「王子と燕」, 앞의 책, 80쪽.
59) 방정환, 「왕자와제비」, 앞의 책, 1921, 101쪽.

이재복은 이 대목에서 방정환의 「왕자와제비」를 비판적으로 평가하였다. 즉, 와일드의 원작에 지배계급의 허위의식과 이들이 지탱해 가는 제도의 모순에 대한 비판이 강한 반면, 방정환의 번안작에는 이런 계급적 관점이 드러나 있지 않다는 것이다. 그는 방정환의 번안작에 드러나는 초계급적 관점은 방정환의 세계관, 문학관의 뿌리가 천도교의 지상천국건설 이념에 있기 때문이라고 평가하고 있다. 그는 『요정담과 전복의 예술(Fairy tales and the art of surversion)』에서 잭 자이프스(Jack Zipes)가 와일드의 「행복한 왕자」를 해석한 대목을 인용하여 와일드는 왕자에 대한 동정과 비판 두 가지 의미를 다 포함하고 있다고 한다. 냉소적인 시각으로 왕자의 동상을 아주 높은 곳에 설치하여 지배계급의 최대한의 상징이 된 왕자에게 서민의 비참한 참상을 그의 책임으로 느끼게 하였다는 것이다. 또 하나는 왕자와 제비는 그리스도교적인 인물을 상징하는데 이들의 개인적 자비는 빈곤이나 불평등이나 착취문제를 근본적으로 해결하는 데는 역부족이란 사실을 강조한다는 것이다.60)

그러나 잭 자이프스의 「행복한 왕자」에 대한 해석은 자이프스 자신의 사회주의적 시각에 의해 와일드의 작품을 비판적으로 읽은 결과이다. 즉, 「행복한 왕자」에 대한 평가는 작가 와일드 자신의 의도와는 무관한 것으로 잭 자이프스의 '의도적 오류'의 대표적 사례이다. 마찬가지로 와일드의 계급적 관점을 철저히 민중적인 시각으로 보고 있는 이재복의 논의에 대해서도 동일한 비판이 가능하다. 와일드는 철저히 귀족적인 시각에서 당대의 부르주아들의 속물근성을 비판했던 것이지 이재복의 논의처럼 민중적 시각에서 비판한 것은 아니다. 그것은 와일드의 생애를 통해서도 잘 드러나지만 「행복한 왕자」에서 와일드가 민중들을 일방적으로 은혜를 받기만 하는 수동적 존재로 그려낸 것을 통해 잘 나타난다. 와일드는 「행복한 왕자」에서

---

60) Jack Zipes, *Fairy tales and the art of surversion*, Routledge, 1983, p. 117; 이재복, 『우리 동화 이야기』, 우리교육, 2004, 22~26쪽 참조.

당대 지배층의 허의의식만을 꼬집고 있는 것이 아니라 평범한 사람들의 허위의식과 군중심리, 비주체성도 꼬집고 있다. 왕자의 동상이 온갖 보석으로 치장되어 있을 때에는 왕자의 동상을 좋아했던 사람들이 동상의 모습이 점점 흉하게 변하자 동상을 철거하는 사람들로 자연스레 변화한다.[61] 이처럼 와일드의 작품에 나타나는 '사람들'의 태도를 주목할 필요가 있다. 하지만 잭 자이프스의 해석처럼, 개인적 자비는 빈곤이나 불평등, 착취문제를 근본적으로 해결하기는 역부족이라는 사실을 강조하기 위해 이와 같이 그려 보인 것은 아니다. 만일 그렇다면 「행복한 왕자」의 결말은 현실의 모순을 고발하는 차원에서 현실 비판적으로 또는 비극적으로 마무리했어야 할 것이다. 하지만 와일드는 지상에서의 왕자의 행·불행에는 그리 큰 관심을 기울이지 않았다. 오히려 속된 지상에서의 평가나 시선보다는 하느님의 낙원에서 구원 받고 찬미 받는 것이야말로 참된 행복임을 역설하는 데에 주력하였다.

원작은 물론 사이토 사지로의 중역본과 견주어도 번안작의 결말 부분은 상당히 변화하였다. 이 부분은 「행복한 왕자」에 대한 소파의 '새롭게 다시 쓰기'인 셈이다.

① 그래서 사람들은 제비가 죽어 있는 쓰레기통 속에다 그 심장도 던져 버렸습니다.

"저 도시에 가서 제일 귀한 것 두 개만 찾아오너라" 하고 하느님이 한 천사에게 말했습니다.

---

61) ① 사람들은 이 왕자의 동상을 아주 좋아했습니다(오스카 와일드, 「행복한 왕자」, 앞의 책, 1983, 3쪽).
② 다리를 지나가던 교수는 그 지방 신문에다가 제비에 대해서 긴 글을 썼습니다. 사람들은 자기들이 이해할 수 없는 말로 꽉 차 있었다고 하면서도 그 글을 많이 인용했습니다(같은 책, 13쪽).
③ 결국 사람들은 행복한 왕자의 동상을 끌어내렸습니다(같은 책, 23쪽).
④ 그래서 사람들은 제비가 죽어 있는 쓰레기통 속에다 그 심장도 던져 버렸습니다(같은 책, 24쪽).

천사는 납으로 된 심장과 죽은 새를 가져왔습니다.

"오, 똑바로 잘 찾아왔구나. 작은 새는 내 낙원에서 언제까지나 노래부를 것이요, 이 행복한 왕자는 내 황금의 도시에서 나를 찬미하리로다!"

하느님은 말씀하셨습니다.[62]

② 그래서 할 수 없이 심장만은 쓰레기통에 버려졌습니다. 그런데 그 쓰레기통 안에는 마침 제비의 시체도 버려져있었습니다.

그날, 하느님이 한 천사에게 하계의 이 거리 쪽을 가리키면서,

"저 곳에 있는 가장 귀한 것을 가져오너라."

고 명령하셨습니다. 그러자 천사는 하느님 앞으로 왕자의 심장과 죽은 제비를 가져왔습니다.

"아아 잘 골라왔다. 이 작은 새는 나의 낙원에서 언제까지나, 언제까지나 노래하게 하라. 그리고 이 행복한 왕자는 나의 즐거운 거리에서 행복하게 살게 하라."

이렇게 하느님이 말씀하셨습니다.[63]

③ 그러나 이상하게 그 납으로맨든 심쟝만은 영—영 녹지를 안이하여셔 그냥 그심장은 쓰레기통에 내여다 바렷는대 맛참 그 쓰레기통속에는 제비 죽은 송장이 바려잇셧슴니다 그릐셔 죽은 제비와 왕자의 심장은 한쓰레기통속에 잇섯습니다

이소문이 금시에 쟈 퍼지재 그즁에 제비에게 보셕밧은 사람들이 모여와셔 그니약이를 모다해셔 세상사람이 다알고 참 신긔한일이라고 또 그런착한왕자와 제비는 다시업다고 젼보다 더좃케 더죠흔 보셕을 박아셔 왕자의 상을 맨드러세웟난데 이번에는 특별이 그왕자의 억개우에 제비까지 맨드러 안쳣슴니다 그리고 제비의눈도 조흔 금강석으로 박엇슴니다

62) 오스카 와일드, 「행복한 왕자」, 앞의 책, 24쪽.

63) 사이토 사지로, 「王子と燕」, 앞의 책, 81쪽.

날마다 밤마다 사람들이 그밋헤 모여셔 졀을하고 재미잇게놉니다 뒤뒤로 그니야기는 전하고 영원하도록 왕자와 제비의상은 세상사람의 존경과 사랑 속에싸여 늘—봄철이고 늘—쩖어 늙지아니하엿습니다[64]

이처럼 번안의 결말 부분은 원작과 그것을 그대로 따르고 있는 중역본으로부터 상당히 많이 달라졌다. 가장 눈에 띄는 변화는 원작에서의 기독교적 색채가 사라진 것과 문장이 꽤 길어졌다는 점이다.[65] '하느님의 낙원'에서 왕자와 제비가 축복을 받는 원작보다 방정환은 세상 사람들 사이에서 왕자와 제비의 깊은 뜻이 오래도록 전해지는 게 더욱 소중하다고 생각했던 것이다. 이것은 세상을 지배하는 속물적인 것과 대결하며 낭만적인 지향을 강하게 드러냈던 와일드와는 달리, 세상과 사람들에 대한 낙관적인 믿음을 저버리지 않으려했던 방정환 나름의 표현인 셈이다. 또한 이 부분은 방정환 사상의 바탕이었던 천도교의 지상천국 건설이라는 이념과도 닿아 있다.

방정환은 「童話를쓰기 前에 어린이 기르는 父兄과 敎師에게」(목성, 『천도교회월보』, 1921.2)에서 어린이들이 새 세상(천도교)의 새일꾼으로 '지상천국'을 건설하는 데 이바지할 수 있기를 바라는 마음에서 새 일, 즉 동화 창작에 임하려고 한다고 밝혔다. 그런데 그는 「敎友 또 한사람을맛고」(소파, 『천도교회월보』, 1921.2)에서 "宇宙最高의 眞理인 人乃天主義下에 絶對平等으로 다 갓흔 敎人으로 아름다운天德頌소릭 속에 질거운 平和한 날"(74쪽)을 생각한다며 인내천주의를 절대평등

64) 방정환, 「왕자와제비」, 앞의 책(1921), 103쪽.

65) 필자는 「방정환 번안 동화의 아동문학사적인 의미」에서 이 부분의 문장이 길어진 것을 이야기꾼 기질이 드러난 것으로 추정했는데, 이때는 방정환이 우리 옛이야기의 들려주는 문학의 전통에 깊이 영향 받던 시기가 아니었다. 일례로 초기에 재화한 옛이야기 「이상한 샘물」을 보면 방정환이 이 당시 옛이야기의 들려주는 문학 전통이나 옛이야기의 단순성, 간결성의 미학을 제대로 이해하지 못했던 것으로 보인다. 따라서 이러한 변화는 원작에 없는 부분을 새롭게 쓰면서 작가로서의 미숙성을 드러낸 것이라 볼 수 있다. 그런 문제는 동화작가로서 첫출발을 보이던 초창기의 작품이었기 때문일 것이다. 「이상한 샘물」의 재화에서 드러난 문제점은 염희경, 「전래동화, 근대 아동문학으로 편입된 옛이야기」, 『창비어린이』 4호, 창비, 2004년 봄호, 79~81쪽 참조할 것.

사상과 연관 짓고 있다. 당시 방정환은 사회주의 사상에 깊이 공명했던 때로 「왕자와제비」의 결말에서도 '천도교사회주의' 사상을 드러내는 것이라 볼 수 있다.

앞에서 필자는 방정환의 「왕자와제비」에서 원작의 중요한 핵심의 하나인 당대 부르주아들의 속물근성을 풍자한 대목이 상당 부분 빠져 있음을 언급하였다. 이러한 번안의 태도는 방정환의 불철저한 계급의식, 즉 초계급적 시각에 의한 의도적인 바꿔쓰기였다기 보다는 방정환이 외국의 동화를 소개할 때 당대 조선의 어린이들에게 어렵게 읽힐 수 있었던 부분을 다소 윤색한 것이라 본다. 물론 이것이 원작의 작품성을 훼손한 결과를 초래했다는 점에서 올바른 번역 태도였는가를 지금의 관점에서 비판하기는 어렵지 않다. 하지만 방정환과 동시대의 위치에 서서 어린이 독자들을 바라본다면 이러한 번안은 새로운 창안이라는 점에서 적극적으로 의미 부여할 수 있다. 더욱이 당대 조선의 자본주의 발달상 현실에서 부르주아의 성장은 미약했기 때문에 방정환이 「행복한 왕자」를 번안하면서 부르주아의 속물성을 비판하는 시각이 그리 유효하지 않다고 판단했을 가능성도 높다. 오히려 귀족주의자 와일드의 부르주아 속물근성에 대한 풍자와 조소, 그리고 민중을 수동적이고 어리석은 존재로 냉정하게 거리를 두고 바라보는 시선은 번안에서 원작의 풍자적 대목을 삭제하고 결말을 바꿈으로써 작품 내에 민중성이 보강되었다. 그런 점에서 마지막 결말의 완전한 개작은 방정환이 꿈꾸는 이상 세계에 대한 상징적 결말이라고 평가할 수 있다. 그런 점에서 기독교사회주의 사상에 바탕을 둔 「행복한 왕자」는 천도교 사상과 사회주의 사상이 강하게 배어 있는 「왕자와제비」로 새롭게 태어났다고 할 수 있다.

1920년대에 본격화된 외국 아동문학의 번역·소개는 서구의 아동문학을 일본어 중역본을 저본으로 삼아 조선에 소개한 것으로써 식민성과 탈식민성이라는 양자의 계기를 포괄하는 일이다.[66] 특히 근대는 제국과 식민국 사이에 '식민화의 채널'로 또는 '탈식민화의 채

널'로 '번역'을 필요로 한다는 점에서 '번역' 장을 둘러싸고 각축이 일어나는 시대였다.[67]

한국문학사에서 1920년대부터 1930년대 초반까지 외국문학의 번역이 전성기를 이룬다. 이 가운데 아동문학, 특히 '동화'의 번역은 1920년대에 들어 이전 1910년의 번역 상황과는 질적으로 다른 위상을 지닌다. 『소년』지와 개화기 교과서를 중심으로 한 1910년대의 번역이 문예 미학적 관점에서의 '동화'에 대한 상이 부재한 상태에서 '교훈' 중심의 읽을거리 제공이라는 데에 방점이 찍힌다면, 1920년대에 일군의 작가들에 의한 일련의 번역(번안)동화집 발행은 문예미학적 관점에서 외국의 '동화'를 본격적으로 소개한 것이다. 특히 이 시기의 동화 번역은 안데르센을 대표로 하는 서구의 낭만적 예술 장르로서의 '동화'가 도입되고 정착되는 과정이기도 했다. 1920~30년대의 번역 동화집의 활발한 발행은 이 시기의 조선이 근대적 '아동관'과 '문학관'을 바탕으로 서구적 의미의 아동문학을 수용하고 동시에 우리식으로 변용하면서 '동화'의 상을 본격적으로 구상하던 시대였음을 드러낸다.

『사랑의 선물』은 그동안 '우리 정서에 맞게' 고쳐 쓴 번안 동화집으로 평가받아왔지만 외국의 동화 '번역'을 통해 식민 상태에서의 '네이션'을 상상하고 내셔널리티를 창출하고자 한 본격적 시도였다는 점을 재발견할 필요가 있다. 위에서부터 아래로의 '식민화의 채널'로 작동하기도 했던 동화의 번역에 방정환이 민족주의적 서사를

---

66) 하정일, 앞의 글 참조.

67) "하나의 언어에서 다른 언어로의 대칭적 변화를 일컫는 것을 포함해, "복수의 '외부'가 '내부'에 개입함과 동시에 '내부'가 '외부'에 개입함으로써" 생겨나는 번역적 현상은 근대에 이르면 더욱 문제적이다. 근대는 제국'들'의 정복이 전지구적인 차원에서 진행되었고, 물질적 생산뿐 아니라 정신적 생산에서도 "모든 방면에서의 상호교류, 민족들 간의 보편적 상호의존"이 엄연한 현실이었던 시대였다. 제국들은 '식민화의 채널'로서의 번역을 필요로 했고, 식민국들은 새로운 문명=근대로 나아가기 위한 '탈식민화의 채널'로서의 번역을 필요로 했다. 그만큼 근대는 번역적 현상을 도외시하기 힘든 시대이다."(이승희, 「번역의 성정치학과 내셔널리티」, 앞의 책, 208쪽)

강화하고 내면화시키고 있음은 이를 잘 보여준다. 그것의 집약체가 바로 『사랑의 선물』이다.

이 장에서는 『사랑의 선물』의 구성 체계와 '전략적 다시 쓰기'로서의 번안 실태를 통해 이러한 면모를 조명하고자 하였다. 이상에서 살핀 것처럼 방정환의 『사랑의 선물』은 당시의 다른 번역 동화집과는 뚜렷이 변별되는 세계관, 즉 천도교 사상과 민족주의 사상을 바탕으로 특정 작품을 선정하고 번안 과정에서도 이를 구체화하였다.

2) 학대 받는 조선 어린이의 현실과 「석냥파리 소녀」

방정환은 『어린이』 창간호의 첫 번안 동화로 안데르센의 「성냥팔이 소녀」를 실었다. 잘 알다시피 성냥팔이 소녀는 자신을 아껴주던 할머니가 죽은 뒤 무서운 아버지 밑에서 학대받으며 하루하루 살아가는 처지다. 가난하고 학대받는 성냥팔이 소녀는 다름 아닌 조선 어린이의 모습이었고, 이것은 당시에 소년운동과 아동문학 운동을 전개해야 했던 절실한 배경이었다. 따라서 방정환이 많은 외국 동화 가운데서도 『어린이』 창간호의 맨 처음에 「석냥파리 소녀」를 번안해서 실은 의미는 그의 아동문학이 소년운동 차원에서 전개되었다는 사실을 적극적으로 개진한 것이라 할 수 있다.

그렇다면 방정환이 당시 조선의 어린이들에게 이 동화를 어떻게 소개했는가를 원작과 번안작, 그리고 동시대의 다른 작가들의 번역을 견주어 살펴보도록 하겠다.

① 소파, 「석냥파리 소녀」, 『어린이』, 1923.3.

무섭게추운밤이엇습니다. 눈은자꾸쏘다지고 밤은 점점깁허가는데, 이날은 일년에도 맨씃 섯달 그믐날밤이엇습니다.

이러케춥고 어두운밤에 한어린소녀(少女)가 머리에는 아모것도 둘느지안코 벌거벗은맨발로 눈 싸히는한길을 아장장장것고 잇섯습니다.

(…중략…)

소녀는 또한개를 드윽그엇습니다. 확! 하고 불이켜지니까 그엽헷벽이 얇다란비단가치 훤하게 그속이 드려다보엿습니다. 보니까 거긔에는 방이하나잇고 갓채려노흔밥상우에는 김이무렁무렁나게 통으로그냥구어노흔 꿩이노려잇섯습니다.

그리더니 이상하게 그꿩이 살아나서 그릇에서 뛰어나와서 버둥버둥것습니다. 다른곳으로도 아니가고 소녀의압흐로 걸어옵니다. 그러자 그때 석냥불이 훅 꺼저버리고 엽헤는 차듸찬담벼락이보일뿐이엇습니다.

소녀는 또하나를켯습니다.

이번에는 설빔작만해논것이 보엿습니다. 수업시 만히켜노흔 불빗에 찬란히비후는 빗고흔비단당긔와 쌘작쌘작빗나는 어여쁜구두며 비단치마 비단저고리가 어써케도 훌륭한지 상점류리창에 늘어노흔 구두나 비단도 이러케곱지는 못하리만큼 훌륭한것이엇습니다.

(…중략…)

새해의 아츰햇빗은 이족으만죽엄을 환하게 비추엇습니다. 안즌채로 고대로 죽어버린소녀는 죽은후까지도 손에는 타다남은석냥을 들고잇섯습니다. 그것을 본 사람들은

"가여워라. 이석냥불로 몸을녹이려햇고나"

하엿습니다.

그러나 그러케 아름다운것을보고 밝은광채중에서 한머님과함께 새해를 마즌줄은 아모도 아지못하엿습니다.[68]

「왕자와제비」와는 달리, 「석냥파리소녀」의 줄거리는 원작에서 크게 벗어나지 않았다. 그러나 배경이 선달 그믐날 서울 거리로 바뀌었고, 소녀의 환영에 나타나는 '꿩'과 '설빔'은 방정환이 새롭게 고쳐

68) 소파, 「석냥파리 소녀」, 『어린이』, 1923.3, 2~3쪽.

써 조선의 현실을 드러내는 동화처럼 분위기가 바뀌었다. 원작에는 소녀가 환영 속에서 '나이프와 포크가 꽂힌' 거위고기라든가 아름다운 성탄절 트리를 보는 것으로 되어 있다. 방정환은 거위고기를 '꿩고기'라고 했고, 특히 성탄절 트리를 '설빔'으로 고쳤다. 당시 조선 어린이들에게는 나이프나 포크, 성탄절 트리 따위가 낯선 것들이기에 우리 정서에 와 닿는 소재들로 바꾸어 놓은 것이다. 외국 동화를 소개하면서 방정환이 무엇보다도 조선의 어린이들을 중심에 두고 번안했다는 것을 잘 알 수 있는 부분이다.

그렇다면 당시에 외국문학을 우리식으로 고쳐 소개하는 '번안'이 일반적이던 풍토에서, 과연 방정환이 「석냥파리 소녀」를 우리식으로 번안한 것을 방정환만의 독자성이자 우수성이라고 할 수 있을까 의문이 제기될 수 있다. 「성냥팔이 소녀」는 안데르센의 작품 가운데에서도 당대의 다른 작가들에 의해 자주 번역되던 작품이다. 방정환이 『어린이』 창간호에 이 작품을 번안하기 이전과 이후에 「성냥팔이 소녀」는 몇 차례나 번역되었다.

확인할 수 있는 자료 가운데 가장 먼저 발표된 것은 『새별』 16호(1915.1)에 실린 「석냥팔이 處女」이다. 무기명으로 되어 있어 번역자를 확정할 수는 없다. 다만 당시 춘원이 『새별』의 편집을 담당했으며 『새별』에 옛이야기를 동화식으로 고친 「물나라의 배판」(『새별』 15호, 1914.12)과 실화에서 모티브를 얻은 「내 소와 개」(『새별』 16호, 1915.1)를 창작했다는 점, 그리고 1차 유학을 한 메이지학원(明治學院)에서 기독교 사상의 세례를 받았던 점 등을 고려하면 춘원의 번역일 것으로 추정된다.[69)]

---

69) "춘원은 (…중략…) 『붉은 저고리』 『아이들보이』에 원고를 쓰고, 『새별』은 육당이 없는 사이에 춘원이 혼자서 만들어 내기도 하였다." (조용만, 『육당 최남선』, 삼중당, 1964, 205~206쪽; 김윤식, 『이광수와 그의 시대』, 한길사, 1986, 451쪽에서 재인용)

한편 박숙경은 이광수의 「내 소와 개」(『새별』 16호, 1915.1)를 체험담의 형식을 빈 허구, 즉 창작동화로 평가했는데, 이 작품은 '-ㅆ다', '-ㄴ다' 위주로 쓴 단문의 근대적 문체가 특징적이다. 이러한 문체와 비교할 때 『새별』의 같은 호에 번역된 「석냥팔이 處女」와 다른 작품들에는 전근대적 문체와 근대적 문체가 혼용되어 있어 흥미롭다(박숙경, 「이광수와 근대 창작동화의 기원」, 『아침햇살』, 도서출판 아침햇살, 1998년 여름호).

『새별』은 '서국명화집(西國名話集)'이라고 하여 외국의 명화와 동화를 6편 소개했는데 「석냥팔이 처녀」도 그 가운데 한 편이다.70)

② 무기명(이광수로 추정됨), 「성냥팔이 處女」, 『새별』, 1915.1.

어느해 섯달금음날이라. 눈 오고 바람 부러 酷毒히 치운 이 날이 漸漸 저무러 간다. 밤이 되엿다. 한금음 밤이라 咫尺을 分別할수 업도록 캄캄하다. 이러한 날 이러한 밤에 엇던 可憐한 어린 處女가 머리에 아모것도 쓰지 안코 맨 발로 街路上으로 거러간다.

(…중략…)

또 한 가비 그엇다. 펄썩 니러난다. 빗치 벽에 비치매 벽이 열븐 휘장과 가치 대다보이어 그 그곳으로부터 집 안이 환하게 드려다 보인다. 밥상 우에 하얀 보를 깔고 그 우에는 맛 잇는 음식을 차리어 노핫다. 구은 오리 고기에서는 김이 무럭무럭 나고 능금과 배가 가즈런히 노히엇다. 보고 잇노라니 그 구은 오리가 그릇에서 뛰여 나서 가슴에 칼과 삼지창을 꼬즌채로 그 處女를 向하야 상 우으로 성큼성큼 거러 온다. 이윽고 불이 써지매 異常하다 그 處女 압헤는 차고 두텁은 壁이 가로 막히엇슬쌴이로다.그處女가 또다시 성냥을 그엇다. 본즉 자기가 잇는 곳은 이미 앗가 잇던 그 곳이 아니오 아름다운 「크리스마스」나무 아레러라. 일즉 琉璃窓으로 드려다 본 큰 商店보다 썩 크고 그 보다 더 훌륭이 꿈이어 노흔 곳이라.

(…중략…)

却說이라 그 목장이에는 불상한 그 處女가 쌀간 볼에 우슴을 씌고 벽에 기대여서 어러 죽엇는데 째는 어제 밤 卽 지난해 섯달 한 금음 밤이러라. 새해의 아츰 볏츤 그 적은 죽엄에 비치엇다. 그 處女는 그 곳에 안즌대로 쌧쌧이 어렷더라. 겻헤 잇는 성냥통 가온데 한통은 비엿는데 그 겻헤는 성

70) '서국명화집'에 실린 명화는 다음과 같다. ① 가장 貴한 行爲 ② 석냥팔이 處女 ③ 매가 님검 살린 이약기 ④ 와싱톤이 어린이를 살니다. ⑤ 텔이 自己 아들 머리우에 노힌 林檎을 쏘다 ⑥ 征服者 윌리암의 세 아들.

냥 그르텍이가 소도록이 노혓더라 이를 본 여러 사람들은 「성냥 불로 몸을 좀 녹여 볼야고 하엿든게지」하더라. 그러나 아모도 그 처녀가 본 아름다운 것은 생각지 못하며 그處女가 엇더한 광영을 가지고 正月元旦에 自己할머니와 가치 하늘나라로 갓는지는 생각지 못하더라.[71]

『새별』에 발표된 이 번역에서 가장 큰 특징은 아직 근대적 문체로 정착되지 못했다는 것이다. '-더라', '-이라'체로 되어 있으며 심지어 고전소설에서 보이는 '却說이라' 등을 노출하고 있고 현재형의 평서체로 서술되고 있다. 이때의 현재형 시제는 장면 그 자체에 생생한 현장감을 부여하기 위해 채택한 '보여주기' 수법의 의도적 산물은 아니다. 이와 견줄 때 방정환의 번안에서 전체 문장의 서술종결형은 과거시제를 철저히 지키고 있고, 밑줄로 표기한 단 두 군데의 표현, 즉 찡이 "버둥버둥것습니다", "압흐로 걸어옵니다"라는 부분에서만 소녀의 눈앞에 펼쳐지는 환영 장면을 효과적으로 드러내기 위해 의도적으로 현재형 시제를 사용한 것과 대별된다. 이러한 현재형 시제의 의도적 선정은 다른 작가들이 이 부분을 과거형 시제로 번역한 것과도 대별된다.

한편 방정환의 번안과 견줄 때 문체는 근대적 문체로 정착되지 못했지만 번역자는 원작의 '거위 고기'나 '포크와 나이프'를 살리고자 나름대로 '오리고기', '칼과 삼지창'이라는 식으로 옮겼고 '크리스마스 나무'도 살렸다. 우리식 '번안'이라기보다는 원작에 충실하려는 '번역'에 가깝다. 그러나 원작을 그대로 번역하려는 번역자의 앞서의 태도는 새해를 '정월원단'이라 옮기면서 서양 동화를 동양의 명절 명칭으로 표현해놓아 서구적인 전체 분위기와 동떨어지게 되고 말았다.

『새별』에 발표된 「성냥팔이 處女」는 근대적 문체가 확립되기 이전인 1910년대의 번역작이기에 이 작품과 방정환의 번안을 직접 비

71) 무기명(이광수로 추정됨), 「성냥팔이 處女」, 『새별』 16호, 1915.1, 6~9쪽.

교하는 일은 무리일 수 있다. 한편 방정환의 번안 동화집 『사랑의 선물』이 발행되기 이전 1년 앞서 번역 동화집을 출간한 오천원의 『금방울』(광익서관, 1921.8)에도 안데르센의 이 작품이 번역되어 있어 이 시기 번역의 양상을 살피기에 좋다. 시기적으로 볼 때 방정환의 번안과 비교하기에 가장 적합한 텍스트이다.

③ 오천원, 「어린석냥파리처녀」, 『금방울』, 광익서관, 1921.

무섭게치운 눈오는 날이엿습니다. 날은임이저믈어 둘네가 캄캄한데, 과연 이날은 세웃달 그믐날 밤이엿습니다.

이러타시 칩고 어두운밤에 한 어린 처녀가 머리에는 아모것도 둘느지안코 더구나 벌거버슨 발노 길거리를 도라 다녓습니다.

(…중략…)

처녀는 담벼락에 쏘 한개비를 그엇습니다. 확 불이부터 담벼락에 빗이비최는곳에 면사와 갓치 투명하여지고 그속으로 방한간이 뵈엿습니다.

눈과갓치 하—얀 보재기를 깔은 밥상우에는 입브다란 접시가 노여잇고 상우에는 맛잇슴즉한 김이 무—ㄴ문 나는, 사과열매와 살구열매로 가득채운 구은거우새가 잇섯습니다. 그 쌘만아니라 그 거우새는 접시에서 쒸여나와 칼과 쪽(서양료리에 씨우는세살칼)이 가슴에 찌리인채로 쌍바닥을 썽충썽충거러 이처녀에게로 왓습니다. 그 째에 성냥불은 탁 써지고 압헤는 오직 두터운 차듸찬 담벼락이 잇슬 쌘이엿습니다. 처녀는 쏘한개비 그엇습니다.

이번에는 자긔가 어느듯 몹시 훌늉한 탄일나무밋헤 안저 잇섯습니다. 이나무는 엇던 부요한 장사사람의 집 유리창건너로 들여다보든 그것보다도 활신크고, 아름다웟습니다.

(…중략…)

새해의아츰해는 조고만 죽엄우에 빗을 던젓습니다. 이아희는 페롭게안저서 죽엇습니다. 아직도 타나남은 석냥개비를 든채로. 사람들은 말하엿습니다.

「이애는 몸을 녹히노라고 하엿구나?」

그러나 아모도 그처럼 아름다운 것을 보고 화려한가운데서 한머니와갓치 깃븜으로 새해를 마젓슴을 알지못하엿습니다.[72]

오천원은 이 시기를 전후로 외국 문학을 여러 차례 번역 소개한 바 있다.[73] 방정환의 번안과 차이가 날 정도로 외국문학을 원작에 가깝게 번역하려 한 의지를 엿볼 수 있으며 번역 문장도 깔끔하다. 특히 이 작품에서 눈에 띄는 것은 주인공을 '어린 처녀'로 표현한 대목과 원작에 가깝게 번역하려고 고심한 흔적이 엿보이는 '사과열매와 살구열매로 가득 채운 거우새'. '칼과 쪽(서양료리에 씨우는 세살칼)', '탄일나무' 등이다. 특히 '쪽'을 표현하면서 그 옆에 괄호로 '서양료리에 씨우는 세살칼'이라 풀이한 대목은 작가가 당시 조선 어린이들에게 '포크'가 낯선 도구이기에 설명이 필요하다고 생각했기에 취한 태도임을 알 수 있다.

1920년대의 또 다른 번역으로 '솟이슬'이라는 필명으로 ≪동아일보≫(1925.1.14)에 발표된 「셩냥파는쳐녀」도 눈여겨 볼 필요가 있다. 이 작품의 말미에 '에스페란토에서'라고 적힌 것으로 보아 중역본 텍스트는 다른 번역·번안과는 달리 일본어본이 아니라는 것을 알 수 있다. '솟이슬'이 누구의 필명인지 현재까지 학계에 보고된 바는 없다. 「성냥파는 처녀」가 번안 소개되었던 ≪동아일보≫에는 필명 '솟이슬'로 발표된 글(동화, 동시, 연극평 등)이 적지 않은데 이는 당시 필명 '솟이슬'을 썼던 작가가 문단에서 어느 정도 비중 있는 작가라는 추정을 가능케 한다.[74] 필자는 김억(金億)의 필명일 것으로 추정한다. 김억

72) 오천원, 「어린석냥파리처녀」, 『금방울』, 광익서관, 1921.8, 80~85쪽.

73) 오천원, 「엔듸미온」(롱펠로우 시), 『신청년』 2호, 1919.12; CW(천원의 필명: 인용자 주), 「자유의 낙원」(타고르 시), 『신청년』 3호, 1920. 8; 「우편국」(타고르 희곡), 『학생계』 1호, 1920.7; 오천원, 「심뻬린」(램의 『쉑스피어이야기』에서), 『서울』 8호, 1920.12; 「무지개나라로」(에로시엔코의 동화), 『백조』 1호, 1922.1; 『세계문학걸작집』, 한성도서주식회사, 1925(수록작: 『일리아드』와 『데카메론』의 일부, 유고의 「몸둘 곳 없는 사랑」, 괴테의 「젊은 베르테르의 슬픔」, 타고르의 「우편국」).

은 당시 동화를 번안하기도 했는데 특히 방정환은 『어린이』지를 편집하면서 김억에게 안데르센의 동화를 번역해 줄 것을 요청한 적이 있었다. 이때 김억은 "소파형님, 요젼에 안데르센의 곱고 아릿아릿한 「달님이야기」를 번역하여 달나고 하실 때에는, 말은 쉽게 번역하야 들이마고 약속까지 하엿습니다만은 그뒤에 번역하랴고보니까 아이구 여간만 어렵지안을 섇만아니고, 번역하랴고하여도 그 긴이야기를 다번역하여야만 되겟읍듸다. 해서 안데르센의 이야기는 아직 그대로 두고 웃을거리나 하나둘 써보겟습니다. 그리 알야주시고, 노염이나 말아주셔요"라고 발언하기도 했다.[75] 한편 고장환(高長煥)이 번역하여 펴낸 『世界少年文學集』(박문서관, 1927.12)의 판권란 뒤(책의 맨 뒤)에는 박문서관에서 펴낸 책 광고가 실렸는데 방정환이 펴낸 『사랑의 선물』을 비롯해 "岸曙 金億先生 編 '朝鮮童話 寶國集 『옷이슬』(정가 30전)"이라는 동화집이 소개되기도 했다. 현재까지 이 작품집은 미발굴 상태인데, 이를 보면 김억이 당시 조선동화집을 펴내기도 했다는 사실을 확인할 수 있으며, 더욱이 그 책의 제목이 『옷이슬』이라니 더욱 흥미롭다. 이러한 정황을 종합할 때 김억이 '옷이슬'이라는 필명으로 1920년대에 외국의 동화를 번역 소개했을 가능성이 상당히 높으며, 그가 동화를 번역하면서 썼던 필명 '옷이슬'을 따서 동화집의 제목으로 사용했으리라는 추정도 가능하다.

1920년대 번역문학사에서 중요한 위치를 차지하는 김억이 안데르센의 작품을 어떻게 번역하였는지 살펴보도록 하겠다.

---

74) 옷이슬이라는 필명으로 ≪동아일보≫에 발표된 글은 다음과 같다. 「옷」(시), 1924.11.17; 「흰개나리옷」(동화), 1924.12.1~8; 「愛情만흔소」, 1925.1.1; 「달」(동시), 1925.3.2; 「飛行星」(소설), 1925.8.1~7; 「將軍塔」, 1925.8.9~10.4(40회). 이외에도 영화평들이 있다.

75) 김억, 「우슴거리 멧다듸」, 『어린이』, 1924.3, 18쪽.

④ 솟이슬(김억으로 추정됨), 「셩냥파는쳐녀」, ≪동아일보≫, 1925.1.14.

살을베는듯한치운저녁이엇습니다. 흰눈은 내려싸이며 사방은차차어두워왓습니다. 한해의 마즈막되는 섯달그믐날이엇습니다.

이럿케칩고어두운데쳐녀하나이머리에는 아모것도쓰지아니하고 맨발로거리를걸엇습니다.

(…중략…)

그래서또한가치쎕아서불을켯습니다. 불이환하게빗최일째에 겻헤잇는담은 열분천과가치 속이뚤려보엿습니다. 그래그안을드려다본즉 방안이잇고그방의테불우에는 구어노흔오리고기의 내음새가 맛잇서보엿습니다. 한데이상하게도구어노흔오리가 접시에서뛰여나와 칼과삼지찰이 등에박인채로마루우를걸어단엿습니다. 오리는처녀잇는데로걸어왓습니다. 이째에그만석냥불은 써지고 남은것은두썹고 찬담쌘이엇습니다.

처녀는 또한가치쎕아 불을켯습니다. 이번에는뎨일아름답은『크리스마스나무』가 보엿습니다. 그나무의아름답고큰것은『크리스마스』저녁에 이처녀가거리에서본 장사하는부자집류리창문에잇든것보다도 더조왓습니다.

(…중략…)

새해아츰빗은 이적은죽엄을 빗최여주엇습니다. 처녀는손에타다가남은성냥까치를 쥐엿습니다. 이것을보고 사람들은『이애가얼마나치워서 성냥까치로몸을덥게하랴고햇슬가』할쌘이고 아모도그럿케아름다운것을 보면서 환하게밝근가운데서 할머니와함께 새해를 마진것은몰랏습니다. (에스페란토에서)[76]

인용한 부분을 보면 알 수 있지만, 이 작품은 방정환의 번안보다는 원작에 가까운 편이다. 그런데 방정환의 번안과 견주어 보면, 2년 정도 늦게 발표되었는데도 문장이 매끄럽게 다듬어졌다고 보기는 어렵다. 또한 원작에 가깝게 옮기려고 한 부분에서 '나이프와 포크'를 '칼

76) 솟이슬, 「셩냥파는쳐녀」, ≪동아일보≫, 1925.1.14.

과 삼지창'으로 옮긴 것도 앞서의 다른 번역과 동일하다. '오리고기'나 '크리스마스 나무'도 다른 번역자들과 같은 태도로 번역했는데 방정환의 번안과 견줄 때 우리 문화와 정서에는 낯선 것을 그대로 소개하고 있다.

오천원과 '솟이슬(김억의 필명으로 추정)'의 번역이 이 동화의 서구적 이미지와 정서를 가능한 그대로 옮기고자 한 의도의 산물이라면 안데르센의 작품 7편을 번역하여 엮은 전영택은 '서구적 이미지=기독교'로 전화되는 과정을 「성냥장사처녀」의 번역을 통해 단적으로 보여준다.

⑤ 전영택, 「성냥장사처녀」, 『특선 세계동화집』, 복음사, 1935.

섯달 수무나흔날 성탄전날 저녁이 닥처왓읍니다. 몹시도 츱고 눈이오는날이라 벌서 사방이 캄캄해젓읍니다.

츱고 어두운데 보기에도 허술하고 가련한 어린처녀가 모자도 안쓰고 빨앟게벗은 맨발로 거리로 허둥지둥 해매고 있엇읍니다.

(…중략…)

처녀는 성냥을 두가치채 벽에다가 그엇읍니다. 불이 붙었읍니다. 그불이 벽에 비치니까 제눈에는 그벽이 엷은 망사처럼 꿰뚫어 보였읍니다. 그리고 방안이 완연이 보였읍니다.

큰상우에는 눈같이 힌 보를 덮어놓았읍니다. 그우에는 번쩍번쩍하는 그릇들을 죽 버려놓았읍니다. 사과와 말린 매화열매를 넣어가기고 구은 땅우기 고기가 한가운데서 김이 무럭 무럭 납니다.

그런데 금방 그땅우기가, 가슴에 칼과 삼지창을 꽂아 놓은채로 화판자우에서 뛰여내려와서 방바닥으로 걸어서 자기쪽으로 차차 가까이 오겠지요. 그것은 무어라고 말할수없이 좋은 판이었읍니다.

한데 또 성냥불이 꺼지자 눈앞에는 축축하고 차디찬 벽이 우뚝 서있을 뿐이었읍니다.

소녀는 성냥을 또 하나 그었읍니다. 했더니만 제가 훌륭하고 이쁜 전나무 성탄무아래서 있었읍니다. 그것은 그 시내에서 제일 부자 상점 유리창안에서 본것보다도 훨신 크고 여러 가지 훌륭한 단장이 많었읍니다.

(…중략…)

그러나 그집 모퉁이에는 불상한 어린처녀의 송장이, 섯달 수무나흔날 밤에 얼어죽은 송장이 빨안 뺨과 빙그레 웃는 입술을 남긴채로 벽에 기대인채로 있었읍니다. 이적은 송장의 웃는 얼굴에 크리쓰마쓰날 아침해가 비치었읍니다. 소녀는 한뭉테기 타다남은 성냥까치를 가지고 앉은채로 있었읍니다.

『저렇게끔 언몸을 녹일랴고 했구만! 가이없어라』

하고 모인 사람들이 말했읍니다. 그러나 이소녀가 어떤 것을 보았는지 할머니하고 둘이 어떤 빛과 영광 가운데서 성탄을 맞이하면서 떠나갔는지는 아무도 아는이가 없었읍니다.[77]

앞서의 작품들과의 중요한 차이는 시간적 배경이 섣달그믐이 아닌 '섣달 수무나흔 날 성탄전날'로 바뀌었다는 점이다. 이러한 번역은 원작과도 명백히 다른 설정인데 그만큼 번역자의 의도가 강하게 드러난 부분인 셈이다. 즉, 소녀의 죽음을 새해 아침이 아닌 '성탄절 아침'에 목격하게 되는 것으로 바꾸었다. 마지막 대목의 '빛과 영광' 가운데 성탄을 맞이했다는 표현은 현세에서의 소녀의 비극적 죽음과 극적인 대비로서 기독교적인 내세의 구원과 성탄의 축복을 한층 강조한 것이다. '거위고기' 대신 '땅우기 고기'라고 표현했지만 '칼과 삼지창'이라 표현한 부분은 앞서 살펴본 『새별』에 소개된 작품과 '욋이슬'의 작품과도 동일하다.

이처럼 1910년대부터 1930년대에 걸쳐 안데르센의 「석냥팔이 소녀」는 당대의 유명한 다섯 명의 작가들에게 주된 관심의 대상으로

77) 전영택, 「성냥장사 처녀」, 『특선세계동화집』(안델센특집), 복음사, 1935.12, 54~59쪽.

떠오르며 번역·번안되었다. 여기서 주목할 것은 왜 안데르센의 「성냥팔이 소녀」가 이토록 주목되었는가 하는 것이다. 먼저, 이 작품이 안데르센의 대표 동화로 손꼽히는 동화라는 점이 선정의 이유였을 것이다. 둘째, 가난하며 학대 받는 주인공 소녀의 처지는 당시 조선 어린이의 처지와 그리 다르지 않다는 점에서 독자들이 자연스레 공감할 수 있다는 점도 중요하게 고려되었을 것이다. 특히 번역자들은 당시에 소년운동의 필요성을 역설하던 때로 봉건적 질서에 눌려 억압 받던 조선 어린이의 현실을 상징적으로 보여주는 '성냥팔이 소녀'는 자신들의 소년운동 담론의 필요성을 부각할 수 있는 존재였다고 볼 수 있다. 셋째, 안데르센의 「성냥팔이 소녀」는 천국에서의 축복이라는 기독교 사상을 내면화한 작품으로 방정환을 제외한 4명의 작가들이 독실한 기독교신자이거나 기독교 사상으로부터 깊은 영향을 받은 작가들이라는 점에서도 이 작품이 중요하게 선정되었을 것이다. 특히 방정환의 번안과 달리 그들의 번역에서 우리 문화에는 낯선 '성탄절'이나 '크리스마스 나무(성탄 나무)'가 부각된다는 점은 그와 관련된다고 할 수 있다. 방정환만 성탄절 트리를 '설빔'으로 고쳤는데, 이것은 방정환이 천도교인이었던 데에도 연유하며 우리 문화에 맞게 작품을 번안하려 했던 태도에서 비롯된 것이다.

한편 방정환을 제외한 다른 작가들의 경우 모두 주인공을 '처녀'로 옮겨 놓았는데 이 점도 흥미롭다.78) 현재의 관점에서 본다면 '처녀(處女)'는 '결혼하지 않은 성년 여자'의 의미로 널리 쓰이고 '소녀(少女)'는 '아직 완전히 성숙하지 않은 어린 계집아이'로 의미가 거의 고정되어 있다. 하지만 1910~1930년대에는 이 두 낱말이 현재와 같은 의미로 명확히 분화되지 않았다.79) 그렇지만 '처녀'라는 용어에 '결

78) 전영택은 제목뿐 아니라 본문에서도 '처녀'를 주로 썼는데 마지막 부분에서 '소녀'라는 말로 옮겼다. 의도적인 변화는 아니고 당시에 '처녀'와 '소녀'가 큰 의미상의 변별이 없이 혼용되었기에 전영택도 이를 혼용했다고 보인다.

79) 쳐녀(處女): 1. 싀집안간 女子 2. 숫색시. (영인 자료 167쪽)
쇼녀(小女): 1. 적은계집 2. 계집아해가 어른에게 말할 쌔 쓰는 말. (영인 자료 105쪽)

혼안한', '숫색시'의 의미가 강하게 있기 때문에 방정환은 이를 의식하고 '어린이'라는 의미를 강화하기 위해 다른 번역자들과 달리 의식적으로 '소녀'라고 옮겼다고 볼 수 있다.

그밖에 원작과 『새별』에 발표된 작품(이광수), 오천석, 꽃이슬, 전영택의 번역에는 없는데, 방정환은 세 번째 성냥불의 환영 속에서 소녀가 할머니를 보기 전 부분에서 "불쌍한 소녀는 얻어맞고 구박을 맞을 적마다 몸이 아프고 슬플 적마다 어떻게 그 할머니를 부르며 울었는지 모릅니다"(3쪽)라는 부분을 첨가하였다. 「왕자와제비」의 번안에서 방정환이 가난한 사람들에 대한 묘사를 첨가했던 것처럼, 이 부분은 소녀가 불쌍한 처지에 놓여 있다는 것을 한층 두드러지게 하기 위해서 덧보탠 것임을 알 수 있다. 사소하지만 방정환이 이 작품을 주목했던 이유를, 『어린이』 창간호의 첫 번역 작품으로 선정한 이유를 드러내는 대목인 셈이다.

한편 안데르센 동화의 한국적 수용과 관련하여 안데르센 동화가 서양 창작동화 쪽에 가깝지만 번역 과정에서, 민담인 그림 형제 동화와 변별점을 보이지 않는 모습으로 변형되었다는 기존의 연구는 재고되어야 할 것이다.[80] 방정환의 안데르센 동화 번안을 비롯해 앞서 소개한 오천석의 번역 동화집 『금방울』에 수록된 안데르센 동화나 전영택의 안데르센 동화집인 『특선세계동화집』의 번역 실태를 파악

(심의린 편찬, 『보통학교 조선어사전』, 이문당, 1925.10; 박형익 편, 『심의린 편찬 보통학교 조선어사전』, 태학사, 2005.)

쇼녀 小女 (적을) (계집) your daughter. A girl; a young woman. (569쪽)
쳐녀 處女 (곳) (계집) A virgin; a maiden; a girl. See 규슈. (930쪽)
(James Scarth Gale, 『한영자전』, 야소교서회, 1911.)

한편, 1915년에 출판된 『大日本國語事典』(新裝版)에는 "娘(むすめ) ① 여자 아이, 딸 ② 젊은 여자, 처녀(處女)/ をとめ오토메(少女) ① 한창 자라는 젊은 여자 ② 미혼여자, きむすめ"로 옮기고 있다고 한다. 한편 『現代日韓事典』에는 "娘(むすめ 무스메) ① 딸 ② 처녀, をとめ ① 少女 ② 處女"로 옮기로 있다고 한다. 李姃炫, 「方定煥の兒童文學における飜譯童話をめぐって—『オリニ』誌と『サランエソンムル(愛の贈り物)』を中心に」, 大阪大學大學院 言語文化研究科 碩士論文, 2004, 35쪽 참조. 방정환이 저본으로 삼은 「성냥팔이 소녀」의 일본어 중역본을 확인할 수는 없으나 중역본에서의 娘을 '소녀'로 옮긴 것으로 추정된다.

80) 안미란, 「안데르센 동화와 민담」, 『헤세 연구』 10호, 한국헤세학회, 2004.

하더라도 이러한 평가는 일면적임을 확인할 수 있다. 초창기 한국에 외국의 동화가 수입·소개될 때 그림 형제의 민담을 바탕으로 한 전래동화의 형태와는 달리 안데르센을 중심으로 한 서구의 근대 창작동화는 조선에는 없는 새로운 형태의 '동화'의 모델로 인식되면서 번역자, 작가, 그리고 독자에게 수용되고 있다는 것을 「석냥팔이 소녀」의 서로 다른 텍스트들만을 놓고 보더라도 뚜렷이 알 수 있다.

방정환의 번안을 비롯해 당시 번역가들이 외국 동화를 번역할 때에 인물이나 장면을 구체적으로 묘사하는 문체는 한국 창작동화가 근대적 문체를 확립해 가는 데에 중요하게 기여했던 것으로 평가된다. 또한 이들 외국 동화의 번역·번안 작업은 창작동화가 '옛날옛날에~행복하게 살았습니다'라는 옛이야기의 일반 유형에서 벗어나는 데에도 일정한 영향을 끼쳤을 것으로 평가된다.

또한 서로 다른 번역자에 의한 「석냥팔이 소녀」의 시기별 번역 상황을 고찰할 때 근대문체의 정착과 함께 동화의 일반적 서술체로 '-았/었습니다'체가 자리잡아가는 과정을 보여준다는 점도 흥미롭다. 1910년대 번역 작품인 『새별』의 「석냥팔이 처녀」만이 평서체로 되어 있고 1920년대에 들어서면서 오천석을 필두로 동화의 서술체가 '-았/었습니다'체로 정착되어가는 것을 확인할 수 있다. 이러한 변화의 요인에 1910년대와는 다른 1920년대의 아동관과 문학관의 변화라는 측면이 결부되었음도 사실이다. 즉, "동화적 글쓰기의 대표적 표지인 '앗/엇습니다'는 '존중받아야 할 아동'이라는 사회적 관념, 이야기의 새로운 구술 양식인 구연동화 등과 동화가 맺고 있던 친연 관계를 표시하는 근대적 서술 장치"라 할 수 있다.[81]

한편, 조은숙은 이러한 근대적 인식의 변화와 함께 1920년대 초의 번역 동화들에서 선보이는 '-았/었습니다'로 문장을 맺는 방식이 원문 자체의 형식적 통일성을 반영하는 것일 수 있으며, 무엇보다 이국

81) 조은숙, 「한국 아동문학의 형성 과정 연구」, 고려대학교 박사논문, 2005, 159쪽 참조.

어 문자 텍스트를 대상으로 해서 '번역'한 결과일 수 있음을 지적하였다. 특히 '-았/었습니다'의 경어체로 통일되어 있는 점으로 보아 서구 동화의 일본어 번역본을 다시 중역하여 생긴 결과로 추정하였다. 이를 테면 일본어에서 동화 텍스트 문장의 어미는 '-ました'가 대표적인데 이는 우리말의 '-았/었습니다'에 해당하는 것이라고 밝히고 있다.[82] 그런데 문제는 일본의 경우 메이지 시기부터 외국의 아동문학이 본격적으로 번역되었는데, 『새별』에서 저본으로 삼은 중역본 텍스트 역시 1920년대 번역자들이 저본으로 삼은 중역본 텍스트와 다르지 않은 '-ました'로 종결된 동화 문장 텍스트를 옮겼다는 점이다. 따라서 '-았/었습니다'체로의 동화 문장 정착 과정은 한국의 근대 문학 형성 과정에서 이루어진 문체의 치열한 경쟁과정에 대한 이해가 함께 고려되어야 한다.

3) 이솝 우화: '교훈담'에서 '재미있는 이야기'로

방정환은 초창기 외국의 아동문학을 소개하는 과정에서 주로 전래동화나 창작동화를 번안했다. 『어린이』 잡지를 꾸미면서 몇 편의 이솝 우화를 번안하기도 했지만 작품 편수가 그리 많지 않다.[83]

---

82) 위의 논문, 같은 곳.

83) 현재 확인할 수 있는 것만을 대상으로 할 때 방정환이 번안한 이솝 우화는 다음과 같다.
ㅈㅎ생, 「당나귀와 개」, 『어린이』, 1923.11.
ㅈㅎ생, 「당나귀와 닭과 사자」,『어린이』, 1923.12.
ㅈㅎ생, 「서울쥐와 시골쥐」, 『어린이』, 1924.1.
ㅈㅎ생, 「금독긔」, 『어린이』, 1924.2.
ㅈㅎ생, 「파리와 거믜」, 『어린이』, 1924.3.
ㅈㅎ생, 「친한 친구」, 『어린이』, 1924.4.
ㅈㅎ생, 「파리의 실패」, 『어린이』, 1924.8.
소파, 「해와 바람」, ≪조선일보≫, 1925.8.18.
대체로 'ㅈㅎ생'이라는 필명으로 발표했고 총 8편이다. 방정환은 그밖에 교훈성 강한 동물 우화를 몇 편 더 번안했는데, 인도의 우화집 『판차탄트라』의 3장 〈친구를 만드는 법〉 가운데 〈소밀라카 이야기〉(판디트 비쉬누 샤르마, 서수인 역, 『판차탄트라』, 태일, 1996, 206~207쪽)를 동화식으로 번안한 「눈 어둔 포수」(小波, 『어린이』, 1923.4)와 러시아의 동화를 번안한 「거만한 곰과 꾀바른 여우」(몽중인, 『어린이』, 1924.3)가 있다. 개벽사 기자이자 이솝 우화는 1896년 교과서 『신정심상소학』에 번역본이 실리고 “개화기에 나온 소학독본에 散見”되는[84] 등 1890년대 이래 아동에게 매우 중요한 교육용 텍스트로 사용되었다. 최남선은 『소년』에 이솝 우화를 몇 차례 실으면서 이솝 우화를 싣는 동기를 표명하고 있는데, 방정환이 『어린이』에 이솝 우화를 실으며 이솝 우화를 싣는 동기를 표명한 부분과 견주어 보면 흥미롭다.

이 이약은 寓語家로 古今에 그 짝이업난 이솝의 述한 것이라. 世界上에 이와갓히 愛讀者를 만히 가딘冊은 聖書밧게는 또 업다하난바니 乙未年頃에 우리 學部에서 編行한 『尋常小學』에도 이 글을 引用한곳이 만커니와 世界各國小學教育書에 此書의 惠澤을 입디아니한者 업난바라. 新文舘編輯局에서 其一部를 飜譯하야 『再男伊工夫冊』中一卷으로 不遠에 發行도 하거니와 此에는 每卷四五節式 抄譯하고 交혜 有名한 內外教育家의 解說을 부티노니 닑난사람은 그 妙한 構想도 보려니와 神通한 寓意도 玩味하야 엿고 쉬운말가운데 깁고 어려운 理致가 잇슴을 타다 處身行事에 有助하도록하기를 바라노라.[85]

최남선은 ‘處身行事에 有助하도록 하기를 바라노라’라고 하여 이솝 우화를 재미있는 이야기의 차원에서 읽도록 유도하는 것이 아니라 거기에서 교훈을 얻고 그것을 처신과 행사에 응용하기를 바라고 있다. 이와 같은 취지 아래 최남선은 이솝이야기 중 「바람과 볕」을 첫 번째로 소개하고 있다.

『어린이』의 주요 필자였던 이정호는 세계 각국의 동화를 번역하여 『세계일주동화집』(이문당, 1926)을 엮었는데 이 책에 「거만한 곰과 꾀발른 여호」가 ‘로서아’ 동화로 소개되어 실려 있다. 이정호의 이 번안은 방정환의 번안과 한두 문장에서의 조사만 다를 뿐 똑같다. 참고로 이솝 우화는 아니지만 『세계일주동화집』에는 방정환이 『어린이』나 『부인』 등에 번안하여 실었던 「월계처녀」, 「눈 어둔 포수」(이정호: 「사슴과 자라와 올뱀이」), 「의조흔내외」(이정호: 「의조흔 두 양주」), 「개고리 왕자」, 「눈먼 용사 「삼손」이야기」(이정호: 「눈먼 용사 삼손」), 「선물 아닌 선물」의 6편도 실렸는데, 약간의 변화를 보이긴 하지만 방정환이 번안한 것과 똑같은 문장을 그대로 쓴 대목들이 상당히 많이 있다.

84) 김병철, 『한국 근대 번역문학사 연구』, 을유문화사, 1975, 187쪽 참조.

85) 『소년』 제1년 1권, 24쪽.

바람과 볏이 서로 힘씨름을 하난데 猝然히 勝負가 나디아니함으로 그러면 길에 가난 行人을 試驗하야 雌雄 決斷하되 웃디하얏던디 그의 두루마기를 먼뎌 벗기난편이 익이기로하다하고 最初에 바람이 힘대라난대로 긔ㅅ것 휘…ㄱ 휘…ㄱ 부러논즉 티위가 瞥眼間에 酷毒하야다서 行人이 깜싹놀라 불불 썰면서 늦게 입엇던 두루마기를 쏙 둘나 매엿소. 그다음은 볏의 次例―ㄴ고로 볏이 얼는 구름속으로서 얼골을 드러내여놋코 쓰…ㄱ 밝은빗과 더운긔운을 四方에 피여노니 가리웟던 구름은 今時에 헤여디고 티운긔운은 탸탸 가시여 견대기됴흘만하게 됨애 行人도 됴와하다가 那終에는 더워뎌서 견댈수업시되여 웃디할수업시 두루마기를 버서바리고 그리하야도 못되매 急히 그늘속으로 避하얏소.

배홀일) 싸뜻한 대뎝은 쌔 싸디 녹인다.

가르팀) 사랑이 사람을 感動하난 힘이 威壓보다 활신 굿센法이오. 나폴네온갓흔豪傑도 센트헬레나(나폴레온이 末年에 幽因을 當하야잇던사음)에서는 디난일을 追懷하고서 「自己와 알넥산더, 시의사, 샤레마(다 泰西各地를 統一하던 人)것흔覇者의 大一統天下는 力服이란 基礎우헤 세운故로 다 滅亡하고 말엇으나 홀노 사랑우에 세운 天國은 길피 盛하리라」고 歎息하얏다는세음으로 사랑의 人心을 感化하난것만콤 굿센 것은 업스리라.[86]

이처럼 최남선은 이솝 우화를 소개하는 데에 줄거리가 전달하고자 하는 뜻에 주의를 기울이고 있으며 본이야기보다는 그 뒤에 첨부되어 있는 배홀일, 가르팀 등의 부연 설명에 초점을 두고 있다.[87]

한편 방정환은 『어린이』에 이솝 우화를 처음 소개하면서 이솝 우화가 지닌 의미를 다음과 같이 밝혔다.

이번부터 세계에 유명한 「이소프」이약이를 하나씩하나씩 소개하겟습니다. 예전 예전 아조예전부터 세게각국에 전해내려오는 이 이소프이약이는

86) 「바람과 볏」, 『소년』 1권 1호, 25~26쪽.

87) 권복연, 「근대 아동문학 형성 과정 연구」, 연세대학교 석사논문, 1999, 46~47쪽 참조.

알기쉽고 자미잇고 유익하기로 유명한것이여서 어느나라교과서와 어느곳토론(討論)회에 쓰이지안는때가 없는것입니다. 닑을스록 자미로와서 웃난중에 사람이 약어진다는 것이 이 이소프이약이입니다 자아 이제 그유익한이약이를 이달부터 하나씩 하나씩하기로합시다.[88]

언뜻 보아 방정환의 이 발언은 최남선이 이솝 우화를 소개하던 취지와 크게 다르지 않다. 하지만 최남선이 우화의 숨은 뜻을 깨우치고 '처신행사'에 도움이 되기를 바란다고 직접 거론하며 더욱이 이야기의 끝에 '배홀일', '가르팀'을 강조하여 부연하는 것과는 달리 방정환은 이솝 우화가 교훈성이 강해 교과서나 토론회에서 많이 쓰이고 있다고 언급하고는 있지만 그가 강조하는 것은 '알기쉽고 자미잇고 유익'한 이야기라는 데에 초점이 놓인다. '닑을수록 자미로와서 웃난중에 사람이 약어진다는 것'을 강조함으로써 '재미'있는 이야기로서 자연스레 지혜를 얻게 된다는 것을 부각시켰다. 이러한 태도는 『어린이』에 소개된 이솝 우화들이 이전의 『소년』에 소개된 이솝 우화와는 달리 대화나 행동의 세부 묘사 같은 요소에 주의를 기울이며 재미있는 이야기로 전달하는 방식에서 잘 드러난다. 실용적이고 교훈적인 차원의 이솝 우화가 재미있는 이야기, 즉 동화(아이에게 들려줄 이야기)로 재발견·재창조되고 있는 것이다.

방정환이 ≪조선일보≫의 〈어린이신문〉란에 발표한 「해와 바람」은 그가 『어린이』에 발표한 이솝 우화와 견줄 때 '재미있는 이야기'의 성격보다는 줄거리 위주의 소개에 그치고 있지만 최남선의 「바람과 볕」과 견주어 보면 훨씬 이야기로서의 성격이 부각되어 있다.

옛날옛날고려썩에 하늘우에는 해와바람둘이 살엇섯는데 해는 사람이 조와서 언제든지 싱글싱글 웃기를 잘하고 바람은 성미가 급하여서 골만 잘 내

88) 『어린이』, 1923.12, 15쪽.

이고 싸홈만 조와하엿슴니다. 그래서 산에 잇는 나무들과 새들까지라도 바람 몹시 부는 날은 실혀하고 해가 잘 쪼이는 날은 조와하엿슴니다. 어느날 사람하나가 길을 거러가는 것을 보고 해와 바람 둘이 서로의론하기를 '누가 저길가는 사람의 입은옷을 벗도록 할 재조가 잇나 내기를 하자'라고 옷벗기기 내기를 시작하엿슴니다. 처음에 바람은 우악스러운힘으로 옷을 벗기랴고 바람을 몹시 부럿더니 그 사람은 깜짝놀래여 옷이 찌저지고 바람에 날려갈가보아서 더 웅숭그리고 옷을 잔뜩붓잡앗슴니다. 그래도 바람은 더 몹시 불으닛가 그 사람은 치워저서 옷을 더 꼭 염이고 암만하여도 노치아니하엿슴니다. 그리하야 바람은 그 사람의 옷을 벗기지 못하엿는데 다음에 해는 싸뜻한 얼골로 내려 쪼엿슴니다. 그 사람은 그제야 마음을 노코 거러가다가 해가 더욱 내려 쪼여 쌈이 흐르고 퍽 더우니까 나종에 옷을 버서 노앗슴니다. 이리하야 바람이 못 벗긴 그 사람의 옷을 해가 벗겻는데 내기를 익인 해는 또 한번 싱글싱글 우섯슴니다.[89]

이야기의 처음을 '옛날옛날~해와 바람이 살았는데'라고 시작하여 한 편의 이야기를 들려주는 방식으로 전해 주고 원작에는 없는 해와 바람의 '성격'을 간단하나마 언급하고 있다. 최남선의 우화의 '배홀일'과 '가르팀'을 뺀 줄거리 소개 부분과 비교해 보면 길이가 길어졌는데 그만큼 이야기를 꾸미느라 세부묘사를 덧붙였기 때문이다. 특히 바람이 길가는 사람의 옷을 벗기기 위해 안간힘 쓰는 부분이나 그 사람이 추워 옷을 더 꼭 여미는 부분을 재미있게 꾸며놓았다. 끝부분도 내기에 이긴 해가 싱글싱글 웃는다는 것으로 마무리하여 이솝 우화의 직접적인 교훈 덧붙이기를 피하고 있다. 방정환은 ≪조선일보≫의 〈어린이신문〉란에 줄거리 중심의 짧은 이야기들, 즉 『어린이독본』에 실었던 이야기나 우스운 이야기를 주로 짧게 줄여 실었다. 발표 지면의 성격상 「해와 바람」도 방정환이 『어린이』에 번역했

89) 「해와 바람」, ≪조선일보≫, 1925.8.18.

던 이솝 우화와 견주면 '이야기'로서의 성격이 두드러진 우화라고 하기는 어렵다. 하지만 최남선의 이솝 우화 소개와 달리 방정환은 재미있는 이야기로 이솝 우화를 이해하고 전달하려 했음을 알 수 있다.

이솝 우화를 한 편의 교훈담이라기보다는 인물의 성격과 행동이 부각되는 '재미있는 이야기'로 발견해 내고자 한 사실은 방정환이 이솝의 「들쥐와 집쥐」를 번안한 「서울쥐와 시골쥐」에서 좀 더 뚜렷하게 나타난다.

① 이솝, 「들쥐와 집쥐」[90]

들쥐가 집쥐를 친구로 삼았다. 들쥐는 집쥐를 자신의 시골집으로 식사 초대를 했다. 하지만 식사거리라고는 보리와 옥수수가 전부인 것을 본 집쥐는 이렇게 말했다.

"자네는 개미처럼 살고 있군. 난 집에서 멋진 것들을 많이 가지고 있다네. 이번에는 우리 집에서 식사를 하세."

그들은 함께 집쥐의 집으로 갔다. <u>집쥐는 들쥐에게 몇 가지 콩들과 밀가루, 치즈, 벌꿀, 과일 등 온갖 맛있는 음식들을 보여주었다. 들쥐는 이런 멋진 음식들을 먹고 사는 집쥐를 부러워하면서 자신이 가진 것들을 한탄했다.</u> 하지만 이들이 식사를 막 하려는 순간에 한 남자가 갑자기 문을 열었다. 놀란 쥐들은 갈라진 틈으로 숨어버렸다. 얼마 후에 이들은 다시 무화과 열매를 맛보기 위해서 기어 나왔다. 그런데 이번엔 다른 사람이 방에 들어와서 무언가를 찾기 시작했다. 놀란 쥐들은 다시 구멍으로 들어와서 숨어버렸다. 그러고 나자 들쥐는 배고픔도 잊어버리고 한숨을 내쉬며 말했다.

90) 옮긴이는 블랑쉬 윈더(Blanche Winder)의 『이솝 우화(Aesop's Fables)』(1971)와 쥬디 파리스(Judy Paris)의 『이솝 우화(Fables by Aesop)』(1983) 등 기존에 출간된 여러 이솝 우화집을 참고하여 번역했으며, 이솝 연구가들로부터 가장 믿을 만한 판본으로 평가되는 에밀 샹브리(Emile Chambry)의 『이솝 우화 전집』을 바탕으로 하여 358편의 이야기를 모두 실었다고 한다. 특히 가능한 원문을 그대로 살리기 위해 첨삭을 하지 않았다고 밝혔다.(11쪽) (신현철 역, 『어른을 위한 이솝 우화 전집』, 문학세계사, 1998, 295쪽)

"잘 있게, 친구. 자네는 맛있는 것을 잔뜩 먹을 수 있지만 그 대가로 엄청난 공포와 위험 속에 살고 있군. 하지만 난 가난하긴 해도 다른 사람을 두려워할 필요가 없으니, 앞으로도 마음 편하게 보리나 옥수수에 만족하며 살아가려네."

〈두려움과 공포 속에서 호화스럽게 사느니 소박하지만 자유롭게 사는 편이 나을 것이다〉

② ㅈㅎ生, 「서울쥐와 시골쥐」, 『어린이』, 1924.1.

시골쥐(鼠)하고 서울쥐하고 서로 친해서 하로는 시골쥐가 서울쥐를 청하엿습니다. 서울쥐는 '얼마나 조흔집에 얼마나 조흔 음식을 차렷노'하고 시골쥐에게로 갓습니다. 가보닛가 집이라고 무슨 커다란 나무뿌리 밋구멍이고 음식이라고 내온것이 썰썰한 보리껍질하고 흙냄새나는 뿌럭지뿐이엿습니다. 그래서 서울쥐는 얼골만 찝흐리고 하는말이

"여보게 집이라고 이게무언가. 이런 구멍속에서 밤낫 이럿케흙내나는 뿌럭지만 먹고살아간단말인가— 우리집에 한번만 와보게 훌륭한 벽장(壁欌)속에 세간사리가 구비하고 이세상에 맛잇난음식은 모다 싸엿다네 오기만하면 자네배가터지도록 대접하겟네."
하고 벌덕이러나서 그길로 시골쥐를다리고 서울 자긔집으로 왓습니다. 시골쥐가 보닛가 참말 훌륭한 벽장집인대 여러 가지 찬란한그릇이노여잇고 배 사과 여러가지 과일과 썩 사탕 별별 맛잇는음식이 긋득싸여잇서서 보기만하여도 침이 꿀덕꿀덕넘어갓습니다.

"자아 어서 마음대로 먹세."
하고 서울쥐가 권하는고로 시골쥐도 마조 안저서 마악 먹으려 하난대 별안간

"요놈에 쥐야!"
하고 소리를 지르는고로 두 쥐는 그만 혼이나서 화닥싹 뛰여서 어두커컴한 좁다란구녁속으로 도망하야 숨도못쉬고잇섯습니다. 한참만에야 사람이 업서진 긔미를보고 살금살금긔여나와서 먹으려하닛가 또 벽장문을 열고 사람

이 소리를 지르는고로 또 혼이나서 구녁속으로도망하엿습니다. 이러케 하기를 서너번 하느라고 그만 얼골이 햇슥해지고 가슴이 조막만해저서 시골쥐가 벌덕니러나며서 하는말이

"나는 그만 가겟네, 잘잇게. 아모리 벽장집이 조코 맛잇는음식이 만트래도 그것이 자네것이아니고 사람의 것을 훔처먹느라니 그러고서야 견대겟나. 시골로가서 더러운집이라도 내집에잇고 보리껍질이나 흙내나는 뿌럭지라도 마음놋코먹는것이 몃갑절더 맛잇고 살이찌겟네."

하고 시골로 도라갓습니다. (10~11쪽)

「서울쥐와 시골쥐」는 번안을 넘어 창작에 가까운 형태를 보여준다. 먼저 당대의 어린이들의 정서에 맞게 번안했다는 점부터 살펴보자. 당시 대다수 우리 어린이들은 배고픔에 허덕이고 있었는데, 이솝 우화에서처럼 들쥐의 먹을거리로 보리와 옥수수가 전부였다고 직역했다면 우리 처지에서는 지나친 사치였을 것이다. 그런 점에서 '보리와 옥수수'를 '껄껄한 보리껍질과 흙냄새나는 뿌럭지'로 바꾸어 놓은 까닭을 이해할 수 있다. 또한 우리 어린이들에게 낯선 '치즈, 벌꿀, 무화과'는 '온갖 과일과 떡, 사탕'으로 바뀌었다.

한편 소파의 번안은 근대 계몽기 이래 교훈을 주기 위한 것으로 소개된 이솝 우화를 한 편의 재미있는 '이야기'로 재창조해 냈다. 먼저, 이솝 우화에서는 간단하게 처리된 등장인물의 성격이 방정환의 번안에서는 생생히 살아났다. 서울쥐는 시골쥐의 집에 초대되어가면서 '어디 두고 보자'는 심보를 드러내고, 시골쥐의 초라한 집과 먹을거리를 보고는 얼굴을 찌프리며 타박을 한다. 한편 시골쥐는 서울쥐와 달리 소탈한 모습이 잘 살아 있다. 더욱이 구수한 입말이 돋보이며 '꿀떡꿀떡, 화닥딱, 살금살금' 따위의 시늉말을 살려놓아 문장에 리듬감뿐 아니라 이야기에 재미도 주면서 인물과 장면이 한층 생동감을 얻고 있다.

여기에 그치지 않고 소파의 번안은 본래의 주제를 넘어서서 새로

운 주제로 나아갔다. 원작에 충실한 ①의 번역을 보면, 이솝 우화는 두 쥐의 삶이 사치스러움(두려움·공포의 생활)과 소박함(자유로운 생활)으로 대비되고, 소박한 삶이 더욱 가치 있다는 것을 전해 준다. 그런데 방정환은 남의 것을 탐내거나 훔치지 않고 보잘 것 없더라도 자기 것을 소중히 아는 것이 자유롭고 가치 있는 삶이라는 주제로 변화시켰다. 초점이 '남의 것을 훔치지 않고'에 온다. 일제 강점기에 일제로부터 수탈을 받던 조선의 처지에서 이러한 표현은 일제를 우회적으로 비판하는 것으로 확대되어 읽힐 수 있다. 여기서 소파가 이솝 우화를 번안하면서 당시 우리 어린이들에게 무엇을 전해 주려 했는지 추측해 볼 수 있다. 또 방정환은 원작에서 들쥐가 집쥐의 집에 갔을 때 자기 처지를 '한탄했다'고 한 부분을 그대로 옮기지 않고 달리 표현했다. 그는 이 부분을 시골쥐가 본 것으로 서술하는데, 서울쥐가 사는 곳의 화려함이 생생하게 전해지며, 가득 쌓인 음식을 보고 먹고 싶어하는 시골쥐의 모습을 생생하면서도 재미있게 표현했다. 다시 말해 이솝 우화에서처럼, 남을 '부러워하고' 자기 처지를 '한탄했다'고 직접 표현하기보다는 장면과 인물의 행동을 생생하게 표현해 내고 있다. 이것은 이야기 전개에 흥미를 주면서 더욱이 당시의 우리 어린이들이 겉으로 드러나는 화려함을 막연히 동경하며 자기 처지를 한탄하는 어리석은 마음을 갖지 않게 하려는 깊은 뜻이 담겨 있다고 평가된다.

2. 옛이야기 재화(再話)

1) '전래동화', 근대 아동문학으로 편입·재구성된 옛이야기

지금의 옛이야기 책은 거의 어린이 독자를 대상으로 출간되기에 옛이야기와 전래동화는 같은 것으로 이해되지만, 엄밀히 말해 옛이야기와 전래동화는 다르다. 민담(Folk tale)을 우리말로 고쳐 부르는 것이 '옛이야기'라면, 근대적 의식의 산물이자 문자로 기록된 '전래동화'는 '어린이를 위한 옛이야기 재화'이기 때문이다. '아동'과 '문학'이 근대에 새롭게 '발견'된 개념이라고 볼 때,[91] '전래동화(傳來童話)'라는 개념에는 '근대적 아동관과 문학관에 의해 재구성된 옛이야기'라는 의미가 내포되어 있다.[92]

1920년대 이래 아동문학의 한 장르로 자리 잡아 온 '한국 전래동화'[93]의 일반적 특성은 방정환 시대의 옛이야기 재화에 뿌리를 두고 있다. 이것은 방정환 작품 세계를 이해하는 일일 뿐 아니라 한국 전래동화의 기원을 밝히는 일이기도 하다. 한국의 전래동화는 근대 이전의 설화 시대가 아닌 방정환 시대로부터 비롯된, 즉 옛이야기와는 달리 근대 아동문학 개척기에 탄생한 장르인 것이다.

방정환의 작품을 (외국 동화) 번안·창작·(옛이야기) 재화로 뚜렷이 구

91) 가라타니 고진, 박유하 역, 『일본 근대문학의 기원』, 민음사, 1997.

92) 한국의 '동화'라는 말이 일본의 '도우와(どうわ: 童話)'의 한자 표기를 그대로 따왔다는 데에서도 '전래동화'의 형성에 근대 아동문학의 관념이 짙게 배어 있다는 것을 알 수 있다. 일본에서 옛이야기는 '무까시바나시(昔話)'라고 하거나 이와야 사자나미(巖谷小波)가 창안한 '오토기바나시(お伽噺)'를 일컫는다. 반면 '동화'라는 개념은 일본 근대 아동문학의 본격적인 출발을 선언한 『아카이도리(赤い鳥)』의 '동화'운동으로 대중화되었다. 이때의 동화는 낭만주의적 문학관을 바탕으로 한, 공상과 시적·상징적 특질이 강한 특정 장르를 의미한다. 이들 '동화'는 옛이야기의 서술구조나 문체와는 질적으로 다른, 서구 근대창작동화를 모델로 한 '근대' 아동문학이다. '전래동화'는 소재나 주제는 옛이야기로부터 물려받았지만, 형성 단계에서부터 재화자(再話者)에 의해 옛이야기 가운데에서도 '어린이에게 적합한'이라는 의식으로 선택·개작되었을 뿐만 아니라, 문체나 서술 방식은 근대 창작동화와 영향을 주고받으며 형성·정착된 장르라 할 수 있다.

93) '전래동화(傳來童話)'라는 용어가 우리나라에서 언제 처음 쓰였는지는 정확히 알 수 없다. 우리나라에 전래동화가 본격적으로 소개되던 1920년대에는 '전래동화'라는 용어대신 '조선고래동화(朝鮮古來童話)'나 '전설동화(傳說童話)', '우리동화'라는 용어가 사용되었다.

한편 '전래동화'라는 용어가 책 제목에 쓰인 것은 박영만의 『조선전래동화집』(학예사, 1940.6)에 이르러서이다. 창작동화가 널리 보급된 1940년대에 박영만이 전래와 창작을 구분한 것을 적극적인 장르 인식에서 비롯된 것으로 단정할 수는 없다. 하지만 1920년대의 대표적 아동잡지 『어린이』와 1930년대 후반의 대표적 아동잡지 『소년』을 살펴보면 '전래동화'라는 용어는 사용되지 않았다. 특히 『소년』에는 '옛날얘기', '전설이야기'라는 장르명으로 이야기들이 소개되다가 박영만이 「소 되었던 사람」(『소년』, 1940.5)과 「하늘에서 내려온 애기」(『소년』, 1940.8)를 '전래동화'라고 표기하여 발표한 뒤 '전래동화'라는 용어가 사용되었다는 점에서 주목된다.

분하기는 매우 어렵다.[94] 지금까지 나온 방정환 전집 가운데 가장 나중에 간행된 문음사 판(1981, 전 10권)의 제1권 『미련이 나라』는 이른바 방정환의 옛이야기를 모아놓은 것이다. 『미련이 나라』에 실린 작품은 다음과 같다. 작품 확정의 난점을 무릅쓰고 전집의 1권에 수록된 작품을 대상으로 전래동화와 창작옛이야기, 외국 동화의 번안을 최대한 구분하여 본다면 다음과 같다.

이상한 샘물(전래/ 번안 동화▼)/ 나비의 꿈(번안)/ 두더지의 혼인(전래동화)[95]/ 선물 아닌 선물(번안 동화)/ 4월 그믐날 밤(창작동화)/ 삼태성(번안)/

---

94) 그 이유는 첫째, 우리의 민속학 연구사를 볼 때, 옛이야기의 채록이 역사적으로 늦은 시기에 이루어져서 우리의 옛이야기인지 확인할 수 있는 실증 자료를 찾기가 어렵기 때문이다. 설화의 채집·기록은 서양인이나 일본인들에 의해 1910년대 이전에도 이루어지긴 했지만 대부분은 1920년대 이후, 더 나아가 학문적으로는 1970년대에 이르러야 본격화되었다. 이 때문에 방정환의 시대 이전부터 오랜 세월 민중들에 의해 전해지던 옛이야기인지 현재 남아 있는 기록만으로는 그 실상을 정확히 파악할 수 없다. 따라서 방정환이 옛이야기투를 빌어 창작한 이야기의 경우 그로부터 80여 년이 지난 지금의 눈으로 보면 전래동화, 즉 예부터 내려오던 이야기를 재화한 것으로 여기기 쉽지만 엄밀한 의미에서 그것은 옛이야기 모티브와 서술 방식을 빌린 창작인 것이다. 또한 중요한 화소를 옛이야기에서 빌려 온 경우에도 단순 재화(전래동화)로 보기는 어렵다.
둘째, 그 당시 외국 동화 번안 풍토와 관련된 것으로 방정환은 외국의 동화를 번역할 때 원작자와 원작명을 밝히며 원작을 충실히 번역하지 않고 마치 우리 이야기처럼 우리 정서에 맞게 고쳐놓았기 때문이다. 특히 외국의 옛이야기(전래동화)나 우화를 번안하였을 경우에는 모호한 배경과 추상적인 표현(이를테면 늙은 영감, 마누라, 색씨 따위) 때문에 더욱더 우리 옛이야기를 재화한 것인지 아닌지 정확히 파악하기 어렵다.
셋째, 전래동화뿐 아니라 방정환의 작품을 확정하는 데에서 문제가 되는 부분으로 다양한 필명으로 작품을 발표했는데 정확한 텍스트 비교나 검증을 통해 필명을 확인한 것이 아니기 때문이다.

95) 「두더지의 혼인」은 설화집에 주로 '두더지 사위'로 실려 있다. 이 옛이야기는 전국적으로 널리 분포된 설화는 아니다. 임석재의 『구비문학대계』(평민사, 1987, 전 12권)를 보면, 전북편(8권)에 1편(1932년 채집), 경남편(10권)에 1편(1970년 채집)이 실렸을 뿐이다. 그밖에 Eckart, Andreas, *Koreanische Märchen und Erzählungen Zwischen Halla und Päktusan* (Missionsverlag St. Ottilien, Oberbayern, 1928, pp. 37~41)과 Carpenter, Frances, *Tales of a Korean GrandMother*(Doubleday Company, Inc., Graden City, N.Y. 1947, pp. 197~202)에 실려 있다. 또한 정인섭의 *Folk Tale from Korea*(London Univ., 1952, pp. 184~186)에 「쥐 신랑(The Rat's Bridegroom)」이라는 제목(1945년 서울에서 채집)으로 실려 있다. 그밖에 현재 자료를 구할 수 없어 구체적인 내용까지 확인하지는 못했지만, 야마사끼 니치죠(山崎日城), 『朝鮮奇談の傳說』(ウツボヤ書房, 1920)에도 실렸다고 한다. 더욱 흥미로운 것은 이 이야기가 일제시대 교과서인 『신편고등조선어급 한문독본』 5-5(1924)의 '조선어지부'에 「두더지 혼인」이란 제목으로 실렸다는 것이다.
한편 「두더지의 혼인」은 우리나라 전역에 널리 분포된 설화가 아닌데다가 이본이 없는 막보의 큰 장사(번안)/ 귀먹은 집오리(번안)/ 까치의 옷(번안▼)/ 과거 문제(전래동화)/ 양초 귀신(창작옛이야기)/ 호랑이 형님(전래동화)/ 셈 치르기(번안)/ 설떡·술떡(전래동화)/ 옹깃셈(창작옛이야기)/ 벚꽃이야기(번안▼)/ 무서운 두꺼비(전래동화)/ 방귀 출신 최덜렁(창작옛이야기)/ 시골쥐 서울구경(이솝 이야기+창작)/ 욕심장이 땅차지(톨스토이 동화 번안)/ 미련이 나라(번안)/ 꼬부랑 할머니(전래동화)/ 겁쟁이 도둑(연성흠 작)/ 조선 제일 짧은 동화(1.촛불(번안), 2.이상한 실(전래동화), 3. 꼬부랑 이야기(「꼬부랑 할머니」와 혼동하여 작품 이름만 적은 것으로 추정됨)/ 삼부자의 곰잡기(허문일 작)/ 잘 먹은 값(▼)/ 세숫물(▼) (괄호 안의 표기는 필자가 덧붙인 것이고, 확정하기 어려운 것은 ▼로 표시하였다.)

이 가운데 먼저 방정환의 작품이 아닌 「겁쟁이 도둑」과 「삼부자의 곰 잡기」는 전집에서 제외해야 한다.[96] 특히 「삼부자의 곰 잡기」는

설화로서는 이야기 구조가 완벽하여 외국 동화의 번안일 가능성이 제기되기도 하였다. 옛이야기 분과, 「방정환 이야기의 맛과 힘」, 『동화읽는어른』, 어린이도서연구회, 1999.5, 31쪽 참조.

더욱이 민담학자인 Aarne-Thompson의 민담 유형 분류에 따르면, '두더지의 사위 고르기'는 세계적으로 분포된 'Stronger and Strongest'로 분류된다. 또한 일본의 옛이야기에도 '쥐의 결혼'이란 설화가 있다고 한다(장덕순 외, 『구비문학개설』, 일조각, 1971, 25~27쪽 참조). 일본의 이와야 사자나미(巖谷小波)가 재화한 『일본옛이야기(日本昔噺)』 총서(전 24권)의 제24권은 「쥐의 시집감(鼠の嫁入)」(1896)이다. 이런 점에서 이 이야기는 원래 우리의 옛이야기였다기보다는 서양 또는 일본의 옛이야기가 전해졌을 가능성을 배제할 수 없다. 하지만 이 설화는 그보다 훨씬 이전 시기인 조선 시대 홍만종의 『순오지(旬五誌)』(인조 25년; 1647년)에 실려 있다. 이 이야기의 구조가 완벽한 것은 구전설화가 아닌 '문헌설화'로 전해졌기 때문이라고 보인다. 따라서 그것이 외래로부터 전파된 것이라 하더라도 오랜 세월 우리 민중들에게 전해졌다고 보아야 할 것이다. 특히 방정환의 「두더지의 혼인」은 배경 자체를 '충청도 은진 미륵이 있는 곳'으로 설정함으로써 우리 옛이야기임을 강조하고 있다. 따라서 필자는 「두더지의 혼인」을 외국 동화의 번안으로 보지 않고 조선에서 전래된 옛이야기를 재화한 전래동화로 분류하였다.

96) 「겁쟁이 도둑」(『어린이』, 1930.2)은 '과목동인(果木洞人)'이란 필명으로 발표된 작품인데, 방정환은 '과목동인'이라는 필명을 사용하지 않았다. 『어린이』 7권 8호(1929.10)에 실린 우화 「낙타와 천막」의 필자로 목차에는 '과목동인'이라고 표기되어 있고, 작품에는 연성흠이라 밝히고 있는 것으로 보아 과목동인은 연성흠의 필명이다. '과목동인'이라는 필명으로 그 이전에 발표된 「개고리의 이야기」(『어린이』, 1929.5)도 방정환의 작품에서 제외해야 한다. 또한 그동안 방정환의 필명으로 알려졌던 삼봉 허문일은 방정환이 아니라는 사실이 확인되었다. 허문일에 대해서는 심명숙, 「다시 쓰는 방정환 동요 연보」, 『아침햇살』, 도서출판 아침햇살, 1998년 여름호를 참조할 것.

첫 시작 부분[97]에서 방정환이 구사하는 말투와는 달리 상투적인 말투가 강하다. 또한 작가가 노골적이면서도 장황하게 자기주장을 펼치는 끝부분은 방정환의 작품에서 드러나는 특성과도 사뭇 다르다. 「잘 먹은 값」과 「세숫물」은 이야기투로 보면 방정환의 작품으로 보이지만 필명과 작품의 출처가 정확히 확인되지 않았으므로 일단 작품 확정에서 보류해야 한다.[98]

이 가운데 필자가 번안으로 구분한 작품은 언뜻 보기에는 구수한 옛이야기 말투를 사용하고 있기 때문에 우리 옛이야기를 재화한 것처럼 보이지만, 기존의 설화집이나 전래동화집에 실린 자료를 살펴본 결과 그와 같은 옛이야기가 없었다. 또한 이 이야기들은 방정환이 재화한 옛이야기(전래동화)의 서두가 대개 '옛날 옛날에'로 시작하는 것과는 달리 구체적인 한 장면을 묘사·서술하는 것으로 시작한 작품들(「나비의 꿈」, 「귀 먹은 집오리」, 「셈 치르기」, 「겁쟁이 도적」)이 대부분이다. 또한 어떤 형태로든 출처를 예측할 수 있도록 밝힌 작품들(「막보의 큰 장사」, 「미련이 나라」, 「촛불」, 「셈 치르기」)도 제외했다.[99] 이밖에 실증적 자료는 확보하지 못했지만 우리 옛이야기에 없는 소재를 다루었거나 이야기 내용상 외국 이야기일 가능성이 높은 작품(「삼태성」, 「벗

97) "옛적옛적 아조오랜옛날이야기올시다. 동산서 병풍을치고 압산뒤ㅅ산담을둘러서불어오는찬바람도 길이막혀돌아서고 밝고밝은해와달도 발도듬을하고서야넘겨다보는 시메산ㅅ골한동리에 아버지김서방(金書房)과 맛아들영길(永吉)이 둘ㅅ재아들수길(壽吉)이 세식구가 날마다자미잇게살아가는집이 잇섯습니다."(허삼봉, 「삼부자의 곰잡기」, 『어린이』, 1930. 7, 14쪽)

98) 「잘 먹은 값」과 「세숫물」은 출처 없이 『소파아동문학전집』, 삼도사, 1965에 실린 뒤 방정환의 작품으로 전해지고 있다. 『소파방정환문집』에 「잘 먹은 값」(『어린이』 7권 4호), 「세숫물」(『어린이』 7권 3호)이라 밝혀져 있으나 확인 결과 수록되어 있지 않다.

99) 「막보의 큰 장사」에는 '명작동화'라는 일종의 장르명이 붙어 있으며 삽화도 외국의 그림으로 되어 있다. 우리 옛이야기가 아니라 외국 동화임을 나타낸 것이다. 「막보의 큰 장사」는 그림 형제의 「좋은 거래(Der gute handel)」의 번안이다(최석희, 「그림 동화의 한국수용」, 『그림 동화의 꿈과 현실』, 대구가톨릭대학교출판부, 2002, 96쪽). 「미련이 나라」는, 최영주의 작품 가운데 동일한 제목의 「미련이 나라」(『어린이』, 1930.2)가 있는데 방정환이 쓴 「미련이 나라」에 나오는 몇 편의 이야기 가운데 '지고 간 대문'과 '성 쌓아 새 잡기' 일화가 똑같이(문체만 다르게) 실려 있다. 그런데 최영주는 작품 끝에 '명작동화집에서'라고 밝혀 놓았다. 「촛불」의 끝에도 이것은 영국 또는 독일의 이야기임을 밝혔고, 「셈 치르기」에서는 '일본 어느 깊은 시골에~'라는 말로 시작하는 것으로 보아 일본 이야기임을 알 수 있다.

꽃 이야기」)도 제외하였다.[100] 한편 필자는 졸고에서 「선물 아닌 선물」을 '겨울에 딸기', '아지담(兒智譚)', '지아담(智兒譚)'으로 널리 알려진 우리의 옛이야기를 재화한 것으로 보았으나[101] 최근 이정호의 『세계일주동화집』(이문당, 1926)에 동일 작품인 「선물 아닌 선물」이 '영국' 동화로 소개되어 있는 것을 확인하였다. 이정호는 방정환이 '안씨'와 '안씨의 외딸', '소녀'라고 표현한 부분을 원작의 '쫀손', 딸 '메리'로 밝혀놓았다. 따라서 이 작품은 번안 동화로 확정할 수 있다.

한편 방정환 선집·전집에 실려 있지 않은 작품 가운데 「귀신을 먹은 사람」(몽중인, 『어린이』, 1924.9~10)과 「허풍선 이야기」(ㅈㅎ생, 『어린이』, 1924.8)를 추가해야 한다. 그밖에 우리 옛이야기를 바탕으로 쓴 작품들(「의좋은 형제」, 「호랑이의 등」, 「노래주머니」, 「톡기의 재판」)이 있는데 장르상 거리가 있기 때문에 이 장의 논의에서 제외했다.[102] 필자의 이러한 분류도 확정된 것은 아니고 앞으로 좀 더 보완해야 한다. 하지만 적어도 전집에 수록된 작품을 모두 전래동화로 보고 연구하는 폐단은 지양되어야 한다. 이러한 분류를 전제로 방정환의 전래동화가

100) 「삼태성」은 '하멜른의 쥐난리'와 외국의 별자리 전설이 결합된 듯한 작품이고, 「벚꽃이야기」는 일본의 국화인 벚꽃에 얽힌 전설로 추정된다.

101) 필자는 졸고에서 "「선물 아닌 선물」은 "그래 안씨를 곧 청하여 자기가 잘못하였노라 사과하고 그 소녀와 자기의 아들 왕자와 혼인하기를 약속하였습니다."로 끝난다. 주로 원님(고을 사또 또는 주인)이 자기 잘못을 뉘우치는 정도로 끝나는 옛이야기와는 달리, 이 전래동화에서는 두 집안의 결혼으로 끝난다. 이것은 "옛날 옛날에 ~(결혼해서) 행복하게 살았습니다"라는 외국 전래동화의 정형화된 결말 형식을 그대로 따랐기 때문이다. 따라서 원래 옛이야기가 지닌 약자(민중)의 승리라는 구도에서 멀어진 결과를 초래하고 말았다"(염희경, 「전래동화, 근대 아동문학으로 편입된 옛이야기」, 『창비어린이』 4호, 창비, 2004년 봄호, 84쪽)고 평가한 바 있다. 그런데 이 작품이 영국 동화를 번안한 작품이므로 방정환이 우리 옛이야기를 외국 전래동화의 정형화된 결말 형식을 그대로 따랐다는 필자의 평가는 수정해야 할 것이다.

102) 「의좋은 형제」(방정환, 『어린이』, 1929.10; 방정환, 「형님과 아우」, ≪중외일보≫, 1930.3.19~20)는 『어린이』의 '어린이독본'란에 소개된 글로 옛이야기 재화의 성격보다는 줄거리 중심의 교훈적인 도덕담이라는 점에서 논의의 대상에서 제외했다. 「호랑이의 등」(『어린이』, 1923.12)은 무기명으로 소개된 작품이기 때문에 방정환의 작품이라는 추측은 가능하나 확증할 근거가 없는데다가 〈그림 이야기〉 형식으로 소개된 작품이기에 이 글의 대상에서 제외했다. 또한 「노래주머니」(소파, 『어린이』, 1923.3~4)와 「톡기의재판」(소파, 『어린이』, 1923.11)은 우리 옛이야기를 소재로 하여 동화극을 꾸몄으므로 옛이야기 부분에서 중요한 논의의 대상이기는 하지만 장르상 아동극이기 때문에 이 부분의 논의에서 제외했다.

지닌 특성을 잘 보여주는 작품을 중심으로 살펴보겠다.[103)]

방정환의 작품은 입말체, 즉 들려주는 말투를 잘 살려 쓴 것으로 높이 평가 받는다. 이런 서술 태도는 방정환이 많은 어린이들 앞에서 능수능란하게 이야기를 들려주었던 풍부한 경험이 몸에 배어 있기 때문에 가능했다.

> 기다리던 설이와서 깃겁습니다. 여러분 과세나 잘들하섯슴닛가? 이번새해(新年)는 쥐(鼠)의해닛가 이번에는 특별히 쥐에관계잇는이약이하겟습니다.
>
> 자미잇는이약이니 조용-하게안저서드르서요.[104)]

이야기의 시작이나 중간 부분에서 마치 어린이들이 앞에 있기라도 하듯 이야기를 들려주는 태도는 친근감을 주면서 이야기에 쉽게 빨려 들도록 하는 효과를 준다. 특히 「두더지의 혼인」에서는 조용히 읽으라고 하지 않고 '조용히 들으라고' 표현했는데, 그의 이야기가 기본적으로 읽는 문학이지만 귀로 듣는 문학의 특성을 띠고 있다는 점을 잘 보여 준다.[105)] 이것은 그가 객관적 서술 문체인 '-다'체보다는 들려주는 말투에 좀 더 가까운 '-ㅂ니다'체를 즐겨 썼던 데에서도 잘

---

103) 특별한 언급이 없는 한 2항의 (1)에서 '작품'이라고 칭하는 것은 '전래동화'와 '창작옛이야기'를 뜻한다. 이 글에서 '전래동화'는 방정환의 시대 이전부터 구전되던 우리 옛이야기를 방정환이 '다시 쓴' 것을 뜻한다. 옛이야기로부터 생각거리를 암시 받았거나 옛이야기 화소를 차용한 것은 '창작옛이야기'로 보았다. '창작옛이야기'는 전래동화와 쉽게 구별하기는 어렵지만 작가의 창작성이 두드러진 작품임을 강조하기 위해 사용한 용어이다. 서정오의 옛이야기 쓰기 방식에 따르면, 이 글에서의 전래동화는 옛이야기 '다시쓰기'에, 창작옛이야기는 옛이야기 '새로쓰기'에 해당한다.

104) 小波, 「두더지의혼인」, 『어린이』(1924.1)의 시작 부분.

105) 독자들에게 이야기를 직접 들려주는 말투를 살리면서 '조용히 들으'라는 것과 같은 표현은 방정환만의 이야기 구사의 특성이었다고 보기는 어렵다. 그 당시 박달성의 동화에서도 작가가 직접 개입해서 독자들에게 이야기를 들려주는 비슷한 표현이 눈에 띈다. 그런데 조선총독부에서 펴낸 『조선동화집』의 「교활한 토끼」에서는 "교활한 토끼, 고약한 토끼, 그러한 토끼는 마지막에는 어떠한 운명으로 끝날까요? 그것이 궁금한 사람은 다음의 이야기를 읽어보세요." (조선총독부, 『조선동화집』, 1924; 권혁래 역, 『조선동화집』 집문당, 2003.9, 43쪽에서 재인용)라는 표현이 있어 흥미롭다. 작가(화자, 재화자)가 직접 개입해서 이야기를 들려주는 말투를 구사하고 있지만 어느새 독자를 '듣는 독자'에서 '읽는 독자'로 전제하고 이야기를 서술하고 있기 때문이다.

나타난다. '-ㅂ니다'체는 그 당시 어른들이 어린이들에게 일상의 대화에서 쓰던 말투(입말)와는 거리가 멀다. 하지만 많은 사람을 상대로 이야기를 들려줄 때 친근감을 주면서도 공식적으로 쓸 수 있는 말투이다. 이러한 경어체 '-ㅂ니다'는 입말에 가까운 '-해요'체로 쉽게 전환될 수 있다는 점에서도 '-다'체보다 훨씬 입말에 가깝다.[106] 더욱이 방정환이 일상생활에서 어린이들에게(자식들에게까지) 존댓말을 썼던 사실을 고려할 때, 이 말투를 일상의 말에서 멀어진 문어체라고 할 수는 없다. 글로 옮긴 작품에서 입말을 완벽하게 구사했다고 보기는 어렵지만 들려주는 말투를 잘 살려 썼다고 할 수 있다.

또한 방정환은 다른 작가들이 개념어나 한자어를 많이 쓰는 것과 달리 순우리말과 시늉말을 자유롭고 다채롭게 구사하여 입말의 특성을 잘 살렸다. 특히 모양과 소리를 흉내 낸 시늉말은 문장에 생동감을 줄 뿐 아니라 일정한 운율을 형성하여 읽고 듣기에 자연스럽다. 따라서 아주 긴 문장을 쓰더라도 되풀이되는 말과 시늉말에서 배어 나오는 리듬감으로 일정한 흐름을 타게 된다.[107]

방정환의 전래동화 「호랑이 兄님」(夢中人, 『어린이』, 1926.1)과 현대의 작가들이 재화한 전래동화를 비교하면 방정환 입말체의 매력이 한층 돋보인다.

---

106) 방정환 동화에서의 '-ㅂ니다'체는 연령이 어린 아이들을 상대로 들려주는 입말의 성격이 강했다. 이것은 그가 소년소설 「만년샤쓰」에서는 객관적 서술문체인 '-다'체를 썼던 사실과 뚜렷이 구분된다. 하지만 '-ㅂ니다'체는 그 후 한국아동문학 작가들에게 아동문학 문장의 관습처럼 무자각적으로 받아들여져서 장르(동화, 소년소설)의 특성과 무관하게 남발되는 폐단을 보이기도 한다.

107) ① "그러나 그럿타고 그냥쒸여다라날수도업고 몰르고 그랫다할수도업고 입맛도다실수업고 머리도긁을수업고 안즌채안저서 속으로만 쩔쩔매다가 능큼 한꾀를 내여가지고 능청스럽게" (짤짤博士(방정환의 필명), 「방긔 출신 崔덜렁」, 『어린이』, 1926.9, 55쪽)
② "여러사람은 그만 말도못하고 목이압하서 입을 싹-싹- 벌리고 씨익 씨익하고안저잇낫대 선생령감은 남보다도 더 목구녁이 압허죽을지경이지만 남이 붓그러워 입도못벌리고 쩔-쩔 매고 안젓습니다" (몽중인, 「양초 귀신」, 『어린이』, 1925.8, 17쪽)

① 옛날 호랑이 담배먹을적 일입니다.

의견만흔 나무꾼한사람이 깁흔山속에나무를하러갓다가 길도업는 나무숩속에서 크듸큰 호랑이를 만낫습니다.

멧칠이나 주린듯십은 무서운호랑이가기다리고잇섯든듯이 그큰입을벌리고오는것을 싹 압흐로맛닥드려노앗스니 (나무꾼이: 인용자가 생략되었다고 본 주어임) 소리를지르니 소용잇겟습닛가 다라를나자니 쐴수가잇겟습닛가! 꼼짝달삭 못하고 고시란히 잡혀먹게되엿습니다.

(나무꾼이: 인용자가 생략되었다고 본 주어임) 악 소리도못지르고 그냥 긔절해쓰러질판인대 이 나무군이 원래 의견이만코 능청스런사람이라 얼른 지게를진채업드려 절(拜禮)을한번 공손히하고[108]

② 어느 날 의견 많은 나무꾼이 깊은 산 속으로 나무를 하러 갔다가, 길도 없는 숲 속에서 커다란 호랑이를 만났습니다. 며칠이나 주린 듯 싶은 호랑이가 기다리고 있었던 듯이, 그 큰 입을 벌리고 앞으로 달려 들었습니다. 길도 없는 숲 속에서 만났으니 소리를 질러도 소용이 없으며, 꼼짝 못하고 꼭 잡혀 먹히게 되었습니다.

그러나 이 나무꾼은 원래 의견이 많고 능청스런 사람이라 얼른 지게를 진채 엎드려 절을 한번 공손히 하고,[109]

③ 산기슭 마을에 사는 한 젊은이가, 하루는 나무를 하러 산에 들어갔다가 호랑이를 만났습니다.

무서운 눈으로 노려보며 가까이 다가오는 호랑이를 보자 젊은이는 '인제 죽는구나.'하고 눈앞이 캄캄해졌습니다.

나는 새처럼 날개라도 있다면 모르지만, 어디로 도망을 갈 수도 없습니다. 이 깊은 산속에 혼자 와 있는 젊은이가 사람 살리라고 고함을 지른들 무슨 소용이 있겠습니까!

108) 몽중인(방정환의 필명), 「호랑이 모님」, 『어린이』, 1926.1, 41쪽.

109) 김상덕 편, 「호랑이 효성」, 『한국동화집』, 숭문사, 1970, 30쪽.

영락 없이 호랑이의 밥이 될 신세라 이래 죽든 저래 죽든 한 꾀나 부려 보자고 마음먹은 젊은이는, 용기를 내어 호랑이 앞에 덥석 엎드렸습니다.

그러면서 반가워 못 견디는 듯한 소리로 말했습니다.110)

④ 먼 옛날 산골에서 사는 꾀 많은 나무꾼이 깊은 산 속으로 나무하러 갔습니다.

그가 한창 나무를 하고 있는데, 별안간 산을 들었다 놓는 "따웅" 소리가 나더니 호랑이 한 마리가 불쑥 앞에 나타났습니다.

호랑이는 입을 쩍 벌리며 앞발을 나무꾼의 한쪽 어깨에 올려놓았습니다.

순간 나무꾼은 무서움에 질려 피가 얼어 드는 것 같았습니다.

그는 에라 이래도 죽고 저래도 죽을 바엔 수라도 써봐야겠다고 생각했습니다.

이렇게 마음 먹으니 머리에 묘한 꾀가 번쩍 떠올랐습니다.

그는 땅에 넙죽 엎드려 호랑이한테 꾸벅 절을 하면서 능청스럽게 말을 걸었습니다.111)

⑤ 옛날에 어떤 총각이 산골에서 홀어머니를 모시고 사는데, 가난하니까 산에 가서 나무나 해다 팔아서 어찌어찌 끼니를 잇고 살았던 모양이야. 하루는 이 나무꾼 총각이 산에서 나무를 하고 있는데, 아 난데없는 호랑이 한 놈이 나타나더니 입을 딱 벌리고 잡아먹으려고 달려든단 말이야.

호랑이한테 물려 가도 정신만 차리면 산다고, 이 총각이 그 정신 없는 가운데도 제 살 궁리를 했어. 지금 달아나 봤자 호랑이 걸음을 앞설 수는 없을 테니, 되든 안 되든 호랑이를 속여 보는 것이 옳은 수다, 이렇게 생각했지.

그래서 달려드는 호랑이 앞에 넙죽 엎드려,112)

---

110) 이원수·손동인 편, 「효성스러운 호랑이」, 『한국전래동화집』 1, 창작과비평사, 1980, 169쪽.
111) 권정생·이현주 편, 「호랑이의 효성」, 『병풍 속의 호랑이』, 사계절, 1991, 38쪽.
112) 서정오, 「호랑이 형님」, 『호랑이 형님』(옛이야기보따리 8권), 보리, 1996, 52쪽.

인용한 ②~⑤ 가운데 ⑤를 제외하면 현대 작가들이 재화한 작품에서는 입말체가 생생하지 못하다. 특히 ②는 방정환의 「호랑이 형님」을 다시 쓴 듯한 느낌이 강하게 들 정도로 비슷하다. 그런데 고친 어휘(크디큰→커다란, 꼼짝달싹을 못하고→꼼짝 못하고, 고스란히→꽉)나 생략된 문장(악 소리도 못 지르고, 그냥 기절해 쓰러질 판인데), 길게 하나로 이은 문장을 짧게 끊어 종결한 부분, 접속어 '그러나'의 삽입 등에서 문어체의 성격이 두드러진다. 한편 우리말(입말)은 '꾸미는 꼴'보다는 '푸는 꼴'이 더 많은 게 특징인데,[113] ③의 재화에서는 체언을 기준으로 볼 때 꾸미는 꼴이 너무 많고 길어 서양 번역 투의 영향이 강함을 알 수 있다. 한편 ④의 재화에서는 꾸미는 꼴이 많다기보다는 우리말에서 잘 쓰지 않던 '그'라는 대명사를 사용해 서양 번역 투로부터 지나치게 영향을 받았다는 것을 알 수 있다. 이런 문장은 우리 입말의 특성을 제대로 살리지 못한 문장이다. 또한 우리 입말에는 임자말(주어)이 자주 빠지는데,[114] 방정환의 재화에서 '나무꾼'이라는 말이 생략되었다고 본 부분에서는 우리 입말의 성격을 잘 살렸다. 한편 현대에 들어 옛이야기의 입말체를 잘 살려 쓴 대표 작가인 서정오는 틀에 박힌 '-ㅂ니다'체를 벗어나 친숙한 느낌을 주는 말투로 '-이야', '-하지'를 비롯한 다양한 어미를 살려 써 훨씬 자연스럽다.

이처럼 방정환이 작품에서 입말체를 잘 살려 쓴 데에는 남다른 이야기꾼 기질이 한몫한다. 구연가로서 탁월했던 그의 재능은 '타고난 이야기꾼'이라는 명성이 뒷받침하지만, 자칫 방정환에 대한 이 수사는 그의 대중 강연과 동화 구연의 경험과 실패, 대중에게 다가가기 위한 노력의 과정을 쉽게 지우곤 한다. 청년시절 방정환은 대중 강연을 처음 하던 때에 현학적인 지식인의 말을 구사했다가 농촌의 대중들로부터 아무런 호응도 얻지 못한 채 참담한 실패를 겪었는데 이

---

113) 서정오, 「동화 문장, 옛이야기 말에서 배우자」, 『어린이문학』, 한국어린이문학협의회, 2001.5, 32~33쪽 참조.

114) 위의 글, 35쪽.

경험은 그에게 대중(농촌의 부녀와 어린이)에 대한 산지식을 주었다.115) 결국 그의 작품에서 돋보이는 자연스런 입말체는 대중에게 친숙한 쉬운 말로, 대중의 정서를 이해하고 그들과 함께 호흡하려했던 태도에서 비롯된 것이다.

한편, 옛이야기는 시간과 장소를 막연하게 표현하는 추상적인 서술로 되어 있는데, 방정환의 전래동화는 근대 창작동화와 견준다면 인물의 심리, 행동, 배경 묘사 등이 구체적이라고 할 수 없지만 구전되던 옛이야기와 견준다면 훨씬 구체성을 띠고 있다. 이러한 특성을 가장 잘 보여주는 작품은 '젊어지는 샘물'로 잘 알려진 「이상한 샘물」(『어린이』, 1923)이다. 인물의 성격을 한두 마디로 서술하고 마는 옛이야기의 서술 태도와는 달리, 방정환은 착하고 부지런한 두 늙은 내외와 마음 나쁜 홀아비의 성격을 구체화하였다. 특히 욕심 많은 홀아비의 성격을 구체화하기 위해 군더더기라 할 만큼의 서술이 덧보태졌다.116)

막스 뤼티(Max Lüthi)에 따르면, 민담에서 등장인물은 실체성도 내면세계도 주변 환경도 갖지 않은 '그림도형'에 지나지 않는데,117) 이 작품에서는 할머니의 심리와 행동 묘사를 통해 그 마음을 잘 드러내고 있다. 특히 이웃집 홀아비에게 도움을 청하는 부분은 구전되는 옛이야기에는 없는 것으로, 방정환의 전래동화에서 첨가된 부분이다.118)

---

115) 방정환은 「연단진화」에서 보성전문에 다닐 때 처음 연단에 선 때의 일화를 소개하면서 학생 때요 처음 연단에 선 때라 남이 듣기에 유식한 말을 하고 싶어 농촌 사람들 귀에 익지 않은 말을 했다가 모두 하품을 하고 딴청을 하거나 심지어 도망갈 태세를 보였다고 한다. 그러던 것을 조금씩 말을 바꾸어 시체 유행 문자를 빼고 속담으로만 음성에 고저를 붙여 동화하듯, 집안 식구와 의논하듯 쉬운 말로만 하니까 그제야 청중이 웃으며 박수도 치고 알아듣더란 말을 하면서 청중 강연에서의 실패담을 통해 깨달은 바를 밝히고 있다(방소파, 「演壇珍話」, 『별건곤』, 1930.10).

116) "그러나 그 이웃집에 마음 사납고 게으르고 욕심만 많은 홀아비 한 영감이 있어서 날마다 낮잠만 자고 놀고 있으면서 마음 착한 내외를 꼬이거나 소겨서 음식은 음식대로 먹고 돈은 돈대로 소겨서 빼아서가고 그리면서도 고맙다는 말한마디 하는법 없이 매양 두 내외를 괴롭게 굴고 흠담을 하고 돌아다니고 하였습니다."(『소파전집』, 박문서관, 1940, 45쪽) 「이상한 샘물」은 『소파전집』에 '대정 12년'이라고만 밝혔을 뿐 발표지면은 밝혀져 있지 않다. 『어린이』 영인본에 4호부터 7호가 낙질이라 원본을 확인할 수 없었다. 「이상한 샘물」은 『소파전집』에 실린 작품을 텍스트로 삼았다.

117) 막스 뤼티, 이상일 역, 『유럽의 민화』, 중앙일보사, 1978, 32쪽.

이처럼 「이상한 샘물」은 줄거리 중심으로 속도감 있게 전개되는 옛이야기와는 거리가 멀다. 이것은 방정환이 옛이야기를 재화할 때 근대창작동화의 서술 방식을 도입해 어느 정도 인물의 심리와 행동을 구체적으로 묘사하면서 이야기를 전개했기 때문이다. 옛이야기 재화와 더불어 창작동화를 개척해야 하는 과제를 안고 있던 당시 시점에서 볼 때, 방정환이 이렇게 구체성을 보탠 의도는 긍정적으로 볼 수 있다. 특히 말로 전해지는 이야기들은 기억에 의해 전승되는 조건 때문에 사건 중심의 구술성이나 비논리성, 비구체성 등이 두드러지지만 이것이 글로 정착되는 과정에서 좀 더 논리적으로 다듬어지고 구체적인 상황 설정과 이야기 전개가 요구된다는 점에서 긍정적으로 평가될 수 있다. 옛이야기 채록(그대로 옮겨 쓰기) 자체를 어린이들에게 그대로 전해 주는 것은 곤란하기 때문에 옛이야기 재화(다시쓰기)가 필요한 것도 이런 측면에서 이해할 수 있다. 이런 특성은 '옛이야기 → 전래동화 → 근대 창작동화'를 일직선적인 발전 과정으로 놓고 전자에서 후자로 일방적으로 영향을 끼친 것으로 평가하는 기존 연구에 문제를 제기하는 대목이다. 오히려 서술 방식에 있어서는 근대 창작동화의 문법이 한국 전래동화 형성에 적지 않은 영향을 끼치면서 이 양자가 쌍방향에서 영향을 주고받았으리라 보는 것이 타당하다.

방정환의 작품 가운데 「양초귀신」과 「귀신을 먹은 사람」은 근대가 제기하는 문제를 나름의 방식으로 다룬 문제작이다. 「양초귀신」(몽중인, 『어린이』, 1925.8; 파영, 『별건곤』, 1927.1)은 주제와 이야기의 발생 동

118) "그날도 다른날과 같이 일은 아침에 산속으로 나무하러 간 영감님이 저녁때가 되어 마나님이 저녁밥을 차려놓고 기다려도 돌아오지 아니하였습니다. 웬일일까 웬일일까 하고 자주 산길을 내어다 보면서 기다려도 영감님은 오지 아니하였습니다. 벌써 밤이 되었는데 어째 아니올까 어째 아니올까 하고 앉었다 섰다 하면서 갑갑히 기다려도 오지 아니하였습니다. 늙은이가 산중에서 혹시 다치지나 아니하였을까 무슨 무서운 짐승에게 잡혀가지나 안했나 하고 무서운 의심과 겁이 벌컥 나서 이웃집 욕심쟁이 늙은이를 보고 암만해도 무슨 일이 생긴 모양이니 횃불을 들고 좀 찾아가 보아달라 하니까 의리도 모르고 은혜도 모르는 욕심쟁이 늙은이는 『이 밤중에 누가 찾으러 간단 말이냐』고 하면서 고개도 들지 아니하였습니다."(『소파전집』, 1940, 46쪽)

기에서 볼 때, 「거울」 이야기와 비슷하다. 이러한 이야기는 근대에 들어와서 새로운 문물과 변화된 생활양식에 접하면서 일어날 수 있었던 문화 충격과 거기서 나타나는 어리석은 인물을 빗댄 우스운 이야기이다. 이 이야기는, 방정환이 「거울」이나 「곶감국」과 같은 이야기에서 생각거리를 받아 옛이야기 투를 살려 창작한 '창작옛이야기'이다.[119)]

「양초귀신」에서 비판의 대상은 유식한 체하며 동네 사람들을 무시하는 글방 선생과 그의 말을 무조건 믿는 어리석은 시골 사람들이다. 이들의 생활에서 낯선 물건인 '양초'가 단지 서울 사람들이 즐겨 사용한다는 이유만으로 동경의 대상이 되는 모습은 근대의 제도나 사물이 당대 민중들에게 보이지 않는 억압을 강요하는 듯한 인상마저 준다. 그러나 방정환이 이 작품에서 근대 제도를 본질적으로 비판했다고 보기는 어렵다. 양초라는 사물이 새로운 생활양식으로 받아들여진 것은 사실이지만, 긍정 또는 부정의 의미로서의 근대를 상징하는 사물이라고 보기는 어렵기 때문이다. 따라서 이 작품은, 문화 충격 속에서 벌어지는 낯설음과 그 상황에서 어리석은 반응을 보이는 인물에 대해 한바탕 웃음으로써 비판적으로 바라보게 한다는 데에 의미를 두어야 할 것이다.

한편 「귀신을 먹은 사람」(몽중인, 『어린이』, 1924.9~10)은 미신을 숭상하는 봉건의식에 사로잡힌 사람들을 비판한 작품이다. 특히 이 작품은 『어린이』에 발표되기 전에 『천도교회월보』(목성, 1922.1)에, 그 뒤 『조선농민』(방정환, 1926.3)에 각각 상편만 실렸다. 방정환이 편집 또

---

119) 임석재의 『한국구전설화』 전북 편(8권)에 「곶감국」, 「곶감을 끓였는데」 라는 이야기들이 실려 있다. 남편이 곶감을 사와 맛있게 만들라고 했더니 아내가 국을 끓였다는 내용으로 남편이 나무라자 아내가 누군 구워먹고 지져먹을 줄 몰라 그런 줄 아냐며 여럿이 오래 먹기 위해 국을 끓였다고 하더라는 우스개 이야기이다. 한편 이훈종의 『한국전래소화』(동아일보사, 1969)에도 「곶감국」이란 이야기가 실렸다. 이 이야기는 수정과를 맛있게 먹은 시골 남자가 장난스런 친구한테서 '곶감국'이라는 말을 듣고 국을 끓였다가 망쳐서 집강 샌님을 찾아가 물으니 맑은 물이 아닌 토장에 끓여야 한다고 일러주더란 이야기이다. 특히 방정환의 「양초귀신」에서 서민들을 무시하며 잘난 척하는 글방 선생의 모습을 이훈종이 채집한 「곶감국」의 '집강 샌님'의 모습에서 엿볼 수 있다는 점에서 더욱 흥미롭다.

는 집필자로 관여했던 이 잡지들은 천도교 측에서 각 계층을 상대로 펼친 신문화운동, 즉 출판문화운동의 일환으로 발간되었다. 따라서 그가 이 작품의 상편을 주독자층(계층)이 다른 잡지에 발표한 것은 근대적 계몽의 성격이 강했기 때문일 것이다.

「귀신을 먹은 사람」은 두 번에 걸쳐 『어린이』에 연재 되었는데 미신 타파의 주제가 상편에서 제기되고 있다. 이야기의 하편에서는 '귀신을 먹는 사람'으로 소문이 난 주인공 성칠이가 어느 부잣집에서 귀신 소동을 벌인 하인(성칠)을 우연히 알아 맞혀 붙잡는 이야기를 담고 있다. 이 부분은 방정환 이전 시기에 구전되던 옛이야기로, 우연히 도둑 잡는 이야기 또는 가짜 점쟁이 이야기가 그대로 삽입된 것이다.[120] 따라서 「귀신을 먹은 사람」은 상편만 순수 창작이고 하편은 옛이야기에서 그대로 빌려온 '창작옛이야기'이다.

「귀신을 먹은 사람」은 근대 계몽기의 한 과제였던 미신 타파의 교훈적 주제를 옛이야기 틀을 이용해 재미와 웃음 속에서 자연스레 전해 준다는 데에 의미가 있다. 하지만 작품의 후반에 삽입된 옛이야기 화소는 우연히 도둑 잡는 이야기로 되어 버려 상편에서의 근대적 문제제기가 빛을 잃고만 한계를 지닌다.

방정환의 창작옛이야기 「양초 귀신」과 「귀신을 먹은 사람」은 근대 또는 전근대가 제기하는 문제를 예리한 통찰로 비판적으로 제기했다고 보기는 어렵다. 이것은 근대적 문제의식을 옛이야기 틀에 담아내다 보니 옛이야기의 정형화된 틀에 의해 내용 자체가 제약을 받았기 때문이다. 이런 창작옛이야기는 옛이야기의 현대적(근대적) 계승이란 점에서 긍정의 의미를 지니지만 결과적으로는 한계를 내장한 과도적 형식으로 평가된다.

120) 「점 잘 치는 훈장」, 「도적 쫓는 이야기」, 「옛날 이야기 좋아하는 부인」 등.

2) 실연(實演)을 전제로 한 근대 동화극

방정환은 『어린이』에 단 두 편의 동화극만을 남겼다.[121] 양으로 볼 때 절대적으로 빈약한 편이어서 방정환이 동화극을 한두 편 시도하다가 그친 습작에 머문 것으로 속단하기 쉽다. 하지만 그 수준은 『어린이』에 실린 다른 어느 극작가의 동화극보다도 단연 돋보인다.

그렇다면 어린 시절과 청년 시절, 연극과 영화에 관심이 많았고 실제로 배우이자 연출자로서 극예술 활동을 하기도 했던 방정환이 아동문학의 다른 장르에 비해 동화극 창작에 힘을 기울이지 못한 까닭은 무엇일까. 더욱이 타 장르와 견줄 때 동극은 운동적 성격이 강하다는 점을 감안하면 아동문학을 소년운동과 아동문화운동 차원에서 전개했던 방정환에게 동화극이 단 두 편밖에 없다는 사실은 쉽게 납득하기 어렵다.

이에 대해서는 두 가지 관점에서 접근할 수 있다. 첫째, 최초의 본격적인 동화론으로 주목되는 「새로 開拓되는 童話에 關하야」를 보면 이 의문은 쉽게 풀린다. 동화극과 관련해 이 글이 흥미로운 것은 한

---

121) 『어린이』에 실린 동화극은 모두 34편이다. 이 가운데 「쪽갓치 쪽갓치」(『어린이』, 1924. 1)와 「黃金王」(『어린이』, 1928.1, [마이다스 왕 이야기]) 단 두 편만이 작자 미상이다. 확실한 증거는 없지만 방정환이 『어린이』에 이름을 밝히지 않은 채 많은 글을 썼던 것을 볼 때, 이 두 편도 방정환의 작품이 아닐까 싶다. 이 두 작품에 대해서도 면밀한 분석이 필요하다.
 한편, '동화극'의 개념을 정의할 필요가 있는데 대체로 생활극과 대비하여 동화의 공상성을 중시한다.
 이재철은 "동화극은 아동을 관객으로 하는 연극 또는 아동 자신에 의한 연극의 통칭으로 아동극과 거의 같은 의미로 씌여진다. 또 아동, 어른 구별 없이 동화의 세계에 통하는 <u>환상적 상징적 내용을 갖는 극</u>"(이재철, 『세계아동문학사전』, 계몽사, 1989, 77쪽)이라고 한다.
 홍은표는 "동극에서 가장 많은 것이 동화극이다. 이것은 순수한 창작으로서, 작가가 꾸민 이야기도 있으나, 교재를 극화(희곡화)한 것도 있고, 동화·소설·이솝이야기·성경 이야기 같은 것을 극으로 꾸민 것도 있다. 마아테릴링크의 〈파랑새〉라든지, 하우프트만의 〈한네레의 승천〉, 배리의 〈피이터 팬〉 등의 동화극은 어른과 어린이가 함께 즐길 수 있는 예술적인 창작 동화극"(홍은표, 『즐거운 학교 연극』, 계몽사, 1989(중판), 982쪽)이라고 한다.
 하지만 초창기 '동화'가 '아동의 설화'란 광의의 의미로 받아들여졌던 것처럼, 이 글에서는 '동화극'이란 용어를 생활극과 대비되거나 엄밀한 의미에서 창작동화를 극화한 것이 아닌 옛이야기 재화·외국 동화 번안을 포괄한 광의의 아동 설화로서의 '동화'를 극으로 꾸민 것으로 정의한다.

사람이라도 더 동화 창작과 연구에 힘을 기울여 동화가 개발될 때 외국의 유명한 동화극처럼 우리도 훌륭한 동화극을 만들 수 있을 것이라고 전망하고 있다는 점이다. 이렇게 볼 때 연극·영화에 대한 높은 관심에도 불구하고 방정환이 단 두 편의 동화극만 창작한 까닭은 동화의 개발과 창작이 더욱 시급하다고 생각했기 때문이다. 더욱이 두 편의 동화극 모두 우리의 옛이야기를 각색했던 것은 우리 옛이야기를 각색한 동화극을 근대 동화극의 기초로 삼고자 했다는 사실을 보여준다. 방정환의 동화극은 구전되던 옛이야기를 어린이용으로 개작한 '전래동화'의 출발과도 깊이 관련된다는 점에서도 중요하다.

둘째, 방정환은 아동문화운동을 전개하면서 무엇보다도 동화구연을 중점적으로 펼쳤는데, 당시 방정환의 구연이 일종의 퍼포먼스적 기능을 수행했다는 점을 주목할 필요가 있다. 즉, 그의 동화구연은 청중들을 구연 상황에 완전 몰입하게 하면서 긴장과 이완의 감정을 구연자가 자유롭게 조절하면서 하나의 일치된 감정으로 고양시키는 등 강력한 현장성과 운동성을 띠며 전개되었다. 방정환의 동화 구연은 단순히 이야기 들려주기에 그친 것이 아니라 인물의 행동과 성격에 맞는 목소리와 몸짓 등의 연기로 일종의 일인 다역의 배역을 소화하며 연극을 펼쳐 보인 것이라 할 수 있다.[122] 방정환이 청년 시절에 소인극 활동을 통해 다진 연극배우로서의 면모를 동화 구연에서도 십분 발휘했던 것이다.

「노래주머니」(『어린이』, 1923.3~1923.4)는 혹부리 영감(혹 떼려다 혹 붙인 이야기로 전해지는 민담) 이야기를 동화극으로 꾸민 것이다. 이 이야

---

122) 방정환의 동화구연에 대한 여러 일화가 있지만, "이 분이 뚱뚱이이기 때문에 「방뚱뚱이」이라는 애칭이 있을 정도로 비대하다. 그런데 이 분의 이야기 속에 말라꽁이가 등장한다. 말라꽁이는 뚱뚱보와 극반대의 사람이다. 그런데 소파가 그 말라꽁이를 묘사하면, 소파의 몸이 꼬챙이처럼 마른 사람으로 보이는 환각을 일으킨다. 이는 오로지 그의 화술이 마술로 변한 것이라고 아니할 수 없다. 그러니까 우리 듣는 사람은 말하는 이의 구상(具像)과는 달리, 거기 상상만을 받아들이기 때문이다. (…중략…) 그 날의 메인이벤트가 나오면 만장의 어린이들이 갈대처럼 연사인 소파의 마음대로 움직이는 것"(조풍연, 앞의 글, 27~28쪽 참조)이었다고 회고하는 조풍연의 발언을 보면, 방정환의 화술이 대단히 능란했음을 알 수 있다.

기가 원래 일본의 이야기인데 식민지 시대에 전파되었다는 설이 있는가 하면,[123] 우리 이야기라는 설도 있다.[124] 이것은 현재까지도 논란거리인데,[125] 방정환은 당시에 우리 이야기인 혹부리 영감 이야기가 일본에 전파된 것이라는 의식을 갖고 이 이야기를 동화극으로 각색하여 『어린이』 창간호에 실었다.[126]

민속학 분야에서 민담의 다원적인 자연발생설과 전파설이 논란거리라는 점을 감안한다면, 어디에서 어디로 전파되었는가를 따지는 것보다 그 차이와 유사성을 밝혀 이야기의 창작·수용 과정에서 각 민족의 정서가 어떻게 반영되어 전래되는가를 살펴보는 것이 좀 더 생산적인 논의가 될 것이다.

방정환이 「노래주머니」를 각색할 당시 우리의 옛이야기는 입에서

---

123) 김종대, 『민담과 신앙을 통해 본 도깨비의 세계』, 국학자료원, 1994, 149~157쪽 참조.

124) 타카기 토시오(高木敏雄), 「日韓共通の民間說話」, 『日本神話傳說の硏究』, 화원성문관, 1934; 박연숙, 「일본 전파를 통해 본 「도깨비방망이」 설화의 국제성」, 『일본어문학회』 27집, 한국일본어문학회, 2004.11 참조.
김용의, 「한국과 일본의 「혹부리 영감(瘤取り爺)」담: 교과서 수록과정에서 행해진 개정을 중심으로」, 『일본어문학』 5집, 한국일본어문학회, 1999.3.
필자 역시 졸고에서 김종대의 견해를 비판하고 혹부리영감 이야기가 우리 전래의 이야기일 것으로 논의하였다. 당시 김용의의 논문을 참고하지 못해 논의를 폭넓게 전개하지 못하였으나 조선총독부 교과서에 실린 작품을 간단히 고찰한 바 있다(염희경, 「한국 근대동화극의 초석」, 『어린이문학』, 한국어린이문학협의회, 2001.8).

125) 김환희는 「혹부리 영감」 이야기가 우리나라에서 전승되어 오다가 오래 전 일본으로 흘러 들어가 그곳에서 널리 퍼진 설화로, 비록 원류는 신라 시대의 「방이설화(또는 금방망이 설화)」라 하더라도 일제 강점기에 일본 사람들의 손길을 거치면서 일본 설화와 닮은꼴이 되었을 가능성이 높다고 보면서 그 본 얼굴을 알기 힘들다고 비판적으로 고찰하였다(김환희, 「〈혹부리 영감〉의 일그러진 얼굴」, 『열린어린이』, 2007.3).

126) "日本童話라하고 歐羅巴 各國에 飜譯되어잇는 「猿의 生膽」이라는 有名한 童話는 其實日本固有한 것이아니고, 朝鮮童話로서 飜譯된것인데, 朝鮮 鱉主簿의 톡기를 원숭이로 고첫슬 쏀이다. (東國通史에보면 朝鮮 固有의것가트나 或時印度에서온것이아닌가생각도되는바 아즉分明히는알수업다.) 그밧게 「혹쟁이」(혹쟁이가 독갑이에게혹을팔앗는데 翌日에 싼혹쟁이가 또팔라갓다가 혹두個를부처가지고오는이약이)도 朝鮮서日本으로간것이다. 그런데 이 혹쟁이이약이는 獨逸, 伊太利, 佛蘭西 等 여러 나라에잇다하는데 西洋의 이혹쟁이이약이는 그 혹이 顔面에잇지안코 등(背)에잇다하니 쏩추의이약이로 變한것도 興味잇는일이다."(소파, 「새로 개척되는 동화에 관하야」, 『개벽』, 1923.1, 24~25쪽) 방정환의 이런 생각은 당시 민속학을 연구하던 손진태나 최남선의 생각과 그리 다르지 않다. 특히 방정환이 전래되는 옛이야기를 손진태에게 제보하기도 했으며 그 뒤 색동회 동인으로 함께 활동한 것을 보면 당시 그들은 각별한 사이였을 것이다. 이런 점에서 이 당시 방정환도 조선으로부터 일본에 전해진 설화가 많다는 손진태의 문화전파설을 공유했을 것으로 보인다.

입으로 전해질 뿐 문자로 정착된 상태가 아니었다. 게다가 『어린이』 창간호는 방정환이 일본에 있으면서 편집하여 조선에 보낸 원고들을 모아 발행한 것으로, 이 무렵 그는 일본의 아동문학으로부터 많은 영향을 받았다. 그렇다면 일본의 옛이야기 가운데 혹부리 영감과 같은 이야기를 모델로 동화극을 꾸몄을 가능성도 배제할 수 없다. 여기서 일본 아동문학의 선구자이자 오토기바나시(お伽噺)[127]의 대가인 이와야 사자나미(巖谷小波, 1870~1933)가 재화한 「혹떼기(コブトリ)」는 좋은 참고가 된다.[128] 이 작품의 시작 부분과 전체 이야기 구조는 우리의 혹부리 영감 이야기와 매우 비슷하다. 하지만 우리의 옛이야기와 몇 가지 다른 부분이 있다. 먼저, 도깨비들의 잔치에 술과 함께 나오는 음식이 일본적인 색채가 강한 '생선'으로 되어 있다. 또 할아버지는 노래 대신 '춤'을 춘다. 특히 혹을 떼이게 되는 이유는 큰 차이가 난다. 도깨비들이 다음날에도 할아버지의 춤을 구경하기 위해 일종의 담보 형태로 혹을 떼어 가진 것이다. 따라서 우리의 이야기와는 달리 다른 혹부리 영감이 왔을 때 도깨비들은 그를 환영한다. 한편 다른 혹부리 영감은 보물에 대한 탐욕 대신 '혹을 떼고 싶다는 일념'으로 도깨비들을 찾아가서는 춤을 잘 못 춘 벌로 혹을 붙이게 된다.

---

127) 오토기바나시(お伽噺)는 이와야 사자나미가 창안한 말로 흔히 옛날이야기로 번역된다. 'お伽'는 말벗·이야기 상대를 의미하고, '噺'은 '話'와 비슷한 의미로 이야기를 뜻한다.

128) 이와야 사자나미(巖谷小波), 「コブトリ」, 小波お伽全集刊行會, 『お伽繪噺集』(小波お伽全集 別卷), 吉田書店出版部, 소화 8년(1933) 12월 25일 발행.

내용을 요약하면 다음과 같다. 오른쪽에 큰 혹이 달린 정직한 할아버지가 나무를 하러 산에 갔다가 비를 만나 큰 나무 뒤 속에서 비가 그치기를 기다린다. 막 잠이 들려는 때에 이마에 뿔이 달린 도깨비들이 나타나 고목 앞 넓은 장소에서 술과 생선을 먹고 마시며 춤을 추고 논다. 그것을 보고 완전히 안심이 된 할아버지는 쥘부채를 펼치고 발놀림과 손박자를 재미있게 하면서 춤을 춘다. 도깨비들은 그 춤 솜씨에 감탄하여 음식을 대접하고 다음날에도 와서 춤을 춰 달라고 한다. 그러면서 거짓말을 하면 용서 않겠다며 혹을 떼어 가지고 있겠다고 한다. 한편 옆집에 사는 왼쪽 뺨에 혹이 있는 할아버지는 그다지 정직하지도 않고, 춤도 못 추는 늙은이인데 그 이야기를 듣고는 혹을 떼고 싶다는 일념 하나로 산에 가 큰 나무 뒤에서 도깨비들을 기다린다. 도깨비들은 할아버지가 와있는 것을 보고 기뻐한다. 다시 즐거운 잔치가 벌어지는데 할아버지의 춤이 전혀 재미가 없다. 결국 가짜임이 들통 나고 춤을 못 춘 벌로 나머지 혹마저 붙인다. 작품 끝에 정직해야 함을 강조하는 것으로 마무리된다.

우리의 옛이야기에서 혹이 '노래 주머니'로 오해를 받아 떼이는 부분은 도깨비의 어리숙한 성격상 그럴 듯하고 해학적인데, 일본의 이야기에서 혹은 단지 담보물일 따름이다. 또 다른 혹부리 영감이 벌을 받는 것도 우리의 경우는 마음씨가 나쁘기 때문이란 것이 강조되는데 이와야 사자나미가 재화한 일본의 이야기는 춤을 못 춘 게 더욱 강조된다. 그러면서 이와야 사자나미는 작품의 끝에 정직을 강조하는 것으로 마무리하는데, 이야기의 주제가 다소 혼란스럽다. 이렇게 볼 때 우리나라에 전래되는 혹부리 영감 이야기는 그것이 일본에서 우리나라로 전파된 것이든, 아니면 우리나라에서 일본으로 전파된 것이든, 그도 아니면 많은 문화권에서 비슷한 이야기가 자연발생적으로 생기기 때문에 두 나라에 비슷한 이야기가 생긴 것이든 우리 민족의 정서가 담겨 있는 이야기로 전해지고 있다고 할 수 있다. 혹을 노래 주머니로 여겼다는 데에서는 해학이 넘치며 도깨비들이 어리숙하고 해학적인 형상으로 그려졌다는 점, 착한 사람은 복을 받고 나쁜 사람은 벌을 받는다는 민중의 소박한 삶의 철학이 강하게 담겨 있다는 점들을 들 수 있다.

한편 흥미로운 또 다른 사실로, 방정환이 동화극 「노래주머니」를 각색하기 1년 전 일본에서도 「혹떼기(瘤取り)」란 이야기가 동화극으로 각색되었던 적이 있다.[129] 이 동화극이 실린 『아동극 각본(兒童劇脚本)』은 1922년 3월에 초판을 발행했는데, 1923년 4월에는 무려 10판을 발행할 정도로 반응이 좋았다. 방정환이 일본에서 아동문학을 공부하던 때이니 이 책을 보았을 가능성이 아주 크다. 특히 이 책의 서(序)에는 그때까지 간행되어온 대부분의 아동극이 단지 책을 읽기 위한 목적만으로 쓰인 데에 반해, 이 각본집은 실연(實演)할 수 있도록 각색·창작한 일본 최초의 시도라는 말이 나온다. 내용에서는 차이가 나지만 방정환도 이 책을 참고하여 실제로 공연할 수 있도록

129) 片岡魯月 脚本, 「瘤取り」, 兒童劇硏究會 編, 『兒童劇 脚本』(초판), 明治圖書株式會社, 1922.3.

옛이야기를 각색하여 동화극 「노래주머니」를 꾸몄을 것으로 추정된다. 「노래 주머니」를 『어린이』에 실을 때 각본 끝에 무대 장치와 도깨비 형상과 의상에 대해 지시문을 제시한 것도 실제 공연을 염두에 둔 배려였다.

일본의 이 동화극은 1막 1장으로 되어 있다. 이 동화극엔 흥미롭게도 배고픈 여우가 등장한다. 마음씨 착한 할아버지가 볏짚에 꿴 메뚜기를 주자 여우는 고마운 마음에 머루잎과 방울을 선물한다. 여기서 여우가 준 선물 방울은 매우 중요하다. 도깨비들이 노는 모습이 재미있어 할아버지가 저도 모르게 방울을 치고 발박자, 손박자를 재미있게 하여 춤을 추기 시작한다. 이때 도깨비들은 멋진 춤을 추는 데 한몫하는 할아버지의 방울을 갖고 싶어 하여 할아버지는 그 방울을 준다. 그 댓가로 소원을 말해 보라는 도깨비들에게 할아버지는 혹을 떼어 달라고 한다. 한편 심술궂은 할아버지도 혹을 떼고 싶어 춤을 추지만 음식을 발로 차며 형편없이 춤을 춘 벌로 나머지 혹마저 붙이게 된다. 이런 것들을 볼 때 방정환이 이 동화극집을 보았다고 하더라도 배울 점을 참고하되 철저히 우리 정서와 민족성에 맞는 우리 옛이야기를 바탕으로 창조적으로 발전시켰음을 알 수 있다.

「노래주머니」는 현재 남아 있는 것으로는 최초의 아동극 대본으로, 두 부분으로 나뉘는 옛이야기와 달리 1막 3장으로 구성되었다. 두 영감의 이야기를 각각 한 장씩 처리하였고 2장에는 냇가에서 메기를 잡는 아이들이 등장하는 장면을 넣어 창작의 색채를 강화시켰다.

작품의 첫 시작 부분에서 무대 배경에 신경을 써서 시·청각적인 효과로 주의를 끌고 있다.130) 이런 구체적인 배경 제시는 읽는 대본으로서 뿐만 아니라 실제 공연을 염두에 둔 자세한 무대 지시문의

130) (어두컴컴한 森林속에 파란 빗만 훤하게 비치는데 푸른옷입은 독갑이들이 여덟인지아홉인지 늉어안젓고 한가운대 나무 썌리에는 독잡이괴수가 걸커안저잇다. 후루룩후루룩 새소리가 들리면서 開幕) 독갑이들이 손바닥을치면셔 노래를부른다(「노래주머니」, 『어린이』, 1923.3, 6쪽).

역할도 한다. 더욱이 배경, 인물, 사건들이 구체화된다는 것은 '근대극'의 면모를 갖춰간다는 것을 뜻한다.

이 대본에는 같은 말을 되풀이하는 부분이 많다. 나무뿌리에 걸터앉아 있던 괴수 도깨비가 부하들이 부르는 노래가 밤낮 똑같은 노래뿐이라고 화를 내는 부분에서는 도깨비 2가 '어—이'라는 말을 되풀이 하자 괴수 도깨비는 처음엔 '안단 말이냐', 두 번째는 '모른단 말이냐'라고 묻다가 세 번째에는 '안단 말이냐 모른단 말이냐'라고 한꺼번에 묻는다. 짧은 대화 장면을 통해 어리숙한 도깨비 2의 성격과 그런 부하 도깨비를 답답해하는 성질 급한 괴수 도깨비의 성격이 잘 드러나 있다. 이러한 세 번의 되풀이는 옛이야기의 형식적 특징으로 반복에서 오는 말의 재미와 리듬감을 높인다. 옛이야기는 입에서 입으로 전해지는 문학으로서 전수자들이 쉽게 이야기를 기억하기 위해 되풀이를 자주 사용한다. 그런데 「노래주머니」의 이 세 번의 되풀이는 옛이야기의 형식을 계승한 것이지만 인물의 성격을 또렷하게 하는 데에 이바지하고 있다는 점에서 차이가 난다.

한 가지 노래밖에 모르는 도깨비들 때문에 놀이의 흥은 깨지고 괴수 도깨비는 불이나 피우라며 나무를 가져오라고 명령한다. 고목 밑에 있던 혹부리 영감은 나무를 가지러 간 도깨비에게 발견되어 무대 중앙에 끌려 나와 꿇어앉는다. 이때 도깨비들은 노인이 밤중에 나무 밑에 숨어서 자기네의 잔치를 엿보았으니 벌을 주자고 떠들어 댄다.

독 3: 이싸진놈, 그냥 잡아씨저버리자.
노인은 깜짝깜짝 놀랜다.
독 4: 그럴 것업시 이놈의 코색리를 잡아늘여서 저 나무가지에다 친친감어노차.
노인: 그 그 그저 잠간만참아주십시요 (하고 절을 자꾸 한다)
독 2: 무슨 말이냐?
노인: (고개를 자조 숙이면서) 네 네네, 그저 나 나낫븐맘으로 엿본것은아니

올시다. 넘우재미잇기에 구경을하고 잇섯습니다. (…중략…)

독 4: 아아 알앗다 이 놈이 분명히 우리들의 보물을 도적하러 왓다.

노인: 처 처 천만에…

독 4: 에이 이흉측한놈아. (하고 발로 차서 업허쓰린다.)

노인: 사 살려줍시요. 다시는…….[131)]

도깨비들이 윽박지르며 혹부리 영감을 괴롭히고 영감이 말을 더듬으며 살려만 달라고 애원하는 대화 장면은 실감나게 처리되었다. 특히 혹부리 영감이 미처 말을 하기도 전에 도깨비들이 계속 다그치는 부분은 사건을 긴박감 있게 몰아간다. 이런 긴박한 상황에서 괴수 도깨비는 우두머리답게 너무 심하게 다루지 말라며 밤중에 그곳에 오게 된 사연을 묻는다. 나무를 하던 중 비를 만나 그리 되었다는 말을 듣고는 잔치에 노래 부를 이가 없어 심심하던 터이니 좋은 노래를 들려주면 용서하겠다고 한다.

혹부리 영감이 노래를 부르며 춤을 덩실덩실 추자 도깨비들은 모두 홍이 나서 노래를 더 청하는데 그때 닭 우는 소리가 들린다.[132)] 모두들 아쉬워하며 무슨 좋은 수가 없을까 할 때 도깨비 3은 느닷없이 그 '좋은 수'를 말한다.

독 3: 조흔수가잇습니다.

괴수: 조흔수랏게 무슨수가잇단말이냐

독 3: 이 늙은이의노래는 이뺨에 달린 노래주머니에서 나오는 것이랍니다. 그러니 그 노래주머니를 보물을주고 빼아서두면 그주머니에서 무슨 노래든지 자꾸 나올것입니다. (노인은 두눈을 크게 쓰고 두 손으로 혹

131) 소파, 「노래주머니」, 『어린이』, 1923.3, 6쪽.

132) 「노래주머니」에서 노인이 부른 노래 부분은 방정환이 창작한 것이다. 당시의 교과서에 수록된 노래와 이후의 전래동화집에 수록된 노래와 비교하여 방정환의 「노래주머니」에 실린 노래의 해학성과 민중성에 대해서는 졸고에서 살폈다(염희경, 「한국 근대 동화극의 초석」, 45~48쪽 참조).

을 가린다.)

괴수: 허허, 그것 생각잘하엿다. 그럼 어서속히 저 노래주머니와 보물을 밧구게하여라.

일동: 어—이(하고 우우 달겨든다)

노인: 아니올시다. 이것은 노래 주머니가 아니라 혹이올시다. 소리는 목구멍으로 나오는 것입니다.

독 3: 허허, 내가 쎈히아는데 아니라고 속이면 될말인가.

노인: 아니올시다. 정말 혹이란 것이올시다.

독 3: 앗다 그러케 속힐것이 무엇잇나, 그까진 노래는 자네는 다외이는 것이니, 그주머니야 못밧굴것이 무엇잇나, 그러지 말고 얼른내어노케 보물은얼마던지줄것이니…….

독 2: 실타며노딜말인가 큰일나려구그러지.

한 놈은 벌서 무거운 보물궤ㅅ작을갓다가 노인의 압헤놋는다.

노인: 여러분이 그러케까지 하시면 내가 밧군다고 하드래도 이것은 떼여내지를 못하는것입니다. 억지로 떼랴도 안됩니다.[133]

도깨비 3이 내놓은 '좋은 수'란 혹이 '노래 주머니'이니 보물과 바꾸자는 것이다. 어리석은 도깨비로서는 꽤 머리를 써서 생각해 낸 것이지만 참으로 엉뚱하다. 하지만 그 때문에 더욱 재미있다. 여기서도 도깨비 3이 두 번이나 노래 주머니인데 왜 속이냐고 하다가 그래도 영감이 혹이라고 하자 다른 도깨비 2가 위협을 한다. 이렇게 위협을 하는데도 영감은 거짓말을 하지 않는다. 게다가 보물에 탐을 내거나 귀찮고 보기 흉한 혹을 도깨비들에게 주어 버릴 생각을 하지 않는데, 이러한 혹부리 영감의 말을 통해 착한 마음씨를 드러내고 있다. 이 부분은 이후의 전래동화집에서 재화자에 따라 조금씩 다르게 나타나는 것과 견주어도 혹부리 영감의 착한 마음씨와 진실성을 한층 돋보

133) 소파, 「노래주머니」, 『어린이』, 1923.3, 6쪽.

이게 처리했다.134) 이어 세 번째의 닭 우는 소리로 1장이 끝난다.

2장은 창작의 색채가 강하게 나타나는 부분으로, 무대는 조그만 냇가이고 아이들이 메기를 잡는 장면으로 시작한다.

村의少年 四五人이 右便(내의 웃쪽)에서 미억이를 잡아담은 洋鐵桶 하나를들고 조하서 써들며 登場하야 舞臺의中央에 갓다고 드러다보면서 써든다. 四五人이 모다 발을것고 손에나무쌔기를들고 一人은 삼택이를 들엇다.

소(少) 1: 어른의 팔둑만하다.

소 3: 이 애. 나는 처음에 썸언것이 쑴틀하길네 잼장어인줄알엇서요.

소 1: 나도 그랫지. 네가 익크! 하고 소리를 지를적에보니까 무에 썸언것이 훗깃보이겟지? 그래뱀장어인줄알엇지.

소 2: 이러케 큰놈이 어대서 내려왓슬가

소 3: 이 애, 여긔서도 각금 이러케 큰것이잡힌단다. 왜 요전에도 平山이 아버지가 요 알에서 잡지안엇니?

소 1: 그래 그 때도잡혓지 그럿치만 이것만큼크지는못하다.

소 2: 크지못하구말구!

---

134) 어효선은 「전래동화재화의 문제점: 교육적 영향을 중심으로」에서 혹부리 영감 이야기의 이 부분을 재화한 몇 작품을 들어 문제점을 지적한 바 있다. 먼저 임석재는 이 부분을 "혹을 뚝 떼어서 가져가더래, 영감은 아프지는 않았지만 깜짝 놀라는 체하며"로 재화하였다. 이상로는 "할아버지는 뽐내면서 '이걸 봐, 나의 여기 달린 이 혹을 이 커다란 혹을 보란 말야. 여기서 그같이 아름다운 소리를 내는거야.'하고 태연스럽게 대답하였다"라고 재화하였다. 이 두 작품에서는 모두 혹부리 영감이 거짓말쟁이처럼 표현되었다. 한편 이원수는 처음 도깨비가 묻는 말에 목에서 난다고 했는데도 믿지 않자, "영감은 참 딱한 일도 있다 하고 머리를 긁었습니다. 그러다 손이 목에 왔을 때, 커다란 혹이 만져졌습니다. '옳다! 이 혹에서 나온다고나 해둘까 보다.' 영감님에게는 남부끄러운 생각만 나게 하던 혹이었습니다. 도깨비들은 이 혹이 무언지 모를 테니, 이게 노래가 든 주머니라고 하면, 재미있어 하겠지…… 하고 생각하였습니다"(어효선, 「전래동화재화의 문제점: 교육적 영향을 중심으로」, 김요섭 편, 『전래동화의 세계』(아동문학사상 8), 보진재, 1972, 52~59쪽)라고 재화하였다. 어효선은 이원수의 이 재화도 임석재나 이상로의 재화와 같은 차원에서 비교육적이라 비판하였지만, 이오덕이 지적한 것처럼 이원수의 재화에는 의도적인 거짓말보다는 해학과 장난기 어린 유머가 담겼다(이오덕, 「전래동화, 그 계승 문제」, 『어린이를 지키는 문학』, 백산서당, 1984, 45~46쪽). 이러한 지적들을 보더라도 혹부리 영감 이야기에서 이 부분은 혹부리 영감의 성격뿐만 아니라 이야기의 주제 차원에서도 중요하다. 이런 후대의 전래동화 재화와 비교하더라도 방정환의 재화는 인물의 진실한 성격뿐 아니라 이야기의 주제도 선명하게 부각시켰다고 평가할 수 있다.

소 3: 에그, 저-긔 혹쟁이가 온다.[135)]

신이 나서 떠드는 과장된 표현과 궁금증을 드러내는 부분, 수선스러운 분위기가 아이들의 생생한 말투 때문에 더욱 실감난다. 이처럼 인물의 행동과 대화 장면을 눈에 보이듯 사실적으로 표현하는 방식은 옛이야기에서는 찾아볼 수 없는 극화이다. 옛이야기는 일반적으로 사건을 서술하는 성격이 강하고 인물의 성격도 추상적이며 한두 마디로 설명하고 만다. 그런데 「노래 주머니」의 대화와 행동 위주의 '보여주기' 수법은 동화극으로 각색했기 때문이기도 하지만 방정환이 옛이야기를 단순히 재화하는 데에 그치지 않고 배경과 인물 성격을 구체적으로 묘사하는 방식을 통해 근대 창작동화로 전환되는 과정에서 새로운 모색을 한 것이라고 평가할 수 있다.

한편 방정환은 이 2장에서 원래 옛이야기에는 없는 새로운 갈등 구조를 덧보탰다. 마음씨 나쁜 혹부리 영감은 아이들을 보자 대뜸 '너 이놈들' 하고 부르고 계속해서 '예끼 요놈들', '못된 놈들'이라고 함부로 욕을 한다. 욕심이 나서 아이들이 잡은 메기를 제 것이라고 우기며 오히려 아이들이 제 것을 훔친 것처럼 죄를 뒤집어씌우기까지 한다. 말로 해도 안 되니까 나중에는 힘으로 누르려한다. 심술 사납고 욕심 많은 혹부리 영감의 성격이 잘 나타났다. 그런데 2장에서 자기 것이 아닌 남의 것을 강제로 빼앗는 이 장면을 굳이 표현한 것은 일본이 우리나라를 강제로 빼앗은 시대 상황을 암시한 것으로 읽히기도 한다.[136)] 김서방이 아이들에게 주먹을 휘두르려 할 때 간 밤에 도깨비들로부터 혹을 떼인 착한 혹부리 영감(박서방)이 나타난다. 특히 이 부분에서 착한 혹부리 영감은 왜 '어린 사람'을 괴롭히냐며 말리는데, 방정환은 이를 통해 아이들을 무시하고 호통치기만 하는

---

135) 소파, 「노래주머니」, 『어린이』, 1923.4, 6쪽.

136) 김중철, 「어린이극의 형성 과정」, 어린이도서연구회, 『동화읽는어른』 84호, 어린이도서연구회, 1999.6, 15쪽.

그 당시 어른들의 모습을 빗대어 비판했다고 볼 수 있다. 이 부분은 우리 고전에서 양반의 횡포를 비판하는 대목에서 곧잘 볼 수 있는 반봉건 의식을 드러낸 것과도 통한다. 그런 점에서 방정환이 동화극을 만들면서 기존의 옛이야기에 없는 새로운 갈등 구조를 중요하게 끼워 넣은 의도를 짐작할 수 있다. 또한 아동극이 어린이를 위한 극이자 어린이가 출연하는 극이란 의미도 지닌다는 점에서 소년들이 직접 등장하도록 동화극을 꾸민 것도 의미 깊다. 이 동화극을 직접 꾸미고 구경하는 어린이들에게 「노래 주머니」는 어른들만의 이야기가 아닌 어린이들도 존재하는 이야기로, 어린이들의 처지를 대변하는 동일화되기 쉬운 인물들을 무대 위에 등장시킨 것이다. 김서방과 아이들이 착한 혹부리 영감의 지난 밤 이야기를 듣는 부분에서는 마음씨 나쁜 혹부리 영감의 행동을 '와락 달려들며', '손을 와락 잡아당기며', '벌써 참지 못하고 후닥닥 가려 한다', '박서방을 홱 밀쳐버리고'라는 지문을 통해 급하고 욕심 많은 모습을 드러낸다. 이처럼 2장은 나쁜 혹부리 영감이 착한 혹부리 영감에게 생긴 지난 밤 일을 자연스레 알게 되는 부분을 마련하기 위해 설정된 장이기도 하다. 더욱이 두 인물의 직접적인 대면으로 서로 다른 성격을 대조적으로 '보여'주는 데에 이바지한다.

3장은 다시 1장의 배경과 같은 곳으로, 도깨비들의 노래와 새소리가 들린다. 그런데 이번에 도깨비들은 자기들을 속였다고 생각하는 그 혹부리 영감을 찾는다. 눈에 띄기만 하면 단단히 벌을 주겠다고 벼르는 괴수 도깨비의 말이 떨어지자 도깨비들은 저마다 어떤 벌을 줄지 떠들어댄다.

독 1: 네, 그놈이 다시이곳에 오기만 하거던 그놈의코를 잡아 빼여늘여서 짱에 질질 썰리도록 길게해주지요.

독 2: 아니요, 그것보다 조흔것이잇슴니자. 그놈이오기만 하거던 커다란 혹을 입우에다 달아서 노래는새려 말소리도아니나게 해주지요. 그것이

좃습니다.

독 3: 아-니요, 그것보다도 그놈이 오기만 하거던 벌겨벗겨서 허리를길게늘여서 저나무가지에다가 친친감어노치요.

독 4: 그것보다도 조흔것이잇습니다. 그놈이 입을버리는대로 입속에서 개고리가 한머리씩 튀여나오게 해주지요. 그러면 그놈이 입을 못버리게될것임니다.

독 5: 아-니요, 그것보다도……. (하는데 괴수가 손을 내여두르며)

괴수: 그만 두어라. (독 5는 깜짝 놀내여 말을하려다말고 도로 제자리로돌아가선다.)137)

어리석은 도깨비들이 떠들썩하게 제 생각이 옳다고 우겨대는 모습은 해학적이다. 또한 벌의 형태가 모두 신체를 보기 흉하게 변형시키는 것이라는 점도 재미있다. 이 당시 어른을 상대로 구전되던 도깨비담 가운데에는 마음씨 나쁜 사람에게 벌을 주는 부분에서 신체를 변형해 고통을 주는 이야기가 성기 늘리기 식으로 변형된 이야기들이 많았다. 그런 점에서 방정환이 이 부분을 이처럼 표현한 것은 그런 유형의 이야기들을 아이들에게 적합하게 순화시키면서도 재미있게 표현한 것이라 할 수 있다. 이 부분에서 도깨비 5가 말을 하려다가 못하고 제자리에 도로 앉는 장면은 계속해서 다른 형태의 벌을 주자고 떠들어대는 도깨비들의 이야기에 재미를 느끼며 다음 도깨비의 말을 궁금해 할 독자(연극 상연시 관중)의 기대를 깸으로써 극적인 흥미를 일으킨다. 또한 이런 처리는 다른 상황으로 전환하기 위한 처리이기도 하다. 이런 상황인 줄도 모르고 나타난 김서방은 도깨비들이 '자기를 환영하는 줄 알고', '어저께 혹보다도 훨씬 좋은 혹'이라느니, 노래뿐 아니라 '무엇이든지 잘 나온'다느니 보물을 '세 갑절은 더 주셔야한다'느니 하고 떠들어댄다. 이 부분도 아주 재미있게 표현되었

137) 소파, 「노래주머니」, 『어린이』, 1923.4, 7~8쪽.

다. 그것은 마음씨 나쁜 혹부리 영감의 탐욕스러움을 스스로의 말로 폭로하는 효과를 지닌다. 이처럼 겉과 속을 뒤집어 '비밀'을 폭로하는 것은 희극의 고전적인 방식이다. 또한 이 부분은 그의 부푼 기대와는 달리 도깨비들이 엄청난 벌을 줄 것을 미리 알고 있는 독자들에게는 양자의 괴리에서 어떤 일이 벌어질지 새로운 기대감과 흥미를 느끼게끔 한다.

혹부리 영감이 나타나자 앞에서 벌을 주자고 했던 도깨비들은 한 번 더 떠들어댄다. 그런데 괴수 도깨비는 '어저께 밤에 속은 것은 이 놈이 우리를 속인 것이 아니고 우리가 잘못 알고 속은 것이니, 그리 죄가 크지는 아니하다'며 떼었던 혹을 다른 쪽 뺨에 붙이는 것으로 벌을 준다. 이 부분에서는 우리나라 도깨비의 특성이 잘 나타나있다. 일본 도깨비 오니(おに)가 포악하고 사람에게 해를 끼치는 반면, 우리나라 도깨비는 장난이 심하고 심술궂지만 사람이 도깨비에게 해를 입히지 않는 한 죄 없는 사람을 해치는 경우는 거의 없다. 게다가 오히려 사람에게 잘 속거나 부를 안겨 주기도 하는 등 악의가 없고 순박하며 해학적이다.138) 더욱이 도깨비 대장의 이 말은 마음씨 착한 혹부리 영감이 도깨비들을 의도적으로 속인 것이 아니라는 사실을 다시 한번 환기시킨다. 이것은 이후의 전래동화집에서 재화자에 따라 첫 번째 혹부리 영감이 마치 도깨비들을 속인 것처럼 표현하여 원래의 옛이야기의 구조와 주제에 혼란을 일으키는 문제점을 없애준다. 일반적으로 옛이야기의 형식적 특징으로 선명한 대조법을 든다. 이러한 대조법은 한쪽은 욕심이 많고 다른 한쪽은 어질고 착한 인물로 명백히 갈라놓고 이야기를 진행하기 때문에 결코 판단에 혼란을 가져오지 않게 한다.139) 혹부리 영감 이야기도 두 인물의 성격이 선명하게 대조되어 권선징악이 철저히 지켜지는 대표적인 옛이야기인 것이다. 그렇지만 「노래주머니」는 옛이야기를 단순히 동화극으로 꾸

---

138) 임석재, 「설화 속의 도깨비」, 임석재 외 공저, 『한국의 도깨비』, 열화당, 1981.
139) 손동인, 『한국 전래동화 연구』, 정음문화사, 1984, 62쪽.

미지 않았다. 인물들의 성격을 구체적으로 부여하고 원래의 옛이야기에는 없는 새로운 부분을 덧보태 작가의 반봉건적 근대 의식도 한층 부각하였다.

한편 「톡기의 재판」(『어린이』, 1923.11)은 설화집에서는 주로 '은혜 모르는 호랑이' 또는 '함정에 빠진 호랑이'로, 요즘의 전래동화집에는 이런 제목과 함께 '나그네와 호랑이'로도 실려 널리 알려진 이야기를 각색한 동화극이다. 「톡기의 재판」은 그 당시 널리 알려진 이야기로서,[140] 이야기의 발생 또는 구전 과정에서 이솝 우화나 다른 나라의 옛이야기로부터 적잖은 영향을 받은 한편 우리의 우화나 재판 설화의 영향을 받아 우리식 이야기로 형성·전개된 대표적 이야기라고 할 수 있다.[141]

「톡기의 재판」은 1막 1장이다. 「노래주머니」처럼 이 동화극도 옛이야기를 단순히 재화하지 않고 방정환 나름의 창작이 덧보태져 극으로 꾸며졌다. 「톡기의 재판」도 크게 세 부분으로 나뉘는데, 여기서

---

140) 『개벽』(1923.1)의 '고래동화현상모집 당선발표' 명단을 보면, 안동군의 이완기(李完基)라는 사람이 보낸 「톡기의 재판」이 현상동화 3등 당선작으로 뽑혔다. 또한 온양의 소천생(韶泉生)이라는 사람도 입선작과 동일한 「톡기의 재판」을 보내와 뽑지 못했다고 한다. 이처럼 당대의 독자들에게 「톡기의 재판」은 잘 알려진 이야기로, 설화집이나 전래동화집에 「은혜 모르는 호랑이」나 「함정에 빠진 호랑이」로 실리기 이전부터 널리 알려져 있는 이야기였다고 보인다. 아쉽게도 이 작품은 『개벽』에 수록되지 않아 당대에 어떻게 전승되고 있었는지를 알 수 없으며 방정환의 동화극 「톡기의 재판」과도 비교할 수 없다.

141) 김기창은 「토끼의 재판」이 어려울 때 도움을 준 은인을 박대하다 암행어사에 의해 잘못을 뉘우쳤다는 '은혜 모르는 사람'형 설화를 기본형으로 하고, 이 설화의 사건을 보다 흥미있게 전개시키고 주제를 효과적으로 나타내기 위해 우화 형식인 '은혜 모르는 호랑이'형으로 바꾼 것이라고 한다. 또한 그는 호랑이는 탐관오리를, 황소나 소나무는 간신들로서 주체성 없는 인간을, 토끼(여우·두꺼비)·나그네 등은 힘없고 선량한 백성을 비유한다고 해석하였다(김기창, 『한국 구비문학 교육사』, 집문당, 1992, 118쪽).

한편, 장덕순 외 공저 『구비문학개설』에서 표로 제시한 '한·일 설화의 비교'를 보면, 우리의 '은혜를 모르는 호랑이'와 비슷한 설화로 일본의 '은인을 물려고 한 뱀'을 들었다(장덕순 외 공저, 『구비문학개설』, 일조각, 1971(1994 중판), 27쪽). 민속학자인 Aarne- Tompson의 민담분류에 따르면 우리의 '은혜 모르는 호랑이'는 민담 유형 155번에 해당하는 '은혜 모르는 뱀(The ungrateful serpent)' 이야기와 동일 유형으로 분류된다고 한다(장덕순 외, 같은 책, 25쪽).

한편 필자는 「한국 근대 동화극의 초석: 방정환의 동화극 두 편」에서 「톡기의 재판」과 유사한 이야기로 이솝의 「농부와 얼어붙은 뱀」과 「여행자와 플라타너스」, 그리고 중국 카자흐족 감숙성 설화인 「원숭이 재판관」을 살폈다.

는 3장으로 처리하는 대신 바람 소리와 나뭇잎 소리가 들린다는 음향 효과로 장면 또는 상황의 변화를 드러내고 있다. 지나가던 나그네가 함정에 빠진 호랑이를 꺼내주어 일이 벌어지는 중심 사건은 두 번째 부분에 놓여 있다.

첫 시작에는 호랑이를 궤짝에 싣고 가던 사냥꾼 두 명이 등장하여 잠시 궤짝을 내려놓고 땀을 식히며 대화를 나누다가 가까운 곳에 샘을 찾으러 가는 것으로 되어 있다. 원래의 옛이야기에는 호랑이가 함정에 빠진 것으로 되어 있는데 방정환은 이 동화극에서 사냥꾼에게 잡혀 궤짝에 갇힌 것으로 바꾸어놓았다. 실제 공연을 염두에 두고 무대 장치의 편의상 이런 변형을 가한 것이 아닌가 싶다.

이어 '바람소리, 나뭇잎 소리'가 삽입된 다음, 호랑이가 궤짝에서 뛰어나갔으면 하고 바라며 머리로 문짝을 밀어보지만 안 되어 그냥 쭈그려 앉는 장면이 나온다. 그때 나그네가 그 옆을 지나는데, 호랑이는 '여보—여보—이 양반'하고 부르며 문을 열어달라고 애걸한다. 문을 열어주면 자기를 잡아먹지 않겠냐고 나그네가 묻자, 호랑이는 '은혜를 모르고 그런 나쁜 짓을 하겠습니까' 하고 발을 비비며 자꾸 절을 한다. 그것을 보고 나그네는 좁은 속에서 퍽 답답도 하겠다며 보기 딱하니 문을 열어주겠다고 한다. 그러나 궤짝에서 나온 호랑이는 '허허 이거 무슨 소리야 궤짝 속에서 한 약속을 궤짝 밖에 나와서도 지키는 법이 어디 있어' 하며 애걸하던 모습을 싹 바꿔 포악하고 간사한 태도를 드러낸다. 나그네가 과연 누가 옳은지 물어보자고 하니까 호랑이는 서슴지 않고 '재판'을 하자는 말이냐며 그럼 세 사람만 하자고 한다. 여기서도 옛이야기의 세 번 되풀이되는 일반적 법칙이 적용된다. 이렇게 해서 나그네는 첫 번째는 옆에 있는 나무에게, 두 번째는 행길에게, 그리고 마지막엔 지나가던 토끼에게 재판을 받는다.

첫 번째로 나무는 "물론 호랑이가 올치. 물어 무얼하나. 대톄 이 세상에 사람처럼 은혜몰으는 놈은업느니—더운때는 제맘대로 내 그늘

에와서 낫잠이나자고 평안이놀다가 날만치워지면 독기로사정업시 찍어다가 아궁이에넛코 태워버리니 그것만보아도 알것이아닌가—어서 얼른호랑이에게 먹혀버려라"(25쪽)라고 말해 버린다.

두 번째로 행길에게 묻자 행길은 "호랑이가올타. 사람이 으레질것 아니냐. 사람들은 날마다날마다 우리들의 얼골과 몸동이를 제맘대로 밟고다니면서 고맙단말한마대하는법업고 코나 흥흥풀어 팽겨치거나 침이나 탁—탁뱃흐니 그것만보아도알것아니냐. 예이 이 은혜모르는 놈아, 어서 호랑이에게 먹혀버려라"(25~26쪽)라고 말한다.

나무와 행길의 말은 사람들의 잘못을 비판하는 역할을 하는데, 특히 은혜를 잊어서는 안 된다는 사실이 중요하게 드러난다. 하지만 날것의 교훈만을 던져 주는 방식에서 벗어나 재미있게 표현하였다. 나무를 의인화한 것은 우화나 전래동화에서 흔히 볼 수 있는 수법이지만, 행길을 의인화한 것은 흔치 않은 설정이다. 행길은 사람들이 코를 '흥흥' 풀고, 침을 '탁탁' 뱉는다고 실감나게 시늉을 하여 더욱 재미있다.142) 그리고 처음의 나무보다 더욱 흥분하여 '예이 이 은혜 모르는 놈아'라고까지 하여 나그네에게 불리한 상황이 되도록 분위기를 고조시키는 역할을 한다. 이야기가 전개되면서 점점 극적 긴장감이 고조된다. 하지만 세 번째로 나타난 토끼로 인해 상황은 새롭게 역전된다.

142) 설화집이나 다른 전래동화집에는 '행길' 대신 주로 '소'가 등장한다. 호랑이를 잡으려고 파놓은 함정이 있는 깊은 산 가까이에 소가 풀을 뜯고 있는 것은 다소 이치에 어긋난다. 그러나 옛이야기는 어떤 합리적 근거를 들어 등장인물을 제시했던 것이 아니기 때문에 소를 등장시킨 것은 농사를 짓던 당시 사람들에게 친숙하면서도 늘 사람을 도와주는 소를 통해 은혜를 모르는 사람들을 비판하기 위해서였을 것이다. 방정환이 이 '소'를 '행길'로 바꾼 것은 깊은 산에 소가 등장한다는 상황이 맞지 않다고 생각해서가 아닐까 싶다. 게다가 당시의 어린이들에게 길에 침을 뱉는 것은 위생상 공중 도덕상 좋지 않은 일이라는 것을 은연중에 심어주려 한 것일 수도 있다. 당시 방정환이 중심이 되어 조직한 '조선소년운동협회' 주최로 열린 제1회 어린이날 행사(1923.5.1)에서 뿌려졌던 선전지 전문 가운데 '어린 동무들에게'라는 항에는 "뒷간이나 담벽에 글씨를 쓰거나 그림 같은 것을 그리지 말기로 합시다"라는 항이 포함되어 있는데, 당시 어린이들에게 올바른 생활 습관을 키워주려는 마음이 담겼다.

톡긔: (귀를기우리고 한참생각하다가능청스럽게) 어—어덧케되엿서요? 알 수업난결이요 누가갓치고 누가 그것을 살려주엇서요? 그리고 누가 누구를 잡어먹으려고…… 응—당신이 이호랑이를 잡아먹으려고해요.

나그네: 안—이요. 내가 호랑이를잡아먹으려그러는게아니라 이호랑이가 이 괴짝에갓처잇난대 내가살려주엇서요.

톡긔: 네, 알앗슴니다. 그러닛가 이호랑이하고 당신이 이괴짝속에 갓쳐잇섯 슴니다그려.

나그네: 호랑이가 갓처잇고 내가지나가다가보닛가.

토끼: 으—응 호랑이가 지나다보닛가

호랑이: (갑갑한 듯이 화를내며) 에이 갑갑한 놈이로군! 윈—못난 놈이로구나. 이괴짝에는 내가 잇섯단다. 내가잇섯어.

톡긔: 네—그럿슴닛가. 호랑이속에 괴짝이 갓처잇서서요.—

호랑이: 무얼엇재? 괴짝속에 내가 갓첫서.

톡긔: 하하—괴짝속에 내가갓처—어—아니아니 잠간참으십시요. 어—또 호랑이가 이량반의 속에 갓처잇섯난대 그때에괴짝이 지나가다보닛가……어어 틀녓다. 틀녓다. 이것 실례햇슴니다. 왜 이럿케 알수가업슬가—실례지만 점 자세알기쉽게 설명을 해주시지 안켓슴닛가. 아조 눈으로 보는듯키 알기쉽게 점아르켜주셧스면 조켓난대……어—또 괴짝이 어슬렁어슬렁 지나다가 보닛가……[143]

이렇게 계속되는 토끼의 엉뚱한 말에 호랑이는 점점 답답하고 화가 치밀어 마침내 직접 궤짝 문을 열고 그 안에 들어가 원래 모습을 흉내 낸다. 결국 호랑이는 토끼의 꾀에 넘어가고 만 것이다. 이 부분의 계속되는 토끼의 엉뚱한 말은 호랑이가 궤짝 안에 스스로 들어가도록 몰고 가는데 그 과정이 자연스럽고 재치 있다. 이후의 전래동화집에 수록된 이야기들 가운데 이 부분을 간단히 처리한 것들은 실감

143) 小波, 「톡기의 재판」, 『어린이』, 1923.11, 26~27쪽.

이 떨어지고 인물의 성격이 잘 표현되지 않았을 뿐 아니라 훨씬 재미도 덜하다.144) 토끼의 엉뚱한 말은 일종의 '딴청 피우기'이자 말놀이의 성격이 강해 이 동화극에 희극성을 높인다. 판소리에서 양반이나 지배 계층의 횡포를 폭로하는 말뚝이의 능청스런 대사가 연상된다. 더욱이 이 부분에서 토끼는 어리석음을 가장하여 상대의 어리석음과 교활함, 횡포를 폭로하는 역할을 하여 극적 반전을 가져온다. 이렇게 해서 원래의 상황이 되고 나그네와 토끼는 퇴장한다.

다시 '바람 부는 소리, 나뭇잎 흔들리는 소리'가 삽입되고, 시원한 물을 마신 두 사냥꾼이 돌아온다. 두 사람은 땅에 호랑이 발자국이나 있는 것을 보고 가까이에 호랑이가 또 있나보다고 하며 늦기 전에 상감에게 바칠 호랑이니 어서 가자며 퇴장한다.

이처럼 동화극 「톡기의 재판」은 크게 세 부분으로 나뉜다. 사냥꾼이 작품의 시작과 끝에 등장한다. 그 사이에 호랑이를 구해 주었다가 오히려 배신을 당하는 나그네와 누가 옳은가를 재판할 세 등장인물이 나오는 부분이 놓여 있다. 가운데 이야기가 이 동화극의 중심 이야기인 것이다. 그런데 흥미롭게도 이 세계에서는 동물과 사람, 생물과 무생물 사이에 서로 말이 통한다. 여기에선 행길까지도 목숨이 있는 존재로 그려진다. 즉, 중심 이야기는 현실에서는 일어날 수 없는 일이지만, 이야기의 세계·동화의 세계에서는 언제든지 가능한 공상 세계이다. 이 공상 세계에서 물리적으로 약한 존재는 강한 존재에게

---

144) 조선총독부 편 『조선동화집』(1924)의 「은혜 모르는 호랑이(恩知らずの虎)」에서 여우는 재판을 하기 위해선 현장 점검을 해봐야 한다고 한다. 그러자 호랑이는 대뜸 함정이 있는 곳으로 안내해 가서 '스스로 함정 속으로 뛰어들어' 상황 설명을 한다. 더욱이 이 이야기에서 여우는 마지막에 호랑이는 원래대로 함정 속에 있으면 되고, 나그네는 호랑이 같은 데에 신경 쓰지 않고 제 갈 길만 가면 된다는 재판을 한다. 그런데 이 부분은 불행을 당한 존재를 개의치 않고 제 살길만 찾으면 된다는 의미로 해석될 수도 있을 것이다. 한편 조선총독부에서 펴낸 『보통학교조선어독본』 권1(1930년 3월 번각발행)에 등장하는 토끼도 실제로 본 다음이 아니면 뭐라 답할 수 없으니 처음대로 해 보라고 한다. 그러자 호랑이는 함정 속으로 뛰어 들어가고 토끼와 사람은 그냥 뛰어 달아나는 것으로 마무리된다. 현대의 전래동화집에도 이 마지막 부분은 대체로 토끼가 처음처럼 시범을 보이라는 것으로 재화되었다. 이런 재화들과 방정환의 「톡기의 재판」을 비교하는 것도 흥미로운 비교 연구가 될 것이다.

목숨을 위협 당하는 위기를 맞는다. 현실에서는 여지없이 패배를 당할 상황이지만 이 공상의 세계에서는 다른 존재, 그것도 꾀 많은 약자의 도움으로 위기를 벗어난다. 이 세계는 철저히 견강부약(牽强扶弱)의 법칙이 지켜지는 옛이야기의 세계인 것이다.145)

그런데 이 세계를 싸고 있는, 사냥꾼이 등장하는 앞뒤의 상황 설정은 매우 흥미롭다. 일종의 액자형 구성으로 되어 있는 셈이다. 이 부분의 이야기는 상감이 존재하는 옛날이 배경이지만 사냥꾼과 호랑이(동물)가 서로 의사소통을 할 수 없는, 철저히 현실의 논리가 지배하는 세계다. 그런 점에서 이 동화극은 일종의 판타지처럼 현실과 비현실의 경계가 뚜렷이 나뉘는 특성을 지녔다. 「톡기의 재판」을 감상하는 독자(연극의 관중)는 사냥꾼들이 잠시 자리를 비운 사이에 일어난 사건들을 모두 알고 있는데, 두 사냥꾼만 그 일들을 알지 못한다. 이 세계에서 사냥꾼과 호랑이는 전혀 소통이 불가능하기 때문이다. 이 세계는 옛이야기의 비현실적 공상의 요소가 사라져 버린 세계다. 그 때문에 독자(관중)는 사냥꾼들이 돌아와 엉뚱한 상상을 하는 것을 보면서 모든 것을 알고 있다는, 중간 부분의 등장인물들과 소통하고 있다는 은밀함을 느끼며 한층 희극적 재미를 느낄 수 있었을 것이다.

한편 이 동화극의 제목에서 '재판'의 의미를 생각해 볼 필요가 있다. 「은혜 모르는 호랑이」라는 제목과 견주면 교훈을 직접 드러내지 않았다는 사실이 주목된다. 이 동화극에서 위기에 몰린 나그네가 누가 옳은가 물어보자고 했을 때, 호랑이는 재판을 하자는 것이냐며 '쾌히' 승낙 한다. 이것은 강자로서 재판이 결국 자기에게 유리하게 진행되리란 것을 의심치 않는 태도에서 비롯된 행동일 것이다. 이렇게 볼 때 이 작품의 재판은 현실 세계의 '재판'의 양상을 뒤집는 효과

145) '견강부약의 법칙'이란 용어는 손동인이 전래동화 세계의 특징으로 거론한 것으로, 약자두호법칙(弱者斗護法則)이라고 하기도 한다. 즉, 이야기 속의 강자와 약자의 대결에서 강자는 패망하거나 실패하고 약자가 승리하고 성공하는 것을 의미한다(손동인, 『한국전래동화연구』, 정음문화사, 1984, 67쪽).

를 준다. 강자의 힘의 논리가 지배하는 현실의 왜곡된 재판이 여기서는 약자가 강자의 부정함을 비판하고 징벌하는 재판으로 변한다. 이것은 현실 세계의 힘의 논리는 이야기의 세계에서는 여지없이 부정되기 때문에 가능하다. 즉, 강자의 횡포와 왜곡되어가는 현실의 재판의 양상은 여지없이 폭로된다. 그것도 어리석음을 가장한 약자의 꾀로 뒤집히는 것이다. 이러한 사실은 기존 체제를 유지·재생산하는데 이바지하고 마는, 현명한 원님의 명재판으로 사건이 해결되는 설화들보다 「톡기의 재판」이 훨씬 민중적인 설화에 바탕을 두고 있다는 것을 보여준다. 그런 점에서 「톡기의 재판」은 옛이야기의 전승자들이 현실에서의 억압을 상상의 이야기를 통해 통쾌하게 뒤집음으로써 약자의 처지에 있는 자신들의 꿈과 희망을 담아낸 이야기를 계승한 동화극이라 할 수 있다. 따라서 '상감에서 바칠 호랑이'라는 사냥꾼들의 대화만을 두고 이 동화극을 봉건 의식의 틀에 갇힌 동화극으로 평가하는 것은 재고해야 할 것이다.[146]

이상에서 방정환의 동화극 「노래주머니」와 「톡기의 재판」을 살펴보았다. 두 작품은 아동극사에서 흔히 '동가극'시대(1920~1930년대)라 일컬어질 만큼 동화극이 활발하지 못했던 1923년에 발표되었다는 점에서 주목할 만하다.[147] 1920~1930년대에 발표된 아동극 대본의 목록만을 살펴보더라도 당시 『어린이』나 ≪동아일보≫, ≪조선일보≫에 발표된 많은 동화극들은 1920년대 중반 이후에야 본격적으로 창작·발표되었다. 그만큼 1923년에 발표된 방정환의 동화극은 동화극사에서 개척의 자리에 놓이는 작품들이다. 더욱이 이 두 작품은 이후의 동화극들과 견줄 때도 등장인물들의 사실적인 대화라든가 개성 있는 성격 창조, 구성의 탄탄함, 분명한 주제 의식 등 그 수준이 상당

146) 김중철, 앞의 글, 16쪽.

147) 동가극은 1920~1930년대까지 유행한 것으로, 노래와 춤과 간단한 대사에 극적인 동작을 곁들인 오페레타 성격을 띤 아동극이다(주평, 『교사를 위한 아동극 입문』, 서문당, 1983, 30쪽).

히 높다.

방정환의 동화극은 우리의 옛이야기를 각색한 작품이라는 점에서도 의미 깊다. 두 작품이 발표된 때에는 옛이야기가 사람들의 입에서 입으로 전해질 뿐 실제로 채집·발굴되어 문자로 정착되지 못했다. 구전되는 이야기들이 문자로 정착되면서 구전문학 고유의 독자적인 문학성이 감소되는 문제점이 없진 않지만, 이미 말로서 전해지는 문학의 시대는 저물고 있던 때였다. 더욱이 이 시대는 일제에 의해 우리의 문화가 왜곡·말살되는가 하면, 다른 한편에서는 우리의 민속과 설화 들이 그들 식민주의자들에 의해 채집·기록되는 상황이었다. 그런 점에서 방정환이 어릴 때부터 듣던 옛이야기를 동화극으로 각색한 것은 남다른 주체의식의 발로라 하겠다.

방정환 동화극의 또 다른 의의는 전해들은 옛이야기를 그대로 옮기지 않고 창작성을 가미해서 새롭게 동화극으로 꾸몄다는 것이다. 특히 근대 아동문학의 관점에서 옛이야기를 본다면 적잖은 문제이기도 한, 단순하고 추상적인 인물의 성격과 배경 설정, 줄거리 중심의 사건 전개 방식에서 벗어나 인물의 성격과 배경에 구체성을 부여하고 구성 방식을 변화시키는 등 근대 창작동화의 성격을 강화하였다. 방정환의 동화극은 옛이야기에서 근대 창작동화로 넘어오는 과정에서 두 장르를 이어주면서 옛이야기를 새로운 시대에 걸맞은 새 양식으로 다시 쓴 것이라 평가할 수 있다. 이것은 우리의 근대 아동문학이 옛이야기의 단절과 서구 근대 동화의 이식으로 출발하지 않았음을 보여준다. 그런 점에서 방정환의 동화극은 옛이야기의 단순한 재화가 아닌 창조적 변용이라 할 수 있다. 그렇다면 방정환이 근대 지식인의 관점에서 옛이야기를 창작동화에 못 미치는 낮은 차원의 것으로 간주하여 그런 변화를 시도했던 것일까. 동화구연가로서 남다른 자질을 보여주는 데에서도 알 수 있지만, 방정환은 누구보다도 옛이야기의 들려주는 전통에 가까이 다가서 있었다. 특히 그가 외국 동화를 번안할 때 우리 고유의 정서를 해치지 않고 우리식으로 번안하는 데에 각별한 노력을 기울였던 사실에서도 근대 지식인들이 범하기 쉬운 서구 추종적인 이식의 관점을 비판적으로 견지했다는 것을 확인할 수 있다.

1920년대 근대 아동문학은 어린이의 인격 해방과 감성 해방, 나아가 민족의 계몽과 해방이라는 성격을 강하게 드러내며 아동문화운동 차원에서 전개되었다. 그런 시대 상황에서 아동극도 계몽적 성격을 쉽게 벗어나기는 힘들었다. 하지만 방정환의 동화극은 좁은 범위의 계몽의식에 갇혀 있지는 않았다. 계몽적이고 교훈적인 관점을 뚜렷이 견지하고 있지만 어디까지나 작품 내적 형식에 의해 그러한 주제는 자연스럽게 녹아 있다. 그의 동화극은 교훈이기 전에 한바탕의 놀이였던 것이다.

방정환 동화극의 또 다른 의의는 실연(實演)을 전제로 창작되었다는 점이다. 1920년대의 많은 아동극들이 아동극 작품의 활자화에 불과했을 뿐, 실제 무대에는 상연되지 않은 레제 드라마였다는 평가가 일반적이다.148) 하지만 여기서 '무대에서의 상연'이라는 점을 다시 생각해 볼 필요가 있다. 단지 전문 연극단에 의해 공연되는 것만을 의미한다면 당시의 많은 아동극들은 한낱 읽기용 대본에 지나지 않을지 모른다. 하지만 당시 신문 기사들을 보면 실제로 학교 졸업식이나 소년회에서 활발하게 동가극과 동화극이 공연되었던 것을 알 수 있다. 특히 방정환의 동화극은 처음부터 이런 활동을 염두에 두고 창작되었고, 실제로 공연을 적극 권장하였다. 동화극의 형태가 어린이들에게 대중화되기 이전인 초창기에 전문 연극단에 의한 무대에서의 상업적 공연이 이루어지기란 현실적으로 불가능하다. 따라서 소년회나 학교 행사(학예회나 졸업식)를 중심으로 동화극이 공연되었던 것은 한국 근대 아동극이 형성되는 초창기의 특수한 상황을 고려할 때 제대로 의미를 부여할 수 있다. 실제로 방정환이 쓴 「나

148) 진성희, 「한국 아동극 연구: 1950년대 이전에 발표된 Lese-drama를 중심으로」, 단국대학교 석사논문, 1985.

그네 잡기장」이란 글을 보면 『어린이』에 실린 동화극이 당시의 어린이들에게 얼마나 호응을 얻고 있었는지 잘 알 수 있다. 이 글에서 그는 홍성의 『어린이』 독자들을 만났던 일을 써놓았는데, 어떤 학교에서는 『어린이』에 실린 동극대본 「쪽갓치 쪽갓치」를 갖고 졸업식 때 연극으로 하기로 결정하여 연습 중이라는 말을 전하고 있다.[149] 또한 『어린이』에는 '독자담화실'이란 고정난을 통해 독자들이 『어린이』지 기자들에게 하고 싶은 말을 전하는 부분이 있는데, 한번은 창원군에 사는 독자가 방정환이 각색한 동화극 「톡기의 재판」이 너무 재미있다며 연출상 주의할 점을 가르쳐달라고 편지를 보내왔다.[150] 이러한 사실들은 당시 『어린이』 독자들이 잡지에 실린 동화극을 읽는 대본으로서만이 아니라 실제 연극으로 꾸미기 위한 대본으로 이용했다는 것을 보여준다. 방정환이 창간호에 동화극 「노래주머니」를 실으면서 '학교나 소년회나 아무나 하기 쉬운 동화극'이라고 소개한다든지, 「노래주머니」의 대본에 이어서 '상연할 때에'란 글을 실어 상연상의 주의 사항이나 분장, 도구들을 설명하는 부분들을 제시했던 것을 보더라도 처음부터 실연을 전제로 꾸며진 대본임을 알 수 있다. 실제로 「노래주머니」는 어린이사가 주최한 가을놀이 소년소녀대회(1923.9.22)에서 소년 18명이 출연하여 3막의 동화극으로 꾸며 공연되기도 했다.[151]

방정환은 한국 근대 아동극사에서 동화극의 개척자로서 공헌했다. 그는 근대 동화극이 형성되고 전개될 수 있는 문화적·조직적 바탕을 마련했다는 점에서도 주목할 필요가 있다. 즉, 전국적인 조직망을 지닌 천도교소년회를 중심으로 각지의 소년회를 지도하며 소년운동과 아동문화운동을 전개했던 점, 색동회를 조직하여 아동문학의 각 장르별 전문 창작자를 발굴하여 이끌어 간 점, 『어린이』를 발행하여 본

149) 소파, 「나그네 잡기장」, 『어린이』, 1924.2, 13쪽.
150) 「독자 담화실」, 『어린이』, 1924.1, 16쪽.
151) 『어린이』, 1923.9, 38쪽 광고.

격적인 근대 아동문학의 각 장르를 개척하고 보급했던 점들은 한국 근대 동화극 형성의 중요한 바탕이자 특수성이다. 이러한 사적인 차원에서 동화극의 형성·전개에 끼친 방정환의 역할을 새롭게 주목해야 할 것이다. 또한 비록 단 두 편에 불과하지만 작품 그 자체만의 성과를 보더라도 동화극 작가로서의 방정환의 우수성도 충분히 재조명 되어야 할 것이다.

3) 웃음의 미학: 감성 해방과 즐거움을 추구하는 아동문학

방정환이 옛이야기를 재화한 전래동화, 창작옛이야기, 그리고 동화극은 전체적으로 소화(笑話)의 경향이 강하다. 이것은 그가 창작한 소년소설이나 번안 동화의 경향과 상당히 대조적이다. 방정환은 소년소설에서 주로 당대 어린이들이 처한 비참한 현실과 그 가운데에서도 용기를 잃지 않고 살아갈 수 있도록 희망을 담아낸 내용을 주로 다룸으로써 현실주의적 태도를 보여준다. 한편 번안 동화에서는 주로 감상과 낭만성이 짙고, 어린이의 천진한 동심이 부각되는 낭만주의적 경향이 강하게 드러난다.

이와 달리 옛이야기를 재화한 작품에서는 어리석은 사람을 주인공으로 하여 웃음을 유발하게 한다거나(「양초귀신」, 「설떡술떡」, 「옹긔ㅅ세음」), 전형적인 우스개 이야기 가운데 하나인 방귀 이야기(「방긔출신崔덜렁」), '꼬부랑'이란 말의 되풀이로 말놀이 성격이 강한 이야기(「꼬부랑 할머니」), 과장된 허풍을 떨다 망신을 당하는 이야기(「허풍선 이야기」), 특정 대상 특히 부정적 인물을 웃음거리로 만들어 버리는 이야기(「노래주머니」, 「톡기의 재판」)들에서 알 수 있듯 소재 자체가 웃음과 재미를 담기 쉬운 것들을 다루고 있다. 그의 소년소설과 번안 동화가 주로 슬픔을 바탕에 깔고 있다면, 옛이야기를 다시 썼거나 빌린 경우에는 웃음이 주된 정서를 이룬다.

그렇다면 소년소설과 번안 동화, 그리고 옛이야기를 재화한 전래동화나 동화극에서 드러나는 미학적 차이를 어떻게 설명할 수 있을까. 첫째, 이 차이는 장르적 관점에서 설명할 수 있을 것이다. 동화와 소년소설은 대표적인 근대 아동서사로, 특히 서구의 동화는 낭만주의 사조의 영향으로 탄생한 장르로서 이 시기의 대표작들이 대체로 현실과 이상의 부조화로부터 말미암는 비극적 정조가 주를 이루고 있다. 또한 소년소설은 대표적인 근대 아동서사로 현실과의 갈등을 주축으로 하며 사실주의적 세계관과 기법에 의해 창작된 작품인 만큼 현실 구조의 모순이나 비극성이 강조되기 마련이다. 한편 전래동화는 근대 아동문학으로 편입된 장르이지만 그 바탕이 되는 옛이야기는 대표적인 전근대 서사로, 현실성보다는 비현실성과 과장성, 비약이 강한 세계를 바탕에 두고 있다. 그런 점에서 소년소설과 번안동화와는 달리 옛이야기를 재화한 작품에서 웃음은 중요한 특성이라 할 수 있다.

둘째로는 방정환이 옛이야기를 재화한 작품에서 웃음과 재미를 추구했던 것은 우리 옛이야기의 특성을 기본적으로 해학의 정신에서 찾았기 때문이라고 볼 수 있다. 이것은 또한 그가 어린이의 본성을 '웃는 존재'로 보았기 때문이라고 할 수도 있다. 아이를 뜻하는 아해(兒孩)라는 한자어에서 '해(孩)'자는 '어린아이해' 또는 '웃을해'로 풀이되는데, 이것은 아이의 본성을 '웃는 존재'로 여겼기 때문일 것이다. 이렇게 볼 때 방정환의 전래동화와 창작옛이야기는 어린아이의 본성에 충실한 세계를 추구한 것으로 평가할 만하다. 그가 「〈우슴〉의哲學」(깔깔박사, 『별건곤』, 1927.8)이라는 글에서 우스개 이야기를 소개하기 전에 "참지못하고터저나오는우슴 그것이 엇더케 사람들의 쌕쌕하고팽팽한생활을 늣추어주고 쏘축여주는힘을가젓는가"(120쪽)라고 지적한 것 또한 웃음의 가치를 높이 평가했다는 것을 잘 보여준다. 또한 그가 「兒童問題講演資料」(방정환, 『학생』, 1930.7)에서 어린이가 자라는 데에 제일 중요한 것이 '기쁨'이며 그것은 어린이들이 자유롭게 몸과 마음을 움직이는 데에서 비롯된다는 것, 그리고 자유로운 마음의 활동을 도와주는 것으로 동화와 동요를 들고 있다는 것도 주목할 만하다. 이것은 그가 아동문학에서 특히 웃음, 재미를 중요한 덕목으로 인식했음을 보여준다. 방정환 문학을 '눈물주의'로 단정하는 것은 방정환 문학의 한 축을 형성하는 '웃음의 세계'를 간과하고 있기 때문이다. 방정환이 어린이를 중심에 두고 동화를 쓸 때 유의할 점으로 첫째, 어린이들이 알기 쉽게 쓸 것, 둘째 어린이에게 유열(愉悅: 기쁨과 유쾌한 흥)을 줄 것, 셋째 교육적 의미를 고려할 것을 주장한 「童話作法: 童話짓는이에게」(小波生, ≪동아일보≫, 1925.1.1)에서도 이러한 사실은 잘 나타난다.

한편 그가 작품에서 웃음을 중요하게 추구했던 것은 당시 소년운동의 한 과제였던 감성 해방의 관점에서도 깊은 뜻을 지닌다. 잘 알려져 있듯이 천도교소년회를 중심으로 방정환은 '짓밟히고 학대받고 쓸쓸스럽게 자라는 어린 혼을 구원하자'는 뜻에서 어린이 인격 해방 운동을 펼쳤다. 천도교소년회의 모체인 '유소년부'의 활동 요항152) 가운데 '재래의 봉건적 윤리의 압박과 군자식 교양의 전형을 버리고 유소년으로의 소박한 정서와 쾌활한 기상의 함양을 힘쓸 것'이라는 3항과 '동화, 동요, 가극, 무도, 경기, 체조, 야유, 등산 수영 등 유소년 생활에 필요한 소년예술 및 체육의 보급에 힘쓸 것'이라는 7항은 어린이의 인격해방과 더불어 어린이들의 억눌린 감성을 해방하고 정서 계발을 주된 목적으로 한 '정(情)의 예술'을 추구한 것이다. 이것은 봉건시대와는 뚜렷한 획을 그으며 새롭게 제기된 근대적 소년운동이자 아동문학을 강조한 것이다.

152) 조기간, 『천도교청년당소사』, 천도교청년당본부, 1935, 45~46쪽 참조.

3. 창작

방정환은 근대 아동문학이 형성되는 초창기에 동화와 소년소설에 대한 명확한 장르 의식을 갖고 작품을 창작했다. 방정환이 창작을 통해 그려낸 어린이는 대체로 나이가 어린 '어린이'이기보다는 고등보통학교에 다닐 정도의 '소년'이다. 방정환은 낮은 연령의 아이들에게 주는 공상적·시적 특성이 강한 '동화'보다 높은 연령의 '소년'들에게 주는 현실적 특성이 강한 '소년소설'을 많이 창작했다.153) 아동기를 세분화해서 볼 때 방정환 소년소설의 '소년'들은 문명 속의 야만인이라 비유되는 유년기의 '어린이' 시기를 지나 현실을 서서히 인식해 가는 청소년기에 진입한 존재이다. 이들은 순진무구한 존재는 아니지만 기존 체제에 안주하고 타협하며 살아가는 데에 익숙해진 어른들과도 다르다. 즉, 그들은 의협심과 정의, 의리, 양심으로 충만한 소년 특유의 강렬한 감정을 품고 있는 존재이다. 그러기에 이들은 어른들 세계로 편입되는 과정에서 현실에 타협하며 순응할 것인지 현실의 모순을 거부하고 갈등하며 살아갈 것인지 선택의 기로에 놓인다. 그 기로에서 방정환의 소년들은 일본의 동심주의 문학에 등장하는 어린이들이나 체제에 복속되어 군국주의 이데올로기를 재생산해 내는 데에 동원된 『소년구락부』의 소년과도 다른 모습을 취한다.

1) 동화: 이야기성이 두드러진 서술 구조

「四月 금음날 밤」(小波, 『어린이』, 1924.5)은 창작동화가 막 선을 보이

153) 동화와 소년소설(아동소설)에 대한 장르적 특성은 이재철, 『아동문학개론』, 서문당, 1983; 이원수, 『아동문학입문』(이원수 아동문학 전집 28권), 웅진, 1984; 『아동문학입문』, 소년한길, 2001; 이오덕, 「동화를 어떻게 쓸 것인가?」, 『어린이를 지키는 문학』, 백산서당, 1984; 원종찬, 「동화와 소설」, 『아침햇살』, 도서출판 아침햇살, 2001년 봄호; 원종찬, 「동화와 판타지」, 『어린이문학』, 한국어린이문학협의회, 2001.7; 원종찬, 『동화와 어린이』, 창비, 2004 참조.

던 초창기의 작품인데다 실화나 미담류, 또는 우화와 옛이야기 재화에 가까운 동화들이 많았던 시기에 독특한 '공상' 세계를 열어 보인 점에서 주목할 만한 동화이다.

방정환의 분신처럼 여겨지는 화자 '나'는 모두가 잠든 고요한 한밤중에 어린 아가의 숨소리보다도 더 작게 속살대는 소리를 듣게 되면서 봄을 맞는 자연이 전하는 이야기를 들려준다.

사람들이 모다 잠자는밤중이엿습니다.

절간에서 밤에치는종소리도 끗친지 오래된깁흔밤이엿습니다. 깁흔하늘에 짠짝이는 별밧게아모리도업는 고요-한밤중이엿습니다.

이럿케 밤이깁흔때 잠자지안코 마당에나서잇기는 나하나밧게업는것갓햇습니다. 참말 내가알기에는 나하나밧게자지안는사람이업섯습니다.

시계도안보앗서요 아마 자정때는되엿슬것입니다.

어두운마당에 감안-히안저서 별들을처다보고잇슨즉 별을볼스록 세상은 더욱 고요-하엿습니다.

어대서인지 어린아가의숨소리보다도 가늘게 속살속살하는소리를들엇습니다. 누가들어서는 큰일날듯한가늘듸가는소리엿습니다.

어대서나는가하고 나는귀를 기우리고찻다가 내가 공연히 그랫는가보다고 생각도하엿습니다.

그러나 그 속살거리는 작은소리는 또들녓습니다. 감안-히 듯노라니까 그것은 담밋헤 풀밧에서나는소리엿습니다.154)

작품의 도입부를 보면 "사람들이 모다 잠자는 밤중", "오래된 깁흔 밤", "고요한 밤중", "자정", "고요" 등의 말로 시간적 배경을 강조하여 서술하고 있다. 그리고는 "어대서나는가하고 나는귀를 기우리고 찻다가 내가 공연히 그랫는가보다고 생각도하엿습니다"라고 하여

---

154) 小波, 「四月 금음날 밤」, 『어린이』, 1924.5, 32쪽.

깊은 밤 환청을 들은 것은 아닌가 생각한다. 도입부의 시간적 배경에 대한 이와 같은 강조는 현실 공간에 있는 나를 초현실, 공상의 세계로 자연스레 이끌고 있다. 한없이 고요한 밤, 나 혼자 있는 곳에서 자연의 소리에 귀를 기울이게 되면서 평소에는 자세히 보지도 듣지도 못한 새로운 세계를 경험하게 되는 것처럼 처리했기 때문에 독자는 의인화된 동식물들이 들려주는 이야기와 행동들을 자연스레 보고 듣게 된다.

특히 이 작품에서는 저마다의 특성을 잘 보여주는 동식물을 설정하여 의인화해서 개성 있는 성격이 드러나고 그림을 보듯 선명하게 이미지를 떠올릴 수 있도록 형상화하였다. 초창기 동화로서는 신선하고 세련된 형상화인데, 외국의 동화를 많이 읽고 직접 번역했던 방정환이었기에 가능했던 표현들이다. 전체적으로 동식물을 의인화하여 무도회를 준비한다는 설정은 서구적 이미지가 강한데 이 작품에 곁들여진 삽화에서 연미복을 입은 지휘자 새와 바이올린과 첼로를 켜는 새들의 모습을 통해 그러한 이미지가 한층 강화되었다.[155] 그런데 인력거꾼 개구리라든가, 이슬로 술을 담그는 할미꽃이라든가, 자전거를 타고 오월이 오는 줄도 모른 채 잠을 자는 꽃과 나비를 깨우러 돌아다녔다는 다리 긴 제비 등에는 동양적 사고와 풍습이 담겨 있다. 즉, 인력거꾼으로 등장하는 개구리는 동면(冬眠) 동물로, 겨울잠 자던 벌레와 개구리들이 깨어난다는 '경칩'이라는 절기가 있을 정도로 봄을 알리는 대표적 동물로 제격이다. 또 큰 잔치를 위해 음식을 손수 장만하는 할머니를 연상케 하는 '할미꽃'이라든지, 삼월삼진

155) 『어린이』, 1924.5, 35쪽과 36쪽의 삽화. 36쪽에 그려진 악보를 들고 원피스를 입은 여우의 모습도 서구적 이미지가 강하다. 여우가 독창을 하는 것으로 그려진 이 그림은 작품의 내용에 딱 맞는 그림은 아니다. 「사월 금음날 밤」에는 '큰북과 피리'를 연주하는 참새와 제비, 그리고 꾀꼬리의 독창으로 되어 있다. 방정환은 『사랑의 선물』을 발행했을 당시에 일본의 잡지에 실린 삽화 가운데 작품 내용과 비슷한 상황을 보여주는 삽화를 선택하여 실었는데 「사월 금음날 밤」에 실린 삽화도 일본 잡지에 실린 동화에 곁들여진 삽화 가운데 비슷한 느낌을 주는 삽화를 골라 실은 것으로 추정된다. 『사랑의 선물』에 실린 삽화 관련 사항은 이정현의 「方定煥飜譯童話と『金の船』」를 참조할 것.

「사월 그믐날 밤」 삽화(『어린이』 1924년 5월호)

날이면 봄을 가장 먼저 알리는 새로 다리가 길어 마치 자전거를 타고 올 것 같은 등장인물로 제비도 적격이다. 독창을 맡은 꾀꼬리가 목병이 났다는 소식을 들은 꽃들은 좋은 꿀을 담아 약으로 먹으라고 전해주기도 하는데 이러한 모습도 동양의 오랜 풍습을 자연스레 보여주면서 동식물의 생태에도 크게 어긋나지 않아 자연스럽다. 봄을 알리는 화사한 꽃들의 등장으로 이 동화는 다채로운 색채 이미지를 선명하게 전달한다. 이처럼 「四月 금음날 밤」은 의인화된 동식물들의 세계가 펼쳐지고 방정환의 분신이기도 한 화자 '나'가 그들 자연의 세계와 충분히 교감할 수 있는 사람으로 설정되어 있어서 현실과 비현실을 자연스레 넘나든다. 즉, 두 세계가 일차원적으로 소통하는 조화로운 세계를 추구하는 '동화'의 특성을 잘 보여주는 작품이다.

한편 이 동화가 발표된 1924년 5월은 어린이날의 세 번째 기념일로 대대적인 행사가 벌어졌던 때였다. 이 행사를 주도면밀하게 준비하던 방정환은 「四月 금음날 밤」에 어린이날과 함께 새 세상이 열리기를 소망하는 마음을 담아내고 있다.156) 이 작품에서 그믐날 밤 음

156) 원종찬, 「방정환의 「사월 그믐날 밤」과 어린이날」, 『우리말과 삶을 가꾸는 글쓰기』 34호, 한국글쓰기교육연구회, 1998.5.

악회 준비를 하는 동식물들(진달래, 개나리, 복사꽃, 할미꽃, 개구리, 참새, 종달새, 꾀꼬리 등)은 그 자체로 봄날의 모습을 재현하는 자연물이기도 하지만 한편으로는 5월 1일을 맞아 분주히 어린이날 행사를 준비하는 꽃들, 즉 어린이들의 모습이기도 하다. 자연이 펼치는 발랄한 봄의 이미지는 겨레의 앞날을 밝혀 갈 어린이의 이미지 그 자체로 형상화되어 있고 새봄을 맞아 성대하게 펼쳐지는 어린이날 행사는 한바탕의 봄맞이 축제이자 사람과 자연이 한껏 어울리는 놀이 공간이다.

방정환의 작품 가운데 「불상한두少女」(小波, 『어린이』, 1924.12)는 거의 논의되지 않는 작품이다. '설중미화(雪中美話)'라는 명칭이 붙어 소개된 이 동화는 엄밀한 의미의 창작동화라기보다는 누이가 동생들에게 들려주는 이야기는 외국 동화의 번안으로, 이야기를 들려주는 과정에서 오고가는 대화 부분은 방정환이 고안한 것으로 추정되는 작품이다.[157)]

이 작품은 속 이야기와 겉 이야기가 완전히 분리되어 있는 액자구성과는 달리 이야기 하는 사람과 듣는 사람이 나란히 등장하여 이야기를 들려주는 과정에서 오고가는 대화를 삽입하여 겉 이야기와 속 이야기가 자연스레 넘나든다.

> 소리도업시오시는눈은 한치두치싸여가면서 겨울밤이조용히깁허갓습니다.
>
> 미닫이 꼭꼭닷고 이부자리펴논방에 화로ㅅ불을에워싸고안저서 효순이와 효남이는 이약이해달라고 누님을졸랏습니다.
>
> 『그럼 내가 이야기해주마 감안이안저서드러라.
>
> 어느 나라에 어느 때인지는나도 몰는다. 녯적어느 때 어느나라에…』
>
> 효순이와 효남이는 아모말업시 눈만말동말동하면서 누님의얼골만처다보고잇섯습니다. 조용한겨을밤—들창에 눈오시는소리만부스럭부스럭들리는

157) 내부 이야기의 주인공이 '어느 나라 공주'와 '곡마단 소녀'라는 점에서 이국적인 정서를 보이고 있으며 '눈꽃'전설을 동화화한 것이 아닐까 추정되는데 현재로서는 단정하기 어렵다.

데 누님의 이약이는 시작되엿습니다.

(…중략…)

『얼른이약이해요. 그래 공주님다라가낫게되나요?』 하고 효남이와 효순이는 누님의이약이를재촉하엿습니다.

『잠간만 참아요 그동안에 三년동안이나지난단다.』

『삼년? 이약이하다가 누가 삼년이나 기다리나? 어서해요.』

동생들의 재촉에몰려서 누의는 다시 (…중략…)

『아이고 불상해—공주님이죽으면 엇더케해요—』

『이약이가 왜 그지경이야요 공주님이 죽고 인제 그만인가? 싱겁기도하이』

효남이효순이는 몹시 락망되여 섭섭해하엿습니다. (…중략…) 창밧게오시는눈은 그만그치엿는지 바람이 시작하면서 창문이덜걱덜걱흔들리기 시작하엿습니다.[158]

이야기를 듣던 아이들은 이야기가 슬프게 전개되자 해피엔딩으로 끝나기를 간절히 바란다. 특히 누나가 이야기를 들려주다가 삼년이 흘렀다고 하자 어린 동생들은 '이야기 하다 누가 삼년이나 기다리나' 하고 재촉하는 대목에서는 당시 이야기를 듣던 아이들이 이야기 세계와 현실 세계를 구분하지 못하고 이야기를 실제 있었던 일로 생각하는 경향, 즉 어린이의 심리적 특성을 보여주는 대목으로 재치가 돋보인다.

이 동화는 기존의 액자형 구성을 변형한 동화라 할 수 있다. 액자형의 특징은 속 이야기가 신빙성이 떨어질 때 이야기를 들려주는 사람이 그저 들은 이야기라고 하여 전함으로써 그 내용의 진실성 여부를 듣는 독자의 몫으로 남겨놓는 장치로 사용된다. 특히 전체의 틀 안에 속 이야기가 끼워져 있는 단일한 형식의 액자형 구성에서는 속 이야기와 겉 이야기는 어느 정도 차단된 상태의 별개의 세계이다. 그

158) 小波, 「불상한 두 少女」, 『어린이』, 1924.12, 24~30쪽.

런데 이 동화는 '겉 이야기—속 이야기—겉 이야기—속 이야기' 식으로 이야기를 들려주는 사이사이 이야기를 듣는 아이들이 속 이야기에 개입하고자 하며 속 이야기의 현실을 이야기를 주고받는 아이들이 놓인 현실로 끌어내오는 방식으로 전개된다. 그 때문에 텍스트 밖의 독자는 텍스트 안의 청자(아이들)의 입장에 놓이면서 작중 상황에 개입하게 된다. 즉, 이 작품을 읽는 독자들은 자신 역시 방정환이 화자로 설정한 누나의 이야기를 '듣는' 듯한 느낌을 강하게 받고 동화 속의 아이들처럼 누나(작가)가 들려주는 이야기에 자신의 생각과 감정을 개입하며 작품을 읽게 된다. 이 때문에 속 이야기의 두 소녀(공주와 곡마단 소녀) 사이에 오고가는 동정심과 작품 전체의 비극미는 겉 이야기에 놓인 어린 남매에게로 확대된다. 누나가 이야기를 들려주다가 잠시 중단할 때마다 효순이 눈물을 흘리는 것을 전하고 다시 이어 이야기를 들려주다 중단하자 그 대목에서 효남이 눈물을 흘린다.[159] 이처럼 작중 인물 사이에 확산되는 슬픔의 감정은 다시 이 동화를 읽는 현실의 독자에게로 전이된다. 이러한 방식은 당시로서는 독특한 동화의 구성이라 평가할 수 있다.

특히 속과 겉 이야기를 잇는 겨울밤의 '눈'은 이야기 속 이야기를 현실로 불러오는 강한 매개 작용을 한다. 아이들이 눈 내리는 겨울밤 이국의 공주와 곡마단 소녀의 슬픈 이야기를 자신들이 사는 현재의 어딘가에서도 벌어지고 있을지 모른다는 생각을 자연스레 불러오는 동일화(同一化) 작용을 하고 있는 것이다.[160] 그런 점에서 이 작품은 새로운 형식을 모색한 동화이다. 또한 이와 같은 구성 방식은 동시대의 다른 작가들의 작품들보다 방정환 동화의 감상성과 동정의

159) "누님은 여긔서 이약이를 잠간그치고 물그릇을 집어서 물을마시엿습니다. 언니의입을 말그럼이처다보고안젓는 효순이의 눈에는 눈물이 글성글성하엿습니다."(26쪽)
"누님의 이약이는 여긔서 또 잠간그첫습니다. 이번에는 효남이눈에도 눈물이고여잇섯습니다."(29쪽)

160) 방정환은 『어린이』지를 편집할 때 그 해의 동물 이야기이나 그 계절에 어울리는 동화를 싣는 등의 배치를 하였는데, 이 작품도 겨울호에 실었다. 이러한 점들은 작품에 대한 독자의 감정 이입을 한층 자연스럽게 만드는 효과를 갖는다.

상상력이 현실의 독자들에게 강력하게 확산되게 하는 통로를 자연스레 마련하고 있다. 이것은 방정환이 청중의 심리를 잘 알고 반응을 살피며 감정을 조절하는 능력이 뛰어났던 능수능란한 동화구연가였기에 가능했던 성과이다.

특히 이러한 구성 방식은 이후 한국아동문학에서는 잘 쓰이는 방식은 아니지만 황순원의 「산골아이」(『민성』, 1949.7)나 김요섭의 「종이집」(1951) 등에서 일정 정도 계승되었다고 할 수 있다. 특히 현실과 환상이 자연스레 넘나드는 효과를 주는 데에 유용하며 이야기 서술 전략 차원에서 실험적인 시도라는 점에서 흥미로운 동화이다.

앞에서 방정환이 이솝 우화를 번안하면서 우화가 지닌 단순한 교훈성을 벗어나 인물의 성격 창조와 배경의 사실적 묘사 등을 통해 한 편의 이야기로 재창조해 냄으로써 창작동화의 정착 과정에 기여했던 것을 살펴보았다. 그러한 과정은 방정환이 이솝의 「들쥐와 집쥐」를 번안한 「시골쥐와 서울쥐」에서 모티브를 얻어 창작한 「시골쥐의서울구경」에서 구체적으로 드러난다. 「시골쥐의서울구경」(夢見草, 『어린이』, 1926.10)은 이솝 우화의 「들쥐와 집쥐」에서처럼 등장하는 인물이 두 쥐로 설정되어 있는데 시골쥐가 서울에 와서 겪는 일을 그렸다는 점, 그리고 결말이 비슷하게 끝난다는 점도 같다. 또한 근대에 들어와 새로운 문물과 변화된 생활양식에 접하면서 일어나는 문화충격과 거기서 나타나는 어리석은 인물을 빗댄 당대의 〈거울〉이나 〈양초귀신〉과 같은 우스운 이야기에 바탕을 두었다. 「시골쥐의 서울구경」은 당시에 널리 퍼져 있던 이런 유형의 이야기들과 비슷한 모습을 보여준다. 시골쥐가 서울에 와서 접하는 '한강 철교'나 '우표딱지 붙인 봉투', '자동차', '우체통', '신문', '전차' 따위는 근대가 가져온 대표적인 제도들이다. 그런 점에서 「시골쥐의서울구경」은 당시 널리 퍼져 있던 우리 이야기에도 그 뿌리를 두고 있는 셈이다. 더욱이 「시골쥐의서울구경」에서 능란하게 구사된 구수한 입말과 시늉말은 이야기에 재미를 부여한 요소이며, 작품의 바탕을 이루는 해학의 정신은 우리 이야기 전통의 핵심이라 할 만하다. 이처럼 「시골쥐의 서울구경」은 한편으로는 이솝 우화에, 다른 한편으로는 우리 이야기의 전통에 바탕을 두고 창작된 동화이다.

한편 「시골쥐의서울구경」은 근대가 가져온 제도에 짓눌려 충격 받고 거기에 정신을 빼앗기거나 변화된 생활양식에 적응하지 못해 어리석은 짓을 저지르는 인물을 빗댄 당시의 우스개 이야기의 모습을 넘어설 수 있는 가능성을 갖고 있다.

> 『아이고 구경삼아거러가는것이조습니다. 그런데 지금 어데 불이낫습닛가? 난리가 낫습닛가? 왜 사람들이 저러케 황급히쒸여감닛가』
>
> 『불이 무슨불이야요. 서울사람들은의례 거름거리가그럿치요. 서울서사는 사람이 그럿케 시골서처럼 담배나피여물고 한가히지내서야 살수잇겟습닛가. 굴머죽지요. 저럿케밧브게굴어도 그래도 돈버리를못하는쌔가만흐닛가요. 그러고 우선 뎐차 마차 자동차 자전거가 저럿케 총알갓치 왓다갓다하는데 시골서처럼 한가피굴다가는 당장에 치여죽을것아님닛가?』[161)]

서울의 복잡한 근대적 삶은 자본주의 사회의 속도를 실감케 한다. 그런데 서울쥐가 그렇게 바삐 움직여도 돈벌이를 못하는 때가 많다고 한 것은 성실하지 못해 가난하게 사는 것이 아님을 내비친다. 시골쥐가 우체부의 가방에 실려 갔다가 간신히 도망을 치는 부분에서 "아아 서울은무섭다. 무서운곳이다! 서울쥐들은친절하지만 양옥집도 무섭고 흑사병도무섭다. (…중략…) 인제는 어서달라나야겟다. 다라나야겟다"(49쪽)고 외치는 부분은 그 때문에 심상치 않게 전해진다. '전근대=시골'이 '근대=서울'에 품게 되는 동경이 아닌 두려움을 드러내고 있는 대목인데, 이는 근대에 대한 일종의 거리두기라 할 수 있다. 또한 시골쥐가 서울쥐의 양옥집, 즉 우체통에서 처음 본 신문

---

161) 夢見草, 「시골쥐의서울구경」, 『어린이』, 1926.10, 45~46쪽.

에 '흑사병'이 보도되었다고 하면서 서울쥐가 "흑사병이류행하닛가 우리들을 모다 잡아죽여야된다고 아조 크게내엿는걸"(48쪽)이란 대목이나 시골쥐가 그 소리를 듣고 "마저죽으면 엇저나요"라고 걱정하는 대목은 신문 보도를 통해 특정 집단을 매도하고 여론을 통제·유도하는 역할을 은유적으로 빗대고 경계한 것이라 볼 수 있다. 이는 다소 지나친 확대해석이라 볼 수도 있지만 당시 어린이 독자들이 이 동화의 주인공인 시골쥐의 입장이 되어 자신의 처지를 동일화하고 읽는다고 했을 때 시골쥐의 생명을 위협하는 근대 서울의 삶은 마냥 긍정적으로만 마주할 수 없는 현실로 대치되기 때문이다.

그런 점에서 이 동화는 어떤 면에서는 근대에 대한 맹목적인 추구를 소극적이나마 비판하는 시각을 한 귀퉁이에 담고 있는 이야기로 읽을 수 있다. 그것은 방정환의 번안 「서울쥐와 시골쥐」의 바탕에 깔린, 떳떳한 삶을 추구하려는 시골쥐의 소박하고 건강한 삶의 자세가 이 작품의 밑바탕에도 흐르고 있기 때문이다. 즉, 이 동화는 당시 근대적 생활양식에 적응하지 못하는 인물의 어리석음을 비판하는 풍자의 시각보다는 그들을 따뜻하게 감싸 안는 해학의 정신이 바탕에 깊게 깔려 있다. 이처럼 「시골쥐의서울구경」은 외국의 우화가 바탕이 되었지만 우리 처지와 삶의 방식이 자연스럽게 녹아 있는 한국적 '동화'의 좋은 본보기로 재탄생했다. 창작 시기로 따져도 이 작품은 방정환이 외국 동화를 번안하고 옛이야기를 재화하던 초창기를 거친 뒤, 새롭게 마련한 창작동화이다. 외국 동화와 우리 이야기가 만나 창작동화의 영역을 넓혔던 바람직한 한 모델이었다고 평가할 수 있다.

「자미잇고 서늘한 느트나무신세이약이」(三山人, 『어린이』, 1929년 7·8월 합호~9월호)는 목차에 '동화'라는 표제 대신 '취미'라는 표제를 붙였다. 한여름에 그저 더위나 식힐 겸 이야기를 들으라고 하는 말로 시작하는 것으로 보아 '대단치 않은 이야기'를 들려준다는 뜻으로 이런 표제를 붙인 듯하다. 이 작품은 옛이야기처럼 독자에게 이야기를 들려주는 방식을 적극 활용한 창작동화이다. 화자인 느티나무가 오백

년간 살아오면서 겪은 이야기를 풀어내고 있는데, 느티나무의 삶 속에 우리 민족의 살아 있는 역사의 한 모습이 담겨 있다. 방정환이 동화구연에서 발휘했던 구수한 입말을 살려 쓴 솜씨가 돋보이는 작품이다.

방정환은 자기 자신의 모습이 투영된 화자를 설정하여 그 화자가 독자인 어린이들에게 직접 이야기를 들려주는 말투를 이용하여 동화를 창작하는 데에 능숙했다. 특히 옛이야기를 재화한 작품에서 이러한 서술 방식을 자주 이용하곤 했다. 그런데 「자미잇고 서늘한 느트나무신세이약이」는 '작가를 직접 대리하는 화자'(인물)의 자리에 오백년간 산 '느티나무'를 놓고 그의 입을 빌어 세상 이야기를 전한다.

동화는 의인화된 식물과 동물들이 겪는 사건들을 자주 다루는데, 이 이야기는 의인화된 식물(擬人話者)의 입을 빌어 화자의 역할을 대신할 뿐 화자가 들려주는 이야기는 현실의 사람살이이다. 이야기를 들려주는 느티나무는 세상을 바라보는 창(窓)이다. 이 동화는 동화 고유의 환상성이 풍부히 재현된 작품이라고 보기는 어렵다. 그러나 이야기를 들려주는 화자가 인간이 아닌 자연이라는 점에서 소설과는 달리 '동화' 장르가 보여줄 수 있는 독특한 형식을 구사하고 있는 셈이다. 특히 '오백년간' 한 곳에서 살아온 느티나무의 입을 빌었기 때문에 자연에 신성(神性)이 존재한다고 믿는 애니미즘의 세계, 즉 물활론의 세계에 기반을 둔 동화 장르의 특성을 실현할 수 있는 장치로 적절하게 활용되었다.

한편 이 동화의 화자는 사람들의 삶을 객관적 거리를 두고 관찰하며 보고하는 전달자로 존재하는 것이 아니라 동화를 '읽는' 어린이들을 '듣는' 어린이로 전환시키면서 독자(청자)와 상호작용하는 이야기꾼 할아버지의 역할을 해 내고 있다. 이것은 옛이야기를 들려주는 말투를 살리면서 작품의 시작과 끝에서 『어린이』 '독자'들에게 마치 '청중'에게 하듯 말을 걸고 있는 데에서 잘 드러난다.

저는 느트나무올시다.

사랑하는 도련님 아가씨님 ! 날이차차 더워오닛가 공부하시기가 대단히 어려우시지요. 아이그 쌈들이 펄펄 나십니다그려! 자아그자리를 요 그늘미트로 다가 싸르시고 둘러안즈십시요. 오늘은 날도 유난히 더웁고 하니 공부를 좀 쉬시고 내신세이약이나 할께 좀들드러보십시오.162)

압호로인덜 또무슨일이 생길지알수잇습닛가 깃분일이생길지 슬픈일이생길지 하여간 당신들이나튼튼한몸으로 잘커나서 모든조흔일을 만히하십시요. 너무 지리할것갓습니다. 그만그치지요. 쌈이나 좀 드럿습닛가?163)

이야기꾼은 이야기판에서 언제나 청자와 희노애락을 함께 나눈다. 이 동화의 화자 '느티나무'는 당대 어린이들, 즉 독자들이 놓여 있는 현실에 함께 하면서 조선의 수난사를 암시적으로 이야기하고 어린이들에게 남을 배려할 것을, 특히 가난한 사람을 돌보며 더불어 살아갈 것을 권고한다. 방정환이 외국 동화의 번안을 통해 '네이션'을 상상하도록 『사랑의 선물』을 기획했다면 이 동화 역시 오백년 넘는 세월 동안 온갖 풍상 속에서도 꿋꿋이 민족의 구성원인 민중들과 함께 살아온 느티나무를 통해 '네이션'을 상상하도록 하고 있다. 즉, 수난 속에서도 세대를 거쳐 한민족의 역사를 이어왔듯 앞으로 어떤 수난이 있을지라도 영원히 자신의, 또는 자손의 삶이 이어져 민중의 삶을, 민족의 역사를 대변하리라는 미래에 대한 낙관적 전망을 보여주고 있는 것이다.

세월도 허탄도하지요. 내나히 칠십이넘고 팔십이넘고 백살이거의될 째에는 내몸둥이도거의아름드리가되엿지만 엽흐로 위로 쌔더나간가지도 제법 도리기둥ㅅ감이되야서 나하고 가치자라나던 동리ㅅ사람들은 벌서 죽어서

---

162) 三山人, 「자미잇고 서늘한 느트나무신세이약이」, 『어린이』, 1929.7·8, 34쪽 시작 부분.
163) 위의 글, 22쪽 끝부분.

하나도남지안이하고 그들의 증손자 고손자들이 해마다녀름이되면내팔에다 집동아줄로츤츤가머서 그네를매고 쒸노는데 나도 팔이압흐기는햇지만 그들의할아버지들과 정다히지나던일을생각하야 그대로 참어주엇습니다. 사실말슴이야 바로말슴이지 당신들의 二十대하라버지 十五대하라버지 十대하라버지 五대조고조 증조하라버지아버지들싸지 내팔에그네안타보신어른은 별로업스시지요.164)

느티나무가 증언하듯 독자(청자)인 어린이들의 아버지의 아버지의 그 아버지들은 이미 생을 마감했다. 개체의 생명은 유한하지만 그 개체들의 집단인 공동체로서의 민족은 지난 오백 년의 세월동안 면면히 이어져왔다. 느티나무는 "六百年이나 거의사럿스니 그간의풍상이야 얼마나만허겟습닛가. 난리도 여러번치르고 병화(兵火)도 여러번격거서 죄업는몸에 탄알도여러번마젓소이다. 압흐로인덜 쏘무슨일이 생길지알수잇습닛가 깃분일이생길지 슬픈일이생길지"(22쪽) 모른다고 하여 자신이 산 세월 그 이상으로 앞으로도 무한히 삶이 이어지리라는 예견 속에서 민족의 미래에 대한 전망을 어린이 독자들에게 심어주는 역할을 하고 있다. 육백 년이라는 시간 속에서 일제 식민지하의 비참한 세월은 그리 긴 시간이 아닐 수 있기에 해방의 날에 대한 상상을 통해 고난의 시기를 극복할 수 있는 힘을 갖게 한다. 방정환은 '대단치 않은 이야기'라 '취미'라는 표제를 붙였지만 '오백 년 이상을 산' 느티나무의 존재 그 자체는 대단히 의미심장한 상징성을 지닌 채 독자들에게 말을 건다. 이 동화는 민족의 과거와 현재, 그리고 미래를 상상으로 그려 보인 작품으로 강렬한 민족주의를 내면화하고 있는 것이다.

방정환은 「四月 금음날 밤」, 「불상한 두 少女」, 「시골쥐의서울구경」, 「자미잇고 서늘한 느트나무신세이약이」를 통해 옛이야기에는 익숙하지만 근대 동화는 낯설었던 당대의 어린이 독자들에게 한국적 '동

164) 三山人, 「자미잇고 서늘한 느트나무신세이약이」, 『어린이』, 1929.9, 21쪽.

화'의 모델을 제시했다. 특히 이들 동화는 소년소설과 뚜렷이 구분되는 특징을 지녔는데, 그 하나가 이야기성이 두드러진 서술 구조를 취하고 있다는 점이다. 그만큼 '동화'는 어린이들이 이해할 수 있는 세계와 사건을 어린이들이 세계를 이해하는 방식에 기초해 '들려'주는 데 주안점을 둔 장르임을 알 수 있다. 또한 방정환이 구성한 동화는 서구나 일본의 동심주의 동화와는 달리 시적·상징적 산문으로서의 특징보다는 상대적으로 '이야기' 전통에 바탕을 두고 현실의 이야기를 전달하고자 하는 의도에서 현실과 상상 세계를 접목하고자 했다. 방정환은 동화를 통해 현실 너머의 세계를 동경하고 위안 받는 상상의 세계를 펼친 것이 아니라 어디까지나 '지금 이곳'의 세계를 효과적으로 드러내기 위한 장치로 상상(공상)을 구상하고 있다. 이러한 특성은 방정환 동화의 특성일 뿐 아니라 한국 근대 동화의 특성이다. 한국 근대동화에는 강한 현실성(사회성)이 밑바탕에 깔려 있는 것이다.

"'고독한 묵독(默讀)'은 돌이킬 수 없는 추세였고 역사 발전의 정방향"[165]이었다고 말해질 만큼 음독(音讀) 또는 구술적 전통은 근대 문학의 형성과 함께 단절된 것처럼 간주될 수 있다. 그런데 흥미롭게도 근대의 아동문학, 특히 '동화' 장르는 서구에서도 문자 해독력이 없는 어린 아이들을 대상으로 한다는 특수성 때문에 '들려주기' 방식으로 존재했다. 그러한 구술적 전통은 현대에 이르기까지도 유년을 대상으로 한 그림책 분야 등에 강하게 남아 있다. 일본에서 이와야 사자나미의 오토기바나시를 거부하고 시적·상징적 문학으로 '동화'가 발견되면서 이러한 구술적 전통은 약화되었다. 그러나 한국의 근대동화를 개척한 방정환은 이 구술적 전통, 즉 '들려주는' 방식을 동화의 한 본질로 자리매김하였다. 이러한 구술적 전통은 대체로 독자 대중과의 소통을 전제로 한다는 점에서[166] 대중성과 현실성을 드러내

165) 천정환, 『근대의 책읽기』, 푸른역사, 2006, 120쪽.

166) "목소리로 된 말(the spoken word)은 사람들을 굳게 결속하는 집단을 형성한다. 한 사람은 화자(speaker)가 청중에게 말을 하고 있을 때, 청중 사이에 그리고 화자와 청중 사이에도

주는 중요한 지표로서 한국 동화의 특수성을 설명할 수 있는 핵심이라 할 수 있다.

2) 소년소설: 고난 극복의 소년상

「萬年샤쓰」(夢見草, 『어린이』, 1927.3)는 방정환 소년소설의 대표작일 뿐 아니라 한국 근대 아동문학사에서도 '동시대의 개성적 캐릭터'의 창조라는 점에서 돋보이는 작품이다.[167] 이 작품은 발표 당시 '학생소설'이라는 표제로 발표되었다. 이것은 방정환이 동화와 소년소설을 다르게 인식하고 있었음을 보여주는 표지이다.

이 작품은 '영웅주의'와 '눈물주의'라는 비판을 받기도 했다.[168] 창남이가 지나치게 어른스럽게 그려진 점도 없지는 않지만, 아이가 아이로서 존재할 수 없었던 당시의 상황을 고려하면 창남이를 아주 특별한 예외적 존재라고만 볼 수도 없다. 게다가 1920년대 아동문학에서 창남이만한 개성적인 인물 형상도 드물었다. 한편 자식이 당하는 고난도 알지 못하는 앞 못 보는 어머니의 모습은 다소 작위적 설정으로 비판받을 수 있지만 기막힌 조국의 현실을 은유하는 것으로 의미가 확대된다.

일체가 형성된다." (월터 J.옹, 이기우·임명진 역, 『구술문화와 문자문화』, 문예출판사, 1995, 117쪽)

167) 원종찬은 이 작품을 평면성을 극복한 개성적 인물을 창조함으로써 근대성을 획득했다고 평가한 바 있다. 즉, "말썽꾸러기 창남이는 우리 어린이들의 '최초의 정신적 동시대인'으로서 그들의 신경 속에 살아있는 '최초의 근대 아동'"이었다고 평가하였다(원종찬, 「한국 아동문학이 창조한 주인공」, 『창작과비평』, 창작과비평사, 1999년 봄호; 원종찬, 『아동문학과 비평정신』, 창작과비평사, 2001, 101쪽).

168) 이재복은 『우리 동화 바로 읽기』에서 방정환 문학을 '눈물주의', '영웅주의', '동심천사주의'로 비판했는데, 그 대표적 예로 거론된 작품이 「만년샤쓰」이다. 방정환 문학에 대한 이와 같은 비판의 시선은 앞에서 살폈듯 계급주의 작가들로부터 비롯되었는데, 방정환과 함께 색동회 활동을 했던 마해송도 「산상수필」에서 「萬年샤쓰」를 직접 거론하지는 않았지만 방정환 작품에 드러나는 '눈물주의'와 '영웅주의'를 비판한 바 있다(마해송, 「산상수필」, ≪조선일보≫, 1931.9.23). 이에 대해서는 원종찬, 「해방 전후의 민족현실과 마해송 동화: 「토끼와 원숭이」를 중심으로」, 『해방 전후, 우리 문화의 길찾기』, 민음사, 2005; 원종찬, 『한국 아동문학의 쟁점』, 창비, 2010, 123~124쪽 참조.

『어린이』의 「독자담화실」 글을 보면 당대의 독자들이 이 작품을 어떻게 수용하고 있었는지를 짐작할 수 있다.

『어린이』 지나간 二月호에 난 「동무를위하야」를낡고 크게 감탄햇더니 이번三月호에난 「萬年샤쓰」를낡고는 그만 참을수업시 눈물이 줄줄흘럿슴니다. 夢見草선생님 아모조록 압흐로그럿케유익한이약이를 만히만히내여주십시오, (金川郡金川面葛峴里 崔鍾秀外三十九人)

「萬年샤쓰」는 용긔잇고 활발하면서도 몹시슯흔이약이엿습니다. 우리어린이十萬독자는 죄다 이와가튼 용긔로 쌧어나가면 무엇이던지 쑥성공할줄암니다. (開城郡 南本町 七三 李根衡外 四人)169)

독자들은 이 작품을 읽고 슬픔을 느끼며 눈물을 흘릴 뿐 아니라 동시에 용기 있고 활달한 이야기라고 느끼기도 한다. 이것은 방정환이 1920년대 초반의 대부분의 동화나 소년소설의 주인공들처럼 창남이를 착하고 불쌍한 여린 인물, 즉 평면적 인물로 그려낸 것이 아니라 "모자가 다해여저도 새것을사쓰지안코 양복바지가 해어저서 궁둥이에 조각조각을붓치고다니는 것을보면 집안이구차한것도갓지만 그럿타고 단한번이라도 근심하는빗이잇거나 남의 것을부러워하는눈치도업"는 "우수운말을 잘지여내고 동무들이 곤란한일이잇는쌔에는 조흔의견도 잘써내"고 "연설을잘하고 토론을잘하는""싀원스럽고 유쾌한성질을 가진 조흔소년"으로 그려내고 있기 때문이다. 이와 같은 창남의 성격은 비현실적인 인물로 비춰지기보다는 방정환 자신의 어린 시절의 모습이 투사되어 있는 인물이라고 보인다. 그 때문에 작품을 읽던 창남과 비슷한 처지에 놓였던 당시의 독자들은 어려운 현실을 주인공 창남처럼 꿋꿋하게 견뎌내야겠다고 결심하며 힘을 얻

169) 「독자담화실」, 『어린이』, 1927.4, 64~65쪽.

을 수 있었다. 그런 점에서 방정환의 작품에서 보이는 눈물주의는 자신의 처지를 체념하고 현실에서 등을 돌리는 나약한 것이 아니라 현실을 견디게 하는 힘이기도 했던 것이다.

한편 방정환은 「만년샤쓰」에서 종결어미로 경어체의 들려주는 말투를 살린 '-았/었습니다'체를 대신하여 객관적 서술 문체인 '-다'체를 사용하였다. 이것은 방정환이 어린 연령의 독자를 대상으로 하는 동화와 좀 더 높은 연령의 독자를 대상으로 한 소년소설을 명확히 구분하여 창작했음을 잘 보여준다. 또한 작품의 첫 부분에서 특정 장면을 제시하면서 인물의 성격을 부각한 점도 돋보이는데 장면 묘사의 보여주기 수법을 위해서도 객관적인 서술문체가 적절히 사용되었다. 특히 「만년샤쓰」는 장면 중심으로 이야기를 서술해 가는데 '-다'체의 문체를 통해 독자가 작품의 상황으로부터 객관적인 '거리'를 유지할 수 있도록 진행되고 있다. 이것은 결말에서 독자가 창남이의 불행한 상황에 동일화하더라도 지나치게 감정이 개입되는 것을 차단하는 일종의 보호 장치 역할을 한다. 방정환은 다른 소년소설과 달리 「만년샤쓰」에서 유독 '-았/었습니다'체가 아닌 '-다'체를 사용했다. 작품의 내용이 후반에 가면 슬픔의 정조가 강조되어 자칫 신파조로 흐를 위험이 있는데 이를 문체에서 어느 정도 보완한 것이다. '-았/었습니다'체로 시작부터 주인공의 시점과 감정이 이입된 배경 묘사를 통해 독자가 처음부터 주인공의 감정과 동일화하여 읽도록 유도한 소년소설 「금시계」와 차이가 난다. 또한 「만년샤쓰」의 '-다'체는 자칫 늘어질 수 있는 서술을 간결하게 처리하여 속도감 있게 이야기를 전개하는 데에도 효과적으로 사용되었다.

방정환은 외국 동화 '번안'이나 옛이야기 '재화(再話)' 작가로 널리 알려진 만큼 작품을 새롭게 다시 쓰는 데에 능했다. 하지만 자신이 창작한 작품을 고쳐 쓴 적은 거의 없다.170) 필명을 달리하여 같은 작

170) 필자가 확인한 바로는 『신청년』에 실린 「卒業의 日」(잔물, 1919.12)을 『어린이』에 「졸업의 날」(잔물, 1924.4)로 다시 실으면서 '-ㅆ다'체에서 '-았/었습니다'체로 바꾸고 몇 구절은

품을 다른 지면에 발표할 때에도 대폭 고친 경우는 「금시계」를 제외하면 없다.

방정환은 『신청년』에 발표했던 「金時計」를 '몽견초(夢見草)'란 필명으로 『어린이』에 다시 발표하였다. 그런데 『신청년』 창간호(1919.1.)에 실린 「금시계」와 『어린이』(1929.1~2)에 실린 「금시계」는 10년이란 발표 시기의 차이만큼이나 상당한 변화를 보이고 있다. 「금시계」는 방정환이 유일하게 개작한 창작물이다. 따라서 두 작품을 꼼꼼히 따져보는 것은 텍스트 연구에서 기본이 될 뿐 아니라 개작 과정을 통해 방정환의 사상적·문학적 변모를 짐작해 볼 수 있으며, 더욱이 성인 대상의 '소설'과 아동용 '소년소설'을 방정환이 달리 인식했다는 점에서도 중요하다.

『신청년』과 『어린이』에 실린 「금시계」는 몇 가지 점에서 변화를 보이고 있다. 먼저 『신청년』 판의 경우 '단편소설'이란 장르명을, 『어린이』 판의 경우 '소년사진소설'이란 장르명을 달고 있다. 이것은 방정환이 작품 수록 지면의 성격과 관련하여 독자를 달리 설정한 데에서 비롯된 것이다. 먼저 『신청년』 판의 경우 주인공은 시골에서 상경하여 우유 배달을 하며 어렵게 공부하는 '가련한 고학생', '갈 곳이 없는 청년'으로 '고등보통학교 3학년생'이다. 한편 주인집 금반지와 금시계를 도둑질 한 홍봉이는 '목장의 급사로 있는 아이'로 '가련한 소년'이다. 『신청년』 판에서 작가는 주인공 홍수를 '청년'이라고, 홍봉이를 '소년' 또는 '아이'라고 하여 불쌍한 처지에 놓인 같은 또래로 그려내지 않았다. 반면 『어린이』 판의 경우 주인공 효남이는 '불쌍한 어린 신세', '열다섯 살밖에 안된 어린 몸'으로 '야학'에 다니는 소년이다. 그리고 그 상대 역할을 하는 수득이는 '주인 방에서 잔심부름을 하는', '사환 아이'이다. 『어린이』 판에서 이 둘은 비슷한 또래로

바꾼 것과 『신청년』에 실었던 「貴여운 犧牲」(雲庭, 1920.8)을 『어린이』에 「貴여운 피」(雲庭, 1923.4)로 다시 실으면서 몇 구절을 바꾼 것을 제외하면 「금시계」처럼 문체뿐 아니라 인물의 성격과 줄거리, 결말 등을 고쳐 다시 쓴 경우는 없다.

短篇小說 **金時計**

興洙난 잔듸우에 던져주저안젓다 그의옷
은襤褸ᄒᆞ되또襤褸하얏고 머리는 헛가랏터
무겁고도 흐리기짝이업다 그의입에서는
휘엇는한숨이나왓다 그는고개를숙여 夕陽
에빗초이는 無花를 물그림ㅣ이보고잇난되
넘어가랴는 저녁해는 그의볼을빗쵸어 잔
듸우에검은거림자를던젓다
이윽고、그는 고개를 들어蒼天을 치다보
앗다 小天에뜬소리게는 느리게 圈을그리
고잇다 한숨을쉬ㅣ슈이난 그의두눈에난
눈물이고여잇다
可憐한苦學生金興洙난 갈곳이업난靑年이다
점으러가는하날에 종잔거리난것은 제집을
반기난 세세의노리요、멀ㅣ니뵈난炊烟嚴고
개에 거뭇이앉한이는 歸家하는村人이로다
아아和樂한家庭의 쎵듯한질거움! 興洙에게
난그것이업다
져녁째가되얏다 太陽은西山넘어로、김생은
숩속으로、사람은집으로 世上은어둠속으로
제각금 거어드난되 이몸만 혼노 갈곳이
업고나 生覺하매 히어업난눈물이 然흥새
업시흐른다
그는××高等普通學校三年生이다 學力은그
다지優勝치난못하나 品行일넌지 誠勤일넌
지 여러가지方面으로 그는全校의模範的學

『신청년』판 「금시계」(『신청년』 창간호, 1919년 1월)

설정되어 있다. 방정환은 『신청년』 판과는 달리 개작한 「금시계」에서 두 인물을 '가엾은 어린이들'이라고 언급하고 있다. 이것은 방정환이 '단편소설'로 창작한 『신청년』의 「금시계」를 좀 더 연령이 낮은 어린이, 즉 소년들을 대상으로 한 '소년소설'로 고쳐 썼다는 것을 의미한다.

둘째, 문체의 변화이다. 『신청년』 판의 경우 평서형 과거시제 '-했다'체와 현재시제 '-한다'체가 무자각적으로 혼란스럽게 사용되고 있다. 또한 『어린이』 판과 견줄 때 호흡이 짧은 단문 중심으로 전개된다. 한편 『어린이』 판의 경우 존칭형 과거시제 '-했습니다'체로 안정적이며, 어린이 독자에게 이야기를 들려주듯 친밀한 말투를 사용하고 있다. 또한 방정환 문장의 특징인 긴 문장이 상대적으로 많이 나타난다. 이때 호흡이 길어지지만 되풀이 되는 말(구, 문장)의 사용으로 리듬감 있게 전개된다. 이처럼 문체나 종결어미의 변화는 방정환이 불완전한 습작기 작가에서 문학적 개성을 지닌 세련된 작가로 자리 잡아감을 의미한다. 동시에 '소설'과 달리 '소년소설'은 어린 독자에게 친근히 이야기를 '들려'주는 것이 효과적이라는 독자와 장르에 대한 분화된 인식에서 종결어미를 변화시킨 것이다.

셋째, 목장 주인에 대한 서술의 변화로, 이것은 작품의 의미에도 결정적인 영향을 준다. 『신청년』 판에서 주인은 개연성이 떨어질 정도로 선량한 시혜자로 그려졌다. 하지만 『어린이』 판에서 주인에 대한 서술은 상당히 변화한다. 주인공의 자세한 사정 얘기에도 주인은 "이집에 온지몃달되지도 안어서 돈을 금음날 전에 미리차저다 쓰기버릇하면못쓴다"(13쪽)고 "도리혀 쑤지람하고 돈은주지안"는다거나 금시계가 없어졌을 때 "목장안에잇는사람은 모조리 주인 압헤불려가서 몸뒤짐"(13쪽)을 당한다거나 "효남이와 다른일꾼들이자는 브인방에넌즛이드러가서 보통이마다 책상설합마다 뒤여보"(14쪽)는 등 몰인정한 성격과 가진자의 횡포를 잘 보여준다. 주인의 행동을 드러내는 이러한 서술은 긴장감을 고조시키고 '가난이 죄'가 되는 사회구조적 모순을 드러내는 주제도 훨씬 사실적으로 전달한다.

少年小說 金時計 夢見草

『어린이』판 「금시계」(『어린이』, 1929년 1~2월호)

넷째, 우연성의 감소이다. 『신청년』 판에서 주인공은 "덜의한모퉁이 돌우에힘업시안자셔손에들고잇든 物理冊갈피에셔 앗가풀숩헤셔 쥬은종이를 ᄭᅳ닉펴들고 물그럼-이 드려다보고잇다"(5쪽)는 단 한 문장으로 홍봉이가 도둑임을 알려준다. 이 부분은 극적 반전을 가져오는 중요한 대목임에도 불구하고 가장 작위적이다. 한편 『어린이』 판의 경우 이 부분은 "'아아 그래도가서변명을할때까지는해보아야지' 하고효남이는 긔운을다듬어서두손으로풀밧을집고 벌덕니러스려하닛가 그때에효남이의얼골에서두세자(二三尺)밧게안이되는 것이 눈에 띄웟슴니다"(15쪽)라는 식으로 고쳐 표현되었다. 『신청년』 판과 견줄 때 우연성을 없애려 애쓴 흔적이 보인다. 또한 내적 갈등이 거의 없이 주인공이 홍봉이의 죄를 뒤집어쓰는 『신청년』 판과 달리 『어린이』 판에서는 효남이의 내적 갈등을 사실적으로 드러냄으로써 살아 숨쉬는 인물을 창조하였다.

다섯째, 갈등 해소 부분이다. 『신청년』 판의 경우 주인공이 도둑 누명을 쓴 채 정처 없이 목장을 떠나는 것으로 그려진 반면, 『어린이』 판에서는 주인의 도움으로 어머니는 병원에 가게 되고, 효남이 남매는 서울에 올라와 학교에 다니게 되는 행복한 결말이다. 이런 결말 처리만을 볼 때 『어린이』 판은 작위적이라고 비판 받을 수 있을 것이다. 하지만 결말에 이르기까지 『신청년』 판에는 없던 새로운 부분이 『어린이』 판에는 삽입되었다. 그것은 야학 선생과 야학생들의 도움, 그리고 고뇌 끝에 수득이가 자기 죄를 자백하는 부분이다. 『어린이』 판에 삽입된 야학 선생과 야학생들의 도움은 가진 자의 일방적 시혜가 아니라 어려운 처지에 놓인 사람들끼리 서로 돕는 모습을 잘 보여준다. 당시 소년운동을 전개했던 방정환이 작품을 통해 야학 또는 소년회의 사회적 역할을 부각하려 했던 것이다. 또한 수득이가 고민 끝에 자기 죄를 자백하는 것은, 열악한 환경으로 인해 궁지에 몰린 사람이 죄를 저지를 수밖에 없는 사회구조적 모순을 부각하기 위한 설정이라 할 수 있다. 주인공의 자기희생적인 배려에 감동한 수득이가 고민 끝에 자백하는 것을 통해 어린이 독자들은 양심을 되찾는 한 인물의 진실을 절감하게 된다. 이러한 개작은 작가가 어린 독자들에게 도덕성을 심어 주고자 한 것이라 할 수 있다. 자백 과정까지의 갈등이 실감나게 그려졌기 때문에 수득이의 변화는 행복한 결말을 위한 우연적·작위적 설정이라고 비판하기 어렵다.[171]

171) 이재복은 「금시계」의 수득이가 어린아이 마음속에 들어 있는 그림자 의식을 겉으로 드러낸 인물로, 초반에 누명을 씌우기 위해 치밀한 계획을 세우고 실행에 옮겼던 모습에서

한편 결말에서 주인 내외의 태도 변화는 『어린이』 판에서 가장 문제가 되는 대목이다. 작품 중반까지 작가는 계급적 대립을 인식하고 주인 내외를 사실적으로 묘사해 냈다. 그들이 결정적인 태도 변화를 보이는 후반 부분은 수득이의 자백과 야학 선생과 야학생들의 태도로부터 영향을 받은 측면도 적진 않지만 모든 문제를 단번에 해소하는 관념성을 보인다. 이 부분에서 작가는 불쌍한 처지에 놓인 어린이들로 하여금 꿈과 희망을 갖도록 하기 위해 손쉬운 해결을 한 셈이다. 이 때문에 작품 전체의 팽팽한 긴장과 현실성은 적지 않게 훼손되었다. 한편 이러한 결말 처리는 계급이란 잣대로 인간을 도식적으로 이해하는 태도와는 다르다. 일본 유학 시기인 1920년대에 사회주의적 경향을 보이는 「풍자기」나 번안작을 썼던 방정환의 경력을 볼 때 단순히 계급모순에 대해 몰이해한 사람이었다고 평가하기는 어렵다. 그런 점에서 이러한 결말 처리는 계급주의적 시각과 민족주의의 시각 사이에서 나름의 균형을 유지하려 한 태도로 평가할 수 있을 것이다.

방정환은 『신청년』에 실린 「금시계」를 대폭 개작함으로써 기존의 안일한 인간 이해에서 한 걸음 나아가 좀 더 현실의 인물을 탐색하는 데에로 나아갔다. 또한 『신청년』 판의 불완전하고 미숙한 면모들도 『어린이』 판에서는 상당히 다듬어졌다. 청년기에 습작 형태로 창작한 「금시계」와 『어린이』에 개작한 「금시계」는 방정환의 문학적 진전이라는 측면뿐 아니라 방정환이 '소설'과 '소년소설'을 주제 및 서술 방식에서도 다르게 인식했음을 보여주는 자료로서 중요하게 논의해야 할 작품이다.

소년소설 가운데에서도 방정환이 주력한 장르는 탐정소설이다. 방정환의 탐정소설은 중편 「동생을차즈려」(北極星, 『어린이』, 1925.1~10)와 장편 『七七團의 秘密』(北極星, 『어린이』, 1926.4~12), 「少年三台星」(北極星, 『어

쫓겨나는 효남이를 보고 동정심이 발동하여 자기 죄를 고백하는 모습으로 비약적 변화를 보였다고 비판하였다(이재복, 앞의 책, 2004, 93쪽).

린이』, 1929.1), 「少年四天王」(北極星, 『어린이』, 1929.9~1930.12) 등 모두 네 편이다. 이 가운데 「소년삼태성」은 2회분이 검열로 삭제되어 미완에 그쳤고, 「소년사천왕」은 1930년에 들어 건강이 악화되어 연재가 중단되었다. 특히 검열로 1회분만 발표된 「소년 삼태성」은 민족주의자인 장 선생이 행방불명되고 그의 딸이 납치된 사건을 장 선생의 제자인 세 명의 소년들이 해결해 가는 것을 다루려 했는데, 2회분에서 전부 삭제를 당하고 만다. 방정환은 "고처서써가지고는 그 본래목뎍하든것을 묘하게써나갈수가업는까닭"(35쪽)에 "아조 중지하야 두엇다가 다음 이다음에다시쓰기로"(『어린이』, 1929.9, 35쪽)한다는 말을 남기며 새로 「소년 사천왕」을 창작했다.

방정환은 「소년사천왕」의 첫 회분에 「소년삼태성」과는 "아조 생판 다른것"(35쪽)을 쓴다고 밝히고 있다. 하지만 「소년삼태성」에 등장하는 민족주의자인 교사상을 잇고 있는 강 선생이 등장하고 그 교사를 따르는 의협심 강하고 용기 있는 네 명의 소년소녀가 등장한다는 점에서 「소년삼태성」을 의식하고 창작한 작품이라 볼 수 있다. 그 넷 가운데 한 소년이 실종되어 세 동무와 친구 누이는 위험을 무릅쓰고 그를 찾아 조선에서 중국으로 모험을 감행하는 이야기를 전개해 나가는데 이 작품 역시 아쉽게도 중단되고 만다. 특히 이전의 「동생을 차즈려」와 「칠칠단의 비밀」에서 여자 아이는 일방적으로 도움을 받는 약한 존재로, 남자 아이는 그런 여동생을 구해 주는 인물로 설정하여 문제를 풀어가는 주체를 소년에 초점을 맞추었다. 반면 「소년사천왕」에서는 침착한 성격으로 문제 해결의 실마리를 찾은 인물로 여자 아이 혜숙을 등장시키고, 두 소년이 악당에 대한 경계심을 늦추지 않도록 자극하며 도와주는 인물로 "녀자인만큼 차근차근하고꾀가만흐면서도 남자이상으로활달한"(1930.9, 41쪽) 동석의 누님을 설정하여 소년 중심의 탐정소설에 소녀를 등장시켜 적극적인 활동을 펼치고 있다는 점에서 눈길을 끈다. 탐정소설·모험소설은 흔히 남성적 장르로 국한되기 쉬운데 여기에 소녀들을 등장시켜 적극적으로 활약하게 함으로써 『어린이』지의 소녀 독자들을 끌어들이는 방법으로도 이용하려 했다고 보인다. 이렇게 함으로써 주인공들이 겪는 사건이 남녀노소를 막론하고 함께 풀어가야 할 과제로 부각된다.

방정환의 탐정소설에서 눈길을 끄는 것은 식민지 조선의 현실에 대한 이해 부분이다. 「동생을차즈려」와 「칠칠단의 비밀」에는 유독 조선인이 겪는 부당한 현실에 무감각한 경찰들의 태도를 은근히 부각하여 비판적으로 읽도록 유도한다.

「동생을차즈려」에서는 실종된 여동생을 경찰이 제대로 수사를 펼치지 않고 있는 현실을 간간히 서술한다.

> ① 동무네 집에도 안 가고 일가집에도 안 가고 우물에도 안 빠지고 죽었다는 소식도 없는데 경찰서에서는 찾지도 못하고……
>
> —「동생을 차즈려」, 『어린이』, 1925.1[172]

> ② 그러나 경찰서사람은 그렇케 호락호락하게듯지안니하엿습니다.
>
> —「동생을차즈려」, 『어린이』, 1925.7, 38쪽

> ③ 창호와 창호의아버지는 락심이되여서 지금브터갓치나아가 직혀주기를애걸애걸하엿스나 그러나 그들은(경찰은: 인용자주)들은테도 하지안코 또 억지로 엇지하는수도 업습니다.
>
> —「동생을차즈려」, 『어린이』, 1925.7, 39쪽

그러다가 다음의 대목에 이르러서는 이에 대한 비판을 직접적으로 드러낸다.

(창호는 학교도그만두고 그길로 편지를쥐고 경찰서로쒸여갓습니다. 그러나

172) 영인본 낙질로 원문을 확인하지 못해 『칠칠단의 비밀』(소파방정환문학전집 2권), 문천사, 1974, 10쪽에서 재인용함.

경찰서에서도 그 편지쑨만으로는 찾기가어렵다는 섭섭한대답이엇슴니다.)

밤을 새인 당직 순사가 두세사람 모자도안쓰고 둘러안저서 담배만 피우고잇엇슴니다.

창호는드러스자마자 모자를 버서들고 숨찬소리로 급급하게 온뜻을말하고 지금도 내누의동생이갓처잇스니 나하고갓치같이 그집으로가자고 졸랏슴니다. 그러나 순사들은 한마듸도 못알어드른것갓치

『무어..... 네동생이 청국사람에게 잡혀서엇잿단말이냐』하고 몹시태평입니다.

청호는 그만 급한마음에 『귀가먹엇느냐』고욕을하고십엇스나 쑬덕쑬덕참으면서 다시한번 처음브터 자세자세 이약이하엿슴니다. 이약이를듯고 순사들은 큰일낫다고 놀래줄줄로 창호는 생각하엿더니 순사들은『강아지가 자동차에치엿다』는일보다도 신긔치안케듯는모영이엿슴니다.

옛날이약이나하는것처럼

『흥! 청국놈에게잡혀갓스면 찾는수가잇나 아조일허버렷지...... 왜 요새 그런일이 신문에도자조나는대 집에서아해감독을잘하지안앗서!』

—「동생을 차즈려」, 『어린이』, 1929.6, 28~29쪽

경찰 당국에 대한 비판이 창호의 눈에 비친 경찰의 태평한 모습으로, 또한 오히려 실종 당사자의 부주의와 그 가족의 감독 소홀로 돌리며 책임을 전가하는 모습으로 드러나고 있다. 그들의 무책임한 수사 태도로 일이 더욱 꼬여 동생을 더욱 찾기 힘든 상황으로 악화된다. 결국 사건은 주인공과 그를 도와주는 조선인 선생님과 그 제자들, 그리고 타 지역 소년회의 연대를 통해 해결된다.

우리『어린이』에 맨처음발표하야 십만독자의 끌는듯한환영을밧은『동생을차즈려』는 어린누의동생을 닐허바리고 그옵바가고생하면서 차즈려다가니는것이라 아슬 아슬하고 자미잇는중에도 한줄긔 눈물나게 쌋듯한인정이 엉키여움즉여서 닑는사람의가슴을 더욱더욱곱게하는것이엿스며 더욱 그남

매가다니는 학교교사가 교수하다말고 튀여나가는데라던지 인천소년회에서 동화회(童話會)를하다말고 응원하러몰려나가는데가튼것은 보통 수신교과서로도 가르키지못할 조흔것을 길러주는것이엿습니다.

—「소년사천왕」, 『어린이』, 1929.9, 34~35쪽

이는 방정환이 「동생을차즈려」에서 무엇보다도 아슬아슬한 흥미(재미)를 느끼는 가운데 독자들에게 전해 주고자 한 '유익'의 내용이 무엇이었는지를 직접 거론한 것이다. "씃도하지아니한 최선생님이 머리굴근학생 十여명을 다리고 경관이나 군대의 일대(一隊)처럼"(『어린이』, 1925.7, 41쪽) 주인공을 돕기 위해 등장하는 대목에서는 '경관이나 군대'가 식민지 민중의 삶을 억압하는 식민 통치의 도구로서만 존재했던 당시 현실에서 조선 민족의 자치와 단결만이 문제를 풀어갈 수 있음을 강조했다고 볼 수 있다. 방정환이 탐정소설을 통해 독자들에게 민족주의 사상을 심어주고자 했던 것이다. 이러한 사상은 다음과 같은 서술에서도 드러난다.

구원병인소년대와합하야 三十여명 됴선학생의손에 아홉명 중국놈은 차곡차곡묵긔엿습니다. 그리고 소년회원의뎐화를밧고 인쳔경찰서에서는 자동차두채로 청국놈들을담으러갓습니다.

—「동생을 차즈려」, 『어린이』, 1925.10, 45쪽

소년회는 이제 '구원병이자 소년대'이다. 당시의 소년운동과 소년회는 단순히 계몽운동 차원에서가 아니라 식민지 현실에서 미래의 민족국가를 형성하기 위한 기초 단위, 즉 '국민'의 생명과 재산을 보호하는 국가기구의 기초 단위와 다를 바 없다. 서구에서 보통학교의 확립 과정이 일반적으로 산업자본주의에서 필요로 하는 산업노동자형 인간 만들기와 밀접히 관련되었다면 식민지 보통교육에서는 그 강화와 함께 병사형 인간을 만들어 내려는 지향을 가졌다.[173] 이와

는 대척의 자리에서 민족교육을 주창했던 사람들에게는 반식민적 지향에서 또 다른 형태의 민족주의 사상으로 무장한 '근대적 주체'가 요청되었다. 식민교육뿐 아니라 당시의 민족교육에서 무엇보다도 강조했던 '체육' 교육이 건강한 신체의 단련을 통해 조직적 통제와 훈육을 내면화하고 미래의 '병사' 또는 '국민'의 양성이라는 취지에서 그 기초 단위인 어린이들을 기르는 과정이었다는 점에서는 동일하다고 볼 수 있다.174) 다만 일제가 식민지 규율을 내면화하고 '신민'으로 육성하고자 한 어린이들을 방정환을 비롯한 민족운동의 주체들은 이민족의 지배라는 식민지 상황에서 적극적·소극적 저항으로서의 반식민적 관점에서 또 다른 이데올로기로 어린이를 양성하고자 했다고 볼 수 있다. 이러한 민족주의 사상은 방정환의 「칠칠단의 비밀」에 와서 더욱 강화된다.

「七七團의 秘密」은 일본인이 운영하는 곡마단에 어릴 때 끌려가 부모도 조국도 알지 못하는 두 어린 남매가 학대받으며 곡마단의 광대로 지내다 조선에서의 첫 공연을 계기로 외삼촌을 만나 그 진실을 알게 된다는 내용이다. 어린 두 남매와 그를 도와주는 조선 학생, 그리고 소년회원들과 중국 봉천의 한인협회의 도움으로 납치와 감금, 탈출 등의 모험을 펼치면서 일본 곡마단이 실은 아편 밀매상이며 조선인 소녀들을 인신매매하여 중국에 팔아먹는 조직단임을 밝히고 그 부모를 찾게 된다는 줄거리의 탐정소설이다.

방정환은 「칠칠단의 비밀」의 첫 회부터 "부모도업고 친척도업고 고향도업고 아모것도업"(『어린이』, 1926.4, 30쪽)는 어린 두 남매가 어릴 때부터 "하로도몃번씩 피가흐르게두들겨"(30쪽) 맞는 등 온갖 학대를

173) 김진균·정근식·강이수, 「일제하 보통학교 규율」, 김진균·정근식 편저, 『근대주체와 식민지 규율권력』, 문화과학사, 1997, 105쪽.

174) 방정환의 수필 「二十年前 學校 이약이」에서 민족교육을 실천하는 교장의 모습을 "그때는 모도다 군인의긔질을숭상하는때"로 "전쟁에나간장군의호령가티" "교장은학생들을 군인가티 훈련하려"(『어린이』, 1926.8·9, 23~24쪽) 했다는 대목이나 소년소설 「만년샤쓰」에서 "원래군인단이든성질이라 쑥쑥하고 용서성업는"(『어린이』, 1927.3, 41쪽) 체조 교사의 모습은 그러한 당대의 상황을 잘 드러내주는 예이다.

받으며 돈벌이의 대상으로 살아가는 비참한 신세를 보여주고 있다. 당시 소년운동이 이중의 억압 아래 놓여 있는 조선 어린이들의 해방운동이었다는 점에서 이 설정은 의미하는 바가 크다. 즉, 일본인에게 강제로 잡혀가 사육되며 학대당하는 어린 두 남매는 민족적 억압뿐 아니라 어른에게 학대 받는 당대 어린이의 현실을 잘 드러내주는 것이다.

소년 상호가 "자긔의근본을알고, 본국을찻고 부모를찻고......그것이 우리들 평생의소원이아니엿는가! 오늘죽는다하여도 한탄이업스니 내부모 내본국을알아지이다한 것이 숨에도닛지못하는소원이아니엿는가!"(『어린이』, 1926.5, 43쪽) 하고 비창하게 울부짖는 대목이라든가 어린 남매를 잃어버린 뒤 화병으로 죽은 어머니와 죽은 아내와 아이들을 그리워하며 중국으로 갔는지, 미국으로 갔는지 소식조차 알 수 없는 아버지를 생각하며 "원수를갑하야한다! 원수를갑하야한다! 너의어머니의원수를갑하야한다. 그러고너의아버지를차저가야한다"(『어린이』, 1926.10, 35쪽)라고 외삼촌이 부르짖는 대목은 식민 상태에 놓여 있는 민족의 현실과 이로부터 해방되어야 함을 암시적으로 표현한 것이라 할 수 있다.

한편, 「동생을차즈려」에서 조선인 어린이 실종 사건을 수수방관한 경찰은 「칠칠단의 비밀」에서는 다르게 나타난다.

> 단장마누라가 악지를셰여서 긔어코 ○뎡경찰서에 그 반쪽쪽지를 갓다가 주고 그동안지난이약이와 오늘 여자까지 마져다리고다라난일을 자세히 자세히이약이하엿습니다.
>
> 『올치 참 조흔 것을 가저오셧소 이것만잇스면 당장에차저드리지요』
>
> 쯧밧게경찰서에서는 그쪽지반쪽을 대단히깃버하엿습니다.
>
> 『동리일흠이업서도요?』
>
> 『동리일흠업서도 곳 잡아 드릴터이니 렴려말고가서기다리시요』
>
> 이럿케일허서돌려보내놋코 그경부는 즉시 종○경찰서로뎐화를걸고, 북

촌일대에 어느동리던지 동리란동리마다 三百五十四번지는 모조리들뒤여달라고부탁하엿슴니다.

이 부탁을밧은 종○ 경찰서에서는 곳 각처파출소에 뎐화를걸어 어느동리던지 三百五十四번지를됴사하라고 명령햇슴니다.

—『어린이』, 1926.10, 43쪽

일본 경찰은 곡마단 단장을 도와 일사분란하게 도망간 아이들을 찾아 나선다. 악마의 소굴에서 힘겹게 탈출한 어린 두 남매는 결국 갑자기 들이닥친 경찰서 형사들에게 붙들리는 신세가 되고 곡마단 단장의 마누라와 부하는 "닐허버린물건이나 차즈러오듯키"(『어린이』, 1926.11, 21쪽) 소녀를 다시 데려가고 외삼촌은 "남의식구를씌여냇다는 유인죄로 감옥"(22쪽)에 갇히는 전도된 현실을 보여 준다.

"근처가 왼통형사텬디"(『어린이』, 1926.12, 27쪽)로 소년을 "잡으려고 빨근뒤집"(27쪽)혀 있는 형사들과 곡마단 조직패의 추적을 따돌리며 중국으로 끌려간 동생을 찾기 위해 중국까지 위험을 무릅쓰고 달려간 주인공과 조선인 학생은 "중국놈의경찰서도 밋을수가업"(『어린이』, 1927.11·12, 49쪽)어 그곳에 있는 "조선 사람들의 회(모임)", 즉 "한인협회"를 찾아 도움을 청한다.

그다음에 또一년간게속하야 독자들의피를끄리운 『七七단의비밀』도 역시 돈을도적질하거나 보물을 훔처가고 차저내고하는 것이 아니라 어려서 곡마단에붓들려간남매가 자긔부모를 찻느라고 고생고생하야 아슬 아슬한 경우를업시치러넘어가면서도 한긔호라는학생이 싸러나스는데라던지 봉텬조선인단톄에서 나팔을불어회원을모아가지고 몰켜나스는데라던지 모다 더할수업시 곱고도 굿센힘을길러준것임니다.

—「소년사천왕」, 『어린이』, 1929.9, 35쪽

방정환이 밝히고 있는 것처럼 「칠칠단의 비밀」에서 강조하고자 한

것은 조선인 학생들이 서로 도우며 용기 있게 난관을 극복하는데, 이 과정에서 해외에서 민족운동을 펼치고 있는 한인협회의 도움으로 조선의 현실 문제를 풀어갈 수 있었다는 점이다. 결국 이들의 맹활약으로 두 남매는 다시 만나고 그곳 한인협회의 회장으로 있는 사람이 다름 아닌 어린 남매의 아버지여서 아버지도 극적으로 만나게 된다. 이 부분은 작위적인 설정이지만 가정적 불행을 극복하고 민족운동에 나선 아버지의 모습을 통해 민족주의 사상을 더욱 강조하고자 했음을 알 수 있다.

방정환은 「칠칠단의 비밀」에서도 결국 조선인 스스로, 조선인들만의 단결된 힘으로 문제를 해결할 수 있다는 것을 강조하고 있다. 그것은 민족의 해방 역시 서구 열강이나 주변국들의 도움이 아닌 우리 민족 자체의 역량으로 이루어나가야 함을 어린이들에게 심어주고자 했던 것이다. 그는 독자들이 "탐정소설속에나오는 소년들과가치 씩씩하고도 날쌔고 밋을만한 일군"(『어린이』, 1929.9, 35쪽)이 되기를 거듭 강조하였다. 그 일꾼은 다름 아닌 민족의 미래를 책임지고 개척해 나가는 미래의 주역이다.

당시의 신문에는 부녀 인신매매 사건들이 자주 실렸다.[175] 특히 소녀밀매와 관련하여 이 당시 중국인이 개입된 사건들이 적지 않게 보도되고 있다. 부모가 아편에 중독되어 중국인에게 직접 판 경우도 있고 조선인, 또는 중국인이 유괴·유인하여 매매하는 경우도 있다. 「대구에서도 중국인 誘女魔窟發見, 조선녀자 다섯명이 잇는 것을 대구서에서 발견하고 조사중」(≪동아일보≫, 1925.6.12), 「경성 한복판에 賣人 鬼魔窟. 중국인과 조선인 남녀 15명이 일단되어 계집애를 괘

175) 1920~1930년 동안 ≪조선일보≫에 '인신매매' 관련 기사는 380여 건이 보도되었다. 특히 300건 정도는 1925년 이후에 일어난 사건들이다. 한국역사정보통합시스템의 검색 결과 1920~1935년 동안 ≪동아일보≫·≪시대일보≫·≪중앙일보≫·≪중외일보≫·≪조선중앙일보≫에 '인신매매' 관련 기사는 34건 정도 발견된다. 한편, 이들 신문에서 이 시기 '마굴(魔窟)' 관련 기사는 85건 정도 보도되고 있다. 특히 '마굴'은 중국인 마굴이라 하여 아편굴과 관련된 기사가 많은 편이다.

팔아먹어」(≪조선일보≫, 1926.6.2), 「대담한 중국인 白晝에 소녀 납거」(≪조선일보≫, 1927.5.15), 「중국인 상대로 人肉商하에 鐵槌」(≪조선일보≫, 1927.6.14), 「마굴에서 뛰치어나와 '사람 살려주시오' 중국인에게 7년 동안 길리여온 김복동(14세)의 애화」(≪조선중앙일보≫, 1935.1.26) 등의 기사들이다. 이런 당시 상황을 고려할 때 방정환은 탐정소설 특유의 긴박감 넘치는 사건 서술의 재미를 이용해 이러한 현실의 모순을 주목하고 소년들에게 지혜와 용기, 단결된 힘으로 문제를 해결해 가는 것을 길러주고 있다.[176]

방정환의 어린이용 탐정소설은 모험을 통해 새로운 세계를 개척하고자 하는 소년 특유의 심리적 특성인 생명력, 에너지, 열망 등을 작품을 통해 적극적으로 펼치도록 한 점에서 주목할 필요가 있다. 다소 우연적인 사건 전개 등 미흡한 점은 발견되지만 새로운 영역의 소년소설을 개척했다는 점에서 방정환의 탐정소설은 충분히 재조명될 필요가 있다.[177]

---

176) 방정환의 탐정소설에서 주로 다룬 '인신매매', '어린이 실종' 사건은 당시의 현실에서 일어나는 사안을 다룬 점에서 강한 현실성을 드러낸 것이다. 한편 당시의 신문에서는 「경찰태만, 대구 중국인 마굴사건 경찰은 대체 무엇하나」, ≪동아일보≫, 1925.6.14 같은 기사도 다루고 있지만 전반적으로 경찰, 즉 일본의 식민통치기구에 의해 중국인 마굴 및 조선인 또는 중국인에 의해 행해지는 인신매매 사건이 파헤쳐지고 있는 듯한 현상 보도를 하고 있다. 그런 점에서 일본이 식민 통치의 일환으로 조선 내에 반중(反中) 의식을 유포하고 있는 것을 무비판적으로 다루고 있다고 할 수 있다. 방정환은 탐정소설에서 일본인 경찰의 문제나 사회 문제를 부각시키고 있기 때문에 일방적인 반중 감정을 드러내는 것은 아니다. 하지만 방정환의 무의식 속에 반중 감정이 놓여 있었을 가능성도 적지 않으며 또한 당시의 현실에서 방정환의 본뜻과는 달리 이용될 측면도 없지 않다. 이러한 점에 대해서는 좀 더 깊이 있게 다루어져야 할 것이다.

177) 한편, 민족의 일꾼으로 '미래를 책임지는 실천적 담지자'로서의 소년상은 방정환이 당시의 소년들에게 일방적으로 주입하고자 한 이데올로기였다고 볼 수도 있을 것이다. 방정환의 탐정소설에 담긴 민족주의 사상이 전사예비군으로서의 소년소녀를 전쟁동원에 이끌었던 동시대 일제 파시즘의 이데올로기와 내용의 차이만 있을 뿐 어린이를 '조국을 위하여'라는 목표를 향해 헌신시키기 위해 동원했던 이데올로기라는 점에서 비판이 제기될 수 있을 것이다. 어린이가 지닌 소박하고 건강한 야생성을 충동질하여 그들을 두려움 모르는 용감한 전사로 빚어내려 했다는 점에서, 전체주의적 이데올로기를 국책으로 내세운 나라들(세계 대전 당시의 일본이나 히틀러 치하의 독일 등)에서 그것을 학교나 청소년단이라는 조직체를 통해 어린이들과 밀착했던 현실을 고려하면 방정환의 탐정소설에서 소년회를 통한 단결과 민족주의 사상의 은밀한 유포 역시 동일한 자장 안에 있었다고 비판할 수 있을 것이다. 이것은 20세기를 대표하는 이데올로기가 각기 '어린이'의 '어린이성'을 표적으로

3) 동요: 민족적 비애와 애상성

1925년을 전후로 아동문학계는 '동요의 황금시대'라 일컬어질 만큼 동요보급운동이 활기를 띠고 전개되었다.[178] 『어린이』는 창간호부터 전래동요 「파랑새」(『어린이』 창간호)와 동요 「봄이오면」(버들쇠, 『어린이』 창간호)을 싣기 시작하여 매호마다 지속적으로 동요를 실었다. 『어린이』에는 당시 색동회 회원이던 작곡가들의 동요를 비롯해 『어린이』 독자들의 작품 또한 많이 실렸다.

방정환은 몇 편의 동요를 창작하거나, 혹은 번안·번역동요를 실으면서 초창기 동요의 보급에 힘썼는데 특히 『어린이』 독자 가운데 동요·동시인을 배출하는 데에 크게 기여했다. 대표적으로 서덕출의 「봄편지」(1925.4), 윤석중의 「옷둑이」(1925.4), 윤복진의 「별싸러가세」(1925.9), 최순애의 「옵바생각」(1925.11), 이원수의 「고향의봄」(1926.4) 등의 작품이 소파의 손을 거쳐 『어린이』에 게재되고 유명 작곡가가 곡을 붙여 당시의 어린이들이 즐겨 부르는 노래가 되었다.

방정환은 소년회를 이끌고 『어린이』 잡지를 만들며, 각지를 순회하면서 동화구연을 통해 이 땅의 어린이들과 끊임없이 만났지만, 동요 창작에 많은 힘을 기울이지는 못했다. 방정환의 동요는 창작, 번역, 그리고 유보작을 합쳐도 10여 편을 겨우 넘는 정도이다.[179] 외국

하여 자신들의 희망과 기대를 위탁하려 했던 20세기적인 특징을 대표적으로 보여주는 것이라 할 수 있겠다(혼다 마스코, 「이데올로기와 '어린이'의 만남」, 구수진 역, 『20세기는 어린이를 어떻게 보았는가』, 한림토이북, 2002, 87~90쪽). 이처럼 탈근대의 관점에서 방정환의 탐정소설을 비판적으로 재조명할 수 있을 것이다.

178) '동요황금시대'라는 말은 이재철의 『아동문학개론』, 운문당, 1967에서 따온 말이다.

179) 심명숙(앞의 논문, 157쪽)의 조사에 따르면, 방정환의 동요는 다음과 같다.('?'는 심명숙 연구에서 미확정)

「형제별」, 『어린이』, 1923.9(번역)
「나뭇잎배」, 『어린이』, 1924.6(창작?)
「가을밤」, 『어린이』, 1924.9(번역)
「귀뚜라미 소리」, 『어린이』, 1924.10(창작)
「허잽이」 『어린이』, 1924.10(?)(창작)
「늙은 잠자리」, 『어린이』, 1924.12(창작)

동화의 번역과 옛이야기 재화 작업에 견줄 때 양적으로 상당히 빈약한 편이다. 그러나 처음으로 이 땅의 어린이들에게 '조선 어린이들의 노래'를 갖도록 하는 데에 중요한 역할을 했음은 주지의 사실이다.

먼저 방정환이 문학청년 시절에 번역한 「어린이노래: 불켜는 이」(『개벽』, 1920.8)를 과연 동시로 보아야 하는지 의문이 제기될 수 있다. '동시'는 일반적으로 성인 작가가 어린이에게 주는 시로, 어린이다운 심리와 정서로 어린이들이 이해할 수 있는 언어와 소박하고 단순한 사상·감정을 담은 시를 의미한다.180) 그런 점에서 「어린이노래: 불켜는 이」는 일차적으로 어린이를 독자로 한 것이 아니라 성인을 대상으로 했다는 점에서 작가가 의식적으로 '동시'를 창작한 것이라고 보기 어렵다. 즉, 시인이 시적 화자로 '어린이'를 설정하고 대상을 노

「첫눈」, 『어린이』, 1924.12, 삼산생, 창작(유보작)
「여름비」, 『어린이』, 1926.7(번역)
「산길」, 『어린이』, 1926.8·9 합호(번역?)
「눈」, 『어린이』, 1930.8(창작)
「갈매기」, 발표지와 연대 미상(번역)
「카나리아」, 발표지와 연대 미상, 번역

이 동요 연보에서 새로 수정할 사항은 다음과 같다. 「허잽이」의 발표연대와 발표지는 ≪조선일보≫ 1924년 12월 8일이고 「갈매기」는 「우는갈맥이」로 『어린이』 1923년 11월호에 무기명으로 발표되었다. 이재복의 『우리 동요 동시 이야기』(우리교육, 2004, 117쪽)에 따르면, 「우는 갈맥이」의 원작은 카시마메이 슈우 작사, 히로타 류우타로 작곡의 「浜千鳥」라고 한다. 그런데 「우는 갈맥이」는 북한에서 발행된 『1920년대 아동문학집』(평양: 문화예술종합출판사, 1993)에 '고한승' 작품으로 수록되었다. 따라서 이 작품을 방정환의 번역동요로 확정하기는 어렵다.

발표지와 연대가 미상인 「카나리아」는 사이조 야쇼의 「카나리아」로, 고한승의 모작 「엄마 업는 참새」라는 작품이 방정환의 번역으로 와전되었을 것으로 추정된다. 또한 『어린이』 1926년 2월호의 권두에 무기명으로 실린 「눈오는 새벽」은 기존의 방정환전집에 실렸을 뿐 아니라 아기들과 어머니의 대화로 크게 두 부분으로 구성되어 있는데 「어린이노래: 불켜는이」의 시상을 그대로 잇고 있어서 방정환이 창작한 것으로 볼 수 있다. 또한 번역시인 「어린이노래: 불켜는이」(『개벽』, 1920.8)도 『어린이』(1928.1)에 재수록 되면서 번역 동시로 변모했다고 봐야 하기 때문에 방정환 동요·동시 연보에 추가해야 할 것이다. 심명숙은 「첫눈」의 작가가 '삼산생(三山生)'이어서 유보작으로 남겼으나 같은 지면에 '잔물'의 「늙은잠자리」와 나란히 발표된 데에다(지면을 채우기 위해 실었다고 할 수 있다) 방정환이 동요에서 즐겨 다룬 '눈'을 소재로 한 점, '삼산인(三山人)'이라는 필명을 썼던 점을 보면 방정환의 창작으로 볼 수 있다. 다만 '눈'을 소재로 한 다른 시들에 어머니에 대한 그리움 등의 감정이 강하다면 이 동요에는 장난스러운 발상이 두드러진다.

180) 이재철, 『세계아동문학대사전』, 계몽사, 1989, 74쪽.

래했다는 점에서 시로 보는 것이 타당할 것이다.

원작자와 원작을 파악할 수 없기에 원래의 시 제목이 무엇인지, 원작에서 어느 정도 변화를 거쳤는지를 확인할 수는 없다. 이 시의 화자인 어린이는 거리의 자명등을 켜는 이를 바라보면서 자신도 크면 그와 같이 거리를 밝히고, 구차하고 적막한 빈촌에도 불을 밝히는 사람이 되겠다고 다짐한다. 방정환이 이 시를 번역한 것을 두고 1920년에 이미 '어린이'운동에 대한 관념이 생성되었던 지표로 보면서 그가 이 시의 번역을 통해 1920년대 좌절의 터전에서 미래에 대한 막막함과 민족 스스로에 대한 자괴감을 '어둠'과 '구차함'으로 투사하며 '어린이'를 현재의 고통을 극복할 미래지향적 주체로 설정했고, 그것은 이전의 새로운 세대론적 개념인 '소년', '청년'과 그리 다르지 않다는 평가도 제기된 바 있다.[181] 그러나 이것은 『개벽』에 실린 이 시를 소년운동가이자 아동문학가로서의 방정환의 이후 행적을 중심에 두고 그런 관점에서 해석한 것으로 보인다. 이 시에서 주목을 끄는 것은 "銀行家로 이름난 우리아버지는/ 재조껏 마음대로 돈을모겟지/ 언니는 바라는 大臣이되고/ 누나는 文學家로 成功하겟지"라는 대목이다. 이 시의 주인공인 어린이의 신분을 보여주는 대목인데, 부유한 집안의 아이라는 것을 알 수 있다. 그런데 그 어린이(소년)는 아버지나 언니(실은 남자 형제로 형), 누나와는 달리 하찮고 보잘 것 없어 보이는 고단한 노동자인 불 켜는 이를 세상의 빈한과 구차함, 어둠을 밝히는

181) 박지영은 「어린이 노래: 불켜는 이」의 '어린이' 표상이 이전 세대와 달라지지 않았다고 보고 일본 유학을 거쳐 방정환에게 '어린이'가 새로운 이념형태, 즉 천사라는 이념이 등장한다고 보았다(박지영, 「방정환의 '천사동심주의'의 본질: 잡지 『어린이』를 중심으로」, 『대동문화연구』 51집, 대동문화연구원, 2005, 151~153쪽). 박지영의 추정처럼 만일 이 시에 '어린이'에 대한 방정환의 관념이 투사되어 있다면 이 시에서 기성을 대표하는 '아버지'와 기존의 1910년대의 운동 주체로 설정되었던 '청년(소년)'으로서의 '언니'와 '누나'로 대별되는 존재들이 이미 체제 내적인 삶에 동화된 인물로 비판되고 있다고 보아야 할 것이다. 그렇게 본다면 이 번역시에는 새 시대의 운동의 주체이자 새 조선의 일꾼으로 '어린이'에게 희망을 기탁했던 방정환의 소년운동의 지향이 이미 담겨 있다고 해야 할 것이다. 그러나 이 시기 방정환은 '청년운동'을 지향하던 때로 이전 시기의 '청년(소년)'으로부터 분할된 '어린이'를 새로운 주체로 설정하고 '소년운동'을 지향했던 시기는 아니었다.

소중한 일을 하는 사람으로 바라본다. 그러면서 자신도 불 켜는 이가 지닌 상징적 역할을 하는 그런 사람이 되기를 소망한다. 그렇다면 방정환이 『개벽』에 이 시를 번역한 의도는 무엇일까. 그것은 방정환이 이 당시 소년운동의 지향을 보였다기보다는 민중주의적 문학관을 표명했던바, 어린이 화자를 빌어 민중적 삶의 지향을 표명한 것이라고 봐야 할 것이다. 따라서 『개벽』에 발표된 이 시는 엄밀한 의미에서 '어린이'와 어린이 독자를 명백히 의식하고 번역된 동시라기보다는 '어린이' 화자의 목소리를 빌어 작가 자신의 다짐을 상징적으로 드러내고자 한 번역시로 분류하는 것이 타당하다고 본다. 다만 방정환이 이 시의 제목을 '어린이노래'라 하여 일종의 '동시'처럼 표현한데다 『개벽』에 처음 번역 소개한 이 시를 『어린이』(1928.1)의 〈어린이독본〉에 약간 고쳐 다시 발표하는 과정에서 '동시'로 자연스레 수용되었다고 볼 수 있다.

방정환의 창작동요로 널리 알려진 「형제별」은 많은 논란거리를 안고 있는 동요이다. "주권을 잃은 조국의 비운을 별 삼형제로 의인화하여 비극성을 더한 작품"[182]이라거나 "민족의 한이 잃어버린 별로 표출된, 하나의 역사시로 확대해석할 만한 작품으로 봐도 무리는 아닐 것"[183]이라는 평가가 대표적이라면, 작가의 전기적 생애와 관련하여 작품을 해석하는 경우도 있다.[184] 그러나 「형제별」이 방정환의 순수 창작동요가 아니라 일본 동요의 번안작이라는 사실이 확인되면서 이러한 해석은 재고해 보아야 한다.

182) 이재철, 『한국 현대 아동문학 작가 작품론』, 집문당, 1997, 41쪽.

183) 이상현, 『아동문학 강의』, 일지사, 1987, 197쪽.

184) "이 동요는 일제시대에 고향을 등지고 낯선 땅으로 유랑하는 민족의 애수를 노래한 것이라는 설이 있으나 슬픈 가족 사연이 밑바닥에 깔려 있다는 설이 설득력 있게 전해진다. 여기서 보이지 않는 별 하나는 시집간 누나이며 남은 별은 어머니와 정환이란다. 병약한 어머니의 간호를 도맡아 하던 누나가 떠난 후 어머니를 보살피는 일도 정환의 몫이 되었다."(이상금, 앞의 책, 40~41쪽)

兄弟별

날저므는하늘에/ 별이삼형뎨/ 싼작싼작정답게/ 지내더니//
윈일인지별하나/ 보이지안코/ 남은별이둘이서/ 눈물흘린다.

—『어린이』, 1923.9

「형제별」이 대중적으로 알려지게 된 것은 『어린이』(1923.9)에 수록되면서부터이다. 하지만 이때 누가 지은 곡인지는 밝혀지지 않은 채 「형제별」의 악보 소개와 함께 작곡가 정순철(鄭淳哲)이 "동요로 가장 곱고 엽브고 보들어운 것으로 나는 이노래를 뎨일 조하합니다"(『어린이』, 1923.9, 6쪽)라는 말을 실었다. 이에 대해 "방정환의 권유로 (정순철이: 인용자 주) 일본 사람이 작곡한 '형제별'을 다시 우리 노래로 작곡한 듯싶다"는 평가도 있다.[185] 그런데 윤극영은 「형제별」에 관해서 다음과 같은 사실을 밝힌 바 있다.

"날 저무는 하늘에 별이 삼형제, 반작반짝 정답게 비치이더니, 웬일인지 별하나 보이지 않고, 남은 별이 둘이서 눈물집니다."

잘 부르는 노래는 아니었으나 구슬픈 맛이 예틋하게 났다.

"윤극영, 어때?"

"좋긴 좋은데 누가 번역했나?"

"내가 했지."

우린 한바탕 웃었다. 그 노래는 나까가와(中川)라는 일본 사람이 작곡한 일본노래였다. 그러나 그 구슬픈 곡조가 나라를 잃은 우리에게 딱 어울리는 것만 같았다.[186]

윤극영은 「나의 履歷書」에서 1923년 3월 봄에 방정환을 처음 만났

185) 심명숙, 앞의 글, 150쪽.
186) 정인섭, 앞의 책, 43~44쪽.

신동요 新童謠

—형데별—

一、날저므는 한울에 별이삼형뎨
반작반작 정답게 지ㅣ내더니

二、웬일인지 별하나 보이지안코
남은별이 둘이서 눈물흘린다

『부인』의 「형제별」
(『부인』 1922년 9월호)

다고 하는데 그때의 일화를 소개하면서 「형제별」은 방정환의 창작동요가 아니라 일본 노래를 번역한 동요라고 밝혔다. 그런데 한용희는 "이 노래(형제별: 인용자 주)가 방정환의 창작 가사임에는 틀림없으나 곡조는 우리나라에서 창작된 곡조는 아니"라고 밝히고 있다.[187]

한편 「형제별」은 『어린이』에 실리기 전에 먼저 『부인』(1922.9)에 '신동요(新童謠)'로 소개되어 악보가 실렸는데,[188] 다음과 같은 소개글이 함께 실려 있다.

> 이동요(형제별: 인용자 주)는 서울텬도교소년회의 회원들이 부르기시작하야 「언니를차즈려」라는 어린연극을상장할때에 극중(劇中)의 촌소녀(村少女)들이부른후부터 서울소년회소녀 사이에 류행(流行)한것입니다. 곡죠는 일본 셩전위삼(成田爲三)씨의작곡(作曲)인데 퍽쌔슷하고 어엽브고 보드러운 곡죠에서 해저므는저녁때 한적(閑寂)한촌에서 어린애들의 부르는소리를들으면 엇전지모르게 마음이크고눈물고이는곡조임니다.[189]

『부인』에 실린 「형제별」에는 악보와 함께 작품에 대한 위와 같은 소개글만이 무기명으로 실려 있어 누가 「형제별」을 소개한 것인지

187) 한용희, 『한국 동요음악사』, 세광출판사, 1994, 50쪽.

188) 정순철의 소개와 함께 『어린이』에 실린 악보와 동일하다. 따라서 심명숙의 추정처럼 정순철이 일본곡을 우리 노래로 다시 작곡했다고 보는 것은 타당성이 없다.

189) 소파, 「형뎨별」, 『부인』, 1922.9, 26쪽.

알 수 없다. 그런데 『개벽』(1922.9)의 『부인』 9월호 광고를 보면 "新童謠 兄弟별—소파"로 소개되어 있다. 따라서 방정환이 「형제별」을 소개했다는 것을 확인할 수 있다. 그렇다면 당시 일본에 유학하고 있던 방정환이 일본의 나리타 타메조(成田爲三)의 「형제별」을 번역하여 당시 천도교소년회에서 어린이연극을 할 때 부를 곡으로 미리 전하였고 이 연극이 공연된 뒤 이 노래가 유행이 되자 『부인』 지면에 소개했다고 추정할 수 있다. 위의 글을 보면, 윤극영의 회고와는 달리 「형제별」이 일본의 나리타 타메조(成田爲三)가 작곡한 노래로 소개되어 있다. 이상금은 윤극영이 회고에서 밝힌 나까가와(中川)라는 사람이 일본의 음악사전이나 인명사전에 나오지 않는데 일본아동잡지 『킨노호시(金の星)』에 많은 히트작을 발표한 동요작곡가 나카야마 신페이(中山晋平)의 오식이 아닌가 추정하였다. 하지만 나카야마 신페이의 전집에도 「형제별」은 실려 있지 않다고 한다.190) 따라서 윤극영의 회고보다는 『부인』에 「형제별」을 직접 소개하고 번안한 방정환의 말이 더욱 정확할 것이다. 그러나 아쉽게도 현재까지 나리타 타메조의 작품집에서 「형제별」을 찾지 못한 상태이다. 한편 ≪동아일보≫(1921.11.21)에는 다음과 같은 보도가 전해진다.

『부인』 1922년 9월호 광고
(『개벽』 1922년 9월호)

텬도교소년회(天道教少年會) 주최의 가극대회(歌劇大會)는 예뎡과가치

---

190) 이상금, 앞의 책, 633쪽.

재작십구일 오후 일곱시반에 경운동(慶雲洞) 텬도교교당안에서 열니엇는대 먼저소년회원합창대의 회가(會歌) 합창이잇슨후로 『소나무와까마귀』라는 동화극(童話劇)이 잇고 그다음은 『장님의동물』이라는 익살스럽고도 세도인심을 경계하는말이잇서서청중에게만흔감동을주고 다음은 『언니를 차즈려』라는 비창한소녀 가극등이잇서 흥미진々한중에 회는 맛추엇스며 조선에서 소년회라는 일홈으로 이러한것을하기는 처음되는일이라 하겟더라[191]

이 기사에서 앞서 「형제별」을 소개한 글에서 나온 '언니를 찾으러' 라는 소녀가극 이야기를 확인할 수 있다. 따라서 「형제별」은 1921년 11월 19일 천도교소년회 주최의 '동화가극대회'에서 처음 소개된 것이 전해지며 불렸음을 알 수 있다. 하지만 이러한 부분들을 종합하더라도 「형제별」이 과연 일본 동요의 노랫말과 곡조를 그대로 번역한 동요인지 아니면 곡조만을 그대로 가져오고 가사는 새롭게 고친 '번안'인지를 확인할 수는 없다. 다만 고은(高銀)은 「형제별」을 '방정환의 번안곡'이라고 하고 있다.[192] 원작을 어느 정도 고치는 것을 '번안'이라고 하는 관례를 따른다면 「형제별」은 가사를 어느 정도 고쳤을 가능성도 있다. 이것은 원작 일본동요를 찾아야 정확히 확정할 수 있는 사안이다.

한편 「형제별」의 가사와 관련해서 방정환이 『신청년』(2호, 1919.12)에 발표한 시 「사랑하난아우」를 보면 「형제별」의 모티브가 발견된다는 점에서 흥미롭다.

사랑하난아우

새우는 소래에 날이점으려/ 古城의 머리에 해가걸녓고/ 少年의 短笛의 슬픈소래에/ 길가는 旅客이 눈물먹음네//

191) ≪동아일보≫, 1921.11.21.

192) 고은, 「푸른 하늘 은하수 「반달」」, 정인섭, 『색동회어린이운동사』, 학원사, 1975, 396쪽.

어느듯 夕日은 안이보이고/ 보라빗 구름이 붉어지엇네/ 黃昏의 寂寞한 넓은덜가에/ 이몸은 무엇인지 기다리고섯네//

검푸른 밤幕이 점々나리니/ 어둔밤 되야도 關係치안타/ 별되야서 아조간 나의아우여/ 어둡거든 나오라 나를爲하야//

희미한 하날에 어린별하나/ 눈물을 먹음고 반적어리니/ 처다보는 눈에도 눈물매졋고/ 집집에는 燈盞불 삼벅어리네[193]

동생이 죽어 '어린별'이 되었다고 생각하는 시적 화자는 밤하늘의 물기어린 별을 바라보며 눈물을 머금는다. 날이 저물어가는 시간대, 별과 형제애의 연결, '눈물'의 형상화, 상실감 등이 「형제별」의 노랫말을 연상케 한다. 이러한 상황을 고려하여 「형제별」이 방정환의 창작이 가미된 번안동요일 가능성을 조심스레 추정해 볼 수 있다. 이렇게 추정할 수 있는 또 다른 단서로 당대의 작곡가 홍난파가 「형제별」에 새 곡을 붙였다는 사실이다. 홍난파와 방정환이 잘 알고 지내던 터에 홍난파는 『조선동요 100곡집』에 이 곡을 실으면서 '방정환 요, 홍난파 곡'이라고 밝혔다.[194] 만일 방정환이 일본의 동요를 그대로 번역한 것이라면 '방정환 요'라고 밝히지 않았을 것이고 곡을 새 곡으로 바꾸는 일 못지않게 노랫말을 바꾸는 게 더욱 시급한 일이었을 수 있을 것이다.

「귓드람이소리」는 「형제별」에서 느낄 수 있는 쓸쓸한 정서가 담겨 있으면서도 시적 감각이 한층 진전된 창작동요이다.

귓드람이소리

귓드람이 귓드르르 가느단소리/ 달―님도 치워서 파랏슴니다//
울밋헤 과쏫이 네밤만자면/ 눈오는 겨울이 차저온다고//

193) 雲庭生(방정환의 필명), 「사랑하난아우」, 『신청년』 2호, 1919.12, 9쪽.
194) 홍난파, 『조선동요 100곡집』 하편, 연악사, 1933, 82쪽.

귓드람이 귓드르르 가느단소리/ 달밤에 오동닙이 써러짐니다[195)]

이 작품은 가을밤의 찬 공기 속에서 유난히 파랗게 보이는 달의 모습을 '추워서 파랗다'고 표현함으로써 시각적 이미지를 촉각적 이미지로 전환시켜 놓았다. 게다가 작품의 배음으로 깔리는 가느단 귀뚜라미의 소리는 한층 가을밤의 쓸쓸함을 자아낸다. 1연에서 깊어가는 가을밤의 귀뚜라미 소리는 달님의 파란 모습과 어우러지고, 2연에서는 겨울이 다가와 곧 지게 될 과꽃의 모습으로, 3연에서는 달밤에 떨어지는 오동잎의 모습과 어우러져 가을밤의 쓸쓸한 정취가 한층 고조된다. 이 작품에는 시적 화자의 감상이 그대로 노출되지 않으면서도 생생한 청각적, 시각적, 촉각적 이미지들이 어우러져 쓸쓸함의 정조를 높인다. 또한 시적 화자가 가을밤 '추워서 파랗게 떨고 있고', '곧 떨어져 시들어 버릴' 자연물에 시선을 돌리는 것은 자연에 대한 애정을 상징적으로 담아낸 것이다.

「귓드람이소리」와 함께 방정환의 대표적 창작동요로 「늙은잠자리」를 꼽을 수 있다.

늙은잠자리

수수나무 마나님/ 조흔마나님/ 오늘저녁 하로만/ 재워주시요/ 아니아니 안돼요/ 무서워서요/ 당신눈이 무서워/ 못재움니다/ 잠잘곳이 업서서/ 늙은 잠자리/ 바지랑깨 갈퀴에/ 혼자안저서/ 치운바람 쇏허서/ 한숨쉴째에/ 감나무 마른닙이/ 썰어짐니다[196)]

이 동요도 「귓드람이소리」처럼 늦가을이 배경이다. 추운 늦가을 잠 잘 곳마저 없는 데에다 늙어 힘이 다해 홀로 쓸쓸히 헤매는 늙은

195) 小波, 「귓드람이소리」, 『어린이』, 1924.10.
196) 잔물, 「늙은잠자리」, 『어린이』, 1924.12.

잠자리를 대상으로 하여 쓸쓸함이 더욱 고조되는 동요이다. 전래동요는 흔히 '이야기를 담은 노래'였는데, 근대 창작동요로 오면서 이야기 대신 시인의 내면을 상징적으로 드러내는 '풍경'이 압도적으로 우세하게 등장한다. 최근 노래운동가 백창우는 「늙은잠자리」를 노래로 만들면서 이 동요를 전래동요(옛아이들 노래)처럼 이야기가 담긴 시로 보고 둘 셋이 대화를 하듯 주고받거나 혼자 목소리를 바꿔가며 부르면 재미있는 노래가 될 것이라고 보았다.197) 실제로 이 동요에는 1~4행까지는 늙은 잠자리가 수숫대에게 하는 말이, 5~8행까지는 수수나무 마나님이 잠자리에게 하는 말이, 그리고 9~16행까지는 시인이 감나무 잎이 떨어지는 찬바람 부는 날 바지랑때에 쓸쓸히 앉아 있는 늙은 잠자리를 안쓰럽게 바라보며 그 모습을 그려낸 3부분으로 구성되었다. 가을날의 한 정경을 관찰하는 시인의 눈에는 곧 죽음을 맞이할 생명에 대한 연민의 정을 담아내고 있다. 늙은 잠자리의 운명은 떨어지는 감나무 잎의 운명과 같다. 그런 늙은 잠자리에게 하룻밤 따뜻한 온기를 나눌 것을 거부한 수숫대의 모습은 냉정한 세태를 드러내는 듯하다. 왜냐하면 수숫대를 지체 높은 집안의 안주인을 일컫는 '마나님'으로, 늙은 잠자리를 잠 잘 곳도 처자식도 없이 홀로 떠도는 것으로 그려놓아 집 없이 떠도는 중늙은이를 연상케 하기 때문이다. 이로써 이 동요의 잠자리의 슬픔은 인간의 슬픔으로 확대된다.198) 전체적으로 7.5조의 율격이 지배적인데 마지막 두 행(감나무 마른닙이/ 썰어짐니다)에서 그 이전의 틀에 박힌 4·3음절을 3·4음절로 약간의 변형을 가해 덜 답답하게 느껴진다.

이처럼 소파의 동요는 슬프고 쓸쓸한 정조가 주를 이룬다.199) 이러

---

197) 「이야기와 노래, 어린이 나라의 '산소'」, ≪한겨레신문≫, 2003.11.30.

198) 김제곤, 「방정환과 늙은 잠자리」(김제곤의 즐거운 동시 읽기 (1)), ≪국민일보≫, 2003.10.9.

199) 한편 방정환의 동요에 동심주의의 색채가 강한 작품이 없는 것은 아니다. 더욱이 그동안 방정환의 작품으로 간주되어 방정환 전집에 실린 허삼봉(허문일)의 동요에 이런 경향의 작품(「소낙비」, 「길 떠나는 제비」, 「엄마 품」, 「바람」, 「첫여름」)이 상당수 있기 때문에 방정환 동요의 한 경향으로 각인되어 온 것이 사실이다. 그러나 실제로 허문일의 작품을 제외하

한 특성은 눈물주의·감상주의라는 비판을 받기도 하지만, 이원수가 일찍이 지적했던 것처럼 그러한 감상성은 '꿋꿋한 의지와 함께 있는 여린 연민의 정의 소산이요, 그것은 또 억압당하는 민족의 슬픔과 구박받는 아동들에 대한 동정의 마음에서 우러난 것'이다.[200] 더욱이 이 시대의 동요는 학교에서 부르는 창가(唱歌)를 대신하여 소년회를 중심으로 아이들을 이어주는 감정의 통로였다. 즉, 일제시대의 동요는 억압받는 민족의 처지를 정서로 대변하면서 하나 된 감정을 만들어 주는 데에 크게 기여했던 것이다.[201] 그런 점에서 방정환의 애상성은 억압받던 민족과 아동의 삶을 늘 함께 하고자 한 데에서 나온 사랑의 다른 이름이라 할 수 있다. 물론 그의 동요가 현실의 아이들의 세계에 한층 다가갈 수 있었다면 하는 아쉬움이 남는 것은 사실이다. 특히 동화 부문에는 옛이야기를 재화한 전래동화를 통해 우리 옛이야기의 해학성을 살린 작품들이 많은 반면, 동요 부분에서는 외국, 특히 일본의 동요를 번역하고 애상성 짙은 동요를 창작했을 뿐, 놀이와 일과 삶이 하나로 어우러진 전래동요의 활달한 세계를 계승한 작품은 발견되지 않는다. 아쉽게도 방정환은 이 부문에서의 동요는 개척해 내지 못하였다.[202] 물론 방정환은 이에 무관심했던 것은 아니다. 방정환은

면 방정환의 동요에는 동심주의의 발상으로 써진 동요가 그리 많지 않다. 방정환의 동요 가운데 이 경향을 대표하는 작품은 「여름비」와 「첫눈」이다. 특히 「여름비」는 일본 동시의 번역이다. 원작을 확인하지 못했기에 어떤 변용이 일어났는지는 알 수 없다. 다만 꽃밭과 연못에 내리는 '여름비'를 시적 화자인 어린이 '나'는 '은젓가락', '비단실'로 비유하며 '나쁜 비', '엉큼한 비'라 생각하는데 지나치게 아이의 생각을 어리게 또는 장난스레 바라보는 시선이 강하다. 「첫눈」도 '눈'을 하느님의 따님이라 하면서 부끄러워한다거나 인사 한 마디 없이 숨어 버렸다고 하는 등 억지스런 발상을 보이고 있다. 그러나 이러한 경향은 방정환 동요에 그리 많지 않기에 이를 방정환 동요의 주된 경향으로 보기는 어렵다. 다만 허문일의 동심주의적 동요들이 방정환의 동요로 오랜 세월 알려져 온 탓에 이러한 경향의 동요를 마치 아동문학에서의 순수주의 또는 동심주의를 계승하는 것처럼 오해되어 왔다. 특히 동심주의 작품의 동요·동시를 양산해 온 작가들이 마치 방정환의 동요 세계를 계승한 것처럼 행사해왔기에 허문일의 동요를 방정환 전집에서 제외시켜 이러한 통념을 시정하는 일이 시급하다.

200) 이원수, 「소파와 아동문학」, 방운용 편, 『어린이를 위한 마음』(소파아동문학전집 별권), 삼도사, 1965, 253쪽.

201) 원종찬, 「동시를 살리는 길」, 『어린이문학』, 한국어린이문학협의회, 2002.9; 『동화와 어린이』, 창비, 2004, 108쪽.

동화의 개척기에 『개벽』을 통해 '고래동화모집' 공고(1922)를 했던 것처럼 『어린이』 1928년 10월호부터 '전래동요 모집 운동'을 벌였다. 이러한 운동이 비교적 이른 '전래동화 모집' 시기에 이루어졌다면 '근대동화'의 형성에 우리의 옛이야기가 중요한 영향을 주고받으며 발전할 수 있었던 것처럼 근대 창작동요의 형성에 적지 않은 영향을 주었을 것이다. 그러나 '전래동요의 모집'은 한참 뒤늦은 시기에 이루어진 데다 방정환의 동요 창작에도 별 영향을 주지 못하였다.

동요와 동시는 시인의 주관적 내면을 토로하는 장르적 특성이 강한 만큼 이 영역에서는 방정환의 낭만적 감상성이 강하게 드러난다. 방정환이 문학청년 시절에 창작한 시에서는 시에 따라 계몽과 내면의 이중적 목소리가 동시에 드러난다면 동요 장르에서는 1910년대의 계몽과는 다른 형태의 계몽성이 드러난다고 평가할 수도 있다. 그것은 어린이들에게 연민과 동정심을 일깨워주기 위한 '감성' 해방의 차원에서 '눈물'을 강조했다고 평가할 수도 있기 때문이다. 그러나 그것은 이차적인 영향의 문제이고 가족사와 민족사에 얽힌 방정환의 내면에 가득 차 있던 슬픔의 정조가 시라는 장르를 만나 자연스레 분출된 것으로 보아야 할 것이다. 그리고 그것은 민족의 비극적 현실과 당대 어린이가 처한 불행한 처지 때문에 동시대의 보편적 감성과 어우러져 애상성이 더욱 확산되었다고 할 수 있다.

202) 윤석중과 윤복진의 동요 세계에서 전래동요를 계승한 해학성 짙은 동요가 개척된 것은 한국동요문학사의 귀한 자산이다.

5장 | 방정환의 문학사적 위치

필자는 이 연구에서 첫째, 그동안 제대로 알려지지 않았던 부분들을 보완하여 방정환의 생애를 재구성하고자 하였다. 둘째, 방정환의 문학과 사상을 '동심천사주의'와 '우파 민족주의'로 논의했던 기존 통념을 보정하고자 하였다. 셋째, 작품 분석을 통해 '아동문학가로서의 방정환'을 구체적으로 조명하고자 하였다.

방정환의 생애를 재구성하는 과정에서 몇 가지 새로운 사실을 확인하였다. 상인 집안이었던 방정환 집안에 궁궐의 내시들이 자주 드나들었다는 것을 토대로 당시 방정환이 태어난 야주개의 협률사 내에 있던 '봉상시'에 주목하였다. 이곳에 물품을 대주었을 것으로 보았고 봉상시의 폐지, 전황의 실시, 일본 상인의 대거 등장 등과 맞물려 집안이 망했으며 당시 고종황제의 측근인 친러파 이용익이 세운 보성소학교에 다녔던 것을 통해 방정환 집안의 성향이 친왕실적이었음을 밝혔다. 또한 아버지 방경수가 권병덕과 의형제로 시천교를 믿었다가 그를 따라 천도교로 개종했던 사실을 주목하였다. 집안이 망한 1907년 중반 이후에서 1908년 사이에 인쇄기원이었던 방경수가 보문관 관장으로 인쇄 사무를 총괄했던 권병덕을 알게 되었을 것으로 보고 이 무렵 천도교의 한 분파인 시천교와 인연을 맺은 것으로 추정하였다. 특히 방정환이 별도로 조직했다고 알려져 온 '소년입지회'와 권병덕의 자서전에 나오는 시천교 내 '소년입지회'는 조직명, 입회 자격, 조직의 성격, 조직 시기가 모두 동일하므로 동일 조직으로 추정된다. 한편 방정환은 청년 시절에 『신청년』과 『녹성』을 발행하면서 『녹성』의 많은 지면을 메웠으며 『신여자』의 편집 고문으로 『신여자』의 창간 권두언을 쓰기도 했다. 또한 도요대학에 입학하기 전에 동경연수영어학교에 다녔던 사실이 있으며 도쿄의 천도교청년회의 회장으로 '천도교청년극회'를 조직하고 당시 극예술협회 동인들과 교류하기도 하였다. 특히 『개벽』의 도쿄 특파원이기도 했던 방정환은 도쿄 유학 시기 이후 카프 작가로 활동하는 박영희·김기진을 비롯한 작가들이 『개벽』을 무대로 활동하도록 중개했으며 색동회 동인들을 조직하여 근대문단 형성을 가능케 한 인적 네트워크를 형성하였다.

천도교 교주의 사위이자 천도교청년회의 핵심 인물이었기에 방정환의 사상을 논의할 때 천도교 사상은 중요하게 거론된다. 특히 소년운동가로서의 방정환의 면모는 동학의 아동애호사상을 잇는 것으로 논의되어 왔다. 이 논문에서는 천도교청년회의 당시 정치사상을 중심으로 청년운동가 방정환의 사상을 조명하는 데에 초점을 두었다. 방정환이 천도교청년회원으로 활동할 당시 세계의 사상 조류는 개조주의였는데 천도교는 동학사상을 근대적으로 개혁한 개벽사상으로 이를 변용하였다. 특히 이 연구에서는 1920년대 문화운동은 '문화주의'적 성격이 강했지만 문화운동 진영의 다양한 의식의 편차와 실천 양상을 무시하고 ≪동아일보≫ 세력과 천도교 주도층을 '부르주아 우파'로 범주화하는 일련의 논의를 비판적으로 검토하였다. 즉, 『개벽』을 중심으로 한 천도교 신파의 사상적 거점이 단순히 우파 민족주의나 사회주의로 환원하기 어려운 제3의 지향으로서 일종의 '천도교사회주의'의 면모를 지녔음을 살펴보았다. 이것은 방정환이 '신생', '신사회'를 논의하면서 그 이상향을 인내천주의 하에 절대평등을 강조한 지상천국의 건설로 보았던 부분이나 계급모순을 비판하고 민중문학을 지향했던 점, 당시 사회주의자들과 교류하면서 사회주의 사상이 담긴 글을 번역·창작했던 면모들을 통해 입증하고자 하였다. 또한 이 부분에서는 계급주의적 아동관과 대척의 자리에서 논의되어 온 '동심천사주의'를 인내천 사상과 일본의 동심주의 사상이 결합한 사상으로 보고, 특히 일본의 동심주의와의 차별적 지점에 대해서 살폈다. 방정환의 동심주의는 일본식 동심주의의 일방적 이식도, 방정환 자신의 기질적인 낭만성의 귀착만도 아닌, 천도교의 인간관과 근대 아동문학의 탄생기에 필연적으로 요구되었던 낭만주의가 만나 고유의 독자적 철학으로 자리잡아간 것이다. 그는 평론과 수필을 통해 '천진무구한 어린이'의 이미지를 주조하고 서구 낭만주의 문예사조의 영향 아래 꽃핀 대표 동화들을 번역하면서 당시 조선에는 없던 '순진무구한 어린이'의 이미지를 확산하면서 어린이 존중 사상을 극대화하였다. 한편 소년소설, 특히 탐정소설의 창작을 통해서 민족의 미래를 책임지고 만들어 가야 할 계몽적이고 적극적인 주체로서의 소년상을 주조해 갔다. 그런 점에서 방정환의 동심주의를 서구와 일본의 동심주의와는 달리 '역사적 동심주의'로 바라봐야 한다. 그의 아동관이 그의 문학과 활동에서 드러나는 강한 현실 지향성과 모순적이지 않고 동거 가능할 수 있었던 것도 이 때문이다.

이 연구에서 방정환을 아동문학가로 적극 조명하고자 한 것은 그의 아동문학을 통해 무엇을 배울 것인가를 탐색하기 위해서였다. 방정환은 근대 아동문학의 형성기에 아동문학의 하위 장르를 모두 개척한 인물이다. 개척의 문학사적 의의뿐 아니라 작품의 성과를 따져도 오늘날 귀감으로 삼아야 할 대목들이 적지 않다.

방정환의 아동문학을 번역, 옛이야기 재화, 창작 등 장르별로 살펴보았다. '우리 입맛에 맞게 우리 정서에 맞게' 외국의 동화를 소개한 것으로 평가되어 온 번안 동화집 『사랑의 선물』의 작품을 원작과 중역본 텍스트, 방정환의 번역본을 비교 고찰하여 민족주의 서사가 강화되었음을 살폈다. 이러한 번역 과정은 민족 국가의 부재 상황에서 어린이들에게 '네이션'을 상상하는 기초가 되었다. 당대 조선의 학대받는 어린이상이 투영된 '성냥팔이 소녀'를 번안한 것은 그의 번안이 소년운동 차원에서 전개된 것임을 잘 보여주는데 다른 번역자들과 달리 우리 문화에 맞게 고쳐 남다른 주체 의식을 보여준다. 또한 방정환은 교훈담 중심의 이솝 우화를 개성 있는 성격 창조와 대화·행동의 세부 묘사 등을 통해 재미있는 이야기, 즉 동화로 재창조해 냈다. 우화나 옛이야기 재화, 실화나 미담류가 주류였던 당시 풍토에서 방정환의 외국 동화 번안은 한국 근대 '동화'의 상을 재구성하는 데에 기여했다.

옛이야기를 재화한 전래동화와 동화극은 근대 아동문학의 주요한 장르로 이 시기 방정환에 의해 적극 개척되었다. '전래동화'는 그 이전 시기 민중들 사이에서 구전되던 옛이야기와는 달리 한국 근대 아동문학이 본격화되는 1920년대에 근대 아동문학의 한 장르로 형성된 것이다. 즉, '근대적 아동관과 문학관에 의해 재구성된 옛이야기'인 것이다. 따라서 방정환의 전래동화와 창작옛이야기는 옛이야기를 집대성하려는 의도나 민속학의 관점에서 평가할 것이 아니라 근대 아동문학 개척의 자리에서 평가해야 한다. 한편, 방정환의 동화극은 실연(實演)을 전제로 한 최초의 동화극 대본이라는 점에서 의미가 있다. 그의 동화극은 동시대 또는 후대의 동화극과 견주어도 등장인물들의 사실적인 대화라든가 개성 있는 성격 창조, 구성의 탄탄함, 분명한 주제 의식 등 작품 수준이 상당히 높다. 더욱이 옛이야기를 그대로 대본화하지 않고 창작성을 가미한 부분에서 반봉건적 근대 의식을 한층 두드러지게 표현하였다. 무엇보다도 방정환의 동화극은 옛이야기가 그러하듯 계몽적이고 교훈적인 관점을 뚜렷이 견지하면서도 작품 내에 희극성을 한층 부각시켜 한바탕의 놀이로서 동화극이 어린이들의 새로운 문화로 자리잡아가도록 유도하고 있다는 점에서 의미가 있다.

방정환은 명확한 장르 의식을 기반으로 동화와 소년소설을 개척했다. 방정환이 창작을 통해 그려 낸 어린이는 대체로 고등보통학교에 다닐 정도의 '소년'이다. 방정환은 낮은 연령의 아이들에게 주는 공상적·시적 특성이 강한 동화보다는 높은 연령의 소년들에게 주는 현실적 특성이 강한 소년소설을 많이 창작했다. 방정환은 창작동화를 통해 옛이야기에는 익숙하지만 근대 동화는 낯설었던 당대의 독자들에게 한국적 '동화'의 모델을 제시하였다. 방정환이 구성한 동화는 서구나 일본의 동심주의 동화와는 달리 시적·상징적 산문으로서의 특징보다는 대중과의 소통과 일체감을 중시하여 구술성에 바탕을 두고 '지금 이곳'의 세계를 효과적으로 드러내기 위한 장치로 상상(공상)을 구상하고 있다. 한편 창작 부분에서 현실성과 계몽성이 한층 두드러지게 드러나는 부분은 소년소설, 특히 아동 탐정소설이다. 그는 탐정소설에서 소년회를 통한 단결과 민족주의 사상을 강조하여 민족의 미래를 책임지고 만들어가야 할 계몽적이고 적극적인 주체로서의 소년상을 부각했다. 당대의 어느 작가들보다도 방정환은 아동문학에서 교훈보다는 재미·흥미를 중요시했지만 자신이 발 딛고 있는 현실과 동떨어진 재미나 유희는 경계했다.

방정환은 아동문학의 핵심을 재미와 유익으로 보았는데, 특히 대중성을 중시했다. 방정환만큼 어린이의 심리와 특성을 고려하여 다양한 방식으로 아동문학을 창조한 작가도 드물다. 재미와 유익, 대중성과 계몽성이 잘 드러나는 장르가 탐정소설이다. 그가 개척한 탐정소설은 현재의 아동문학에서 거의 명맥을 잇고 있지 못하는 부분이다. 어린이가 향유하는 문화에 만화와 무협, 컴퓨터 게임이 범람하는 이 시대에 어린이에게 즐거움과 위안을 주고 그들을 자유롭게 해방시켜 줄 문학을 일구는 것은 아동문학가의 당연한 의무이다. 방정환이 고민했던 대중성을 이 시대의 작가들이 상업적 측면에서가 아니라 어린이의 발달 단계와 심리적 특질, 어린이가 처한 사회문화적 환경을 적극적으로 탐구하는 과정에서 중요한 과제로 삼아야 할 것이다.

방정환의 문학은 눈물주의로 규정되면서 그의 문학에 풍부히 존재했던 익살, 웃음, 과장, 비약의 상상력이 상대적으로 축소되어왔다. 방정환 문학을 오늘에 되살리려는 시도 가운데 방정환 문학의 한 본령인 잊힌 웃음의 계보를 계승하는 일이 무엇보다 중요하다. 방정환이 조선 제일의 동화로 선정한 「꼬부랑 할머니」는 그런 점에서 말놀이의 성격과 해학성이 돋보이는 작품이며, 그가 재화한 「허풍선 이야기」는 비약과 과장, 능청스러움 등 우리 옛이야기의 특질을 잘 보여주는 작품이다. '웃음'보다 '눈물'이 상대적으로 강조되었던 한국 아동문학사에서 볼 때 방정환 문학의 '웃음의 계보'를 소중한 문학적 자산으로 계승하는 일이 오늘의 아동문학의 한 과제다.

한국 근대 아동문학은 강한 현실성과 계몽성에 기반을 두고 있다. 이것은 한국 아동문학의 특수성이자 건강성의 징표라 할 수 있다. 하지만 상상·공상을 현실과의 관련이라는 잣대로만 평가하는 좁은 틀을 갖게 하기도 한다. 특히 한국 아동문학은, 어린이들에게 본성적으로 내재되어 있는 놀이성의 가치를 가볍게 여기고 즐거움을 발견하고 추구하기보다는 어린이들에게 타인과 공동체에 대한 헌신을 요구하는 경향이 강하다. 이것은 20세기 한국의 역사적 특수성으로부터 강박된 측면이 강하며 근대 아동문학의 첫출발자인 방정환의 아동문학이 현실성과 계몽성이 강했던 데에서도 연유한다.

현 단계의 한국 아동문학은 근대 아동문학의 강한 현실성과 사회성을 비판적으로 계승하면서 한편으로는 이에 억눌린 또 다른 영역들이 자유롭게 개화할 수 있도록 해야 한다. 현실을 넘어서는 무한한 상상력으로서의 아동문학, 말놀이 그 자체로서도 뛰어난 문학으로 평가받을 수 있는 동요와 동시를 개척하는 일, 그리고 근대의 기획 속에 구성된 아동성을 과감히 해체할 수 있는 새로운 어린이상을 발견하는 일도 새로운 과제로 떠오르고 있다. 한편으로는 방정환 시대의 어린이운동이 지향했던 인격·감성·민족해방이라는 세 차원의 지향이 지금 이 시대에는 모두 완결된 것일까 묻지 않을 수 없다. 21세기를 사는 우리는 20세기를 특징짓는 근대와 결별하고자 선언하지만 여전히 우리 앞에는 도달해야 할 진보와 긍정으로서의 근대와 부정해야 할 근대가 복잡하게 얽혀 있어 이를 동시적으로 사유하지 않을 수 없다. 21세기의 어린이들이 과연 20세기 방정환 시대의 과제로 제기되었던 해방적 존재인가를 물을 때 그 답은 회의적이다. 이전의 어느 시기보다 자유롭게 개성을 펼치며 존중되는 것처럼 보일지라도 실상은 어린이를 위한다는 명목으로 더욱 미세하고 조직적으로 어른에 의해 통제되며 체제의 재생산 논리 속에서 희생되는 약자로 길들여지고 있는 것은 아닐까. 그런 점에서 방정환 시대의 어린이운동은 이 시대에 걸맞은 새로운 형태로 적극적으로 계승 발전되어야 할 것이다.

이 연구에서는 방정환이 관여했던 개벽사의 잡지들에 실린 잡문들을 두루 살피지 못하였다. 워낙 방대한 자료들이 산재해 있는 데에다 무기명으로, 또는 확인하기 어려운 필명으로 작성된 글들이 많아 유보로 남겨두었다. 필명 확인은 동시대 다른 작가들의 필명 확인 작업과 텍스트의 구체적 특성을 근거로 앞으로도 지속적으로 추적되어야 한다. 이는 결코 혼자만의 작업으로 성과를 보기 어려운 부분이다. 특히 『별건곤』과 『신여성』 등에 실린 기사류 또는 잡문들도 방정환의 의식을 엿볼 수 있는 중요한 자료로 주목된다. 일례로 최근의 풍속 논의나 문화사 논의와 관련해서 방정환의 여성관이라든지 근대 도시를 비롯한 근대에 대한 혐오와 동경 등을 읽어내는 것도 흥미로운 연구 주제가 될 것이다. 대표작이 아니거나 주목받지 못한 글 속에서 오히려 방정환의 사상의 편린을 추적할 수 있는 단서를 찾아낼 수 있다고 본다. 이러한 글들에 대한 구체적 분석이 수행된다면 좀 더 입체적으로 방정환의 사상을 규명할 수 있을 것이다.

이 연구에서는 방정환의 생애와 관련해서 몇 가지 새로운 사실들을 확인하였다. 하지만 여전히 그의 집안, 특히 할아버지와 아버지의 행적에 대해서는 미진한 점이 많다. 이에 대해서도 앞으로 지속적으로 추적해 보아야 할 과제이다. 자료의 부족으로 해명하기 어려운 대목이나 추정으로 논의를 전개한 부분들도 좀 더 충실한 조사를 통해 보완해야 할 과제다.

방정환의 전래동화와 번역 동화 부분은 방정환 작품만을 논의의 대상으로 할 때 과대평가되면서 실상을 왜곡할 가능성이 없지 않다. 전래동화와 번역 동화는 한국 근대 아동문학을 형성한 기반이라는 점에서 뛰어난 한 개인의 업적만으로 이루어질 수 없는 일이다. 동시대 작가들의 작품을 두루 살피면서 시기별, 작가별로 문체 또는 장르적 관습이 형성되는 과정을 통해 이후 특정 장르로 자리 잡는 과정을 구체적으로 조명해야 할 필요가 있다. 특히 전래동화 부분은 당시 일본의 식민정책에 의해 우리의 옛이야기가 채집·재화되는 과정에서 일본의 이야기와 동일하거나 유사한 이야기들이 주로 채집되거나 재화 과정에서 변형되는 등 왜곡의 가능성이 상당히 높았기 때문에 실증과 해석에서 섬세한 안목이 필요하다. 또한 전래동화가 근대 아동문학으로 자리 잡는 과정에 대한 필자의 논의도 이러한 연구들에 기반을 두어 좀 더 충실하게 보완해야 할 과제이다. 번역 동화 부분은 미발굴 자료가 많은 데에다 현존 자료조차 접근이 쉽지 않아 방정환과 동시대의 번역가들의 작품을 비교 검토하는 일이 쉽지 않다. 필자는 최근 일제 강점기 시대에 출간된 번역 동화 앤솔러지 12종을 중심으로 대략의 윤곽을 알 수 있는 연구를 수행하였는데 이 연구는 아직은 기초 연구에 불과하다. 방정환뿐 아니라 다른 번역자들이 중역본 텍스트로 삼은 일본어본도 확정해 가며 이를 비교하는 일도 앞으로의 연구 과제이다. 번역이 한국 근대 아동문학을 형성한 일종의 제도로 작동했던 구체적 면모들에 대한 연구도 본격적으로 수행되어야 한다.

방정환의 아동문학을 충실히 조명하기 위해서는 일본 아동문학의 제 경향들을 검토하여 서구·일본·한국이라는 구도 속에서 문학과 문화의 보편성과 특수성을 실증적으로 확인하는 연구가 진행되어야 한다. 특히 방정환이 일본 유학 당시 『소년세계』와 『아카이도리』·『킨노호시』·『소년구락부』 등의 잡지들로부터 영향을 받았을 것이라는 사실들이 막연하게 추정되고 있는데, 이 연구에서도 그와의 영향 관계를 구체적으로 조명하지 못하였다. 이러한 작업은 한국 아동문학의 사적 흐름을 검토하는 데에도 필수적이라는 점에서 한국과 일본의 아동문학 특히, 잡지 비교 연구를 비롯해 개별 작가와 작품론 등에 이르기까지 비교문학 연구도 이후의 핵심 과제다.

이 연구에서는 방정환의 생애와 사상, 아동문학에 대한 재조명을 일차적인 목적으로 했기에 전체적인 조망 속에서 방정환을 위치 짓는 일은 상대적으로 미진하였다. 특히 최근 방정환을 둘러싼 학계의 관심인 1920년대 문화 지형 속에서 매체 중심으로 근대를 형성해 간 일종의 기획자로서의 방정환의 면모는 충분히 조명하지 못하였다. 이에 대해서도 이후의 연구 과제로 삼고자 한다.

나아가 아동과 아동문학이 근대의 대표적 산물이라는 점에서 방정환의 소년운동과 아동문학이 근대의 기획 속에서 구성되면서 갖게 된 문제 지점들에 대해서도 비판적 성찰이 요구된다. 역사주의적 안목이 결여된 채 탈근대 담론으로 이를 재단하는 것은 문제이지만 전 지구적으로 확산된 근대의 획일성과 부정성을 극복하고자 하는 현 단계에 이에 대한 재검토는 필수적이다. 필자는 방정환이 맹목적인 근대주의자가 아니었다고 본다. 그는 그 당시 근대의 대표적 기획이었던 자본주의와 사회주의로부터 일정 거리를 두고 제3의 길을 걷고자 하였다. 이것은 당시 천도교 신파의 핵심 인물인 이돈화의 사상과도 통하는 것으로 근대에 대한 성찰과 비판을 내장한 것이다. 방정환 문학의 본질을 '근대와의 긴장'이라 명명할 수 있는 것도 바로 이 지점 때문일 것이다. 그에게 동화는 이 제3의 길을 대표하는 상징적 문학으로 떠올랐을 것이다. 시도 산문도 아닌 시적 산문의 세계, 즉 낭만주의와 사실주의의 경계에서 탄생한 동화는 현실과 비현실을 마주 대하며 인간과 자연이 조화로운 삶을 추구하는 세계를 이상으로 하고 그 어느 것도 타자화하지 않으려는 속성을 내장한 장르다. 아동문학, 특히 동화는 계몽과 이성적 주체가 강조되던 근대에 탄생한 장르이지만 아이러니하게도 근대와 불화하는 장르이기도 하다. 동화에 대한 방정환의 지향은 식민지 근대라는 한국의 특수성 속에서 강한 현실 변혁의 논리와 운동성을 띨 수밖에 없었고 그 때문에 동화 본래의 자유로운 상상의 영역이 축소되고 현실성과 교훈성, 사회성이 강화된 소년소설이 전반적으로 강세였다. 이러한 부분들에 대해 이 연구에서는 충분히 조명하지 못하였다. 방정환의 문학과 활동, 그리고 그 시대의 성과와 함께 한계를 묻는 일이야말로 '왜 지금 방정환을 다시 물어야 하는가'에 대한 답이 될 것이다.

제2부

방정환과 근대 아동문학의 자리

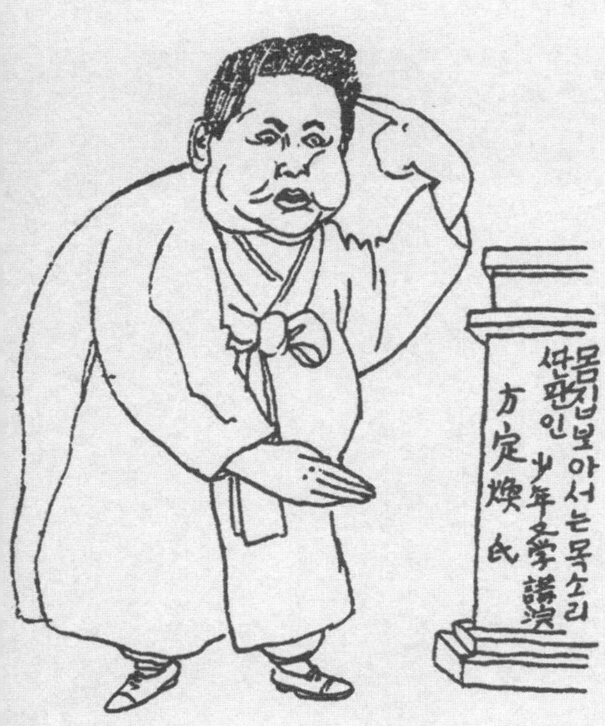

방정환 연구의 새로운 출발점

: 이상금의 『사랑의 선물』(한림출판사, 2005)을 중심으로

한국인에게 소파 방정환(小波 方定煥, 1899~1931)의 이름은 그리 낯설지 않다. 그러나 엄밀히 말하자면 대부분의 사람들이 아는 방정환은 '방정환'을 둘러싼 특정 이미지의 한 조각에 불과한 경우이기 쉽다.

1999년 탄생 100주년을 계기로 방정환에 대한 논의가 활발하게 전개되었다. 한국아동문학사의 역사적 성격에 대한 재평가, 작품론, 방정환이 도쿄에 체류했던 시기에 대한 연구, 새롭게 발굴된 『신청년』을 중심으로 한 논의들은 방정환에 대한 기존 시각들을 새롭게 조정할 것을 요구했다. '새롭게 다시 써야 하는 방정환'에 대한 요구를 충실히 반영한 방정환평전이 최근 간행되었다. 10여 년에 걸쳐 방정환의 생애를 추적하면서 흩어져 있던 자료를 모아 체계적으로 정리한, 이상금 교수의 『사랑의 선물』이 바로 그것이다.

이 책은 총 16장으로 구성되어 방정환의 일대기를 연대순으로 정리하고 있다. 특히 두 편의 부록은 방정환을 제대로 이해하기 위해 빼놓을 수 없는 천도교의 문제와 일본아동문학계의 흐름을 알기 쉽게 정리해놓아 독자의 이해를 돕는다. 또한 '후기'에서는 오랜 시간

동안 방정환을 고민했던 저자의 성실한 탐색과 미처 하지 못한 일에 대한 아쉬움도 전해진다. 그밖에도 전공자가 아닌 일반 독자로서는 접근하기 쉽지 않은 관련 사진자료나 시대상황을 엿볼 수 있는 신문기사 등을 함께 보여주어 방정환과 그의 시대를 입체적으로 바라볼 수 있는 즐거운 길잡이 몫을 한다.

물론 방정환평전이 아예 없었던 것은 아니다. 민윤식의 『청년아, 너희가 시대를 아느냐』(중앙M&B, 2003)는 최근의 시각이 어느 정도 반영된 첫 번째 평전이다. 사실 적지 않은 오류들(기왕의 전집에 실려 있는 작품들 또는 이미 방정환 작품으로 밝혀졌거나 제외해야 할 것으로 거론된 작품들까지 새롭게 발굴한 것처럼 되어 있는 문제, 실증을 토대로 한 생애의 추적이 아니라 심증만을 갖고 단언한다든지 하는 문제 등)이 눈에 띄지만, 방정환의 족보를 확인하여 가계를 밝힌 부분이나 미동보통학교 재학시절의 학적부, 신준려와의 연애 등 그동안 자세히 알려지지 않았던 사실을 보완한 공적이 있다. 어쨌든 방정환의 전모를 치밀하게 다루지는 못한데다가 아동문학에 대한 이해부족으로 아동문학가로서의 방정환을 재평가해 내는 데에는 이르지 못했다. 이에 비해 이상금 교수의 『사랑의 선물』은 아동문학, 교육사상, 어린이운동 등에 대한 폭넓은 이해와 성실한 조사를 바탕으로 써졌다는 점에서 제대로 된 방정환 평전의 선구라 할 만하다.

이 책의 미덕은 무엇보다도 방정환의 '동심주의'의 성격을 천도교의 인내천(人乃天) 사상과 일본 동요동화운동의 '동심주의'의 접목으로 본다는 점이다. 기왕에 그러한 평가가 없었던 것은 아니지만 대중적인 저서에 이해하기 쉽게 설명해놓은 것은 특장이다. 특히 천도교에 대한 간명한 설명은 방정환 사상의 중요한 한 대목을 이해하는 데에 큰 도움이 된다. 하지만 한편으로는 천도교의 분화과정이라든가 계급주의 문학 계열과의 갈등을 지나치게 편협하게 바라보게 될 위험도 없지 않다. 특히 한국근대사에서 차지하는 천도교 신파의 사상에 대해서는 좀 더 치밀한 검토가 요구된다. 흔히 '우파 민족주의'

또는 '개량적 민족주의'로 요약되는 천도교 신파의 사상만으로는 방정환의 사상과 문학을 제대로 가늠하기 어렵다고 보기 때문이다. 이는 앞으로 더 집중적인 주의가 필요한 대목이다.

한편 방정환의 문학과 사상을 해명하기 위해서는 일본아동문학에 대한 이해가 필수적이다. 『사랑의 선물』은 이전 연구들과 견줄 때 썩 깊이 있는 비평적 해석이라고 할 수는 없지만 당시 일본아동문학의 경향을 요약·정리하여 일반 독자들이 이해하는 데에 도움을 준다. 하지만 좀 더 '깊이 있는 방정환 읽기'가 되기 위해서는 구체적인 작품에 대한 정밀하고도 심층적인 해석과 평가가 뒤따라야 할 것이다.

한 인물의 삶을 재구성하는 것은 난마처럼 얽혀 있는 자료에 대한 실증과 해석이라는 관문을 거친 뒤에라야 비로소 얻을 수 있는 결실이다. 더욱이 치열한 역사정신을 바탕으로 한 방법론과 평가가 균형 있게 뒷받침되어야 가능하다. 그런 점에서 방정환의 궤적을 충실히 복원하기 위해서는 실로 많은 공력이 필요하다.

방정환은 한국 근대 아동문학의 선구자, 교육사상가, 민족운동가, 언론출판인, 어린이운동가 등 실로 많은 수식어를 거느리고 있는 인물이지만 그의 연보와 작품목록은 쉽게 마련되지 않는다. 이것은 각 분야의 연구가 충분히 진척되지 않았을 뿐만 아니라 연구 성과가 생산적으로 공유되지도 못하고 있다는 점에서 비롯된다. 또한 일제 강점기 시대 자료들이 제대로 보존되어 있지 않다는 점도 만만치 않은 난관이다. 최근 들어 몇몇 자료들이 발굴되고 있지만 아직도 밝혀지지 않은 자료들이 많이 남아 있을 것으로 보인다.

한편 방정환 연구에서의 일차적 어려움은 여러 필명 때문이다. 방정환의 필명으로 알려진 것의 대부분은 동료나 후배의 회고담을 바탕으로 추론된 것이기에 세밀한 검증이 필요하다. 예컨대 어떤 필명은 방정환 사후에도 나타나곤 한다. 따라서 방정환의 연보와 작품목록을 작성하기 위해서는 엄밀한 텍스트 분석을 통해 일차 자료를 확정하는 단계에서부터 출발해야 한다.

이 문제와 관련해 이 책에도 적지 않은 오류들이 보인다. 이를테면, 'ㅈㅎ생'이라는 필명으로 『청춘』에 처음 작품이 실렸다는 방정환의 회고에 따라 「一人과 社會」를 방정환의 글로 보는 것이 과연 타당한가 하는 것이다.1) 방정환이 당시 『청춘』에 투고해 뽑힌 글들의 필명은 'ㅅㅎ생'(3편)과 '방정환'(2편)이고, 주소는 '경성 견지동 118'로 되어 있다. 이 주소는 방정환의 본적지이다. 그런데 「一人과 社會」의 필자는 '창원군 웅동면 마천리 ㅈㅎ생'으로 되어 있다. 『청춘』 10호의 발행 시기가 1917년 9월이니 방정환이 손병희의 사위로 재동 처갓집에 기거할 때이다. 만일 저자의 판단처럼 이 글이 방정환의 글이고 주소가 정확히 작성된 것이라면 방정환의 이 시기 행적을 다시 검토해야 한다. 상금 1원이 걸린 독자문예이기에 주소를 거짓으로 작성해 보냈을 가능성은 거의 없다. 더욱이 저자는 'ㅅㅎ생'의 'ㅅ'을 'ㅈ' 의 오식으로 간주하지만 무려 세 번이나 'ㅈ'을 'ㅅ'으로 잘못 썼을까 하는 점은 의문이다. 만약 창원군의 'ㅈㅎ생'이 방정환이 아니라면 방정환이 의도적으로 그와 자신을 구분 짓기 위해 'ㅅㅎ생'이라고 했다고 추정할 수 있다. 그렇다면 이때 이미 방정환은 '소파'라는 호를 염두에 두었으리라 가정할 수 있다. '소파 방정환'의 맨 첫 글자 'ㅅ'과 맨 마지막 글자 '환'의 첫 자인 'ㅎ'을 딴 것으로 볼 수는 없을까. 그렇다면 '소파'라는 호를 처음 쓰기 시작하는 시점도 조금 앞당겨질 수 있겠다.

또 저자의 주장처럼 방정환이 소춘 김기전(小春 金起瀍)으로부터 호를 추천받았다기보다는 소파 스스로 지었을 가능성이 높다. "暴雨寒暑를 不關하고 大海에 到達코저 쉬지 않고 흐르면서 '쉬지 말고 勤勉하라 結末에는 <u>大海와 같은 福樂</u>이 있나니라'하고 나에게 警句를 주는 버들밑에 <u>작은 개천 물</u>과 '靑年아 苦心하라 前途에는 光明이 있다'하고 나에게 敎訓을 與하는 아츰하날의 새별 별을 처다 보고는

1) 「일인과 사회」는 이재철이 엮은 『소파방정환문학전집』(문천사, 1974)에도 실려 있다.

'오냐! 奮鬪하야 立身하마'고 나는 불으지진다."(ㅅㅎ생, 「自然과 教訓」, 『청춘』 13호, 1918.3, 밑줄은 인용자, 이하 동일) 이 글에서 써진바, '대해(大海)'에 이르는 '잔물결'이 되리라는 뜻으로 그가 '소파'라는 호를 지은 것으로 보이기 때문이다. 한편 '小波'를 일본 근대 아동문학의 선구자인 이와야 사자나미(巖谷小波)의 호에서 따온 것이라 보는 견해도 있지만, '소춘'과 '소파' 두 가지 모두 천도교 사상의 영향이라고 보는 저자의 시각이 훨씬 수긍하기 쉽다. 방정환이 일본 유학을 떠나기 전부터 아동문학을 하겠다고 결심했을 가능성은 거의 없기 때문이다.

이 부분에서 하나 더 짚고 넘어갈 점이 있다. 「一人과 社會」는 저자의 주장처럼 천도교 교리에 바탕을 둔 인간관·우주관을 보이는 글이 아니다.

> 나는 이 一身과 一命을 '크다고! 또 오래리라'하노라. 왜? 나는 이 일신을 인류 사회란 그것의 일 분자에 참여된 줄로 알지 않고, 그것을 만든 元素인 줄 앎이니, 곧 일인이란 내가 있음으로써 사회란 그것이 생겼고, 사회란 그것이 나를 만든 것이 아니며 또 역사라는 긴 생명을 가진 그것도 일인이란 이가 생명을 모두어 만든 바이오, 제가 일찍 일인을 만든 적이 없음일세니라.
>
> —ㅈㅎ생, 「一人과 社會」

저자는 이 글을 이돈화의 『신인철학(神人哲學)』(천도교중앙총부, 1969)의 영향으로 본다. 곧 "'사인여천'을 풀이하면 한 개인으로 가정에 있을 때에는 가정 전체는 '한울'이 되고 개인은 사람이 되는 것이오, 그 관념을 한 민족에게 옮겨 놓을 때에는 민족 전체는 '한울'이 되고 개인은 사람이 되는 것이며, 인류전체에 옮겨 놓을 때에는 인류 전체는 '한울'이 되고 개인은 사람이 되는 것"(『신인철학』, 118~119쪽)이라는 내용과 결부되어 있다고 설명한다. 천도교의 한울님주의에 따르면 인간은 한울님의 성품을 품부(稟賦)받은 존재로, '나' 안에 우주 전체가 담겨 있다. 그런데 「一人과 社會」에 담긴 '자아'(근대 주체) 중심주의는, 각자위심(各自爲心)을 버리고 동귀일체(同歸一體)를 지향하는, 곧 "'나'라는 개체를 뛰어넘어 '우리'라는 공동의 장으로서의 사회를 바라보게 하고, 인식하게 하는"(105쪽) 천도교 교리에서 벗어난다. 「일인과 사회」를 방정환의 글로 본다면 방정환은 천도교인으로서의 인간관·우주관을 체득했다기보다는 당대 지식인들에게 많은 영향을 끼쳤던 근대적 '개인' 주체에 대한 사상을 받아들이고 있었다고 보는 것이 타당하다.

필명과 관련해서 저자가 "운정과 우촌은 『어린이』를 꼼꼼하게 읽은 사람이라면 소파의 필명인 것을 확인하는 데 어려움은 없다. 『어린이』에도 자주 등장하는 필자이며 그 필자는 방정환이라는 것을 밝힐 수 있기 때문"(142쪽)이라고 단언하는 부분도 이해하기 어렵다. 먼저 『어린이』에는 운정(雲庭)이란 필명으로 발표된 글이 『신청년』에 이미 발표했던 「貴여운 피」 한 편뿐이다. 『어린이』에는 김운정(金雲汀)이란 이름으로 동화극 두 편이 더 발표되지만 그는 1920년대 극작가이다. 저자는 이때의 '김운정'까지 방정환의 필명으로 간주한 것으로 보인다.[2] 또한 『어린이』에는 '雨村'이라는 필명으로 「노랑꽃 이야기」(1권 2호)가, 강우촌(姜雨村)이라는 필명으로 「장재연못」이라는 '전설동화'가 게재되어 있다. '우촌'이라는 필명은 이렇게 『어린이』에 단 두 번 쓰였다. 그런데 방정환은 『어린이』에 「햐신트 이야기」(1권 1호)와 「물망초 이야기」(1권 3호)를 'ㅈㅎ생'으로 발표한 바 있다. 대체로 방정환은 같은 장르의 글을 창작하거나 소개할 때 같은 필명을 쓰는데, 왜 1권 2호에서만 '우촌'이라는 필명으로 꽃전설을 소개했을까? 한편, 1920년대 중반부터 1930년대까지 ≪동아일보≫에는 진우촌(秦雨村)이라는 필명으로 동요와 시, 희곡, 수필 등이 발표되는데, '진우촌'은 극작가 진종혁(秦宗赫)의 필명으로 알려져 있다.[3]

---

2) 민윤식 또한 '김운정', '운정거사' 모두 방정환의 필명으로 본 바 있다.

3) 진우촌의 생애와 작가 연보 및 작품 연보는 윤진현의 연구를 참조할 것(윤진현 편, 「진

이 책의 또 다른 오류 가운데 하나는 방정환의 도요(東洋)대학 퇴학 이후의 활동에 대한 부분이다. 저자는 "소파가 1922년 3월에 문화학과를 퇴학한 후에도 도쿄에 머물러 있었던 것은 사실이며 이 시기에 그의 글은 아동문학으로 방향을 잡은 것이 확실하다. 동화 번역을 하기 시작했고 『사랑의 선물』이라는 단행본까지 내 놓았다"(264쪽)고 주장한다. 그러나 이는 사실과 다르다. 방정환이 아동문학, 곧 동화를 쓰겠다고 공표한 것은 「童話를쓰기前에 어린ᄋᆡ 기르는 父兄과敎師에게」(『천도교회월보』, 1921.2)이고, 이 때 이미 번역동화집 『사랑의 선물』에 실릴 「왕자와 제비」를 번안하여 발표했다. 그 전으로 거슬러 올라가자면 「어린이 노래: 불 켜는 이」(『개벽』, 1920.8)를 번역하던 시기부터 어느정도 아동문학에 대한 지향을 염두에 두고 있다고 봐야 한다. 더욱이 번역동화집 『사랑의 선물』은 1922년 7월에 발행되었지만, 방정환의 서문은 신유년(1921) 말에, 김기전의 서문은 '임술 원단(1922.1)'에 작성되었던 사실로 보아 1921년 말에 번역이 마무리되어 있던 게 분명하다. 책으로 출판된 것이 늦어진 것이지 1922년 3월에 이르러서야 동화 번역을 시작했다고 보는 것은 무리이다.

마지막으로 한 가지 덧붙이자면, 다음에 써질 방정환평전의 부록에는 연보와 작품목록, 연구서지가 반드시 정리되어야 할 것이다. 지금도 계속 새로운 자료가 발굴되는 상황이기에 확정된 연보를 마련하는 것이 결코 쉬운 일은 아니지만 이는 한 인물을 조명하기 위한

우촌의 생애와 문학」, 『구가정의 끝날』, 다인아트, 2006). 필자는 이 글의 원 발표지에서 '진우촌'을 진장섭의 필명이 아닐까 추정한 바 있는데, 이에 대한 오류를 바로잡는다. 색동회 회원 진장섭(秦長燮)은 방정환과 1918년부터 교류를 했는데 1920~1930년대에 ≪동아일보≫에 동요, 시, 희곡 등을 발표했다고 한다. 이 기록은 진우촌의 이 시기 행적과 일치하며, 진장섭이 『신청년』 3호에 편지글 「平壤旅行의 모양을 小波兄에게」와 시 「失戀한 벗 ᄉᆡᆼ각」을 발표하기도 했기에 『신청년』 2호에 수상 「虛僞를 避하야」의 필자 '우촌'이 진장섭이 아닐까 추정했던 것이다. 한편, 방정환은 『신여자』 편집고문으로 알려졌는데 『신여자』에서는 편집고문 '양우촌(梁雨村)'이라는 존재를 언급하고 있어 혼란스럽다. 양우촌이 백화 양건식(白華 梁建植)의 필명이라는 설도 있지만 이 또한 확정하기 어렵다. 따라서 『어린이』지의 '우촌', '강우촌'이 모두 동일인인지, 진종혁일지, 우촌이라는 필명을 사용했던 진주소년운동가 강영호(姜英鎬)일지, 『신여자』의 양우촌, 또는 방정환의 또 다른 필명일지 현재로서는 확정하기 어렵다.

기초작업이다.

저자가 책제목으로 정한 '사랑의 선물'은 방정환이 이 땅의 어린이에게 주었던 글, 마음, 몸짓, 곧 방정환의 온 생애가 투영된 그 모두를 가리키는 것임에 틀림없다. 동시에 이 책 『사랑의 선물』은 저자가 10여 년에 걸쳐 한 인물과 역사를 마주하며 고투했던 열정적인 사모곡이라 보아도 좋을 것이다. 『사랑의 선물』을 다 읽고 나는 언뜻 이 사모곡이야말로 저자가 방정환에게 바치는 '사랑의 선물'이 아닐까 하고 생각했다.

한참 부족한 후배 연구자로서 저자의 노고에 깊이 감사드리며, 『사랑의 선물』을 발판 삼아 다시금 방정환 연구에 매진하리라는 새로운 결의를 다진다. 더 진전된 방정환 연구야말로 저자의 값진 '선물'에 충실히 보답하는 길일 것이다.

한국아동문학사를 재구성하는 도전적 밑그림

: 원종찬의 『아동문학과 비평정신』(창작과비평사, 2001)을 중심으로

민족문학론을 선도해 온 창작과비평사에서 처음 펴낸 아동문학 평론집은 이오덕(李五德) 선생의 『시정신과 유희정신』(1977)이었다. 벌써 이십여 년 전 일이다. 그동안 이 책의 현실주의적 관점을 잇는 아동문학 평론집을 찾아보기는 힘들었다. 그러던 중 소장 평론가 원종찬(元鍾讚) 씨가 『아동문학과 비평정신』을 내 놓았다. 오랜 정체에 빠져 있던 아동문학 비평계에 새로운 활기를 불어넣을 평론집으로 눈길을 끈다.

『아동문학과 비평정신』은 현장성이 강한 '평론'보다는 우리 아동문학을 역사적으로 조명한 '연구' 쪽에 더 무게가 실려 있는 듯하다. 그러나 이때에도 지금 이 자리를 확인하려는 자기점검이 짙게 배어 있다. 예컨대 이 책의 제1부는 원종찬 비평의 선도성을 잘 보여준다.

우선 저자는 이재철(李在徹) 교수의 『한국 현대 아동문학사』(일지사, 1978)를 비판적으로 검토하면서 새 밑그림을 제안한다. 특히 「한국 아동문학의 어제와 오늘」과 그 보론에서는 한국 아동문학의 독자성과 문제점, 그리고 과제를 논쟁적으로 문제 삼는다. 이를테면 국정교

과서나 신춘문예의 견고한 동심주의와 교훈주의, 또는 그 반대쪽 편향이라 할 속류사회학주의에 대한 비판을 통해 구체적이며 개방적인 전망을 이끌어낸다. 이런 점에서 현실주의적 흐름 속에서 창조된 개성적인 주인공들에 주목하거나, '새로운 문명을 예비하는 철학'에 근거를 둔 자유로운 동화적 상상력과 성격 창조로 나아갈 것을 역설하는 글도 눈여겨 볼 만하다.

제2부에서도 1990년대 아동문학의 한가운데 서 있는 저자의 성찰과 실천이 뚜렷이 드러난다. 유치한 동심주의를 아이다운 발상과 분명히 구분 짓고, 무분별한 감상주의나 관념적 낙관주의도 철저히 경계하고 있다. 무엇보다도 지금 중요한 것은 바로 이 시대의 아이들과 함께 숨 쉬는 창작이며, 그 안에 해방의 계기를 내장해 두는 일이라는 것이다.

이 책의 3부는 연구 쪽에 더욱 방점이 찍혀 있다. 분단 상황 속에서 잊히거나 일그러진 작가들의 삶과 문학을 매우 꼼꼼하게 챙겨둔 작가·작품론이다. 자료의 발굴과 전시에 그치고 마는 한계를 뛰어넘어 우리 아동문학의 역사를 끊임없이 재점검하고 현재화하려는 실천성을 여기서도 충분히 엿볼 수 있다.

필자는 한국 아동문학사를 꿰뚫는 저자의 일관된 구도에 공감하며, 다만 몇 가지 논점만을 확인해 두고자 한다. 먼저 방정환 문학의 본질을 '근대와의 긴장'으로 설명하는 부분이 눈에 띈다. 방정환은 계몽주의적 이상과 낭만주의적 이상을 양 축으로 하여 근대와의 긴장을 유지하려 했다는 것이다. 예컨대 "순수한 동심을 기리는 시각에서 웃고 울고 즐기는 감성의 해방을 꾀하는 동시에, 오늘의 어린이는 민족의 내일이라는 시각에서 나라의 동량(棟梁)이 되어달라고 소망하는 두 가지 모순된 요구는 한국의 역사현실이 안고 있는 이중의 과제를 반영하는 것이다. 방정환 문학은 이들 과제와의 대결 곧 '근대와의 긴장'을 본질로 하고 있"(91쪽)다고 평가한다. 여기서 '감성의 해방'과 '현실성(교육성과 사회성)'은 서로 모순된 것으로 파악된다. 이들은 각각 '낭만주의적 이상'과 '계몽주의적 이상'에 어느 정도 대응되는 것으로 읽힌다. 그런데 방정환의 주도로 조직된 천도교소년회 유소년부의 활동 방향 가운데 "재래의 봉건적 윤리의 압박과 군자식 교양의 전형을 버리고 유소년으로서의 소박한 정서와 쾌활한 기상의 함양을 힘쓸 것"이라는 항목을 보면, 감성의 해방은 봉건적 윤리로부터의 해방이라는 차원에서 제기되었음을 알 수 있다. 따라서 방정환이 추구했던 감성의 해방이란, 엄밀히 따지면 동심주의의 요소보다는 반봉건성이라는 근대 계몽의 요소가 강하다고 볼 수 있다. 더욱이 방정환의 탐정소설들이 일제 당국의 탄압을 받았던 사실을 들어 "합법과 비합법의 경계를 넘나드는 것 자체가 벌써 그의 문학의 본질을 이루는 '근대와의 긴장'이라고 할 수 있다"(74쪽)는 대목에서는 근대의 내포 및 문학의 내밀한 탄성률이 단순하게 이해되고 있는 것은 아닌가 하는 의문이 든다. 좀 더 치밀한 논증이 필요한 대목이다.

다음으로, 판타지의 개념에 대해서도 검토할 필요가 있다. 저자는 「바위나리와 아기별」을 근대 판타지로 보는 한편 「토끼와 원숭이」의 경우 "판타지로서는 「바위나리와 아기별」 이상으로 성공했다고 보기 어렵다"(105쪽)고 평가한다. 그런데 현실을 빗댄 우의적 성격의 의인동화(擬人童話)를 판타지와 동렬에서 논의하는 것은 최근의 논의—알레고리와 판타지의 구분, 근대 이성 중심 체제에 대한 근본적 물음으로서의 판타지론 등에 혼란을 가중시킬 위험이 있다. "자연과 신비의 영역에 대한 무자비한 정복을 감행해 온 이성만능주의라든지 시공간을 자본의 통제 아래 유폐시킨 근대를 넘어서는 방법의 하나로 '모든 존재에 말 걸기'로서의 판타지가 주목"(231쪽)된다고 하여 저자가 근대적 사유틀을 해체하는 힘을 내장한 판타지의 열린 가능성을 주목하는 대목에 이르면 의인동화를 판타지로 설명하는 것과는 다른 차원의 판타지 논의임이 드러난다. 이에 대해서는 의인동화나 판타지에 대한 장르적·양식적 해명을 통해 좀 더 생산적인 논의로 전개되어야 할 것이다. 또, '생활동화(사실동화)'를 일종의 유년소설·저학년소설로 보는 부분(259쪽)도 쉽게 납득하기 어렵다는 점을 지적해 두어야겠다. 모호하게 사용되고 있거나 혼란스러운 개념들에 대한 정밀한 검증을 거칠 때 보다 유연하고 실천적인 기획으로 나아갈 수 있을 것이다.

『아동문학과 비평정신』은 한국아동문학사를 새롭게 쓰기 위한 도전적인 구상들로 가득 차 있다. 그 한쪽 편에는 '작품으로 구성하는 한국 근대 아동문학사'의 힘이 놓여 있다. 저자가 중심이 된 겨레아동문학연구회에서 펴낸 『겨레아동문학선집』(전10권, 보리, 1999)의 경우 1980~1990년대까지 포괄하는 데에로 나아가면서 새로운 주고받기가 가능할 것이라 기대한다. 한편 한국 아동문학의 현실주의적 흐름과는 또 다른 줄기라 할 윤석중(尹石重), 강소천(姜小泉), 김요섭(金耀燮) 등에 대해서도 섬세하고 균형 잡힌 시각의 재평가가 뒤따라야 할 것이다. 『아동문학과 비평정신』에서 시도된 밑그림이 풍부한 작가·작품론을 통해 체계적이고 역사적인 방법론으로 접근해 가는 중요한 계기가 될 수 있기를 바란다.

한국 근대아동문단 형성의 '제도'

: 『어린이』를 중심으로

1. 한국 근대아동문단의 기원을 보는 시각

한국 근대 아동문학은 방정환(方定煥, 1899~1931)의 『어린이』(1923.3~1934.2) 창간을 계기로 본격 형성되었다.[1] 1920년대에 이르면, 작은 어른에 불과했던 아동은 독립적인 인격을 지닌 존재이자 독특한 심

---

1) 『어린이』가 창간된 1923년을 근대 아동문학의 '본격적' 형성 시기로 보는 데에는 거의 논란이 없다. 하지만 1910~1920년대를 아동문학사에서 어떻게 보는가는 논란거리다. 최남선이 주재한 『소년』지를 아동잡지의 효시로 보는 것과 1910년대의 신문학을 아동문학의 전사(前史)로 의미 부여하는 것과는 상당한 관점 차이가 있다. 최남선의 『소년』(1908.11)은 이전 시대와의 단절을 표방하며 새로운 세대로서의 '소년'의식으로 근대 문학 형성의 제반 여건을 마련했다. 하지만 이때의 '소년' 의식이란 '신세대'의 관점이지 아동의 독자적 존재와 심리를 인식한 근대적 아동관과는 거리가 멀다. 『소년』이 이룬 청년기 분할이나 『붉은 져고리』(1913.1~1913.7)와 『아이들보이』(1913.9~1914.8)의 어린이 독자층의 형성과 인쇄체 언어의 모색들은 아동문학의 기반 형성에 적잖은 기여를 했다(박숙경, 「한국 근대 창작동화 형성 과정 연구」, 인하대학교 석사논문, 1999.8, 21~36쪽). 하지만 육당이 『붉은 져고리』나 『아이들보이』의 폐간 이후 더 이상 아동잡지에 대한 진지한 모색 대신에 『소년』의 세대의식을 이으면서 자신의 성장에 발맞춘 『청춘』(1914.10~1918.9)을 발간했던 사실은 이들 아동잡지의 발간이 아동에 대한 뚜렷한 근대적 자각에서 비롯된 것이 아닌 과도기의 산물임을 단적으로 드러낸다(원종찬, 「한국현대아동문학사의 쟁점: 『한국현대아동문학사』 다시 보기」, 『아동문학과 비평정신』, 창작과비평사, 2001, 140~152쪽).

성(동심)을 지닌 어린이로 새롭게 조명되었고 낭만주의 사조의 영향 아래 미적인 글로서의 문학이 부각되었다. 이러한 사회·문화적 배경에서 방정환에 이르러서야 '아동'과 '문학'은 동시에 발견될 수 있었던 것이다.

일반적으로 근대 문단의 형성을 논의할 때 '문단=남성문단'이라는 암묵적 전제가 놓인다. 이러한 전제는 또한 '문단=남성문단=성인문학'을 가정하는데 이 구도에서 배제된 제3의 비주류 존재인 아동문학 작가군을 상정할 수 있다. 한국 근대 아동문학사를 볼 때 1930년대 초에는 일군의 아동문학인들이 뚜렷하게 집단화하여 '소년문단(少年文壇, 아동문단: 兒童文壇)'을 형성했다.[2] 그렇다면 한국 근대 아동문단은 언제, 어떤 배경에서 형성되었을까. 그리고 그 특성은 무엇일까.

이재철 교수는 『한국현대아동문학사』(일지사, 1978)에서 '1920년대 문단과 작가들'을 언급하면서 소수의 작가들(방정환·마해송·한정동·연성흠·고한승 등)을 제외하면 대개 성인문학에 관계하거나 잡지 편집인, 언론인, 교육자, 사회운동가로 '비전문적 아동문학가'들이었다고 보고, 1920년대 문단은 예술적 작가문단으로 넘어가는 과도적 형태로서 '습작문단'을 형성했다고 평가한다. 그는 "이 시기의 정치·사회적

---

2) 정윤환, 「1930年 少年文壇回顧」, ≪매일신보≫, 1930.2.18~19.
김기주, 「1930年에 對한 「少年文壇回顧」를 보고: 정윤환 君에게 주는 駁文」, ≪매일신보≫, 1930.3.1~3.
이동규, 「少年文壇回顧와 展望」, ≪조선중앙일보≫, 1932.1.11.
이동규, 「少年文壇時感」, 『별나라』, 1932.1.
원종찬, 「한국아동문학비평 자료 목록」, 『아동문학과 비평정신』, 창작과비평사, 2001, 390~409쪽 참조.
1930년대에는 '소년문단(少年文壇)'에 대한 논의가 있었다. 이때의 '소년문단'은 최남선이 창간한 『소년』지의 독자투고란인 〈소년문단〉과는 다른 것이다. 1920년대에는 '소년문학'이라는 용어가 '아동문학'보다 보편적으로 사용되었고, 1930년대에는 '소년문학'과 '아동문학'이 경쟁적으로 사용되다가 1940년대에 이르면 '아동문학'이 중심 용어로 자리 잡는다. 1920년대에는 '소년=아동'이 거의 개념의 변별성 없이 사용되었기 때문에 '소년문단'은 '아동문단'과 유사한 의미를 지닌다고 할 수 있다. 하지만 엄밀히 따진다면 1930년대의 '소년문단' 논의는 '아동문학 문단'이라는 의미보다는 '소년'이 창작 주체였던 '소년문예'와 '아동문학 문단'이라는 이중의 의미를 지닌 채 혼용되었다고 볼 수 있다.

인 여건을 고려하지 않는다면, 즉 조국애나 민족애 및 아동문화운동에 대한 정열과 교화성을 감안하지 않는다면, 이 시기의 작품들의 대부분은 그 가치성 여부를 거론할 수 없을 정도로 저급품 범람 시대"라고 평가하였다. 그러면서 『어린이』, 『신소년』, 『별나라』, 『아이생활』 등을 통해 동요작가(윤석중, 서덕출, 이원수, 윤복진, 박영희, 이정구, 신고송 등)와 동화작가(최병화, 최경화, 이주홍 등)들이 1925년을 전후로 등단했기 때문에 이전의 문학청년 시대를 벗어날 징조를 보이기 시작했다고 평가하였다.[3)]

이러한 해석은 방정환을 중심으로 형성된 1920년대 아동문학과 1930년대 계급주의 아동문학을 '본격'아동문학에는 미달된 '문화운동'으로 보는 사회파 배제의 순문학파적 관점에서 비롯된 것이다.[4)] 그러나 1925년 전후의 신인 배출은 급격하고 우연적인 현상이 아니라 1920년대 초부터 활발하게 전개되었던 각지의 소년회나 문예단체 등의 활동을 통해 지속적으로 성장한 것이며 『어린이』 창간을 계기로 본격화된 것이다. 특히 『어린이』는 짧은 기간 동안 아동문학의 하위 장르를 개척하고 아동문단이라 일컬어질 '장(場)'을 형성·유지케 한 인적 자원으로서의 작가와 독자층을 확산하는 등 고도의 압축적인 발전 양상을 보여준다. 1920년대 아동문단을 "습작기의 저급한 문단"이라고 평가할 경우 이 시기 문단 형성의 동력은 물론 안정적으로 성장한 아동문단의 양상을 해명하기 어렵다.

따라서 이 글은 1920년대 아동문단을 "저급한" 습작기문단이라고 평가하는 기존의 시각을 보정(補正)하는 데에 일차적 초점을 둔다. 더 나아가 근대 아동문단이 1920년대 『어린이』 창간을 계기로 본격 형성되었음을 주목하고 『어린이』가 문단 형성의 '제도'로 작동했던 양상을 고찰할 것이다. 또한 기존의 논의에서 민족계몽운동과 소년운동의 일환으로 조명 받아온 소년회와 최초의 아동문제연구단체로 주

3) 이재철, 『한국현대아동문학사』, 일지사, 1978, 128~131쪽.

4) 원종찬, 「한국 현대아동문학사의 쟁점」, 『아동문학과 비평정신』, 창작과비평사, 2001, 143쪽.

목 받아온 색동회를 '아동문단'의 형성이라는 관점에서 재조명할 것이다. 1920년대 한국근대아동문단의 형성을 살피는 것은 오늘의 한국 아동문단의 기원을 살피는 일이기에 문제적이다.

2. 아동문단 형성의 '제도'로 본 소년회, 『어린이』, 색동회

1) 아동문학의 부상과 아동문단

'문단'이란 근대에 와서 새롭게 구성된 개념이자 대표적 문학 제도이다.[5] 문단은 문학인과 작품, 특정 매체라는 분명한 대상을 갖는 '문인들의 집단'이지만 한편으로는 일종의 '이름뿐인 어떤 가상의 약속' 혹은 '암묵적으로 전제하지만 언표된 적은 없는 제도적 틀'이라고 할 수 있다. 그런 점에서 문단이란, 문학행위가 이루어지는 가장 기초적인 '장'이며 나아가 그 문학행위를 가능하게 만들고 추동시키

---

5) 사전적 의미로 '문단'은 문학에 종사하는 사람들의 사회적 분야를 뜻하는데, 문림(文林)·문원(文苑)·문학계(文學界)·사단(詞壇)·사장(詞場)과 같은 의미로 쓰인다(한글학회, 『우리말큰사전』, 어문각, 1992, 1496쪽). 그런데 문단과 동일하게 쓰인다는 문림·문원·사단·사장은 엄밀한 의미에서 근대적 의미를 띤 문단과 동일한 용어로 보기 어렵다. 그것은 문원이란 말의 경우 "문단·시문을 모은 것" 또는 "이조의 홍문관·예문관의 별칭"(같은 책, 1502쪽)이란 설명에서 알 수 있듯 역사적으로 근대 이전의 사회에서 형성된 용어이기 때문이다. 또한 사단과 사장에서의 '사(詞)'도 "시문사(詩文詞), 원래는 시문(詩文)의 범칭이었으나 후에 운문의 한 가지인 시여(詩餘)의 특칭(特稱)으로 쓰였다"는 설명에서 알 수 있듯 근대적 문학 장르가 아닐 뿐 아니라 사단·사장 역시 "시인 문사들이 시문을 짓고 우열을 다투는 곳"(민중서관편집국 편, 『漢韓大字典』, 민중서림, 1966, 1140쪽)이란 점에서 근대 이전의 역사·사회적 배경 속에서 형성된 용어이기 때문이다.

한편, 우리의 경우 대개의 학술 용어들이 일본에서 형성·사용되는 것을 거의 그대로 받아들였는데 '문단' 역시 일본을 통해 근대에 들어온 용어로 추정된다. 일본의 한 문예용어사전을 참고하면 문단(文壇: *ぶんだん*)이란 "문학자·문예가가 형성하는 사회. 좁은 의미로는 소설가만의 집단으로, 어떤 사회적 지위가 확립된 상태를 의미"한다. 이 사전에서는 문단이 형성되기 위해서는 문사들이 저널리즘과 교섭을 갖고, 사회적으로 그 지위가 확립되어야 하며 일본에서의 문단 형성은 메이지(明治) 20년대에 이르러서야 비롯되었다고 한다. 특히 이 시기 문단의 대표 세력으로 겐유샤(硯友社)를 꼽는데 일본 근대 문학 형성 시기 최초의 '동인(同人)'이라는 점이 주목된다(하세가와 이즈미(長谷川泉)·다카하시 신타로(高橋新太郎) 편, 『文芸用語の基礎知識』, 至文堂, 1982(3정 증보판), 569~570쪽).

는 '장'이라고 할 수 있다. 이때의 '장'은 중립적인 제도라기보다는 논쟁이나 진영화를 통해 합종연횡하면서 가치와 담론을 생산하는 어떤 장치 혹은 메커니즘이라고 할 수 있다.[6]

문단이란 용어가 우리의 경우 언제부터 쓰였는지 정확히 파악할 수는 없다. 현재로선 최남선의 『소년』 창간호(1908.11)에 나오는 〈소년문단(少年文壇)〉란에서 '문단'이란 용어가 최초로 쓰인 것으로 알려져 있다. 하지만 이때의 문단은 일종의 독자투고란으로, 저널리즘과 교섭을 하며 특수 사회를 형성하는 전문 작가 집단으로서의 '문단'은 아니다.[7] 이렇게 볼 때 본래의 의미에 가깝게 사용된 '문단'이란 용어는 『소년』 제3년 제2권(1910.2)의 "편집실통기(編輯室通寄)"에서 나타난다.

> 이번 日本ㅅ길에는 讀者諸君을 爲하야 가장 慶賀할만한 일이 한가지 잇스니 무엇이냐하면 곳 將來의 우리나라<u>文壇</u>을 建設도하고 增廣도할샏더러 다시 한거름 나아가 世界의 思潮를 한번 飜動할 抱負를 가지고 바야흐로 驚人沖天의 準備를 하시난 假人洪君과 孤舟李君이 수고를 앗기지아니하고 길히 本雜誌를 爲하야 瓊章玉稿를 부치심을 언약한일이라 우리는 毋論 爲先 이 두 潛龍을 爲하야 本紙中 重要한 部分을 베혀드림을 깃븜으로 하려니와 여러분도 應當 그 匹練或碎錦을 對하시면 歡迎의 精이 우리보담 나리시지 아니하실줄 밋노이다, (밑줄은 인용자)[8]

일찍이 홍정선은 이 부분을 언급하면서 육당·가인·춘원을 근대적인 문학에 대한 소양을 갖춘 최초의 동인 집단으로 주목한 바 있다.[9]

---

6) 차혜영, 「1920년대 초반 동인지 문단 형성 과정: 한국 근대 부르주아 지식인의 분화와 자기 정체성 형성과 관련하여」, 상허학회 편, 『1920년대 문학의 재인식』, 깊은샘, 2001, 105쪽.

7) 이후 문단이란 용어는 『신문계』 3권 8호, 1915.8의 「독자문단」에서도 찾아볼 수 있다. 1등 당선된 작품이 실리는데, 이 또한 『신문계』 독자를 대상으로 한 '독자투고란'이다.

8) 編輯室通奇, 『소년』 제3년 제2권, 1910.2, 91~92쪽.

9) 홍정선, 「근대시 형성과정에 있어서의 독자층의 역할 연구」, 서울대학교 박사논문, 1992,

이 대목은 근대 문단 형성의 중요한 조건인 전문작가 집단의 형성을 예고한 것이다.

독자투고란의 성격을 벗어난 문단이란 용어는, 1910년대 말 이광수의 작품을 두고 '문단의 혁명아'라는 논의[10] 이후 1920년대에 이르면 여러 지면에서 흔히 볼 수 있게 된다. 이는 이 시기 여러 동인잡지들의 출현과 함께 근대 문단이 형성되고 있음을 드러내는 지표이다. 이제 문단이란 용어는 잡지명으로까지 사용되는데 그 예가 바로 1920년대 추천제를 도입해 신인을 발굴해 낸 순문예지 『조선문단(朝鮮文壇)』(1924.10)이다. 하지만 그보다 먼저 『소년소녀문단(少年少女文壇)』(1922)이라는 잡지가 있어 주목된다. 현재로선 이 잡지를 확인할 수 없는데, "본격적인 아동잡지의 성격을 띤 것은 아니었고 소년보다는 좀 윗길되는 독자를 대상으로 한 잡지"[11]였다고 한다.

잘 알려진 것처럼 근대적 문단은 1920년대 초에 그 골격이 갖추어진다. 이 시기에 이르러 문학 자체도 근대적 성과를 드러내며 필자들도 아마추어리즘을 탈피해 전문 작가의 면모를 지니게 되었다. 또한 신문·잡지 매체도 전국적 규모로 확대되고 그 발행도 안정되며 독자들의 반응이 적극적으로 나타나기 시작함으로써 문단의 골격과 제도가 갖추어져 하나의 '문학 사회'가 형성된다. 더욱이 1920년대 중반에 이르면 잡지의 추천제와 ≪동아일보≫, ≪조선일보≫ 등에서 실시하는 신춘문예 제도를 통해 문단 형성의 전제 조건인 발표매체의 구성과 창작자의 배출이 원활해진다.[12]

일반 문단의 형성을 촉발했던 제반 여건들은 아동문단의 형성에도 영향을 끼쳤다. 1920년대는 '아동잡지의 홍수시대'라 일컬어질 만큼 아동잡지가 족출(簇出)했다.[13] 『어린이』(1923.3)가 창간된 지 얼

84~85쪽.

10) 백일생(白一生), 「文壇의 革命兒야」, 『학지광』, 1917.11.
서상일(徐相一), 「文壇의 革命兒를 讀하고」, 『학지광』, 1918.3.

11) 이재철, 앞의 책, 100쪽.

12) 김병익, 「근대 문단의 형성과 그 이후」, 『문학과사회』, 문학과지성사, 1998년 가을호, 896쪽.

마 뒤인 ≪동아일보≫의 '동아일보일천호기념 상금일천원의 대현상(懸賞)'(1923.5.25)이나 '동아문단투고모집(東亞文壇投稿募集)'(1923.6.3) 광고는 이전 시대보다 좀 더 분화된 장르 의식을 보여준다. '동아일보일천호기념 상금 일천원의 대현상'은 논문, 단편소설, 일막각본, 동화, 한시, 시조, 신시(新詩), 동요, 만화, 감상문, 지방전설, 향토자랑, 우리어머니 등 총 12개 부문을 모집한다. 이는 또한 6월의 '동아문단투고모집'으로 이어진다.

> 東亞文壇投稿募集
>
> ○ 投稿의種類는短篇小說, 一幕脚本, 童話(以上純朝鮮文으로 一行十四字式一百八十行以內) 時調, 新詩, 童謠, 抒情文, 感想文, 其他文藝作品(以上一行十四式八十行以內)됨을要함
>
> ○ 投稿는優良한者를 選擇하야紙面에發表함 特히佳作으로認하는作品의作者에게는賞品을贈呈함
>
> ○ 飜譯혹飜案일時는原作의題名과原作者의氏名을銘記함을要함
>
> ○ 投稿는如何한境遇이든지能히返還치아니함, 投稿의封皮에는「日曜欄原稿」라明記함을要함
>
> —≪동아일보≫, 1923.6.3(이후 강조는 인용자)

13) 1910년대 말부터 1920년대에 걸친 아동잡지 발간 상황은 다음과 같다(이재철, 앞의 책, 100~101쪽 참조).
『학원(學園)』(1919)·『학생계(學生界)』(1920~1925)·『소년소녀문단(少年少女文壇)』(1922)·『어린이』(1923~1934)·『신소년(新少年)』(1923~1934)·『반도소년(半島少年)』(1924~1925)·『신진소년(新進少年)』(박준표, 1925~1926, 4·6판)·『소년시대(少年時代)』(김진태, 1925, 격월간, 국판)·『새벗』(1925~1933)·『아이생활』(1926~1944)·『소년계(少年界)』(1926~1929)·『영데이』(1926~1934)·『별나라』(안준식, 1926~1935)·『학창(學窓)』(민대호, 1927, 4·6판)·『아동낙원』(이원규, 1927)·『노동야학』(1927)·『소년조선(少年朝鮮)』(최정순, 1927~1929, 4·6판)·『학생(學生)』(방정환, 1929~1930)·『조선아동신보(朝鮮兒童新報)』(백대진, 1929, 국판-타블로이드판)·『샛별』(개성의 박홍근 창간, 1923)·『소년세계(少年世界)』(평양의 이원규 창간, 1925~1932)

'동아일보일천호기념 상금 일천원의 대현상'과 '동아문단투고모집'에서 주목할 부분은 모집부문에 '동화'와 '동요'가 포함되었다는 사실이다.[14] 이 광고에서 알 수 있듯 투고 원고에 번역·번안도 허용하는 것으로 보아 이들 동화·동요가 근대 창작동화·창작동요만을 의미한다고 할 수는 없다. 이 시기만 하더라도 전래와 번안이 동화·동요의 주류를 형성하고 있었기 때문이다.[15]

더욱이 1925년 처음으로 실행된 ≪동아일보≫ 신춘문예에서 "단편소설·신시·가정소설·<u>동화극</u>·가극·<u>동요</u> 등 6개 부문"[16]을 모집했던 사실도 근대 문학 형성기에 아동문학이 적잖은 위상을 지녔음을 보여준다. 이 공고는 당시 문학 장르가 미분화되어 있음을 보여주기도 하지만 동화극과 동요로 대표되는 아동문학이 상당수의 독자와 작가를 확보하고 있었다는 것을 보여준다. 특히 아동문학의 대표 장르인 '동화' 대신 '동화극'과 '동요'가 채택되었던 것은 당시 소년운동·문화운동 차원에서 이 두 분야가 대중적 파급력을 지니며 보급·활성화되었기 때문이다. 이것은 노래와 연극이 지닌 강력한 대중성과 운동성이라는 특성과 맞물려 있다.

2) 소년회: 창작과 향유의 주체 '어린이' 확보

방정환은 "짓밟히고 학대밧고 쓸쓸스럽게자라는 어린혼을구원하자"는 소년운동의 취지 아래 각지에 소년회를 조직하고 또한 소년문

14) 참고로 1910년대에 문학을 가장 먼저 제도화시킨 ≪매일신보≫의 '신년문예모집'(1914. 12.10) 광고에서는 '詩, 文, 時調, 諺文風月, 우슴거리, 歌(창가), 언문편지, 단편소설, 화(畵)' 등으로 '문예'에 '문학'과 '비문학', '미술'까지 포괄했다. 한편 문학적 글쓰기에 한정하여 현상모집을 했던 『청춘』(7호, 1917.5)의 '현상문예응모' 광고에서는 '시조, 한시, 잡가, 신체시가, 보통문, 단편소설'로 장르를 한정했다. 권용선, 「1910년대 '근대적 글쓰기'의 형성 과정 연구」, 인하대학교 박사논문, 2004. 101쪽.

15) 하지만 엄밀히 따진다면 '전래동화'(어린이들에게 적합한 옛날이야기)에 대한 규정과 인식 자체는 근대 아동문학의 발상에서 비롯된 것이다. 이에 대해서는 염희경, 「전래동화, 근대 아동문학으로 편입된 옛이야기」, 『창비어린이』 4호(창비, 2004년 봄호) 참조.

16) 김병익, 앞의 글, 900쪽.

제연구회(색동회)를 조직했으며 『어린이』 잡지를 펴냈다고 밝혔다.[17] 1920년을 전후로 소년회는 각지에 활발히 조직되었는데 당시 ≪동아일보≫를 비롯한 신문들과 『어린이』는 소년회의 조직 상황과 활동을 지속적으로 보도하고 있다.

잘 알려진 것처럼 천도교는 한국 근대 아동문학의 형성에 중요한 정신적 바탕이었다.[18] 그뿐 아니라 당시 소년회, 특히 천도교소년회는 초창기 형성 단계에 있던 아동문화를 대중에게 급속히 뿌리내리는 데에 결정적인 기여를 했다. 천도교소년회의 모체인 천도교소년회 유소년부[19]의 활동 방향 가운데 제7항인 '동화·동요·수영 등 유소년 생활에 필요한 소년예술 및 체육의 보급에 힘쓸 것'이라는 대목과 어린이날 기념회 선언문 제3항 '어린이 그들이 고요히 배우고 즐거히 놀기에 족한 각양의 가정 또한 사회적 시설을 행하라'는 대목을 주목할 필요가 있다.

일반적으로 근대 사회에서는 학교가 아동을 어른들의 세계로부터 분리하여 훈육하는 역할을 수행했다. 하지만 1920년대의 한국의 경우 보통학교 취학률은 4.4%에 불과했다.[20] 더욱이 방정환을 비롯한

17) 편즙인(방정환: 인용자주), 「어린 동무들께」, 『어린이』, 1924.12.

18) 방정환·김기전(金起瀍)이 중심이 되어 조직한 천도교소년회가 초창기 소년운동사에서 중요한 의미를 지니는 것은 천도교의 재정적·조직적 뒷받침 때문에 이후 소년운동을 전개하는 데에 유리했기 때문만은 아니다. 그것은 천도교소년회가 한국의 근대 민족·민중운동이었던 동학에 뿌리를 둔 조직으로써, 천도교소년회에서 표방하는 어린이의 인격과 감성해방, 더 나아가 민족의 장래를 생각하는 장기적인 민족운동이 동학의 반봉건(인간평등)·반침략(반제국)사상을 잇고 있기 때문이다. 더욱이 천도교의 인내천(人乃天) 사상은 인간존중·평등사상으로, 지배계층에게 억눌려 왔던 종래의 여성·어린이·민중을 해방시킬 수 있는 사상적 근거가 되었다. 이런 점에서 볼 때 어린이의 인격해방과 감성해방, 민족운동을 지향한 천도교소년회는 본격적인 소년운동의 든든한 정신적 기반이 될 수 있었던 것이다.

19) 천도교 측은 1910년대에 언론·출판사업과 교육사업에 손을 대기 시작하여 1920년대에는 이 두 사업을 중심으로 한 신문화운동을 적극적으로 펴 나갔다. 천도교는 신문화운동을 전개하면서 민중의 이익을 증진하는 데에 목적을 두고 이해가 다른 각 계층을 연령·성·직업별로 나누어 운동을 전개해야 할 필요성을 느꼈다. 그것을 위해 7개 부문(유소년·청년·학생·여성·농민·노동·상민)을 마련했고, 그 하나로 유소년부를 두었다. 이 가운데 '천도교소년회'는 '유소년부'의 발전된 형태로 소춘 김기전과 방정환이 어린이 정서 함양, 윤리적 대우와 사회적 지위를 인내천 주의에 맞도록 향상시키기 위하여 부문운동 가운데 맨 처음인 1921년 4월에 조직했다(조기간, 『천도교청년당소사』, 천도교청년당본부, 1935, 38~39쪽).

1920년대 소년운동가들은 당시의 학교를 "기성된 사회와의 일정한 약속하에서 그의 필요한 인물을 조출하는 밖에 더 理想도 計劃도 없는", "산술이나 글씨 쓰는 것을 배우는 것"이나 '수신 강화' 같은 것만으로 "근본적으로 사람 노릇하는 바탕"을 배우기 어렵다고 하면서 식민지 학교를 어른들 세계의 연장이며 어른 중심의 논리와 훈화가 지배하는 곳으로 비판하였다.21) 따라서 당시의 소년회는 식민지 근대학교 제도에 편입되지 못한 다수의 어린이를 조직화했다. 뿐만 아니라 이미 학교제도에 편입되어 있는 어린이들까지도 '소년회'라는 장을 통해 재조직 하여 식민지 내의 합법 공간 속에서 근대 민족 주체에 대한 지향을 담아내며 일종의 대안 교육을 펼치는 장으로 활용되었다고 볼 수 있다.

이 대안 교육의 장에서 학교의 교재를 대신한 나름의 대안교과서는 『어린이』였다. 『어린이』에는 아동문학 작품뿐 아니라 과학, 실기, 놀이법, 세계의 소년들에 대한 이야기, 토론거리, 소년문제와 소년회 조직에 관한 방안, 어린이독본 등 다양한 종류의 읽을거리가 실려 있다. 또한 동화극을 소개할 때도 "學校나 少年會나 아모나 하기 쉬운 동화극"이라고 하여 실제 공연을 염두에 두었고 독자들은 학예회나 소년회에서 『어린이』의 동화극으로 실제 공연을 했다는 소식을 전하기도 한다. 더욱이 당시 소년회에서는 『어린이』를 돌려보며 토론회·동화회를 열기도 했다. 실제로 1925년경 『어린이』는 3만부 판매라는 선전을 하면서 '10만 독자'를 운운할 정도였다. 이것은 『어린이』가 개별 어린이 독자에게 수용되었을 뿐 아니라 주체적인 조선인 교사

---

20) 오성철, 『식민지 초등교육의 형성』, 교육과학사, 2000, 133쪽.

21) 소파, 「少年의 指導에 關하야」, 『천도교회월보』, 1923.3, 52~55쪽.
방정환, 「兒童問題 講演資料」, 『학생』, 1930.7.
전영택 역시 학교교육을 "모처럼 아름다운 어린이들의 천성과 정조를 버려주고 지극히 귀한 지력을 문질너줄 샏"(전영택, 「少年問題의 一般的 考察」, 『개벽』 47호, 1924.5)이라 하여 비판하였다. 이것은 아동문학을, 학교와 같은 근대적 제도와 대타적인 위치에서 그 모순을 비판하고 결점을 보완하는 문화운동의 일종으로 파악했기 때문이다(조은숙, 「한국 아동문학의 형성과정 연구」, 고려대학교 박사논문, 2005, 76쪽).

와 소년회 지도자, 소년회원을 중심으로 집단적인 형태로 수용되었음을 보여준다. 이처럼 1920년대에 각 지역에서 본격적으로 탄생하여 활동한 소년회는 소년운동·문화운동의 중심 세력으로서 문화·예술을 주체적으로 창조·향유할 수 있는 인적 자원인 '어린이'를 확보하고, 그들만의 독자적 공간을 창출한 조직이었다.

근대의 학교 제도는 근대 아동문학을 형성하는 데에 중요한 역할을 한다. 하지만 1920년대 한국의 경우 학교제도보다는 소년회가 아동문학과 문화를 급속히 확산시키는 데에 더 결정적이었다. 소년회는 『어린이』를 중심 매개로 하여 소년문제에 대한 강연이나 동화 구연, 동화극, 동요대회 등을 통해 아동문학과 소년문제에 대한 근대적 담론들을 생산하고 발전시킨 중요한 조직체로서의 역할을 담당했던 것이다.

3. 『어린이』: 전문작가의 장르 개척과 '소년문예가'의 배출

1) 아동문단 형성의 '제도'적 장치 : 『어린이』의 현상 글뽑기와 선자의 창작론

『어린이』가 아동문화운동 차원에서 출판되었고 근대 아동문학의 본격적 형성에 기여한 잡지임은 잘 알려져 있다. 반면 잡지 『어린이』가 1920년대 아동문단을 형성하는 데에 일종의 '제도'로서 중요한 역할을 한 측면은 지금까지 거의 주목받지 못하였다.

'문단' 형성과 관련해 『어린이』 창간호의 '현상 글뽑기'는 흥미롭다. 이러한 글 모집은 최초의 종합잡지인 『소년』에서 이미 실시되었던바, 『소년』의 〈소년문단(少年文壇)〉을 계승한 측면이 강하다.

懸賞 글꼽기

感想文, 遠足記, 편지글, 日記文, 童謠, 以上무엇이던지, 새로짓거나, 學校에서作文時間에 지은것中에서보내시면 꼽아서 책속에내여들이고 조흔賞品을 보내들이겟습니다. 크게工夫에有益한일이오니 빠지지말고 보내주시되, 꾸미느라고애쓰지말고 솔직하게 충실하게쓰기에힘쓰십시요, 그런것을 만히꼽습니다.

每行十五字式二十行넘지안토록정결하게써서京城慶雲洞天道敎少年會編輯室로보내십시요, 封套에반듯이懸賞글꼽기라고써야됩니다.

—「현상글꼽기」, 『어린이』 창간호, 1923.3, 12쪽

다음은 『소년』의 〈소년문단〉 공고이다.

「少年文壇」은 우리讀者諸君의 河海를 傾하고 風수를 驅할 壇場이라 感懷를 書함도 可하고 見聞을 記함도 可하고 日記를 奇함도 可하고 課文을 投함도 可하고 吾鄕의 風土를 誌함고 可하고 先輩의 經歷을 錄함도 可하고 詩詞도 可하고 書翰도 可하나 行文結辭하난사이에 힘써 眞境을 그리고 實地를 일티말디니 (…중략…)

投稿必遵

眞實을 일티말일. (…중략…)

簡要를 듀당할일. (…중략…)

一行에 十七字ㅅ식 十七行以內 (…하략…)

— <소년문단>, 『소년』 창간호, 1908.11, 78~80쪽

『어린이』의 '현상 글꼽기'의 공고 사항은 『소년』의 〈소년문단〉 공고의 규정 사항과 매우 비슷하다. 글의 종류에 특별한 제한을 두지 않고, 다만 글자 수에 제한을 둔 점, 둘 다 솔직하고 충실하게 쓸 것을 강조한 점이 그것이다. 차이가 있다면 『어린이』는 어린이 독자를

대상으로 한 잡지이므로 『소년』의 '시사(詩詞)'를 '동요'로 대체하였다는 점이다. 물론 이때의 동요는 근대 창작동요를 명확히 규정한 것은 아니다. 『어린이』 창간호에서 볼 수 있듯 당시에는 전래동요를 '조선 동요'라 하여 소개하고 있던 터였다. 『소년』의 <소년문단>은 독자들의 투고글이 적어 제3호로 막을 내리지만 『어린이』는 독자들로부터 즉각적인 호응을 얻진 못했지만 꾸준히 시행된다. 계속해서 뚜렷한 성과가 없는 가운데 『어린이』 1권 8호(1923.9)에서는 「나의 소원」이란 제목을 주고 마감날짜까지 제한해 글을 모집한다.

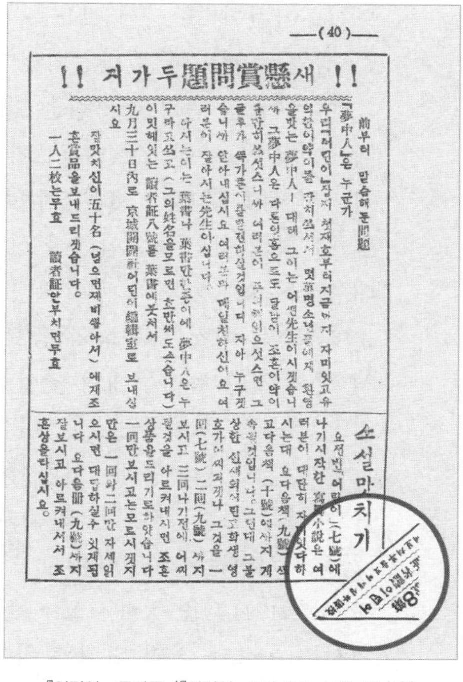

—(40)—

새懸賞問題두가지!!

前부터 말슴해둔問題

「夢中人」은 누군가

우리『어린이』잡지 첫재호부터지금까지 자미잇고유익한이약이를 求하야써서 몃萬명소년들에게 환영을밧는 夢中人! 대체 그이는 어떤先生이시겟슴니까 그夢中人은 다른이홈으로도 달납이 조흔이약이를만히써셧스니까 여러분이 주의해읽으셧스면 그글투가 책가운데를한참하실것입니다 자아 누구겟슴니까 알아내십시요 여러분과 매일친하신이요 여러분이 잘아시는先生이십니다。

아시는이는 葉書나 葉書만한종이에 夢中人은 누구라고쓰고(그의姓名을모르면 호만써도조슴니다) 이밋헤잇는 讀者証八號를 葉書에붓처서 九月三十日內로 京城開闢社어린이編輯室로 보내실시요

잘맛치신이五十名(넘으면재비뽑아서) 에게조흔賞品을보내드리겟슴니다。

一人二枚는무효 讀者証안부치면무효

소설맛치기

요전번『어린이』(七號)에 나기시작한 寫眞小說은 여러분이 대단히 자미잇다하시는대 요다음책(九號)에 고다음책(十號)에까지 계속될것입니다。그런데 그불상한 신세의어린고학생 영호가어찌되겟나 그것을一回(七號)二回(九號)까지 보시고 三回나기전에 어찌될것을 아르켜내시면 조흔상품을드리기로하얏슴니다 一回만보시고는모르시겟지만은 一回와二回만 자세읽오시면 대답하실수 잇게됨니다 요다음冊(九號)까지 잘보시고 아르켜내서서 조흔상을타십시요。

『어린이』 독자증 (『어린이』 1권 8호, 1923년 9월)

이때 흥미로운 또 다른 사실은 "보내실 쌔 반듯이 그 호치讀者證을 부처서 보내시고"라는 대목이다. 『어린이』 1권 4호에서 7호까지가 유실된 상태이기에 현재 확실히 알 수는 없지만 분명한 것은 창간호부터 1권 3호까지는 '어린이독자증'이란 것이 없었다. 당연히 투고작을 보낼 때도 그런 규정은 없었다. 그러던 것이 『어린이』 1권 8호에 이르면 투고할 때 '어린이독자증'을 꼭 붙여야 한다는 단서를 달고 있다. 이러한 사실은 "돈 안밧고 그저 준다하여도 가저가는 사람이 단 十八人 밧게 업던"22) 창간호 때의 상황과는 달리 이 무렵엔 어느 정도 독자를 확보했음을 반영한다. 한편으론 이런 제도를 통해 반

22) 方(방정환), 「七周年 紀念을 마즈면서」, 『어린이』, 1930.3, 2쪽.

드시 『어린이』를 사서 보도록 하여 실질적인 독자를 확보하고자 하는 상업적 전략이 뒷받침되었다고 볼 수 있다.

『어린이』의 현상 글모집은 다른 현상문제들과 함께 계속 시행되는데, 『어린이』 2권 1호(1924.1)에 오면 '삼대 현상'이라 하여 〈의견보기〉 〈自由畵 募集〉 〈讀者作品 大募集: 作文, 편지글, 日記文, 童話, 童謠〉로 확대된다. 이 〈삼대 현상〉에 이르면 창간 당시와는 달리 모집 대상 작품에 '동화'가 추가되어 생활글이 아닌 '문학'이 확대된 것이 눈에 띈다. 이것은 동화와 동요가 『어린이』에 지속적으로 소개되면서 당시 일반 독자들에게 낯설었던 두 장르에 대한 인식이 자리잡혀 가고 있음을 보여주는 것이다.

현상 글모집을 통해 『어린이』가 독자들에게 근대 아동문학의 '상'을 제시하고 훈련시키는 일종의 '제도'로 작용했던 상황은 유지영의 「동요지시려는분씌」(『어린이』 2권 2호, 1924.2)와 「동요짓는 법」(『어린이』 2권 4호, 1924.4)을 통해서도 엿볼 수 있다. 먼저 「동요지시려는분씌」에서는 동요를 짓기 위해 지켜야 할 문학적 규범과 마음가짐을 전하고 있다.[23] 이 글에서는 어린이라는 존재를 바라보는 특수한 근대적 시선, 즉 동심주의적 시선이 포착된다. 또한 유지영은 「동요짓는 법」에서 독자가 보낸 동요를 율격이 맞지 않는다며 4.4조 리듬에 맞는 '동요'로 수정해 독자들에게 '좋은 동요'로 제시한다.[24] 이러한 사실

23) 내용을 정리하면 다음과 같다. ① 순전한 속어(입으로 하는 보통말) ② 노래 부르고 춤출 수 있는 것으로 격조가 맞아야 함 ③ 노래 사설이 어린이, 어른 모두 잘 알 수 있도록 할 것 ④ 어린이 마음, 어린이 행동, 어린이 성품 그대로 가지고 지어야 함(쓸데없는 말, 억지의 말 지양) ⑤ 영절스럽고 간특하지 않게 맑고 순전하고 실신하고 건실한 감정을 드러낼 것 ⑥ 감정으로 저절로 알게 지어야 함 ⑦ 설명조가 아닌 심기를 노래한 것 ⑧ 어린이 예술교육의 자료가 되게 할 것. 악착하고 잔인하며 허영심이 있어서는 안 되고 사실에 어긋난 것도 안 됨.

24) 선자인 유지영은 어린이 독자가 보내온 「비」라는 동요를 율격을 지닌 '동요'에 맞게 고쳤다고 하며 고치기 전 작품과 고친 작품을 들어 '좋은 동요'란 무엇인지 설명한다. 원래의 동요: 부슬 부슬/ 비는 온다/ 비는 누구에/ 눈물 인가/ 달님의 눈물인가/ 햇님의 눈물인가/ 저녁비는 달님/ 낮비는 해님 // 고친 동요: 비가와요 비가와요/ 부슬부슬 비가와요/ 하늘에서 비가와요/ 햇님달님 눈물와요./ 저녁비는 달님눈물/ 아츰비는 햇님눈물/ 무슨서름 눈물인가/ 비가와요 눈물와요.

은 특정 율격의 작품이 주류를 형성하는 경향을 부추긴다. 실제로 유지영이 선자로서 입선 동요를 뽑았던 『어린이』 2권 2호에는 그가 첨삭한 동요 1편(「비」)을 포함해 입선동요 4편이 모두 4.4조였다.

한편 『어린이』의 '입선동요' 제도나 『어린이』에 실린 전문작가들의 번안·창작동요들은 이후 7·5조의 동요가 주류를 이루면서 이른바 '동요 황금시대'를 형성하는 데에 직접적인 영향을 끼쳤다. 『어린이』에 실린 입선동요들을 살펴보면, 초기에는 거의 4.4조의 율격을 지닌 동요들이었다. 『어린이』 창간 당시 첫 선을 보인 동요로 '조선동요' 「파랑새」와 유지영이 지은 「봄이 오면」은 모두 4.4조였는데, 기존의 전래동요 율격에 익숙한 독자들에게 4.4조의 전래동요들이 동요의 모범상으로 은연중 제시되었다고 할 수 있다.

그러던 것이 방정환을 비롯해 일본 유학생이던 색동회 동인들에 의해 일본의 동요가 번안되고 창작동요도 거의 7.5조로 창작된다. 창간호에 실린 두 곡을 제외하면 작가들이 소개하고 창작한 동요는 거의 대부분이 7.5조였다. 그러나 어린이 독자들이 보내온 동요들은 초기엔 4.4조가 거의 대부분을 차지하다가 점차 7.5조가 4.4조보다 많아지는 현상을 보인다. 그러다 마침내 4권 9호(1926.9)에 이르면 입선동요 4편 모두 7.5조이다.[25] 입선동요에 뽑힌 어린이 가운데 이후 아동문학가로 활동하는 윤석중·최순애·이원수·신고송·서덕출은 모두 7.5조의 영향을 받으며 동요를 창작했다.[26]

이처럼 창작동요의 율격이 일률적으로 적용된 것은 독자인 어린이들이 전문작가들이 창작·번안한 동요의 율격을 모범으로 삼아 창작했다는 점과 학교의 음악교육을 통해 일본 창가의 7.5조 율격이 점차 보편화되면서 영향력을 발휘했다는 점, 그리고 선자들의 작품 선정

25) 2권 5호(4.4조 2편, 7.5조 1편) → 2권 7호(4.4조 3편, 7.5조 2편) → 3권 3호(2편 모두 7.5조) 3권 4호(7.5조 4편, 4.4조 1편) → 4권 6호(7.5조 2편, 4.4조 1편) → 4권 9호(4편 모두 7.5조)

26) 한편, 윤복진은 「별 싸러가세」(『어린이』 3권 9호, 5.5조), 「바닷가에서」(『어린이』, 4권 6호, 4.4조)에서 볼 수 있듯 당시의 압도적인 7.5조의 율격에서 자유로웠다. 윤복진이 전래동요의 율격과 내용을 계승한 동요를 많이 창작했던 사실과 관련이 깊은 대목이다.

의 영향 때문이라고 볼 수 있다.[27] 이와 같은 창작동요의 창작과 수용은 『어린이』가 근대 아동문학 형성기에 제도로 작동했음을 잘 보여준다. 즉, 현상글모집과 '입선동요제도', 그리고 '동요짓는 법'과 같은 창작에 관한 글들은 『어린이』에서 지향하는 아동문학의 상을 확대재생산하는 일종의 제도였던 것이다.[28]

2) 색동회 동인의 장르 개척과 아동문학 담론 형성

1920년대 아동문단을 주도한 아동문학가·문화운동가들은 색동회 동인이었다.[29] 아동문학과 문화운동가들이 거의 없던 초창기에 색동

---

27) 이러한 7·5조 동요의 양산은 일본 창가가 학교에서 강제로 불려지면서 어린이들에게 흡수된 감수성과 일본 창가의 운율 구조를 거의 그대로 답습한 우리 동요의 획일성에서 비롯되는 것으로 비판된다(류덕희·고성위, 『한국동요발달사』, 한성음악출판사, 138쪽). 또한 자유동시를 제약한 측면도 비판되곤 한다.

28) 『어린이』에 발표된 전문작가들의 작품과 편집진이나 선자의 독자 작품에 대한 선택과 배제의 원리는 일반 독자들에게 아동문학이란 무엇인지, 어린이는 어떤 존재여야 하는지에 대한 나름의 상(像)을 제시하였고 특정의 작가집단을 형성하는 데에 영향을 끼치면서 아동문단 형성에 주요하게 작용했다고 할 수 있다. 이를 엿볼 수 있는 것으로 『어린이』 1권 10호에 「나의 소원」이라는 제목으로 보낸 글 가운데 뽑힌 글을 실으면서 다음과 같은 사항을 밝힌 대목은 주목할 만하다. 뽑힌 글을 실은 뒤 "쏩힌글外에 쏩히지못한 것이 만히잇스나그중에특별히 (…중략…) 이 열분의글은 모다훌륭하야 쏩힌것보다도나흔것이 잇스나 도리혀어린이답지 안어서 쏩는데는 넛치안코 여긔에 氏名만 발표합니다"(『어린이』 1권 10호, 1923.10, 41쪽, 강조는 인용자)라는 선자의 발언이 흥미롭다. 선자의 구체적 평이 없기에 작품 선정과 탈락의 기준을 정확히 파악할 수는 없다. 다만 창간호의 '현상 글 쏩기'에서 "꾸미느라고애쓰지말고 솔직하게 충실하게" 쓰라고 했던 것을 감안하면, '어린이답지' 않다는 표현에는 어린이는 솔직하고 순진한 존재, '현실의 때 묻지 않은' 존재라는 측면이 은연중 강조되고 글재주나 멋 부림은 오히려 어린이글답지 않은 것으로 평가하지 않았을까 추정된다. 또한 『어린이』에서는 입선동요를 실은 뒤 '격조를 맞추고 좋은 말, 어린이말을 골라쓰기에 힘쓰라'는 당부를 자주 하곤 했는데 이 역시 같은 맥락으로 이해할 수 있다.

29) 『어린이』 창간호가 한창 준비 중이던 1923년 3월 16일, 일본 도쿄에서는 방정환을 중심으로 한 일본 유학생 몇 명이 아동문제 연구 단체인 색동회를 창립하기 위한 준비모임을 가졌다. 당시 동인으로는 방정환, 강영호(진주의 소년운동가), 손진태(와세다(早稻田)대학 역사과), 고한승(도요(東洋)대학 문학과), 조준기(니혼대학 예술과) 정순철(도요(東洋)대학 음악과), 진장섭(도쿄(東京)고등사범대학교), 윤극영(도쿄음악학교) 등이었다. 그 뒤 마해송·정인섭·최진섭·이헌구 등이 참가했다. 이들은 동화와 동요를 중심으로 아동문화운동을 전개할 목적으로 모임을 갖고 『어린이』 창간 때부터 도쿄에서 원고를 작성하기도 했다(정인섭, 『색동회 어린이 운동사』, 학원사, 1975, 32·63쪽).

회 동인은 아동예술을 연구하고 보급할 수 있는 전문가 집단으로서, 『어린이』를 안정적으로 꾸려 나갈 필진이었다. 그들은 각자 전문 분야에 따라 『어린이』에 동요·동화·동극·역사 이야기·훈화 등을 집필했다. 대체로 방정환·마해송·진장섭은 동화를, 윤극영·정순철은 동요를, 고한승·정인섭은 동극을, 조재호는 훈화를, 손진태는 역사 이야기를 집필하였다. 동인인 조재호의 회고에 따르면 당시 색동회 동인들이 합평회를 통해 『어린이』 편집에 관여하는 등 초기의 『어린이』에 중요한 역할을 했다.30)

색동회 동인들은 『어린이』사와 공동주최로 1923년 7월 23일부터 일주일간 전선소년지도자대회(全鮮少年指導者大會)를 개최하는 등 근대 아동문학과 소년운동을 주도해 나갔다. 전선소년지도자대회의 강연을 담당했던 강사진은 모두 색동회 동인이다.31) 그들은 이 대회를 통해 당시 어린이를 지도할 공사립 보통학교 교사와 유치원 보모, 그리고 소년회 지도자들에게 소년문제와 동화극·동요에 대한 이론과 실제론을 보급했다. 특히 아동문학 일반론에서는 동요와 동화극에 대해 강연을 하였고, 아동문학 실제론의 경우 강사를 달리하여 동요 분야만 2회에 걸쳐 강연했다. 1920년대를 '동요황금기'라고 명명할 만한 배경이 소년회의 동요 보급 운동에서 추동되었음을 잘 보여주는 사례이다.

『어린이』를 통해 보급된 동요는 '이중의 속박(일제 식민체제에서의 민족적 모순과 봉건 윤리의 모순) 아래 있는 어린이'라는 심상을 공유하면

---

30) 조재호, 「색동회 회고록」, 정인섭, 위의 책, 65쪽.

31) 제1일 소년운동의 지위: 김기전, 소년문제에 관하여: 방정환
제2일 아동교육과 소년회: 조재호
제3일 동요에 관하여: 진장섭
동요에 관한 실제론(1): 윤극영
동요에 관한 실제론(2): 정순철
동화극에 대하여: 조준기
제4일 토론회 토의
제5~6일 간담회(≪동아일보≫, 1923.6.10)

서 내용과 율격 면에서 감상과 애상이 주조를 이룬다. 이러한 경향의 동요는 감염력을 지닌 채 확산되어 갔다. 동화보다는 상대적으로 문학적 수련을 덜 거치고도 창작하기 쉽다는 점과 당시의 창작동요가 학교교육을 통해 보급된 창가와 비슷한 율격을 지녔다는 점, 그리고 대중성과 운동성을 지닌 소년회를 기반으로 보급·확산될 수 있었던 구조 속에서 전개되었다는 점 등은 동요 창작 붐을 형성했던 제반 요인이었다.

하지만 『어린이』를 중심으로 한 색동회 동인의 활동을 동인적 폐쇄성을 지닌 것으로 파악하는 것은 일면적인 평가이다. 아동문학·문화에 대한 독자의 인식이 미흡하던 초기에는 색동회의 활동이 주도적이었지만 『어린이』는 1920년대 일반문단에서 보이는 동인지 문단의 폐쇄적 성향과는 다른 모습을 보인다.[32)]

『어린이』에는 창간 후 3호 정도까지는 색동회 동인의 글이 압도적이지만 점차 독자(필자 이름 옆에 괄호로 표시하여 소년회 소속, 학교명을 밝히는 형태로 소개함)가 보내온 글들이 '독자란'이 아닌 본 지면에서도 적지 않게, 그리고 지속적으로 실린다. 이런 현상은 『어린이』에서는 일반 문단에서 볼 수 있는 독자와 문인의 명확하고 분명한 위계와 경계 짓기가 엄격하게 설정되어 있지 않았음을 보여준다. '문단'이 태생적으로 독자와 작가의 이분화를 강화하면서 유지·재생산되는 제도임에 반해 형성기의 한국 근대아동문단에서는 그러한 분화가 불필요하거나 명확히 인식되지 않았다. 이것은 문학의 제도화를 잘 보여주는 근대 '문단'이라는 관점에서 보면 근대적 문학제도의 메커니즘을 제대로 파악하지 못한 미숙함을 드러내는 것이라 평가할 수 있다.

---

32) 이경돈은 동인지와 대중문예지가 조직, 진행, 대상과 편집 내용에서 상당한 차이를 요구한다고 보고 동인지와 대중문예지를 가르는 판단 기준은 개방성, 폐쇄성의 유무라고 평가한다. 특히 추천과 동의를 얻지 못하면 동인이 될 수 없었던 『창조』의 경우나 동인이 되기 전에는 투고조차 실어주지 않았던 『백조』의 경우는 동인지의 폐쇄성을 잘 보여준다고 한다(이경돈, 「『조선문단』에 대한 재인식: 1920년대 중반 문학의 변화 양상과 관련하여」, 상허학회 편, 『1920년대 문학의 재인식』, 깊은샘, 2001, 68쪽).

하지만 『어린이』가 순수문학지로서의 면모를 지닌 잡지가 아니라 소년운동과 문화운동 차원에서 어린이 독자를 폭넓게 확보하고 상호 긴밀한 결합 관계를 유지하면서 독특한 방식으로 존재했다는 점을 감안한다면 한국 근대 아동문학이 제도화되는 나름의 방식이었다고 이해할 수 있다. 그런 점에서 일반문단의 경우 20년대 초 '동인지' 문단의 성격에서 20년대 중반 『조선문단』을 중심으로 대중지적인 성격으로 변모하며 문단 형성이 본격화되었던 것과 견줄 때 『어린이』는 일반문단의 형성·발전 과정(동인지 → 대중지)을 압축적으로 보여준 잡지로 평가할 수 있다.

3) '소년문예가'의 배출: 한국 근대아동문단의 특수성

아동문학은 일반적으로 성인 작가가 어린이나 동심을 간직한 어른들에게 읽힐 것을 목적으로 창작한 모든 문학작품을 의미한다.[33] 여기서 어린이들이 지은 시나 글은 아동문학에서 제외하는 것이 일반적이다. 특히 어린이들이 동화를 창작하는 경우는 드물지만, 시를 짓는 경우는 흔하며 현재의 학교교육에서는 어린이들에게 동시 쓰기 교육을 하기 때문에 개념상의 혼란이 가중되기도 한다. 이 때문에 어른이 아이들에게 주는 시란 의미에서의 '동시'와 어린이가 자신의 생활과 감정을 자유롭게 표현한 시를 구별하여 '아동시(어린이시)'라는 용어를 사용하기도 한다.[34]

아동문학의 창작주체 문제는 성인인 아동문학가들의 활동이 문화운동 차원이 아닌 문학 영역으로 전문화하거나 축소되면서 서서히

33) 이재철, 『세계아동문학사전』, 계몽사, 1989, 208쪽.

34) "동시란 말은 또 아이들이 스스로 쓰는 시를 같은 이름으로 불러 혼동을 하고 있는데, 이것도 큰 잘못이다. '아이들에게 주기 위해 쓰는 아동문학의 한 장르인 동시와, 아이들이 쓰는 시'는 엄밀하게 구별해야 하는 것이다. (…중략…) 우리의 '동시' 문학과 '아동시' 교육이 얼마나 잘못되어 있는가를 잘 말해 주는 것이다."(이오덕, 「아동문학의 빈곤」, 『어린이를 지키는 문학』, 백산서당, 1984, 98쪽에서 재인용. 강조는 인용자)

그 혼란이 사라졌다. 하지만 근대 아동문학이 형성되던 시기는 이런 상황을 혼란으로 느끼지 않았다. 오히려 아동문학과 문화를 이끌어 가는 주체들(전문작가군으로 색동회 동인이 중심임)은 어린이 또는 소년을 아동문학의 창작 주체로 육성하고 아동문단에 진출하게 하는 데에 일조하고 있다. 이러한 아동문단의 특성은 한국 근대 문학의 주체들이 10~20대로 연소성(年少性)을 드러내는 일반 문단의 현상과도 관련된다.

일반 문단의 경우 1920년대에 이르면 각종 동인지를 중심으로 활동한 작가들이 독자와 작가가 분리되지 않던 1900년대의 특성을 벗어나 전문 작가 의식을 형성한다. 또한 신춘문예나 잡지의 추천제도는 전문작가 집단의 존재를 제도적으로 뒷받침한다. 현재의 아동문학 역시 이러한 제도적 뒷받침을 통해 아동문단의 구조를 재생산하고 있다. 하지만 근대 아동문학이 형성되던 초창기 아동문단의 경우 전문작가군이라 할 1세대 아동문학가와 문화운동가들은 각 지역의 소년회나 소년문예단체를 적극 지원하는 형태로 활동했다. 이것은 민족주의 계열의 『어린이』는 물론 계급주의 아동문학을 표방했던 1920년대 중반 이후의 『신소년』, 『별나라』도 마찬가지이다.[35] 더욱이 1920년대 아동문학잡지를 대변하는 『어린이』, 『신소년』, 『별나라』 같은 잡지들은 동화, 동요 당선제도를 통해 소년문예가들을 아동문단에 배출하는 역할을 한다. 또한 1920년대 중반부터 실시된 ≪동아일보≫와 ≪조선일보≫의 신춘문예에도 동화·동요 부문이 포함되면서 제도적으로 아동문학가를 배출하는 장치를 마련한다. 하지만 소년문예가라 할 집단을 제외하는 규정이 없기 때문에 소년문예가들은

35) 방정환은 천도교소년회에 직접 관여했을 뿐 아니라 『어린이』를 편집하면서 각지 소년회 소식을 지속적으로 실어 각 지역 소년회의 설립과 활동에 간접적인 지원을 하였다. 또한 각 지역의 소년회에 직접 가서 소년문제를 비롯한 강연을 하는 등 직접적인 지원도 아끼지 않았다. 한편 『신소년』, 『별나라』에서 편집과 집필을 담당했던 이동규를 비롯한 신인들도 대개 지역의 무산 학원 교사이거나 노동·농촌 현장의 청년으로 지역 소년문예단체를 지도하는 역할을 했다.

자유롭게 투고하면서 이 제도에 의존해 아동문단에 등단했다. 전문적인 아동문학가가 충분히 확보되지 못한 상황이기에 이들 소년문예가들은 어린 나이에 몇 편의 작품 발표를 통해 아동문단에 빠르게 진출할 수 있었던 것이다.

『어린이』가 한국 근대 아동문학에 끼친 문학사적 의의 가운데 하나는 남북한 아동문학사에 기록될 만한 아동문학가들을 이 시기에 발굴·양성했다는 점일 것이다.[36] 이들은 『어린이』에 일시적으로 습작품을 투고해 입선함으로써 아동문단에 바로 편입했다고 할 수는 없다. 그들은 이 당시 각지 소년회에서 활동(소년회의 사업과 활동 가운데서도 문예활동은 중요했음)하거나 그 또래 소년들과 함께 글쓰는 모임(일종의 '동인')을 통해 아동문학가로서의 자질을 키워가고 있었다. 이러한 모습을 가장 잘 보여주는 소년문예가가 바로 윤석중이다. 어린이들끼리의 소식을 전하고 어린이독자들이 『어린이』 지의 기자와 필자들에게 하고 싶은 말을 적어 보내는 〈독자담화실〉에 보낸 윤석중의 글과 기자의 답변은 흥미롭다.

> 선생님 저는 다섯가지나되는 잡지를읽고잇습니다. 그러나 그중에도 뎨일 자미잇고 사랑하는것은우리어린이입니다.그런대 다른잡지에는써보내는대로자조나는대어린이에는 한달에한번씩 쏙쏙보내도제글은 아니남니다그려 퍽도 섭섭합니다. 인제는 의견 보기보다 作文 동요 日記文을써보냄니다. 그러고 제생각 제손으로少年小說지은것이잇습니다. 이것도 쌥으시는지요 다달이드러가도졷슴닛가? (京城校洞公普校 尹石重)

> 대단미안합니다. 그러나 다른잡지에난다고 어린이에도반듯이나란법은업슴

36) 1920년대 아동문단의 형성기만을 놓고 볼 때 대표적인 신인과 데뷔작은 다음과 같다. 서덕출(徐德出)의 「봄편지」(『어린이』, 1925.4)를 비롯해 윤석중(尹石重)의 「오뚝이」(『어린이』, 1925.4), 윤복진(尹福鎭)의 「별 따러 가세」(『어린이』, 1925.9), 신고송(申孤松)의 「우뎨통」(『어린이』, 1925.11), 최순애(崔順愛)의 「옵바 생각」(『어린이』, 1925.11), 이원수(李元壽)의 「고향의 봄」(『어린이』, 1926.4) 등이다.

니다. 어린이잡지는 그럿케함부로아모것이나 함부로내이지안습니다 함부로내이면 무슨리익이 조곰인들잇겟습닛가 쏍고 쏍고추리고추려서 잘된것만내여야 쏍힌글도영광이요 여러분의글도 졈졈늘어 가는것아닙닛가 보십시오 어린이잡지에 쏍혀나는글과 다른잡지에나는 것을 자세주의해보시면 아실것임니다. 아못조록 그럿케쏍히기어려운데에 쏍히도록힘을쓰서야붓적붓적늘어나감니다 소년소설도 좃슴니다 보내주십시오 그러고 다달이보내도좃슴니다 만히만히보내십시요(記者)

—「독자담화실」, 『어린이』 2권 7호, 1924.7, 42쪽(강조는 인용자)

당시의 어린 소년 윤석중은 이 무렵 잡지 등에 열성적으로 글을 투고하면서 문예가의 꿈을 키워 갔고 서서히 그 면모를 갖추어가고 있었다. 흥미로운 것은 당시 방정환으로 추정되는 『어린이』 잡지의 기자가 어린 소년이 쓴 '소년소설'을 보내도 된다고 하는 것이다. 이 당시 독자들이 보낸 작품들은 주로 일기·수필·동요 등이 주류였고, 동화라 할지라도 외국동화의 번안이나 우리 옛이야기를 재화한 것이 대부분이었다. 윤석중은 아동문학, 특히 동화와 소년소설을 성인 작가가 어린이들에게 주는 문학이라는 의식 없이 이들 장르를 인식했다. 마찬가지로 전문작가와 편집자들도 동화와 소년소설의 창작자를 성인작가로 규정하지 않고 어린이 독자들이 이러한 장르를 창작하는 데에 특별히 제한을 두지 않았다. 오히려 '삼대현상'에서 '동화'가 추가되었던 것을 보면 적극 권장했다고 봐야 한다.

한편 1925년 1월 1일 ≪동아일보≫ 신년호 기념 〈소년소녀란〉에는 "將來만흔어린秀才—府內普通學校代表的 兒童 百四十名- 各校當局愼重選拔"이라는 제하에 140명의 아동명단을 "將來의 美術家 = 圖畵 잘하는 兒童", "將來의 文學家 = 作文 잘하는 兒童", "將來의 數學家 = 算術 잘하는 兒童", "將來의 運動家 = 體操 잘하는 兒童"이란 소분류하에 열거하였다. 소속 학교와 학년, 이름 그리고 괄호 안에 연령이 표시되어 있는데, 연령대는 10~18세다. 그 뒤 ≪동아일보≫ 소년란에 '수재아동가정소개'라는 코너가 신설되는 데 이때 명단에 오른 '아동'의 경우 사진과 함께 그 아동의 재주와 가족사항이 소개되었다. 이 코너의 6회 때(≪동아일보≫, 1925.2.6) 이전 신년호 기념에서 '장래의 문학가'로 소개된 바 있는 윤석중이 "글잘 짓는 어린이"로 선정되어 사진이 함께 실린다.

將來의文學家

校洞普校五年

尹石重

=글잘짓는어린이=

이어린이는 조선말글이나 읽

본말글이나 글잘짓기로 유명하

'글 잘 짓는 어린이'로 소개된 윤석중
(≪동아일보≫, 1925.2.6)

윤석중은 그해 ≪동아일보≫가 실시한 최초의 신춘문예 동화극 부문에 응모하여 「올뱀이의 눈」이 당선작 없는 선외가작으로 뽑힌다.[37] 이 작품은 1925년 5월 9~11일까지 소년란의 '자미잇는소설'이란 코너에 실린다.[38] 앞에서 살폈듯 윤석중은 그 이전 여러 차례 『어린이』에 작품을 투고했지만 한 번도 작품이 실리지 않았는데 이 시기를 전후로 『어린이』 1925년 4월호에 동요 「오뚝이」가 실린다. 명실공히 윤석중이 새로운 세대(제2세대)의 아동문학가로 서서히 부상하는 대목이다.

승효탄(昇曉灘)의 「조선소년문예단체소장사고(朝鮮少年文藝團體消長史稿)」(『신소년』, 1932.9)를 보면 초창기 아동문학계의 많은 동인지와 활동가들이 언급되어 있다. 이 글을 보면 1920년대 중반부터 1930년대 초반에 조직되어 활동한 소년문예가들이 각 지역의 소년회 또는 카프 산하 조합 소년부 활동을 하거나 소년문예단체에서 동인 활동을 하였다는 것을 확인할 수 있다.[39] 당시 문단의 규모가 작은 탓도 있지만

37) 「올뱀이의 눈」이 연재될 때 "이 소설은 신춘문예모집에 동화극 선외가작입니다"라고 밝혀진다(≪동아일보≫, 1925.5.9).

38) 이혜령, 「1920년대 ≪동아일보≫ 학예면의 형성과정과 문학의 위치」, 『대동문화연구』 52집, 대동문화연구원, 2005.12, 111~112쪽 참조.

39) 윤석중의 자전적 회고를 통해 잘 알려진 것처럼, 윤석중이 중심이 되어 조직된 '기쁨사'는 "조선 소년문예단체의 원조이면서 당시 자연발생기의 조선 소년 문예의 총본영"이었다고

신진 아동문학가(소년문예가)들은 각 지역의 소년문예단체에서 동인 활동을 하면서 중앙의 아동잡지에 작품을 발표하였다. 『어린이』를 비롯한 잡지의 독자들, 특히 소년문예가들은 잡지에 실린 글과 주소를 보고 서로 연락하면서 지역과 지역을 잇는 동인 간의 문예지를 창간하기도 하였다. 중앙 문단과는 또 다른 차원에서 이루어진 아동문단 형성 인맥이라 할 수 있다. 이를테면 수원의 화성 소년회의 최영주나 마산의 신화소년회의 이원수, 울산의 언양조기회의 신고송 등은 『어린이』와 소년회 활동을 계기로 방정환과 깊은 인연을 맺게 되고 이후 아동문학가나 아동문학잡지의 편집·발행인으로 활동하였다.40)

평가되는데, 『기쁨』이란 등사동인지를 연 4기로 발행하였다. 또한 이들은 『굴렁쇠』라는 회람 작품집을 이따금 엮어서 동인들끼리 돌려 보았다. 윤석중의 회고에 따르면 『굴렁쇠』에 글을 쓴 동인으로는 수원의 소용수, 마산의 이원수, 울산의 서덕출, 언양의 신고송, 수원의 최순애 등이었다고 한다. 기쁨사 동인에는 윤복진, 이원수, 임동혁(任東爀), 신고송 등이 있었다. 이들 기쁨사의 동인들은 자신이 있는 지역에서 별도의 동인모임을 형성하며 활동하기도 했는데, 윤복진은 1926년 봄에 대구에서 '등대사'를 창립했다. 등대사 동인으로는 신고송, 대전의 송완순, 황해도 금천의 승응순(昇應順: 金陵人: 승효탄)도 참여했으며, 이들은 『등대』라는 등사잡지를 2호까지 발행했고 『개나리』라는 동요등사집도 발행했다고 한다. 기쁨사의 동인이기도 했던 임동혁은 경성 시외 동막(東幕)에서 '방년사'(芳年社)를 조직해 『방년』이란 등사잡지를 발행하려고 했다고 한다.

또한 1927년 개성의 김영일(金永一), 현동염(玄東濂)의 발기로 '소년문예사'가 창립되었는데, 이들은 『소년계』에 매일 두 페이지씩 독점하여 '소년문예사 동인작품 특집란'을 꾸몄다고 한다. 같은 해 경남 합천에서는 이성홍(李聖洪; 이주홍의 동생)이 '달빛사'를 창립하여 등사잡지 『달빛』을 2호까지 발행하였다.

1928년에는 승응순이 경성의 새벗사에 입사한 최봉하(崔鳳河)와 발기하여 '글꽃사'를 창립하였는데, 동인으로는 박홍제(朴弘濟)(『소년조선』 편집), 태재복(太在福), 성경린(成慶麟) 등이 있었다. '글꽃사'는 1929년 5월 '조선소년문예협회'로 변경하여 전조선적 모임이 되었다고 한다. 동인으로는 이명식(李明植), 이동규(李東珪), 신순석(申順石), 이규용(李圭容), 구직회(具直會), 정태익(鄭台益), 영천의 안평원(安平原), 문천의 김돈희(金敦熙), 합천의 이성홍, 재령의 오경호(吳慶鎬), 정평의 채규삼(蔡奎三), 안악의 우태형(禹太亨) 등으로 순회잡지를 발행했다.

1929년, 1930년에는 전조선적으로 수많은 소년문예단체가 조직되었는데, 춘천의 홍은표(洪銀杓: 홍효민, 홍은성)가 발기한 '횃불사', 진남포의 정명걸(鄭明杰)이 조직한 '붓춤사'들이 대표적이다.

1931년에 이르면 진주의 정상규(鄭祥奎)가 발기한 '새힘사'가 조직되었고, 1931년 여름 경성에서 송영(宋影), 이동규, 홍구(洪九) 등의 발기로 '조선소년문학연구회'가 창립되어 확고한 프로소년문학의 확립을 기하였고, 그해 여름 윤석중, 신고송, 승응순이 발기한 '신흥아동예술협회'는 불허가로 창립총회도 열지 못하는 불행을 겪었다고 한다(승효탄(昇曉灘), 「조선소년문예단체소장사고(朝鮮少年文藝團體消長史稿)」, 『신소년』, 1932.9 참조).

40) 이정호가 쓴 「편집을 마치고」(『어린이』, 1929.2)를 보면 최영주는 1929년부터 개벽사 편집기자로 활동한 것으로 되어 있다. 방정환의 「나그네잡긔장」(『어린이』, 1925, 31쪽)에는

이들 소년문예가들이 지역과 중앙의 상호 연결을 촉진했던 역할을 했다는 것을 잘 보여주는 사례이다.

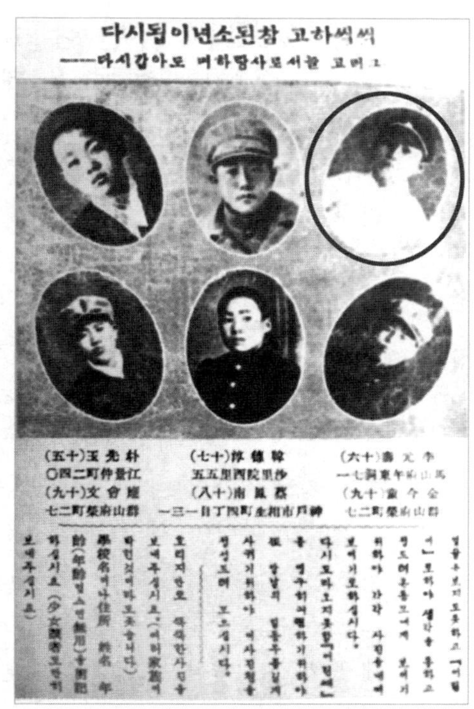

『어린이』 독자사진첩에 실린 이원수
(『어린이』 1927년 10월호)

이처럼 『어린이』와 ≪동아일보≫는 독자였던 어린이들을 소년문예가로 키워내는 데에 주도적인 매체였다. 단순히 문학에 대한 관심과 열정, 습작을 유도했던 것이 아니라 현상문예와 입선작, 신춘문예 등의 제도를 통해 소년문예가들이 초창기 아동문단에 진입하는 것을 제도적으로 뒷받침했다. 이러한 제도를 통해 배출된 소년문예가들은 이후 1930년대 아동문단의 주체로서 활동하며 한국아동문학의 전통을 마련했다. 하지만 『어린이』와 ≪동아일보≫의 주류적 경향에 깊이 영향 받음으로써 특정의 경향이 지배적이었다는 점도 비판적으로 살펴야 할 것이다.

마산의 신화소년회가 조직되던 당시 그곳에 갔던 이야기가 나온다. 이원수는 『어린이』 독자이자 신화소년회의 회원으로 이 당시 방정환과 깊은 인연을 맺게 된다. 한편 신고송은 일찍이 『어린이』 독자로 글을 투고하면서 문학활동을 시작했다. 『어린이』(1924.4)의 〈독자담화실〉에는 '언양 신고송'이 보낸 편지 사연이 있고, 그 다음호(『어린이』, 1924.5)에는 「바쁘던 일주일」이란 일기문이 실리기도 한다. 또한 방정환은 『어린이』(1925.9)에 언양조기회에 다녀온 일을 쓰고 있다.

4. 1920년대 후반 아동문단의 분화
: 『신소년』-『별나라』의 계급주의 아동문학

민족주의적 성향이 강한 방정환과 색동회 중심의 『어린이』는 1920년대 초부터 활발히 조직되었던 당시의 소년회를 기반으로 활동했고 『어린이』를 통해 배출된 신인들도 그러한 성향의 '소년회' 출신이거나 『어린이』 독자들이다.

한편 『신소년』과 『별나라』는 창간 초기만 하더라도 『어린이』와 견줄 때 현실주의적 색채에서 그리 큰 차이가 없었다. 하지만 1927년 『별나라』는 카프와의 관련 아래 계급주의를 내세우면서 송영과 박세영이 새로 편집진에 가담하였다. 이 시기를 전후로 『신소년』과 『별나라』는 『어린이』와의 대타성을 강조하였다. 특히 『별나라』는 기존의 민족주의적 소년회나 소년단을 비판하며 무산 소년 대중의 '조합소년부'나 무산학원 등을 중심으로 그 세력을 뻗어 나갔다. 이로 인해 1920년대 후반에 이르면 아동문단은 새롭게 재편되었고, 이 과정에서 아동문단은 성인문단이 보여준 분열을 노출하게 된다. 특히 아동문단의 경우 분열의 양상은 심각할 수밖에 없었다. 이것은 근대 아동문학이 당시의 소년운동과 접맥되어 문화운동 차원에서 형성·전개되었기 때문이다.

아동문단의 분열은 1925년 '오월회'의 결성에서 비롯된 소년단체의 분열에서 이미 예견된 것이기도 하다. 방정환 중심의 소년운동연합과 정홍교(丁洪敎) 중심의 오월회는 1927년 신간회 결성을 계기로 통합(조선소년연합회: 1927.10.16 창립, 위원장: 방정환)을 모색하지만 얼마 못 가 다시 분열하고 만다. 이처럼 민족주의적 소년회와 무산소년회의 갈등은 소년회의 구성원들이자 아동문단의 지지기반인 독자층을 분열시킨다. 이것은 다시 아동문단의 상하(전문작가집단과 소년문예가를 비롯한 소년회 구성원들) 양측의 분열로 확대되면서 점점 대립적 양상을 띠고 전개된다. 그 과정에서 마침내 1934년을 고비로 『어린이』(1934)·

『신소년』(1934)·『별나라』(1935) 등이 일제에 의해 강제 폐간되고 『아희생활』만이 1944년까지 친일아동잡지의 성격을 띠며 명맥을 유지하였다.

여기서 한 가지 짚어볼 것은 좌우를 통합할 만한 아동문단 내부의 구심점이 존재하지 못했다는 사실이다. 『어린이』의 경우 1920년대 후반에 이르면 당시 문단을 휩쓸었던 좌익적 성향에 적잖게 영향을 받았다.[41] 『별나라』를 중심으로 한 카프 계열이 『어린이』를 순수 아동잡지 또는 부르주아 잡지로 낙인찍으면서 자신들의 독자적인 세력을 구축했지만, 엄밀히 따진다면 『어린이』는 우파적 아동잡지로 단순 규정할 수만은 없는 잡지이다.

『어린이』가 근대 아동문학이 탄생하기 위한 역사적 배경으로서 낭만주의의 영향을 받아 동심주의 경향을 띠고 출발했던 것은 사실이다. 하지만 『어린이』는 방정환의 사상 경향이 그러했듯 계몽주의, 낭만주의, 그리고 현실주의적 경향까지 아우른 잡지였다. 특히 계급주의 작가들(송영·박세영·박영희·김기진 등)은 편집 겸 발행인이었던 방정환의 적극적인 비호 아래 1920년대 중반 『어린이』를 중심으로 작품활동을 할 수 있었다.[42] 또한 『어린이』가 1920년대 좌파적 견해를 적극 수용했던 개벽사에서 발행했던 잡지라는 점을 보더라도 『어린이』의 성격을 카프 작가들이 규정하는 것처럼 반동적 부르주아 아동잡지라고 매도할 수는 없다. 그런 점에서 1920년대 중후반 문단을 휩쓸던 좌우파의 분열을 최소화하면서 양자를 비판적으로 수용할 수 있는 아동잡지는 『어린이』라고 보아야 할 것이다.

하지만 『어린이』에 대한 카프 계열의 극단적 부정 속에서 좌우파

41) 방정환 사후 1931년에 이르면 표지 그림에도 쇠망치를 든 소년이 등장하는 등 급격한 변화를 보이기도 하는데, 이것은 방정환이 작고한 뒤 신영철이 『어린이』지에 입사하여 혁신호를 낸 것과 관련된다(고문수, 「『어린이』는 과연 假面誌일까?」, 『어린이』, 1931.5).

42) 원종찬, 「한국아동문학이 창조한 주인공」, 『창작과비평』, 창작과비평사, 1999년 봄호, 96~103쪽; 염희경, 「소파 방정환과 사회주의」, 『아침햇살』, 도서출판 아침햇살, 2000년 여름호 참조.

의 이념을 균형감 있게 조정할 수 있었던 방정환을 잃어버린 『어린이』는 중심 세력에 따라 좌파적 경향의 일시적 강화에서, 다시 동심주의적 성향의 강화로 선회하면서 현실주의의 기반을 잃는 등 극심한 변화를 겪는다. 이것은 좌파를 대변하는 『신소년』·『별나라』와 우파를 대변하는 『어린이』의 대립, 작가집단의 대립에 그치는 것이 아니다. 무엇보다도 그 양대 잡지를 뒷받침했던 독자층인 어린이와 소년단체의 분열을 초래하고 만다. 아동문단은 성인문단의 분열 못지않은 심각한 편향을 노정한 채 해방을 맞고 좌우파적 통합의 기운은 모호한 채 분단을 통해 양 체제의 이데올로기를 제도적으로 재생산하는 구도로 변질되면서 극단의 대립을 초래한다.

5. 아동문단의 새 지형도를 기대하며

이 글에서는 한국 근대 아동문단이 1920년대 방정환의 『어린이』 창간을 계기로 형성되었다고 보고 『어린이』, 소년회, 색동회가 근대 아동문단 형성에서 일종의 '제도'로 작용했음을 살펴보았다. 방정환이 주도한 천도교소년회의 이념과 활동은 근대 아동문학의 바탕을 이루었고 아동예술 중심의 소년회 활동은 아동문학의 독자층인 어린이를 대중적으로 확보하였다. 또한 본격적인 아동잡지 『어린이』의 출현, 색동회 동인의 아동문학 장르 개척과 아동문화의 확산 노력은 아동문단의 형성 조건인 전문 작가집단 형성의 중요한 기반이었다. 일반문단의 추천제와 동일한 권위를 지닌 것은 아닐지라도 『어린이』의 독자문예이자 현상문예제도는 아동문학 지망생인 소년문예가들을 키워냈다. 또한 각 신문사에서 실시한 동화·동요·동극 부문의 신춘문예도 아동문학가를 배출하는 제도적 장치였다. 이러한 제반 여건이 마련되고 안정적으로 이루어진 시기가 바로 1920년대였다.

한국 근대 아동문학은 소년회를 기반으로 전개되었기에 문화운동으로서의 성격이 강했다. 이러한 문화운동의 성격은 독자와 작가집단을 뚜렷하게 이원화하지 않고 아동작가집단은 소년회(소년부) 속으로, 소년회(소년부) 회원들은 아동문단으로 진출하는 데에 중요하게 작용했다. 여기서 한국 근대 아동문단의 특성으로 아동문학작가 집단에 두 층(전문작가집단과 소년문예가집단)이 존재하며 이들이 서로 영향을 주고받았다는 사실을 주목해야 한다. 소년문예가들은 전문작가집단으로부터 일방적으로 지도받는 수동적 존재가 아니라 초창기 아동문학을 형성한 중요한 작가집단으로 기능했던 것이다. 마찬가지로 전문작가 집단인 색동회 동인의 경우도 일방적으로 주기만 하는 자리에 섰던 것은 아니다. 창작동화 형성기에 독자들의 번안동화·창작동화·옛이야기 재화 등은 색동회 동인들에게도 영향을 끼치며 동화의 '상'을 함께 만들어 갔다고 적극적으로 평가해야 한다. 특히 당시의 동화는 특정 지면을 통해 고정된 실체로 존재하기만 했던 것이 아니라 '동화구연'이라는 특수한 형태로 작가와 독자 사이에서 상호 소통이 이루어지는 일종의 개방적 텍스트였다. 일례로 색동회 동인이었던 마해송은 개성소년회를 중심으로 활동하면서 동화구연을 했는데 이 구연 과정에서 「어머님의 선물」과 「바위나리와 아기별」이라는 동화를 다듬어 이후에 발표하기도 했다. 이것은 동화가 기본적으로 '어린이들에게 들려주는 문학'이라는 특성이 강하기 때문에 동화구연의 경험은 청자와 눈을 맞추며 함께 호흡한다는 현장성을 넘어서 텍스트 생성 그 자체에도 영향을 주었을 가능성을 시사한다.

1920년대 중반 계급주의 아동문학이 대두하면서 새로운 작가군이 등장하고 초기 『어린이』 중심의 아동문단을 다양화하기에 이른다. 하지만 곧 아동문단은 생산적인 담론 형성의 장으로 확장되기보다는 비생산적인 갈등 구도를 띠며 양분되고 만다. 양 진영을 뒷받침했던 소년운동과 문예단체들이 양분됨으로써 분열은 더욱 심화되었다. 아동문단을 유지·재생산하는 데에 중요한 기반이었던 독자층이자 작가층이기도 했던 소년문예단체의 분열은 아동문단 전체에 작용했다.

특히 성인문학과 아동문학에 걸쳐 '문학의 황금기'라 할 1930년대에 이르면 작품의 성과와는 별개로 문단 내 분열이 심각해진다. 1930년대 아동문단의 분열현상은 이후 분단을 거쳐 제도권 문단을 형성하면서 심각한 폐해를 야기했음도 간과할 수 없다.

남한의 아동문단만을 볼 때 이원수·이오덕을 계승한 현실주의 계열의 창작과 비평 활동과 아동문학에 대한 시민운동 단체의 적극적인 활동 등은 제도권 아동문단의 일방적 독주를 어느 정도 견제하는 역할을 했다. 이 과정에서 1980년대의 민중문학론에 힘입어 현실주의적 경향이 강화되면서 또 다른 편향(속류사회학주의적 경향)이 드러나기도 했다. 하지만 1990년대 중·후반을 거쳐 새롭게 진출한 젊은 세대의 작가와 비평가·연구자들에 의해 근대 아동문학의 성과와 한계를 비판적으로 성찰하는 움직임이 일고 있다. 이를 통해 새로운 세기에 걸맞은 아동문학과 아동문단으로 거듭나기 위한 모색이 이루어지리라 전망해 본다.

이 글에서는 『어린이』를 중심으로 1920년대 형성된 아동문단의 특성을 논의했기에 계급주의 아동문학이 1920년대 아동문단 형성의 한 축을 형성했음을 고찰하지 못했다. 1920년대 아동문단을 논의하기 위해서는 무엇보다도 『신소년』, 『별나라』를 주축으로 한 계급주의 아동문학의 새로운 문단 재편을 주목해야 한다. 아동과 소년운동, 아동문학·문화에 대해 『어린이』와는 다른 담론을 제기하며 대립적 '장'을 형성하고 촉발시켰던, 그리하여 해방 이후 분단 체제 속에서 상이한 아동문단의 형성이라는 기원을 갖게 한 이들 진영에 대한 면밀한 조명이 필요하다.

방정환의 초기 번역소설과 동화 연구

: 새로 찾은 필명 작품을 중심으로

1. 방정환 연구의 난점, 미확정 필명

한국 근대 문학 연구에서 원전(原典)을 확정하는 데에는 여러 가지 문제들이 있다. 이를테면 자료 수집 과정에서의 누락과 첨가, 현대어 표기 과정에서 빚어지는 문체와 어휘 해석의 오류, 무서명(無署名)과 비실명 작가의 실명 확정 과정의 문제, 그리고 창작과 번역·번안의 여부 등이다.[1] 원전 확정에서 제기되는 이러한 문제들은 문학 연구에서 일차적으로 요구되는 믿을 만한 텍스트를 마련하는 데에 상당한 곤란을 야기한다.

한국 근대 아동문학의 선구자라 할 방정환(方定煥)의 경우도 예외는 아니다. 방정환은 전집을 마련하기 어려운 요건을 두루 지닌 존재이다. 무려 20여 개에 달하는 필명을 사용했으며 『어린이』만을 살피

1) 김영민, 「한국 근대문학과 원전(原典) 연구의 문제들: 정전 재구성 논의의 기초 작업」, 한국현대소설학회·한국문학교육학회 공동 주최 학술대회 자료집, 『한국현대소설사의 정전 재구성과 문학교육』, 2007.11.10.

더라도 무서명으로 상당수의 지면을 메웠다.[2] 또한 창작과 번역·번안을 명확히 밝히지 않고 글을 쓰던 당시의 풍토에서 방정환이 남긴 상당수의 작품들을 구별하기도 어렵다. 실제로 방정환의 대표적인 창작동요로 알려져 온 「형제별」은 최근 일본 동요의 번역으로 주장되거나 곡만 빌었고 가사는 방정환의 창작이 개입되었다는 주장이 제기되는 등 여전히 논란거리다.[3]

이 논문에서는 또 하나의 가설이 되고 말 위험이 존재하지만 『동명(東明)』에 등장하는 필명 '포영(泡影)'과 『개벽』에 일본의 옛이야기를 번안한 '서몽(曙夢)'을 방정환의 필명으로 추정하고 그 근거를 밝히고자 한다. 한국 근대 문학 연구에서 최근 매체 관련 연구들이 상당히 진전을 보이고 있지만 『동명』 관련 연구는 거의 없는 실정이다. 최남선(崔南善)이 주재했던 시사주보(時事週報)인 『동명』에는 무서명과 비실명 작들이 상당수이다. 『동명』에 등장하는 '포영' 역시 현재로서는 실명을 전혀 알 수 없는 필명이다. 더욱이 포영은 대중소설이나 탐정소설을 주로 번역했는데 이 분야에 대한 연구가 부진한 현 상황에서 더욱 조명되지 못하였다.

이 글에서는 발표 지면과 작품의 성격을 검토하면서 그동안 제대로 알려지지 않았던 이 당시 방정환의 행적과 연관 지어 이들 필명이 방정환의 필명이었을 가능성이 상당히 높음을 밝히고자 한다. 이 연구는 그동안 알려지지 않았던 방정환의 행적을 보완하고 접근이 쉽

2) 확인된 방정환의 필명은 다음과 같다. ㅅㅎ생, ㅈㅎ생, 소파(小波, 소파생), sp생, 잔물, 북극성(北極星), 삼산인(三山人, 三山生), 쌍s(ss생), 서삼득, 몽중인(夢中人), 몽견초(夢見草), 은파리, 목성(牧星생, ㅁㅅ생), 성서인(城西人), 깔깔박사, 길동무, 파영(波影, 김파영, 파영생), 운정(雲庭, 金雲庭, 方雲庭), 일기자(一記者) 등이다. 그밖에 필자는 『보성』에 등장하는 '쉿파리'와 『녹성』의 '복면귀(覆面鬼)'를 방정환의 필명으로 추가하였다. 염희경, 「소파 방정환 연구」, 인하대학교 박사논문, 2007.

3) 일본 동요의 번역으로 본 논의로는 윤극영의 「나의 이력서」(정인섭, 『색동회어린이운동사』, 학원사, 1975) 43~44쪽과 심명숙의 「다시 쓰는 방정환 동요 연보」(『아침햇살』 15호, 도서출판 아침햇살, 1998년 가을호) 150쪽을 참조하기 바란다. 한편 곡조는 일본 동요이나 가사는 방정환의 창작으로 본 논의는 한용희의 『한국동요음악사』(세광출판사, 1994) 50쪽과 염희경의 「소파 방정환 연구」(인하대학교 박사논문, 2007) 230~234쪽을 참조하기 바란다.

지 않았던 필명을 확인하는 과정에서 근대 문학사의 한 공백을 메우는 일이 될 것이다. 나아가 방정환의 이 시기 번역 행위가 근대 문학 초기 사회주의 사상을 수용하는 과정과 맞물려 있었다는 사실도 주목하고자 한다. 이를 통해 '번역'이 근대 사상의 하나였던 사회주의 사상의 수입과 한국적 변용을 가능케 한 계기로 작동했음도 아울러 살필 수 있으리라 기대한다.

2. '포영(泡影)'의 「맷돌틈의 犧牲」

1) 『동명』의 필자 '포영(泡影)'은 누구인가?

『동명』에는 '포영(泡影)'이라는 필명으로 번역 소개된 단편소설 7편과 야담류의 글 4편, 영화 감상글 1편이 실려 있다.[4] '물거품 그림자'로 풀이되는 '포영(泡影)'은 방정환의 필명 '파영(波影)', 즉 '물결 그림자'를 연상케 한다.

---

4) 포영(泡影)이라는 필명으로 『동명』에 발표된 번역 소설은 다음과 같다.

「맷돌틈의 犧牲」(작. 런던), 1923.1.7~1.21(3회)(삽화에 S.S.R 또는 S.S).
「고백」(코오난. 도일), 1923.1.28~2.11(3회)(삽화에 S.S 이니셜 있거나 없음).
「망각」(모오리스, 루브엘), 1923.3.25(삽화에 이니셜 없음).
「배암가튼 계집」(엣싸아 웰레스), 1923.4.8(삽화에 이니셜 없음).
「새빩안 封蠟」(모오리스 루쌘랑), 1923.4.15.
「살아온 死體」(하로오드 와아드), 1923.4.22.
「인어의 탄식」, 1923.5.20~6.3(3회).

그밖에 야담류와 영화를 본 소감문이 있다.

포영, 「첫날밤에 춤추는 새악시: 정만수이약이」, 1923.1.7(삽화에 S.S).
무서명, 「姦婦 죽이고 돈버는 才操: 정만수이약이 (2)」(서두에 "오래간만에 틈이 쫌 낫스니 천하잡놈 정만수이약이나 또 한마디 할가한다. 벌서 몇 호를 걸렷스니 여러분이 혹 니젓슬지 모르나 첫날밤에 색시 춤을 추인 정만수말이다"라고 밝히고 있다. 무서명으로 되어 있으나 이전의 이야기에 이어진 것으로 '포(포영)'의 작품임을 알 수 있다).
포영, 「黃龍은 이 소매로 靑龍은 저 소매로: 정만수이약이 (3)」, 1923.4.8.
무서명, 「비단금침에 슬슬 기어 다니는 이: 정만수이약이 (3)」, 1923.6.3(서두에 "한 자리가 남앗스니 쏙 슨쳣은 정만수이약이로 먹칠이나 하야볼가"라고 밝히고 이야기를 시작하고 있다. 세 번째 이야기로 표기되어 있지만 정만수 이야기로는 네 번째 글이다).
포영, 「「愚者의 樂園」의 映寫를 보고」, 1923.2.4.

필자가 『동명』의 '포영'을 방정환으로 추정하는 첫 번째 근거는 '포영'의 다음과 같은 발언 때문이다.

「愚者의 樂園」의 映寫를 보고

나는 活動寫眞을 조하하는한사람이다. 線과光이 숨결가티 어른거리는가운데 사람이든 집이든 山川이든 花草이든 動物이든 現實의이세상에잇는 모든것이 그림속에서 또렷또렷하면서도 어섬푸레하게그림자가치 움직이고잇다. 그것을 보노라면 어쩐지나의幻想으로싸하올린아름다운숨의나라가 現實된듯한말할수업는歡喜를느끼엇다.

그러나 이아름다운 숨의나라가 殺人, 强盜, 보기만하야도 지긋지긋한慘劇으로 사람을 쓰을랴하며 到底히 現實生活에서는 들으랴들을수업고 보랴볼수업는 虛誕한 事件으로 充滿된 低級連續寫眞을 보면 더할수업시 不愉快하얏다. 卑俗한말갓지만 五六卷 짜리의 文藝寫眞을 얼마나 渴求하얏는지 모른다. 하건만 그런것은 아즉도 우리社會에 맞지안은지 쫌처럼 어더볼수가 없섯다. 그러든 次에 아름다룬숨의나라에 줄인 나의 창자를 족음이라도 불으게할寫眞이 「아렌」商會의 供給으로, 一月 三十日부터 團成社에 나타낫다. (…하략…) (泡)[5] (강조는 인용자)

『동명』에 실린 포영의 「「愚者의 樂園」의 映寫를 보고」라는 글을 보면 '포영'은 '활동사진'을 좋아하는 사람임을 알 수 있다. 그는 당시에 유행하던 저급연속사진(영화)을 비판하고 아름다운 문예물로서의 '사진'(영화)을 갈구한다고 밝히고 있다. 인용문에서 알 수 있듯 '포영'이라는 필명에서의 '그림자'는 '활동사진'을 통해 보는 세상의 온갖 것들이 '그림자'처럼 움직이고 이것을 환상과 꿈을 자극하는 것으로 여기는 필자의 감상에서 연유된 것이다.

---

5) 泡影, 「愚者의 樂園」의 映寫를 보고」, 『동명』 2권 6호, 1923.2.4.

방정환은 어린 시절 활동사진과 환등을 본 뒤 동네의 미술가로부터 선물 받은 환등기를 가지고 동네 아이들을 모아 놓고 환등대회를 열면서 구연을 했다. 이처럼 어린 시절 싹튼 대중문예, 즉 연극과 영화에 대한 관심은 청년 시절 활동에서도 이어진다. 그는 1918년 '경성청년구락부'의 망년회에서 자작 각본인 〈○○령(동원령)〉을 연출·주연한 바 있으며, 1919년 '천도교청년극회'를 조직하고 소인극(素人劇) 배우로도 활약하였다. 특히 1919년 11월, 우리나라 최초의 영화잡지 『녹성(綠星)』을 발행·편집하였다. 『녹성』에 소개된 작품은 대부분 태서문예이거나 외국의 유명한 영화를 소설화하여 소개한 것들이다. 『녹성』에는 번역자나 소개자를 실명으로 밝힌 글이 한 편도 없기 때문에 이 작품들을 방정환의 작품으로 확정하는 데에는 어려움이 따른다. 하지만 방정환이 초창기 『어린이』에 다양한 필명으로, 또는 무서명으로 지면을 메웠던 사실을 감안하면 『녹성』에 실린 글들도 상당수 방정환이 썼을 것으로 추정된다.

'포영'이 『동명』에 번역한 단편소설은 외국 탐정소설 또는 대중소설이라는 점에서 방정환일 가능성이 한층 높아진다. 이를 추적하려면 한국 근대 문학사에서 1920년대 초에 다수의 외국 탐정소설을 번역 소개한 작가가 과연 누구였는지를 먼저 살펴보아야 할 것이다. 탐정소설, 또는 '정탐소설(偵探小說)'로 일컬어지는 이 계열의 작품들에 대한 연구가 미진한 현재로서는 이를 실증적으로 밝히기는 어렵다. 먼저 1910~1920년대에 외국의 탐정소설을 번안한 대표 작가로 우보 민태원(牛步 閔泰瑗)과 천리구 김동성(千里駒 金東成)을 떠올릴 수 있는데, 이들은 『동명』에 번역을 발표하기도 했지만 '포영'이라는 필명을 사용한 바 없다.

그렇다면 '포영'을 방정환의 필명으로 추정하는 근거는 무엇인가. 무엇보다도 방정환과 탐정소설의 뿌리 깊은 관련성 때문이다. 방정환은 아동 탐정소설을 창작한 작가로 잘 알려져 있지만 그 이전 문학청년 시절에 외국의 탐정소설을 번역하기도 했다. 『녹성』에 무서명으로 소개된 탐정소설 「아루다쓰」(1919.11)나 필명 '복면귀'로 발표한 「疑問의 死」(『녹성』, 1919.11), 필명 '북극성(北極星)'으로 발표한 번역 탐정소설 「누구의 罪?」(『별건곤』, 1926.12), 필명 '북극성'으로 발표한 번역 탐정소설 「紳士盜賊」(『신소설』 창간호, 1929.12) 등은 방정환이 탐정소설에 각별한 관심을 갖고 즐겨 읽었으며 이를 번역했던 사실을 잘 보여준다. 더욱이 방정환이 보성전문상업학교의 문예부장으로 활동하던 1920년 6월에 모리스 르블랑(Maurice Leblanc)의 탐정소설 『팔일삼』을 구연했던 사실은 그가 일찍이 탐정소설에 관심이 많았음을 보여주는 예이다.[6] 실제로 포영이 번역한 소설 가운데에는 모리스 르블랑의 작품이 포함되어 있다.

한편 '포영'이 번역한 작품과 함께 실린 삽화에는 영자 이니셜 'S.S'가 적혀 있다. 이 삽화는 『동명』에 관여했던 당대의 유명 삽화가의 그림일 수 있다.[7] 그런데 흥미롭게도 'S.S'의 이니셜이 표시된 그림은 '포영'의 작품에서만 등장한다. 그렇다면 '포영'과 삽화가 'S.S'는 일종의 특별한 콤비였다고 가정할 수 있을 것이다. 나아가 '포영'과 'S.S'가 동일인, 즉 번역과 그림을 함께 할 수 있는 사람일 가능성도 있다.

이를 정리해 보자. 『동명』 소재의 번역 탐정소설과 「「愚者의 樂園」의 映寫를 보고」에서 알 수 있듯, '포영'은 탐정소설류를 즐겨 읽고 번역했으며 영화를 좋아하는 사람이다. 그리고 서양화풍의 그림을 그린, 영어 이니셜로 'S.S'를 쓴 사람과 각별한 관계였다. 흥미롭게도 잘 알려진 것처럼 방정환의 필명 가운데에는 'SS생', '쌍S생'이 있다.[8]

6) ≪동아일보≫, 1920.6.7·13 기사 참조.

7) 『동명』에는 심산(心汕) 노수현(盧壽鉉)이 양백화의 작품에 삽화를 그린 것을 비롯해 동양화 풍의 그림이 다수 실려 있다. 'S.S'가 '심산'의 영자 이니셜일 가능성도 배제할 수 없다. 이 당시 동양화가로 유명했던 노수현이 외국풍의 작품을 그릴 때에는 의도적으로 영자 이니셜을 썼을 가능성도 있기 때문이다. 만일 그렇다면 노수현의 작가 연보와 작품 연보를 재작성해야 할 것이다.

8) 참고로 '雙S'라는 필명의 첫 등장은 「여류운동가」(『신여성』, 1924.8)에서이다. '쌍S'의 필명이 어떻게 만들어졌을까를 생각해 보면, '소파생', 'SP생'이라는 필명에서 다시 'SS', '쌍S'

또한 방정환은 어릴 때 한국 최초의 근대 서양화 화가인 춘곡 고희동(春谷 高羲東)에게 직접 그림 지도를 받았을 정도로 그림 실력이 뛰어났다.[9] 방정환과 함께 『개벽』의 기자이자 천도교청년회원으로 활동했던 박달성(朴達成)에 따르면, 방정환은 "동화 잘하고 선전 고안 잘 내고 그 뚱뚱한 체격과 반대로 수교까지 묘하야 도안 부장 격"[10]으로 있었다고 한다. 방정환이 『신청년』을 발행하던 1920년을 전후로 그림 도구를 들고 다니며 사생을 즐겨 했다는 기록들[11]을 보면 그가 그림 그리기를 매우 즐겼다는 사실을 알 수 있다. 더욱이 필자가 발굴한 자료 가운데 방정환이 『개벽』에 연재한 「은파리」 가운데 1921년 2월의 '풍자기'에는 'SP생'이라는 필명으로 방정환이 직접 그린 풍자그림(漫畵)이 함께 수록되기도 하였다. 이러한 정황 등을 고려할 때 『동명』에 발표된 포영의 번역소설에 삽화를 그린 'S.S'는 방정환일 가능성이 상당히 크다. 이것을 다시 말하면 『동명』의 필자 '포영'과 'S.S'는 동일인으로 방정환이라고 추정해 볼 수 있다.

이러한 정황들과 함께 『동명』에 번역 소개된 작품의 특성도 이 당시 방정환이 관심을 갖던 작품들임을 확인할 수 있다. 'S.S'라는 이니셜이 표기된 다른 삽화들 가운데에는 '그림동화집에서' 옮긴 4편의 동화들이 번역 소개되기도 하였다.[12] 발표 시기는 모두 1923년 1월에서 3월까지다. 이 시기는 방정환이 번역동화집 『사랑의 선물』(개벽, 1922.7)을 출판한 이후이자 잡지 『어린이』(1923.3)를 중심으로 본격적

가 만들어졌으리라 추정된다. 그렇다면 '소파생'이라는 필명을 1918년부터 썼으니 『동명』에 나오는 'SS' 또한 그 뒤 만들어진 것일 수 있다.

9) 유광렬, 「방정환」, 『월간중앙』, 중앙일보사, 1973.1; 방운용 편, 『소파선생 이야기』(방정환 문학전집 제10권), 문음사, 1981, 97쪽.

10) 박달성, 『신인간』, 1928.4.

11) "電車에서쒸여나려 寫生具를들고 비를避하야쒸여드러오는이는小波다 西江附近으로寫生하러가다가 비를맛낫다한다."(「편집실에셔」, 『신청년』 3호, 1920.8, 23쪽)

12) 무서명, 「개고리 왕자: 그림동화집에서」 1923.1.28. (삽화에 S.S)
무서명, 「부레면의 음악사: 그림동화집에서」 1923.2.11. (삽화에 S.S)
무서명, 「묘와 이의 同居: 그림동화집에서」 1923.2.1. (삽화에 S.S)
무서명, 「기남이와 옥희: 그림동화집에서」 1923.3.18. (삽화에 S.S)

으로 아동문학 활동을 하기 직전이다. 이런 점에서 볼 때, 'S.S'의 삽화가 그려진 무서명의 그림 동화도 방정환의 번역일 가능성을 전적으로 배제할 수 없다. 지금까지 『동명』에 번역 소개된 '그림 동화'는 최남선의 번역일 것으로 추정되어 왔는데, 좀 더 정확한 고증이 필요한 대목이다.13)

2) '천도교사회주의' 관점으로 번안한 「맷돌틈의 犧牲」

포영이 『동명』에 번역한 작품 가운데 주목할 만한 작품은 잭 런던(Jack London)의 작품을 번역한 「맷돌틈의 犧牲」이다. 이 작품은 흥미롭게도 회월 박영희(懷月 朴英熙)가 「마이다스의 愛子組合」이라는 제목으로 『개벽』(1926.7~8)에 번역하기도 했던 작품이다. 계급주의 문학가였던 박영희가 관심을 갖고 번역한 작품 「마이다스의 애자조합」, 즉 포영의 「맷돌틈의 犧牲」은 노동자, 빈민계급이라 자처하는 조직

13) 최석희는, 최남선이 편집장으로 있던 『동명』에 그림 동화가 16편이나 실린 사실을 들면서, 육당이 신문이나 잡지를 통해 그림 동화와 전설에 대해 여러 번 언급했던 사실과 『동명』이 어린이잡지가 아닌 청소년 또는 성인용 잡지였다는 사실, 그리고 문체가 만연체이고 의성·의태어를 많이 쓴 점, 인명을 우리식 이름으로 바꾼 점, 한국 사회의 정서에 맞게 필요에 따라 원문을 첨가·삭제한 점을 들어 방정환의 번역이 아닌 최남선의 번역일 가능성이 높다고 보았다(최석희, 『그림 동화의 꿈과 현실』, 대구가톨릭대학교출판부, 2002, 106~123쪽). 그러나 근거로 제시한 이러한 사항은 방정환의 외국동화 번역의 경우에도 동일하게 적용된다. 실제로 방정환은 우리식 표현에 맞는 번안을 능란하게 구사했던 대표적인 번안동화작가였다. 다만 『동명』에 실린 그림 동화 가운데 「재투성이왕비」, 「개구리왕자」, 「염소와 늑대」는 방정환도 『사랑의 선물』과 『어린이』에서 번역 소개하였는데 이들 작품이 동일하지 않다는 점을 지적할 수 있다. 그러나 이 또한 방정환이 성인과 어린이라는 서로 다른 독자를 대상으로 한 매체라는 점을 감안하여 변화시켰을 가능성을 완전히 배제하기는 어렵다. 방정환은 『신청년』(1919.12)에 '단편소설'로 발표한 「금시계」를 『어린이』(1929)에 '소년사진소설'로 실으면서 대폭 개작하기도 했다. 이러한 사실은 방정환이 매체와 독자의 관련성을 중시하고 작품을 개작했음을 잘 보여준다. 이에 대해서는 염희경, 「「금시계」 개작으로 본 방정환의 문학적 변모」, 『창비어린이』 2호, 창비, 2003년 가을호 참고. 따라서 최남선의 문체와 방정환의 문체 비교는 물론, 당대의 다른 번역자(이를테면 오천석이나 전영택)의 번역일 가능성도 열어두고 텍스트에 대한 면밀하고 심층적인 분석이 이루어져야 할 것이다.

최석희와는 달리 『동명』에 수록된 그림 동화를 방정환이 번역했다는 주장도 있으나 이 또한 실증적으로 검증된 바 없다. 이유영·김학동·이재선, 『한독문학 비교 연구』 2, 서강대학교 인문과학연구소, 1980, 7쪽.

단이 구조적 모순에 따른 부의 불균등을 해소하기 위해 상류층의 부의 일부를 노동자 계급을 대변하는 조직단에게 기꺼이 줄 것을 요구하면서, 그것을 지키지 않을 때 무고한 인명을 가차 없이 살해하겠다는 협박과 함께 이를 실행한다는 이야기이다. '마이다스 애자조합'으로부터 협박을 받은 자본가는 자살을 하고 그의 비서이자 재산 상속자인 주인공은 자신이 원치 않는 일에 불가피하게 개입되어 이러한 사실을 고발하는 유서를 남긴 채 그 또한 자살하고 만다. 박영희는 『개벽』에 이 작품을 소개하면서 "會에存在하야 잇는 戰慄할만한暴惡과 마이다스愛子組合의이를反抗하는 最後의 큰努力의戰鬪가어듸까지나갈것을 우리는興味잇게 다음號에서기다리자"(1926.7, 96쪽)라고 2회로 분재하면서 밝히고 있다. 그는 사회에 만연된 부의 불균등한 분배와 계급적 갈등을 폭악으로 보고, '마이다스 애자조합'의 행동을 이에 저항하는 최후의 큰 노력, 즉 전투로 일면 긍정적으로 보고 있는 것이다. 이 작품에서 마이다스 애자조합은 자신들을 세계의 자본주의에 대항해 부의 반환을 요구하며 전쟁을 선포한 자들이라고 선언한다.

> 賃金奴隷로 未明에서深更까지 粉骨碎身하야 節制的生活을營爲한다하드래도, 吾人은六十年間, 아니六十年을二十倍하드래도, 現存한資本의偉大한集積에 對抗할만한金額을 貯蓄할수업스리라. 그러하되吾人은競爭場裡에出張하얏다. 吾人은 지금 世界의資本에向하야 挑戰하얏노라. 남이야싸움을 원하든마든 우리는아니싸울수업다.[14]

14) 포영, 「맷돌틈의 犧牲」, 『동명』, 1923.1.7(1회). 참고로 박영희의 번역은 다음과 같다. "賃金노예로써 새벽부터 밤중까지 몸이달코 쌔가부러저도 특일하며 절제덕생활을하여보아도 우리는 륙십년동안에 안이 륙십년을이십를더할지라도 현존한자본의위대한集積에대항함에덕당한금액을모흘수가업노라. 그런데불고하고 우리는 경쟁하는터로나왓노라. 우리는지금 세계의자본주에행해서 싸움을 거노라. 그것이 싸움을하고십든 하고십지안튼 엇지햇든 싸움하지안으면안이된까닭이다."(『개벽』 72호, 1926.8, 47쪽)

흥미로운 것은 그들 조직단은 스스로를 현대의 최종의 실패이며 타락한 문명의 오욕이라 밝힌다는 것이다. 이것은 그들이 자신들의 조직명을 "萬物黃金化에 依하야 咀呪바든 '마이다스'왕"(1회)에서 따온 데에서도 잘 드러난다. 그들은 스스로를 현대의 자본주의 체제가 낳은 필연적인 저주의 산물이라고 자처하면서 자신들을 낳은 그 태반을 파괴하고자 한다.

> 吾人은 避하라避할수업다. 吾人은産業的社會的不正의 集積이다. 吾人은 吾人을創造한社會를 敵對하노라. 吾人은 現代의最終의失敗이다. 墮落한文明의汚辱이다.
>
> 吾人은 邪惡한社會淘汰의産物이다. 吾人은 力으로써力에 對抗한다. 强者가 勝利를制하리라. 吾人은 適者生存의法則을 밋노라. 貴下는, 貴下의賃金奴隷를 塵埃中에壓服하고 生存하얏다. 戰爭의首領들은 貴下의命令을바다 貴下의 雇傭者들을 豚犬과가티 幾多의 비린내나는 「스트라이키」에서 射殺하얏다. 如此한方法에依하야 貴下는 勝利를獲得하얏다. 吾人은 그結果에 對하야 不平을提唱치안는다. 何故이냐하면, 吾人도同一의自然法에잇서 存在함인줄 承認하얏슴일세니라. 이에이르러 問題가생기나니, 가론—現在의社會的環境에잇서서는 우리의어느편이 生存할것인가?15)

마이다스 조직은 세계 자본주의와의 전쟁을 위해서 약육강식 생존경쟁의 논리를 승인하고 자신들도 자본가와 동일한 방식으로 무고한

---

15) 포영, 위의 글, 『동명』, 1923.1.21(3회). 박영희 번역은 다음과 같다.
"우리는 不可避이다. 우리는産業的社會的不正의集積이다. 우리는 우리를創造한社會를敵對한다. 우리는 현대의마지막失敗이다. 타락한문명의汚辱이다.
우리는邪惡한社會淘汰의産物이다. 우리는 힘으로써 힘을대항한다. 강쟈가승리를 어들것이다. 우리는 뎍자생존의법측을 밋는다. 귀하는 賃金奴隷를먼지속에압박하고 생존하엿다. 전장의 수뢰자들은 귀하의명령을 바더가지고 귀하의 고용쟈들은 개처럼 여러번이나 극렬한 동맹파업이잇슬때에 총을쏘아 죽이어버렷다. 이러한방법으로써 귀하는승리를어덧다. 우리는 그결과에대해서는불평을말하지안는다. 웨그런고하니 우리도 同一한自然에서 살어가고잇는것을 승인하는까닭이다. 여긔에서 문뎨가생긴다. -말하기를 현재의社會的環境에서는 우리들의누구가 생존할것일까?"(『개벽』 72호, 1926.8, 56쪽)

민중들의 피를 대가로 자본가와 전쟁을 벌인다. 박영희는 탐정소설의 한 갈래인 범죄소설인 '마이다스 애자조합'이라는 원제를 그대로 쓰면서 번역을 통해 이들을 일면 긍정적으로 바라보고 계급주의 사상을 고취하려는 의도를 드러냈다.

한편 「맷돌틈의 犧牲」을 번역한 포영은 이러한 조직단이 세계 자본주의의 사회적 모순의 심화로부터 불가피하게 등장할 수밖에 없다는 생각에 공감하면서도 긍정적으로만 바라보지는 않는다. 그것은 포영이 원작의 제목을 살리지 않고 '맷돌틈의 희생'으로 번안한 데에서 엿볼 수 있다. 포영은 "貴下等은上府의, 吾人은 下部의臼石으로, 이 사람의生命은 그中間에서 갈릴쌘"(1회)[16]이라는 조직단의 언급처럼 자본가와 급진적 사회주의 조직단 사이에서 희생당하는 무고한 사람들의 희생에 주목하고 있다. 「맷돌틈의 犧牲」은 포영, 즉 방정환이 당시 사회주의 사상으로부터 강한 영향을 받던 시기였음을 잘 보여주는 작품인 동시에 그가 당시의 사회주의자들과 동일한 사상적 지향을 갖지 않았던 것을 보여주는 작품이다. 즉, 그는 자본주의와 사회주의와는 다른 제3의 길을 걸었던 천도교 신파의 조직 노선을 따른 핵심 인물이었다. 방정환은 기독교사회주의자였던 오스카 와일드의 「행복한 왕자」를 「왕자와 제비」로 번안하면서 결말에서의 새롭게 다시 쓰기를 통해 천도교사회주의 사상을 드러낸 바 있다.[17] 즉, 그는 민중의 절대 평등 사회를 지향하면서 지상에서의 천국 건설을 구체화하고자 천도교 개조운동을 전개했다. 「맷돌틈의 犧牲」은 원작 자체의 성격상 그러한 면모가 구체화되지는 않았지만 자본주의 체제의 모순을 비판적으로 바라보고 있다는 점에서는 사회주의 사상에 공감하고 있음을 보여준다. 동시에 이 작품은 박영희의 번역과 견주

16) 박영희 번역은 다음과 같다.
"귀하등은 상부에 우리는하부에잇는 매쫄과가트니 그로동자의생명은 그중간에서갈리려고할쌘"(1926.8, 48쪽, 인용자 강조)

17) 염희경, 「'네이션'을 상상한 번역동화: 방정환의 『사랑의 선물』에 대하여(1)」, 『동화와번역』 13집, 동화와번역연구소, 2007.6, 172~181쪽 참고.

면 자본주의에 맞서는 급진 사회주의자들 사이에 희생양이 되는 '민중'을 주목함으로써 '인간 중심주의' 사고를 펼치고 있다. '사람이 곧 하늘'이라는 신념 속에서 계급적·민족적 착취로부터 해방된 신사회를 구현하려 했던 천도교사회주의 사상을 보여주는 번역인 셈이다.

단편소설이 본격적으로 형성되던 1910년대 후반~1920년대 초기에 방정환은 외국의 단편소설과 탐정소설, 일본의 사회주의 사상이 담긴 우화 형식의 단편 「깨여가는 길」을 번역하면서 자연스럽게 단편 양식을 학습하였고 이러한 번역 활동은 그가 단편 소설과 탐정소설, 우화 등을 창작하는 데에 영향을 주었다. 그의 이러한 번역 행위는 서구 근대의 사상, 특히 사회주의 사상을 학습하고 자기화하는 일종의 도구였던 셈이다. 그러나 이때의 번역 행위는 우리에게 없는 낯선 것의 이식이라기보다는 당시 조선의 현실에서 요청되었던 새로운 사상적 조류를 소개하고 우리 실정에 맞게 변용한 것이다.18)

3. '서몽(曙夢)'의 「XX鬼의 征伐」

1) 『개벽』의 '서몽(曙夢)'은 누구인가?

방정환은 『어린이』 잡지를 편집하면서 일본 잡지에 실린 글을 '번역'이라 밝히지 않은 채 실었던 것에 대해 독자의 불만 섞인 편지를 받은 적이 있다. 그러한 글은 대개 상식 관련 글이나 놀이감 소개 등이다. 지금까지 알려진 바로는 방정환이 많은 외국의 동화와 소설들을 번역 번안했지만(물론 이때 번안의 중역본은 일본어판이었다) 일본의 동

18) 방정환이 계급적·민족적 함의를 띤 작품 「狼犬으로부터 家犬에게」(『개벽』, 1922.2)를 이른 시기에 창작했던 사실도 사회주의 사상의 수용과 변용을 잘 보여준다. 「狼犬으로부터 家犬에게」는 계급적 관점과 반제국주의적 관점, 나아가 생명주의 본성주의적 의미를 내장한 작품으로 다양하게 해석할 수 있다. 이에 대해서는 염희경(앞의 논문, 101~103쪽) 참조.

화와 소설을 번안한 경우는 없다. 이것은 방정환의 민족주의적 성향에서 비롯된 것으로 볼 수도 있지만, 그 당시에는 일반 성인 독자들은 물론 보통학교 교육을 받은 어린이들이라면 대체로 일본어로 된 책(교과서·잡지·문학작품)을 쉽게 접할 수 있었기 때문에 굳이 번역의 필요성을 느끼지 않았다고 보는 것이 더욱 타당할 것이다. 이것은 아동문학뿐 아니라 성인을 대상으로 한 문학의 경우에도 서구의 작품이 주로 번역 소개되었던 상황과 비슷하다.

『개벽』(1922.6)에는 '서몽(曙夢)'이라는 필명으로 일본의 옛이야기 「모모타로」를 번안한 「XX鬼의 征伐」이라는 작품이 실려 있다. 지금까지 '서몽'이라는 필명은 알려진 바 없고, 더욱이 방정환의 필명으로 거론된 적도 없다. 『개벽』에는 이 작품 외에는 '서몽'이라는 필명이 더 이상 등장하지 않는다. 다른 지면을 확인한 바로는 1921년 경 ≪동아일보≫에 '朴曙夢'이라는 필명으로 「독자문단」에 몇 편의 시들이 실린 경우가 있다.[19] 이들 시는 거의 낭만적인 시풍에 외국어의 남발 등을 보이고 있어 『개벽』에 실린 「XX鬼의 征伐」과는 성격이 판이하다.

방정환은 '小波생, 小波, 소파, 잔물, SP생, 에쓰피생', '夢中人, 夢見草'에서 알 수 있듯 같은 필명을 여러 방식으로 표기('生'의 덧붙임, 한자 표기, 한글 표기, 순우리말 표기, 영어 이니셜 표기 등)하거나 필명에서 한 글자를 따서 다른 필명을 만들어 쓰곤 했다. 필자는 『개벽』에 나오는 '曙夢'을 방정환의 필명일 가능성이 높다고 보는데, '서몽'도 '몽중인'처럼 '夢'자를 넣어 지은 필명으로 보인다.[20]

---

19) 박서몽(朴曙夢), 「소리업는저녁바람」, 「그날밤」, ≪동아일보≫, 1921.6.19; 박서몽, 「困憊한두勇士」, 「올간의소리」, ≪동아일보≫, 1921.6.27; 「小星」, 「哀歌」, 「까닭업는눈물」, ≪동아일보≫, 1921.7.14.

≪동아일보≫의 「독자문단」에 7편의 시가 세 번에 걸쳐 실렸다. 방정환도 이 시기 낭만적 시 세계를 보여주었다는 점에서 '박서몽'을 방정환의 필명이라 생각할 수 있지만, 선택한 어휘(외국어)를 볼 때 방정환은 아닌 것으로 판단된다. 또한 방정환은 박서몽의 시가 발표되던 이 시기에 이미 동화번역가로, 또한 『개벽』을 중심으로 소설작가로 활동하던 때였다. 그는 ≪동아일보≫(1922.1.6)에 「작가로서의 포부」를 발표할 정도로 문단에서 위치를 차지하고 있었다. 그런 그가 이 시기에 「독자문단」을 통해 시를 발표했을 가능성은 희박하다.

「XX鬼의 征伐」이 발표된 시기에 방정환은 일본의 객지에서 자신이 묵는 일본인 하숙집을 '몽환탑(夢幻塔)'이라 불렀다. 그 이유는 "어두운琉璃窓으로는市街의 電燈불이 ᄭᅮᆷ갓치ᄭᅳᆷ벅ᄭᅳᆷ벅보이고 이쇽에셔 淸國 국슈장사가 불면셔지나가는 胡笛갓흔 소리가 <u>夢幻曲</u>갓치들녀오면 ᄯᅩ 나는 그 소ᄅᆡ와그情景에마음이 ᄭᅳᆯ녀서 어느듯<u>故國ᄭᅮᆷ</u>을 ᄭᅮ게"[21]된다며 "고요한밤에 잠아니오는눈으로 ᄭᅡᆷ박ᄭᅡᆷ박 電燈불빗 나는 市街를나려다보고 안졋스면 정말 夢幻塔" 같다고 밝히고 있다. 그가 일본의 '몽환탑'에서 꾸는 꿈은 "고국꿈"인 것이다. '서몽'을 풀이하면 '새벽꿈'이다. 이를 잠 안 오는 '새벽녘에 꾸는 고국 꿈' 또는 '새벽을 기원하는 꿈'이라고 볼 수 있을 것이다. 방정환의 필명 '몽중인' 역시 '꿈 속 사람'으로 풀이되지만 이를 '고국 꿈을 그리는 사람' 또는 '낭만적 동경과 꿈의 세계에 있는 사람'이라는 의미로 지은 것으로 볼 수 있다.

한편 일본 근대 문학 초창기에 러시아문학 전공자이자 번역가로 유명한 노보리 쇼무(昇曙夢)라는 인물의 존재는 '서몽'이라는 필명을 해명하는 데에 흥미로운 단상을 제공한다. 『개벽』에 발표된 '서몽'의 「XX鬼의 征伐」은 일본인 노보리 쇼무의 작품을 번역한 것으로 추정해 볼 수도 있을 것이다. 그러나 노보리 쇼무의 연보나 작품 연보를 검토한 결과 그러한 사실을 발견할 수 없었다. 1920년대 한국의 근대 작가들이 러시아문학을 수용하는 데에 노보리 쇼무의 일본어 중역본은 상당한 영향력을 끼쳤다. 방정환도 러시아 단편 소설(체홉의 「寫字生」, 솔로호프의 「어린羊」, 투르게네프의 「密會」)을 번역하기도 했는데 그때 노보리 쇼무의 중역본을 보았을 것으로 추정된다. 방정환이 당시 노보리 쇼무가 번역한 러시아문학을 읽으면서 그의 필명을 따서 '서몽'이라는 필명으로 일본의 대표적인 옛이야기인 모모타로를 계급주의

---

20) 방정환의 필명 가운데 '夢'자 계열 필명으로 처음 등장하는 것은 '夢見草'로 발표한 「운명에 지는 ᄭᅩᆺ」, 『부인』, 1922.9에서이다. '曙夢'에서 '夢'자 필명이 유래되었을 가능성이 있다.

21) 小波, 「夢幻의 塔에서: 少年會여러분ᄭᅦ」, 『천도교회월보』, 1922.2, 87쪽.

적 시각으로 번안 재화했다고 추정할 수도 있다. 이러한 가설은 방정환이 이 시기 사회주의 사상과 친연했다는 사실을 볼 때 그리 타당성이 없는 것은 아니다.

무엇보다도 '서몽'을 방정환의 필명으로 추정할 수 있는 중요한 단서는 이 당시 『개벽』에 동화를 소개했던 작가로 방정환이 유일했다는 사실이다.[22] 또한 「XX鬼의 征伐」의 발표를 전후로 방정환이 『개벽』에 발표한 작품들을 살펴보면 흥미로운 사실이 발견된다.[23] 「XX鬼의 征伐」 발표 이전 방정환은 일련의 사회주의 사상이 담긴 작품들(「은파리」, 「쌔여가는 길」, 「狼犬으로부터 家犬에게」)을 잇달아 발표했고, 「XX鬼의 征伐」 발표 이후 곧 외국 동화 번역(「호수의 여왕」, 「털보장사」)과 동화 평론(「새로 開拓되는 童話에 關하야」)을 발표하였다. 특히 「XX鬼의 征伐」이 발표된 『개벽』 1922년 6월호에는 방정환의 번역동화집 『사랑의 선물』의 출판에 대한 대대적인 광고가 실리기 시작했다. 방정환은 사회주의 사상이 노골적으로 드러나는 작품의 경우 당시로서는 필자를 정확히 알 수 없는 '목성'이라는 필명을 사용했는데, 「XX鬼의 征伐」도 필자를 알 수 없는 '서몽'이라는 필명으로 발표하였다. 「XX鬼의 征伐」은 사회주의 사상과 동화의 만남이 본격적으로 시도

---

22) 이 시기 『개벽』에 발표된 동화는 방정환의 번역동화 「호수의 여왕」(1922.7~9)과 「털보장사」(1922.11) 두 편과 고래동화 당선작뿐이다. 그 뒤 1920년대 중반에 박영희가 번역한 '무산동화' 「왜」(『개벽』, 1926.3)가 실린 바 있다. ≪동아일보≫의 〈독자문예〉에 발표된 '박서몽'의 시와 1920년대 초창기 박영희 시의 유사성을 감안할 때 서몽이라는 필명으로 발표한 「XX鬼의 征伐」을 박영희의 개작으로 추정해 볼 수도 있을 것이다. 이에 대해서는 진전된 박영희 연구와 함께 좀 더 정밀한 고증이 요구된다.

23) 『개벽』에 발표된 방정환의 글은 확정할 수 있는 것으로는 다음과 같다.
잔물, 「어머님」, 「新生의 선물」(번역시), 1920.6; 목성, 「流帆」(소설), 1920.6; 잔물, 「元山갈마 半島에서」(시), 1920.7; 잔물, 「어린이노래: 불켜는이」(번역시), 1920.8; 소파, 「秋窓隨筆」(수필), 1920.9; 잔물, 「望郷」(시), 1920.11; 목성, 「그날밤」(소설), 1920.12~1921. 2(3회); 목성, 「銀파리」(풍자만필), 1921.1~12(8회); 에쓰피생, 「달밤에 故國을 그리우며」(수필), 1921.1; 목성, 「쌔여가는 길」(번역 우화), 1921.4; ㅁㅅ생, 「狼犬으로부터 家犬에게」(우화), 1922.2; 방정환, 「湖水의 女王」(번역동화), 1922.7~9(2회); 잔물, 「公園情操: 夏夜의 各 公園」(수필), 1922.8; 소파, 「털보 장사」(번역동화), 1922.11; 소파, 「새로 開拓되는 童話에 關하야: 특히 少年 이외의 一般 큰이에게」, 1923.1; 방정환, 「數萬名 新進役軍의 總動員- 일은 맨미테 돌아가 始作하자」, 1924.7. (강조는 필자)

된 작품으로, 일종의 검열을 의식한 의도적 필명 사용으로 보인다. 이상에서 살핀 것처럼 서몽의 「XX鬼의 征伐」은 방정환의 이 당시 번안작에서 보이는 계급주의적 경향성을 그대로 드러내고 있다는 점에서 방정환의 필명일 가능성이 상당히 높다.[24)]

『개벽』에서의 「모모타로」 번안과 관련해 '서몽'을 방정환의 필명으로 볼 수 있는 또 다른 근거로 『개벽』의 〈조선고래동화모집(朝鮮古來童話募集)〉(『개벽』, 1922.9) 공고 당시의 다음과 같은 발언을 들 수 있다.

> 우리는姑捨하고라도 우리의압헤새로生長하는 새民族에게 길러줄무엇을 우리는가지고잇는가 달은곳 아모것으로도比하지못할 高尙한 朝鮮古來의 童話와童謠는 이에 留意하는이업슴에 어느듯 몰르는中에파뭇처버리고 京鄕의우리새民族은불으느니 モシモシカメ이고 아느니 ウラジマ太郞, 桃太郞 쌘이로다 아아兄弟여 이것을이대로 바려둔다하면우리의明日이엇지될것이겟나뇨.

『개벽』에서 조선고래동화 모집을 주도했던 인물은 다름 아닌 방정환이었다. 모모타로(桃太郞)는 일본의 대표적인 옛이야기로 당시 우리 어린이·성인들에게 널리 알려진 이야기였다는 사실을 확인할 수 있다. 일본에서 에도 시기부터 전해지던 이 이야기가 국정 교과서에 실리고, 이와야 사자나미(巖谷小波)가 모모타로를 "일본 제일의 이상적인 오토기바나시"라 하여 모모타로를 빌어 자신의 국민교육론을 편 『모모타로주의 교육(桃太郞主義の敎育)』(東亞堂書房, 1915)을 낼 정도였다. 이 작품의 재화만도 일본의 유명 작가들에 의해 당대는 물론 1960~1970년대까지 지속되었다. 이처럼 널리 알려져 있는 모모타로, 그것도 1910~1920년대에 일본에서 군국주의적 색채가 강하게 부각되며 재화되곤 했던 모모타로를 방정환이 이 시기에 '서몽'이라는 필

24) 『개벽』을 비롯해 다른 지면에서도 '서몽'이라는 필명은 더 이상 찾아볼 수 없다. 방정환이 이후 '몽중인'을 비롯한 '몽'자류 필명들을 만들어 썼을 가능성이 높다.

명으로 『개벽』에 번안하여 실은 것이다.

2) 계급주의 시각으로 번안한 일본 옛이야기 '모모타로' 「XX鬼의 征伐」

「XX鬼의 征伐」은 당대의 모모타로, 즉 일본의 모모타로를 새롭게 재해석하여 번안한 작품이다.

一.

녯날어느洞里에 아들도쌀도업는 正불상한늙은이 두內外가살앗습니다. 오막살이單間집에서 生活이貧寒하야 한머니는싹빨래질을하고 녕감은나무팔이를해서 아츰저녁으로粥을끌혀먹으며 간신히살아갑니다. 게다가 서리우에눈덥히는셈으로 그洞里뒷山에사는 XX鬼라는 가장 몹쓸고 惡하게되어먹은鬼神들이,

「이山은 내所有니 세金을물고야 나무를한다!」

「이江은 내所有니 세金을물고야 빨래를한다!」

이리하야 番番이 세金이라는것을 저무도록 번것에서 半分式이나 바다가군하기때문에 늙은네살림은漸漸더구차하게되어 하로에죽한끼식끌히기도 어렵어저갑니다.

그런데 이두늙은네만아니고 그洞里에사는여러사람들은 누구나 다 뭇人間이 봄내나녀름내나 짬흘리고 애써벌어도畢竟은 이XX鬼에게折半식은논하바치게됨으로 헐수헐수업시 늘 배를 골코지내는터입니다. (…중략…)

그래서 그洞里사람들은 모다속으로 自己네들은 一年내내 죽도록일하고도 헐벗고 배를늘 줄이는데 어째서 저XX鬼들은 平安히 놀기만하고도 비단옷을감으며 쌀밥에고기국을먹을고 하야 부르지질수업는 원망과不平과미움을 가슴썻품고잇는것입니다. 누구든지 그들가운데 눈을바로쓰고 勇猛과熱情이잇는사람이잇설슬것가트면 벌서 그洞里안에이러타하는 무슨別부르지즘이일어낫슬것입니다. 그러나 不幸히 그들은다無識하고 눈이어둡어 무엇이무엇인지分別할줄을몰랏습니다. 勿論그러케無識하고눈이 어둡게되엇도 다 그

XX鬼째문입니다.

-째에마츰 그빨래질하고 나무팔이를하야 아츰저녁으로 粥을끌혀먹어가며살던 늙은네집에서 世上에는 다시업슬무슨奇怪한일이하나생기엇습니다. 또그奇怪한일이생기인後로 이어서 世上에업던異常한運動이일어낫습니다. (69~70쪽, 강조는 인용자)

번안작 「XX鬼의 征伐」은 총 여섯 부분으로 되어 있다. 인용한 부분은 이 작품의 도입부로 일본 옛이야기에는 전혀 언급되지 않는 부분이다. 새로 추가한 이 부분에서 번안자는 桃童(모모타로)이 XX鬼를 정벌하는 이유를 계급적 착취로부터의 해방이라는 시각을 부각하였다. 에도 시기까지의 모모타로에는 오니 정벌의 이유가 제시되지 않은 채 오니섬을 정벌해 보물을 빼앗아오는 것으로 되어 있다. 그러던 것이 이와야 사자나미의 모모타로에 이르면 "원래 이 일본의 동북쪽, 넓고 넓은 바다 아득히 먼 곳에, 도깨비가 사는 섬이 있습니다. 그 도깨비의 마음 사악해서 우리 신의 가르침을 따르지 않고 도리어 일본을 공격하여 백성들을 잡아먹고, 보물을 빼앗아 가는 참으로 못된 놈"이 있으니 정벌을 하겠다고 한다. 이와야 사자나미의 국가주의적 이상이 결부되어 정벌의 정당성을 구체화하고 있는 것이다. 메이지 시대 일본의 부국강병책과 맞물려 국정교과서에 모모타로 이야기가 지속적으로 실렸고 그 뒤 이와야 사자나미의 『모모타로주의 교육』을 통해 모모타로는 부국강병책과 일치되어 패전 때까지 지속되었다. 이 시기동안 모모타로는 전형적으로 군국주의 이미지를 등에 업고 일본 대중에게 다가갔다.[25)]

「XX鬼의 征伐」을 방정환의 번안으로 추정할 수 있는 또 다른 근거는 방정환이 일본 사회주의자 사카이 도시히코(堺利彦)의 「깨여가는 길」(『개벽』, 1921.4)을 번안하면서 보여주었던 계급적 의식을 이 작

25) 나메카와 미치오(滑川道夫), 『桃太郎像の變容』, 東京書籍株式會社, 1981 참조.

품에서 그대로 드러내고 있기 때문이다. 유물론의 관점에서 해석한 것도 그렇지만 「쌔여가는 길」에서 구사한 말들과 필자가 「XX鬼의 征伐」의 인용문에서 강조한 부분은 유사하다.

> "에에 어리석은 놈들!"
>
> 하고 赤頭가 부르지젓다.
>
> (…중략…)
>
> "그러나 村民은 그저 눈이 씨지를안햇다. 그저 이때까지 깨닷지를못하고잇단다"
>
> "에에 답답한 사람들!"
>
> 赤頭가 또 부르지젓다.[26]

「XX鬼의 征伐」은 엄밀히 따지면 옛이야기의 올바른 재화에 실패한 작품이다. 단순 소박하며 건강하고 생명력 있는 옛이야기의 원형을 잘 살려내지 못했으며, "洞里사람들도누구던지 다쌈흘리고 일하는것은그만두지안으되 옷밥이次次넉넉해지고 子女들에게 글배워줄힘과 新聞雜誌를 사다읽을생각도날 것"(71쪽)이라든가 "오늘날 우리 젊은사람들가튼동무가 그때에 나서 桃童이와가튼處地에잇게되고 가튼經驗을가지게되엇스면 누구나 다 桃童이가하는생각과 經營을벌서 하엿슬 것"(71~72쪽)이라는 식으로 작가가 당대의 관점에서 직접 개입해 군말을 늘어놓는 것 등은 옛이야기의 매력에서 벗어난 것이다.[27] 특히 자녀교육에 관한 생각이나 언론·출판에 대한 관심, 그리고 청년운동에 대한 작가의 생각 등이 그대로 노출되고 있다. 하지만 작가 의식의 측면에서 볼 때 방정환과 사회주의의 친연성을 잘 보여

26) 계리언, 목성(방정환 필명) 번안, 「쌔여가는 길」, 『개벽』, 1921.4, 136~137쪽, 강조는 인용자.

27) 방정환이 초기에 재화한 옛이야기 「이상한 샘물」(1923)을 보면 이 당시 옛이야기의 들려주는 말투나 단순성, 간결성의 미학을 제대로 이해하지 못했던 것으로 보인다. 이에 대해서는 염희경, 「전래동화, 근대 아동문학으로 편입된 옛이야기」(『창비어린이』 4호, 창비, 2004년 봄호)를 참조할 것.

주는 번안이라 평가할 수 있다.

더욱이 당시 일본의 모모타로 이야기는 이와야 사자나미는 물론이고 『아카이도리(赤い鳥)』의 동심주의 작가들, 심지어 계급주의 작가들에 의해 끊임없이 변용되면서 재화되던 문제작이다. 방정환은 당시 일본에 유학하던 시기로 일본의 아동문학 사조들에 영향을 받으면서도 군국주의 색채가 강한 이와야 사자나미의 재화나 '여리고 착한' 어린이상으로서의 모모타로를 부각시켰던 동심주의 작가들과는 달리 번안작을 통해 모모타로를 새롭게 재해석했다. 「XX鬼의 征伐」은 일본의 계급주의 작가들이 계급적 관점을 견지하고 재화한 모모타로보다도 훨씬 앞선 시기의 재화이자 번안이다. 일본의 식민지였던 조선에서 사회주의적 시각으로 재화한 모모타로라는 점에서 이 작품은 한일아동문학 비교사에서도 주목할 만한 의미 깊은 작품이다. 그런 점에서 나메카와 미치오의 『모모타로상의 변용』에도 '서몽'의 「XX鬼의 征伐」은 중요한 일차 자료로 검토되어야 할 것이다.

4. 남은 과제: 필명 확인 연구의 필요성

이 논문에서 필자는 연구의 부진으로 접근조차 되지 않았던 '포영'과 '서몽'을 방정환의 필명으로 추정하고 그 근거를 제시하고자 하였다. 현재로서는 간접적 자료를 통한 추정에 불과한 것으로 이후 실증적 자료를 확보하여 구체적으로 입증해야 할 과제가 남아 있다. 또한 작품 자체에 대한 보다 심층적인 연구를 통해 그 근거를 마련하는 일이 요구된다.

이러한 연구는 동시대 근대 문학자들의 필명 확인 작업과 함께 본격적으로 검토되어야 하기에 지난한 작업이 될 것이다. 더욱이 근대 문학사 연구에서 지금까지는 아동문학이 특수문학으로 간주되면서 '근대 문학', '근대 문화'의 장 속에서 본격적으로 논의되며 소통되지 못했기 때문에 연구의 진전을 가로막아 왔다. 최근 들어 근대 문학 형성기에 문학이 제도화 되는 과정, 매체 관련 연구 등에서 방정환이 새롭게 주목받고 있다. 방정환은 아동문학 분야만의 협소한 시각으로는 충분히 입체적으로 조명할 수 없는 위치에 있는 존재임에 틀림없다. 이 논문에서는 비록 추정과 가설에 불과한 논의를 펼쳤지만 근대 문학사에서 필명 작가들의 무수한 글들을 연구의 대상으로 올려놓고 본격적인 연구가 진행될 수 있는 단초를 마련하는 한 계기가 되리라 기대한다.

새로 찾은 방정환 자료, 풀어야 할 과제들

1. 방정환 연구의 어려움

소파(小波) 방정환(方定煥, 1899~1931)은 한국 근대 아동문학의 선구자, 아동문화운동가, 아동교육사상가, 소년운동가, 언론·출판인, 천도교청년운동가, 동화 구연가, 민족운동가 등 다양한 수식어를 거느린 인물이다. 그만큼 어느 한 부분만을 특화할 때 방정환을 제대로 말했다고 볼 수 없다. 그를 해명하기 위해서는 다양한 방면에서의 활동을 입체적으로 조명해야만 한다.

다방면의 활동을 조명해야 하는 문제 외에도 방정환 연구의 또 다른 어려움은 근대 문학 연구의 어려움이 겪는 문제와도 연동되어 있다. 특히 연구에서 일차적으로 요구되는 믿을 만한 텍스트를 마련하는 데에 상당한 곤란을 겪게 된다. 그는 전집을 마련하기 어려운 요건을 두루 갖춘 존재이다. 무려 20여 개에 달하는 필명을 사용했으며, 『어린이』만을 보더라도 무서명(無署名)으로 상당수의 지면을 메웠다. 그가 편집에 관여했다고 알려진 영화잡지 『녹성』(1919)의 경우도 무서명과 비실명의 글들로 채워져 있다. 더욱이 잡지의 판권란에 편집·발행인으로 명기되어 있지 않고 가까운 지인의 회고에 기반을 두어 알려진 사실이기에 엄밀한 검토가 요구된다.

한동안 정체되어 있던 방정환 연구는 탄생 백주년을 계기로 아동문학계에서 새로운 활기를 띠기 시작했다. 또한 한국문학 연구 분야에서 『신청년』의 발굴과 『개벽』 연구 등 방정환이 관여했던 매체에 대한 집중적 조명과 근대 작가 탄생의 제도적 측면에 대한 연구 등이 활성화되면서 방정환 연구의 지평은 한층 확대되었다.

확대된 연구 지평 속에서 연구의 내실을 갖추기 위해서는 미발굴 자료의 확보와 실증적 자료 검토가 꾸준히 병행되어야 할 것이다. 이 글에서는 그동안 알려지지 않았던 방정환의 미발굴 자료를 공개하고 논의를 활성화하는 계기로 삼고자 한다. 이번에 공개하는 자료는 방정환이 일본 유학 시기 연극배우로 활약했던 1920년대 초의 모습을 담은 사진을 비롯해, 그가 직접 그린 풍자만화, 『신여자』 소재의 글 네 편, 소년운동 관련 글과 좌담 자료, 라디오 방송 관련 자료, 그리고 번역 작품 등이다.[1)] 이들 자료가 지닌 의미를 살펴 방정환 연구의 빈 지점을 보완하고 앞으로의 연구에서 풀어야 할 과제를 짚어볼 것이다.

---

1) 발굴 자료 가운데 방정환의 풍자만화는 필자의 글 「청년 방정환, 그를 재발견하다」(『독립기념관』 279호, 2011년 5월)에서 사진 자료로 제시했던 것이다. 또한 번역 작품인 「신사도적」은 박광규에 의해 『계간 미스터리』 2011년 겨울호에서 자료가 공개되었다. 필자는 이 글에서 「신사도적」의 원작의 정확한 출처를 밝히고 방정환의 번역과 견주어 볼 수 있도록 원작의 사진 자료를 함께 싣는다. 또한 박광규의 자료 해설에서 밝히지 못한 원작과의 비교를 검토하였다.

2. 새로 찾은 방정환 자료들

1) 방정환과 『신여자』, 그리고 양우촌(梁雨村)과 월계(月桂)

방정환이 『신청년』과 『녹성』의 발간 경험을 바탕으로 『신여자』의 편집고문으로 활동했다는 사실은 잘 알려져 있다.[2] 그런데 『신여자』의 「編輯人들이 엿줍는 말삼」(창간호), 「編輯을 맛치고」(3호), 「寄稿歡迎」(4호)을 보면, 뜻밖에도 "우리 新女子社는, 가끔 와주시는 編輯顧問 梁雨村 先生 한 분 外에는 全部 우리 女子로 組織되야 事務를 보고 잇습니다"라고 밝혀 놓고 있다. 편집고문이 방정환이 아니라 양우촌이라는 것이다. 그런데 근대 신문 잡지 등의 자료를 살펴봐도 양우촌이라는 존재에 대해서는 자료를 찾을 수 없다. 양우촌이 본명이 아니라 가명일 가능성이 높은데, 당시 편집 고문이었던 방정환의 가명일 가능성을 열어두어야 할 것이다.[3]

방정환은 필명 '물망초(勿忘草)'로 소설 「처녀의 가는 길」(『신여자』 창간호)을 발표했는데, 이에 대해서는 2000년대 초에 발굴되어 작품이 소개된 바 있다. 그러나 현재까지 『신여자』 소재의 다른 자료에

---

2) 유광렬, 「나의 이력서」, ≪한국일보≫, 1974.3.16.

3) 『어린이』의 1~3호까지를 보면, 방정환과 무기명으로 발표된 글을 제외하고 필자명이 밝혀진 글은 모두 다섯 편이다. 이정호, 「어린이를 발행하는 오늘까지 우리는 이러케 지냇습니다」(창간호~3호); 버들쇠(유지영), 「봄이 오면」(창간호); 고한승, 「보석 속에 공주」(3호)이다. 그리고 다른 두 편은 '우촌(雨村)'이란 필명으로 발표된 전래동요 「파랑새」(창간호)와 꽃 전설 「노랑 수선화」(1권 2호)이다. 이렇게 볼 때 『어린이』 1~3호까지는 거의 방정환의 글들로 채워졌다고 해도 과언이 아니다. '우촌'은 극작가 진종혁(秦宗赫)의 필명으로 알려져 있어 『어린이』에 발표된 두 편도 그의 작품으로 보는 연구도 있지만, 그 당시 『어린이』는 다양한 필자를 확보하지 못한 상태였으며 진종혁과 방정환의 이른 시기의 교류도 해명되지 않는다. 오히려 『신여자』의 편집고문으로 알려진 '양우촌'이 방정환의 가명이었으며, 방정환이 『어린이』를 꾸밀 때 '우촌'이라는 필명을 사용했다고 보는 것이 더 타당하다. 방정환이 『어린이』 1권 1호와 1권 3호에 'ㅈㅎ생'이란 필명으로 꽃전설을 계속 발표했다는 점도 이러한 가능성을 더 높여준다. 한편, 『어린이』 2권 4호에는 '강우촌(姜雨村)'이라는 필명으로 「장재연못」이 발표된다. 지금까지는 '진우촌(秦雨村)'의 오자일 것으로 추정되어 왔는데, 진주 소년운동가 강영호(姜英鎬)의 필명이 '우촌'이었다는 사실과 강영호는 방정환이 일본에서 조직한 색동회의 창립 회원이기도 했다는 점, 「장재연못」이 진주에 전해지는 유명한 전설을 소개한 것이라는 점을 볼 때, 강영호의 재화일 가능성이 크다.

대해서는 엄밀히 검토되지 못했다.

『신여자』를 검토하면서 몇 편의 글을 새롭게 찾았다. 먼저 '잡지 〈신청년〉으로부터'라는 이름으로 창간호에 부친 축시 「〈신여자〉 누의님에게」이다. 당시 방정환은 경성청년구락부의 발행지 『신청년』의 핵심 멤버로, 시와 소설을 즐겨 썼는데, 이 축시에 나오는 어휘와 주제, 표현법은 방정환이 이 당시 다른 시와 수필들에서 즐겨 쓰던 것이다. '깁히 업시', '긋도 엄는' 어둡고 거친 찬 벌에 등불도 없이 험한 길을 더듬는 젊은이들의 앞길에 '식벽빗'이 올 것을 믿고 함께 손을 잡고 나아가자는 당부가 담겼다.

한편, 『신여자』에는 '월계(月桂)'라는 필명으로 발표된 글이 모두 세 편 있는데, 이 또한 방정환의 글이다. 소설 「犧牲된 處女」(창간호, 1920.3.10), 소개글(전설) 「滋味잇는 西洋傳說 쏫이야기」(3호, 1920.5. 25), 시 「永興을 지나면셔」(4호, 1920.6.20)가 그것이다. 방정환은 20여 개가 넘는 필명을 사용했지만 현재까지 '월계'가 방정환의 필명이라고 확인된 바는 없다. '월계'가 방정환의 필명이라는 단서는 「자미잇는 서양전설 쏫이야기」에서 찾을 수 있다. '월계'는 이 글에서 '물망초'[4]와 '히아신스'에 얽힌 전설을 소개했는데, 방정환은 『어린이』에서도 'ㅈㅎ生'이라는 필명으로 「香내 조코 빗고흔 사랑의 쏫 햐-신트 이약이」(『어린이』 1권 1호, 1923.3.20)와 「四月에 피는 쏫 勿忘草 이약이」(『어린이』 1권 3호, 1923.4.23) 같은 꽃 전설을 소개했는데, '월계'라는 필명으로 쓴 글에서 몇 부분의 어휘만을 고쳤을 뿐 거의 같다.[5]

특히 '월계'라는 필명으로 발표한 「犧牲된 處女」는 '혼인애화(婚姻哀話)', '신구 충돌의 대비극'이라는 타이틀을 달고 있는데, 편집후기

---

4) '물망초'는 방정환이 소설 「처녀의 가는 길」(『신여자』 1호)을 발표했을 때의 필명이기도 하다.

5) 방정환은 운정(雲庭)이란 필명으로 「귀(貴)여운 피」(『어린이』 3호)를 발표했는데 이전 '운정 역'으로 『신청년』에 발표했던 번역 작품 「귀(貴)여운 희생(犧牲)」(『신청년』 3호, 1920.8.1)을 약간 고쳐 재수록한 작품이다. 이러한 사실들은 『어린이』 창간호와 3호에 '우촌'으로 발표된 두 편의 글과 『신여자』 소재 '월계'의 글이 방정환의 글일 가능성을 더욱 뒷받침한다.

에서 "敍情文 희싱된 처녀 一篇은 新舊衝突에서 희싱된 事實 그딕로를 그의 愛弟 되는 女子가 눈물노 原稿紙를 젹시며 쓴 것닙니다 널리 읽혀쥬시기 바랍니다"라고 하여 '실화'임을 강조하면서 널리 애독하기를 권한 작품이다. 이 작품은 조혼의 악습에 의해 희생된 구여성을 대변하는 여주인공의 비극을 신교육을 받은 그의 여동생이 기록하는 형식으로 쓴 소설이다. 편집자는 '서정문'이며 '실화'임을 강조했고 후대의 연구에서 이를 바탕으로 '수필'로 분류하기도 했지만,[6] 이 글은 수기, 실화의 형식을 취하면서 계몽적 주제 의식과 고백의 방식을 강하게 결합했던 근대소설 형성기의 대표적인 소설 양식의 하나였다.

방정환은 이 당시 『신청년』과 『개벽』, 『천도교회월보』의 지면을 통해 일련의 '연애소설'을 발표해 독자의 호평을 받았고, 평론계로부터 '단편'소설 작가로 주목 받았다. 작품에서 일관되게 조혼 타파와 자유연애에 기반을 둔 결혼의 필요성, 신구 세대의 가치관 충돌이 빚은 비극, 신교육의 필요성 등을 역설한다. '연애소설'의 계보를 잇고 있는 이 작품은 방정환의 이 시기 작품들과 견줄 때 주제가 일맥상통하면서도 '어린이'에 대한 생각과 자녀교육에 대한 필요성을 두드러지게 드러낸다는 점에서 주목된다. '사기 업고 천진한 천사 같은 소녀', '어리게 활발하게 천성대로 자라고 클 아이'라는 표현은 이후 방정환이 어린이운동을 펴며 아동문학을 했을 때의 어린이관을 잘 보여준다. '자녀를 양육하는 부모'에게 일독을 권한다는 계몽의 목소리가 부각된 서두의 작가 발언에 이어 소설은 비극의 당사자의 여동생이 화자가 되어 감상적 어조로 사건의 전말을 들려준다. 이러한 화자의 설정은 주인공의 비극에 적극 공감할 수 있는 동정의 상상력을 한껏 자극한다. 동시에 언니와는 달리 신교육의 수혜자인 여동생의 시각으로 서술함으로써 구여성이 겪는 비극의 근원을 기존 관습에

6) 유진월, 「〈신여자〉와 근대 여성 담론의 형성 과정」, 『김일엽의 〈신여자〉 연구』, 푸른사상, 2006, 65쪽.

대한 무자각적 수용으로 보고, 이를 타계하기 위해서는 여성도 교육을 받아야 한다는 데로 나아간다.

『신여자』 소재 방정환 작품의 발굴로 기존의 『신여자』 연구에서 보다 진전된 연구가 요구된다. 또한 1920년대 소설사에서 방정환의 일련의 단편소설, 이른바 '고학생소설'과 '연애소설'이 지닌 의미를 새롭게 조명할 필요가 있다.

2) 소인극(素人劇) 배우이자 풍자만화를 그렸던 다재다능한 방정환

방정환 연구의 진행으로 방정환이 도쿄에서 '천도교청년극회'(1921. 9)를 조직했고, 청년 시절 소인극(아마추어 극) 배우로 활약했던 사실은 어느 정도 알려졌다. 그런데 현재까지 전집이나 평전, 최근의 저서들에서도 '연극배우 방정환'의 모습이 공개된 적은 없다. 방정환 별세 후 ≪동아일보≫(1931.7.28) 기사에는 방정환이 '일본유학생회'에서 연극하던 때의 모습을 담은 사진을 실었다.

마찬가지로, 방정환이 한국 근대 미술계의 선구자인 춘곡 고희동(春谷 高羲東)에게 서양화를 배운 일이 있다는 사실이나, 손재주가 묘해 잡지의 '도안 부장' 역할을 하기도 했다는 것, 실제로 『신청년』을 발행하던 1920년 전후에 그림 도구를 들고 다니며 사생을 즐겼다는 것도 최근의 연구를 통해 밝혀졌지만, 그가 풍자만화를 그렸다는 사실에 대해서는 알려지지 않았다.

방정환이 '일본유학생회'에서 연극하던 때의 모습(≪동아일보≫, 1931.7.28)

방정환은 '목성(牧星)'이라는 필명으로 『개벽』(1921.1~12)에 사회주의 사상과 친연한 글을 자주 발표했는데, 「은파리」는 당시의 부정적 세태를 폭로하는 고발성 강한 신문 기사를 연상케 하는 '기(記)'의

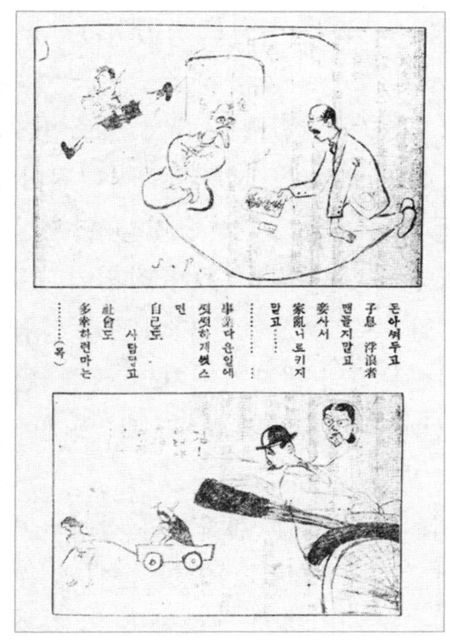

SP, 풍자만화(목성, 「은파리」 중 일부, 『개벽』 8호, 1921.2)

형식으로 된 '풍자만필(諷刺漫筆)'이다. 『개벽』 1921년 2월호의 「은파리」에는 방정환이 직접 그린 풍자만화 3컷이 실려 있다. 그림에 표기된 'SP'는 방정환의 호 '소파'의 영자 이니셜을 딴 것으로, 방정환의 대표적 필명이기도 하다. 방정환은 『개벽』의 「은파리」에서 은파리의 입을 빌어 자본주의의 모순과 불평등 구조를 비판하곤 했는데, 빈곤한 노동자와 그를 착취해 얻은 부로 비대해진 자산가를 고발하는 풍자만화(諷刺漫畵)를 제시하고 있다. 여기에 편집을 고려하여 시처럼 행갈이를 한 '세상이 공평도 하구나!'라는 글을 실어 그림에서 표현하는 바를 역설적으로 강조하고 있다. 이때 '목성'이라는 필명을 2쪽에 따로 떨어뜨려 편집한 것도 흥미롭다. 이 풍자만화는 사회주의 사상과 친연했던 청년 방정환의 모습을 엿볼 수 있는 방정환이 남긴 그림으로 눈길을 끈다.

3) 소파생(小波生), 「빈부론(貧富論)」(『낙원』 창간호, 1921.7)

방정환이 1920년대 초 '목성'으로 발표한 일련의 글에서 엿보이는 사상은 논설 「빈부론(貧富論)」(『낙원』 창간호, 1921.7)에서도 이어진다. 『낙원』은 윤익선(尹益善)을 편집고문으로 하고 개성 유지가 발행한 대중지인데, 2호의 목차까지 예고했지만 속간되지 못한 잡지이다.[7] 윤익선은 방정환과도 연관이 있는 인물로, 방정환이 다니던 보성법률상업학교의 교장으로 ≪조선독립신문≫의 발행자이기도 했다. 방정환이 1919년 3.1운동 당시 ≪조선독립신문≫의 발행으로 일제에 의해 고초를 당한 일은 잘 알려져 있다.

「빈부론」에서 방정환은 부자와 귀인은 실세상, 실사회와 격리되어 있어 진실한 생존의 의미와 인생의 참된 모습을 파악할 눈이 없는 반면, 빈자야말로 세태 인정을 절실하고 심각하게 식별할 눈을 갖추고 있다고 보고 있다. 그럼에도 세상이 황금만능의 시대로, 온갖 세력과 권위가 부자에게 있고, 박학한 빈자는 오히려 그들에게 부림 받는 자로 존재하는 악순환으로 빈부의 현격한 차이가 지속되고 있다고 비판한다. 글의 마지막에서는 금전의 노예가 된 무능한 부자에게 동정을 보내고, 동시에 빈한에 상심해 절망한 빈자에게 가련의 눈물을 흘린다며 진정한 평화와 순일의 행복이 어디에 있는지 자문하고 있다. 이 당시 「은파리」를 통해 물질의 노예가 된 세태를 비판하고 현실의 계급적 모순을 풍자했던 방정환의 시각이 「빈부론」에도 담겨 있음을 확인할 수 있다.

4) 북극성(北極星), 「문예만화(文藝漫話)」(『생장』 5호, 1925.5)

방정환은 석송(石松) 김형원(金炯元)과 각별한 사이였는데, 김형원이

---

7) 최덕교, 『한국잡지백년』 3권, 현암사, 2005(재판), 174~176쪽.

편집 겸 발행인으로 있던 『생장』에도 몇 편의 글을 발표했다.[8] 특히 『생장』에 솔로호프, 체홉, 투르게네프 등 러시아 작가들의 소설을 번역하여 싣고 있는데, 방정환이 러시아 단편소설을 탐독했음을 보여주는 예다. 러시아 단편소설 번역과 함께 「문예만화」라 하여 소설의 정의와 요소, 구조, 도스토예프스키의 처녀작에 얽힌 일화, 예술파와 인생파에 대해 소개한 글을 발표한다. 4호에도 같은 제목의 '문예만화'가 실리는 것으로 봐서 잡지 편집자의 청탁에 의한 글로 잡지의 일종의 '란'이었다고 봐야 할 것이다. 이 글은 본격 평론이라 보기는 어렵고 여러 논자들이 소설의 정의와 구조에 대해 논의한 것들을 요약 발췌한 글에 가깝다. 지면에 발표한 것은 1925년이지만 방정환이 1920년대 초 소설가로 활동하던 시기 소설에 대해 공부를 하며 정리해 두었던 글이 아닐까 추정된다.

「문예만화」에서 눈여겨볼 대목은 '예술파와 인생파'를 소개한 뒤 짧게 논평한 부분이다. 예술파의 대표자로 오스카 와일드를, 인생파의 대표자로 톨스토이를 언급한 뒤 둘 중 어느 견해를 따라야 할 것인지를 자문한다. 예술은 미를 떠나서는 성립할 수 없으며, 우리가 사람인 이상 인생을 도외시 할 수도 없다고 한다. 그러면서도 예술이란 표현이 있은 후에 비로소 존재할 수 있으니 인생파라 할지라도 기교를 등한시 할 수 없는 일이라고 강조한 뒤 예술파는 양자를 겸비해야 한다고 입장을 정리한다. 예술파와 인생파에 대한 소박한 견해이지만 방정환이 예술파의 관점에 입각해 인생의 문제, 문학의 교화성을 고려하고 있음을 드러내는 대목이다. 『백조』의 후기 동인이었던 방정환의 이력과 첫 번역 동화로 오스카 와일드의 「행복한 왕자」를 선택했던 것들도 이러한 문학적 경향에 비추어 이해될 수 있다.

---

8) 북극성, 「어린양」(솔로호프), 『생장』 1호, 1925.1.1; 북극성, 「사자생」(체홉), 『생장』 2호, 1925.2.1; 북극성, 「창회(窓會)」(투르게네프), 『생장』 4호, 1925.4.1; 북극성, 「문예만화: 소설의 정의급요소, 소설의 구조」, 『생장』 5호, 1925.5.1(김근수, 『한국잡지개관 및 호별목차집』, 한국학연구소, 1973, 381~382쪽 참조).

5) 방정환(方定煥), 「第 一 要件은 勇氣 鼓舞」(≪조선일보≫, 1928.1.3)

이 글은 '대중훈련(大衆訓練)과 민족보건(民族保健)'이라는 기획 기사에 딸린 글이다. 방정환·나원정(羅元鼎)·정석태(鄭錫泰)·김연권(金然權) 네 사람이 각자 쓴 글이 실렸다. 방정환과 나원정은 '대중 훈련'과 관련해서, 정석태와 김연권은 '민족 보건'에 관련해서 글을 청탁 받은 것으로 보인다. 방정환의 글 첫 시작이 "나는 少年層의 訓練 方法에 對하야 말슴하겟슴니다"로 시작하는 데다 정석태와 김연권은 의사로 '민족보건문제' 부분에서 논의를 펴고 있기 때문이다. 글의 제목은 신문사 기자가 뽑은 듯한데, '제일 요건은 용기 고무'를 큰 글자로 뽑았고, '부모는 자녀를 해방 후 단체에, 소설과 동화'를 작은 글자로 뽑았다.

방정환은 소년운동이 청년 단체처럼 직접 정치 투쟁이나 경제 투쟁에 참가하고 있는 것은 아니지만 늘 조선의 현실에 주의하여 장래를 준비하는 운동이라는 점을 전제로, 이 글에서 소년층의 구체적인 훈련 방법을 제시했다. 첫째, 미조직 소년소녀들을 사회적으로 지지할 필요가 있는 소년소녀 단체에 가입시킬 것, 둘째 전선의 소년소녀 단체의 지도이념을 세우기 위해 중앙에 통일된 기관을 세울 것, 셋째 부형은 자녀를 가정에서 해방하여 소년단체의 지도자에게 맡길 것, 넷째 유년의 취업문제나 무산아동의 취학문제 같은 것을 기회 있는 대로 취급하고 조선의 특수 사정을 참작할 것 등을 들고 있다. 특히 종래의 소년운동 단체에 다소 고칠 점이 많다는 것을 지적하고, 나이 어린 소년소녀를 상대하는 운동이니만큼 동화회나 소년소녀 가극회, 어린이날 행사 등 집회를 이용해 좋은 사상을 심어주고 용기를 가지게끔 주의하도록 당부한다. 무엇보다도 이상으로 삼는 사상 감정을 갖도록 사회교육을 충실히 할 것을 촉구하고 있다.

이 글에서 특히 눈길을 끄는 것은 글의 마지막 부분에서 특별한 설명 없이 '구레오(伊太利小說)-日譯 有, 왜(童話), 小川未明童話集(日

文), 사랑의 선물(童話)'의 동화와 아동소설을 제시한 부분이다. 나원정이 쓴 「절실(切實)한 것은 자연과학(自然科學)」이라는 글 뒤에도 과학 관련 책이 제시되어 있는 것으로 보아 편집부에서 추천 도서를 알려달라고 부탁한 것으로 보인다.

'구레오'는 '쿠오레(사랑의 학교)'의 오기로, 『쿠오레』에 수록된 몇 편의 이야기는 『어린이』 잡지 등에 번역 소개되었지만 이 시기만 해도 번역서가 단행본으로 출판되지는 않았다. 이 작품은 같은 해 5월 고장환에 의해 수록 이야기 10편이 번역된 『쿠오레』(박문서관, 1928.5)로 출판되었고, 1929년 1월부터 이정호에 의해 ≪동아일보≫에 연재되다가 1929년 12월 『사랑의 학교』(이문당)로 완역 출판되었다. 고장환은 계급주의 소년운동 단체의 대표자이며, 이정호는 천도교계 소년운동의 중심인물이라는 점에서 당시 『쿠오레』의 번역 수용의 의미도 짚어볼 필요가 있다. 이 두 작품집에 모두 방정환이 서문을 썼던 것도 이색적이다. 고장환이 그 전 해에 번역 출판한 『세계소년문학집』(박문서관, 1927.12)에 최청곡·김태오·홍효민·정홍교 등 계급주의 소년운동 계열의 인사들이 서문을 썼던 것과 비교가 된다. 이러한 상황은 1927년과 1929년에 사회주의 계열과 민족주의 계열의 소년단체가 분열의 양상을 보인 반면, 1928년에는 두 계열의 단체가 통합을 모색했던 상황을 반영하는 것이 아닌가 추정되는데, 다른 맥락도 좀 더 따져보아야 할 것이다.

또 다른 작품집으로 언급된 『사랑의 선물』은 잘 알려진 것처럼 방정환 자신이 외국의 유명 작품 10편을 선정하여 번역한 동화집이다. 이 목록에서 눈길을 끄는 것은 『쿠오레』와 『사랑의 선물』 외에 거론된 두 작품집이다. 방정환은 일본의 동화와 소설에 대해 특별히 언급을 한 적이 거의 없지만 그의 평론 「새로 開拓되는 童話에 關하야」(『개벽』, 1923.1)에서 일찍이 오가와 미메이(小川未明)의 아동관을 인용하면서 동심주의적 아동관을 수용하고 있음을 보여준 바 있다. 이 목록을 통해 방정환이 일본 아동문학의 대표작가인 미메이의 동화를 각별히 주목하고 있음을 엿볼 수 있다. 특히 오가와 미메이는 전대의 이와야 사자나미(巖谷小波)가 부각했던 군국주의 소년문학관과 계몽성 강한 아동문학에 반발하여 아동의 순수한 동심을 옹호하는 동시에 물질주의를 비판하며 문명 비판적인 색채가 강한 동화를 창작하는 등 당대의 사회주의 문학과 친연성을 보여주었던 동화 작가였다는 점에서도 주목된다. '소파'라는 호 때문에 방정환과 이와야 사자나미를 비교한 연구들이 있는 반면, 방정환과 오가와 미메이의 사상이나 문학관, 아동관을 비교한 연구들은 전무한데 이에 대한 조명도 요구된다.

한편, 이 목록에서 특별히 주목을 끄는 작품은 「왜」라는 동화이다. 이 작품에 대해서는 그리 알려진 바가 없는데, 흥미롭게도 박영희의 번역으로 『개벽』(1926.3)에 실린 적이 있다. 주인공 소년은 빈부의 차별이 존재하는 세상에 대해 의문을 품고 동식물과 요정을 만나 묻고 답하는 과정에서 민중들이 가진 자들의 협박과 박해에도 굴하지 않고 하나가 되어 싸워나갈 때 '자유의 큰 날'을 앞당길 수 있다는 것을 깨닫는다.

방정환은 일찍이 1921년에 목성(牧星)이라는 필명으로 일본 사회주의자 사카이 도시히코(堺利彦)의 글을 번역해 「깨어가는 길」(『개벽』, 1921.4)로 발표한 바 있다. 「왜」는 우화 형식의 「깨어가는 길」에서 강조했던 부분들을 상징과 비유가 강한 동화로 재현한 작품으로 평가할 만하다. 「왜」는 무산대중의 계급의식을 촉구하는 전형적인 사회주의 동화로, 원작자인 뮤흐렌(Herminia Zur Mühlen, 1883~1951)은 독일의 사회운동가이자, 무산동화작가로 유명한 인물이다. 실제로 뮤흐렌의 동화는 계급주의 소년운동 단체를 이끌면서 문예운동을 전개한 대표적 인물인 고장환과 최청곡에 의해 ≪중외일보≫(1927~1928)에 몇 번 번역 소개된 바 있다. 그리고 최청곡은 뮤흐렌의 번역동화집인 『왜?』(별나라사, 1929)[9]와 『어린 페터』(유성사서점, 1930)를 번역 출판하였다.[10]

방정환이 이 글에서 추천한 동화 「왜」를 통해 1920년대 초반, 일본

유학 시기 방정환의 사상을 뒷받침했던 민족주의와 사회주의가 여전히 이 시기에도 동거하고 있음을 이 작품의 제시를 통해 엿볼 수 있다. 방정환과 사회주의 사상의 친연성을 일본 유학 시기인 초창기에 한정 짓는 것은 방정환의 사상을 입체적으로 조명하는 데에 걸림돌이 될 수 있다. 특히 1927년 10월 조선소년연합회를 창립함으로써 민족주의 계열과 사회주의 계열의 소년단체가 통합을 모색하는 움직임을 보이던 때라는 점에서 이 시기 방정환이 이 작품을 거론했던 것도 같은 맥락에서 이해할 필요가 있다.

6) 북극성(北極星), 「신사도적(紳士盜賊)」(『신소설』 창간호, 1929.12)

방정환이 필명 북극성(北極星)으로 『신소설(新小說)』 창간호(1929.12)에 발표한 「신사도적」은 그의 작품 가운데 두 번째로 표절 시비가 일었던 작품이다.[11] 김소엽(金沼葉)은 ≪동아일보≫(1930.10.5) 〈문단탐조등(文壇探照燈)〉란에서 "北極星의 『紳士盜賊』은 온전히 總一郎 氏

9) ≪조선일보≫(1929.3.14)의 〈신간소개〉란에 '신동화집' 『왜?』가 소개되었다. 최규선(崔奎善) 역, 신동화 8종, 정가 60전이다. 발행소는 경성 영락정(永樂町) 일정목(一丁目) 65번지 별나라사로 되어 있다. 최규선은 최청곡의 본명이다. ≪동아일보≫(1929.3.19)의 〈신간소개〉에서도 『왜?』를 소개했는데, 수록 작품 수는 나와 있지 않다.

10) 참고로 뮤흐렌의 작품집은 미국에서 1925년 Ida Dailes의 번역으로, *Fairy tales for worker's children*(Chicago: Daily Worker Publishing co, 1925)으로 출판되었다. 이 작품집에는 「장미나무」, 「참새」, 「작은 회색 강아지」, 「왜」 등 4편의 동화가 수록되었다. 책은 A4판으로 총 73쪽으로 되어 있다. 표지의 그림 및 삽화는 부분 채색 되어 있으며 그린이는 Lydia Gibson이다. 한편, 일본에서는 계급주의 작가 하야시 후사오(林房雄)에 의해 1927년 『小さいペーター』(曉星閣, 1927)가 번역 출판되었다. 하야시 후사오의 번역집에는 6편의 동화가 수록되었다. 하야시 후사오의 번역 작품집을 직접 확인하지 못했으나, 國立國會圖書館 編, 『明治·大正· 昭和 飜譯文學目錄』, 風間書房, 576쪽을 참조하여 수록작의 목록을 확인할 수 있었다. 수록작은 石炭のお話, 鐵瓶のお話, 水瓶のお話, マツチ箱のお話, 毛布のお話, 雪割草のお話이다. 최청곡이 1930년에 출판한 『어린 페터』는 하야시 후사오의 작품집 명을 우리말로 옮긴 것과 같은데, 이 작품집에도 석탄이야기를 비롯해 모두 6편이 수록된 것으로 봐서, 하야시 후사오의 번역 작품집을 중역한 것으로 추정된다.

11) 잘 알려진 것처럼 첫 번째 표절 시비 작품은 동요 「허잽이(허수아비)」였는데, 방정환이 '서삼득'이라는 가명으로 『어린이』지에 발표한 것을 이 사정을 잘 아는 이(윤극영)가 '방정환 요'로 발표했고, 이후 이를 본 문병찬이 방정환이 독자의 작품을 표절했다고 오해하여 생긴 시비였다.

作品의 剽竊이요 抄譯이 아닌가 하는 의심이 무럭 일러났다"고 폭로한 바 있다. 「신사도적」은 2011년 겨울에 발굴 소개되었는데, 발굴 소개자인 박광규는 원작으로 언급된 다나카 소이치로(田中總一郎)의 작품을 입수하지 못해 단언할 수는 없으나 김소엽이 대조한 만큼 표절일 가능성이 높다고 언급하였다.[12)]

먼저 「신사도적」의 표절 여부를 확인하기 전에 발표 매체인 『신소설』을 살펴볼 필요가 있다. 『신소설』은 1929년 12월 1일자로 창간된, 소설 중심의 문예지로 1930년 9월 통권 5호까지 발행되었다. 창간호의 판권장을 보면, 편집 겸 발행인 김대식(金大植), 인쇄인 최덕흥(崔德興), 인쇄소 창문사(彰文社), 발행소 건설사(建設社: 주소 경운동 96-2), A5판 108쪽, 정가 30전이다.[13)] 창간호 목차[14)]를 보면 이광수·김동인·염상섭·현진건을 비롯해 초창기 조선 프롤레타리아예술동맹(KAPF) 작가인 최서해와 이익상, 심훈까지도 포괄한 당대 일류 필진들의 글로 구성되었다. 홍명희는 창간사에서 예술의 상아탑이 깨진 지 오래이며, 예술이 사회적 모순을 초월할 수 없음을 강조하고, 생활 본위의 예술을 창조해야 함을 역설하였다. 그는 생활의 한 도구로서의 예술을 가지고 진영(陣營)을 개척하자고 피력하였다.[15)] 창간호 필자의 구성을 볼 때 민족주의 우파에서 중도 좌파까지의 넓은 이념적 지향을 갖는 것을 볼 수 있다. 그런 점에서 홍명희가 언급한 '진영'은 좌우합작에 적극적이지 않았던 강경한 계급주의 작가 계열을 제외하고 예술의 사회적 사명을 분명히 하며, 통일전선을 유지하려 했던 문학예술인의 실천적 연대로 보아도 될 것이다.

---

12) 박광규, 「식민지 시기 아동문학가의 탐정소설」, 『계간 미스터리』 34호, 2011년 겨울호, 130쪽. 이 글에서 『신소설』 창간호를 1930년 1월로 표기했는데, 이것은 오류이다.

13) 최덕교, 『한국잡지백년』 2, 현암사, 2005(재판), 128쪽.

14) 창간사: 홍명희, 〈소설〉 정조와 약가: 현빙허(현진건), 환원: 최독견, 유산: 이성해(이익상), 같은 길을 밟는 사람들: 최서해, K박사의 연구: 김동인, 남편의 책임: 염상섭, 신사도적: 북극성, 기광출세(碁狂出世): 윤백남, 아들의 원수(장편소설): 이광수, 영화단편어: 심훈.

15) 홍명희, 「창간사」, 『신소설』 창간호, 1929.12, 2~4쪽.

방정환이 이 작품을 필명 '북극성'으로 발표했다는 사실도 주목할 필요가 있다. 편집진에서 방정환에게 작품을 청탁했을 터이고, 방정환은 '북극성'이라는 필명으로 탐정소설 '신사도적'을 발표했다. 당시 방정환은 '북극성'이라는 필명으로 아동용 잡지에는 창작 아동탐정소설을 발표했으며, 성인용 잡지에는 번역 (탐정)소설을 주로 발표했다.[16] 이런 관례로 볼 때 김소엽의 비판처럼 방정환이 일본 작품을 표절하여 「신사도적」을 자신의 창작으로 발표했다고 보기는 어렵다. 방정환은 그동안 '북극성'이라는 필명으로 지면과 독자층에 따라 창작과 번역을 구분해 작품을 발표해 왔기 때문에 특별히 번역임을 밝힐 필요를 느끼지 않았을 것이다. 더욱이 이 작품은 '번역'이라기보다는 '번안'에 가까운 작품이다. 일본적 배경과 인물을 지우고, 조선의 현실로 옮겨놓았을 뿐 아니라 문체와 줄거리, 주제에서 변형이 이루어지고 있다. 가장 크게 달라진 부분은 작품의 도입부이다.

① 야마노테 호텔은 어수선한 연말의 시름을 달래기 위해 개최된 가장무도회로 깊어가는 밤과 함께 분주했다.

무도회장은 사람들로 가득했다.

호텔털이 신사 강도 나루세 아키라는 그날 밤도 일을 잊지 않고 인도인으로 가장한 모습으로 나타났다.

목표물을 겨냥하기 위해 두세 번 계속해서 춤을 추었기 때문에, 나루세는 조금 지쳐 있었다.

"어이"

16) 방정환은 「어린양」(『생장』, 1925.1), 「사자생」(『생장』, 1925.2), 「누구의 죄?」(『별건곤』, 1926.12), 「괴남녀이인조」(『별건곤』, 1927.8), 「신사도적」(『신소설』, 1929.12) 등 성인을 대상으로 한 잡지에 '북극성'이라는 필명으로 번역 작품을 발표했다. 한편, 『어린이』에는 '북극성'이라는 필명으로 창작 아동탐정소설을 발표했다. 「동생을 찾으러」(『어린이』, 1925.1 ~10), 「칠칠단의 비밀」(『어린이』, 1926.4~12), 「소년삼태성」(『어린이』, 1929.1), 「소년사천왕」(『어린이』, 1929.9~1930.12).

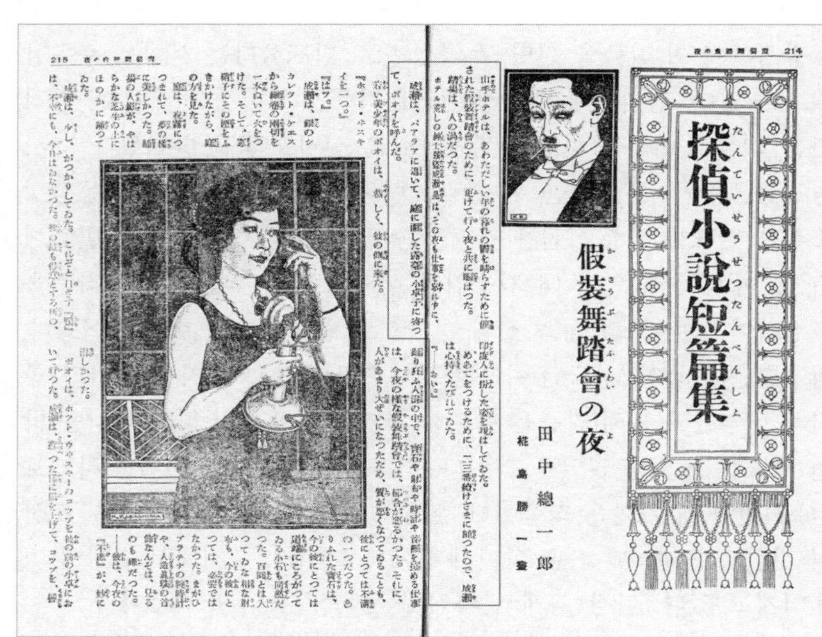

214 探偵小說短篇集 / 215 假裝舞踏會の夜

探偵小說短篇集

假裝舞踏會の夜

田中總一郎

樺島勝一畫

山手ホテルは、あわただしい年の暮れの[illegible]を晴らすために催された假裝舞踏會のために、更けて行く夜と共に賑はつた。踊場は、人の渦だつた。ホテル雇しの紳士探偵成瀬[illegible]は、その夜も仕事を忘れずに、印度人に扮した姿を現はしてゐた。めあてをつけるために、二三番續けさまに踊つたので、成瀬は心持くたびれてゐた。「――ない。」

成瀬は、パアラアに退いて、隅に[illegible]した露臺の小卓子に寄つて、ボオイを呼んだ。

踊り狂ふ人渦の中で、寶石や財布や時計や首飾を掠める仕事は、今夜の樣な假裝舞踏會では、都合が惡るかつた。それに、人があまり大ぜいになつたため、質が惡くなつてゐることも、彼にとつては不滿の一つだつた。ありふれた寶石は、今の彼にとつては道端にころがつてゐる小石も同然だつた。百圓とは入つてゐな相な財布も、今の彼にとつては、必要ではなかつた。まがひプラチナの腕時計や、人造眞珠の首飾なんぞは、見るのも嫌だつた。――彼は、今夜の「不漁」が、妙に

若い美少年のボオイは、恭しく、彼の側に來た。

「ホツト・ウヰスキイを一つ。」

「はツ。」

成瀬は、銀のシガレツト・ケエスから細卷の兩切を一本ぬいて火をつけた。そして、窓硝子にその煙をふきかけながら、露臺の方を見た。

露臺は、夜霧につつまれて、夢の樣に美しかつた。街路の人影が、やはらかな光の上にほのかに踊つてゐた。

成瀬は、少し、がつかりしてゐた。これぞと目ざす「獲物」は、不幸にも、今日はゐなかつた。彼の最も得意とする所の、[illegible]淋しかつた。

ボオイは、ホツト・ウヰスキイのコツプを彼の前の小卓において行つた。成瀬は、[illegible]つた樣に眼をあげて、コツプを、[illegible]

다나카 소이치로(田中總一郎), 「假面舞踏會の夜」(『킹구(キング)』 1926년 3월호)

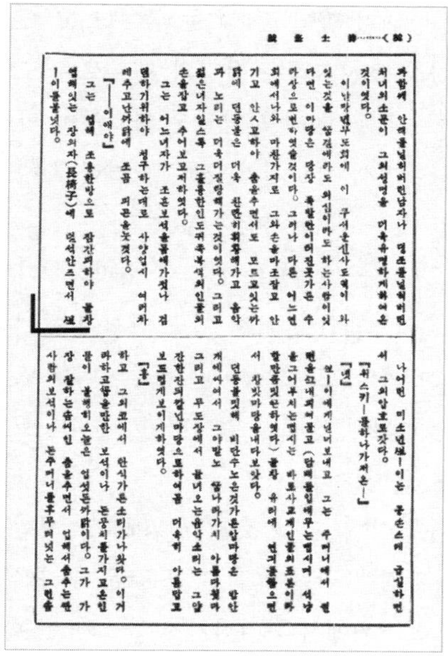

紳士盜賊

北極星

북극성, 「신사도적」(『신소설』 창간호, 1929년 12월)

나루세는 팔러(parlor: 경음식점)에 물러가서 정원에 접해 있는 노천 무대의 작은 탁자에 기대어 뽀이를 불렀다. 젊은 미소년인 뽀이는 공손하게 그의 곁으로 왔다.17)

② 조용한 겨울이건만은 그래도 연종이 가까워 오면 가난뱅이 아닌 넉넉한 사람이라도 공연히 황망해지는 것이었다.

여러 군데의 연종 정리가 거의 끝날 때 쯤 하여 실업계의 거두들의 주최로 성대한 가장무도회(假裝舞蹈會)가 파성호텔에서 열렸다. 여러 날의 피곤과 우울을 씻어버리자는 것이라 모이는 사람도 범위가 넓고 설비도 대단히 커서 밤이 들자 이 호텔의 문전에는 자동차의 밀물이 들어치기 시작하였다.

중국 복색을 차린 사람, 일본여자 복색을 차린 여자, 옛날 무사로 꾸민

17) 다나카 소이치로(田中總一郎), 「가면무도회의 밤(假面舞踏會の夜)」, 『킹구(キング)』, 1926.3, 214~215쪽(번역).

사람, 형형색색 재주껏 가장한 수백 명 남녀가 밤이 깊어가는 줄 모르고 이해의 마지막 놀이를 즐기고 있을 때 가장 호사스러운 옷감과 패물로 인도(印度) 귀족의 복색을 차리고 들어서는 인물을 여러 사람들은 환호하여 맞이하였으나 그가 고급 연회로만 돌아다니면서 사교계(社交界)를 놀라게 하는(원문: 놀래오는) 유명한 신사도적인 줄을 아는 사람은 없었다.

그는 그다지 유식한 인물은 아니었으나 사교에 필요한 지식은 지나치다 할 만큼 갖추어 가졌고 천생으로 타고 난 풍채가 좋아서 어느 연회에 들어서던지 젊은 여자들의 흠앙을 받았다. 그 까닭으로 보석이나 돈주머니를 잃어버린 소문과 (함께) 아내를 잃어버린 남자나 정조를 잃어버린 처녀의 소문이 그의 성명을 더욱 유명하게 하여 온 것이었다.

이날 망년 무도회에 이 무서운 신사도적이 와 있는 것을 꿈결에라도 의심이라도 하는 사람이 있다면 이 마당은 당장 폭발탄이 터진 곳 같은 수라장으로 변하였을 것이다. 그러나 다른 어느 연회에서와 마찬가지로 그와 손을 마주 잡고 안기고 안고 하여 춤을 추면서도 모르고 있는 까닭에 전등불은 더욱 찬란히 휘황해가고 음악과 놀이는 더욱더 질탕해 가는 것이었다. 그리고 젊은 여자일수록 그 훌륭한 인도 귀족 복색의 인물의 손을 잡고 추어보고자 하였다.

그는 어느 여자가 좋은 보석을 몸에 가졌나 검점하기 위하여 청구하는 대로 사양 없이 여러 차례 추고 난 까닭에 조금 피곤을 느꼈다.

"-이 애야."

그는 옆에 조용한 방으로 잠간 피하여 들창 옆에 있는 장의자(長椅子)에 털썩 앉으면서 뽀이를 불렀다.

나이 어린 미소년 뽀-이는 공손스레 굽실하면서 그의 앞으로 갔다.[18]

김소엽이 초역이라고 지적했던 것과는 달리 도입부는 원작에 없는 부분들이 상당 부분 첨가되어 원작의 세 배 가량 분량이 증가했다.

18) 북극성, 「신사도적」, 『신소설』 창간호, 1929.12, 81~82쪽.

원작이 아주 간결한 문체로 속도감 있게 전개되는 반면, 방정환은 도입 부분에서 호텔의 가장 무도회 분위기를 세세하게 묘사한다. 배경은 일본에서 조선으로 이동한다. 주 무대는 '파성관(巴城館)'을 연상케 하는 '파성호텔'로 옮겨지고, 가장무도회도 '실업계 거두들이 주최'하는 성대한 놀이판으로 변한다. 파성관은 일본인 거주 지역인 진고개에서도 1등 여관으로 꼽히던 곳으로, 명성황후 시해 당일 일본인 검객과 낭인패들이 질펀한 연회를 벌인 뒤 시해 작전의 출격지였던 곳이기도 하다. 번안작에서 그 곳은 '중국복색, 일본 복색, 옛날 무사복, 인도 복색' 등으로 꾸민 사람들로 북적이며 '질탕'한 음악과 놀이가 벌어지는 장소로, '조선적', '민중적'인 것과는 거리가 멀다. 그 곳 사교계를 둘러싸고 일어나는 남녀의 행동과 심리에 대한 세세한 묘사는 원작에는 없는 부분으로, 방정환의 번안을 통해 특권층의 부패와 향락이라는 부정적 세태가 두드러진다.

원작에서 여주인공은 유명한 은행가 집안의 딸로 신사 도적에게 재산과 마음을 빼앗기고 버림받은 친구의 원수를 갚기 위해 신사 도적에게 접근하여 연극을 꾸민다. 원작에서 여주인공은 혼자 집을 지키고 있는 동생에게 집을 잠시 비워둔 채 갈아입을 옷을 갖다달라며 전화를 거는데, 신사도적은 이를 보고 '떼쟁이'라 놀린다. 원작의 이 부분에서는 귀한 집 자제의 자기중심적이며 활달한 여주인공의 성격이 부각된다. 한편 번안에서는 신사 도적이 여주인공을 "상당히 모던"하다고 추켜세우며 "젊은 여자에게는 이렇게 해주어야 기뻐하는 것이다"라는 서술이 덧보태진다. 이러한 표현은 주인공의 성격을 부각하기보다는 당대의 조선이라는 시공간에서 신여성의 허영심을 비판하는 것으로 읽힌다. 원작에서는 그저 여주인공의 절친한 친구로 표현되었던 존재도 번안작에서는 '무역회사 사장의 따님'으로 특정된다. 신사 도적이 노리는 대상이 특권층의 여성들임을 부각한 부분이다. 원작에서 전화를 받은 사람을 막내 동생이라 한 부분을 번안작에서는 '시녀(侍女)'로 고쳤는데 이 또한 계급 사회의 모습을 부각하기 위한 번안자의 의도적 설정으로 읽힌다.

이처럼 방정환은 원작에 없는 부분을 첨가하여 세태 비판적인 태도를 드러내고 있다. 이국적이면서 동시에 일본적 색채가 강한 삽화가 곁들여진 원작의 일본적 이야기는 조선이라는 시공간에서 특권층의 허위와 부패, 타락이 노출되는 반민중적이고 반민족적인 색채가 덧보태진 이야기로 탈바꿈한다. 더욱이 원작의 결말 부분에서 여주인공이 신사 도적에게 "다이아몬드나 진주를 훔친 것뿐이라면 우리들이 알 바 아니지만, 젊은 여자의 혼까지 훔치려고 한 것이기 때문에 이런 어처구니 없는 꼴을 당한 것"(218쪽)이라고 표현한 부분을 방정환은 "당신이 보석을 훔처가거나 돈을 빼앗거나 그런 일은 우리가 참견하지 안습니다. 그러나 당신은 남의 집 여자의 뎡조까지 훔치는 버릇이 잇다닛가 우리들이 이런 연극을 꾸민 것"(88쪽)이라고 표현하였다. 마음이 강조되는 '혼(魂)'에서 육체의 순결이 강조되는 '정조(貞操)'로 바뀌면서 조선의 현실에서 당대 여성에게 강조했던 가치를 부각하여 대중적 감각에 호소하고 있다. 방정환은 이러한 번안을 통해 조선적 정서에 기대면서 부와 향락에 빠져 있는 특권층의 문화와 세태에 대해 비판적으로 접근하는 정치적 감각을 보여준다. 무엇을, 어떻게 번역했는지를 구체적으로 살필 때 당대 맥락에서 드러나는 차이의 효과를 확인할 수 있다.

7) 방정환과 라디오 방송

1927년 2월 16일부터 경성방송국에서 조선어와 일본어의 혼합 방송이 시작되었고, 방정환이 2월 17일 '어린이와 직업'이라는 제목으로 라디오 방송을 했다는 것은 기존의 방정환 연보와 전집에 소개되어 잘 알려져 있다. 또한 방정환은 1927년 8월 7일부터 9일까지 사흘간 경성방송국에서 〈DK의 연속 동화〉로 아라비안나이트의 한 이야기인 「흘러간 삼 남매」를 고한승, 이정호와 나누어 구연을 하기도 했다.[19]

한편 방정환이 쓴 「방송해 본 이야기」(『어린이』, 1926.9)를 보면, 체신국에 있는 라디오 방송국에서 동화 방송하라는 여러 차례의 권고를 사절하다가 '8월 중순의 목요일 저녁'에 '기어코 끌려갔던 때'의 일화를 소개하고 있다. 텅 빈 방에서 혼자 서서 이야기를 하는 것이 싱겁고 힘이 들었는데, 무엇보다도 듣는 이의 얼굴을 살필 수 없어 청중들이 이야기를 재미있게 듣는지 알 수 없어 궁금했다는 얘기, 한 시간 동안 혼자 떠들며 이야기를 해 '맛을 모르고 먹는 음식' 같았다며 곤란했던 상황을 털어놓고 있다. 경성방송국이 설립된 것이 1926년 11월 30일이고, 1927년 2월 16일 첫 방송을 개시했으니, 방정환은 경성방송국의 정식 조선어 방송 이전에 라디오 방송을 한 것이다. 실제로 「한국방송사」 연표에 따르면 1925년 8월부터 조선어 시험 방송이 이루어졌는데, 매주 목요일은 하루 종일, 일요일은 한 나절 동안 조선극우회의 무대극이나 복혜숙(卜惠淑) 등에 의해 국악이나 낭독이 방송되었다고 한다.[20] 현재로서는 이에 대한 구체적 기록을 확인할 수 없어 어떤 내용의 동화를 구연했는지 알 수 없지만 방정환의 연보에 새롭게 추가할 사항이다.

라디오 방송과 관련해 새롭게 찾은 자료들을 추가하면 다음과 같다. ≪동아일보≫의 '라디오 방송'란의 기사에 따르면, 방정환은 1927년 11월 15일 오후 6시 「어린 음악가(音樂家)」, 1928년 1월 4일 오후 6시 「맹(盲)의 포수(捕手)」, 1928년 1월 30일 오후 6시 20분 이정호와 함께 「요술(妖術) 아아」를 구연했고, 1931년에 들어 오후 1시 〈가정강좌〉에서 「학령 아동과 가정」(1931.1.10), 「아동생활과 부모」(1931.5.21), 「밝은 가정」(1931.6.29)이라는 주제로 강연을 하는 것으로 광고되었다. 구연한 동화는 방정환이 이전에 번역했던 작품들로, 번역작들은

---

19) ≪동아일보≫, 1927.8.9; ≪중외일보≫, 1927.8.9 참조. 염희경, 「소파 방정환 연구」, 인하대학교 박사논문, 2007.8의 〈부록〉 262쪽에서 제시함.

20) 『한국방송사』, 한국방송공사, 1977; 쓰가와 이즈미(津川泉) 지음, 김재홍 역, 『JODK, 사라진 호출 부호』, 커뮤니케이션북스, 1999, 38쪽 참조.

원작보다 민족주의적 색채를 강화했는데 실제 라디오 방송에서는 어떻게 구연했는지 확인할 수 없다.[21] 신문 자료의 확보와 관련 연구의 확대로 라디오 방송 관련 자료는 앞으로도 추가로 발견될 것이다.

8) 방정환·정홍교 좌담, 「소년운동」(≪조선일보≫, 1930.1.2)

1930년 신년을 맞아 조선일보사 주최로 각계의 명사들이 모여 조선의 제 문제와 대책을 마련하기 위해 원탁회의가 열린다. 일반문제, 경제문제, 교육종교문제, 사회문제(노동운동·농민운동·청년운동·소년운동·문예운동), 민중보건, 여성문제를 논의하였다. 각 계의 전문가 30명과 조선일보사 측 인사 14명이 참가한 분과 회의로 소년운동은 '원탁회의 제7분과'로 조선일보사 측 박팔양의 사회로 천도교소년연합회의 대표자 방정환과 조선소년총연맹의 대표자 정홍교가 좌담을 하였다. 토론에서 다루어진 내용은 첫째, 조선 소년운동의 지도 방침 둘째, 조선소년운동의 침체 원인과 그 타개방법 셋째, 종교층 소년의 사회적 인도 방법에 대한 것이었다. 이 좌담 기록은 사회주의 계열과 민족주의 계열의 소년운동이 분열을 노정하던 시기에 중요 문제를 바라보는 두 계열의 대표자의 시각 차이를 단적으로 보여준다는 점에서 소년운동사 논의에서도 중요한 자료이다.

첫 번째로 논의된 소년운동의 지도방침이 어떠해야 할 것인가에 대해서 정홍교는 지도방침이란 지도정신, 즉 의식문제로 소년운동은 사회운동의 한 부분으로 사회적으로 용감히 일할 사람을 양성하는 교육을 해야 하기 때문에 프롤레타리아 소년운동이어야 한다면서 지

---

21) 염희경, 「민족주의의 내면화와 전래동화의 모델 찾기: 방정환의 『사랑의 선물』에 대하여(2)」, 『한국학연구』 16집, 인하대학교 한국학연구소, 2007.5. 이 논문에서 『사랑의 선물』에 실린 「어린 음악가」와 「요술왕 아아」가 번역 과정에서 '민족적 유대감과 저항적 민족주의'가 강화되었음을 밝혔다. 「맹(盲)의 포수(捕手)」는 방정환이 『어린이』(1권 3호)에 발표했던 「눈 어둔 포수」와 같은 작품이다. 원래의 이야기는 인도의 『판차탄트라』에 실린 「소밀라카 이야기」에 나오는 한 부분으로, 「눈 어둔 포수」는 이를 번안한 작품이다. 여러 동물들이 꾀와 힘을 합쳐 포수에게 잡힌 사슴을 구해 주는 이야기로, 약자의 단결이 주제이다.

도의 원칙으로 프롤레타리아 이데올로기를 강조한다. 이에 대해 방정환은 지도 방침의 중요성을 인정하지만 소년의 연령에 따라 어린 연령의 소년들에게는 정서의 함양이 중요하고, 열대여섯 이상의 소년들에게는 지능적 이지적 지도가 필요하다는 점을 강조한다. 어떠한 의식을 넣어줄 때 그것을 이해할 만한 연령에 도달해야만 가능하기 때문에 소년의 기초 교육은 정서교육이 되어야 함을 강조한다.

둘째, 소년운동의 침체 원인과 대책에 대해서 정홍교는 소년운동이 분열되어 있는 만큼 소년지도자의 연합기관이 필요함을 강조한다. 반면 방정환은 결과적으로 그것은 현재의 조선소년총동맹과 다를 것이 없다고 보고, 소년운동 침체의 원인을 대중에게 불신을 받는 현재의 지도자들의 문제에서 기인한다고 보고 역량 있는 지도자를 양성하는 것이 시급함을 강조한다. 소년운동은 지도자와 소년, 학교와 가정을 비롯한 일반 사회가 힘을 모아서 전개하지 않으면 불가능하다는 점을 역설한다. 또한 지도자의 연령을 특별히 제한하는 현재의 규정에 대해 문제를 제기한다.

시간 제약이 있던 좌담이었기 때문에 구체적인 방도에 대해서 깊이 있는 논의가 이루어지기는 어려웠지만 정홍교는 기존의 원론적인 입장만을 되풀이했고, 방정환은 구체적인 현실에서의 운동의 방도를 제기하고 있다. 하지만 지도 방침과 원칙 부분에서는 입장이 다른 소년단체를 아우를 만한 뚜렷한 지도 이념이 부재한 듯한 느낌을 주는 것이 사실이다. 좌담에서 방정환이 피력한 의견들은 이전의 다른 글들에서 구체적으로 언급한 것들이 있기에 참고할 필요가 있다. 방정환은 ≪조선일보≫(1929.5.3~14)에 연재했던 「조선 소년운동의 역사적 고찰」이라는 글에서도 다른 나라 소년운동의 경우 국가 보조와 일반 부형 사회의 보조 후원으로 자라는 반면, 우리의 경우 의무, 학무의 간섭은 물론이고 완고한 부형의 반대를 받는지라 몇 겹의 어려움에 봉착해 있다는 점을 강조하면서 부형과 일반 사회의 이해를 얻기 위한 방도가 필요하다고 역설한다. 방정환이 정홍교와의 좌담에서도 이러한 부분을 강조한 것은 이후 전개될 일제의 분열책에 맞서기 위해서는 소년운동권의 단합과 부형의 협조가 무엇보다도 절실함을 부각한 것으로 보인다.

이 좌담은 결과적으로 소년운동의 분열을 막을 구체적인 방도를 모색하는 데에로 나가지 못하고 형식적인 것에 그치고 말았다. 양 측은 견해를 좁히지 못한 채 자신들의 입장만을 반복해서 강조했을 뿐이다.

소년운동사에 대해서는 여전히 조명해야 할 문제들이 남아 있다. 소년운동 계열의 분열 양상을 민족주의와 사회주의라는 큰 틀의 정치적 입장의 차이에서 비롯된 것으로 볼 것인지, 정치적 입장뿐 아니라 아동관과 문학관의 차이가 내재된 더 복잡한 문제로 볼 것인지, 정치적 이데올로기 못지않게 운동의 단계와 현실적 여건 등을 고려한 실천 상의 차이로 인한 갈등이 더 컸다고 보아야 하는지, 지도층의 주도권 다툼에 불과한 것인지 해명해야 할 지점들이 적지 않다. 방정환 중심의 소년운동에 대한 연구뿐 아니라 계급주의 계열의 소년운동에 대한 연구, 일제에 의해 주도되었던 소년애호운동에 대한 연구가 진전될 때 방정환의 소년운동이 지닌 성과와 한계에 대한 역사적 재평가가 제대로 이루어질 수 있을 것이다.

3. 방정환 연구의 과제

이 글에서 제시한 『신여자』 소재의 작품 네 편은 학계의 구체적인 검증을 받아야 할 자료에 해당한다. 이와 함께 기존의 연구나 저서에서 방정환의 글로 추정 또는 확정되었던 작품들에 대해서도 꼼꼼한 실증적 분석이 이루어져 작가·작품 연보를 충실히 마련하는 일이 이루어져야 할 것이다.

또한 원전(原典) 확정의 원칙을 지켜 선정된 텍스트를 기초로 제대로 된 방정환 전집을 마련하는 일이 시급하다. 대중적으로 쉽게 읽을 수 있는 책들이 출판되는 것은 방정환의 대중화, 보급화를 위해 필요한 일이다. 또한 어린이용과 학술 연구용은 마땅히 구별되어야 한다. 하지만 학술적으로 엄밀히 검증된 텍스트에 기초하지 않은 채 기존의 출판물을 그대로 활용하는 것은 저질의 텍스트를 양산할 우려가 있다. 또한 원전 확정의 원칙이 지켜지지 않은 채 무분별하게 윤색된 기존의 전집을 학술용으로 활용할 경우 작품 해석과 평가에서 오류를 되풀이하게 된다.

방정환의 생애와 활동을 재조명한 최근의 연구 성과들을 기반으로 기존의 방정환 평전들을 꼼꼼히 분석하여 오류를 바로 잡는 일도 중요한 과제이다. 성인을 대상으로 한 방정환 평전과 견줄 때 아동용 방정환 인물 이야기(위인전)의 경우 학술적 연구 성과가 덜 반영됨으로써 적지 않은 오류들이 반복적으로 재생산 되고 있을 가능성이 높다. 이에 대한 분석이 필요하고 추천할 만한 방정환 인물 이야기를 선정할 필요가 있다.

1990년대 후반 이후 아동문학 연구가 상당히 진전되었지만 여전히 인접 학문의 성과와 한계를 통합적이고 비판적인 안목으로 수용하지 못하고 있는 실정이다. 그러다보니 양적으로는 증가했지만 화려한 수사를 동원할 뿐 기존의 연구 성과를 되풀이하거나 오히려 앞선 연구 성과를 되돌리는 비생산적인 과거 논리의 재생산에 머물고 있는 연구도 적지 않다. 방정환 연구도 이러한 문제에서 예외적이라 보기는 어렵다.

방정환을 제대로 연구하기 위해서는 다방면의 연구들이 진척되어야 한다. 먼저 근대 문학 연구에서 풀어야 할 숙제로 남아 있는 다양한 필명을 확인하는 작업이 요구된다. 또한 방정환의 전 시대, 그리고 동시대의 작가군에 대한 연구, 방정환이 관여했던 잡지와 동시대의 경쟁 매체에 대한 연구, 천도교 신파 집단에 대한 연구, 일본의 아동문학과 잡지 비교 연구, 소년운동사 연구, 색동회에 대한 본격적인 연구 등 실로 다양한 방면에서의 연구들이 과제로 남아 있다. 방정환을 둘러싼 다양한 연결 고리를 해명하는 것은 근대를 이해하는 주요한 열쇠가 될 것이다.

부록

방정환의 강연회 및 동화회 일정
발굴자료
작품연보

방정환의 강연회 및 동화회 일정

1918년(20세)

□ 12월 봉래동 소의(昭義)소학교에서 개최한 경성청년구락부 망년회에서 첫 자작 각본인 소인극 〈○○령(동원령)〉을 연출·주연(유광렬 증언).

1920년(22세)

□ 6월 6일, 보성전문학교(당시의 학교명: 보성법률상업학교) 대강당에서 오전 열시에 열린 문예강연회에서 보성전문문예부장으로서 모리스 르블랑의 『팔일삼』 구연(≪동아일보≫, 6.7).

□ 6월 13일, 보성친목회 주최로 오후 1시에 열린 문예회에서 모리스 르블랑의 『팔일삼』 구연(≪동아일보≫, 6.13).

■ 6월 20일, 평양 천도교청년회 주최의 강연회에서 보성법률상업전문학교의 한 사람으로 「남녀평등론」이라는 연제로 강연함(≪동아일보≫, 6.26).[1)]

■ 6월 21일, 평양 기독교청년회 주최로 평양청년회관에서 보전친목회원(普專親睦會員)을 초대하여 연 강연회에서 「자아 각성과 청년 단합」이라는 연제로 강연(한상호, 「노동의 신성」)(≪동아일보≫, 6.26).

■ 6월 30일, 천도교청년회 문천(文川)지회 주최의 강연회에서 '경성천도교청년회 강연대'의 일원으로 오후 9시 「개벽선언」 강연(이두성(李斗星), 「참아라」)(≪동아일보≫, 7.7).

□ 7월 2일, 오후 7시 원산 동락좌(同樂座)에서 특별대강연회 개최, 천도교청년강

1) 「편집실에 계신 P형에게」(SK생, 『천도교회월보』, 1920.8)에서 소파가 「남녀평등론」이라는 연제로 강연했다는 사실을 밝힘. 이하 ■표시는 2007년에 필자의 박사논문에서 새로 찾아 낸 사실임.

연대 일행으로 「세계평화는 인내천주의」 강연(조종오(趙鍾浯), 「개벽」; 이두성, 「하여야」)(≪동아일보≫, 7.6, 〈천도교강연대착원(天道教講演隊着元)〉).

□ 이 무렵 '천도교청년회' 주최로 서울, 문천, 원산, 장연 등지로 순회강연.

□ 7월 27일~8월 6일, 조선학생대회강연단의 일행으로 순회강연.

□ 7월 27일, 학생대회 주최로 종로청년회에서 오후 8시 강연회(방정환, 정성봉(鄭聖鳳), 리상재(李商在))(≪동아일보≫, 7.27).

□ 7월 28일, 고려청년회(高麗青年會)와 동아일보 지국의 후원으로 개성의 송도보통학교에서 강연회 개최. 방정환은 「현금시세(時勢)와 정신의 개조」라는 연제로 강연하려 했으나 일본 경찰의 감시로 임시 개정하여 「자녀를 해방하라」라는 연제로 강연(이묘묵(李卯默), 「성공의 요구와 실행」으로 강연하려 했으나 시간 관계상 강연 못함)(≪동아일보≫, 8.1).[2)]

□ 7월 30일, 평양 남산현(南山峴) 장대현(章臺峴) 예배당에서 「노력하라」는 연제로 강연(고원승(高源承), 「참눈을 뜨라」; 이묘묵, 「세계개조와 청년의 각성」; 김윤경(金允經), 「파괴와 건설」)(≪동아일보≫, 8.2).

■ 8월 2일, 조선학생대회순회 강연단 일행 김윤경 외 4인 정주에서 선천(宣川)으로 도착. 이 날 오후 8시 신성 학교 기숙사 정내에서 방정환은 「각성하라」는 연제로 강연(김윤경, 「사회의 유기적 관계」)(≪동아일보≫, 8.7).

1921년(23세)

□ 여름 방학을 맞아 '동경유학생순강단'의 일행으로 6월 17일(부산 도착)부터 한 달여간 순회강연.

■ 6월 18일, 부산 천도교청년회 주최 강연회에서 '동경유학생강단' 일원으로

---

2) 김중철은 「어린이극의 형성 과정」(『동화읽는어른』, 어린이도서연구회, 1999.6, 10쪽)에서 안경식의 연보를 참고한 후 「현금시세와 정신의 개조」가 안창호의 민족개조론에 기반을 둔 것이라고 했다. 방정환이 어떤 내용으로 강연을 했는지 현재로서는 정확히 알 수 없지만, 방정환이 이 당시 안창호의 민족개조론에 영향을 받았다는 근거가 없을 뿐더러 그가 이전의 강연에서 「개벽선언」이나 「세계평화는 인내천주의」로 강연을 했던 것으로 보아, 당시 천도교청년회의 주요 간부로서 천도교가 수용한 개조론으로 강연을 했을 것이다.

「잘 살기 위하여」라는 연제로 강연(박달성, 「당면의 문제와 요구의 인물」; 전민철(全敏轍), 「현대사조와 인내천주의」; 박사직(朴思稷), 「종교를 바로 해석하라」)(≪동아일보≫, 6.22).

□ 6월 20일, 논산에서 교육 발전에 관한 강연(강사: 민병옥(閔丙玉), 방정환)(≪동아일보≫, 6.24).

□ 6월 21일, 동경유학생순강단 천도교청년회 주최 군산(群山) 강연회에서 「잘 살기 위하여」라는 연제로 강연(박사직 개회)(≪동아일보≫, 6.27).

■ 6월 31일, 천도교유학생 순강단 김제(金堤) 강연에서 「잘 살기를 위하여」라는 연제로 강연. 언론 중 치안에 저촉된다고 하여 강연 도중 중지 산회(민병옥, 「신사회와 부인」)(≪동아일보≫, 7.4).

■ 7월 4일, 동경유학생순강단 강경(江京) 강연회에서 「잘 살기 위하여」라는 연제로 강연(박사직, 「신문화건설과 여자 해방」)(≪동아일보≫, 7.9).[3]

□ 7월 10일, 천도교소년회 담론부 주최로 방정환 초대하여 강연(≪동아일보≫, 7.10).[4]

■ 7월 12일, 천도교동경지회 강연단 서흥(瑞興) 강연회에서 「잘 살기 위하여」란 연제로 강연. 경관의 강연 중지로 산회(≪동아일보≫, 7.19).

■ 7월 14일, 천도교동경지회 강연단 황주(黃州) 강연회에서 「잘 살기 위하여」라는 연제로 강연(민병옥, 「오인(吾人)의 삼대(三大)의식」, 차용복(車用輻), 「지상천당과 영생」)(≪동아일보≫, 7.17).

■ 7월 15일, 천도교 동경지회 강연단 사리원(沙里院) 강연회에서 「잘 살기 위하여」란 연제로 강연(차용복, 「지상천국과 오인(吾人)의 영생」)(≪동아일보≫, 7.20).

■ 7월 18일, 천도교청년회 동경지회 순회 강연단 일행으로 7월 17일 안악 도착. 18일 오후 8시 안악 천도교 당내에서 강연회 개최. 방정환은 동경에서

3) ≪동아일보≫ (6.29)는 6월 26일 천도교청년회 동경유학생의 강경 강연회를 보도하였으나 강연단은 7월 4일에야 강경에 도착하였다.

4) 방정환은 '소년에 대한 연구가 많은', '동양대학' 학생으로 소개되고 있다. 강연회에 참석할 수 있는 연령은 8~17세로 제한되었다. 소년강연회로는 처음 있는 일이라고 소개되고 있다.

부산까지의 상륙 소감을 약술하고 「잘 살기 위하여」로 강연을 하려 했는데 경찰 서장 산전(山田)의 돌연 중지로 폐회됨(민병옥, 「인의 욕(慾)」; 차용복, 「지상천국과 오인의 영생」)(≪동아일보≫, 7.22).

■ 7월 20일, 동경유학생 천도교순회강연단 은율(殷栗)에 도착. 안악((安岳) 강연회에서 「잘 살기 위하여」라는 연제로 강연(차용복, 「종교란 무엇이냐」) (≪동아일보≫, 7.27).

■ 7월 25일, 동경유학생천도교순회강연단 해주(海州) 강연회에서 「잘 살기 위하여」라는 연제로 강연(차용복, 「조선문화와 천도교」)(≪동아일보≫, 7.29)

■ 8월 6일, 동경유학생천도교순회강연단 장연(長淵)에 도착. 송화(松禾)강연회에서 「잘 살기 위해」라는 연제로 강연(≪동아일보≫, 8.6).

■ 8월 17일, 오후 6시 '천도교동경 지회 순회 연극단 방정환 일행'은 8월 17일 오후 6시 반에 진남포에 도착. 7시 반에 〈유학생의 자취 생활〉, 〈신생의 일〉 상장함(≪동아일보≫, 8.21).

■ 8월 30일~8월 31일, 천도교청년회 동경지회 청년들로 조직된 일본유학생단은 평양 가부기좌(歌舞技座)에서 참회의 극 〈식객(食客)〉 연출(≪동아일보≫, 9.4).

□ 9월 4일, 경성천도교 대강당에서 자작 사극 〈신생의 일(新生의 日)〉을 연출·출연 (정인섭, 『색동회어린이운동사』, 학원사, 415쪽)(≪동아일보≫, 9.4).

1922년(24세)

■ 6월 29일, 인천 가부기좌에서 소년소녀 가극회 개최. 천도교청년회동경지회장 방정환은 〈소년회 조직 필요〉에 대해 강연함(≪동아일보≫, 7.2).

■ 7월 12일, 천도교장연(長淵)교구 주최의 강연회에서 「새 살림 준비」라는 연제로 강연(박달성, 「종교와 사람」)(≪동아일보≫, 7.22).

■ 9월 2일, 오전 11시 경운동 천도교당에서 천도교청년회 창립 3주년 기념식. 오후 8시 기념 강연에서 방정환 강연(강연 제목 미정)(이돈화, 「力」) (≪동아일보≫, 9.1).

■ 12월 25일, 천도교소년회 강연회에서 「생활개조와 아동문제」라는 연제로 강연(이종린(李鍾麟), 「인격은 교육하는 대로」)(≪동아일보≫, 12.25).

■ 12월 30일, 천도교소년회 환등강연회에서 강연(이종린, 방정환)(≪동아일보≫, 12.30).

1923년(25세)

■ 1월 14일, 천도교소년부 동화극 대회. 방정환은 「열두 달의 손님」이라는 동화 구연(이정호, 「처음 깃븐날」, 『천도교회월보』, 1923.2).

□ 4월 28일, 도쿄에서 '소년문제강연회'를 개최.

□ 7월 23일~, '색동회'와 '어린이사'의 공동 주최로 '전선소년지도자대회'를 일주일 동안 개최.

□ 9월 22일, 천도교당에서 열린 가을놀이 '소년소녀대회'에서 동화 구연, 방정환이 『어린이』 창간호에 실은 동극 '노래주머니'가 동화극으로 상연)(『어린이』 1권 8호(1923.7.23) 광고).

■ 11월 18일, 25일 경성도서관 주최로 열린 동화강화회에 출연(≪동아일보≫, 11.25; ≪조선일보≫, 11.18, 11.25).

1924년(26세)

□ 1월 18일, 노산 이은상의 안내로 창신학교와 의신여학교를 방문하여 동화 「아버지의 병간호」(아미치스 작 『사랑의 학교』의 한 내용)와 「헨젤과 그레텔」 구연(소파, 「나그네 잡기장」, 『어린이』, 1924.4).

□ 이 무렵 경성도서관 주최로 공일날마다 소파의 동화회가 열렸는데, 그때마다 대성황을 이룸.

□ 3월 18일, 〈색동회〉의 정순철, 정병기, 강영호와 개성 샛별 잡지사를 방문했고, 18·19일에는 북복교예배당에서 「산드룡이야기」와 「내여버린 아해」[5] 구연(소파, 「나그네 잡기장」, 『어린이』, 1924.4).

■ 10월 12일, 홍성유치원 주최 유원(幼園) 동화대회에 출연(≪시대일보≫, 10.13).

---

5) 「내여버린 아해」는 『부인』(1923.1~2)에 발표한 것으로 그림 형제의 「헨젤과 그레텔」이다.

1925년(27세)

- □ 2월 22일, 천도교청년당 선전 강연회에서 「살아갈 길」이라는 연제로 강연. (김기전, 「살사람의 생활과 죽을사람의 생활」; 김봉준(金奉俊), 「사람과 시대」)(≪동아일보≫, 2.22).
- □ 3월 20일~3월 30일, 『어린이』 창간 2주년 기념행사로 서울, 대구, 마산, 부산, 김천, 인천에서 소년소녀대회 개최(방정환, 「나그네 잡기장」, 『어린이』, 1925.5).
- □ 4월 29일, 어린이사와 색동회 주최로 천도교기념관에서 '제3회 어린이날 전야제' 개최. 방정환은 동화 「귀만의 슬픔」과 「어린이날 이야기」 강연. (방정환, 고한승 출연)(≪조선일보≫, 4.30).
- □ 6월 16일~6월 26일, 오월회 주최로 열린 '소년문제강연회'에서 방정환은 '지도자강습회강사'로 선정되어 강연(≪동아일보≫, 6.11).
- ■ 6월 30일, 마포청년회 주최, 오월회 후원으로 열린 어머니대회에서 소년문제에 관한 강연(≪시대일보≫, 6.30).
- □ 7월 13일부터 10여 일간 울산, 포항, 경주, 대구 등지에서 소파의 동화회와 소년문제 강연회가 정순철의 동요회와 같이 열림.
- ■ 7월 16일, 울산 성우회(城友會) 주최로 소년소녀 동요동화대회 개최(≪시대일보≫, 7.23).
- ■ 7월 15일~7월 17일, 소년소녀 동요동화회에 참여(방정환의 동화, 정순철의 동요) 7월 15일부터 울산지역 공립보통학교에서 소년문제 강연과 소년소녀동요동화대회. 방정환·정순철 초청하여 소년소녀동요동화회, 방정환은 「신생의 도」라는 연제로 소년문제 강연회, 부인본위로 육아아동문제 강화회 등 3일간 연속 개최(≪시대일보≫, 7.25).
- ■ 8월 6일, 재경 용천(龍川)학생친목회 주최, 용암포 상무회와 동아일보 후원으로 연 동화회에 참여. 저녁에는 「소년문제에 대하여」라는 연제로 강연(≪동아일보≫, 8.4).
- ■ 8월 7일, 양시(楊市)기독교여자 청년회, 조선·동아일보 후원으로 기독교예배당에서 강연(≪동아일보≫, 8.4).

■ 11월 15일, 각 소년회연합 주최로 견지동 시천교당에서 열린 '어린이 놀이'에서 동화 구연(≪동아일보≫, 11.9; ≪시대일보≫, 11.14).

□ 12월 5일, 개성 천도교소년회 주최로 개성 중앙회관에서 열려던 동화회가 연사의 불온함과 아동회합의 악결과를 초래한다는 이유로 일제 당국에 의해 금지 당함(방정환, 박달성 초청 연사)(≪조선일보≫, 12.7).

□ 12월 12일, 청진동예배당에서 열린 소년소녀문예회 주최의 '어머니 대회'에서 강연(연사: 방정환, 염근수(廉根守)(≪동아일보≫, 12.12).

1926년(28세)

■ 1월 5일, 경성 여성동우회(女性同友會)와 문화소년회(文化少年會) 주최로 시내 청진동 회중교회당에서 오후 일곱 시부터 열린 '어머니와 소녀회'에서 실제 가정생활 개선 관련 강연(신여성 주간: 방정환, 여성동우회: 백신애(白信愛), 문화소년회: 염근수)(≪시대일보≫, 1.3).

■ 2월 21일, 취운(翠雲)소년회 주최의 동화회에 출연(방정환, 심종현(沈鍾鉉))(≪조선일보≫, 2.20; ≪동아일보≫, 2.21).

□ 3월 20일, '선우(鮮友)소년회'에서 소파 초청 신춘동화대회.

■ 8월 25일, 어린이사 주최, 조선일보 후원으로 천도교당에서 열린 동화동요동극대회에 출연(방정환, 진장섭, 정순철, 정인섭 등)(≪조선일보≫, 8.2).

■ 9월 26일, 오후 7시 반에 현대소년구락부 50회 기념 동화회에 방정환, 염근수 초청함(≪동아일보≫, 9.27).

■ 10월 3일, 오후 7시 반에 현대소년구락부에서 어머니 대회 개최. 연사 방정환, 염근수(≪동아일보≫, 10.3).

■ 10월 16일, 별나라 주최 동화회에 이정호(李定鎬), 고한승, 정홍교(丁洪敎)와 함께 참석(≪동아일보≫, 10.14).

□ 11월 13일, 천도교소년회 동화회에 출연(방정환, 이성환 등)(≪조선일보≫, 11.13).

■ 11월 20일, 서강(西江) 의화(義和)소년단 주최, 『별나라』·『신소년』사 후원으로 가정교육에 관한 강연(≪동아일보≫, 11.17).

■ 11월 26일~11월 30일, 의주(義州)군 천도교종리원에서 개최한 '제4회 강도회

(講道會)'에서 이돈화(李敦化)와 함께 강연(≪동아일보≫, 11.25).

□ 11월 27일, 중앙썬데이스쿨 주최로 중앙예배당에서 열린 동화회에 출연 (≪조선일보≫, 11.28).

■ 12월 12일~12월 13일, 영동소년회는 오후 7시부터 동화 동요 대회 개최. 방정환 동화, 정순철 동요(≪동아일보≫, 12.17).

□ 12월 18일, 종로의 중앙기독교청년회관에서 열린 문예운동사 주최 ≪조선일보≫사 후원의 문예대강연회에서 「소년문학의 잡감(雜感)」을 강연(연사는 조명희, 박팔양, 이량(李亮), 박영희, 최승일, 김기진, 방정환, 김동환(金東煥), 홍기문(洪起文), 이익상 등)(≪조선일보≫, 12.11; ≪조선중앙일보≫, 12.20).

■ 12월 24일, 천도교청년당 긴급위원회의 천도교 구파 검토 대연설회에서 구파위원의 의절 변경과 천도교청년당의 대책 마련에서 「5세 교주는 또 누구냐」라는 연제로 연설(김기전, 최안국, 백인옥, 방정환, 이성환, 김공선, 김창현, 신석구, 민영순, 조기영 등)(≪중외일보≫, 12.24).

1927년(29세)

□ 2월 17일, 「어린이와 직업」이라는 제목으로 라디오 방송을 함(2월 16일부터 '경성 방송국'에서 한국어, 일본어 혼합 단일 방송 시작).

■ 3월 17일, 경운동 천도교청년당본부에서 해월 탄생 백년 기념일(3.21) 축하 강연 및 기념식, 동화 구연. 방정환, 「소년고수」(17일 오후 7시반부터 강연 및 방정환, 이정호 동화 구연. 이정호, 「아름다운 희생」, 21일 오전: 기념식, 오후: 연극 활동사진)(≪동아일보≫, 3.17).

■ 3월 26일, 『어린이』 창간 4주년기념으로 열린 동화동요동화극 대회에 출연하여 동화 구연(방정환, 고한승, 이정호의 동화 구연)(≪조선일보≫, 3.23).

■ 8월 7일~8월 9일, 경성방송국에서 「DK의 연속동화」로 아라비안 나이트의 한 이야기인 「흘러간 삼남매」를 3일간 방정환, 고한승, 이정호가 나누어 구연(≪동아일보≫, 8.9; ≪중외일보≫, 8.9).

□ 9월 8일, 무궁화사 주최로 열린 추기(秋期)동화대회에 출연(방정환, 정홍교,

윤소성(尹小星))(≪조선일보≫, 9.6).

- ■ 10월 7일, 사리원동화회 주최 오후 7시 방정환 동화회. 아동보육에 전 책임을 가진 부형에게 간단한 강연 후 동화 구연(≪동아일보≫, 10.11).
- ■ 11월 1일, 진주청년회 주최 진주청년회관에서 오후 7시 방정환 동화회 개최. 어린이 오백여 명과 지도자급 부형도 대거 참석. 대성황(≪동아일보≫, 11.4).
- □ 11월 9일, 화성소년회 주최, 조선일보 후원으로 수원 공회당에서 열린 동요동화대회에 참석하여 동화 구연(방정환, 이정호의 동화와 정순철의 동요 강연)(≪조선일보≫, 11.8).
- ■ 11월 25일, 강화소년군 주최의 동화회와 소년문제강연회[6]에서 강연. 방정환, 금철(琴澈)(≪동아일보≫, 11.25; ≪조선일보≫, 11.24).
- ■ 12월 30일~12월 31일, 안악소년회에서 강연(≪조선일보≫, 1928.1.8).

1928년(30세)

- □ 2월 7일, '조선소년연합회'의 '경성세포단체연합(京城細胞團體聯合)' 주최로 천도교기념관에서 개최된 '어머니대회'에서 「소년운동과 가정 교양」이라는 연제로 강연(방정환, 정홍교 등 출연)(≪조선일보≫, 2.6).
- ■ 2월 11일, 개벽사 주최 동아일보 후원의 남녀 각학교 졸업생 강연회에 참석하여 개회사를 함(≪중외일보≫, 2.13).
- ■ 2월 11일~2월 12일, 색동회 주최, 어린이사 후원으로 열린 아동문제강화회(講話會)에서 「아동연구에 관한 기초 지식」(11일)과 「아동교양에 필요한 동화 지식」(12일)을 강연(정순철(鄭淳哲) 「동요취급에 관한 음악적 상식」, 최진순(崔瑱淳) 「아동의 가정생활의 일반적 연구」)(≪동아일보≫, 2.11; ≪중외일보≫, 2.10).
- □ 3월 4일, 안주천도교청년회 주최 동화회에 출연(≪조선일보≫, 3.14).
- □ 3월 5일, 신의주천도교학생회 주최로 신선좌(新鮮座)에서 열린 동화회에 출연하

---

6) ≪동아일보≫는 '소년문제강연회'로, ≪조선일보≫는 '소년문예강연회'로 보도함.

여 동화 구연과 「신생의 도」 강연(≪조선일보≫, 3.11; ≪중외일보≫, 3.11).[7]

- ■ 5월 5일, 천도교소년회 주최 동화회에 출연(≪조선일보≫, 5.5).
- ■ 5월 7일, 견지동 시천교당에서 열린 부형모매회(父兄母妹會)에서 강연(고장환의 사회, 방정환 강연)(≪중외일보≫, 5.9).
- ■ 6월 2일 시흥군의 용흥(湧興)청년회 주최 강연회에서 강연. 연사: 이돈화, 방정환, 최의순(崔義順)(≪동아일보≫, 6.2).
- ■ 7월 7일, 천도교기념관에서 조선농민사 주최로 열린 농촌문제 강연회에서 「歸鄕하는 學生諸君에게」라는 연제로 강연(서춘, 민태원, 이창휘, 이성환, 방정환)(≪중외일보≫, 7.8).
- ■ 8월 4일, 용산천도교종리원 주최 강연회에서 「시대를 타는 인물」이라는 연제로 강연(김영환(金泳煥), 「시대는 이렇게 변한다」; 김도현(金道賢), 「사회진화와 시대의식」)(≪동아일보≫, 8.4).
- ■ 9월 14일, 광화문 예배당에서 열린 동화대회에서 구연(방정환, 김성태)(≪중외일보≫, 9.14).
- □ 9월 27일, 천도교소년회 주최로 천도교기념관에서 열린 추석맞이 동화 대회에 출연(방정환, 연성흠, 김도현 등)(≪조선일보≫, 9.28); (방정환 「바보의 장사」, 연성흠 「밤에 우는 돌」, 김도현 「추석 이야기」)(≪동아일보≫, 9.28).
- □ 10월 2일~10월 10일까지 천도교 기념관에서 '세계아동예술전람회' 개최 (『어린이』사 주최, 색동회 주관, 동아일보 학술부 후원, 재경해외문학부 협찬).
- □ 10월 27일, 궁정동 예배당에서 열린 북감리교 '엡윗청년회' 주최의 동화동요대회에 출연(이원규, 방정환, 정홍교, 홍은성 등 초청)(≪조선일보≫, 10.28; ≪중외일보≫, 10.28).
- ■ 12월 15일 시내 숭의동 애조(愛助)소년회 후원회 주최 강연회에서 「신생의 도」라는 연제로 강연(≪동아일보≫, 12.15).

---

7) 1928년 2월 27일, 신의주천도교학생회 주최로 열린 동화회에 출연한다는 기사(≪조선일보≫, 2.26)가 보도된 바 있으나 ≪중외일보≫(1928.2.29) 기사에 따르면 2월 27일 개최 예정이었던 동화대회는 연사의 사정으로 3월 5일로 연기되었다고 한다.

1929년(31세)

□ 1월 5일, 화성소년회 주최로 수원에서 연 동화회에 출연.

■ 1월 18일부터 신우회(新友會) 본부 주최로 각 예배당에서 열린 연강(沿江)순회 동화대회에 출연(김만기(金萬基), 정홍교, 방정환 등)(≪조선일보≫, 1.18).

□ 2월 14일부터 천도교기념관에서 별탑회 주최로 열린 동화동요순회대회에 출연(≪조선일보≫, 2.5).

■ 2월 21일, 평양 천도교소년회 주회로 오후 7시 방정환 동화회(≪동아일보≫, 3.1).

■ 2월 23일, 당면문제강연: 「신생의 도」(김병제(金秉濟), 「인간의 봄」; 전우석(全愚石), 「개벽지운(開闢之運)」)(≪동아일보≫, 2.23).

■ 2월 23일, 선천(宣川)특별강연회에서 「잘 살기 위하여」라는 연제로 강연 (≪동아일보≫, 2.23).

■ 4월 19일, 천도교학생회 주최의 신입생환영강연에서 「중학공부 시작할 때」라는 연제로 강연(방정환, 이성환 등)(≪중외일보≫, 4.17)

■ 5월 13일, 천도교 내수단 주최의 아동보육강연회 13일~15일(3일간), 천도교기념관에서 강연. 제1일(13일) 「어린이의 심리생활」 강연 (≪동아일보≫, 5.13; ≪중외일보≫, 5.12).

■ 5월 14일, 아동보육대강연회 제2일 「어린이가 크는 여러 시기」 강연(≪동아일보≫, 5.15).

■ 5월 15일, 아동보육대강연회 제3일 「꾸짖는 법, 칭찬하는 법」 강연(≪동아일보≫, 5.15).

□ 6월 2일, 천도교기념관에서 열린 소년소녀 현상동요동화 대회의 심판으로 참석(심사: 방정환, 안준식, 정순철, 유도순)(≪조선일보≫, 6.2).

■ 6월 4일, 시내 당주동에 있는 신우경성지회(新友京城之會) 주최 조선일보 학예부 후원으로 열린 소년문예대강연에서 「조선소년문예운동의 사적 고찰」이라는 연제로 강연(김기진, 「조선소년문예에 대하여」; 이종린 「조선소년과 문예」; 김파인, 「가요와 사회의 동향」; 이익상, 「동화에 나타난 조선정조」; 변성옥, 「종교학상으로 본 소년문예」; 방인근, 「조선학생문예의 일반론」; 정홍교, 「소년소녀문예운동의 잡관」; 고장환, 「동

요운동에 대하여」; 김기진, 「최근 문단조감도」; 박팔양, 「현대정신의 특징」; 최상덕, 「대중문예에 대하여」; 이익상, 「문예와 현대 취미」 등) (≪동아일보≫, 5.31; ≪조선일보≫, 6.3; ≪중외일보≫, 6.1).

■ 6월 21일, 광희문예배당에서 열린 백의소년회 주최 어머니대회(母姝대회)에 출연(≪중외일보≫, 6.21; ≪동아일보≫, 6.21).

□ 9월 17일, 천도교기념관에서 열린 『어린이』사 주최의 '추석놀이대회'에서 동화 구연(방정환, 조영근(趙永根)의 동화)(≪조선일보≫, 9.16; ≪중외일보≫, 9.16).

□ 9월 21일, 대구 복명유치원 주최, 조선일보 대구 지국 후원 하에 열릴 예정이던 방정환 동화회가 당국에 의해 금지됨.

■ 11월 4일, 천도교포덕선전강연회에서 「우리의 목적」이란 연제로 강연(조기간(趙基栞), 「사람의 근본문제」; 이성규(李成奎), 「대중이 요구하는 종교」) (≪동아일보≫, 11.3; ≪중외일보≫, 11.3).

■ 11월 23~11월 24일, 천도교청년당 동경부유소년부 주최로 동교 동경종리원에서 방정환 초청 소년문제 강연(≪동아일보≫, 11.30; ≪중외일보≫, 11.29).

1930년(32세)

□ 2월 10일, 천도교평양소년회 주최의 신춘동화대회에 출연(≪조선일보≫, 2.8; ≪동아일보≫, 2.8).

□ 2월 15일, 화도유년주일학교 주최로 인천 내리예배당에서 오후 7시에 열린 동화 동요대회에 출연하여 동화 구연(방정환, 안준식(安俊植)의 동화와 경성가나다회원의 동요)(≪조선일보≫, 2.17).

■ 2월 19일, 대구 복명(復明)유치원 주최 조선일보 동아일보 중외일보 삼지국의 후원으로 만경관에서 열린 동요동화회에 출연하여 동화 구연과 아동보육 강연(≪조선일보≫, 2.19; ≪동아일보≫, 2.19; ≪중외일보≫, 2.20).

■ 2월 25일, 평양천도교소년회 주최 중외일보 지국 후원으로 평양동화대회에서 구연(≪중외일보≫, 2.22).

■ 4월 12일, 시내 연건동 명진소년회 주최로 12일(토) 저녁 '어린이사' 방정환씨

동화회 개최(≪동아일보≫, 4.13).

- 5월 3일, 천도교 소년 기념 동화회에 출연하여 「불상한 남매」 구연(연성흠, 「용감한 소년」)(≪중외일보≫, 5.3).
- 6월 1일, 천도교청년당경성부는 우이동에서 천도교 단오놀이 개최(준비위원: 이을, 정응봉, 이단, 계연집, 조종오, 박달성, 허익환, 김옥빈, 강우, 방정환, 전의찬, 김병제, 이학중, 공홍문, 송기중, 이현재, 한원빈, 김일대, 최단봉, 이근배, 김이국, 전준성 참여)(≪중외일보≫, 5.27).
- 7월 22일, 경성중앙보육학교 동창회 주최 조선일보 학예부 후원의 제3회 율동유희하기강습회(律動遊戲夏期講習會)에서 동화와 수양 강연(강사: 최문선(崔文善), 홍난파, 방정환 외)(≪조선일보≫, 7.19).
- 9월 21일, 대구 복명유치원 주최 조선일보 지국 후원의 방정환 동화회 금지(≪조선일보≫, 9.21).
- 10월 28일, 오후 11시 수운기념강연(연사: 이돈화, 이종린, 방정환)(≪동아일보≫, 10.29).
- 11월 1일, 오후 7시반에 포덕(布德)대강연, 천도교청년당 주최 강연회(연사: 이돈화, 이종린, 방정환)(≪동아일보≫, 10.30).

1931년(33세)

- 2월 25일, 여자체육장려회(女子體育奬勵會) 주최로 열린 강연회에서 「조선여자와 체육」이란 연제로 강연(김신실(金信實), 「여자체육의 구미(歐美)와 조선」; 김인순(金仁順), 「조선여자체육장려회의 사명」; 이선근(李先根), 「아동의 건강과 조선체육」)(≪동아일보≫, 2.22).

발굴 자료[8)]

『신여자』 소재 4편

〈新女子〉 누의님에게

雜誌『新靑年』으로부터

깁히 업시 어두운 캄々ᄒᆞᆫ 벌에
ᄎᆞ고 알인 밤바람죠ᄎᆞ 부ᄂᆞᆫ대
燈도 업ᄂᆞᆫ 燭불을 艱辛히 들고
險ᄒᆞᆫ 길을 더듬ᄂᆞᆫ 졂은이 旅客

ᄭᅳᆺ도 엄ᄂᆞᆫ 것츠른 찬벌바람에
써져 죽ᄂᆞᆫ 燭불을 困히 살니며
이리저리 외치며 더듬을 ᄯᆡ에
오즉 별은 잠々히 어들 ᄲᅮᆫ이라

밤은 더욱 캄々코 바람은 찬ᄃᆡ
졂은 行客 목쇼ᄅᆡ 말나쥬를 ᄯᆡ
먼 곳에서 부르ᄂᆞᆫ 사람의 쇼ᄅᆡ
반가울사 누의님 쇼ᄅᆡ엿도다

---

8) 자료는 원문의 표기 그대로이며, 띄어쓰기만을 고침. 확인 불가능한 글자는 □로 표시함.

아々 ᄯᆡᄂᆞᆫ 오도다 男妹의집에
旅服 산듯 차리고 나슨 누의와
반가ᄒᆞᄂᆞᆫ 쇼ᄅᆡ가 마죠칠 ᄯᆡ에
ᄉᆡ 빗 ᄲᅡᆫ히 東天에 빗춰오도다

ᄉᆡ벽빗은 오도다 우리 갈 길에
누의님아 그ᄃᆡ는 ᄉᆡ벽鍾 치라
ᄇᆡ달터에 잠자는 兄弟 ᄭᆡ이려
나는 소ᄅᆡ치리라 크게 힘잇게

아지못든 큰 길이 ᄉᆡ로 열니고
東便 하날 燦爛히 빗이 나도다
손목 잡고 갑시다 거름 갓히ᄋᆡ
ᄉᆡ빗 ᄲᅡᆫ이 빗나는 理想鄉으로

(『신여자』 창간호, 1920.3.10)

新舊衝突의 大悲劇

婚姻哀話　　　　　　犧牲된 處女[9)]

月桂

犧牲된 處女!! 이 一篇은 우리 朝鮮 現代社會의 裡面에 가리워 잇는 數만흔 悲慘훈 生活의 한 조각을 그리워논 눈물의 哀史올시다.

子女를 養育ᄒᆞ시는 父母시여! 小學冊에 업다고 덥허놋코 否認ᄒᆞ시는 여러분이시여!

남의 일 갓치 보지 마시옵 여러분의 집에는 이러훈 不運에 우는 可憐훈 人生에 잇지 아니훈가 먼저 삷헤보시요 그리고 여러분의 오릭 이 罪를 ᄭᅵ다르시요 왜 무슨 ᄭᅡ닭으로 貴엽고 重한 子女를 가두고 막어 병신을 만듭닛가

이제 記載되는 犧牲된 處女 可憐훈 女子 우리 同胞의 一人 卽 당신의 貴여운 ᄯᅡ님 中의 일一人의 慘酷훈 죽엄에 同情의 눈물을 흘녀주시요 그리고 다시는 그러훈 悲劇이 生起지 안토록 ᄒᆞ야셔 우리 社會도 남만치 幸福되게 ᄒᆞ시옵

얄박훈 겨울 힛볏이 冊床머리 西窓 웃턱에 훠언ᄒᆞ게 빗츄어 잇습니다 『오날도 어느듯 점으렷고나』 ᄒᆞ는 쓸ᄿᅳᆯ훈 生覺으로 窓紙에 걸닌 힉 그림자를 물그럼이 보던 나는 ᄯᅩ 언듯 死亡훈 兄님을 生覺ᄒᆞ고 이 一篇을 草홉니다

世上의 幸福과 人情의 ᄯᅡᆺ듯훈 것을 알게 된 그ᄯᅢ붓터 도리혀 世俗의 無常홈과 人情의 냉冷々홈에 울다가 울다가 쓸々히 도라간 兄님!

新과 舊, 그 境界線上에 無慘히 犧牲된 「出家훈 處女」이든 可憐훈 나의

9) 이 작품은 『신여성』 6호(1924.6)에 「出嫁한 處女」로 제목을 고쳐 재수록되었다. 『신여자』판에서 확인하기 어려운 글자는 『신여성』판을 참고했다.

兄님!! 그러고도 弱흔 一身이 時代의 犧牲者로 慘酷히 虐待밧은 짤막흔 눈물의 一生을 이제 紀錄(인용자: 記錄의 오기)코저 흐는 것입니다

까닭업시 冷待밧고 헛되이 도라간 마르고 시드른 弱흔 者 可憐흔 兄님을 爲흐야 이에 紙碑를 세우랴 흐는 것입니다

兄님은 二十三의 꼿다운 나이로 昨年 첫가을 落葉이 발그레흘 쒸에 世上을 바리엇습니다

出家흔 몸으로 男便의 情도 모르고 人生의 女子로 우리의 幸福도 모르고 다만 유弱흔 겨울파도 양으로 光明흔 世上을 보지 못흐고 집 속에 파뭇쳐 잇다가 永遠흔 어둠 속으로 도라갓습니다

느진 봄 첫여름 갓치 짯듯흔 世上에셔 홀로 어둡고 찬 속에셔 울다가 死亡흔 兄님! 自己에게는 이 世上도 모다가 冷情흐게 굴엇것만은 自己 홀로는 恨업시 짯듯하고 多情흔 兄님의 치웁고 싸늘흔 一生을 生覺흘 쒸에 나는 두 줄기 더운 눈물을 금치 못흠니다 그것은 나의 兄님이라고 그런 것만이 안이라 이쒸까지 안이 只今도 兄님과 갓흔 그러흔 사람으로 격지 못흔 慘酷흔 悲運에 울고 잇는 女子 쏘는 只今을 잇는 女子가 우리 社會의 表面에 만히 잇슬 것을 생각흐는 까닭입니다

여러분이시여 現今 우리 社會의 新과 舊가 마조치는 그 사이에셔 慘酷히 犧牲되야 울며 쓰러지는 可憐흔 處女 中의 一人인 나의 兄님의 일을 쓰거운 同情으로 닐거쥬시기 바람니다

兄님과 닋가 生長흔 우리집은 재산으로나 지체로나 남에게 지지 안니흘 만치 堂(인용자: 當의 오자)々흔 大家입니다

그러나 그러흔 大家이기 쒸문에 내가 다섯 살 되든 해正月브터는 형님이 임이 닐곱살 이라하야 대문밧구경을 못흐게되여슴니다 舍廊이갓갑다하야 중문 압헤도 가지 못흐고 다만 針母房에 잇서셔 바느질 工夫밧게 흐는 것이 업섯습니다

밧갓이나 舍廊에셔 내가 놀다가 드러가셔 知覺업는 소래로 무에라 써들면 兄님은 新奇흔 밧갓 所聞이나 드른 것 갓치 깃버흐면셔 그 소래를 母親께 옴기든 일을 生覺흐면 只今도 天眞爛漫흘 그 쒸를 무슨 일로 房

中에셔 쓸々히 보닉게 ᄒᆞ엿는가 ᄒᆞ야 아모리 生覺ᄒᆞ야도 아버님 心中을 알 슈가 업습니다

그 ᄯᅢ 普通學校에 通學ᄒᆞ든 오라버니는 原來 다른 집 兒孩처럼 집안에셔 이러니 져러니 니야기를 자조ᄒᆞ야 滋味잇게 구지는 안흔 터이지만는 언으 ᄯᅢ는 學校 一同이 動物園에 갓다 왓다고 孔雀새라는 것이 크고 됴흔 ᄭᅩᆼ지가 부채갓치 펴지드라는 것이며 코기리라는 짐생이 어금니가 팔둑만치나 내여 쌧치고 그 사이로 국다란 코가 키보담 더 크게 ᄯᅡᆼ에 질々 ᄭᅳᆯ니드라는 니야기를 듯고

에그 옵바는 거진말도 퍽 ᄒᆞ오 코가 그러케 기일면 단기긴 엇더케 단기고 제일 음식을 엇더케 먹는단 말이요

ᄒᆞ고 말ᄒᆞᆷᄋᆡ 오라버니는 자- 거진말인가 보아라 ᄒᆞ고 朝鮮語 教科書에 잇는 코끼리 거림을 내여보이ᄆᆡ 兄님은 그 거림을 보고도 부러 그럿케 거린 것이겟지ᄒᆞ고 否認ᄒᆞ든 일을 生覺ᄒᆞ면 얼마나 邪氣 업고 天眞ᄉᆞᆺ갓흔 天使갓흔 少女이얏든 것을 짐작ᄒᆞᆯ 슈 잇습니다

그러나 그 天眞爛漫ᄒᆞᆫ 邪氣 업는 것이 房中에 갓치 잇셔 世上 모르고 자라고 크매 無智ᄒᆞ고 暗昧ᄒᆞᆫ 缺點으로 變ᄒᆞᆯ 밧게 업섯습니다

그 後 잇ᄒᆡ 뒤에 나도 不幸히 갓치는 몸이 될 것을 그 ᄯᅢ 中學校 生徒인 오라버니가 父親의 叱責을 밧으면서도 女子도 教育을 밧아야 ᄒᆞᆫ다고 力說ᄒᆞᆫ 效力으로 나는 겨우ᄒᆞ야 女子普通學校에 入學ᄒᆞ게 되얏습니다

朝飯을 재촉ᄒᆞ야 먹고 冊補 ᄭᅵ고 學校에 갈 ᄯᅢ에 點心 싸서 손에 들너주고 中門ᄭᅡ지 ᄶᅩᆺ차나와 물그레이 보고 섯든 그 ᄯᅢ 兄님은 限업시 나의 通學을(通學보다도 出入自由인지 모르나) 부러워ᄒᆞ는 모양이얏습니다

나 亦是 ᄯᅢ々로 오는 손님이 兄님을 보고

숙성ᄒᆞ게도 커간다 열두살에 엇저면 저럿케 머리가 조흘가

ᄒᆞ고들 稱讚ᄒᆞᆫ ᄯᅢ는 나도 부러온 마음이 업지 아니 ᄒᆞ얏스나 兄님이 나에게

행길이 前보다 퍽 넓어젓다지 댕기긔 좃켓다 자동차라는 것이 生겻다지 엇더케 生긴 것인지 너는 구경ᄒᆞ얏늬?

ᄒᆞ고 물을 ᄯᅢ에는 出入을 任意로 ᄒᆞ면셔 兄님 못 보는 것을 맘ᄃᆡ로 求景ᄒᆞᆯ 수 잇는 兄님이 가지지 못ᄒᆞᄂᆞᆫ 特權을 내가 가진 것이 자랑ᄒᆞᆯ 點으로 질거웟습니다

이럿케 ᄒᆞ야 兄님은 집에 갓처 잇고 나는 通學ᄒᆞ며 學校에서나 길거리에셔 본 新奇ᄒᆞᆫ 일을 자랑ᄒᆞ듯 니야기ᄒᆞ야 그것을 樂으로 알며 가는지도 모르게 몃 ᄒᆡ를 보ᄂᆡ엿습니다

ᄯᅡᆺ듯ᄒᆞᆫ 陽春, 아름다운 ᄭᅩᆺ은 픠일 ᄯᅢ로 픠여 山과 덜이 모다 ᄭᅩᆺ이요 사람이 모다 봄에 醉ᄒᆞᆫ 것만은 오즉 兄님은 房中에 잇서 봄을 알지 못ᄒᆞ고 綠陰도 기우는 선々ᄒᆞᆫ 첫가을 菊花는 花壇에 웃고 楓葉은 紅緞갓치 붉어 滿山紅黃이 내가 봄이라고 거드러거려 山々이 遊客 谷々이사람이 언만은 오즉 可憐ᄒᆞᆫ 兄님은 房中에 잇셔 遠足에선물인 밤송이 두엇에 철 밧괴임을 알 ᄲᅢᆫ이엿습니다

이럿케 사는 것 답지 안케 사는 兄님을 爲ᄒᆞ야 깃거워ᄒᆞᆯ 닐인지 슬허ᄒᆞᆯ 닐인지 兄님이 열일곱이 되는 ᄒᆡ 正月붓터 혼인니야기가 生긔며 즁ᄆᆡ를 ᄒᆞ는 대추씨갓치 얄밉게 ᄭᅡᆷ앗게 生긴 女便네가 ᄒᆞ나와 손틔 조곰 잇고 볼 느러진 ᄯᅮᆼ々ᄒᆞᆫ 老婆 ᄒᆞᆫ 사람이 자조 드나들더니 心竟(인용자: 畢竟의 오기)은 昌信洞 사는 金承旨의 長孫이라는 열 셰살 된 新郎과 約婚이 된 모양模樣입니다

아- 十三歲의 新郎!!

그 ᄯᅢ 高等學校 三年級의 通學ᄒᆞ든 나는 너머도 意外의 일에 母親ᄭᅦ 그 婚姻의 合當치 못ᄒᆞᆫ 것을 말삼ᄒᆞ더니 母親ᄭᅦ셔 ᄒᆞ시는 말삼은

아버님 ᄒᆞ시는 일에 엇더케 ᄒᆞ는 슈가 잇늬 아모말 말고 잇거라 게집애가 婚姻일에 참섭ᄒᆞᆫ다고 흉본다

이러ᄒᆞ얏습니다 아마 어머니ᄭᅦ서도 地體 잇는 富者집 며느리로 보ᄂᆡ게 된 것을 깃거워 ᄒᆞ시는 模樣입니다 선친날 여러 손님 모힌데셔 어머님은 新郎이 좀 어린 것 갓ᄒᆡ도 사나히 자라는 것은 금방입니다 얼마해서 애아비노릇하게되겟습닛가? 이러케 辯論ᄒᆞᄂᆞᆫ 듯이(그리나 泰然히) 말삼ᄒᆞ심애

그렁구말구요 잠간이지요 잠간따라갑니다

이럿케 따라 말ᄒᆞ는 손님네는 兄님이 부자집으로긔구잇게 시집가는 것을 無限 부러워ᄒᆞ고 新郎집의 秋收 만코 下人輩 만흠에 놀ᄂᆡ고 ᄒᆞ야 히 질 ᄯᅢ까지 써들다가 헤여져 갓습니다

아— 사람과 사람의 婚姻이 아니고 黃金과 사ᄅᆞᆷ의 婚姻이요 新郎과 新婦의 幸福을 爲ᄒᆞᆷ이 아니고 父母의 專制的 行爲인 이 婚姻에 아모 反意도 異感도 업게 自己의 압길의 凶과 吉도 判斷치 못ᄒᆞ게 아모 배흠 업시 앎이 업시 房中에셔만 자라난 兄님이 엇더케 불상ᄒᆞᆫ지 몰낫습니다

사라도 삶이 아니요 아모 意味 업시 사라가는 可憐한 兄님!! 男女七歲면 不同席이니 무엇이니 ᄒᆞ는 舊習만 눈감고 직히는 父母가 小學校에도 보ᄂᆡ지 아니ᄒᆞ고 움 속에셔 길은 겨울파갓치 맨드러논 兄님!! 그는 아모 것도 모르고 잠잣고 잇지만은 오라버니가 계섯드면 이 婚姻이 되지 못ᄒᆞ얏슬 것을…….

바다를 건너 日本 가계신 오라버님이 내가 仔細히 써보ᄂᆡᆫ 便紙를 보고 그 婚姻의 合當치 아니ᄒᆞᆷ을 몃 차레나 아버님ᄭᅦ 上書ᄒᆞ얏스나 아모 效驗업시 되ᄆᆡ ᄒᆞ는 슈 업서 오라버니도 저에게

모도가 運命이다 運命에 맛겨두는 슈밧게 업다 아— 누이야 불상ᄒᆞᆫ 네 兄을 爲ᄒᆞ야 울어다고…… 이런 便紙를 보ᄂᆡ엿습니다

****

여러분이시여 그 後 일이 엇더케 되엿슬 쥴로 生覺ᄒᆞ십니가 黃金과 地體를 爲ᄒᆞᆷ에 犧牲이 된 나의 兄님의 後生活이 엇더케 되엿슬 쥴로 生覺ᄒᆞ심닛가

싀집과 친정 두 집에셔 힘씻 마음씻 자랑삼아 ᄒᆡ준 金銀의 寶物과 華麗ᄒᆞᆫ 衣服 크고 조흔 셰간 그 모든 것에 싸여 모든 사람의 羨仰의 焦点이 되야 極樂과 갓흔 平和ᄒᆞᆫ 살님을 ᄒᆞ야가는 그의 內的 生活은 참으로 寂々ᄒᆞᆫ 것이엇습니다

十三歲 幼兒로 겨우 普通學校 卒業ᄒᆞ고 中學 一年級에 通學ᄒᆞ는 그 新郎은 結婚ᄒᆞ기에 너머도 어리엿습니다 婚姻이란 왜 ᄒᆞ는 것인지 무슨 일노 모르는 女子와 自己가 ᄒᆞᆫ테 잇셔야 ᄒᆞ는지 그것을 알기는 너무 幼稚ᄒᆞ얏습니다 어른들이

인제는 어른이 되얏스닛가~~ ᄒᆞ는 소리에 스스로 까닭도 모르게 注意가 되야 억지로 점잔을 쎄느라고 ᄒᆞ고십픈 作亂도 ᄒᆞ지 못ᄒᆞ고 지ᄂᆞ옵니다

이럿케 아즉도 어리게 活潑ᄒᆞ게 天性ᄃᆡ로 자라고 클 兒孩를 그 父母는 무삼 일로 婚姻을 식히고 그 아희호 ᄒᆞ야곰 마음껏 天性ᄃᆡ로 活潑ᄒᆞ게 자라지 못ᄒᆞ고 미리 늙게 ᄒᆞ는지 모르깃습니다

그런 터임으로 新郎은 舍廊에셔 ᄒᆞ로 運動에 고단리 자고 新婦인 兄님은 넓고 쓸ᄼᄒᆞᆫ 뷔인방에 외로히 누어서 親家의 사람을 그리우며 밤을 지ᄂᆡ입니다

그럿케 남모르게 孤寂ᄒᆞᆫ 生活을 ᄒᆞ면셔도 兄님은 남에게 發說ᄒᆞ는 일도 읍시 다만 歲月이 速히 가 新郎이 相當ᄒᆞᆫ 나희가 되기를 기다리며 쓸ᄼ히 지ᄂᆡ여 왓습니다

그러나 몃 달이 되지 못ᄒᆞ야 新郎이 同年學生의 誘引을 밧아 七百圓 巨額을 집어가지고 日本으로 逃亡ᄒᆞ얏습니다

金承旨 집에셔는 큰 騷動이 낫습니다 그러나 頑固의 집이라 逃亡ᄒᆞᆫ 사람 잡을 ᄉᆡᆼ각은 못하고 前後 분푸리를 새며느리에게만 합니다 소박덕이니 안찬 게집이니 살이시켜서 新郎이다라낫느니 별별못할다 ᄒᆞᆸ니다 그러나 可憐ᄒᆞᆫ 兄님은 무슨 소리를 듯든지 아모 ᄃᆡ답도 ᄒᆞ는 수가 읍섯습니다 일은 새벽붓티 잠ᄭᅮ럭이라 시들니여 이러나서 해지고 밤늣게까지 모든 無理侮辱과 못 밧을 侮辱을 밧으면서 터질듯 터질듯ᄒᆞᆫ 서름을 억지로 참다가 下人들과 ᄒᆞᆷᄭᅴ 커다란 床을 치고 쓸ᄼᄒᆞᆫ 自己房으로 도라와셔는 왼終日 받앗든 서름이 一時에 복밧쳐 해엄읍는 두줄기 눈물이 비오듯ᄒᆞᆸ니다

아-불상ᄒᆞᆫ 兄님!! 可憐ᄒᆞᆫ 兄님!! 그는

길고 긴 겨울밤 휘잉ᄒᆞ게 브인 房에 외로히 잇슬 ᄯᅢ에 恨만코 怨만흔 더운 눈물노 얼마나 바느질감을 적시엿겟슴닛가

밤은 고요히 깁허가는ᄃᆡ 데□々々 니야기 소ᄅᆡ는 안방에셔 나는 소리요 깔々 웃고 ᄉᆡ々ᄃᆡ는 힝랑방에 어린 下人배 ᄯᅥ드는 소리라 들으메 빗추이는 불빗도 ᄊᆞᆨ스롭고 질겁게 붉것마는 可憐ᄒᆞᆫ 兄님만 홀노 쓸々ᄒᆞᆫ 방에 외로히 울 ᄲᅮᆫ입니다

無心히 輝煌ᄒᆞ는 함포불을 물그럼히 드려보며 힘읍시 안져 늣기이다가 이윽고 싸늘한 자리에 누으면 밤마다 졋든벼개가 ᄯᅩ다시 졋기를시 작하는것이엿슴니다 이럿케 홀노 누어 울다가~ 엇더케 잠이 들어 애닯은 身世로 장래를 ᄭᅮᆷᄭᅮ다가 무슨 소리인지 언듯 들어 左右를 도라보면 房은역시 쓸쓸하게뵈난ᄃᆡ 天井에셔 몃 마리 쥐가 다름질을 ᄒᆞᆯ ᄲᅮᆫ입니다

이럿케 쓸々ᄒᆞ게 외롭게 설옵게 눈물로만 지ᄂᆡ면셔도 兄님은 오즉 男便 新郎이 歸國ᄒᆞ기만 苦待ᄒᆞ면셔 ᄒᆞ로ᄒᆞ로 보ᄂᆡ엿슴니다

그럿케 애처롭게 지내는 生活이 지리ᄒᆞᆫ 겨울을 지내엿슴니다 ᄶᅡᆺᄯᅳᆺᄒᆞᆫ 봄이 왓슴니다 그러나 오즉 兄님에게는 ᄶᅡᆺ듯ᄒᆞᆫ 빗이 오지 못ᄒᆞ고 싸늘ᄒᆞᆫ 눈물의 生活이 繼續될 ᄲᅮᆫ임니다 다만 힝랑 兒孩가 보는 버들피리 소래에 봄-다움을 늣기고 下人이 어더온 개나리와 진달네ᄭᅩᆺ 두어 가지에 봄ᄭᅩᆺ을 求景ᄒᆞᆯ ᄲᅮᆫ이엿슴니다 만일 그 집에 마당이 좁앗드면 兄님은 볏 구경을 못ᄒᆞ고 살앗슬 것임니다

아아 이러ᄒᆞᆫ 苦境 이러ᄒᆞᆫ 地獄生活! 내가 늘 불상ᄒᆞ다든 針母房에셔만 자라든 그 ᄯᅢ나마도 兄님은 얼마나 그리웟겟슴닛가

ᄶᅡᆺ듯ᄒᆞᆫ 봄 질거운 봄은 불상ᄒᆞᆫ 우리 형님에게는 아모 關契도 업시 모른 체 ᄒᆞ고 지나갓슴니다

山과 들이 모다 푸를 ᄲᅮᆫ이요 나리ᄶᅩ이는 ᄒᆡ볏은 날날이 ᄯᅳ거워짐니다

여름放學에는 도라오겟지 ᄒᆞ고 왼家族이 기다리든 放學ᄯᅢ는 왓슴니다 그러나 日本셔 도라온 留學生 ᄒᆞᆫ사람이 차져와셔

○○(新郎의 이름)은 放學 동안에 英語講習을 ᄒᆞ느라고 오지 못ᄒᆞᆷ니다고 傳ᄒᆞ난 소ᄅᆡ를 들을 ᄯᅢ 누구보다도 제일 兄님이 얼마나 落望ᄒᆞ얏

겟슴닛가

어제보다도 새삼스럽게 더 쓸々ᄒᆞ야지고 어른의 화푸리는 漸々 甚ᄒᆞ야졋슴니다

어느날인지 ᄂᆡ가 兄님 보려고 그 집에를 가닛가 前 갓흐면 마루 아ᄅᆡ로 쒸야나려오며 어셔 오라고 맛아줄 형님이 그 날은 보이지 아니ᄒᆞ더니 이윽고 안房로셔 온 兄님이 나를 보더니 아모 인사도 ᄒᆞᆯ 사이 업시 두 눈에 눈물이 핑 돌더이다

아마 只今 또 몰녀대엿나보다고 짐작ᄒᆞ나 是 兄님!? 하고 눈물 흐르난 것을 禁치 못ᄒᆞ얏슴니다

왜 또 무슨 일로 야단을 합뒷가고 이럿케 물어보앗스나 兄님은 아모 말도 업시 흐르난 눈물만 씻고 다- 安寧ᄒᆞ시냐고 집 닐을 물을 ᄲᅮᆫ이얏슴니다

나는 보기에 싹ᄒᆞ고 답々ᄒᆞᆯ ᄲᅮᆫ이라 오ᄅᆡ 잇지 아니ᄒᆞ고 도라왓슴니다 내가 올 ᄯᅢ에 兄님이 집에 가서 아모 말도 ᄒᆞ지 말아 어머님 念慮ᄒᆞ실나 ᄒᆞ고 당부ᄒᆞ는 말을 듯고 네-ᄒᆞ고 對答ᄒᆞᄂᆞᆫ 나의 눈에는 또 다시 눈물이 맴돌앗슴니다

그러나 나는 집에 도라와셔 그런 니야기와 집에 가 말ᄒᆞ지 말나드라는 말ᄭᅡ지 ᄒᆞ야 불상ᄒᆞᆫ 兄님을 代身ᄒᆞ야 어머니ᄭᅦ ᄒᆞ소연을 ᄒᆞ엿슴니다

아- 불상ᄒᆞᆫ 兄님! 그가 눈물 만흔 설흠 속에서 苦待苦待ᄒᆞᄂᆞᆫ 新郎은 이듬ᄒᆡ 녀름에도 아니 나오고 또 그 다음 ᄒᆡ에도 나오지 아니ᄒᆞ얏슴니다

길고 긴 녀름낫, 눈 ᄡᅡ이ᄂᆞᆫ 겨울밤에 兄님은 얼마나 冷待를 밧고 얼마나 恨 만흔 울음을 울엇슬지 그것은 나도 짐작ᄒᆞ지 못ᄒᆞᆷ니다

그러나 그 이듬ᄒᆡ 봄에 그것보다도 아모것보다도 나는 놀나올 消息을 들엇슴니다 그것은 日本 계신 오라버니에게셔 온 便紙와 雜誌 ᄒᆞᆫ 卷이얏슴니다

누의야 불샹ᄒᆞᆫ 네 兄의 일을 엇지ᄒᆞ면 조흐냐 可憐ᄒᆞᆫ 그는 그만희생이되고 말앗다이잡지에실닌 제일먼저 「婚姻制度를 改革ᄒᆞ라」를 닑어보아라 그것이 네 兄의 新郎이 發表ᄒᆞᆫ 것이라 그것이 可憐ᄒᆞᆫ 네 兄의운명

에 대훈 마즈막사형선고가 아니고 무엇이냐.

아아, 나는 그를 責望치 안난다 그르나 호지 못홀 모든 허물은 父兄에게 잇다 父兄에게 잇다…….

이 便紙를 닑고 나는 直視 그 雜誌를 펴들고 그 論文을 닑엇습니다

理解도 愛情도 업시 父母의 慾心딕로만 無理 結婚호여 舊習의 婚姻을 銳刀로 에이난 듯이 攻擊호고 그리고 그러훈 結婚으로 因호야 니러나는 여러가지 悲慘훈 結果를 말훈 後에 結婚은 絶代自由일 것이다 結婚은 當事者에게 맛기라 그리호야 人生을 幸福되게 호라!!고 힘껏 부르지지는 그의 論文의 字字句句, 어느 것이 나의 兄님의 運命을 비히고자 에는 칼이 아니겟습잇가

아— 可憐훈 나의 兄님 불상훈 나의 兄님!! 그가 여쎡것 쓸々히 외로이 울면서 기다리는 그 男便은 임의 兄님을 바리엿습니다 十三歲!! 그러케 어린 때에 父母가 無理로 結婚식여준 그 색시는 그의 안해가 아니됩니다 只今, 장성한 지금, 결혼이 무엇인지 알게된 지금에 그가 요구하는 안해는 나의 형님가티 無識호고 답답한 여자는 아니엿습니다

그래서 나의 형님의 남편인 그는 자긔가 아즉장가안간 사람으로 자처하고 현재의 안해가 잇는 줄은 생각도 안는 이엿습니다.

그런 줄도 모르고 아모 것도 모르난 兄님은 오죽 쌀쌀호고 치운 그 속에셔 男便이 歸國홀 싸뜻한 날만 樂으로 알고 기다리며 눈물의 生活을 繼續호얏습니다

아아 그의 運命은 다훈 것이얏습니다 亡훈 것이얏습니다 그러나 배홈업난 그 自身은 모르고 잇습니다 자기의 運命이 아조 바석~ 깨어질 그 날을 질거울 날로 밋고 기다리고 잇습니다 아아 世上에 이보다 可憐한 人生이 잇겟습닛가 이보다 慘酷훈 일이 잇겟습니가

나는 兄님의 運命을 슯허호얏습니다 울엇습니다 그러나 쓸々冷々호나마도 現在의 生活이 호로라도 速히 쌔여지난 것이 앗차로와 兄님의게 그런 말을 들너주지 아니호엿습니다 다만 쎡々로 兄님을 볼 쎡마다 兄님 모르게 가삼 속으로 늣겨울 쌘이얏습니다

몰녀대고 울고 생각ᄒᆞ고 그리우며 一年은 지낫슴니다 夏期放學은 왓슴니다 반갑게 질겁게 故國으로 도라오난 留學生 中에 兄님이 몃 힛ᄌᆡ 그리우며 苦待ᄒᆞ든 男便도 ᄒᆞᆫ 사람이엿슴니다

몃 힛ᄌᆡ 못 보다 맛나는 家族과 親戚의 질거움이야 엇더ᄒᆞ얏겟슴닛가 날마다 밤마다 日本니야기에 우슴소래가 ᄭᅳᆫ칠 사이가 엄슴니다

그러나 그러나 불상ᄒᆞᆫ 兄님은 自己의 運命이 破裂된 것을 ᄋᆞᆯ게 되엿슴니다

힛數로 午年 동안 압흐고 쓰린 生活 中에셔 ᄒᆞᆫ숨과 눈물노 지ᄂᆡ이면셔 ᄒᆞ날갓치 밋고 바라든 애닯은 ᄒᆞᆫ줄기 希望이 ᄭᅳᆫ어젓슴을 알앗슴니다 午年만에 도라온 그는 兄님을 「어대러 온 손님인가」 이만치 對ᄒᆞ얏슴니다 옷을 가라입어도 下人 식여서 舍廊으로 내여다가 입고ᄒᆞ야 自己房인 兄님의 房은 길가의 남의 집갓치 지나단일 ᄲᅮᆫ임니다

아― 불상타고 불너주십시요 그 ᄯᅢ에 나의 兄님의 心中은 엇더ᄒᆞ얏겟슴닛가

긔구ᄒᆞᆫ 팔자를 홀노 탄식ᄒᆞᆯ 제 몃 번이나 江물을 생각ᄒᆞ엿고 캄々ᄒᆞᆫ 압길을 곰々이 生覺ᄒᆞᆯ ᄯᅢ에 얼마나 져승길이 그리윗겟슴닛가

그러나 兄님은 압흐고 쓰린 마음을 누구에게 니야기도 못하고 져녁마다 밤마다 가삼을 ᄭᅧ안고 울 ᄲᅮᆫ이얏슴니다 누가 얼골만 보아도 소박덕이라고 흉보난 것 갓고 下人輩들이 슈군거리도 自己 흉을 니야기ᄒᆞ난 것 갓ᄒᆡ셔 얼골을 ᄲᅧᆺ々이 들지를 못ᄒᆡᆺ슴니다

이렇케 불상ᄒᆞ게 지내는 可憐ᄒᆞᆫ 兄님을 永々 모른 체ᄒᆞ고 그 男便은 다시 日本으로 갓슴니다

그리고 그ᄯᅢ붓터 집에 붓치는 便紙에는 番々이 ᄒᆞᆫ 번도 ᄲᆡ지 안코 兄님을 本家로 보ᄂᆡ여 다른 곳으로 出嫁ᄒᆞ게 ᄒᆞ라는 말을 썻습니다 그 집에셔도 이제는 ᄒᆞ난 슈 업셔 本家로 ᄶᅩᆺ고져 ᄒᆞ얏스나 아모 理由도 트집도 업시 ᄶᅩᆺ난 슈가 업셔 스스로 물너가도록 ᄒᆞ느라고 구박이 자심ᄒᆞ야젓슴니다

그러지 안아도 苦롭고 설은 生活에 일부러 苦롭게 구러대이니 불상ᄒᆞᆫ

兄님의 苦生이 엇더ᄒᆞ겟슴닛가

개나 소로도 밧지 못홀 虐待를 밧아가면셔 아모 對答도 ᄒᆞ난 슈 엄시 눈물의 生活을 ᄒᆞ야가는 나의 兄님은 참으로 可憐ᄒᆞᆫ 불상ᄒᆞᆫ 人生이얏나니다

期於코 兄님은 病이 들엇나니다 얼골빗이 희고 누래지고 무엇을 보던지 눈물 먼져 흘니게 되엿나이다 누구라 약(藥) ᄒᆞᆫ 貼 지여주는 이 엄고 압흐다 말도 못ᄒᆞ고 홀로 寂々ᄒᆞᆫ 빈 房에서 바르르 떨면서 알를ᄉᆡᆷ입니다

이듬ᄒᆡ 봄이 되닛가 病勢는 조곰 나은 것 갓더니 일흔 가을붓터 다시 病이 더ᄒᆞ야 눈 오난 지리ᄒᆞᆫ 겨울을 病席에서 呻吟ᄒᆞ면셔 보ᄂᆡ엇슴니다 이럿케 알으면셔 三年을 지ᄂᆡ닛가 兄님은 全혀 아라볼 수 업게 싼사람이 되야바렷슴니다 그러나 그間 日本셔 온 便紙에는 兄님의 병세를 무른 말은 ᄒᆞ나도 업셧슴니다

이럿케 아조 바린 몸이 된 兄님은, 맛치 ᄲᅧ닥위 사름갓치 된 兄님은 몃칠이나 더 살 것 갓지 아니ᄒᆞ얏슴니다 그ᄯᅢ 日本서 도라오신 오라버님이 兄님을 ○○病院에 入院식여 醫藥을 쓰게 ᄒᆞ얏슴니다 나는 病室에 暫時도 ᄯᅥ나지 아니ᄒᆞ고 看護ᄒᆞ고 잇섯슴니다 그러나 나날이 더ᄒᆞ야 갈ᄉᆡᆷ이라 ᄒᆞ로도 몃 번식 오라버니가 오셔서 ᄲᅧ만 앙상ᄒᆞᆫ 兄님의 손목을 잡고 이불우에 고ᄀᆡ를 뭇고 늣겨 울엇슴니다 아 – 말업ᄂᆞᆫ ᄋᆡ닯는 우름!! 그것은 新舊 衝突에 敗北ᄒᆞᆫ 것을 弔喪ᄒᆞᆷ이엇슴니다 父母가 억여 ᄒᆞ신 結果를 속깁히 恨ᄒᆞᄂᆞᆫ 것이엿슴니다

求ᄒᆞ야 살리고져 ᄒᆞᄂᆞᆫ 집안사름들의 誠心은 쓰거웟지마는 一怨만은 우리의 형님은수단것재조것 살니러 ᄒᆞ얏지마는 아– 불상ᄒᆞᆫ 兄님—ᄲᅧ만 ᄂᆞᆷ아서도 男便을 부르는 可憐ᄒᆞᆫ 兄님은 그 男便이 그의 愛人 金某(留學 女學生)과 ××호텔에서 혼례를 맛치엿다는 소리를 듯고 나흘후에 세상을 ᄯᅥ낫슴니다.

아– 慘酷ᄒᆞᆫ 一生! 可憐ᄒᆞᆫ 죽엄 草露 갓흔 一生을 엇지나 못 살어셔 그럿케 불상ᄒᆞ게 살다가 죽슴닛가

어릴 ᄯᅥᆨ붓터 房 속에만 갓치여 世上 모르고 지ᄂᆡ이다가 出嫁라고 ᄒᆞ

야셔 亦是 世上求景을 못훈 섄 外라 人情의 짜듯훈 맛을 보지 못호고 차고 쓰린 虐待에 울다가々々々 期於코 世上을 바린 불상훈 兄님은 참말로 어둔 속에셔 울다가 어둔 속으로 도라갓 것입니다 文明호엿다는 只今 世上에 살면셔 汽車는 勿論 電車가 엇더케 싱긴 것인지도 모르고 動物園々々々호야도 그것이 엇던 곳인지도 알 길 바이 업셧습니다 다만 兄님의 쌀막훈 一生에는 아모 것도 업시 눈물만 잇셧습니다

容貌로나 才操로나 남에게 羨仰 밧든 兄님이 工夫만 호얏드면 그 一生이 그럿케짜지 慘酷호지 아니호얏슬 것을……! 무엇 씨문에 男女 七歲면 不同席이라 호야 七歲 씨붓터 房中에만 가두어 저 꼴을 맨들엇습닛가

禁호랴호야도 또 흐릅니다 더운 눈물이 原稿를 적시입니다 아— 讀者시여 불상타고 호야주십시요 불상훈 可憐훈 兄님이 닉 손목을 잡고 運命홀 씨에 마즈막 遺言으로 다만 훈 마듸

『부듸 工夫 잘호여라……!』 호엇습니다

아— 쌀막훈 遺言! 그 속에 모든 怨恨이 뭇쳐 잇습니다 完固의 固執에 犧牲되야 걱구러지는 最後의 훈 마듸엿습니다 죽어가는 兄님은 只今 무덤 속에셔도 슯히 울고 잇슬 것입니다

生覺느라니 익닯은 두 줄기 눈물이 힉엄업시 흐르는듸 어느듯 힉는 지고 房안이 침々호야집니다 져녁床을 보느라고 절그럭거리는 소릭를 드르면셔도 불상히 도라간 兄님을 生覺호고 茫然히 안져잇는듸 學生인지 누인지 담박그로 지나가는 行人의 휫바람 소릭가 쳐령호게 느리게 들니더니 그나마도 漸々 멀어가고 말앗습니다

(『신여자』 창간호, 1920.3.10)

滋味잇는 西洋傳說

꼿이야기

月桂

彫物의 神의 힘으로 된 아름다운 自然의 고운 꼿 그 中에는 봄에 픠는 것도 잇고 녀름에 픠는 것도 잇고 또는 가을 겨울에 픠는 것도 잇슬 뿐만 아니라 빗흐로도 紅, 黃, 白, 紫 等이 잇서 그 種類를 十이나 百으로 혜이지 못하게 만치만 다 各々 別다른 特色으로 神秘로운 自然의 美를 낫하내여 잇슴으로 사람~이 너나 上下가 엄시 다-갓치 사랑하는 것임니다. 까닭도 모르고 그 美에 軟할 뿐임니다. 그러나 그 사랑스러운 고흔 꼿의 由來와 來歷을 알고보면 더 한層 滋味잇고 더 곱-게 더 아름답게 보이는 것임니다. 이에 그 中에 가장 興味잇고 가장 有名한 것을 몃가지 紹介하겟슴니다.

○ 勿忘草

勿忘草! 勿忘草

닛지 말라는 풀! 그 일홈붓터가 얼마나 軟하고 戀々한 哀然할 일홈임닛가

華麗한 色彩도 엄고 그럿타고 죠흔 香氣도 엄난 꼿이지마는 勿忘草라는 空中色갓흔 조그마흔 꼿은 - 두 손을 가삼에 안고 무엇인지 홀로 깁흔 生覺 속에 든 少女와 갓치 보드럽고 戀々한 貴여운 꼿임니다. 勿忘草! 닛지 말라는 풀! 얼마나 아름다운 일홈임닛가. 얼마나 哀然흔 말임잇가…… 더구나 이러한 可憐흔 슬픈 來歷이 잇는 쥴을 알면 더한層 戀々함니다. 色彩도 업고 香내도 업난 조그만 일홈잇난 풀이 世上 사람들에게 勿忘草, 勿忘草하고 불니게 되기까지는 녯-날 어느 한사람의 騎士의

불상한 죽엄이 숨겨잇는 것입니다.

그것은 멀고 먼 녯적에 獨逸이란 나라에 곱-고 젊은 騎士가 한 사람 잇섯습니다.

어느 快晴한 날 騎士는 自己와 約婚한 戀人인 處女와 함게 여러가지로 滋味잇는 니야기를 하면서 「쩌나우」 江의 물을 끼고 그 河邊을 조용히 散步하엿습니다.

勿論 그의 愛人인 處女 仙女갓치 곱고 아름답고 그리고 그의 님고잇는 綠色衣服에는 하날에 輝煌한 별갓치 寶石이 번득임니다.

그리고 그 仙女갓흔 處女의 玉手를 잡고 가는 騎士는 참으로 男子답고 秀麗한 風采라서 두툼한 젓빗갓흔 두 볼이라던지 서늘하게 光彩 나는 두 눈이라던지 보기 드문 青年이엿습니다.

두 男女는 서로서로 愛人의 손을 잡고 거니르는데 興味를 붓치여 얼마를 왓는지 모르게 니야기를 하면서 거러습니다.

이럿케 河邊으로 한참 가다가 언듯 보닛가 어듸셔붓터 흘너오난지 길고긴 流水에 조그만 풀이 써셔 물결과 함쎄 흘너나려옵니다.

平素에 花草를 조와하난 處女는 騎士의 손을 잡고 발을 멈처서셔 무슨 풀인가 하고 보앗습니다.

조그만 가느른 풀에 열-븐 空中色의 아름다운 쏫까지 픠여잇습니다.

이 河水一이 上流 沿岸 어느 곳에 엇더케 픠여잇는가 엇더케 물에 써서 이 곳까지 흘너왓난가 아지 못하겟스나 닐홈도 업난 조그만 어엽분 그 풀이 都會에셔 자라난 處女에게 엇더케 珍奇하게 보엿난지 모르겟습니다. 더구나 處女는 平素에 花草를 조와하는 터임으로 지금(只今) 본 그 아름다운 쏫이 그냥 그듸로 물결에 흘너 나려가게 내버려들 슈는 업섯습니다. 그래셔 아이그 저 쏫을 잡앗스면~~

하며 안탁가워하얏습니다.

愛人이 取해 가지고져 하난 것을 보고 졂은 그 騎士는 그 河水의 깁히를 헤아릴 餘暇도 업시 그 쏫을 잡으러 쒸여 드러갓습니다.

물 오로 한거름~ 거러 쏫을 잡으러 河中으로 드러가서 期於코 目的하든 그 空中色 꼿 핀 풀을 잡아들엇습니다. 河邊에 섯는 處女는 그 꼿 잡은 것을 보고 깃거워하얏습니다.

그러나 애닯은 큰일이 생겻습니다. 騎士는 目的하던 꼿을 잡기는 잡앗스나 몸에 닙은 甲옷에 싸인 무거운 몸을 엇저지 못하고 그ᄃᆡ로 물 속에 가라안게 되엇습니다.

河邊에셔 이 光景을 본 處女는 놀ᄂᆡ셔 소래쳐 救援을 求하얏스나 原來 人跡 업난 寂々한 곳이라 뉘라셔 그 소래를 듯고 올 사람이 업섯습니다. 處女는 엇지할 줄을 모르고 밋친 사람갓치 날뛰난ᄃᆡ 발셔 騎士는 몸이 다— 잠겨서 이제는 뉘가 와도 求할 수 업게 되엿습니다.

處女는 아모리도 하난 슈 업시 발을 구르며 섯난ᄃᆡ 마즈막 가라안는 騎士는 最後의 힘을드려 손에 드럿든 그 풀을 處女 셧는 곳을 向하야 던지고 愛人에게 對한 마즈막 遺言으로

『닛지마라 쥬십시오』 하난 哀然한 一句가 紫色으로 變한 騎士의 입술로 나왓습니다.

이렇케 하야 그 일흠 업난 풀은 處女 섯는 곳에 써러지고 騎士는 永々 물 속에 가라안져 바렷습니다.

그 後붓터는 짓흔 綠色의 닙새에셔 열븐 空中色의 變々한 눈瞳子를 씀벅이고 잇난 그 꼿을 사람들의 닛지 말나는 풀이라고 부르게 된 것임니다.

그래셔 勿忘草! 勿忘草! 하고 貴엽게 역이며 情든 벗에게 이 풀을 썝아 보내기도 하고 쏘는 愛人에게 닛지마라 달나는 뜻으로 보ᄂᆡ기도 하는 것임니다.

○ 햐-신쓰

햐-신쓰! 그것은 純潔한— 香氣 조흔— 高尙한 보드러운 꼿입니다.

닙흔 거의 水仙花와 틀니지 아니하고 ᄲᅮ리도 水仙花갓치 마늘송이 갓치 된 동그런 덩이임니다. 水仙花 갓흔 淸潔한 닙 六七에 에워싸여 그

가운데셔 軟하고 부드러운 줄기가 닙만치 길계 올나오고 그 줄기 머리에 음푹~한 곱고 姸々한 솟이 도독~ 붓습니다.

닙도 솟도 다갓치 精하고 高潔하지만은 그 솟에셔 나는 香닉는 참으로 高尙한 것임니다. 으스러지지 안는 것 갓흐면 폭 끼고 십은 精하고 부드럽고 엽브고 香내 죠흔 솟임니다.

이 솟을 일흠ᄁᆞ지 샹긋하게 햐-신쓰하고 부릅니다. 햐-신쓰 무엇인지 情답고 戀々 일흠 아님닛가? 햐-신스 햐-신쓰 高尙한 이 솟에는 쏘 엇더한 哀然한 傳說이 잠겨잇난지…….

녯-날 녯-적에 햐-신쓰라고 부르는 王子가 라고니야라는 곳에 잇섯습니다. 王子는 날마다 「아보로」라는 神의 깁흔 사랑을 밧아 아모 부족해 하는 일 업시 질거웁게 셰월을 보냇섯습니다. 그런데 이 ᄯᅢ에 데푸라-스라 하는 神이 아보르 神과 王子가 셔로 의족케 지내는 것을 싀기하야 王子의 身上에 무슨 過失이 잇기만 바랏습니다. 원래 데ᅋᅮ라이쓰라는 神은 심술구즌 神이라 王子가 ᄯᅢ々로 湖水 위에 배를 씌우고 船遊할 ᄯᅢ에 별안간 파도를 이르케 그 선유(船遊)하는 배를 들너 업허 해를 씻치고자 하얏습니다. 그러나 늘- 湖水를 길의(인용자: 호수 물길의) 형셰가 마음대로 되지 아니하야 하지 못하얏섯습니다.

어느 날 바람은 잔々하야 불지 아니하고 한날은 신션하고 쳥명하게 개엿습니다. 王子는 아보로神과 함씌 둥글게 싱긴 고리 갓흔 것을 서로 던지고 밧고 하면서 재미스럽게 놀고 잇섯습니다.

붉은 빗 푸른 빗 오색이 령롱하게 물드던 철로 맨든 고리는 하나식々々々 두 사람의 손을 것치어 풍-풍 하고 쳣녀름 푸른 하늘에 놉히 썻다 정그렁 하는 소래와 함씌 당에 ᄯᅥ러지는 모양은 참 재미스럿섯습니다.

그런대 「아보로」神이 던진 쇠고리가 王子의 압헤 ᄯᅥᆯ어질 ᄯᅢ에 王子가 急히 집으려고 하는 瞬間 橄欖樹 그늘에 두 사람이 질거웁게 놀고 잇는 것을 바라보고 잇든 「데ᅋᅮ라니스」가 급히 사나운 바람을 일으키엿습니다.

가이업고 불상한 王子! 천진스러웁게 놀든 王子- 바람에 불니는 날카라운 쇠고리에 챠이어 양미간을 배히고 붉은 피가 쑥々 써러지는 대로 풀밧헤 폭- 업드러저서 그대로 숨이 젓다 하옵니다.

「야보로」(인용자: 아보로)神은 얼골이 파랏케 질이어 王子를 다시 살니려고 애를 무수히 썻스나 왕자의 입술은 굿게 닥치어 엇지할 수 업게 되엇습니다.

「아보로」신은 엇더케 슬푸든지 목이 멧처 흑々 늣겨 울면서 橄欖樹 그늘 조그마한 샘물 나는 가邊에 정성것 王子를 쟝사지닉주엇습니다. 그러나 아름다룬 少年의 양자를 참아 잇기 어려워 이름을 그대로 「햐신스」라고 지어주고 쇠고리 던지고 질거웁게 늘든 늣김 깁흔 「다코니아」들에 봄철이 되면 아름다웁게 픠는 高潔한 솟이 되엿다 하옵니다.

이러한 슯흔 運命 아레에 픠인 햐신스는 永遠히 「盡歲」라는 솟이름을 엇게 되엿다 하옵니다.

紅, 白, 紫의 五色이 갓초々々 이 솟 밋에 새기어 잇는 것은 「아보로」神과 두 사람이 「라코니아」 들에서 서로 던지며 놀든 쇠고리의 빗을 의미한 것이라고 셰상 사람들의 傳說이 되엿습니다. 솟 이약이가 여러 가지 잇는 즁에 오색 고리의 이약이처럼 □□하고 奇妙한 리약이는 업습니다.

그래서 햐신스를 볼 쌔마다 솟다운 풀밧을 가부업게 치며 놀고 잇든 아름다운 王子의 형상 갓습니다.

○ 아름다운 祀祭

風의 神 더쭈라이스의 심술구즌 싀기로 아름다운 王子가 불상히 죽엇다는 말을 듯고 「라코니아」 사람들은 薄命한 王子를 爲하여 해마다 「햐신시아」라고 하는 졔사를 지내려 하얏습니다.

사흘 동안은 쌩을 먹지 아니하고 사탕과 菓子만 먹으며 女子는 決코 머리에 솟을 곳지 아니하니 王子가 죽은 것을 슬퍼하는 뜻을 표함이외다. 그 다음날은 저자의 青年들은 아름다운 복장을 입고 거문고를 울니고 피리를 불며 美少年 「햐신스」를 일흔 「아보로」神을 위로한다고 합창을 부르며 쇠고리 던지며 놀고 잇섯다든 들(野)에 모히옵니다. 또 한편으로는 靑年의 一隊가 다수한 少女를 마차에다 싯고 短歌를 부르며 저자를 다 돌고 들로 모히어 東西로 날 때 이 盛大히 쇠고리 던지는 競技가 시작된다 하얏습니다. □□□□□□□ □□ □ □□□□□□□ 먹을 것을 후이 주어 대접하얏다 하옵니다.

그러나 □□□□□ 이상하게도 이때까지 고요하든 일긔가 별안간 사나운 바람이 부러 할 수 엄시 이 아름다운 졔사도 중지하게 되엿다 하옵니다.

「라코이아」 사람들은 이것은 필연 「데쑤라이스」神이 하는 별역인가부다고 무셔워셔 셔로 끼어안코 꼼작하지 못하얏다 하옵니다. 「더쑤라이스」는 참 투긔 만코 괴악한 귀신인 듯 하옵니다.

이 아름다운 졔사가 엄셔지게 된 데 대하야는 「라코이아」 奴隸들은 엇더케 失望을 하얏는지 모른다 하옵니다.

일 년 동안에 겨우 사흘 동안 自由의 날을 어더서 다른 사람과 가튼 待遇를 밧게 되든 깃븐 날이 「더쑤라이스」의 심술구즌 헤살로 중지되는 것을 한읍시 애석히 녁이엿슬 것이옵니다. 우리들도 이러한 아름다운 졔사가 엄서진 것을 충심으로 섭々히 녁이옵니다.

(『신여자』 3호, 1920.5.25)

永興을 지나면셔

月桂

일음도 모르난 먼 山머리에
지려는 夕陽이 방그레 웃난듸
쓸々한 山턱의 빗탈진 밧골에
삭갓 및 호믜가 의로이 밧브고

咸興은 아즉도 멀엇다 하난듸
이제는 밤이다 말하난 듯이
열나흘 큰 달이 夕陽을 뒤쏫고
덜 속에 한 줄기 煙氣가 오른다

(『신여자』 4호, 1920.6.20)

SP, 풍자만화

돈 아껴 두고
자식 부랑자 맨들지 말고
첩 사서
家亂니르키지 말고……
…………………… …

사업다운 일에
썻썻하게 썻스면
자기도
　　　사람답고
社會도
多幸하련마는…… (목)

세상이 公平도 하고나.
일 잘하는 사람은
　　　말르고 구차해지고
놀면서 잣바젓는 놈은
　　　살만 포동포동 써—
왼종일 쌈과 힘을 다하여도
생기는 돈은 모다 저놈이 삼켜
아아 세상이
公平도 하고나— (셩)

貧富論

小波生

高樓巨閣에서 飽食暖依하는 富者과, 一間草室에서 飢寒僅保하는 貧者와는 一見에 霄壤의 差別이 有한 듯하도다. 富者의게 온갓 榮華를 享有하니 今世의 幸福의 使徒갓치 仰望함이 貧者의 弱點이오 貧者의게 온갓 困難이 附隨하니 此世의 不幸의 奴隷갓치 蔑視함이 富者의 誤解된 惡觀이다. 富者의 放恣의 榮華와 芳醇의 歡樂이 實노 愉快하리로다. 是와 反하야 貧者의 困窮한 生涯와 辛酷한 心理가 實노 哀然하며 不愉快하리로다. 그러나 世의 貧者의게도 崇高한 一大美德이 有하도다. 吾人은 굿하여 富者의 多福함을 欽羨치 아니한 者이며 貧者의 薄福함을 恨歎한 者아니리하노라.

波瀾曲直이 許多한 世上의 甘酸을 切實히 經驗하며 變覆無限한 人情의 冷熱을 實際로 體驗하기에는 貧寒에 困窮한 者이 아니면 可히 得치 못하는 者이다. 吾人은 哲學이나 心理學을 論함은 아니나 그러나 貧窮한 緣故로 世態人情을 切實深刻하게 識別한 슈 잇다 하노라.

世에 富者가 多하며 貴人이 多하도다. 그러나 그들은 金錢--財貨上에 그 生存을 保持함으로 實世間, 實社會와는 因緣이 隔離되야 眞實한 生存의 甘苦를 味치 못하며 適切한 人生의 眞相을 捕치 못하리로다. 果然이라 하면 그들은 實生存의 人이 아니며 虛生이오 醉生夢死의 徒이다. 그 果然幸福이라 할가. 薄福한 貧者와 不幸한 賤子라야 完全한 心性--良能으로 人心의 變移하는 幾微를 認識할 슈잇도다. 幸福은 果然 何에 在한가.

아-그러나 吾人은 論이 此에 至하ᄆᆡ 筆을 停하고 太息치아닐 슈 업다. 人情의 冷靜함과 人心의 薄弱함을 咀呪排斥하지 아닐 슈 업다. 今日의 世上을 黃金萬能時代이다. 尤히 我朝鮮에는 金錢의 熱慾外에는 何者도 無하다. 온갓 勢力과 모든 權威가 金錢--富者의게 잇다. 金錢만 多한 者이면 志士요 學者이며 高客이요 貴人이다. 校長도 될 슈 잇스며 社長도 될 슈 잇다. 金錢의 勢力으로는 萬般事爲에 長이 될 슈 잇다. 不學無識한 富者로 아모 長이라도 될슈 잇다. 그러나 博學多知의 俊才라도 貧者된 以上에는 使役者될 섄이다. 싸라서 勢力이 無하며 權威가 無하도다.

然而 富者그의게 權勢가 有한 것이 아니라 社會도 富者로 하야금 放恣橫暴을 任意로 하게한다. 貧弱한 自의게 容許치 아니한 者를 富者의게 許認하며 貧者의 正論은 效力無하고 富者의 曲說은 勢力이 多하며 富者의 行動은 社會의 標準이 되기 易하며 貧者의 動作은 置之度外로 恥笑와 嘲弄의 的이되기 易하다. 富者는 自尊하야 氣高萬丈이고 貧者는 自卑하야 氣息이 微微하다.

吾人은 富하며 富를 理解치못하는 者와, 金錢을 持하고 金錢을 活用치못하는 洋豚갓치 肥大한 平凡한 俗漢을 憎惡하는 同時에 貧하며 貧에 負하는 者와 金錢이 無하며 金錢에 濫하는 者를 연민(憐悶 → 憐憫의 오식)이 녁이노라. 貪慾의 守錢奴를 排斥하며 輕薄한 破産者를 攻擊하노라.

吾人은 世에 富와 貧의 懸隔을 思할 時마다, 金錢의 偉大한 勢力을 想할 詩마다 愁然하야 悲哀의 太息이 無치 아니하며 □然하야 恐怖의 嘆이 無치아니하도다. 昔이나 今이나를 勿論하고 富하야 로-쓰촤일트나 카네기 갓흔 분이 幾人이나 되며 貧하야 소구라데-쓰나 杜甫갓튼 분이 幾人이나 되는가. 又는 公明正大하야 金錢에 冷淡하기 明治代의 西鄕 南洲나 南宋의 飛岳갓튼 분잇 幾人이나 有한가. 或은 全無한가. 吾人은 다시금 世에 金錢의 使役者된 無能한 富者의게 憐憫의 同情을 앗길 슈 업스며 貧寒에 心氣喪失하야 悲哀呼泣하는 貧者의게 憐悲의 淚를 막울 슈 업도다.

眞正한 平和와 純一한 幸福은 果然 何에 在한가?

(『樂園』 창간호, 1921.7)

文藝漫話

北極星

小說의 定議 及 要素

小說의 定議에 對하야서도 古代로부터 여러 大家들의 說이 區々하다. 이것을 모아서 硏究한 것이 엇던 冊에 잇기로 讀者의 參考가 될가하야 이에 紹介한다.

最古의 定議로서 「아쎄.웻트」란 이는 이럿케 말하엿다--

『普通 小說이라 하는 것은 讀者에게 喜悅과 敎訓을 주기 爲하야 技巧로써 散文으로 쓴 戀愛冒險談의 假作 이야기다』

이로써 보면 그째 사람들은 이야기를 조곰도 分析하는 일이 업시 그저 그대로 맛보고 조와한 것 갓다.

그 다음에 有名한 「존손博士」는 小說을 다만 『대개 戀愛를 쓴 流暢한 이야기』라고 定議하엿다. 그러면서도 그가 쓴 小說에는 戀愛를 取扱한 것이 도모지 업섯다 한다. 卽 그가 要求한바는 「愉快한 文體로 結含된 보드러운 感情을 일으키는 것」이엇슬 것이다.

셋재로 「크랄라. 리-부」여사는 이럿케 定議하엿다.

『小說은 實驗 生活 狀態의 그림이오 그것은 그 時代를 描寫하는 것이다』

이 定議에서 暗示된 바를 들어서 말하면 「小說은 옛이야기와는 다르다. 小說은 實在의 效果를 求한 것이다」하는 말이 된다.

그러고 英國의 有名한 「필씽」은 대개 다음 세 가지 點을 主張하엿다.

一, 作品은 興味가 잇지 안으면 안 되나 쏘한 너머 熱情이 지나도 안 된다. 卽 半嚴半戱 半神半人이라야 할 것이다.

二, 實生活을 그리어야 할 것이다. 그러나 옛이야기를 決코 배척하지는 안는다. 採用하여도조흘 듯한 것이면 事實로 업슬 듯한 일이라도 좀 길게 써도 상관 업다.

三, 不正直한 것은 勿論이오 愚行을 하지 안토록 讀者에게 가라처주기를 目的으로 하지 안으면 안 된다.

이 定議는 前述한 「웻트」와 「리부」의 생각과 多少 一致되는 點이 업는 것도 아니다. 그는또 『敍事詩는 擴大된 悲劇이다. 나의 作品은 擴大된 喜劇이다』라고 말하엿다. 이 比較는 小說은 構想, 統一, 重作, 刺戟的 狀況, 다시 말하면 喜劇의 主要素 全部를 具備치 안으면 안 된다는 뜻인 듯하다. 이상 「필찡」의 말을 約言하면 이럿케 된다.

『小說은 喜劇이 擴大된 것이오 普通 生活을 그리고 道德的 敎訓을 주며 舞臺에 올니지 안코 書齋에서 읽을 것』

그러나 近代의 評論家는 이러한 古代사람들 보다 明析하고 分析的인 定議를 나렷다. 또한近代의 評論家들은 自然의 形勢로 正確한 定議를 避하며 또는 形式을 매우 自由롭게 하야 範圍를 定하지 아니 하엿다. 그 대신 構想을 線密하게 하라는 主張이 强論되엿다. 첫재로 「츠카-멘」은 이럿케 말햇다-

『사람들이 만일 「필찡」에게 英國小說의 始祖란 이름을 준다하면 그것은 필찡이 이와 가티 構想-모든 적은 事件이 그 目的에 對하야 從屬的 關係로 되고 모든 事件이 最後의 大團圓에 結合되도록 하는 手腕-이 卓越한 까닭이다』

이와 쪽가튼 見解를 「쮸살랜」도 말하엿다. 卽 그는 「토마쓰나슈」에 對하야 『主眼點에 集中하도록 連結된 이야기-構想-를 散文으로 쓰랴고 힘썻다』하엿다. 이 問題를 「웰렌 敎授」는 더 精密하게 定議하엿다.

『小說이란 構想을 가진 想像的 散文이야기다』

이리하야 漸次로 眞實性과 構想에 對한 要素가 優勢하게 되고 顯著하게 되엿다. 하나 「푸리쓰. 펠리」 敎授는 더 一步를 나아가서 이럿케 말햇다.

『小說家든지 詩人이든지 대게 人類生活, 또는 人類生活을 包圍한 모든 事物에 興味를 가지며 또 人類無數의 活動에 影響을 준다. 그들이 實際狀態의 여러 가지 危急禍福의 人物을 描寫하랴는 目的으로 이야기하는

許多한 事件은 體育器具와 가튼 말하자면 機械의 構造이며 이機械에 依하야 人生이 스々로 自己自身을 檢査하고 달아보고 할 수가 잇다. 一言으로써 말하면 小說家든지 詩人이든지 무엇보다도 먼저 사람의 일에 注意를 한다』

早死한 天才 「씨도니.라니아」는 『小說家는 人物性格의 核心을 잡아서 그 動機에 判斷을 나리랴고 힘쓰는 것』이라고 指示하엿다. 그러고 역시 早死한 天才 「스티분손」은 이럿케 論하엿다.

『性格이든지 感情이든지 그 動機를 擇하라. 各 事件이 動機의 例證이 되고 使用된 各 道具가 動機에 對하야 一致 또는 對照의 密接한 關係를 保持하도록 注意하야 構想을 作하라··· 나의 小說은 人生의 寫本도 아니오 또 嚴密히 人生을 判斷한 것이 아니라 다만 人生의 一側面, 또는 一點을 單純化한 것이며 이 意味 深長한 單純化 如何에 依하야 作品이 成功도 하고 失敗도 한다는 것을 항상 긔억해 두어라』

또 「스토다-드」 敎授는 『小說은 엇던 情緖의 展開와 人生에 밋치는 그 效果의 이야기······라할 것이다』하고 말하엿다.

以上에 말한 바를 綜合하면 小說에는 네 가지 主要素가 잇다. 卽, 第一은 構想, 第 二는 眞實性, 第 三은 性格描寫, 第 四는 情緖의 刺戟的 感情 이것이다.

그런대 小說家 自身으로써 보면 以上 四 要素 外에 또 네 가지 要素가 잇다고 할 것이다. 그것은 즉 第 五에는 背景, 第 六에는 文體, 第 七에는 目的, 第 八에는 우수운 맛, 이것이다.

그러나 以上 要素 中에 第 八은 그다지 重要한 要素가 아니다. 小說 中에는 우수운 맛을 집어넛치 안코 쓴 것이 얼마든지 잇다. 우수운 맛이란 차라리 小說의 한 附帶物, 卽 한 裝飾으로 보는 것이 正當할 것이다. 그러고 第 七도 眞實을 말하랴고 하는 것이 作家가 가지는 唯一한 目的일 것이닛가 이것은 當然히 第 二 要素 眞實性에 包含될 것이다.

그러고 보면 小說에는 대개 構想, 動機 또는 眞實性, 性格描寫, 情緖의 刺戟, 背景, 文體 등 여섯 가지 要素가 잇다할 것이다.

이것은 예전 作家들에게서 蒐集한 것이나 現代小說의 構造를 보더라도 역시 일반이다.

小說의 構造

「찰스.혼」이란 이는 小說의 構造를 새닥다리(인용자: 사닥다리 → 사다리)에 比하야서 이럿케 말하엿다.

『새닥다리의 段階는 어대까지든지 順序를 짤아서 차々로 놉하진다. 決코 不時로 쑥 써러지거나 不時로 쑥 놉하지거나 하는 일이 업다. 꼭 그와 맛찬가지로 小說에 잇서서도 엇더한 結果든지 차레차레로 原因이 되여서 압흐로 展開된다. 그것은 새닥다리를 한 段階로부터 한 段階로 올나가는 것과 일반이다. 小說에 잇서서는 各 事件이 各各 새닥다리의 한 段階를 順次로 形成하는 것이다. 各 事件 各 行爲가 맛치 새닥다리의 한 段階 한 段階와 가티 作中의 人物과 또한 讀者를 더 놉흔 情緖로 더 날카로운 智識으로 더 깁흔 興味로 次々로 끌어올닌다. 그러다가 暫時동안 이야기는 描寫의 說明을 通하야 水平線的으로 되엇다가 다시 거긔를 基礎로하야 다음 이야기로 들어간다. 이리하야 讀者를 그 꼭대이로 끌고간다. 그러고 그 꼭대이에서 作家는 讀者를 作中에 잇는 人物의 마음 속으로 끌어들이고 作家의 心中에 잇는 것과 꼭가튼 것을 늣기게 한다. 卽 作家가 到達한 聖殿으로 讀者를 끌어들인다.』

이와 가티 小說에 잇서서는 各 事件 各 行爲 各 會話 各 情景 各 人物 等이 各々 連絡을 取하야 連續되지 안으면 안 된다. 그것은 맛치 새닥다리와 가태서 새닥다리에 段階가 하나나 둘만 빠저도 올나가기가 어려운 것과 가티 巧妙하게 連絡되야 서로 原因이 되고 結果가 되도록 組織되여서 順次로 꼭대이에 達하도록 構成되지 안흐면 안 되는 것이다. 그럿치 안으면 그꼭대이에 잇는 作者가 引導하랴는 聖殿까지 讀者를 끌고갈 수가 업는 것이다.

이와 가튼 構成을 小說의 術語로는 「플롯트」라고 한다. 創作上의 技巧

如何라든지 作家의 手腕 如何라든지 하는 말은 이 「플롯트」 如何에 依하야 評價되는 말이다.

「써쓰터에브스키」의 處女作

「써쓰터에브스키」가 處女作 『가난한 사람들』을 쓴 것은 수물네 살 적이엇다. 그것을 쓰기는 썻스나 자아 이것을 엇더케 發表하여야 할는지 매우 困難하엿다. 그래서 그는 友人 「그리고로빗치」 나종에는 有名한 作家가 되엇스나 그 째는 역시 「써쓰터에브스키」와가티 無名作家이엇다)에게 부탁하야 有名한 詩人 「네쿠라소푸」에게로 가지고 가게 하엿다.

햇더니 그 이튼날 아즉 날 샐나면 멀은 午前 새벽에 누가 요란하게 門을 두다리는 소리를 「써쓰터에브스키」는 들엇다. 일어나 본즉 거긔에는 「그리고로빗치」와 「네쿠라소푸」 두 사람이 대단히 興奮된 얼골로 서잇섯다. 卽 「써쓰터에브스키」의 處女作을 읽은 「네쿠라소푸」는 너머나 感激되야 이제 곳 『가난한사람들』의 作者를 맛나서 그를 안아주고십다는 衝動에 쏫기어 밤이 새이기도 기다리지 못하고 쏫차온 것이엇다.

「네쿠라소푸」는 그 길로 바로 有名한 評論家 「쎄린스키」를 차자가서 그 작을 내노흐며 『새 「고고리」가 出現하엿다-』하고 부르지젓다. 이에 「쎄린스키」는 『아닌가 아니라 요새는 그런 人物이 버섯과가티 나오닛가』하고 冷笑하면서 그것을 읽어보앗다. 하나 다 읽고 남에 그도 그 심상치 안은 天才에 驚嘆(인용자: 驚歎의 오식)하지 안을 수 업섯다.

그 후에 「써쓰터에브스키」가 「쎄린스키」를 차자갓슬 째 그는 이럿케 말햇다-

『君은 아즉 젊지만 君이 쓴 것이 얼마나 眞實한지 君 自身이 알겟소? 몰으겟지. 하나 스 속에는 참 藝術的 靈感이 잇소. 君이 가지고 잇는 天品을 尊重하소. 그러면 君은 大作家가 될 터이니』

이리하야 無名한 그는 一躍 大家의 列에 參席하엿다.

藝術派와 人生派

「藝術을 爲한 藝術」이냐 「人生을 爲한 藝術」이냐 다시 말하면 藝術은 藝術 自體를 爲하야잇슬 것이냐 人生을 爲하야 잇슬 것이냐 하는 問題는 예전부터 싸호아 나려오는 問題이다. 그러면 이 두 派의 主張이 엇더케 다르냐 하면 그것은 卽 目的하는 바가 各々 다른 것이다.

이에 藝術派의 主張하는 바를 簡單하게 말하면 이러하다--『藝術은 美를 主題로 하는 以上 美感을 주는 것이 唯一한 目的이오 其他 敎化라든지 敎訓이라든지 하는 實用的 目的은 그와何等 關係가 업다』 이것은 卽 唯美派(또는 耽美派)인대 英國의 「와일드」는 이 派의 代表者라할 것이다.

그 다음에 人生派의 主張하는 바를 簡單하게 말하면 이러하다-『藝術의 目的은 美와 한 가지로 또 敎訓 敎化에 잇다. 그것이 엇더한 意味로든지 사람의 마음을 觸하고 사람의 마음을 純化 善導하지 안으면 그것은 不必要한 것이다.』 이 派의 대표자는 露國의 「톨스토이」라 할 것이다.

그러면 우리는 어느 것을 취하여야 할 것인가. 美를 써나서는 藝術이란 것이 成立될 수 업는 것은 다시 말할 것도 업다. 또한 우리가 사람인 以上 人生이란 것을 度外視할 수 업는 것도 勿論이다. 그러고 藝術이란 것은 表現이 잇슨 後에야 비로소 存在할 수 잇는 것이닛가 아모리 人生派라도 技巧라는 것을 等閑히 할 수는 업는 일이다. 하닛가 正當하게 말하면 藝術派는 兩者를 兼하야만 할 것이다.

(『생장』 5호, 1925.5, 67~72쪽)

大衆訓練과 民族保健

第 一 要件은 勇氣 鼓舞
父母는 子女를 解放 後 團體에
小說과 童話

方定煥

나는 少年層의 訓練 方法에 對하야 말슴하겟습니다. 오늘날 朝鮮에는 總 四百 個의 少年團體와 三萬 名 以上의 少年少女가 잇는데 靑年層에 버금하는 重大한 役割을 方今 朝鮮에서 하고 잇습니다. 그것은 勿論 靑年團體 모양으로 直接 政治鬪爭이나 經濟鬪爭에 參加하고 잇는 것은 아니나 늘 朝鮮의 現實에 注意하야 그 將來를 準備하고 잇습니다. 말이 抽象的에 흐르기 쉬움으로 實際의 方法論을 말슴하면

첫재, 未組職 少年少女들을 社會的으로 支持할 必要 잇는 少年少女 團體에 기어히 加入시키어 노흘 일

둘재, 全鮮의 少年少女 團體의 指導理念을 세우기 爲하야 中央에 統一된 機關을 세울 일

셋재, 父兄들은 子女를 아모조록 家庭에서 解放하야 少年團體의 指導者에게 맛기도록 할 일

넷재, 幼年의 就業 問題라든지 無産兒童 就學問題 가튼 것도 기회 잇는 대로 取扱할 것이로되 朝鮮 안 일이니까 特殊 事情을 만히 參酌하여 할 일

都大體 少年少女에게 訓練을 주자면 少年層을 엇더케 組織할가 하는 것부터 急한 問題인데 從來의 少年運動團體는 多少 質的으로 곳칠 點이 잇지 안는가 합니다. 그리고 또 元來 나(나이) 어린 少年少女를 相對하여 하는 運動이니까 일는다고 곳 그대로 되어지기 어려움으로 우리들은 機會 잇는 대로 童話會나 少年少女 歌劇會나 어린이날 室外 行列 등 集會를

利用하야 조흔 思想을 부어주고 또 悲觀하지 말고 늘 勇氣를 가진 肉身을 가지게 하는데 注意하여야 할 줄 압니다. 權力이나 金力을 못 가진 우리네 運動은 爲先 精神的으로라도 우리가 理想는 思想 感情을 갓도록 社會 敎育을 充實히 주어야 할 줄 압니다.

◇

구레오(쿠오레의 오식: (伊太利小說 -日譯 有)
왜(童話)
小川未明童話集(日文)
사랑의 선물(童話)

(≪조선일보≫, 1928.1.3)

紳士盜賊

北極星

조용한 겨울이것만은 그래도 년종이 갓가워오면 가난방이 아닌 넉々한 사람이라도 공연히 황망해지는 것이엿다.

여러 군데의 년종 정리가 거의 끗날 때쯤하야 실업계의 거두들의 주최로 성대한 가장무도회(假裝舞蹈會)가 파성호텔에서 열넛다. 여러 날의 피곤과 우울을 시서버리자는 것이라 모이는 사람도 범위가 넓고 설비도 대단히 커서 밤이들자 이 호텔의 문전에는 자동차의 밀물이 드러치기 시작하엿다.

중국 복색을 차린 사람 일본 여자 복색을 차린 녀자 옛날 무사로 꾸민 사람 형々색々 재조껏 가장한 수백 명 남녀가 밤이 깁허가는 줄 모르고 이해의 마즈막 노리를 즐기고 잇슬 때 가장 호사스러운 옷감과 패물로 인도(印度)귀족의 복색을 차리고 드러스는 인물을 여러 사람들은 환호하야 마지하엿스나 그가 고급 연회로만 도라다니면서 사교계(社交界)를 놀내오는 유명한 신사도뎍인 줄을 아는 사람은 업섯다.

그는 그다지 유식한 인물은 아니엿스나 사교에 필요한 지식은 지나친다 할 만큼 가추어가젓고 텬생으로 타고난 풍채가 조와서 어느 연회에 드러스던지 젊은 녀자들의 흠앙을 바덧다. 그까닭으로 보석이나 돈주머니를 닐허버린 소문과 안해를 닐허버린 남자나 뎡조를 닐허버린 처녀의 소문이 그의 성명을 더욱 유명하게 하여온 것이엿다.

이 날 망년무도회에 이 무서운 신사도뎍이 와 잇는 것을 꿈결에라도 의심이라도 하는 사람이 잇다면 이 마당은 당장 폭발탄이 터진 곳 가튼 수라장으로 변하엿슬 것이다. 그러나 다른 어느 연회에서나와 마찬가지로 그와 손을 마조잡고 안기고 안ㅅ고하야 춤을 추면서도 모르고잇는 까닭에 뎐등불은 더욱 찬란히 휘황해가고 음악과 노리는 더욱더 질탕해가는 것이엿다. 그리고 젊은 녀자일스록 그 훌륭한 인도귀족 복색의 인물의 손을 잡고 추어보고저 하엿다.

그는 어느 녀자가 조흔 보석을 몸에 가젓나 검뎜하기 위하야 청구하는 대로 사양업시 여러차레 추고난 까닭에 조곰 피곤을 늣겻다.

『-이 애야』

그는 엽헤 조용한 방으로 잠간 피하야 들창 엽헤 잇는 장의자(長椅子)에 털석 안즈면서 색-이를 불넛다.

나 어린 미소년 색-이는 공손스레 급실하면서 그의 압흐로 갓다.

『위스키-를 하나 가저온-』

『넷』

색-이에게 닐너보내고 그는 주머니에서 권련을 끄내 피여물고(담배를 입에 무는 맵시며 석냥을 그러부치는 맵시는 바로 사교계 인물의 표본이라 할 만큼 밋끈하엿다) 들창 유리에 연긔를 뿜으면서 창 밧 마당을 내다보앗다.

뎐등불 밋헤 비단수 노은 것 가튼 압마당은 밤안개에 싸여서 그야말노 꿈나라가치 아름다웟다. 그리고 무도장에서 들녀오는 음악소리는 그 얌잔한 잔디 깔린 마당으로 하여곰 더욱이 아름답고 보드럽게 보이게 하엿다.

『흥』

하고 그의 코에서 탄식 가튼 소리가 나왓다. 이거라 하고 쉽을 만한 보석이나 돈뭉치를 가지고온 인물이 불행히 오늘은 업섯든 까닭이다. 그가 가장 잘하는 솜씨인 돈주머니를 후무려넛는 그런 솜씨를 부려볼 만한 일꺼리가 이 날 밤 무도회에는 업섯다.

이것은 오날 무도회 참가자의 범위가 넓어서 사람이 만흔 만큼 인물의 질(質)이 얏허진 까닭이라고 그는 생각하엿다.

사오백 원의 보석쯤은 지금의 그에게는 길바닥의 조각돌과 가치 우스운 것이엿다. 백 원 내외의 돈 뭉치쯤은 눈써볼 필요도 늣기지 안엇다. 보통 보석반지 금시계 가튼 짜위는 보기도 추하엿다.

그는 오늘과가치 성대하고 비교덕 복잡한 연회에서 솜씨를 부려보지 못하는 것이 이상하게도 섭々해서 입맛을 다시엿다.

샏-이는 찰々 넘는 위스키-잔을 반에 밧처서 그의 압헤 가저다 주고 조심스런 거름으로 거러 나아갓다. 그는 반가히 밧아서 마른 입설에 대엿다.

그 째다.

그 째에 종々거름으로 이 조용한 방으로 다름질처오는 여자의 거름소리가 잇섯다.

그는 반씀 마신 술잔을 입에서 째여 나려들고 발거름 소리를 도라다보앗다. 드러온 것은 화려하게 생긴 젊은녀자엿다.

녀자는 브인방인 줄 알고 긔탄업시 쒸여드러왓다가 의외에 남자가 더구나 오늘 무도회의 인긔 잇는 인도귀족 복색을 한 이가 여긔 잇는 것을 보고 짬싹 놀난듯이

『아이구』 하고 멈춧하다가 『실례함니다』하고는 방구석 탁자에 노인 뎐화긔를 들엇다.

『-응 응 누구야 응 너냐? 나다 나야 여긔는 무도회에서 하는대 내가 오늘밤에 여긔서 저 동무를 맛나서 여긔 오래 잇지 안코 슬적 싸저서 그 언니집을 놀너갈터인대 그런대 가장한 옷을 닙고 갈 수가 잇느냐 말이야 내 방에 장 속에서 내 옷을 써내서 지금 곳 보내달난 말이야요 응? 무엇 보낼 사람이 업서? 왜 아범 어멈은 다 어대 갓서 벌서 자지는 안켓지… 무엇? 활동사진을 보러갓서? 그게 무슨 소리란 말이냐 아버지도 안 계시고 어머니도 안 계시고 나까지 이러케 나와 잇는대 엇저라고 너하나만 남겨노코 다 내보낸단 말이냐 너는 엇더커햇니 집안 다 치우고 마님방에도 자리도 다 싸러노앗니? 혼자 집 보고 잇기가 적々하겟구나…… 그런대 엇더커니 지금 곳 가야겟는데 운뎐수도 아버지 가신 데 가잇고…… 아이구 웃저면 조와…… 엇더커니 이 가장한 복색으로 그냥 갈 수는 업고 웃저면 오늘 가튼 날 하인들을 다 보낸단 말이냐 아이그 온 이거바라 애야 너라도 좀 가지고 오너라 집은 그냥 잠깐 잠거두고…… 무얼 잠간만 갓다주고 금방 도로 쒸여가면 될 걸… 무슨 도덕놈

이 고새에 드러가겟니?』

하고 깔々웃는다. 그때 그 녀자의 귀여운 두 눈은 남자의 우슴 먹음은 눈과 마조첫다. 녀자는 남자를 반긔는 듯이 눈으로 또 우섯다. 그 여자의 뎐화통을 들고 잇는 손 넷재 손가락에 커다란 보석이 쌘적어리고 잇섯다. 인도귀족은 눈으로는 여자에 대한 답례로 우슴을 보내면서도 전신에 뎐긔가 도는 것을 늣겻다.

녀자의 뎐화는 더 계속되엿다.

『괜찬타닛가 그러는구나 금방 왓다갈 걸 무얼 그러니…… 그럼 엇더커니 지금 여긔서 넌즛이 먼저 빠저서 가치 가자고 약속을 햇는대 그 언니는 지금 기다리고 잇서요 너는 내 심보럼하라는 사람이지 집 보고 잇스라는 사람이냐? 와요 집은 잠거노코 지금 곳 와요 내 장 속에서 옷을 써내가지고 닙든 것 말고 새 옷 말야 새 옷을 가지고 와요…… 응 얼른 와야한다 앗차々 그러구 내가 앗가 올 째에 보석상자를 뎡대 압헤다 그냥 노아두고 왓스니 그것을 내 옷장 가운데 설합에 너어두고 오너라 여긔 올 째에는 반지 하나만 까고 왓스닛가 모두 그 상자 속에 들어 잇스니 조심해서 잘 너어두고 와요 얼른 와- 문ㅅ간에서 기다리고 잇슬 터이니』 길다란 뎐화가 겨우 긋나고 어엽븐 녀자는 비로소 안심한 듯시 뎐화통을 노코 도라스면서 인도귀족복색의 신사를 보고 또 한번 웃는다.

『아이그 참 뎐화하노라고 식그럽게 해서 실례햇습니다』

『아-니요 천만에…… 실례지만은 상당히 모던-이심니다그려』

젊은 녀자에게는 이러케 해주어야 깃버하는 것이다.

『아이구 붓그러워 제가 그러케 왈패로 보입닛가』

『댁에서는 혼자 잇는 시녀(侍女)가 뎐화를 밧고 쩔々매고 잇겟습니다』

『무얼요 싹 드러올넌지 모르는 도뎍을 렴려하고 살내서야 하로도 잠을 못 자게요 도뎍이야 드러오려면 사람이 잇는 째는 안 드러옴닛가?』

『그야- 그러치요 하하 그런데 인사를 먼저 드리지 안어서 실례올시다 가장을 한 채로 인사드리기도 안되엿습니다만은 나는 외무성(外務

省)에 잇는 이런 사람이올시다』하고 인도복장 속에서 명함을 꺼내주엇다. 물논 가짜 성명을 박혀서 이런 때마다 쓰는 명함이엿다.

『네 저 역시 이러케 가장을 하엿기때문에 인사를 안 엿주엇습니다만은』하고 녀자도 역시 명함을 내여주엇다.

『아아 은행왕(銀行王) 댁 령양이십니다그려』

『네 네 아버지는 파리은행에 계십니다』

『하하- 이러케 뵙기는 참 영광이올시다. 그러신 줄은 모르고 무례하게 참 실례하엿습니다 용서해주십시요』

『무얼요 저야말로 실례햇습니다』

『참 이후라도 자조 맛나뵙기를 원합니다. 저가튼 사람과 맛나실 시간은 업스시겟지만은…』

『천-만에요 외무성에 기시면 퍽 밧브시겟습니다 더러 지나실 길 잇스면 들너주시요 늘 집에만 드러안저 잇습니다』

『감사합니다 꼭 한번 차저뵙겟습니다』

『네 네 저는 내 년 봄에는 미국에 가보려하는데요 한번 뵈오면 아메리카 이약이를 해줍시사고십습니다』

『네 네 차저가 뵙겟습니다 실례올시다만은 오늘은 저하고 한번 무도를 해주지 못하겟습닛가?』

『아이구 죄송합니다. 마츰 동모를 맛나서 가치 가자고해노아서요 참말 안되엇습니다. 용서 해주십시요』

『오- 참 그러시다지요 먼저 가시는 것은 참 섭섭합니다』

꼭 한번 차저와달나고 다시 다지고 녀자는 무도장으로 쒀여갓다. 인도귀족 신사도덕은 천천히 니러서서 현관으로 사라젓다.

-사십분 후-

것호로 잠긴 은행가의 집에는 인도귀족 복색을 버서버린 신사도덕이 어려울 것업시 열쇠를마추어 열고 자긔집에 드러가듯 드러섯다.

혼자 집보고 잇던 시종녀자는 주인아씨의 외출복을 가지고 파성호텔로 갓슬 것이고 텅텅 브인 집에 다른 재산보다도 주인아씨의 보석패물

상자는 옷장 가운데 설합 속에 드러잇슬 터이고……

이러케 묘하게 자미잇게 되는 일은 처음이라고 생각하면서 그는 천천히 태연히 그러나 압 뒤를 주의해 삷히면서 발거름 소리에도 주의하면서 아씨의 방을 차젓다.

브인 집가치 안니보이게 하노라고 방방이 뎐등불은 환하게 켜노앗지만은 이 집이 텅 텅 브인 집이거니- 생각하닛가 웃전지 가슴 속에 불안한 생각이 돌앗다. 몃 십 명 몃 백 명 모인 틈에서 남들이 보는 데서 보석을 후려내거나 어엽븐 녀자를 ᄭᅬ여내라면 그것은 쉬워도 도리혀 이러케 브인 집에 넛즛이 드러와 보기는 처음 일이라 어느 컴々한 구석에서 누구가 숨어보고잇는 것 갓기도 하고 자귀 발소리에 어느 구석에서 자고 잇든 사람이 ᄭᅢ여나오지나 안을가 하는 공연한 걱정이 업지안어서 가슴이 더러 울넝거리는 것을 눌늘 재조가 업섯든 것이다.

점잔흔 신사로 ᄭᅮᆷ인 그는 대가(大家)의 점잔은 거름거리로 이 방 저 방 주의해 보다가 언듯 한구석에 캄캄한 방이 잇서 이것이 주인 아가씨의 방인가 브다하고 그 압헤 웃둑 섯다.

ᄯᅩ 한 번 좌우를 휘둘너 보앗다. 아모도 업섯다 아모 소리도 업섯다.

『이 방 속에만 아모도 업스면』 히고 그는 ᄯᅩᆨᄯᅩᆨᄯᅩᆨᄯᅩᆨ 방문온 손님처럼 ᄯᅮ드려 보앗다.

아모 긔척이 업는 것을 보고 그는 그방 문을 쥐여여럿다. 방 속도 캄캄하매 그 속에 무엇이 잇는지 모르겟서서 가슴이 선뜻하엿다.

어두운 방에 눈이 닉숙해지기를 기다려 자세드려다 보니 저 편 들창으로 새여드러오는 희미한 광선에 방 속 모양이 조곰씩 나타보이는대 분명히 아가씨의 방이엿다.

그제야 그는 주머니에서 회중뎐등을 내여들고 휘둘너보앗다.

저 편 벽에 톄경 엽헤 옷장이 노여잇섯다. 그의 가슴은 ᄯᅱ엿다. 그는 뎐등을 집어너코 가운데 설합을 ᄲᅢ엿다. 이 ᄯᅢ에 사람의 기척이 나면 일은 틀니는 것이엿다. 그는 설합을 반쯤 ᄲᅢ이다말고 무엇에 놀난 것 갓치 방문 밧글 내다보면서 귀를 기우렷다.

그러나 아모 데서도 아모 긔척도 업섯다.

설합 속에는 보석 패물 상자가 잇섯다. 우단으로 싼 어엽브고도 묵직한 상자가 아모 어렴업시 그의 손에 드러왓다.

그 속에서는 얼마나 빗싼 보석들인지 덜그럭덜그럭 소리가 들녓다.

그것을 손에 쥐이자 그는 갑작이 가슴이 두근거리기 시작하엿다. 설압을 다시 ᄭᅩᆺ즈려하난대 그ᄯᅢ!

바로 보석상자를 한 엽헤 ᄭᅵ고 설합을 다시 ᄭᅩᆺ즈려하는 그 ᄯᅢ다. 별안간 방안이 환해젓다.

누구인지 잇서서 이ᄯᅢ 이러케 묘한 ᄯᅢ 뎐등을 켠 것이다.

『악-』

소리를 지르면서 그는 보석상자를 등뒤로 감추면서 벌ᄯᅥᆨ 니러섯다.

방안은 다시 보아도 부자ㅅ집의 호사스러운 방인대 방 속에는 아모도 업고 뎐등만 요술가치 환하게 켜젓다.

그러나 그 ᄯᅢ 방문이 벌컥! 열녓다. 그리고 그 방문 압헤 웃둑 서잇는 사람은 앗가 무도회에서 맛나든 이 방의 주인아가씨엿다.

『앗 다 당신은……』

하면서 신사도뎍이 두세 거름 압흐로 주춤거리며 나슬 ᄯᅢ에 아가씨의 뒤에 서 잇든 경관 두사람이 아가씨의 압흐로 도라달겨들어서 신사의 두 손을 잡고 상자는 ᄲᅢ서서 경대 압헤 노앗다.

너머도 ᄭᅮᆷ밧게 일이요 번개가튼 일이라 반항할 사이도 업고 다른 ᄭᅬ를 내일 여유도 업섯다.

우슴 하나 ᄯᅴ우지안코 대리석으로 맨드러 세운 듯이 서 잇는 주인 아가씨를 헐덕어리며 처다보면서

『대톄 엇지된 일이요』 신사는 물엇다.

『웃저기는 무얼 웃전단 말임닛가 내가 동무의 집으로 놀너간다고 그 짓 뎐화를 당신의 압헤서 한 것은 모두 이리로 모시여오는 연극이엿슬 ᄲᅮᆫ임니다』

『무어요?』

『당신이 인도복색을 하고 왓슬 적에 우리는 이 연극을 꾸몃습니다. 당신은 나하고 가장 친한 동무 하나를 속여서 재산까지 빼앗고 뎡조까지 빼앗고 그러고는 그냥 내팽겨치지 안엇습닛가? 이것은 그 분푸리임니다』

그 때에 어느 무역회사 사장의 따님으로 이 신사에게 속아서 모든 것을 다 빼앗기고 버림을밧은 젊은 녀자의 비웃는 얼골이 주인 령양의 뒤에서

『당신의 버림을 밧은 몸이 여긔서 이러케 또 맛나뵈이니 참 영광스럽습니다』

신사도덕은 웃니로 아랫닙설을 물엇다. 그리고는 아 운명을 단렴하엿다.

그 때에 주인아가씨는 또 한 번 소리첫다.

『당신이 보석을 훔처가거나 돈을 빼앗거나 그런 일은 우리가 참견하지 안습니다. 그러나 당신은 남의 집 여자의 뎡조까지 훔치는 버릇이 잇다닛가 우리들이 이런 연극을 꾸민 것입니다. 이러케 치운 밤에 모처럼 여긔까지 와주신 것은 대단 감사하엿습니다. 이 뒤의 일은 경찰서에 가세서 잘 의론해하십시요 차 한 잔도 못 드려서 미안합니다.』

(『신소설』 창간호, 1929.12, 81~88쪽)

방정환, 정홍교 좌담

圓卓會議 第 七 分科

少年運動

出席者
司會 朴八陽
討論 方定煥 丁洪教 外 諸氏

朝鮮少年運動의 指導方針 1. 朝鮮少年運動滯(인용자: 沈滯의 '침' 탈자) 原因과 그 打開方法 1. 宗教層少年의 社會的 引導方法

司會者: 오늘 저녁에는 대개 아래와 가튼 세가지 문제에 대하야 두 분 선생의 놉흐신 의견(高見) 말슴을 듯고저 합니다. 아모조록 긔탄업시 말슴하여 주시기 바람니다. 문제라는 것은 달은 것이 아니라

첫재 = 一, 朝鮮少年運動의 지도방침(指導方針)은 엇더하여야 될 것인가

둘재 = 조선소년운동이 침체(沈滯) 되는 원인(原因)은 무엇이며 그 타개방법(打開方法)은 엇더케 하여야 할 것인가

셋재 = 종교층소년(宗教層少年)을 사회적 소년운동 안으로 인도할 필요가 잇다면 그 방법은 엇더하여야 할 것인가 대개 이러합니다. 그러면 위선 조선소년운동의 지도방침부터 말슴 듯기로 하지오.

丁洪教: 네 물론 현재 조선소년운동에 잇서서 지도방침(指導方針)의 문뎨는 매우 큰 문뎨일 것입니다. 조선소년을 엇더케 지도해야 할 것인가 즉 그 지도방침의 근본적 결정이 업시는 도저히 소년운동의 전개(展開)를 바랄 수 업슬 것입니다.

方定煥: 물론 지도방침이 중요한 문뎨입니다. 그런데 우리는 이러케

생각합니다. 즉 우리들이 보통 『소년』이라고 간단히 말해 버리지만은 소년에도 비교적 어린 소년이 잇고 좀 장성한 소년이 잇스니까 우리 생각에는 지도방침도 그 소년의 년령을 쌀하서 달려야 할 줄 압니다. 이를 테면 소년을 열두 살부터 열여덜 살까지라 하면 열두 살 된 소년과 열여덜 살 된 소년을 일률(一律)로 한 방침으로 지도할 수는 업슬 것입니다.

司會者: 그럴 터이지요. 어린 소년과 비교적 장셩한 소년은 그 생각하는 것과 감정(感情)이 다를 터이니까요.

方定煥: 그러니까 말슴입니다. 우리의 주장으로는 비교적 어린-가령 열두 살부터 열너더댓 살 된 소년-에게는 정서의 함양(情緖 涵養)이라는 데 치중(置重)하여야 하겟고 열대여섯부터 열칠팔에까지의 소년에게는 지능적(知能的) 리지적(理智的) 지도가 필요할 줄 압니다.

司會者: 그러면 대개 십사오 세 이하 소년은 정서교육(情緖教育)이 필요하고 그 이상 소년에게 비로소 지능적 교육(知能的 教育)이 필요하다는 말슴이지요.

方定煥: 그럿슴니다.

丁洪教: 그런데 우리 생각에는 지도방침이라 하면 즉 그 지도정신(指導精神)을 의미하는 것인데 그러한 년령뎍 구별에 의한 방침문뎨도 물론 필요한 문뎨이지만은 그보다도 지도의 근본정신이 더 중대한 문뎨이라고 생각합니다. 그 문뎨는 즉 소년지도의 의식문뎨(意識問題)인데 이 의식문뎨가 무엇보다도 가장 중대한 문뎨입니다.

方定煥: 물론 그야 그러켓지만은 내가 말하는 바는 엇더한 의식을 너허주는 것도 그것을 리해(理解)할 만한 년령에 도달하여야 될 것이니까 그 뎡도에 이르지 아니하얏슬 째에는 정서뎍 교육을 하고 차차 모든 사물(事物)을 리해할 뎡도가 되거든 엇더한 의식이든지 너허주는 것이 조켓다는 말입니다. 다시 말하면 소년의 긔초교육(基礎教育)은 정서교육이어야 한다는 말입니다.

丁洪教: 그러치만 우리는 그런 것보다는 소년운동을 사회운동의 한 부분으로 보아서 사회덕으로 용감히 일할 사람을 양성하는 교육을 하여야만 한다고 생각합니다. 말하자면 푸로레타리아 소년운동이 되겟지요.

司會者: 자-그러면 그 문뎨는 그만큼 해두고 그 다음 문뎨로 가지요. 즉 조선 소년운동이 침체되는 원인은 무엇이며 그 타개방법(打開 方法)은 엇더케 하여야 할 것인가? 하는 문뎨입니다.

方定煥: 원인과 타개방법은 서로 말이 관련(關聯)되어야겟습니다그려.

司會者: 네 그러케되겟지요.

丁洪敎: 침체된 운동의 타개방법으로는 우리는 현재 소년운동이 분렬(分裂)되어잇는 현상으로 보아서 소년지도자(少年指導者)의 련합긔관 갓흔 것이 하나 필요할 줄 압니다. 그러면 좀 통일이 될가 하는 생각입니다.

方定煥: 그러치만 그것은 결과에 잇서서 현재의 조선소년총동맹(朝鮮少年總同盟)과 무엇이 다를 것이 잇겟습니까? 지도자련합긔관으로 모힌대야 그 사람이 그 사람이니까 소년총동맹의 지도급(指導級)이 모힌 것이나 마찬가지가 아니겟습니까.

丁洪敎: 그래도 그러치안치요. 현재 소년총동맹이 분렬되여 잇는 만큼 그러한 지도자의 련합긔관은 필요할 줄 압니다. 즉 전조선의 각 지방별(地方別)로 소년운동의 대표적 지도분자를 모아서 한 련합긔관을 만들면 이 분렬을 구할 수 잇슬가 하는 생각입니다.

方定煥: 그 말은 곳 현 조선소년총동맹의 자도자급을 불신임하는 말슴이 되지 안켓습니까. 우리는 그러한 생각보다는 우리들의 소년운동이란 것은 지도자만 잇서도 안 되고 소년만 잇서도 안 되고 지도자와 소년과 그 외에도 학교(學校)와 가뎡(家庭)이 서로 리해(理解)하고 힘을 모아서 하지 아니하면 아니 되는 까닭에 위선 학교나 가뎡이나 기타 일반 사회에서 신임(信任)헐 만한 지도자 - 그러케 말하면 어폐(語弊)가 잇슬지 몰으니까 정확하게 말하자면 참으로소년을 지도할 만한 력량(力量)이 잇는 지도자를 엇는 것이…… 또는 그러한 지도자를 양성하는 것이 이 소년운동의 침체를 구하는 것이 되겟습니다. 왜 그러냐하면 현재 각 학교나 각 가뎡에 잇는 소년들을 소년운동 세력 아래로 만이 엇지못하는 리유의 가장 큰 것이 무엇이냐 하면『지도자들을 신임할 수 업다』는 것임으로 위선 지도자로의 력량이 잇는 사람이 현재 필요한 짜닭입니다. 지도자로의 력량이 잇는 지도자만 잇스면 아즉 소년운동권내(圈內)로 들어오지 아니한 소년들을 만히 더 둘 수 잇슬 것입니다.

그리고 또 한가지 생각할 것은 소년지도자의 년령을 제한하는 문제인데 이것은 소년총동맹에서 이미 년령을 제한키로 결의가 되어잇스니까 내가 이러한 좌석에서 이러한 이야기를 하는 것은 좀 거북한 일이지만은 이왕 이야기가 낫스니 말이지 지도자의 년령을 특별히 제한할 필요가 업다고 생각합니다. 왜 그러냐하면 나희가 만흐면 소년운동에 대해서 리해를 갓기가 어렵다는 이류로 년령을 제한하는 것도 일리는 잇지만은 그러케 몃 상(살의 오식)이상은 안 된다는 구속을 특별히 만들 필요가 업는 것이 만약 그러케 소년에 대한 리해가 업슬 만한 사람이면 지도자로서 선거하지 안흐면 고만이니까 말입니다. 지도자로 선거하는 권리는 언제든지 소년들 자신의 손에 잇는 것이니까 구태어 몃 살 이상은 안 된다는 규측을 세울 필요가 업지 안는가요 그것은 물론 그리 큰 문제는 아니지만은 그래도 한번 생각해 볼 문제인 줄 압니다. 그리고 타개책의 큰 것으로는 역시 력량 잇는 지도자의 양성이라는 것이 되겟지요.

丁洪教: 년령 제한 문제에 대해서는 우리도 그러케 생각합니다. 그리고 타개방법의 중요한 자로는 악가 말슴한 지도자 련합귀관의 필요타는 것과 또 한가지는 소년총동맹의 통일(統一)이 필요할 줄 압니다.

司會者: 마즈막으로『종교층소년(宗教層少年)을 사회뎍 소년운동 안으로 인도할 필요가 잇다면 그 방법을 엇더케 하여야 할 것인가』하는 문뎨가 남어잇슴니다.

方定煥: 그 문뎨는 물론 필요야 잇지만은 그 문뎨는 타개문뎨만 잘 해결된다면 별반 문뎨가 업슬 줄 압니다.

丁洪教: 그리고 그것은「어린이날」에는 완전히 실현되는 것입니다.

즉 매년 오월 어린이날에는 종교단톄의 소년이나 또는 소년단톄에 가입하지 아니한 학교의 소년들이나 전부 참가함으로 그 날만은 종교층의 소년과 소년단톄의 소년이 결합되는 것입니다.

司會者: 그러면 그들-종교층의 소년들을 소년운동단톄로 인도할 조흔 방법이 업슬가요.

兩氏: 글세올시다.

方定煥: 하여간 그것은 소년운동의 진뎐을 쌀하서 자연히 해결되겟지요.

司會者: 그러면 밤도 늣고 햇스니 오늘 저녁 좌담회는 그만콤 해두지오. 조흔 말슴 만히 하시느라고 수고들 하섯습니다. (쯧)

(≪조선일보≫, 1930.1.2)

작품연보

필명	제목	발표지	발표 연대	갈래	비고
方雲庭	少年御字	청춘 11호	1917.11	수필	〈현상문예〉 선외가작/*미발표
ㅅㅎ생	바람	청춘 12호	1918.3	시	〈독자문예〉/상금 오십 전/주소: 견지동 118
ㅅㅎ생	自然의 教訓	청춘 13호	1918.4	수필	〈독자문예〉/상금 오십 전/주소: 시내 견지동 일일팔
ㅅㅎ생	牛乳配達夫	청춘 13호	1918.4	소설	〈독자문예〉/상금 일 원
方定煥	故友	청춘 14호	1918.6	소설	〈독자문예〉 가작/주소: 경성 견지동 일일팔/*미발표
方定煥	觀花	청춘 15호	1918.9	수필	〈독자문예〉/상금 일 원/주소: 경성 견지동이팔(일일팔의 오기)
上仝 (방정환)	봄	청춘 15호	1918.9	시	『청춘』 14호에 '小波生'으로 공고됨/〈독자문예〉/상금 오십 전
方定煥	天國	청춘 15호	1918.9	수필	독자문예 당선 공고만 됨/주소: 京城 齊洞 七五/상금 일 원/*『청춘』 폐간으로 미발표
小波生	시냇가	청춘 15호	1918.9	시(?)	〈현상문예〉 선외가작으로 공고만 됨/주소: 경성 소파생/*미발표
小波生	牛耳洞의 晩秋	천도교회 월보 98호	1918.10	수필	〈산문〉/말미에 〈소귀遠足記에셔〉
小波生	現代青年에게 呈하는 修養論	유심 3호	1918.12	논	〈선외가작〉/주소: 경성 견지동 일일팔/*미발표
ㅈㅎ生	苦學生	유심 3호	1918.12	소설	〈學生小說〉/〈현상당선문예〉/주소: 견지동 일일팔/상금 일 원
ㅈㅎ生	마음	유심 3호	1918.12	시	주소: 견지동 일일팔/상금 오십 전
방정환	○○령(동원령)	연극공연	1918.12	희곡 (연극 공연)	유광렬 증언: 경성청년구락부 망년회에서 방정환 자작 각본 연출 주연/*미발굴
小波生	闇夜	신청년 1호	1919.1	시	말미에 창작 시기를 '1918.11'로 밝힘
SP生	東京K兄에게	신청년 1호	1919.1	수필	'편지'(수필) 말미에 '以下 次號'라 밝혔으나 2호에 연재되지 못함
小波生	金時計	신청년 1호	1919.1	소설	〈短篇小說〉/말미에 창작 시기를

					'1918.10'로 밝힘
京城 雲庭生	電車의 一分時	신청년 1호	1919.1	수필	소설/2호에 연재 예고했으나 미완
覆面鬼	의문의 死	녹성 1호	1919.11	번역 소설	탐정소설/*추정
무기명	아루다쓰 (일명 모르간)	녹성 1호	1919.11	번역 소설	*추정
SP生	사랑의 무덤	신청년 2호	1919.12	소설	〈연애소설〉
雲庭生	사랑하난 아우	신청년 2호	1919.12	시	
잔물	卒業의 日	신청년 2호	1919.12	소설	〈학생소설〉/말미에 '1918.11.13.夜 脫稿 라 밝힘/잔물, 「졸업의 날」, 『어린이』 2 4호(1924.4)에 개작 재수록
一記者	유고 出世譚	신청년 2호	1919.12	소개	*추정
무기명	(권두언)	신여자 1호	1920.3.10	창간사	*추정
勿忘草	處女의 가는 길	신여자 1호	1920.3.10	소설	〈소설〉/목차와 본문에는 제목이 「處 의 가는 길」로, 「編輯人들이 엿줍난 말삼 에는 「두 處女의 가는 길」로 제목이 제시
雜誌 〈新青年〉 으로부터	〈新女子〉 누의님에게	신여자 1호	1920.3.10	시	*추정
月桂	犧牲된 處女	신여자 1호	1920.3.10	소설	〈婚姻哀話〉/月桂, 「出嫁한 處女」, 『신 성』(1924.6)에 재수록/*추정
잔물	나의 詩	천도교회 월보 116호	1920.4	시	「사람의마음」 「雪中의 死別」 「心中의 宮殿」 3편/말미에 '六一, 三月末日 細 속살거리는窓엽에서'
小波	愛의 復活	천도교회 월보 117호	1920.5	소설	〈小說〉/말미에 '六一年 四月十一日夜
月桂	옷 이야기	신여자 3호	1920.5.25	전설	〈滋味잇는 西洋傳說〉/*추정
잔물	新生의 선물	개벽 1호	1920.6	번역시	말미에 '六一 六 一二 비오는 아츰에 「 골집」에서'
牧星	流帆	개벽 1호	1920.6	소설	말미에 '六一, 六, 一八夜'
잔물	어머님	개벽 1호	1920.6	번역시	말미에 '六一 六 一二 비오는 아츰에 「 골집」에서'/원작: 타고르 「구름과 물결
月桂	永興을 지나면셔	신여자 4호	1920.6.20	시	*추정
잔물	元山 갈마半島에서	개벽 2호	1920.7	시	
무기명	참된 同情	신청년 3호	1920.8	번역 동화	
雲庭 譯	貴여운 犧牲	신청년 3호	1920.8	번역 동화	雲庭, 「귀여운 피」, 『어린이』 3호(1923. 23)/무기명, 「貴여운 피」, ≪조선일보 (1926.1.1) 재수록
잔물	어린이 노래	개벽 3호	1920.8	번역시	말미에 '六一年 八月 十五日... 쟷골집

	-불켜는 이				서...역'
一記者	伊太利大文豪 싸눈초의 紹介	신청년 3호	1920.8	소개	'연애문제' 주목/*추정
잔물	불상한 生活	신청년 3호	1920.8	수필	
方定煥 談	學生講演團歸還	동아일보	1920.8.9	인터뷰	'普專 法律學生 方定煥'
小波	秋窓隨筆	개벽 4호	1920.9	수필	말미에 '六一 初秋 朔風 시게 부는 날 재ㅅ골집에서'
覆面冠	두소박덕이	동아일보	1920.9.17 ~9.23(6회)	소설	*추정
覆面冠	光武臺	동아일보	1920.9.23 ~9.25(3회)	논	*추정
在江戶 잔물	望鄕	개벽 5호	1920.11	시	"내 古國은 머나먼 山 뒤"/일본에서 쓴 시로 신준려를 그리워하는 심정 고백
牧星	크리스마스	조선일보	1920.12.27	시	
牧星	그날밤	개벽 6호~8호	1920.12 ~1921.2(3회)	소설	〈소설〉
에쓰피生	달밤에 故國을 그리우며	개벽 7호	1921.1	수필	말미에 "庚申 秋夕 다음다음날 東京서"
牧星 記	銀파리(1회)	개벽 7호	1921.1	풍자 만필	〈社會諷刺〉/파리와 대감의 대화
小波	敎友 또 한 사람을 맛고	천도교회 월보 126호	1921.2	수필	
목성 記	銀파리(2회)	개벽 8호	1921.2	풍자 만필	〈사회풍자〉/파리와 서방님의 대화
SP	(무제목)	개벽 8호	1921.2	풍자 만화 (諷刺漫畫)	목성, 「은파리」(2회)에 풍자만화 3컷 수록
牧星	童話를쓰기 前에 어린이 기르는 父兄과 敎師에게	천도교회 월보 126호	1921.2	논	말미에 '日本東京池袋鷄林舍에셔'
(牧星)	왕자와 제비 (王子와 燕)	천도교회 월보 126호	1921.2	번안 동화	원작: 오스카 와일드 「행복한 왕자」/「동화를 쓰기전에 어린이기르는 부형과 교사에게」에 이어서
목성 記	銀파리(3회)	개벽 9호	1921.3	풍자 만필	〈사회풍자〉 파리와 마님의 대화
목성 記	銀파리(4회)	개벽 10호	1921.4	풍자 만필	〈사회풍자〉/서두에 '뜻밖에 수십일이나 철장속에 지내다와서'(민원식 암살 사건 관련), '不逞파리'
牧星	깨여가는 길	개벽 10호	1921.4	번역	원작: 사카이 도시히코의 글
牧星	리약이, 두조각-귀먹은 집오리, 까치	천도교회 월보 129호	1921.5	번역/ 재화(?)	「귀먹은 집오리(家鴨)」, 「까치의 옷」/서두에 1921년 M사건으로 글 못썼다고 밝힘

	의 옷				
목성 記	銀파리(5회)	개벽 12호	1921.6	풍자 만필	〈사회풍자〉
목성 記	銀파리(6회)	개벽 13호	1921.7	풍자 만필	〈사회풍자〉/「은파리」 5회의 글 재수록
小波生	貧富論	낙원 1호	1921.7	논	
방정환	食客	연극공연	1921.8	번역 희곡 (연극 공연)	≪동아일보≫(1921.9.4.) 기사와 「천도교소년회 동화극을 보고」(『동명』 1923.1.21) 참조/*미발굴
방정환	新生의 日	연극공연	1921.9	희곡 (연극 공연)	≪동아일보≫(1921.9.4.) 기사와 정인섭, 『색동회어린이운동사』 참조/정인섭은 방정환이 자작 사극 「신생의 일」을 연출 출연했다고 밝힘/*미발굴
小波生	무셔운날	천도교회 월보 134호	1921.10	시	말미에 '六二 .十.三 夜 東京城 白山셔'
목성 記	銀파리(7회)	개벽 17호	1921.11	풍자 만필	〈사회풍자〉
목성 記	銀파리(8회)	개벽 18호	1921.12	풍자 만필	〈사회풍자〉/연재를 마무리한다고 밝힘
小波	눈	천도교회 월보 136호	1921.12	시	
ㅅㅍ생	宗敎史上의 一奇異 生殖崇拜敎의 信仰	천도교회 월보 137~138호	1922.1~2(2회)	소개	*추정
SP生	異域의 新年	천도교회 월보 137호	1922.1	수필	
목성	귀신을 먹은 사람	천도교회 월보 137호	1922.1	동화	〈다음호〉 예고했으나 미수록/『조선농민』(1926.3)에 「귀신 먹는 사람」(方定煥) 재수록
方定煥	必然의 要求와 絶對의 眞實로	동아일보	1922.1.6	논	〈작가로서의 포부〉
東京 小波	夢幻의 塔에서 -少年會 여러분께	천도교회 월보 138호	1922.2	수필 (서간)	이학인(천도교소년회대표), 「동경에게신 소파선생에게」(『천도교회월보』 1922.3)/동양대학에서 철학 연구한다는 말이 나옴
ㅁㅅ生	狼犬으로부터 家犬에게	개벽 20호	1922.2	서간체 우화	목차에 '목성'으로 표기됨
曙夢	XX鬼의 征伐	개벽 24호	1922.6	번안 소설	일본 옛이야기 모모타로의 재창작/*추정
方定煥	잠자는 왕녀	사랑의 선물	1922.7 (개벽사)	번역 동화	원작: 그림 「찔레꽃 공주」
方定煥	난파선	사랑의 선물	1922.7	번역 동화	원작: 아미치스 『쿠오레(사랑의 학교)』의 「난파선」

方定煥	요술왕 아아	사랑의 선물	1922.7	번역 동화	원작: 시칠리아 옛이야기 「마왕 아아」
方定煥	천당 가는 길 (일명 도적왕)	사랑의 선물	1922.7	번역 동화	원작: 그림 「거물도둑(대도적)」/『천도교회월보』(1922.7)에 재수록
方定煥	산드룡의 유리구두	사랑의 선물	1922.7	번역 동화	원작: 샤를 페로 「산드리용의 작은 유리구두」
方定煥	왕자와 제비	사랑의 선물	1922.7	번역 동화	원작: 오스카 와일드 「행복한 왕자」/『천도교회월보』(1921.2) 수록작
方定煥	어린 음악가	사랑의 선물	1922.7	번역 동화	원작 미상/중역본: 마에다 아이, 「잃어버린 바이올린」
方定煥	꽃속의 작은이	사랑의 선물	1922.7	번역 동화	원작: 안데르센 「장미요정」
方定煥	한네레의 죽음	사랑의 선물	1922.7	번역 동화	원작: 하우프트만 「한네레의 승천」
方定煥	마음의 꽃	사랑의 선물	1922.7	번역 동화	원작 미상/중국의 옛이야기
方定煥	湖水의 女王	개벽 25호~27호	1922.7~ 1922.9(2회)	번역 동화	원작: 아나톨 프랑스 「아베이유」
잔물	公園 情操 -夏夜의 各 公園	개벽 26호	1922.8	수필	
小波	푸시케 색시의 이약이	부인 3호	1922.8	번역 동화	그리스로마 신화
夢見草	운명에 지는 꼿	부인 4호	1922.9	실화	〈事實哀話〉/〈편집을 마치고서〉에서 평남성천군 어느 촌에서 실제 있었던 슬픈 일임을 밝힘
한긔자	칠석이야기, 추석이야기	부인 4호	1922.9	소개	『개벽』 27호(1922.9)의 『부인』 9월호 광고 목차에 '잔물'로 소개됨
무기명	형뎨별	부인 4호	1922.9	번역 동요	〈新童謠〉/서울천도교소년회의 〈언니를 차즈려〉라는 어린이연극을 상장할 때 부른 노래로, 곡조는 일본 나리타 타메조(成田爲三)의 작곡이라 밝힘. 『개벽』(1922.9)의 『부인』 9월호 광고 목차에 '新童謠 兄弟별-소파'로 소개됨
한긔자	구월 구일(重陽) 이약이	부인 5호	1922.10	소개	
小波	털보 장사	개벽 29호	1922.11	번역 동화	원작: 오스카 와일드 「이기적인 거인」
小波	새로 開拓되는 「童話」에 關하야 -특히 少年以外의 一般큰이에게	개벽 31호	1923.1	논	말미에 '十一月 十五日'
小波	내여버린 아해	부인 7~8호	1923.1 ~1923.2(2회)	번역 동화	원작: 그림 「헨젤과 그레텔」

小波	天使	동아일보	1923.1.3	번역 동화	말미에 '안더슨集에서역'/원작: 안데르센「천사」
천도교 소년회 方定煥씨 담	少年會와 今後方針	조선일보	1923.1.4	좌담	〈새히어린이 指導는 엇지홀가?〉(1)
무기명	처음에	어린이 1권 1호	1923.3.20	창간사	
在東京 小波	少年의 指導에 關하야-雜誌『어린이』創刊에 際하야 京城 曺定昊 兄께	천도교회 월보 150호	1923.3	논	말미에 '六四, 二 十四 夜'
무기명	世의 紳士 諸賢과 子弟를 둔 父兄에게 告함	개벽 33호	1923.3	광고	≪동아일보≫, 1923.3.20/*추정
ㅈㅎ生	햐신트의 이약이	어린이 1권 1호	1923.3.20	꽃전설	
小波	석냥파리소녀	어린이 1권 1호	1923.3.20	번역 동화	〈명작동화〉 안데르센/≪시대일보≫ 1926.1.2~1.4(2회) 재수록
夢中人	작난군의 귀신	어린이 1권 1호	1923.3.20	번역 동화	〈불란서동화〉
무기명	눈오는 北쪽나라 아라사의 어린이 -제비와가티 날아다닌다	어린이 1권 1호	1923.3.20	소개	
小波	노래 주머니	어린이 1권 1호 ~1권 2호	1923.3.20 ~4.1(2회)	동화극	〈혹부리영감〉
夢中人	황금 거우	어린이 1권 2호	1923.4.1	번역 동화	원작: 그림「황금거위」
무기명	불상하면서도 무섭게커가는 독일의 어린이	어린이 1권 2호	1923.4.1	소개	
무기명	봄소리	어린이 1권 2호	1923.4.1	권두언	
무기명	아버지 생각 -순희의 슬음	어린이 1권 2호	1923.4.1	애화	소녀소품〈哀話〉
무기명	쏫노리	어린이 1권 3호	1923.4.23	권두언	
夢見草	영길이의 슬음	어린이 1권 3호	1923.4.23	소년 소설	〈불상한 이약이〉
ㅈㅎ生	四月에 피는 쏫 勿忘草 이약이	어린이 1권 3호	1923.4.23	꽃전설	〈쏫전설〉
雲庭	貴여운 피	어린이	1923.4.23	번역	雲庭,「貴여운 犧牲」,『신청년』 3호

		1권 3호		동화	(1920.8)/무기명, 「貴여운 피」, ≪조선일보≫(1926.1.1)에 재수록
小波	눈 어둔 포수	어린이 1권 3호	1923.4.23	번역 동화	원작: 인도 『판차탄트라』의 일부/≪시대일보≫(1925.6.30)에 재수록
小波	의조흔 내외	부인 11호	1923.5	번역 동화	〈世界名作童話 재미잇는 이약이〉/말미에 '六四, 三, 七, 안더슨집에서'/원작: 안데르센 「영감이 하는 일은 언제나 옳다」
小波	이상한 샘물	어린이 1권 6호	1923.7	전래 동화	『부인』 2권 7호(1923.7)에 광고/『어린이』 낙질로 미확인
夢中人	白雪公主	어린이 1권 6호	1923.7	번역 동화	〈재미잇는이약이〉/『부인』 2권 7호(1923.7) 광고 및 「돌풀이」,『어린이』(1924.3) 참조/『어린이』 낙질로 미확인.
?	나비의 꿈	어린이 1권 6호	1923.7	동화	영인본 낙질로 미확인/소파 방정환, 「쇠꼬리와 나비」, ≪조선일보≫(1927.1.3~1.4)에 재수록
무기명	영호의 사정	어린이 1권 7호 ~11호	1923.8 ~12(4회)	소년 소설	〈사진소설〉/*영인본 낙질로 첫 회 미확인
(鄭順哲)	兄弟별	어린이 1권 8호	1923.9	동요	『부인』(1922.9) 목차에 '소파'로 소개/정순철이 가장 좋아하는 곡으로 뽑은 동요
夢中人	닐허바린 다리	어린이 1권 8호	1923.9	번역 동화	
(잔물)	秋窓漫草	신여성 1호	1923.9	수필	*영인본 낙질로 미확인
夢中人	염소와 늑대	어린이 1권 9호	1923.10	번역 동화	〈동화〉
三山人	생선알	어린이 1권 9호	1923.10	상식	〈새지식〉
一記者	震亂 中의 日本 及 日本人	개벽 40호	1923.10	논	글 말미에 '以下削除'/*추정
小波	톡기의 재판	어린이 1권 10호	1923.11	동화극	옛이야기 「함정에 빠진 호랑이」; 「나그네와 호랑이」
ㅈㅎ生	당나귀와 개	어린이 1권 10호	1923.11	번역 우화	〈이소프이약이〉/원작: 이솝 「당나귀와 개」
夢見草	落葉지는 날	어린이 1권 10호	1923.11	소년 소설	
夢中人	요술냭이	어린이 1권 11호	1923.12	번역 동화	〈동화〉 자미잇난 이약이
무기명	호랑이의 등	어린이 1권 11호	1923.12	전래 동화	〈그림이약이〉/*추정
ㅈㅎ生	당나귀와 닭과 사자	어린이 1권 11호	1923.12	번역 우화	〈이소프이약이〉/원작: 이솝 「당나귀와 수탉과 사자」
小波	어린이 第拾壹號	어린이	1923.12	권두언	〈권두언〉

		1권 11호			
ㅈㅎ生	서울쥐와 시골쥐	어린이 2권 1호	1924.1	번안 우화	〈이소프이약이〉/원작: 이솝「들쥐와 집쥐
무기명	쪽갓치 쪽갓치	어린이 2권 1호	1924.1	아동극	〈餘興〉/*추정
夢中人	작은이의 일흠	어린이 2권 1호 ~2호	1924.1 ~1924.2(2회)	번역 동화	〈동화〉/원작: 그림「룸펠슈필츠헨」
무기명	少年奇術 두가지	어린이 2권 1호	1924.1	소개	〈餘興〉/*추정
무기명	호랑이 잡기 노는 법	어린이 2권 1호	1924.1	소개	『어린이』 2권 2호(1924.2) 〈독자담화실〉에서 외국 것을 소파가 참작하여 새로 꾸몄다고 밝힘
小波	두더쥐의 혼인	어린이 2권 1호	1924.1	전래 동화	〈동화〉
무기명	새해 새희망 -새해는 왜 깃븐가?	어린이 2권 1호	1924.1	권두언	
方定煥 씨 담	離婚問題의 可否(8)	동아일보	1924.1.8	논	
ㅈㅎ生	금독긔	어린이 2권 2호	1924.2	번역 우화	〈이소프이약이〉/원작: 이솝「금도끼 은도끼」
小波	선물 아닌 선물	어린이 2권 2호	1924.2	번역 동화	〈동화〉
金波影	괴롬의 歡樂	천도교회 월보161호	1924.2	시	'波影': 방정환 필명
小波	나그네 잡기장(1)	어린이 2권 2호	1924.2	잡기	
무기명	말하난 독가비	어린이 2권 2호	1924.2	일화	〈에디슨 이야기〉
夢中人	거만한 곰과 쐬발른 여우	어린이 2권 3호	1924.3	번역 우화	〈자미잇는 동화〉/원작: 러시아 민화「농부와 곰과 여우」
ㅈㅎ生	파리와 거믜	어린이 2권 3호	1924.3	번역 우화	〈이소프〉
무기명	돌풀이	어린이 2권 3호	1924.3	보고	
方定煥	녀자 이상으로 진보하지 못한다	시대일보	1924.3.31	논	
무기명	4월 4일	어린이 2권 4호	1924.4	권두언	
夢中人	더 못난 사람	어린이 2권 4호	1924.4	번역 동화	〈동화〉/말미에 '露國童話'
小波	나그네 잡긔장(2)	어린이	1924.4	잡기	

		2권 4호			
잔물	卒業의 날	어린이 2권 4호	1924.4	소년 소설	〈소년소설〉/말미에 '1918.11.13' /『신청년』 작 재수록
夢見草	이상한 인연	신여성 2권 3호	1924.4 (3.20 발행)	기담	〈女學生 奇話〉
一記者	부자ㅅ집 따님도 苦學을 하는 佛蘭西의 女學生 生活	신여성 2권 3호	1924.4	소개	*추정
方	녀학생학교표	신여성 2권 3호	1924.4	논	〈조각보〉
소파	그게 무슨 짓이냐	신여성 2권 3호	1924.4	논	〈조각보〉
무기명	잠자는 녀왕	신여성 2권 3호	1924.4	광고	『사랑의 선물』 광고
方	편즙을 마치고	신여성 2권 3호	1924.4	편집 후기	
?	참말의 시험	신소년	1924.4	?	권영민, 『한국현대문학대사전』 서울대 출판부, 2004, 398쪽 참조/*미발굴
ㅈㅎ生	친한 친구	어린이 2권 4호	1924.4	번역 우화	〈이소프〉/원작: 이솝 「친한 친구」
方定煥	삼태성	시대일보	1924.4.1 ~4.2(2회)	동화	『어린이』(1924.5)와 小波, 『신여성』(1924.5)에 재수록
무기명	어린이의날 오월 초하루가 되면	어린이 2권 5호	1924.5	권두 수필	
小波	四月 금음날 밤	어린이 2권 5호	1924.5	동화	
夢見草 譯	어느 젊은 녀자의 맹서	신여성 2권 4호	1924.5	번역 소설	
編輯人	未婚의 젊은 男女들에게-당신들은 이럿케 配偶를 골르라	신여성 2권 4호	1924.5	논	
무기명	米國 女子의 約婚과 結婚	신여성 2권 4호	1924.5	소개	목차에 '一記者'
SP생	「人形의 家」와 「海婦人」	신여성 2권 4호	1924.5	평론	〈問題劇〉
方	편즙을 맛치고	신여성 2권 4호	1925.5	편집 후기	
小波	피시오라 !!	어린이 2권 6호	1924.6	번역 동화	〈동화〉
小波	나그네 잡긔장(3)	어린이 2권 6호	1924.6	잡기	

小波	어린이 讚美	신여성 2권 5호	1924.6	수필	말미에 "六五年 五月 十五日"
月桂	出嫁한 處女	신여성 2권 5호	1924.6	소설	〈애화〉/月桂, 「犧牲된 處女」, 『신여자』 창간호 수록작/*추정
목성 記	銀파리(신여성 1회)	신여성 2권 5호	1924.6	풍자 만필	〈諷刺漫筆〉/"『개벽』 잡지상에서 작별을 말하고 몸을 감춘 것이 재작년 구월!"/목차에 '女學生諷刺 「銀파리」'
SP生	꽃긔상대와 꽃달력	신여성 2권 5호	1924.6	소개	〈신긔한 꽃이약이〉
方	편즙을 맛치고	신여성 2권 5호	1924.6	편집 후기	판권장에 '제 2년 6월호'로 표기
무기명	나무닙배	어린이 2권 6호	1924.6	번역 동요	
三山人	마라손 경주 중로에 큰 獅子와 눈싸움을 한 勇少年	어린이 2권 6호	1924.6	실화	
CWP	淸雅하기 짝없는 瑞西의 女學生들	신여성 2권 5호	1924.6	소개	
方定煥	數萬 명 新進 役軍의 總動員-일은 맨 밑에 돌아가 시작하자	개벽 49호	1924.7	논	
ㅈㅎ生	당신의 손으로 이럿케 맨들어 파리를 잡으시요	어린이 2권 7호	1924.7	소개	
夢中人	개고리 왕자	어린이 2권 7호	1924.7	번역 동화	〈동화〉/원작: 그림 「개구리 왕자」
무기명	나그네 잡기장	어린이 2권 7호	1924.7	잡기	
夢見草	秘密	신여성 2권 6호	1924.7	담화	〈女學生 夜話〉
夢見草	봉선화 이약이	신여성 2권 6호	1924.7	꽃전설	〈處女哀話〉
編輯人	시골집에 가는 學生들에게-남겨놋코 올 것·배와가지고 올 것	신여성 2권 6호	1924.7	논	말미에 〈六,一八〉
목성 記	銀파리(신여성 2회)	신여성 2권 6호	1924.7	풍자 만필	〈諷刺漫筆〉/목차에 「獨身女敎師의 속生活」(은파리)
小波	뭉게 구름의 비밀	신여성 2권 6호	1924.7	수필	말미에 〈六, 二八〉
小波	큰 바보, 큰 괘사 막보의 큰 장사	어린이 2권 7호	1924.7	번역 동화	〈명작동화〉/원작: 그림 「좋은 거래」

雙S	女流運動家	신여성 2권 7호	1924.8	풍자 만필	〈滑稽漫話〉/말미에 〈七月 三十一日〉/쌍S생, 「여류운동가 혹 스타전」, 『학생』(1929.5)에 재수록
일기자	世界 唯一의 病身學者 헬렌케라-女史	신여성 2권 7호	1924.8	소개	제목의 '~女史'(女士의 오식)/*추정
夢中人	少年 로빈손	어린이 2권 8호	1924.8	번역 동화	〈漂浪奇談〉
ㅈㅎ生	파리의 실패	어린이 2권 8호	1924.8	번역 우화	〈모긔와 파리 이약이〉/원작: 이솝 「파리와 모기」
小波	말만 드러도 서늘한 에쓰키모의 이약이	어린이 2권 8호	1924.8	소개	〈北極新話〉
방정환	남은 잉크	어린이 2권 8호	1924.8	편집 후기	
ㅈㅎ생	허풍선 이야기	어린이 2권 8호	1924.8	소화 (笑話)	(깔깔소학교) 〈우스운 이야기〉
夢見草	불노리	어린이 2권 9호	1924.9	애화	〈소년애화〉
무기명	가을밤	어린이 2권 9호	1924.9	동요	
一記者	쒸쒸는 려관 -로달드 이야기	어린이 2권 9호	1924.9	소개	
夢中人	귀신을 먹은 사람	어린이 2권 9호~10호	1924.9 ~10(2회)	창작 옛이야기	〈동화〉/『어린이』 2권 10호 제목: 「성칠의 귀신잡기」(「귀신을 먹은 사람」의 속)
夢見草	修女의 설음 -○○교회 어린 수녀의 편지	신여성 2권 8호	1924.10	애화	
一記者	한쌔에 붓흔 두 女子 쌍동美人의 珍奇한 戀愛生活	신여성 2권 8호	1924.10	기담	〈天下一品〉
方	편즙을 맛치고	신여성 2권 8호	1924.10	편집 후기	
小波	월계처녀	어린이 2권 10호	1924.10	번역 동화	〈자미잇는이약이〉
夢見草	과긋남매	어린이 2권 10호	1924.10	번역 동화?	
小波	귓드람이소리	어린이 2권 10호	1924.10	동요	
목성 記	銀파리(신여성 3회)	신여성 2권 8호	1924.10	풍자 만필	〈諷刺漫筆〉
一記者	街頭에 나슨 女人 百合舍 女主人	신여성 2권 8호	1924.10	소개	*추정

方	편즙을 맛치고	신여성 2권 8호	1924.10	편집 후기	
三山人	단풍과 락엽 이약이	어린이 2권 10호	1924.10	상식	〈가을지식〉
무기명	제비와 기럭이	어린이 2권 10호	1924.10	상식	三山人, 『어린이』 6권 5호(1928.9)에 수록
무기명	가을노리 여러가지	어린이 2권 10호	1924.10	소개	三山人, 「자미잇고 유익한 가을노리 가지」, 『어린이』(1929.10) 재수록
一記者	貞信女校 慈善市의 첫날	신여성 2권 11월호	1924.11	소개	*추정
夢中人	생명의 관역-어린 와텔의 목숨	어린이 2권 11호	1924.11	강화	〈講話〉
方定煥	有益하고 滋味잇는 하로밤 講習 -少年會와 學校 先生님께	어린이 2권 11호	1924.11	소개	
小波	불상한 두 少女	어린이 2권 12호	1924.12	번안 동화	〈설중 미화〉
편즙인	『어린이』동모들께	어린이 2권 12호	1924.12	수필	(28행 삭제)/말미에 '方'
일기자	이러케 하면 글을 잘 짓게 됩니다	어린이 2권 12호	1924.12	논	
三山生	첫눈	어린이 2권 12호	1924.12	동요	
方	눈(雪)이 오시면	어린이 2권 12호	1924.12	수필	
무기명	눈 눈 눈	어린이 2권 12호	1924.12	상식	*추정
잔물	늙은 잠자리	어린이 2권 12호	1924.12	동요	
무기명	장님의 개	어린이 2권 12권	1924.12	번역 우화	〈寓話〉/〈불국소학독본에서〉/ *추정
夢見草	金髮 娘子-「마리아나」아씨의 머리	신여성 2권 12호	1924.12	번역 소설	〈心小說〉
CW生	(大邱) 信明女學校 이약이	신여성 2권 12호	1924.12	소개	〈女學校訪問記 4〉/'CW생'은 그동안 방정환의 필명으로 알려져 왔으나 천원 오척석의 필명일 가능성도 제기되어 방정환 필명에서 제외되었다. 그런데 이 글에서 "나는 찬미가를 몰라서"라는 대목을 보면 필자가 기독교 신자인 오천석이 아니라는 것을 알 수 있다. 또 필자는 기숙사 도서실에서 천도교 잡지인 『신여성』 『어린이』 『개벽』과 방정환 번역동화집인 『사랑의 선물』을 갖추고 있는 데에 감사하다

					말을 하는 것으로 보아 방정환의 글로 추정됨
小波	허잽이(윤극영 곡)	조선일보	1924.12.8	동요	
방정환	새해의 첫 아침	어린이 3권 1호	1925.1	권두언	
北極星	동생을 차즈려	어린이 3권 1호 ~10호(9회)	1925.1 ~1925.10	탐정 소설	
雙S	늣동이 도적	신여성 3권 1호	1925.1	소화	〈笑門萬福來〉〈銀파리 雙S 競演〉/목차에 '雙S生'
銀파리	셈치르기	신여성 3권 1호	1925.1	번역 (소화)	〈笑門萬福來〉〈銀파리 雙S 競演〉/깔깔박사, 『어린이』 4권 1호(1926.1)에 재수록/單S, 「셈 치르기」, 『별건곤』(1933.1)에 재수록
무기명	年頭二言	신여성 3권 1호	1925.1	권두언	목차에 '編輯人'
北極星	어린 羊	생장 1호	1925.1	번역 소설	원작: 솔로호프 소설
무기명	朝鮮少年運動	동아일보	1925.1.1	논	*추정
小波生	童話作法-童話짓는 이에게	동아일보	1925.1.1	평론	
무기명	天才少女崔貞玉孃	어린이 3권 2호	1925.2	소개	
小波	눈먼 勇士「삼손」이약이	어린이 3권 2호	1925.2	번역	
夢見草	남겨둔 흙美人	신여성 3권 2호	1925.2	애화	〈傳說哀話〉/목차에 '남겨둔 흙人形'
무기명	銀파리 尾行記(신여성 4회)	신여성 3권 2호	1925.2	풍자 만필	말미에 '다음호에'
무기명	女尊男卑냐 男尊女卑냐?	신여성 3권 2호	1925.2	강좌	〈지상강좌〉
一記者	同德女學校評判記	신여성 3권 2호	1925.2	소개	*추정
北極星	寫字生	생장 2호	1925.2	번안 소설	원작: 체홉「이반 마트베예비치」
方定煥	사라지지 안는 記憶	조선문단 6호	1925.3	수필	처녀작 발표 소감
方定煥	두 돌을 마지하면서	어린이 3권 3호	1925.3	권두언	목차에 '방정환'
北極星	窓會	생장 4호	1925.4	번역 소설	김병철, 『한국 잡지 개관 및 호별 목차집』, 한국학연구소, 1973 참조/원작: 투르게네프「밀회(密會)」의 오식으로 추정됨/*

					미발굴
무기명	꽃노리	어린이 3권 4호	1925.4	권두언	〈지식〉
方	편즙을 맛치고	어린이 3권 4호	1925.4	편집 후기	
무기명	나그네 잡긔장-各地의 少年少女大會	어린이 3권 5호	1925.5	소개	
小波	귀먹은 집오리	어린이 3권 5호	1925.5	동화	목성, 「리약이, 두조각-귀먹은 집오리 싸치의 옷」, 『천도교회월보』(1921.5)/ 정환 사후 『어린이』(1933.5)에 재수
쉿파리	色魔紳士의 尾行	보성 1호	1925.5	풍자 만필	*추정
무기명	요령잇는 녀자가 됩시다	신여성 3권 5호	1925.5	권두언	*추정
北極星	文藝漫話	생장 5호	1925.5	논	'소설의 정의 급 요소/소설의 구조/「써터에브스키」의 처녀작/예술파와 인파' 항으로 언급
夢中人	싸치의 옷	어린이 3권 6호	1925.6	동화	〈동화〉/목차에 '방정환'/목성, 「리약이 두 조각-귀먹은 집오리, 싸치의 옷」, 『도교회월보』(1921.5)
일기자	覆面生과 쉬파리의 對話	보성 2호	1925.6	풍자 만필	*추정
城西人	愛의結婚에서結婚愛에	신여성 3권 6호	1925.6·7월 합호	논	「편집을 맛치고」에서 사정(검열로 추으로 싣지 못했다고 밝힘/*미수록
小波	눈 어둔 포수	시대일보	1925.6.30	번역 동화	『어린이』 1권 3호(1923.3) 재수록
夢中人	과거 문뎨	어린이 3권 7호	1925.7	전래 동화	〈동화〉/「상가승무노인곡(喪歌僧舞人哭)」의 전래동화
무기명	이상한 샘물	조선일보	1925.7.13	전래 동화	〈어린이신문〉란/≪조선일보≫(192 7.12) 〈어린이신문〉란을 신설해 방정 이 재미있는 이야기를 연재하기로 했고 공고함
무기명	꽃썩기	조선일보	1925.7.14	동화	〈어린이신문〉란
무기명	개구리와 소	조선일보	1925.7.15	동화	〈어린이신문〉란
무기명	그림아기	조선일보	1925.7.16	동화	〈어린이신문〉란
무기명	종소리	조선일보	1925.7.17	동시	〈어린이신문〉란
무기명	굴둑장이	조선일보	1925.7.17	동화	〈어린이신문〉란
무기명	금독긔 은독긔	조선일보	1925.7.24	번역 우화	〈어린이신문〉란/이솝
무기명	장마에	조선일보	1925.7.31 ~8.1(2회)	동화	〈어린이신문〉란

夢中人	양초 귀신	어린이 3권 8호	1925.8	동화	〈童話〉-우습고 우습고 우습고 자미잇는 이약이
小波	海女의 이약이	어린이 3권 8호	1925.8	소식	
잔물	눈물의 帽子갑	어린이 3권 8호	1925.8	실화	〈實話-水災美談〉
무기명	적은 새	조선일보	1925.8.3	번역 동화	〈어린이신문〉란
무기명	참마음	조선일보	1925.8.5	번역 동화	〈어린이신문〉란/「참된동정」
무기명	쌤쟁이와 변노이	조선일보	1925.8.14	동화	〈동화〉
무기명	일 업는 도야지	조선일보	1925.8.17	동화	〈어린이신문〉란
무기명	해와 바람	조선일보	1925.8.18	번역 우화	〈어린이신문〉란/원작: 이솝 「해와 바람」
무기명	말임자	조선일보	1925.8.19	동화	〈어린이신문〉란
무기명	아침 해	조선일보	1925.8.20	동화	〈어린이신문〉란
무기명	개아미	조선일보	1925.8.21	동화	〈어린이신문〉란
무기명	청개고리	조선일보	1925.8.24	동화	〈어린이신문〉란
무기명	오십 전짜리	조선일보	1925.8.27	동화	〈어린이신문〉란
무기명	거짓말한 죄	조선일보	1925.8.28	번역 동화	〈어린이신문〉란/「하멜른의 피리 부는 사나이」
무기명	삼손	조선일보	1925.8.29 ~30(2회)	번역 동화	〈어린이신문〉란
무기명	해바라기	조선일보	1925.8.31	동화	〈어린이신문〉란
夢見草	싸홈싸홈	어린이 3권 9호	1925.9	번역 동화	〈佛蘭西 名話〉/말미에 '佛國小學讀本에서'
編輯人	코스머스의 가을	어린이 3권 9호	1925.9	권두언	
小波	사랑하는 동모 어린이讀者 여러분께	어린이 3권 9호	1925.9	수필	목차에 '부탁'
小波	사시사철 물 속에 살면서 녀름에도 오히려 추워하는 海女의 이약이	어린이 3권 9호	1925.9	소개	
三山人	가을밤에 빗나는 별	어린이 3권 9호	1925.9	지식	〈新智識〉
小波	씩씩한 동모들 彦陽의 早起會	어린이 3권 9호	1925.9	소개	목차에 「少年團의 早起會」
무기명	개학하던 날	조선일보	1925.9.2	동화	〈어린이신문〉란
무기명	달나라 구경	조선일보	1925.9.3	동화	〈어린이신문〉란

무기명	하늘을 만저 보랴든 명희	조선일보	1925.9.6	동화	〈어린이신문〉란
잔물	눈물의 노래	어린이 3권 10호	1925.10	번역 동화	〈哀憐 美話〉/말미에 '佛蘭西小學讀本에서
三山人	아름다운 가을달 계수나무 이약이	어린이 3권 10호	1925.10	상식	〈과학신지식〉/목차에 「月世界 이약이
夢見草	절영도 섬 넘어	어린이 3권 10호	1925.10	소년 소설	〈少年哀話〉
編輯人	눈물의 가을	어린이 3권 10호	1925.10	권두언	
무기명	이사가는 새	조선일보	1925.10.20	동화	〈어린이신문〉란
무기명	어린이의 꾀	조선일보	1925.10.22 ~23(2회)	동화	〈어린이신문〉란
무기명	도적의 실패	조선일보	1925.10.24 ~25(2회)	동화	〈어린이신문〉란
무기명	알렉산더 대왕	조선일보	1925.10.27 ~28(2회)	동화	〈어린이신문〉란
編輯人	가을의 리별	어린이 3권 11호	1925.11	권두언	
長沙同一讀者	方定煥氏 尾行記	어린이 3권 11호	1925.11	수필 (미행기)	방정환이 독자로 가장하고 자신의 행적을 쓴 글로 추정됨. 본문에 〈방정환씨 어린이사 문에서〉라는 설명이 담긴 사진 수록
夢見草	두 팔 업는 불상한 少年-「가마다」 마술단의 全判文氏	어린이 3권 11호	1925.11	소개	
무기명	이것도 電氣	어린이 3권 11호	1925.11	과학 상식	목차에 '三山人'
一記者	글지여 보내는이에게	어린이 3권 11호	1925.11	사고 (社告)	
무기명	어떤 곳에	조선일보	1925.11.10 ~11	동화	〈어린이신문〉란
編輯人	잘 가거라! 열다섯 살아	어린이 3권 12호	1925.12	권두언	
무기명	새롭고 자미있는 눈싸홈 法	어린이 3권 12호	1925.12	소개	목차에 '三山人'
무기명	시험이 가까웠다	조선일보	1925.12.8	동화	〈어린이신문〉란/호외 발행/*미확인
무기명	달밤	조선일보	1925.12.10	동화	〈어린이신문〉란
무기명	금동이와 은동이	조선일보	1925.12.28	동화	〈어린이신문〉란
방정환	어린이동모들께	세계일주 동화집	1926	추천사	이정호 역, 『세계일주동화집』, 이문당, 1926/'을축년 첫가을에'
깔깔	셈치르기	어린이	1926.1	번역	〈우수운이약이〉/銀파리, 『신여성』 3권

박사		4권 1호		동화	호(1925.1) 수록
夢見草	설썩 술썩	어린이 4권 1호	1926.1	전래 동화	〈우수운이약이〉
編輯人	오-새해가 솟는다! 놉혼 소리로 노래하라!	어린이 4권 1호	1926.1	권두언	
夢中人	호랑이 형님	어린이 4권 1호	1926.1	전래 동화	〈우수운이약이〉
方定煥	귀여운 피	조선일보	1926.1.1	번역 동화	
무기명	순희의 결심	조선일보	1926.1.10	동화	〈어린이신문〉란
무기명	준치가시	조선일보	1926.1.11	동화	〈어린이신문〉란
무기명	누가 데일 몬저 낫나	조선일보	1926.1.18	동화	〈어린이신문〉란
무기명	눈오는 새벽	어린이 4권 2호	1926.2	동요 (권두시)	목차에 「눈오는 아츰」
三山人	電話發明者 알렉산더 그레함 벨	어린이 4권 2호	1926.2	소개	〈과학〉
小波	千一夜話	어린이 4권 2호	1926.2	번안	원작: 아라비안나이트
길동무	겨우 살아난 「하느님」-한 비행가의 이약이에서	어린이 4권 2호	1926.2	번역	〈名話〉
무기명	꾀꼬리와 종달새	조선일보	1926.2.24 ~2.26(2회)	동화	〈어린이신문〉란
무기명	게름방이 두 사람	조선일보	1926.2.27	동화	〈어린이신문〉란
무기명	주저 넘은 당나귀	조선일보	1926.2.28	번역 동화	〈어린이신문〉란/원작: 이솝 「당나귀와 개」
小波	아버지의 령혼의 싹정버레	조선농민 2권 3호	1926.3	실화	小波, 「다라나는 급행렬차압헤 공중의 귀신 신호」, 『어린이』 4권 6호(1926.6)에 재수록
方定煥	귀신 먹는 사람	조선농민 2권 3호	1926.3	전래 동화	목셩, 「귀신을 먹은 사람」, 『천도교회월보』 137호(1922.1)/夢中人, 「귀신을 먹은 사람」, 『어린이』 2권 9호~2권 10호(1924.9~10)에 재수록
깔깔博士	옹긔ㅅ세음	어린이 4권 3호	1926.3	전래 동화	
小波	어부와 마귀 이약이	어린이 4권 3호 ~4권 5호	1926.3~5 (2회)	번역 동화	천일야화/목차에 〈奇談〉
무기명	3월 1일 창간 3주년 기념	어린이 4권 3호	1926.3	권두언	〈실익〉
方定煥	세 번째 돌날에	어린이	1926.3	권두언	〈인사〉

		4권 3호			
길동무	가장 적은 금년 력서	어린이 4권 3호	1926.3	소개	
무기명	당나귀와 개	조선일보	1926.3.1	동화	〈어린이신문〉란/이솝 「당나귀와 개」
무기명	길다란 혀	조선일보	1926.3.2	동화	〈어린이신문〉란
무기명	파리와 거미	조선일보	1926.3.3	동화	〈어린이신문〉란
무기명	원숭이의 재판	조선일보	1926.3.5 ~3.6(2회)	동화	〈어린이신문〉란
무기명	점쟁이-길거리에 서 점	조선일보	1926.3.12	동화	〈어린이신문〉란
編輯人	봄!봄!!	어린이 4권 4호	1926.4	수필	〈종달새, 봄, 숫재배〉/〈문예〉
北極星	七七團의 秘密	어린이 4권 4호 ~5권 8호	1926.4 ~1927.12 (13회)	탐정 소설	
방정환 외	봄철에 가장 사랑하는 꽃	어린이 4권 4호	1926.4	수필	〈취미〉/햐신트, 복사꽃 좋아함
길동무	봄철을 맛는 「어린이 공화국」	어린이 4권 4호	1926.4	소개	
城西人	굉장한 약방문	어린이 4권 4호	1926.4	번역 동화	목차에 '三山人'/〈독일소학독본〉에서/〈지혜〉/방정환 사후 무기명으로 『어린이』(1933.5)에 재수록/최영주는 「편집을 맛치고」(『어린이』 1933.5)에서 원고 부족으로 방정환의 글을 실었다고 밝힘 방정환 글 3편 재수록함.
夢見草	벗꼿이약이	어린이 4권 4호	1926.4	번역 동화?	
三山人	무서운 둑겁이	어린이 4권 5호	1926.5	전래 동화	〈신긔한 이약이〉/방정환 사후 「둑겁이 재판」이라는 제목으로 『어린이』(1933.5 에 재수록
編輯人	어린이날!!	어린이 4권 5호	1926.5	권두언	
무기명	메이데이와 '어린이날'	개벽 69호	1926.5	논	*추정
방정환	래일을 위하야: 오월 일일을 당해서 전조선 어린이들께	시대일보	1926.5.2	논	
三山人	伊太利 少年	어린이 4권 6호	1926.6	소개	
夢見草	울지 안는 종	어린이 4권 6호	1926.6	번역 미담	〈미담〉
방정환	二十年전 學校 이	어린이	1926.6	수필	

	약이	4권 6호 ~4권 10호	~1926.10 (4회)		
길동무	소년 탐험군 이약이	어린이 4권 6호 ~4권 7호	1926.6 ~1926.7(2회)	소개	〈특별 기사〉/2회 제목은 '少年探險隊이야기'/'보빈쓰까야 저, 길동무 역'
一記者	영원의 어린이 피터팬 활동사진 이약이	어린이 4권 6호 ~4권 7호	1926.6 ~1926.7	소개	〈활동사진이야기〉
小波	다라나는 급행렬차압헤 공중의 귀신 신호	어린이 4권 6호	1926.6	실화	〈실화〉/소파, 「아버지의 령혼은 싹정버레」, 『조선농민』(1926.3) 수록작
잔물	녀름비	어린이 4권 7호	1926.7	번역 동요	목차에 '잔물'/『어린이』(1930.1)에 정순철 작곡집 『갈닙피리』의 책 광고 목차에서 '「녀름비」-방정환 역가(譯歌)'로 소개
三山人	바람과 번갯불	어린이 4권 7호 ~4권 8호	1926.7 ~1926.9(2회)	상식	〈녀름지식〉
잔물	산길	어린이 4권 8호	1926.9	번역 동요	
무기명	가을! 처녀! 마음!	신여성 4권 9호	1926.9	권두언	*추정
三山人	天下 名妓 白雲岫	신여성 4권 9호	1926.9	전설	〈傳說奇談〉
雙S生	男子의 戀愛	신여성 4권 9호	1926.9	담화	〈社會密話〉
잠수부	서늘한 바다속 물나라 이약이	어린이 4권 8호	1926.9	번역 실화	일본인 잠수부 宇山淸藏의 글 번역
夢中人	하메룬의 쥐난리	어린이 4권 8호	1926.9	번역 동화	〈전설〉/원작: 「하메룬의 피리부는 사나이」
방정환	방송해본 이약이	어린이 4권 8호	1926.9	수필	
어린이부	독자 여러분께	어린이 4권 8호	1926.9	사고	
一記者	「라디오」 이약이	어린이 4권 8호	1926.9	상식	〈최신지식〉
깔깔博士	방귀 출신 崔덜렁	어린이 4권 8호	1926.9	전래 동화 (소화)	
편즙인	가을, 가을의 자미	어린이 4권 9호	1926.10	권두	목차에 '편즙인'
夢中人	욕심장이 짱차지	어린이 4권 9호	1926.10	번안	〈톨스토이 童話〉/원작: 톨스토이 「사람에겐 얼마만큼의 땅이 필요한가」
一記者	가여운 병신 몸으로	어린이	1926.10	소개	

	바욜린의 大天才	4권 9호			
三山人	나뭇잎이 왜 붉어지나	어린이 4권 9호	1926.10	상식	목차에 '三山人'/목차 제목: 「丹楓 드는 이약이」
夢見草	시골쥐 서울구경	어린이 4권 9호	1926.10	창작 동화	〈자미잇는 童話〉
小波	흘러간 三남매	어린이 4권 9호 ~4권 12월호	1926.10 ~1926.12 (3회)	번역 동화	원작: 아라비안나이트
方定煥	동요 '허잽이'에 관하여	동아일보	1926.10.5 ~10.6(2회)	논	
方定煥	文半講話半의 講習	조선농민 2권 11호	1926.11	논	〈朝鮮靑年은 農閑期를 如何히 利用할가〉
깔깔博士	엉터리 병정	어린이 4권 10호	1926.11	번역 소화	〈笑話〉
방뎡환	과세 잘 하십시다	어린이 4권 12월호	1926.12	수필	
波影 외	大京城 白晝 暗行記, 記者 總出動	별건곤 2호	1926.12	탐사 보도	참여 기자: 松雀, 春坡, 石溪, 波影, 磯岩
波影	活動 寫眞 이약이	별건곤 2호	1926.12	소개	〈民衆娛樂〉
北極星	누구의 罪?	별건곤 2호	1926.12	번역 탐정 소설	〈탐정번역〉/원작: (영)로바드 마길
覆面子	京城 名物女 斷髮娘 尾行記	별건곤 2호	1926.12	기사 (미행기)	*추정
소파	눈 오는 거리	어린이 4권 12월호	1926.12	권두	목차에 '편즙인'
三山人	톡기	어린이 5권 1호	1927.1	상식	〈신년과학〉
方定煥 편	한 자 압서라 (1과)	어린이 5권 1호	1927.1	독본	〈어린이독본〉
一記者	로서아 쎄오네르	어린이 5권 1호	1927.1	소개	불허가로 삭제
編輯人	새해아츰브터	어린이세상 1호	1927.1	?	『어린이』 5권 1호(1927.1) 부록/ *미확인
깔깔博士	이약이거리와 笑話	어린이세상 1호	1927.1	?	『어린이』 5권 1호(1927.1) 부록/ *미확인
쌍S	돈벼락	별건곤 3호	1927.1	동화	〈笑門萬福來〉
波影	양초귀신	별건곤 3호	1927.1	동화	〈笑門萬福來〉/夢中人, 『어린이』 3권 8호 (1925.8) 수록작
方定煥	어린 동무들에게	신소년 5권 1호	1927.1	논	

小波 方定煥	쇠ㅅ고리와 나뷔	조선일보	1927.1.3 ~1.4(2회)	동화	
方定煥	힘부름하는 사람과 어린사람에게도 존대를합니다	별건곤 4호	1927.2	수필	'힘부름': '심부름'의 오식
夢見草	동무를 위하야	어린이 5권 2호	1927.2	소년 소설	〈소년미담〉
方定煥 편	적은 용사(2과)	어린이 5권 2호	1927.2	독본	〈어린이독본〉
三山人	사철 변하지 안는 짱덩이의 온도	어린이 5권 2호	1927.2	상식	〈과학지식〉
쌍S	女學生 誘引團 本窟 探査記	별건곤 4호	1927.2	탐사 보도	〈南北隊競爭記事〉 '北隊記者 双S'
쌍S	아홉 女學校 쌔사회 九景	별건곤 4호	1927.2	소개	쌍S, 돌이(朴돌이; 박달성) 참여. 돌이: 경성, 정신, 배화, 송고, 루씨/쌍S: 이화, 숙명, 진명, 근화, 동덕
方定煥	작년에 한 말	어린이 5권 2호	1927.2	수필	
三山人	몸에 지닌 추천장	어린이 5권 3호	1927.3	실화	
方定煥 편	두 가지 마음성(3과)	어린이 5권 3호	1927.3	독본	〈어린이독본〉
무기명	創刊 四周年 紀念日에	어린이 5권 3호	1927.3	권두언	
夢見草	만년 샤쓰	어린이 5권 3호	1927.3	소년 소설	〈學生小說〉
깔깔박사	미련이 나라	어린이 5권 4호	1927.4	번역 동화	
夢見草	1+1=?	어린이 5권 4호	1927.4	소년 소설	〈학생소설〉
方定煥 편	참된 同情(4과)	어린이 5권 4호	1927.4	번안	〈어린이독본〉
편집인	첫녀름의 아침	어린이 5권 5호	1927.6	권두언	
方定煥 편	소년고수(5과)	어린이 5권 5호	1927.6	독본	〈어린이독본〉
小波	아리바바와 도적	어린이 5권 6호 ~5권 10호	1927.6 ~1927.10	번역 기담	원작: 아라비안나이트「알리바바와 40인의 도적」
쌍S생	申一仙孃과의 問答記	별건곤 7호	1927.7	인터뷰 (문답)	'朝鮮映畵界唯一의 花形女優' 〈일문일답〉
方定煥	내가 第一 창피하	별건곤 7호	1927.7	수필	〈一人一話〉

	얏든 일—外三寸待接				
方定煥 씨 담	내가 본 바의 어린이문뎨	동아일보	1927.7.8	좌담	〈編輯局員總出, 記者 1人1話〉
北極星	怪男女 二人組(탐정)	별건곤 8호	1927.8	번역 탐정 소설	〈怪事件突發!?〉
講師 깔깔 博士	「우슴」의 哲學	별건곤 8호	1927.8	논	〈트러진쇠〉〈쌔안볼기〉〈양초병정〉
北極星	朝鮮映畵界雜話	조선일보	1927.10.20	논	〈연극과 영화〉
一記者	金活蘭氏 訪問記	별건곤 9호	1927.10	인터뷰(문답)	〈일문일답〉
方定煥 편	너그러운 마음(6과)	어린이 5권 8호	1927.12	독본	〈어린이독본〉
三山人	소리는 어데서 나나	어린이 5권 8호	1927.12	지식	〈과학문답〉/〈이과교실〉
방정환	便紙騷動	어린이 5권 8호	1927.12	수필	자미잇는이약이/〈작문교실〉
双S生	警告 女學生과 結婚하면	별건곤 10호	1927.12	논	
城西人	現代的(모-던)處女	별건곤 10호	1927.12	논	
見草	남겨둔 흙美人〈전설애화〉	별건곤 10호	1927.12	애화	〈전설애화〉
波影	벌거숭이 男女 寫眞	별건곤 10호	1927.12	기사	〈記者競爭 一頁 記事〉
方定煥	(추천사)	쿠오레	1928(박문서관)	추천사	고한승, 『쿠오레』, 박문서관, 1928
무기명	黃金王	어린이 6권 1호	1928.1	아동극	목차에 '少女들'/원작 「마이다스」/*추정
무기명	名山 大川 일주 말판 노는 법	어린이 6권 1호	1928.1	유희	목차에 '방정환'
三山人	군함 속의 사랑 나라 少年 感化院 이약이	어린이 6권 1호	1928.1	소개	〈실화〉
方定煥 편	어린이의 노래(7과)	어린이 6권 1호	1928.1	독본(번역 동시)	〈어린이독본〉/「어린이의 노래: 불켜는 이」, 『개벽』(1920.8) 수록작의 개작
方定煥	天道教와 幼少年問題	신인간 3권 1호	1928.1	논	
方定煥	第一 要件은 勇氣鼓舞	조선일보	1928.1.3	논	〈大衆訓練과 民族保健〉

三山人	女子 青年會 氷水店	별건곤 11호	1928.2	소개	
城西人	감주와 막걸리	별건곤 11호	1928.2	수필	
雙S生	新婚 살림들의 共同 食堂	별건곤 11호	1928.2	논	
波影	밤世上. 사랑世上. 罪惡世上	별건곤 11호	1928.2	탐사 보도	〈不良男女 一網打盡 變裝記者 夜間探訪記〉 三隊 波影 北熊
波影	子正後에 다니는 女學生들	별건곤 11호	1928.2	탐사 보도	〈不良男女 一網打盡 變裝記者 夜間探訪記〉 三隊 波影 北熊
方定煥	先生님 말슴	어린이 6권 2호	1928.3	담화	〈一人一話〉
무기명	『어린이』를 사랑하시는 동무들께 고합니다	어린이 6권 2호	1928.3	권두언	〈社告〉
三山人	우리 뒤에 숨은 힘	어린이 6권 2호	1928.3	논	
방정환	나의 어릴 때 이약이	어린이 6권 2호 ~6권 3호	1928.3 ~1928.5(2회)	수필	
무기명	움돗는 화분–당신도 맨드십시요	어린이 6권 3호	1928.5	소개	목차에 '三山人'
무기명	이 冊을 기다려 주신 동무들께	어린이 6권 3호	1928.5	사고	〈社告〉
方定煥	일년중데일깃븐날 「어린이날」을 당하야–가뎡에서는 이러케보내자	동아일보	1928.5.6	논	
方定煥	어린이날에	조선일보	1928.5.8	논	
方定煥 편	쒸여난 信義(7과)	어린이 6권 4호	1928.7	독본	〈어린이독본〉
三山人	쾌활하면서 점잔케커가는 英國의 어린이 생활–넓은 세상을 자긔마당으로 안다	어린이 6권 4호	1928.7	소개	〈세계어린이소개〉(2)
무기명	씩씩하고 숫숫한 로서아의 어린이 생활	어린이 6권 4호	1928.7	소개	원작자: 치차예 크세니아(로국영사 부인)/*전문 삭제로 미수록
波影	감사할 살림 여러 가지	별건곤 14호	1928.7	논	
城西人	人類學的 美人考 自然美人 製造秘術	별건곤 15호	1928.8	소개	〈美人製造秘法公開〉
波影生	米豆나라 仁川의 밤世上	별건곤 15호	1928.8	탐사기	〈本·支社 記者 五大都市暗夜大探査記〉 '第 二隊'

方定煥 편	時間갑(8과)	어린이 6권 5호	1928.9	독본	〈어린이독본〉
三山人	제비와 기러기	어린이 6권 5호	1928.9	상식	
方定煥 편	世界一家(9과)	어린이 6권 6호	1928.10	독본	〈어린이독본〉
夢見草	눈물의 作品	어린이 6권 6호	1928.10	미담	〈전람회 미담〉
方定煥	世界兒童藝術展覽會를 열면서	어린이 6권 6호	1928.10	권두 인사	〈인사말슴〉
徐夕波	눈 쓰는 가을	어린이 6권 6호	1928.10	동요	
方定煥	報告와 感謝 -世界兒童藝展을 마치고	동아일보	1928.10.12	수필	
編輯人	겨울과 년말	어린이 6권 7호	1928.12	권두언	
三山人	즘생도 말을 합니다-有名한 學者들의 새로운 研究	어린이 6권 7호	1928.12	상식	〈과학〉
方定煥	겨울에 할 것	어린이 6권 7호	1928.12	수필	〈겨울방학에 무엇을 할가!〉/'눈마지, 화초분, 원족회, 일야강(一夜講), 송년회'
方定煥 편	孤兒兄弟 (10과)	어린이 6권 7호	1928.12	독본	〈어린이독본〉
方定煥 외	早婚에 關한 座談會	조선농민 4권 9호	1928.12	좌담	1927.11.11 좌담회 개최
方定煥	아동예술전람회의 성공	신인간 3권 11호	1928.12	수필	
方定煥	序文	사랑의 학교	1929 (이문당)	서문	이정호, 『사랑의 학교』(이문당, 1929)
開闢社 方定煥	言論界로 본 京城	경성편람	1929 (홍문사)	논	백관주, 『경성편람』(홍문사, 1929)
方定煥	새해 두 말슴	어린이 7권 1호	1929.1	권두언	〈선언〉
깔깔博士	쌔하고 가죽하고	어린이 7권 1호	1929.1	소화	〈어린이지상신년대회 제 4석〉
北極星	少年 三台星	어린이 7권 1호 ~ 7권 2호	1929.1 ~1929.2	탐정 소설	말미에 '다음 2월호에'/*미완
夢見草	金時計	어린이 7권 1호 ~7권 2호	1929.1 ~1929.2	소년 소설	〈소년사진소설〉/ 小波生, 「金時計」, 『신청년』 1호(1919.1) 개작

方定煥	외짜른 선생님	어린이 7권 1호	1929.1	수필	〈내가 지금 十四五歲면 무엇을할까〉/『학생』(1929.4)에 재수록
깔깔박사	지상연하장	어린이 7권 1호	1929.1	소개	'소학교장' 깔깔박사
方小波	답답한 어머니-제1회 아기의 말	별건곤 18호	1929.1	소개	〈滋味잇는 家庭講話(其二)〉
小波	담배ㅅ불 事件	별건곤 18호	1929.1	수필	〈봉변!! 大봉변 내가 第一 辱먹든 일〉
一記者	남의 나이 맛처내기	어린이 7권 2호	1929.2	소개	〈정월유희〉/*추정
方定煥 편	同情(11과)	어린이 7권 2호	1929.2	독본	〈어린이독본〉
三山人	滋味잇고 有益한 유희 몃가지	어린이 7권 2호	1929.2	소개	〈이과〉
三山人	최신식 팽이 맨드는 법	어린이 7권 2호	1929.2	소개	〈소년수공〉
三山人	우리의 음악 자랑	어린이 7권 3호	1929.3	소개	
깔깔博士	신부랑 할머니	어린이 7권 3호	1929.3	전래 동화	〈자미잇는이약이〉
三山人	朝鮮의 特産 자랑	어린이 7권 3호	1929.3	소개	
一記者	자미잇는 人形 만들기	어린이 7권 3호	1929.3	소개	〈수공유희〉
方定煥	여섯 번째 돌날을 마지하면서	어린이 7권 3호	1929.3	권두언	
方定煥	『學生』 創刊號를 내면서 男女學生에게 하고 십흔말슴	학생 1권 1호	1929.3	논	
雙S生	男女 學校 小使 對話(1,2)	학생 1권 1호 ~2호	1929.3~4 (2회)	풍자 만필	〈諷刺記事〉
方定煥	각설이때 식으로	조선농민 5권 2호	1929.3	논	〈農民文藝運動에 對한 諸家의 意見〉
方	봄이다 봄이다 소리놉혀 노래하라	학생 1권 2호	1929.4	권두언	
方定煥	(卒業한이·新入한이와 또 在學中인 男女 學生들에게	학생 1권 2호	1929.4	논	〈나의페이지〉
方定煥	就職 紹介해 본 이약이	별건곤 20호	1929.4	수필	〈就職周旋을 하여 본 經驗談〉
方定煥	어린이날을 당하야	어린이 7권 4호	1929.5	논 (훈화)	*원고 불허가로 삭제

一記者	어느 해 몃 해 전에 엇더케 되엿나	어린이 7권 4호	1929.5	지식	〈알아둘 지식〉
方定煥 편	?/어린이독본(12과)	어린이 7권 4호	1929.5	독본	〈어린이독본〉/*원고 불허가로 삭제
夢見草	二葉草	어린이 7권 4호	1929.5	소년소설	〈사진소설〉/*원고 불허가로 삭제
雙S生	女流 運動家 黑스타 傳	학생 1권 3호	1929.5	풍자만화	〈珍談! 漫話!〉/『신여성』(1924.8)에 수록
方定煥	朝鮮의 學生 氣質은 무엇인가	학생 1권 3호	1929.5	논	〈朝鮮學生氣質問題〉
方定煥	朝鮮少年運動의 歷史的 考察	조선일보	1929.5.3~5.14(6회)	논	
方定煥 편	적은 힘도 합치면!(13과)	어린이 7권 5호	1929.6	독본	〈어린이독본〉
편집인	녀름과 『어린이』	어린이 7권 5호	1929.6	권두언	
一記者	자미잇고 유익한 유희 몃가지	어린이 7권 5호	1929.6	소개	
方定煥 편	싸홈의 結果(14과)	어린이 7권 6호	1929.7.8합호	독본	〈어린이독본〉
三山人	자미잇고 서늘한 느티나무 신세 이야기	어린이 7권 6호 ~7권 7호	1929.7 ~1929.9(2회)	동화	〈취미〉
方	권두언	학생 1권 4호	1929.7	권두언	
方定煥	只今부터 始作해야 할 男女學生의 放學 準備	학생 1권 4호	1929.7	논	〈나의페이지〉/『어린이』 7권 5호(1929. 6) 『학생』 1권 4호(1929.7) 광고에 「放學은 學生軍의 總動員」이라는 제목으로 공고
SS생	露西亞 學生들의 夏休生活	학생 1권 4호	1929.7	소개	'39혈 략'/『어린이』 7권 5호(1929.6) 『학생』 1권 4호(1929.7) 광고에 필자 'DS生'으로 공고
小波	男學生, 女學生 放學中의 두 가지 큰 일 盟誓코 이것을 實行하자	학생 1권 4호	1929.7	논	글 중간에 '삼행략', '이행략', '이십행 략'
雙S生	호랑이똥과 콩나물	학생 1권 4호 ~1권 7호	1929.7 ~1929.10 (4회)	만화(漫話)	〈中學校漫話〉/차호 완결 예고하나 미완
方	第一의 깃븜	학생 1권 5호	1929.8	권두언	
雙S生	男子 모르는 處女가 아기를 배어 自殺하기까지	별건곤 22호	1929.8	수기	〈事實秘話〉
波影	임자 찾는 百萬圓	별건곤 22호	1929.8	만화(漫話)	〈綠陰漫話〉

波影生	氷水	별건곤 22호	1929.8	수필	
方小波	天下名藥 黑고양이	조선농민 5권 5호	1929.8	담화	말미에 '동화도 야담도 소설도 아닌 것'
雙S生	누구던지 당하는 『스리』盜賊 秘話 -『스리』 맛지 안는 方法	별건곤 23호	1929.9	잡저	
波影生	스크린의 慰安	별건곤 23호	1929.9	논	
方定煥 편	눈물의 帽子갑 (15과)	어린이 7권 7호	1929.9	독본	〈어린이독본〉
北極星	少年 四天王	어린이 7권 7호 ~8권 10호	1929.9 ~1930.12 (8회)	탐정 소설	〈新探偵小說〉/*미완
三山人	자미잇고 유익한 가을노리 몃가지	어린이 7권 8호	1929.10	소개	〈유희〉
方定煥 편	兄弟(16과)	어린이 7권 8호	1929.10	독본 (전래 동화)	〈어린이독본〉/목차에 '의조흔 형제'
方定煥 요	늙은잠자리 (鄭淳哲 곡)	어린이 7권 8호	1929.10	동요	
方	권두언	학생 1권 7호	1929.10	권두언	
方定煥	온 가족이 다함께 동무가 되엿스면	중외일보	1929.11.18	논	〈우리집의 취미와 오락(1)〉/'개벽사 방정환 담'
三山人	埃及女王 크레오파토라 艶史	별건곤 24호	1929.12	소개	〈世界三美人情話〉
方定煥 편	日記(17과)	어린이 7권 9호	1929.12	독본	〈어린이독본〉
三山人	年賀狀 쓰는 法	어린이 7권 9호	1929.12	소개	〈실익〉
北極星	紳士盜賊	신소설 1호	1929.12	번역 탐정 소설	원작: 다나카 소이치로(田中總一郞) 「가면무도회의 밤(假面舞蹈會の夜)」,『킹구(キング)』, 1926.3
무기명	萬古名將으로도 有名하고 鐵甲船 發明으로 有名한 …李舜臣의 어릴 째 이약이	어린이 8권 1호	1930.1	소개	목차에 '萬古忠男 李忠武公의 어릴 째'/목차에 '三山人'
方	소년 진군호를 내면서	어린이 8권 1호	1930.1	권두언	목차에 '方定煥'
一記者	世界的으로 有名한 偉人들의 身分調査	어린이 8권 1호	1930.1	상식	
三山人	말 이약이	어린이	1930.1	지식	〈지식〉

		8권 1호			
方定煥	씩 한 가지	별건곤 25호	1930.1	수필	〈이 때까지 아모에게도 아니한 이약이, 秘中秘話〉
方小波	적은일 네가지	별건곤 25호	1930.1	수필	〈家庭生活改新 새해부터 實行하려는 것〉
覆面兒	社會成功秘術	별건곤 25호	1930.1	풍자 만필	〈大大諷刺〉/'문인 되는 비결, 미인 되는 비결, 명기자 되는 비결, 연애성공비결, 돈 모으는 비결, 부부간 친애하는 비결, 소년지도자 되는 비결, 신여성 되는 비결, 학박사 되는 비결, 사회중역 되는 비결, 명사 되는 비결, 남편이 첩 안 두게 하는 비결, 사회주의자 되는 비결, 잡지 경영의 비결, 실연병 나수는 비결'/*추정
方定煥 외	少年運動	조선일보	1930.1.2	좌담	박팔양 사회, 방정환 정홍교 좌담
編輯人	發明家의 苦心	어린이 8권 2호	1930.2	권두언	말미에 '偉人逸話集'에서
方定煥 편	너절한 紳士 (18과)	어린이 8권 2호	1930.2	독본	〈어린이독본〉/〈페스탈로찌 일화〉
方小波	不親切인 親切	어린이 8권 2호	1930.2	수필	〈一人一話〉
編輯人	發明家의 苦心	어린이 8권 2호	1930.2	권두언	〈위인 일화: 에디슨〉
方定煥	崔義順 氏, 金勤實 氏	별건곤 26호	1930.2	소개	〈訪問 가서 感心한 婦人〉
三山人	自動車 黃金時代	별건곤 26호	1930.2	소개	
方小波	남의 집 처녀에게 내가 실수한 이약이	별건곤 26호	1930.2	수필	
무기명	새해-없는 이의 행복	학생 2권 2호	1930.2	권두언	
方	七周年 紀念을 마즈면서	어린이 8권 3호	1930.3	권두언	목차에 '방정환'
小波	朝鮮 제일 짧은 童話(1. 촛불, 2. 이상한 실)	어린이 8권 3호	1930.3	번역, 전래 동화	촛불(영국 또는 독일동화)
三山人	朝鮮 第一 學生 만흔 곳	어린이 8권 3호	1930.3	소개	목차에 '편집국'/목차 제목: 「朝鮮 第一 學生 만흔 地方」
波影生	落花? 流水?	별건곤 27호	1930.3	실화	〈事實이 나어논 人生의 記錄〉
方小波	尾行當하든 이약이-도리어 身勢도 입어	별건곤 27호	1930.3	수필	
方定煥	朴熙道氏	별건곤 27호	1930.3	인상기	〈만나보기 前과 만나본 後〉
方定煥	모를 것 두 가지	별건곤 27호	1930.3	수필	〈알수업는일〉
무기명	권두언	학생 2권 3호	1930.3	권두언	

方定煥	進級 또 新入하는 學生들께	학생 2권 3호	1930.3	논	
方定煥	兒童裁判의 効果	대조 1호~3호	1930.3 ~1930.5(2회)	번역	
方定煥	한데 합처서	중외일보	1930.3.14	동화	〈어린이차지〉
方定煥	한 자 압서라	중외일보	1930.3.16	동화	〈어린이차지〉
方定煥	욕심장이	중외일보	1930.3.17	동화	〈어린이차지〉
方定煥	담뱃갑	중외일보	1930.3.18	동화	〈어린이차지〉
方定煥	형님과 아우	중외일보	1930.3.19 ~3.20(2회)	동화	〈어린이차지〉
三山人	궁금푸리	어린이 8권 4호	1930.4	지식	〈과학〉
쌀쌀 박사	西洋멍텅구리	어린이 8권 4호	1930.4	만화(漫畵)	〈어린이세상〉/*미확인
方定煥	『어린이』의 옛동무들을 마지하면서	어린이 8권 5호	1930.5	권두언	
삼산인	植物及昆蟲採集法	어린이 8권 5호	1930.5	지식	
影波	暗黑에서 光明에 「T에게 보낸 편지의 一節」	학생 2권 5호	1930.5	논	*인쇄상의 오류이거나 필명 '波影'에서 파생된 필명으로 추정
方定煥	오늘이 우리의 새 명절 어린이날입니다-가뎡부모님께 간절히바라는 말슴	중외일보	1930.5.4	논	
方定煥	내가 女學生이면	학생 2권 6호	1930.6	논	권두에 전에 〈내가 중학생이면〉이라는 글을 썼다고 밝힘
방정환	내가 본 나-명사의 자아관	별건곤 29호	1930.6	설문	
雲庭居士	第一 有效 鬪貧術	별건곤 29호	1930.6	만필	〈現代鬪貧秘術, 가난뱅이의 生活辭典〉
雙S	新婦 候補者 展覽會	별건곤 29호~32호	1930.6 ~1930.9(4회)	풍자 만필	〈入場無料 雙S 主催〉〈諧謔, 諷刺, 奇拔〉
方定煥	民衆 組織의 急務	조선농민 6권 4호	1930.6	논	
編輯人	開闢社 創立 十周年 紀念을 마지며	어린이 8권 6호	1930.7	논	〈인사〉
一記者	윤달 이야기	어린이 8권 6호	1930.7	상식	〈필요한 상식〉
牧夫	어부와 해녀의 살림	어린이 8권 6호	1930.7	소개	목차에 '牧夫生'/* 추정

方定煥	少年 勇士	어린이 8권 6호	1930.7	미담	〈事實美談〉
三山人	바다의 파도 이야기	어린이 8권 6호	1930.7	소개	
무기명	권두언	학생 2권 7호	1930.7	권두언	
方定煥	夏期 農村講習會 組織法	학생 2권 7호	1930.7	논	〈우리들의 放學中事業 三大機關組織法〉
方定煥	兒童問題講演資料	학생 2권 7호	1930.7	논	〈歸鄕하는 이에게의 선물 三大問題講演資料〉
方定煥	술.어린이	별건곤 30호	1930.7	수필	〈一人一文〉
方定煥	宣傳時代?	별건곤 30호	1930.7	풍자 만필	〈現代漫文集 - 文字로 그린 漫畵〉
三山人	죽은 지 十五個月 後에 棺 속에서 긔여나온 사람	별건곤 31호	1930.8	실화	
三山人	기럭이 이야기	어린이 8권 7호	1930.8	지식	〈가을과학〉
牧夫	가을에 여는 果實 이야기	어린이 8권 7호	1930.8	상식	〈취미〉/ 목차에 '牧夫生'/*추정
方定煥 요	눈(鄭淳哲 곡)	어린이 8권 7호	1930.8	동요	
方定煥 편	同侔의 情(19과)	어린이 8권 8호	1930.9	독본	〈어린이독본〉
三山人	궁금푸리	어린이 8권 8호	1930.9	상식	〈실익〉
方定煥	活氣잇는 都市	등대(燈臺) 12호	1930.9	수필	〈名士가 본 平壤〉
覆面兒	石中船	학생 2권 9호	1930.10	번역 탐정 소설	원작: (영)아사·리스/*추정
方小波	演壇珍話	별건곤 33호	1930.10	수필	
무기명	물ㅅ새	학생 2권 10호	1930.11	권두언	
覆面兒	怪殺人事件	학생 2권 10호	1930.11	번역 탐정 소설	원작:(미) 아란·포우/2회로 분재하려고 했으나 『학생』 종간으로 줄거리만 소개함/*추정
무기명	『學生』 廢刊에 對하야	학생 2권 10호	1930.11	사고	*추정
方小波	A女子와 B女子	별건곤 34호	1930.11	수필	〈가을거리의 남녀풍경〉
三山人	아모나 못할 일	어린이 8권 9호	1930.11	일화	〈일화〉/몰트케 장군, 변호사 린컨

方定煥 편	正直(20과)	어린이 8권 10호	1930.12	독본	〈어린이독본〉/목차에 '정직한 소년'
방정환	해를 배우자	어린이 9권 1호	1931.1	수필	
무기명	不幸을 익이라	신여성 5권 2호	1931.2	권두언	
方定煥	處女의 幸福	신여성 5권 2호	1931.2	독본	〈처녀독본〉 제 2과
方定煥	父兄께 들려드릴 이약이	어린이 9권 2호	1931.2	논	〈제 1 술과 담배〉
方定煥	조선 사람의 새로운 공부	조선일보	1931.2.14	논	〈一人一文〉
方定煥 외	넌세스本位 無題目 座談會	혜성 1권 1호	1931.3	좌담	〈本社社員끼리의〉/
方定煥	딸잇서도 學校 안 보내겟소, 女學校 教育改革을 提唱함	별건곤 38호	1931.3	논	
一記者	安昌男君은 참말 살어잇는가	별건곤 38호	1931.3	소식	*추정
방정환 외	學校 다니는 子女에게 용ㅅ돈을 어써케 주나	혜성 1권 2호	1931.4	설문	
方定煥	主婦啓蒙篇 살님사리 新講義	신여성 5권 4호 ~5권 5호	1931.4~6	논	〈살님사리 大檢討의 2〉-家計篇/말미에 '次號 儀式宴會篇'이라 예고했으나 미완/1(『신여성』 5권 4호, 1931.4)은 영인본 낙질로 미확인
三山人	處女鬼! 處女鬼!	별건곤 40호	1931.5	기담	〈特別讀物 大怪奇實話〉
覆面兒	洪金 兩女子 永登浦 鐵道自殺 事件 後聞	별건곤 40호	1931.5	소개	〈그 女子들은 웨 鐵道自殺을 하엿나?〉/*추정
三山人	金붕어 기르는 法	어린이 9권 5호	1931.6	소개	〈취미〉
방정환 외	學父兄끼리의 女學生問題 座談會	신여성 5권 5호	1931.6	좌담	
方定煥	豪放한 金燦	혜성 1권 4호	1931.6	수필	〈金燦은 엇던 人物인가〉
方定煥	어린이 전문 이야기 필요	당성 2호	1931.6.2	논	
三山人	柔術家 姜樂園氏의 世界的 拳鬪 家와 싸와 익인 이야기	별건곤 41호	1931.7	소개	
方定煥	여름방학 중 소년회에서 할 일 二三	당성 4호	1931.7.10	소개	

방정환	故 方先生 遺稿 -어린이讀本中에서	어린이 9권 7호	1931.8	독본	어린이독본「도둑 아닌 도둑」
무기명	씩씩하고 쾌활한 노서아의 어린이 생활	어린이 9권 7호	1931.8	소개	원작자: 치차엡 크쎄니아/번역자 미상 (방정환으로 추정됨). 『어린이』 6권 4호 (1928.7)에서 검열로 삭제되었던 글을 재 수록한 것
三山人	반짝반짝 빗나는 별나라 이야기	어린이 9권 8호	1931.9	지식	'다음호에 끗'이라 했으나 미완
方定煥 작 정태병 역	兄弟星	매일신보	1943.12.16	동요	〈조선현대동요선〉/정태병이 방정환의 「형제별」을 일본어로 번역. 조선어와 역 보도 함께 실림

참고문헌

1. 기본 자료

가. 신문 및 잡지

≪동아일보≫·≪매일신보≫·≪시대일보≫·≪조선일보≫·≪조선중앙일보≫·≪중외일보≫

『개벽』·『녹성』·『농민』·『대조』·『동명』·『별건곤』·『별나라』·『보성』·『부인』·『새별』·『생장』·『소년』(신문관)·『소년』(조선일보사)·『신소년』·『신소설』·『신여성』·『신여자』·『신인간』·『신청년』·『어린이』·『왜정시대인물사료』·『유심』·『조선농민』·『조선문단』·『천도교회월보』·『청춘』·『학생』·『학지광』·『혜성』·『金の船』

나. 선집·전집·사전류

강만길·성대경, 『한국 사회주의 운동 인명사전』, 창작과비평사, 1996.

편찬실, 『고려대학교 70년지』, 고려대학교출판부, 1975.

권정생·이현주 편, 『병풍 속의 호랑이』, 사계절, 1991.

김근수 편, 『한국 잡지 개관 및 호별 목차집』, 한국학연구소, 1973.

김상덕, 『한국동화집』, 숭문사, 1970.

마해송·최영주 편, 『소파전집』, 박문서관, 1940.

민병욱 편, 『한국 희곡사 연표』, 국학자료원, 1994.

박영만, 『조선 전래동화집』, 학예사, 1940(권혁래 역, 『화계 박영만의 조선 전래동화집』, 한국국학진흥원, 2006).

방운용 편, 『소파아동문학전집』(전5권), 삼도사, 1965.

______ 편, 『소파방정환문학전집』(전8권), 문천사, 1979.

______ 편, 『방정환 문학전집』(전10권), 문음사, 1981.
방정환 재단, 『소파 방정환 문집』(상·하권), 하한출판사, 1997.
방정환, 『사랑의 선물』, 개벽사, 1922.7(초판); 박문서관, 1928.11(11판).
______, 『사랑의 선물』 I, 신구미디어, 1992.
서정오, 『호랑이형님』(옛이야기보따리 8권), 보리, 1996.
심의린 편찬, 『보통학교 조선어 사전』, 이문당, 1925(박형익 편, 『심의린 편찬 보통학교 조선어 사전』, 태학사, 2005).
윤석중 편, 『방정환아동문학독본』, 을유문화사, 1962.
이원수·손동인 편, 『한국전래동화집』 1, 창작과비평사, 1980.
이재철, 『세계아동문학사전』, 계몽사, 1989.
이정호, 『세계일주동화집』, 이문당, 1926.
______, 『사랑의 학교』, 이문당, 1929(초판); 1933(5판).
이훈종, 『한국 전래소화』, 동아일보사, 1969.
임석재, 『한국 구전설화』(전12권), 평민사, 1993.
조선총독부, 『조선 동화집』, 조선총독부, 1924(권혁래 역저, 『조선동화집』, 집문당, 2003).
학교극·청소년극연구회 편, 『학교극·청소년극』, 성문각, 1991.
홍난파, 『조선 동요 100곡집』 하편, 연악사, 1933.
홍정선 편, 『김팔봉 문학 전집』 II, 회고와 기록, 문학과지성사, 1988.

게 일(James S. Gale), 『한영자전』, 야소교서회, 1911.
그 림, 김열규 역, 『어른을 위한 그림 형제 동화 전집』, 현대지성사, 1999.
샤를 페로, 유말희 역, 『샤를 페로 동화집』, 주니어파랑새, 2001.
안데르센, 윤후남 역, 『어른을 위한 안데르센 동화 전집』, 현대지성사, 1999.
엘리자베스 클레망, 이정우 역, 『철학사전』, 동녘, 1996.
오스카 와일드, 이지민 역, 『행복한 왕자』, 창작과비평사, 1983.
이 솝, 신현철 역, 『어른을 위한 이솝 우화 전집』, 문학세계사, 1998.

國立國會圖書館 編,『(明治·大正·昭和)飜譯文學目錄』, 東京: 風間書房, 1959.
楠山正雄,『アンデルセン童話全集』 1, 新潮社, 1924.
大畑末吉, 『アンデルセン童話集』, 岩波書店, 1939.
小波お伽全集刊行會,『お伽繪噺集(小波お伽全集別卷)』,吉田書店出版部, 1933.
巖谷小波,『世界お伽噺』 97, 博文館, 1908.
竹友藻風,『アンデルセン童話集』, 近代社, 1929.
兒童劇硏究會 編,『兒童劇脚本』, 明治圖書株式會社, 1922.3(초판).
長谷川泉·高橋新太郎 編,『文芸用語の基礎知識』, 至文堂, 1982(3정증보판).
Carpenter, Frances, *Tales of a Korean GrandMother*, Doubleday Company, Inc., Graden City, N.Y., 1947.
Eckart, Andreas, *Koreanische Märchen und Erzählungen Zwischen Halla und Päktusan*, Missionsverlag St. Ottilien, Oberbayern, 1928.
Zong In Sob, *Folk Tales from Korea*, London University, 1952(2nd ed., Seoul Korea: Hollym Corp, 1972).

2. 국내 단행본

강동진,『일제의 한국침략정책사』, 한길사, 1980.
건국대학교 동화와번역연구소 편,『동화와 설화』, 새미, 2003.
권보드래,『연애의 시대: 1920년대 초반의 문화와 유행』, 현실문화연구, 2003.
김상욱,『숲에서 어린이에게 길을 묻다』, 창작과비평사, 2001.
김정의,『한국 소년운동사』, 민족문화사, 1992.
김종대,『민담과 신앙을 통해 본 도깨비의 세계』, 국학자료원, 1994.
김진균·정근식 편저,『근대주체와 식민지 규율권력』, 문화과학사, 1997.
류덕희·고성위,『한국동요발달사』, 한성음악출판사, 1996.
민윤식,『청년아, 너희가 시대를 아느냐』, 중앙M&B, 2003.
민족문학사연구소 기초학문연구단,『한국 근대 문학의 형성과 문학 장의 재발견』, 소명출판, 2004.

박찬승, 『한국 근대 정치사상사 연구』, 역사비평사, 1997.
상허학회 편, 『1920년대 문학의 재인식』, 깊은샘, 2001.
서대숙, 현대사연구회 역, 『한국공산주의운동사 연구』, 이론과실천사, 1985.
서연호, 『한국 근대 희곡사』, 고려대학교출판부, 1994.
손동인, 『한국 전래동화 연구』, 정음문화사, 1984.
손진태, 『한국 민족 설화의 연구』, 을유문화사, 1947.
손해일, 『박영희의 문학 연구』, 시문학사, 1994.
안경식, 『소파 방정환의 아동교육 운동과 사상』, 학지사, 1994.
염무웅·최원식 외, 『해방 전후, 우리문학의 길찾기』, 민음사, 2005.
오성철, 『식민지 초등교육의 형성』, 교육과학사, 2000.
오재식, 『민족 대표 삼십삼인전』, 동방문화사, 1959.
원종찬, 『아동문학과 비평정신』, 창작과비평사, 2001.
______, 『동화와 어린이』, 창비, 2004.
______, 『한국 아동문학의 쟁점』, 창비, 2010.
유광렬, 『기자 반세기』, 서문당, 1963.
유민영, 『한국 근대 연극사』, 단국대학교출판부, 1996.
이상금, 『사랑의 선물』, 한림출판사, 2005.
이상현, 『아동문학 강의』, 일지사, 1987.
이오덕, 『어린이를 지키는 문학』, 백산서당, 1984.
이유영·김학동·이재선, 『한독문학 비교 연구』 2, 서강대학교 인문과학연구소, 1980.
이재복, 『우리 동화 바로 읽기』, 한길사, 1995.
______, 『우리 동화 이야기』, 우리교육, 2004.
______, 『우리 동요 동시 이야기』, 우리교육, 2004.
이재철, 『아동문학개론』, 운문당, 1967.
______, 『한국현대아동문학사』, 일지사, 1978.
______, 『한국현대아동문학 작가작품론』 집문당, 1997.
이헌구, 『미명을 가는 길손』, 서문당, 1973.
임석재·진홍섭·임동권·이부영, 『한국의 도깨비』, 열화당, 1981.

임재택·조채영, 『소파 방정환의 유아교육사상』, 양서원, 2000.
장덕순, 『구비문학개설』, 일조작, 1971.
정인섭, 『색동회 어린이 운동사』, 학원사, 1975.
조기간, 『천도교청년당소사』, 천도교청년당본부, 1935.
조기준 외, 『일제하의 민족생활사』, 현음사, 1982.
조용만·송민호·박병채, 『일제하의 문화운동사』, 현음사, 1980.
조은숙, 『한국 아동문학의 형성: 아동의 발견, 그 이후의 문학』, 소명출판, 2009.
조익순·이원창, 『고종 황제의 충신 이용익의 재평가』, 해남, 2002.
조지훈, 『한국 민족운동사』, 나남, 1993.
주　평, 『교사를 위한 아동극 입문』, 서문당, 1983.
차호일, 『소파 방정환의 아동교육 사상』, 이서원, 1997.
천도교청년회중앙본부, 『천도교청년회팔십년사』, 글나무, 2000.
천정환, 『근대의 책 읽기』, 푸른역사, 2003.
최덕교, 『한국잡지백년』(전3권), 현암사, 2004.
최석희, 『그림 동화의 꿈과 현실』, 대구가톨릭대학교출판부, 2001.
최수일, 『『개벽』 연구』, 소명출판, 2008.
최원식, 『생산적 대화를 위하여』, 창작과비평사, 1997.
______, 『한국 근대 문학을 찾아서』, 인하대학교출판부, 1999.
______, 『문학의 귀환』, 창작과비평사, 2001.
최인학, 『구전설화연구』, 새문사, 1994.
______, 『한국 민담의 유형 연구』, 인하대학교출판부, 1994.
______, 『한국민속학문헌자료총목록』, 인하대학교출판부, 1999.
한계전, 『한국 현시대론 연구』, 일지사, 1983.
한기언·이계학, 『일제의 교과서 정책에 관한 연구』, 한국정신문화연구원, 1993.
한용희, 『한국 동요 음악사』, 세광음악출판사, 1988.
홍은표, 『즐거운 학교 연극』, 계몽사, 1989(중판).

3. 논문 평론

고정휴, 「태평양문제연구회 조선지회와 조선사정연구회」, 『역사와현실』 6호, 한국역사연구회, 1991.

권복연, 「근대 아동문학 형성 과정 연구」, 연세대 석사논문, 1999.

권용선, 「1910년대 '근대적 글쓰기'의 형성 과정 연구」, 인하대학교 박사논문, 2004.

김 만, 「잡지 기자 만평」, 『동광』 24호, 동광사, 1931.8.

김병익, 「근대 문단의 형성과 그 이후」, 『문학과사회』, 문학과지성사, 1998년 가을호.

김수경, 「근대초기 창작동요의 미학적 특징」, 『동화와번역』 11집, 동화와번역연구소, 2006.6.

김영민, 「한국 근대문학과 원전(원전) 연구의 문제들: 정전 재구성 논의의 기초작업」, 『한국현대소설사의 정전 재구성과 문학교육』, 한국현대소설학회·한국문학교육학회 공동 주최 학술대회 자료집, 2007.11.10.

김용의, 「한국과 일본의 「혹부리 영감(瘤取り爺)」담: 교과서 수록과정에서 행해진 개정을 중심으로」, 『일본어문학』 5집, 한국일본어문학회, 1999.3.

김은천, 「『어린이』지 게재 전래동화연구」, 홍익대학교 석사논문, 2003.

김정인, 「일제 강점기 천도교단의 민족운동 연구」, 서울대학교 박사논문, 2002.

김종수, 「해방기 탐정소설 연구: 단행본 서적의 발행 현황과 특성을 중심으로」, 『동양학』 48집, 단국대학교 동양학연구소, 2010.8.

김종엽, 「동화와 민족주의: 19세기 후반 이탈리아 민족 국가 형성기의 학교 동화 『쿠오레』의 경우」, 『사회와 역사』 52집, 한국사회사학회, 1997.

김중철, 「어린이극의 형성 과정」, 『동화읽는어른』 84호, 어린이도서연구회, 1999년 6월.

김형태, 「『어린이』지에 나타난 방정환의 아동교육사상연구」, 한국교원대학교 석사논문, 2002.

김화선, 「한국 근대 아동문학의 형성 과정 연구」, 충남대학교 박사논문, 2002.

김환희, 「〈혹부리영감〉의 일그러진 얼굴」, 『열린어린이』, 오픈키드, 2007.3.
박숙경, 「한국 근대 창작동화 형성 과정 연구」, 인하대학교 석사논문, 1999.
박연숙, 「일본 전파를 통해 본 「도깨비방망이」 설화의 국제성」, 『일본어문학회』 27집, 한국일본어문학회, 2004.11.
박지영, 「방정환의 '천사동심주의'의 본질: 잡지 『어린이』를 중심으로」, 『대동문화연구』 50집, 대동문화연구원, 2005.
박헌호, 「식민지 조선에서 작가가 된다는 것」, 『상허학보』 17집, 상허학회, 2006.6.
박현수, 「근대적 작가의 탄생과 독서 경험: 방정환을 중심으로」, 『근대적 작가의 탄생과 존재양태』, 성균관대학교 동아시아학술원 학술발표회 자료집, 2004.
______, 「잡지 미디어로서 『어린이』의 성격과 의미」, 『대동문화연구』 50집, 대동문화연구원, 2005.6.
______, 「문학에 대한 열망과 소년운동에의 관심: 방정환의 초기 활동 연구」, 『민족문학사연구』 28호, 민족문학사학회, 2005.8.
______, 「산드룡, 재투성이王妃, 그리고 신데렐라」, 『상허학보』 16집, 상허학회, 2006.2.
박화목, 「오스카 와일드 동화 연구」, 『아동문학 연구』 1호, 한국아동문학연구소, 1984.
배봉기, 「아동문학 비평을 위한 고언(苦言)」, 『창비어린이』 7호, 창작과비평사, 2004년 겨울호.
백혜리, 「조선 시대 성리학, 실학, 동학의 아동관 연구」, 이화여자대학교 박사논문, 1997.
서정오, 「동화 문장, 옛이야기 말에서 배우자」, 『어린이문학』, 한국어린이문학협의회, 2001.5
성주현, 「해방후 천도교청우당의 정치이념과 노선」, 『경기사론』 4호, 경기대학교 사학회, 2001.
심명숙, 「다시 쓰는 방정환 동요 연보」, 『아침햇살』 15호, 도서출판 아침햇살, 1998년 가을호.

안미란, 「안데르센 동화와 민담」, 『헤세 연구』 10호, 한국헤세학회, 2004.

어효선, 「전래동화재화의 문제점: 교육적 영향을 중심으로」, 김요섭 편, 『전래동화의 세계』(아동문학사상 8), 보진재, 1972.

염희경, 「방정환 번안 동화의 아동문학사적인 의미」, 『아침햇살』 17호, 도서출판, 아침햇살, 1999년 봄호.

______, 「소파 방정환과 사회주의」, 『아침햇살』 22호, 도서출판 아침햇살, 2000년 여름호.

______, 「설화의 전래동화적 변용에 따른 문제점: 「해와 달이 된 오누이」의 개작 과정을 중심으로」, 『인하어문연구』 5호, 인하대학교 국어국문학과, 2001.

______, 「한국 근대 동화극의 초석: 방정환의 동화극 두 편」, 『어린이문학』 34권, 한국어린이문학협의회, 2001년 8월호.

______, 「「금시계」 개작으로 본 방정환의 문학적 변모: 「신청년」의 「금시계」와 『어린이』의 「금시계」 비교」, 『창비어린이』 2호, 창비, 2003년 가을호.

______, 「전래동화, 근대 아동문학으로 편입된 옛이야기」, 『창비어린이』 4호, 창비, 2004년 봄호.

______, 「한국 근대아동문단 형성의 '제도': 『어린이』를 중심으로」, 『동화와번역』 11집, 동화와번역연구소, 2006.6.

______, 「소파 방정환 연구」, 인하대학교 박사논문, 2007.

______, 「민족주의의 내면화와 '전래동화'의 모델 찾기: 방정환의 『사랑의 선물』에 대하여(2)」, 『한국학연구』 16집, 인하대학교 한국학연구소, 2007.5.

______, 「'네이션'을 상상한 번역 동화: 방정환의 『사랑의 선물』에 대하여(1)」, 『동화와번역』 13집, 동화와번역연구소, 2007.6.

______, 「방정환의 초기 번역소설과 동화 연구: 새로 찾은 필명 작품을 중심으로」, 『동화와번역』 15집, 동화와번역연구소, 2008.6.

______, 「1920년대 아동문학 연구의 현황과 과제: '방정환과 그의 시대'를 중심으로」, 『아동청소년문학연구』 3호, 한국아동청소년문학학회, 2008.12.

______, 「새로 찾은 방정환 자료, 풀어야 할 과제들」, 『아동청소년문학연구』 10호, 한국아동청소년문학학회, 2012.6.

______, 「일제 강점기 번역·번안 동화 앤솔러지의 탄생과 번역의 상상력 (1): 민족주의 계열과 사회주의 계열의 소년운동 그룹의 번역을 중심으로」, 『문학교육학』 39호, 한국문학교육학회, 2012.12.

______, 「일제 강점기 번역·번안 동화 앤솔러지의 탄생과 번역의 상상력 (2): 기독교 계열의 번역 동화 앤솔러지를 중심으로」, 『아동청소년문학연구』 11호, 한국아동청소년문학학회, 2012.12.

옛이야기 분과, 「방정환 이야기의 맛과 힘」, 『동화읽는어른』 83호, 어린이도서연구회, 1999년 5월.

오세란, 「『어린이』지 번역 동화 연구」, 충남대학교 석사논문, 2007.

오영근, 「『개벽』에 관한 서지적 연구」, 청주대학교 석사논문, 2002.

외솔회, 『나라 사랑』 49집, 외솔회, 1983년 겨울호.

원종찬, 「한국 아동문학이 창조한 주인공: 근대 아동문학사 연구의 반성」, 『창작과비평』 103호, 창작과비평사, 1999년 봄호.

______, 「'한일 아동문학의 기원에 관한 비교 연구'를 위하여」, 『어린이문학』 13~14호, 한국어린이문학협의회, 1999년 11~12월.

______, 「'방정환'과 방정환」, 『문학과교육』 16호, 문학과교육연구회, 2001년 여름호

______, 「한국 동화 장르에 관한 연구」, 『민족문학사연구』 30호, 민족문학사학회, 2006.4.

______, 「한국 아동문학 형성과정 연구—『소년』(1908)에서 『어린이』(1923)까지」, 『동북아문화연구』 15집, 동북아시아 문화학회, 2008.6.

유선영, 「초기 영화의 문화적 수용과 관객성」, 『언론과사회』 12권 1호, 성곡언론문화재단, 2003년 겨울호,

이기훈, 「1920년대 '어린이'의 형성과 동화」, 『역사문제연구』 8집, 역사문제연구소, 2002.6.

______, 「청년, 근대의 표상: 1920년대 '청년' 담론의 형성과 변화」, 『문화과학』 37, 문화과학사, 2004.

이상현, 「소파 방정환 연구: 소년운동의 새로운 해석과 작품의 재평가를 중심으로」,

연세대학교 석사논문, 1981.
이요섭, 「천도교의 잡지간행에 관한 연구: 『개벽』을 중심으로」, 중앙대학교 석사논문, 1994.
이재복, 「새로 만나는 방정환 문학: 암곡소파 문학과 견주어보기」, 『어린이문학』 7~8호, 한국어린이문학협의회, 1999년 5~6월.
이재철, 「『어린이』 잡지와 소파의 구국운동」, 『신인간』 389호, 신인간사, 1981.7.
이정원, 「소파 방정환 수필 연구: 「어린이찬미」에 나타난 아동관을 중심으로」, 인천교육대학원 석사논문, 1998.
이정현, 「方定煥飜譯童話と『金の船』」, 『일본문화연구』 22집, 동아시아일본학회, 2007.4.
이혜령, 「1920년대 ≪동아일보≫ 학예면의 형성과정과 문학의 위치」, 『대동문화연구』 52집, 대동문화연구원, 2005.12.
장 신, 「일제하 요시찰과 『왜정시대인물사료』」, 『역사문제연구』 11집, 역사문제연구소, 2003.12.
정경자, 「소파 방정환 문학 연구」, 성균관대학교 석사논문, 1997.
정용서, 「북조선천도교청우당의 정치노선과 활동(1945~1948)」, 『한국사연구』 125호, 한국사학회, 2004.5.
정혜정, 「동학·천도교의 교육사상과 실천의 역사적 의의」, 동국대학교 박사논문, 2001.
조성면, 「한국 근대 탐정소설 연구: 김내성을 중심으로」, 인하대학교 박사논문, 1999.
조은숙, 「방정환과 '어린이', 해방과 발견 사이」, 『비평』 10호, 생각하는나무, 2002년 겨울호.
______, 「'동화'라는 개척지」, 『어문논집』 50호, 민족어문학회, 2004.
______, 「어린이날의 풍경」, 『현대문학』 605호, 현대문학사, 2005.5.
______, 「한국 아동문학의 형성과정 연구」, 고려대학교 박사논문, 2005.
조재호, 「童心如仙의 그 경지」, 『새교육』, 대한교육연합회, 1969.5.
조희문, 「초창기 한국 영화사 연구: 영화의 전래와 수용(1896~1923)」, 중앙대학교 박사논문, 1992.
진성희, 「한국 아동극 연구: 1950년대 이전에 발표된 Lese-drama를 중심으로」, 단국대학교 석사논문, 1985.
최수일, 「『개벽』의 출판과 유통」, 『민족문학사연구』 16호, 민족문학사학회, 2000.6.
______, 「1920년대 문학과 『개벽』의 위상」, 성균관대학교 박사논문, 2002.
최원식, 「친일문제에 접근하는 다른 길: 용서를 위하여」, 『창작과비평』 134호, 창작과비평사, 2006년 겨울호.
최지훈, 「소파의 문학이 오늘의 우리 아동문학에 갖는 의미」, 『한국아동문학연구』 10집, 한국아동문학학회, 2004.5.
한기형, 「근대 잡지 『신청년』과 경성청년구락부: 『신청년』 연구 (1)」, 『서지학보』 26호, 한국서지학회, 2002.12.
______, 「근대 초기 한국인의 동아시아 인식: 『청춘』과 『개벽』의 자료를 중심으로」, 『대동문화연구』 50집, 대동문화연구원, 2005.6.
______, 「『개벽』의 종교적 이상주의와 근대 문학의 사상화」, 『상허학보』 17집, 상허학회, 2006.6.
홍정선, 「근대시 형성 과정에 있어서의 독자층의 역할 연구」, 서울대학교 박사논문, 1992.
나카무라 오사무(仲村修), 「方定煥研究序說: 東京時代を中心に」, 『青丘學術論集』 14집, 韓國文化研究振興財團, 1999.4.
오오타케 키요미(大竹聖美), 「근대 한일 아동문화 교육 관계사 연구(1895~1945)」, 연세대학교 박사논문, 2002.
______________________, 「두 사람의 소파(小波): 이와야 사자나미(巖谷小波)와 方定煥」, 『아동문학평론』 98호, 한국아동문학연구원, 2003년 봄호.

4. 번역서 및 국외 논저

가라타니 고진(柄谷行人), 박유하 역, 『일본 근대문학의 기원』, 민음사, 1997.

마에다 아이(前田愛), 유은경·이원희 역, 『일본 근대 독자의 성립』, 이룸, 2003.

베네딕트 앤더슨, 윤형숙 역, 『상상의 공동체: 민족주의의 기원과 전파』, 나남, 2002.

요꼬스까 카오루(横須賀薰), 「童心主義と兒童文學」, 박숙경 역, 「동심주의와 아동문학」, 『창비어린이』, 창비, 2004년 가을호.

월터 J. 옹, 이기우·임명진 역, 『구술문화와 문자문화』, 문예출판사, 1995.

케네스 O. 모건, 영국사연구회 역, 『옥스퍼드 영국사』, 한울아카데미, 1997.

필립 아리에스, 문지영 역, 『아동의 탄생』, 새물결, 2003.

혼다 마스코, 구수진 역, 『20세기는 어린이를 어떻게 보았는가』, 한림토이북, 2002.

J. F. C. 해리슨, 이영석 역, 『영국 민중사』, 소나무, 1987.

M. E. 로빈슨, 김민환 역, 『일제하 문화적 민족주의』, 나남, 1990.

滑川道夫, 『桃太郎像の變容』, 東京書籍株式會社, 1981.

巖谷秀雄, 『桃太郎主義の教育』, 東亞堂書房, 1915.

李姃炫, 「方定煥の兒童文學における飜譯童話をめぐって: 『オリニ』誌と『サランエソンムル(愛の贈り物)』を中心に」, 大阪大學大學院 言語文化研究科 碩士論文, 2004.

鳥越信, 『挑太郎の運命』, 日本放送出版協會, 1983.

荷原和枝, 『子どもの近代: 『赤い鳥』と'童心'の理想』, 中央公論社, 1998.

Jack Zipes, *Fairy tales and the art of surversion*, Routledge, 1983.

찾아보기

[ㄷ]

[ㄹ]

[ㅁ]

[ㅂ]

[ㅅ]

[ㅇ]